110638215

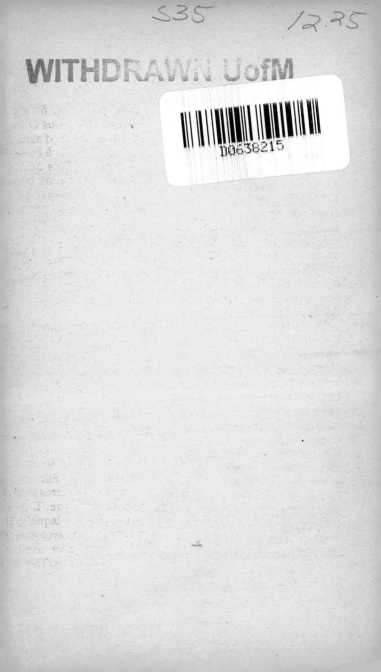

COLLECTION FOLIO

Michel Tournier

Les météores

Gallimard

Il était une fois deux frères jumeaux, Jean et Paul. Ils étaient si semblables et si unis qu'on l'appelait Jean-Paul.

Ainsi pourrait commencer cette histoire qui se situe entre les années 30 et 60 en France et dans le monde entier.

La cellule gémellaire — close, éternelle, stérile — enferme le bonheur des premières années de Jean-Paul, en Bretagne, entre la petite usine de tissage que dirige leur père et une institution pour enfants handicapés. Mais bientôt le couple fraternel donne des signes de désunion. Paul reste le gardien jaloux de l'intégrité gémellaire. Il veille sur le « *jeu de Bep* », *ses règles, ses rites, son langage secret, cette* « *cryptophasie* » *que développent classiquement les vrais jumeaux entre eux. Jean secoue cette tutelle. Il se sent attiré par la vie diverse, inattendue, sauvage, impure, compromettante des* autres, ces « *sans-pareil* » *hétéroclites auxquels Paul oppose avec mépris l'incomparable intimité des* « *frères-pareils* ».

Pour mettre fin à la sujétion gémellaire, rien de tel que le mariage. Mais Paul manœuvre pour briser les fiançailles de son frère. Jean révolté part seul en voyage de noces pour Venise. En se lançant à sa poursuite, Paul entreprend un voyage initiatique qui le mène à Djerba, Reykjavik, Nara, Vancouver et Montréal. Peu à peu la silhouette du frère fuyard s'estompe, et les phénomènes célestes — vents et marées, fuseaux horaires et rythmes saisonniers — envahissent la scène. A Berlin, Paul subit des mutilations rituelles qui préparent l'apothéose météorologique réservée par plusieurs mythologies au jumeau déparié.

Autour de ce couple central, les figures secondaires abondent. On retiendra surtout celle de l'oncle Alexandre, doublement scandaleux par ses mœurs et sa profession. On l'appelle le dandy-des-gadoues parce qu'il surcompense son métier de collecteur et traiteur d'ordures ménagères par une élégance tapageuse. Mais Paul ne voit dans l'homosexualité de l'oncle scandaleux qu'une approche contrefaite du mystère gémellaire.

A travers des aventures multiples et cosmopolites, ce roman essaie d'illustrer le grand thème du couple humain, et d'appliquer aux êtres et aux choses une grille de déchiffrement particulièrement instructive et pénétrante, celle du couple de jumeaux vrais.

Michel Tournier, né à Paris en 1924, a obtenu le Grand Prix du Roman de l'Académie française pour *Vendredi ou les Limbes du Pacifique*, et le prix Goncourt à l'unanimité pour *Le Roi des Aulnes*. Il fait partie de l'Académie Goncourt depuis 1972. Il a raconté l'histoire de sa formation intellectuelle et de ses livres dans *Le Vent Paraclet*.

8 octobre en bouquets maladroits aux pieds de la statue de leur patronne. Cette côte de la baie de l'Arguenon, orientée à l'est, ne reçoit le vent marin que des terres, et Maria-Barbara retrouvait à travers les brumes salées des marées de septembre l'odeur âcre des fanes brûlant dans tout l'arrière-pays. Elle jeta un châle sur les deux jumeaux noués l'un à l'autre dans le même hamac.

Quel âge ont-ils ? Cinq ans ? Non, au moins six. Non, ils ont sept ans. Comme c'est difficile de se rappeler l'âge des enfants ! Comment se souvenir de quelque chose qui change constamment ? Surtout pour ces deux-là, si chétifs, si peu mûrs. D'ailleurs cette immaturité, cet attardement de ses deux derniers apaise et rassure Maria-Barbara. Elle les a allaités plus longtemps qu'aucun de ses autres enfants. Elle a lu un jour avec émotion que les mères eskimos donnaient le sein à leurs enfants jusqu'à ce qu'ils fussent capables de mâcher le poisson gelé et la viande boucanée — donc jusqu'à trois ou quatre ans. Ceux-là au moins, ce n'est pas fatalement pour s'éloigner de leur mère qu'ils apprennent à marcher. Elle a toujours rêvé d'un enfant qui viendrait à elle debout, bien droit sur ses petites jambes, et qui d'autorité dégraferait de ses mains son corsage, sortirait la gourde de chair et boirait, comme un homme à la bouteille. En vérité elle n'a jamais bien su dégager du nourrisson l'homme, le mari, l'amant.

Ses enfants... Cette mère innombrable ne sait pas au juste combien ils sont. Elle s'y refuse. Elle ne veut pas compter, comme elle s'est refusée pendant des années à lire dans le visage de son entourage un reproche grandissant, une sourde menace. Stérilisée.

La naissance des jumeaux a exigé une brève anesthésie. En aurait-on profité pour commettre l'horrible attentat ? Edouard se serait-il prêté à ce complot ? Le fait est qu'elle n'a plus enfanté depuis. Sa vocation maternelle paraît s'être épuisée dans cette naissance double. D'habitude, elle commence à être inquiète dès que son plus jeune est sevré. Elle appartient à la race des femmes qui ne sont heureuses et équilibrées qu'enceintes ou allaitantes. Mais on dirait que ses jumeaux l'ont comblée définitivement. Peut-être y a-t-il des « mères gémellaires » dont chaque enfant est à demi manqué aussi longtemps qu'il ne naît pas flanqué d'un frère-pareil...

Un concert d'aboiements et de rires. C'est Edouard qui vient d'arriver. Son voyage à Paris aura duré moins longtemps qu'à l'accoutumée. Perdrait-il en vieillissant le goût des escapades dans la capitale ? Il est monté à la Cassine pour se changer. Puis il va venir saluer Maria-Barbara. Il s'approchera à pas de loup derrière sa chaise longue. Il penchera son visage vers le sien, et ils se regarderont à l'envers. Il la baisera au front et il viendra se placer devant elle, grand, mince, élégant, avantageux, avec un sourire tendre et ironique sur lequel il aura l'air de poser l'index, comme pour mieux le lui montrer, en lissant du bout du doigt sa courte moustache.

Edouard est le second mari de Maria-Barbara. Le premier, elle l'a à peine connu. De quoi est-il mort au juste ? En mer, certes, et d'ailleurs il était second officier dans la Marine marchande. Mais de maladie ou d'accident ? Elle ne s'en souvient qu'obscurément. Peut-être a-t-il disparu simplement parce que sa femme était tellement absorbée par sa première grossesse qu'elle en avait oublié son éphémère auteur.

Sa première grossesse... C'est le jour où la jeune femme a su qu'elle attendait un enfant que sa vraie vie a commencé. Avant, c'était l'adolescence, les parents, l'attente au ventre plat et affamé. Ensuite les grossesses ne se succèdent pas, elles se fondent en une seule, elles deviennent un état normal, heureux, à peine coupé par de brèves et angoissantes vacances. Peu importait l'époux, le semeur, le donneur de cette pauvre chiquenaude qui déclenche le processus créateur.

Les jumeaux remuent en gémissant, et Maria-Barbara se penche sur eux, le cœur serré une fois de plus par l'étrange métamorphose qu'opère le réveil sur leur visage. Ils dorment, et, rendus au plus intime d'eux-mêmes, ramenés à ce qu'il y a en eux de plus profond et de plus immuable — ramenés à leur *fonds-commun* — ils sont indiscernables. C'est le même corps enlacé à son double, le même visage aux paupières mêmement abaissées qui présente à la fois sa face et son profil droit, l'une ronde et sereine, l'autre sec et pur, tous deux murés dans un refus unanime de ce qui n'est pas l'autre. Et c'est ainsi que Maria-Barbara les sent le plus près d'elle. Leur ressemblance immaculée est l'image des limbes matriciels d'où ils sont sortis. Le sommeil leur restitue cette innocence originelle dans laquelle ils se confondent. En vérité tout ce qui les éloigne l'un de l'autre les éloigne de leur mère.

Le vent est passé sur eux, et ils sont parcourus par le même frisson. Ils se dénouent. L'environnement reprend possession de leurs sens. Ils s'ébrouent, et les deux visages répondant différemment à l'appel de la vie extérieure deviennent ceux de deux frères, celui de Paul, sûr de lui, volontaire, impérieux, celui de Jean, inquiet, ouvert, curieux.

Jean-Paul se dresse sur son séant et dit : « J'ai faim. » C'est Paul qui a parlé, mais Jean, tapi derrière lui, tendu comme lui vers Maria-Barbara, a accompagné cet appel, lancé ainsi conjointement.

Maria-Barbara prend dans une corbeille d'osier une pomme qu'elle offre à Paul. L'enfant la repousse d'un air étonné. Elle saisit un couteau d'argent et coupe en deux le fruit qu'elle tient dans sa main gauche. La lame s'enfonce en crissant dans la collerette de cinq minuscules feuilles desséchées qui s'épanouit au creux de la face inférieure de la pomme. Un peu d'écume blanche mousse au bord de la peau tranchée par la lame. Les deux moitiés se séparent retenues encore par la courte queue de bois. La pulpe humide et pelucheuse entoure une loge cornée en forme de cœur où s'incrustent deux pépins bruns et cirés. Maria-Barbara donne une moitié à chaque jumeau. Ils examinent avec attention leur part, et, sans un mot, ils en font l'échange. Elle ne cherche pas à comprendre le sens de ce petit rite dont elle sait seulement qu'il ne relève pas d'un caprice enfantin. La bouche pleine, les jumeaux engagent un de ces longs et mystérieux conciliabules dans cette langue secrète qu'on appelle dans la famille *l'éolien.* Le réveil les a un moment séparés en les arrachant à la confusion du sommeil. Ils recréent maintenant l'intimité gémellaire en réglant le cours de leurs pensées et de leurs sentiments par cet échange de sons caressants où l'on peut entendre à volonté des mots, des plaintes, des rires ou de simples signaux.

Un épagneul feu déboule sur la prairie et entoure de sauts joyeux le « bivouac » de Maria-Barbara. Une tête se penche au-dessus d'elle, à l'envers, un baiser tombe sur son front.

— Bonsoir, ma chérie.

Edouard est maintenant devant elle, grand, mince, élégant, avantageux, le visage éclairé d'un sourire tendre et ironique qu'il paraît souligner de l'index en lissant sa courte moustache.

— Nous ne vous attendions pas si tôt, dit-elle. C'est une bonne surprise. Paris vous amuse moins, on dirait.

— Vous savez, je ne vais pas à Paris seulement pour m'amuser.

Il ment. Elle le sait. Il sait qu'elle le sait. Ce jeu de miroirs, c'est leur rituel à eux, la reprise au niveau du couple conjugal du grand jeu gémellaire dont Jean-Paul est en train d'instaurer patiemment les règles, une reprise triviale et superficielle, semblable aux amours ancillaires qui dans certaines pièces de théâtre doublent sur le mode comique les amours sublimes du seigneur et de la princesse.

Il y a quinze ans, Edouard a obligé Maria-Barbara à choisir avec lui et à décorer un bel appartement dans l'île Saint-Louis. C'était — disait-il — pour leurs fugues d'amoureux — grand restaurant, théâtre, souper. Avait-il oublié — ou seulement feint d'oublier — le peu de goût de Maria-Barbara pour les déplacements, pour Paris, pour les parties fines ? Elle voulut bien se prêter au jeu, par gentillesse, par paresse, visita, décida, signa, décora, mais, le dernier artisan parti, elle ne retourna plus dans l'île Saint-Louis, laissant à Edouard le champ libre pour ses rendez-vous d'affaires. Ces rendez-vous s'étaient vite multipliés, prolongés. Edouard disparaissait des semaines entières, laissant Maria-Barbara à ses enfants, et les ateliers des Pierres Sonnantes au contremaître Guy Le Plorec. Apparemment au moins elle a pris son parti de ces absences, absorbée par les soins jardiniers, la surveillance du ciel, la grande volière, la foule de ses enfants à laquelle se mêlaient toujours des innocents de Sainte-Brigitte, et surtout les jumeaux dont la présence rayonnante suffit à l'apaiser.

Elle se lève et aidée par Edouard elle rassemble les objets familiers qui entourent traditionnellement ses après-midi de chaise longue. Ses lunettes repliées sur un roman — le même depuis des mois —, la corbeille où elle range le tricot rendu vain par l'improbabilité d'une nouvelle naissance, son châle tombé dans l'herbe qu'elle jette sur ses épaules. Puis laissant à Méline le soin de rentrer tables, chaises et hamac, appuyée au bras d'Edouard, elle emprunte d'une démarche lourde le sentier scabreux qui monte en lacets vers la Cassine où les jumeaux se précipitent en gazouillant.

La Cassine est une vaste bâtisse assez peu caractéristique, comme la plupart des maisons de haute Bretagne, à l'origine une vieille et pauvre ferme, promue à la fin du siècle dernier maison bourgeoise par les maîtres des Pierres Sonnantes. De son passé modeste elle conserve des murs en pisé — le granit n'apparaissant qu'aux angles, aux encadrements des portes et des fenêtres et au soubassement —, une toiture à deux fortes pentes dont le chaume a été remplacé par des ardoises grises, un escalier extérieur qui gagne les combles. Ceux-ci ont été aménagés par Edouard pour y loger les enfants, et la lumière y pénètre par quatre lucarnes saillant fortement avec leur propre toiture à versant frontal formant auvent. Edouard a refoulé toute sa progéniture dans ce grenier où il ne s'est pas aventuré trois fois en vingt ans. Il avait rêvé que le rez-de-chaussée demeurât le domaine privé du couple Surin, celui où Maria-Barbara consentirait à oublier un moment qu'elle était mère pour redevenir épouse. Mais ces combles, où régnait un désordre chaleureux et secrètement organisé selon la personnalité de chacun et le réseau de ses relations avec les autres, exerçaient sur elle un attrait irrésistible. Tous ses enfants qui lui avaient échappé en grandissant, elle les retrouvait dans cette confusion affectueuse et elle s'oubliait dans la foule disparate des jeux et des sommeils. Il fallait qu'Edouard dépêchât Méline à sa recherche pour qu'elle consentît à redescendre vers lui.

Sainte-Brigitte, un établissement destiné aux jeunes handicapés, partageait de l'autre côté de la route avec l'usine de tissage les bâtiments de l'ancienne Chartreuse du Guildo, désaffectés depuis 1796. Les innocents disposaient des bâtiments de servitude — anciens dortoirs, réfectoires, ouvroirs, infirmerie et bailliage — auxquels s'ajoutait naturellement la jouissance des jardins qui descendaient en pente douce vers la Cassine. De leur côté les ateliers de l'usine occupaient le palais abbatial, les appartements des officiers groupés autour du cloître, la ferme, les écuries et l'église dont le clocher-pignon couvert de lichen doré se voit de Matignon à Ploubalay.

La Chartreuse du Guildo a connu ses heures de gloire et de détresse lors du désastre essuyé par les Blancs en 1795. Le débarquement à Carnac d'une armée royaliste le 27 juin avait été précédé d'une action de diversion dans la baie de l'Arguenon. Là, un groupe armé, débarqué à l'avance, avait infligé de lourdes pertes aux troupes républicaines avant de se retrancher dans l'abbaye dont le chapitre lui était acquis. Mais la victoire de Hoche sur Cadoudal et ses alliés avait scellé le sort des chouans du Guildo, dont le rembarquement avait été retardé par la marée basse. L'abbaye avait été prise d'assaut la veille du 14 juillet, et les cinquante-sept prisonniers blancs fusillés et enterrés dans le cloître transformé en fosse commune. L'année suivante le décret de désaffectation ne fit que consacrer la disparition de la Chartreuse du Guildo, effective depuis la disparition de ses moines.

L'usine avait logé ses bureaux dans les appartements du chapitre. On avait couvert le cloître d'une toiture légère pour y entreposer les rouleaux de toile et les caisses de bobines, cependant que la récente matelasserie avait été reléguée dans les anciennes écuries grossièrement restaurées. Le cœur de l'usine se situait dans la nef de l'église où ronflaient vingt-sept métiers, servis par une ruchée d'ouvrières en blouse grise, les cheveux serrés dans des fichus de couleur.

L'usine, Sainte-Brigitte, et, en contrebas, de l'autre côté de la petite route descendant vers la plage des Quatre Vaux, la Cassine où vivait la grande tribu

Surin formaient ainsi l'ensemble des Pierres Sonnantes, assez hétéroclite en principe et qui n'avait d'autre raison de composer un tout organique que la force de l'habitude et de la vie. Les enfants Surin étaient chez eux dans les ateliers et à Sainte-Brigitte, et on s'était accoutumé à voir des innocents divaguer dans l'usine et se mêler aux familiers de la Cassine.

L'un d'eux, Franz, fut un temps le compagnon inséparable des jumeaux. Mais c'était Maria-Barbara qui entretenait avec les innocents les relations les plus tendres. Elle se défendait autant que ses forces y suffisaient contre l'appel d'une redoutable violence qui montait vers elle de ce troupeau maladif, désarmé, d'une simplicité animale. Combien de fois dans le jardin ou la maison, elle sentit des lèvres se poser sur sa main abandonnée ! Alors d'un mouvement doux, elle caressait une tête, une nuque sans regarder le masque batracien levé vers elle avec adoration. Il fallait se défendre, se reprendre, car elle savait quelle force doucereuse, irrésistible, implacable pouvait émaner de la colline des innocents. Elle le savait par l'exemple d'une poignée de femmes venues parfois par hasard, pour un temps limité, pour un stage, par curiosité ou par conscience professionnelle d'éducatrice voulant avoir un aperçu des méthodes employées à l'égard des jeunes handicapés. Il y avait une première période d'accoutumance pendant laquelle la nouvelle devait faire effort pour surmonter la répugnance que lui inspiraient malgré elle la laideur, la gaucherie, parfois la saleté de ces enfants, d'autant plus décourageants que, tout anormaux qu'ils étaient, ils n'étaient pas malades, la plupart se portaient même mieux que la moyenne des enfants normaux, comme si la nature, les ayant suffisamment éprouvés, les tenait quittes des maladies ordinaires. Cependant le poison agissait insensiblement, et la pitié dangereuse, tentaculaire, tyrannique enveloppait le cœur et la raison de sa proie. Certaines partaient sur un coup de force désespéré, pendant qu'il était encore temps peut-être de s'arracher à l'emprise mortelle pour ne plus entretenir désormais que des relations équilibrées avec des hommes et des femmes ordinaires, sains et autonomes. Mais la redoutable faiblesse des innocents avait raison de cet ultime sursaut, et, obéissant à l'appel muet mais impérieux de Sainte-Brigitte, elles revenaient, vaincues, se sachant prisonnières à vie désormais, prétextant cependant un nouveau stage, des recherches supplémentaires, des projets d'études qui ne trompaient personne.

*

En épousant Maria-Barbara, Edouard était devenu le directeur et le principal actionnaire de l'usine de textile des Pierres Sonnantes dont son beau-père avait hâte de déposer la charge. Pourtant on l'aurait beaucoup surpris en lui disant qu'il faisait un mariage d'argent, tant il allait de soi pour lui que s'accordassent ses intérêts et ses inclinations. L'entreprise se révéla très vite d'ailleurs une source de déceptions assez amères. Les vingt-sept métiers de la fabrique étaient en effet d'un type suranné, et il n'y avait d'espoir de sauver l'entreprise qu'en investissant une fortune pour renouveler tout le matériel. Malheureusement à la crise que traversait l'économie occidentale s'ajoutait le malaise d'une mue technique profonde et incertaine qui affectait à cette époque les industries textiles. On parlait notamment de métiers à tisser circulaires, mais ils constituaient une innovation révolutionnaire, et les premiers utilisateurs assumeraient des risques incalculables. De prime abord Edouard avait été séduit par une spécialité des Pierres Sonnantes, la grenadine, tissu de laine et de soie à armature façonnée, draperie légère, claire, transparente, exclusivement destinée aux grands couturiers. Il s'était épris de l'équipe de liciers et de l'antique jacquard consacrés à ce tissu de haut luxe, et il donnait tous ses soins à cette production de faible débit, aux débouchés capricieux et médiocrement bénéfiques.

Le salut de l'entreprise reposait en fait sur les épaules de Guy Le Plorec, ancien mécanicien d'atelier passé contremaître et faisant office de sous-directeur. La solution aux difficultés des Pierres Sonnantes, Le Plorec l'avait trouvée aux antipodes de la grenadine, en adjoignant aux ateliers d'ourdissage et de tissage une matelasserie de trente cardeuses qui avait le mérite d'absorber une part substantielle de la toile fabriquée sur place. Mais cette innovation avait contribué à détourner Edouard d'une entreprise pleine d'aléas et de chausse-trapes qui paraissait de surcroît ne pouvoir survivre qu'en s'enfonçant dans la trivialité. L'ouverture de la matelasserie avait en outre amené un renfort d'ouvrières sans tradition artisanale, faiblement spécialisées, cultivant l'absentéisme et la revendication, qui contrastait avec le corps aristocratique et discipliné des ourdisseurs et des licières.

C'est à cet aspect de la petite révolution de Le Plorec qu'Edouard avait été le plus sensible. Pour cet homme à femmes, devenir le patron d'une entreprise occupant trois cent vingt-sept ouvrières, c'était à la fois troublant et amer. Au début lorsqu'il s'aventurait dans l'espace vrombissant et poussiéreux des ateliers, il était gêné par la curiosité sournoise qu'il suscitait et à laquelle se mêlaient toutes les nuances de la provocation, du mépris, du respect et de la timidité. D'abord incapable de restituer leur féminité aux silhouettes en blouses grises coiffées de fichus de couleur qui s'affairaient autour des encolleuses ou le long des poitrinières, il avait eu le sentiment qu'un sort ironique avait fait de lui le roi d'un peuple de larves. Mais son coup d'œil s'enrichit peu à peu au spectacle des femmes gagnant le matin les ateliers ou les quittant le soir, habillées normalement cette fois, certaines gracieuses, presque élégantes, la mine avivée par le bavardage et le rire, le geste léger, voltigeant, accort. Il s'était appliqué dès lors à repérer dans les étroites travées qui séparaient les machines, telle ou telle fille dont il avait remarqué la silhouette au-dehors. L'apprentissage avait duré des mois, mais il avait porté ses fruits, et Edouard savait désormais retrouver la jeunesse, la gentillesse, la beauté sous l'affublement et l'accablement du travail.

Toutefois il lui aurait répugné de séduire l'une de ses ouvrières, plus encore d'en faire une maîtresse attitrée et choyée. Edouard n'avait pas à proprement parler de principes, et l'exemple de son frère Gustave le renforçait dans sa méfiance à l'égard de la morale, dans sa crainte d'un puritanisme sec qui pouvait mener aux pires aberrations. Mais il avait en revanche du goût. un instinct très fort de ce qui pouvait se faire — même en violation de toutes les lois écrites — sans troubler une certaine harmonie, et de ce dont il fallait au contraire se garder comme d'une rupture de ton. Or cette harmonie voulait que les Pierres Sonnantes fussent le domaine attitré de sa famille, et que ses libres amours ne trouvassent leur juste place qu'à Paris. Et puis l'ouvrière restait pour lui un être inquiétant, infréquentable parce qu'elle déconcertait ses idées sur la femme. La femme pouvait bien travailler, mais à des choses domestiques, à la rigueur dans une ferme ou une boutique. Le travail industriel ne pouvait que la dénaturer. La femme pouvait bien recevoir de l'argent — pour la maison, pour l'ornement, pour le plaisir, pour rien. La paie hebdomadaire l'avilissait. Telles étaient les idées de cet homme aimable et simple qui répandait spontanément autour de lui l'atmosphère d'insouciante gaieté hors laquelle il ne pouvait vivre. Mais il éprouvait parfois un grand accablement de solitude entre sa femme toujours enceinte et exclusivement préoccupée de ses petits, et la foule grise et laborieuse des Pierres Sonnantes. « Je suis le bourdon inutile entre la reine de la ruche et les abeilles ouvrières », disait-il avec une mélancolie enjouée. Et il allait en voiture jusqu'à Dinan prendre le train direct pour Paris.

Pour ce provincial, Paris ne pouvait être qu'un lieu de consommation et de vie brillante, et c'est autour de l'Opéra et des Grands Boulevards qu'il aurait de lui-même cherché un appartement. Maria-Barbara dûment consultée et plusieurs fois amenée à Paris pour cette délicate entreprise avait fixé son choix sur le quai d'Anjou de l'île Saint-Louis, dont l'horizon de feuilles, d'eaux et d'absides s'harmonisait à la vie calme et horizontale qui lui était propre. En outre Edouard se trouvait ainsi à quelques minutes seulement de la rue des Barres où sa mère habitait avec son jeune frère Alexandre. Il s'accommoda de cette demeure dont la noblesse et le prestige flattaient en lui un fond de conservatisme, bien qu'elle ennuyât le jouisseur qui aurait souhaité plus de bruit et de brillant.

Ce va-et-vient d'Edouard entre Paris et la Bretagne correspondait à la place intermédiaire qu'il occupait entre ses deux frères, l'aîné Gustave demeuré à Rennes dans la maison familiale, et le cadet Alexandre qui n'avait eu de cesse que sa mère ne se fixât auprès de lui à Paris. Il était difficile d'imaginer contraste plus irréconciliable que celui qui opposait l'austérité un peu puritaine, cossue à force d'avarice de Gustave et de dandysme criard qu'affichait Alexandre. La Bretagne, province traditionnellement conservatrice et religieuse, offre souvent l'exemple dans une même famille d'un frère aîné confit en respect pour les valeurs ancestrales, combattu par un cadet subversif, boutefeu et provocateur de scandales. L'hostilité des deux frères s'envenimait en outre d'une circonstance matérielle. Certes pour la vieille Mme Surin, la présence à ses côtés et à sa dévotion de son fils préféré était un réconfort auquel on ne pouvait songer à la priver. Mais elle subsistait grâce à une mensualité que lui versaient ses deux aînés et dont Alexandre profitait par la force des choses. Cette situation exaspérait Gustave qui ne manquait pas une occasion d'y faire aigrement allusion, accusant Alexandre d'empêcher sa mère —

pour des raisons d'intérêt évidentes — de vivre à Rennes au milieu de ses petites-filles, comme il eût été dans l'ordre.

Edouard se gardait d'évoquer ces griefs lorsqu'il rencontrait Alexandre à l'occasion des petites visites rituelles qu'il rendait à sa mère, de telle sorte qu'il assumait naturellement son rôle d'intermédiaire familial avec tous. D'Alexandre, il avait le goût de la vie et même de l'aventure, l'amour des choses et des êtres — bien que leurs inclinations fussent divergentes — une certaine curiosité qui donnait du dynamisme à leur démarche. Mais tandis qu'Alexandre ne cessait de conspuer l'ordre établi et de conspirer contre la société, Edouard avait en commun avec Gustave un respect inné du cours des choses qu'il considérait comme normal, partant sain, souhaitable, béni. Certes il serait facile de rapprocher le conformiste Gustave du confiant Edouard au point de les confondre. Mais ce qui distinguait profondément les deux frères, c'était la part de coeur qu'Edouard mettait en tout, cet air gai et engageant, ce savoir-vivre et ce bien-être innés, rayonnants, contagieux qui faisaient les gens accourir et demeurer, comme pour se réchauffer, se rassurer à son contact.

La vie partagée qu'il menait avait longtemps paru à Edouard un chef-d'œuvre d'organisation heureuse. Aux Pierres Sonnantes il se donnait tout entier aux exigences de l'usine et aux soins de Maria-Barbara et des enfants. A Paris, il redevenait le célibataire oisif et argenté de sa seconde jeunesse. Mais avec les années, cet homme peu porté à l'analyse intérieure dut cependant s'avouer que chacune de ces vies servait de masque à l'autre et l'aveuglait sur le vide et l'incurable mélancolie qui constituaient leur commune vérité. Dès que l'angoisse le poignait à Paris après une soirée qui allait le rendre à la solitude du grand appartement dont les fenêtres hautes et étroites miroitaient de tous les reflets de la Seine, il se portait avec un élan de nostalgie vers le tendre et chaud désordre de la Cassine. Mais aux Pierres Sonnantes, quand ayant achevé une inutile toilette avant de se rendre au bureau de l'usine, il envisageait l'interminable journée qui béait devant lui, il était pris d'une fièvre d'impatience et devait se faire violence pour ne pas courir à Dinan où il serait temps encore d'attraper le rapide de Paris. Il s'était d'abord senti vaguement flatté qu'on l'appelât à l'usine « le Parisien », mais d'année en année la nuance de désapprobation et de doute sur son sérieux et sa compétence que comportait ce surnom lui avait été plus sensible. De même s'il avait longtemps accepté avec un sourire amusé que ses amis le considérassent — lui le charmeur, si anciennement expert en l'art des parties fines — comme un riche provincial, un peu jobard, ignorant de la grande ville parée à ses yeux de prestiges imaginaires, il s'irritait maintenant de cette idée qu'ils se faisaient de lui, un Breton saisi par la débauche parisienne, une version mâle de Bécassine, Bécassin en chapeau rond enrubanné et en sabots, avec un biniou sous le bras. En vérité si cette double appartenance qui l'avait longtemps comblé comme un surcroît de richesse prenait désormais pour lui l'aspect d'un double exil, d'un double déracinement, ce désenchantement trahissait son désarroi en face d'un problème imprévu, devant une perspective sinistre et impraticable : vieillir.

Ses relations avec Florence illustraient fidèlement ce déclin. Il l'avait vue pour la première fois dans un cabaret où elle se produisait à la fin de la soirée. Elle disait quelques poèmes un peu hermétiques, et chantait d'une voix grave en s'accompagnant d'une guitare dont elle savait se servir. D'origine grecque — juive sans doute — elle faisait passer dans ses paroles, dans sa musique quelque chose de la tristesse particulière aux pays méditerranéens qui n'est pas solitaire, individuelle comme la tristesse nordique, mais au contraire fraternelle, voire familiale, tribale. Elle était venue ensuite s'asseoir à la table où il sablait le champagne avec quelques amis. Florence l'avait étonné par sa lucidité drôle et amère, un trait qu'il aurait attendu davantage d'un homme que d'une femme, et surtout par le regard ironique et plein de sympathie en même temps dont elle l'avait envisagé. Nul doute qu'il n'y eût du Bécassin dans cette image de lui-même qu'il voyait dans ses yeux sombres, mais il y lisait aussi qu'il était un homme d'amour, une chair si étroitement pénétrée de cœur qu'une femme se sentait confiante et rassurée par sa seule présence.

Florence et lui avaient vite été d'accord pour « faire un bout de chemin ensemble », une formule dont le scepticisme aimable le séduisait en le choquant un peu. Elle ne se lassait pas de le faire parler des Pierres Sonnantes, de Maria-Barbara, des enfants, des bords de l'Arguenon, de ses origines rennaises. Il paraissait que cette nomade, cette errante était fascinée par la musique des noms qu'il citait au hasard de ses évocations et qui sentaient la grève et le bocage, Plébouille, la Rougerais, le ruisseau Quinteux, le Kerpont, la Grohandais, le Guildo, les Hébihens... Il était peu probable qu'elle allât jamais dans ce fond de province, et ils ne firent jamais allusion l'un ou l'autre à une pareille éventualité. L'appartement du quai d'Anjou où elle s'était risquée au début de leur liaison lui inspirait un éloignement qu'elle justifiait en invoquant la froide distinction, l'ordre compassé, la beauté morte de ces grandes pièces vides dont les parquets de chêne mosaïqués répondaient aux plafonds à caissons peints. Cette demeure, expliquait-elle à Edouard, ce n'était ni la famille bretonne, ni un quelconque aspect de Paris, mais le produit manqué et comme l'enfant mort-né de deux sources vainement mêlées.

Edouard répondait à ce refus par des arguments contradictoires, à l'image de ses propres incohérences. Les belles demeures de jadis, disait-il, étaient normalement vides. Lorsqu'on avait besoin d'une table, de chaises, de fauteuils, voire d'une chaise percée, les domestiques accouraient avec l'objet demandé. C'est la raréfaction des gens de maison qui nous oblige à vivre dans un encombrement où les contemporains de Molière auraient vu à coup sûr un déménagement imminent ou un emménagement récent. Et il vantait la beauté large et noble des pièces chichement meublées, hautes de plafond et dont la principale et subtile richesse est l'espace même qu'elles offrent à la respiration et aux mouvements corporels. Mais il ajoutait aussitôt que si son appartement restait froid et inhospitalier, c'était faute de présence féminine. Maria-Barbara clouée à la Cassine ne venait jamais à Paris, et si Florence elle-même refusait d'habiter avec lui, il n'y avait aucune chance pour que ces lieux prissent jamais vie.

— Une maison sans femme est une maison morte, argumentait-il. Débarquez ici avec vos malles, répandez dans ces pièces votre désordre personnel. Moi-même, croyez-vous que je me plaise dans ce musée désaffecté ? Une simple salle de bains, tenez ! Je ne m'y sens à l'aise que si je dois chercher mon rasoir au milieu des pots de démaquillant, des crèmes astringentes et des vaporisateurs de parfum. Tout le plaisir de faire sa toilette c'est dans l'indiscrète découverte de la panoplie féminine qu'il réside. Ici la salle de bains est triste comme un bloc opératoire !

Elle souriait, se taisait, disait finalement que cela lui ressemblait vraiment, voulant défendre un appartement trop chic, de se retrouver si vite dans la salle de bains au milieu des pots de crème, des houppettes et des papillotes. Mais finalement, c'était toujours dans son appartement à elle qu'ils se rencontraient, rue Gabrielle, sur la butte Montmartre, une caverne rouge surchargée de tentures, encombrée de bibelots, faite pour vivre la nuit à la lueur de veilleuses rouges et au ras du sol, sur des divans, des poufs, des fourrures, dans un bric-à-brac levantin dont Edouard avait dès le premier jour vanté « l'exquis mauvais goût ». En vérité il était attaché à Florence et à sa bonbonnière par un lien très fort mais complexe qu'il ressentait dans sa chair et dans son cœur, chair captive, mais cœur réticent. Il ne pouvait se nier qu'il aimât Florence d'une certaine manière. Mais paradoxe incroyable, il l'aimait *à contrecœur*, toute une part de lui-même — la part Gustave aurait dit Alexandre en ricanant — restant sur la réserve. Or cette part de lui-même, il savait qu'elle se trouvait à la Cassine, au chevet de Maria-Barbara, auprès des enfants, des jumeaux surtout.

Sa maladie, après vingt années de mariage heureuses et créatrices, c'était une certaine fêlure de son être qui séparait en lui la soif de tendresse et la faim sexuelle. Il avait été fort, équilibré, sûr de lui et des siens aussi longtemps que cette faim et cette soif étroitement mêlées s'étaient confondues avec son goût de la vie, son assentiment passionné à l'existence. Mais voici que Maria-Barbara ne lui inspirait plus qu'une grande tendresse, vague et douce, dans laquelle il englobait ses enfants, sa maison, sa côte bretonne, un sentiment profond mais sans ardeur, comme ces après-midi d'automne où le soleil émerge des brumes de l'Arguenon pour y redescendre aussitôt dans des nuées suaves et dorées. Sa virilité, il la recouvrait auprès de Florence, dans sa caverne rouge, pleine de maléfices naïfs et douteux qui lui répugnaient un peu bien qu'ils affectassent d'en rire ensemble. Cela aussi l'étonnait et l'attirait, cette faculté qu'elle possédait de prendre ses distances à l'égard de ses origines méditerranéennes, de sa famille à laquelle elle faisait allusion avec désinvolture, et en somme d'elle-même. Savoir observer, juger, moquer, sans rien renier pour autant, en maintenant intacte sa solidarité, son amour profond et intangible, voilà ce dont il était incapable, et dont Florence lui donnait un exemple magistral.

Lui se sentait déchiré, doublement traître et défaillant. Il rêvait d'une rupture, d'une fuite qui restaureraient son ancien bon cœur tout d'une pièce. Il dirait un adieu définitif à Maria-Barbara, aux enfants, aux

CHAPITRE II

LE SACRE D'ALEXANDRE

Alexandre

Je pense que c'est l'effet de l'âge auquel j'arrive et qu'il en va ainsi pour tout le monde. Ma famille, mes origines familiales dont je me souciais jusqu'à ce jour comme d'une guigne m'intéressent de plus en plus. Il y avait certainement un fond d'hostilité dans la conviction orgueilleuse que j'étais parmi les miens un phénomène unique, inexplicable, imprévisible. Ce milieu familial où j'ai été si totalement incompris s'éloignant, ses membres tombant les uns après les autres, mon aversion désarme, et je suis de plus en plus disposé à me reconnaître comme son produit. Oserais-je avouer que je ne revois plus la grande maison du Vieux Rennes, rue du Chapitre, où sont nées et mortes plusieurs générations de Surin sans une certaine émotion ? Voilà un sentiment nouveau, assez proche en somme de la piété filiale, et dont l'évocation m'aurait fait sauvagement ricaner, il n'y a pas si longtemps.

C'est donc là que vécut Antoine Surin (1860-1925) d'abord entrepreneur de construction et de démolition, puis à la fin de sa vie négociant en tissus et confection. Nous étions trois. L'aîné, Gustave, qu'il a eu le temps d'associer à son premier métier, est demeuré fidèle à la vieille maison où habitent encore sa femme et ses quatre filles. L'entreprise que lui a abandonnée notre père a évolué vers la récupération et la « répurgation » municipales. Le second, Edouard, a épousé la fille d'un des fournisseurs en tissus du négoce paternel qui possédait une petite usine de tissage dans les Côtes-du-Nord. Ma belle-sœur, cette Maria-Barbara, est si prolifique — comme il arrive aux filles uniques — que je la soupçonne de ne pas savoir exactement le nombre de ses enfants. Il est vrai qu'elle paraît avoir mis un terme provisoire à ses grossesses après la naissance de deux jumeaux, Jean et Paul.

Reste le plus jeune des frères Surin, moi, Alexandre. Je n'imagine pas sans jubilation les lignes qui me seraient consacrées dans une chronique familiale traditionnelle et bien-pensante. « Sans doute excessivement choyé par ses parents, il se montra incapable de rien entreprendre, demeura auprès de sa mère aussi longtemps qu'elle fut en vie, et, donnant après sa mort libre cours à ses mauvais penchants, s'abandonna ensuite aux pires turpitudes. »

Rétablissons les faits. Mon père, ayant exercé en somme deux métiers — travaux publics et confection — mes deux frères aînés ont hérité respectivement de l'un et de l'autre. Il ne me restait rien. Rien que ma petite chérie à laquelle je ressemble et qui n'a jamais été heureuse avec son Antoine de mari. Si elle est venue s'installer avec moi à Paris, c'est par libre choix et parce qu'elle ne se sentait plus chez elle dans la maison de la rue du Chapitre envahie par les filles de Gustave et régentée par le dragon qu'il a épousé. Ma fierté et mon réconfort, c'est de lui avoir donné les seules années pleinement heureuses qu'elle a vécues.

Le 20 septembre 1934 une tempête d'équinoxe d'une rare violence ravagea la Bretagne et eut des suites incalculables pour moi. En effet Gustave fut tué ce jour-là sur l'un de ses chantiers par la chute d'une grue qui l'écrasa sous trois tonnes d'ordures ménagères. Cette mort répugnante et grotesque aurait pu me faire sourire, elle me blessa indirectement par le chagrin qu'éprouva ma petite chérie. Il fallut faire avec elle le voyage de Rennes pour les funérailles, serrer la main de tous les notables du cru, affronter ma belle-sœur rendue plus redoutable que jamais par son veuvage, la dignité de chef de famille et les crêpes noirs dont il la revêtait. Mais ce n'était rien encore en comparaison du conseil de famille qu'il fallut endurer le lendemain. Je pensais n'avoir rien à faire de la succession de mon frère, et j'avais projeté d'aller herboriser sur les rives de la Vilaine — la mal-nommée car on y cueille de beaux brins de garçons pas trop farouches. Ah bien ouiche ! La veuve avait dû subodorer mes velléités vagabondes, car elle m'épingla le soir devant toute la famille et me dit de sa voix de violoncelle mûr et meurtri :

— Demain, notre vieil ami de toujours, Me Dieulefît, présidera notre conseil de famille. Nous comptons tous sur vous, cher Alexandre. Votre présence est ab-so-lu-ment indispensable.

Fallait-il qu'elle me connût bien, la harpie, pour insister aussi fort !

Je n'ai jamais su si le coup avait été monté à l'avance par toute la famille, mais je me suis trouvé tout soudain après une heure et demie de parlotes anesthésiantes devant un piège énorme, béant, totalement imprévu. Des parlotes précitées en effet auxquelles je n'avais prêté qu'une très lointaine attention, il découlait tout à coup avec une nécessité apodictique que les affaires de Gustave étaient considérables, qu'elles ne pouvaient demeurer sans direction, que celle-ci devait émaner du sein de la famille, et que moi seul pouvais en assumer la charge.

Moi ? Je me vois encore, foudroyé de stupéfaction, l'index pointé sur la poitrine, parcourant d'un visage ébahi le demi-cercle de figures de marbre qui m'entouraient et que faisait hocher le oui, oui, oui d'un destin impitoyable. Moi ? Me glisser dans les pantoufles encore chaudes de ce pisse-vinaigre qui conduisait chaque dimanche son dragon d'épouse et ses quatre filles laides à la grand-messe de la cathédrale Saint-Pierre ? Moi ? Prendre la direction de cette entreprise ridicule et malodorante ? Cette inénarrable bouffonnerie me suffoquait.

Je me levai, sortis et me jetai dans une marche de chasseur à pied à travers la ville. Mais le soir, en regagnant rue du Chapitre, la petite chambre de mon adolescence, je trouvai sur la table de chevet une plaquette assez luxueuse, imprimée sobrement sur papier couché et portant ce titre énigmatique :

LA SEDOMU
ET SON ŒUVRE DE RÉPURGATION

Une main invisible pourvoyait à ce qu'une certaine idée fît son chemin.

Répurgation ! Cela semblait échappé d'un traité de médecine digestive ou d'une étude de casuistique religieuse. Tout Gustave était dans ce néologisme — inutile de le chercher dans un dictionnaire — qui traduisait bien son effort pour surcompenser son horrible métier par des airs de recherches intestino-spirituelles. Mais que n'ai-je pas appris dans cette nuit du 26 au 27 septembre 1934 qui ne peut se comparer qu'à celle de l'extase nocturne du grand Pascal !

J'ai appris que jusqu'à Philippe Auguste — qui organisa le premier service de nettoiement de la capitale — des troupeaux de cochons galopant dans les ruelles pourvoyaient seuls à la disparition des ordures que tout un chacun jetait sans façon devant sa porte. Pendant des siècles des tombereaux traînés par des bœufs firent la navette entre la ville et la décharge publique sous l'autorité du Grand Voyer de Paris. Un ancien officier des gardes françaises, le capitaine La Fleur (tiens, tiens !) rédigea sous Louis XV le premier *Cahier des Charges,* imposant horaires et itinéraires de collecte, forme et dimension des véhicules, ainsi que la composition des équipes d'ouvriers, homme-tombeliers et femmes-balayeuses, le petit peuple des *jailloux,* comme on les appelait ici. C'était toute une histoire pittoresque et parfumée qui se découvrait à mes yeux, marquée par des événements sensationnels, comme la révolution apportée par M. le Préfet Poubelle. Mais j'appris surtout cette nuit-là que la SEDOMU (Société d'enlèvement des ordures ménagères urbaines) était une entreprise tentaculaire qui s'étendait sur six villes — Rennes, Deauville, Paris, Marseille, Roanne et Casablanca — avec lesquelles elle avait des contrats de « répurgation ».

Peu à peu j'étais séduit par l'aspect négatif, je dirai presque *inverti,* de cette industrie. C'était un empire certes qui s'étalait dans les rues des villes et qui possédait aussi ses terres campagnardes — les décharges — mais il plongeait également dans l'intimité la plus secrète des êtres puisque chaque acte, chaque geste lui livrait sa trace, la preuve irréfutable qu'il avait été accompli — mégot, lettre déchirée, épluchure, serviette hygiénique, etc. Il s'agissait en somme d'une prise de possession totale de toute une population, et cela par-derrière, sur un mode retourné, inversé, nocturne.

J'entrevoyais aussi la métamorphose que cette souveraineté diabolique pourrait opérer sur moi. Le pauvre Gustave avait certes soupçonné le *devoir de transfiguration* qu'impose la dignité ordurière suprême. Mais il l'avait stupidement satisfait dans un surcroît d'honorabilité, s'acharnant à la piété, à la charité, à s'afficher comme mari modèle, père-pélican. Bougre de jean-foutre ! Les trois tonnes d'ordures qu'il a reçues sur la tête, il ne les avait pas volées !

Le lendemain matin, mon parti était pris. Je serais le roi de la SEDOMU. Je fis part de ma décision à ma famille éblouie, et m'enfermant dans l'ancien bureau de Gustave — qui puait le cafard et la sacristie — je commençai à éplucher le dossier de chacune des six villes sous contrat. Mais ce n'était pas l'essentiel. De retour à Paris, j'acquis une garde-robe assez tapageuse, notamment un complet de nankin ivoire et une collection de gilets de soie brodés. Ces gilets, je les fis pourvoir de six goussets, trois de chaque côté. Puis dans un atelier de joaillerie, je me fis ciseler six médaillons d'or portant chacun le nom d'une des six villes. J'avais décidé que chaque médaillon contiendrait un comprimé des ordures de sa ville et aurait sa place dans l'un des goussets de mon gilet. Et c'est ainsi, bardé de reliques, métamorphosé en châsse ordurière, muni du sextuple sceau de son empire secret que l'empereur des gadoues s'en irait en pavane de par le monde !

Malgré le mystère qui l'entoure, le mécanisme auquel obéit le destin relève d'une logique assez courante. Qu'est-ce qui m'est arrivé ? Un formidable bond en avant m'a précipité dans la voie qui m'est propre et où je progressais sans doute à pas menus. J'ai senti d'un coup toutes sortes d'implications dormantes se manifester, élever la voix, prendre le dessus. Or cela s'est fait en deux temps. D'abord, marche arrière, retour à Rennes, remise de mes pas dans leurs traces enfantines, adolescentes, etc. Cela s'appelle communément reculer pour mieux sauter. Ensuite identification brutale à celui de mes deux frères qui était le plus éloigné de moi, qui était au monde l'homme auquel je me croyais le plus étranger. Tout cela est assez déchiffrable. Il est clair par exemple qu'une pareille identification à mon autre frère Edouard pour moins paradoxale n'aurait eu ni sens, ni chance.

Mon frère Edouard. M'a-t-on assez rebattu les oreilles de la supériorité exemplaire de ce frère aîné ! On aura tout fait pour me le faire prendre en haine, et pourtant si grande qu'ait pu être parfois — et surtout dans ma prime jeunesse — mon irritation, je n'ai jamais eu de sentiment hostile à son égard. A mesure que les années passent, je ressens même pour lui une sorte de sympathie fortement mêlée de commisération. C'est que toutes les sujétions que je soupçonnais impliquées dans chacune de ses « supériorités » n'ont pas manqué de se manifester et pèsent sur lui d'année en année plus lourdement. Il y succombera, c'est sûr, déjà il vieillit mal, accablé d'honneurs, de femmes, d'enfants, de responsabilités, d'argent.

Il a à peu près ma carcasse — ou c'est moi qui ai la sienne — avec dix centimètres de plus, ce qui n'est un avantage qu'en apparence. J'ai toujours pensé qu'une taille excessive était un handicap qui pouvait devenir mortel au-delà de certaines limites. Certains animaux de l'ère secondaire en ont fait la cruelle expérience. Edouard est plus grand que moi sans doute ; en vérité, il est trop grand. Cela le sert auprès des femmes. J'ai maintes fois observé qu'une stature hors du commun est un atout sans réplique aux yeux de ces pintades, quelles que soient les disgrâces qui puissent l'accompagner. Vous pouvez être myope, chauve, obèse, bossu et avoir l'haleine fétide, si vous mesurez plus d'un mètre quatre-vingt-cinq toute la volaille sera à vos pieds. Au demeurant Edouard n'a nul besoin de cette grossière séduction. Jeune, il était beau, il était mieux que beau. Il émanait de lui une force, un goût de la vie, un dynamisme calme qui vous atteignaient en vagues chaleureuses. L'affabilité. Je ne trouve pas de meilleur mot pour désigner cette atmosphère de courtoisie tendre qu'il transportait avec lui. Elle agissait sur les hommes. Quel n'était pas son pouvoir de séduction sur les femmes ! Il avait une certaine façon de les regarder, ironique et tendre, de biais un peu, en passant son index sur les bouts de sa moustachette aux commissures de ses lèvres... Sacré Edouard ! L'a-t-il humé à larges lampées le nectar empoisonné de l'hétérosexualité ! Quel appétit ! Quel bonheur !

Le résultat ne s'est pas fait attendre. Le charme d'Edouard est celui — souvent irrésistible — des hommes faibles et sans caractère. Il sortait à peine de l'adolescence qu'il se trouvait marié. Maria-Barbara accoucha peu de temps après leur voyage de noces. Depuis elle n'a plus arrêté. Ses relevailles étaient si précipitamment suivies de recouchailles qu'on aurait dit qu'elle se faisait féconder par l'air du temps. Je l'ai vue rarement, mais jamais ailleurs que sur une chaise longue. Belle, ô belle ! Majestueuse, l'alma genitrix dans toute sa sereine grandeur. Un ventre doux, étalé, plein de fructueuses fermentations, toujours entourée d'une marmaille de louve romaine. Comme si les délais de la gestation étaient encore trop longs pour elle, elle a eu des jumeaux. Jusqu'où n'ira-t-elle pas ?

J'ai continué à voir Edouard de loin en loin à Paris. Notre mère était l'occasion de rencontres qui n'étaient pas déplaisantes, mais que nous n'aurions provoquées sans elle ni l'un, ni l'autre. J'ai vu la fatigue, puis la maladie miner cette belle nature. Entre la vie familiale et professionnelle accablante de monotonie qu'il menait aux Pierres Sonnantes et les escapades, puis les séjours de fiesta de plus en plus prolongés à Paris, sa prestance s'est courbée, sa jactance s'est dégonflée, tandis que la rondeur un peu enfantine de ses joues fondait en bajoues malsaines. Sa vie se partageait entre l'ennui breton et la fatigue parisienne, alimentés par la trop maternelle Maria-Barbara et la trop mondaine Florence, sa maîtresse. J'ai appris qu'il était diabétique. Sa corpulence s'est alourdie, puis elle est tombée en tunique de peau et de plis sur un squelette qui révéla son étroitesse.

En vérité son cas a de quoi rendre pessimiste. Voilà un homme beau, généreux, séduisant, travailleur, un homme en accord parfait avec son époque et son entourage, un homme qui a toujours dit oui à tout, sincèrement, du fond du coeur, oui à la famille, oui aux plaisirs de tout le monde, oui aux peines inséparables de la condition commune. Sa grande force a toujours été d'aimer. Il a aimé les femmes, la bonne cuisine, les vins, les réunions brillantes, mais aussi sûrement sa femme, ses enfants, les Pierres Sonnantes, et plus sûrement encore la Bretagne, la France.

En toute justice il aurait dû connaître une vie ascendante, en voie triomphale, semée de bonheurs et d'honneurs, jusqu'à une fin en apothéose. Au lieu de quoi, le voilà décliner, tourner à l'aigre, jaunir... Sûrement, il aura une fin lamentable.

Tandis que moi, contraint au départ à prendre les gens et les choses carrément à rebrousse-poil, tournant toujours dans le sens contraire de la rotation de la terre, je me suis construit un univers, fou peut-être, mais cohérent et surtout qui me ressemble, tout de même que certains mollusques sécrètent autour de leur corps une coquille biscornue mais sur mesure. Je ne m'illusionne plus sur la solidité et l'équilibre de ma construction. Je suis un condamné en sursis d'exécution. Je constate cependant que mon frère ayant mangé son blé en herbe à une époque où j'étais petit, laid et malheureux, doit m'envier aujourd'hui ma belle santé et mon joyeux appétit de vivre.

Cela prouve que le bonheur doit comporter une juste proportion de donné et de construit. Celui d'Edouard lui a été presque entièrement *donné* au berceau. C'était un irréprochable et très confortable vêtement de confection dans lequel ayant la taille « standard », il s'est glissé comme dans un gant. Puis avec les années, il s'est râpé, effiloché, il est tombé en guenilles, et Edouard a assisté impuissant et navré à cette ruine.

Il y a dans mon cas un excès inverse. Tout chez moi a été savamment obtenu, la part du hasard et de la chance y étant réduite à portion congrue. L'édifice est fragile. Il suffira d'une saute un peu forte du milieu pour que cette coquille par trop raffinée vole en éclats. Du moins saurai-je alors en fabriquer une autre. Si j'en ai le temps et la force. Et surtout s'il m'en reste le goût...

*

Je ne retourne pas à Rennes sans que mes pas me conduisent au collège du Thabor, en bordure du jardin du même nom, installé dans les murs de l'ancienne abbaye bénédictine de Saint-Mélaine. Le Thabor ! nom mystérieux, environné d'un prestige magique, nom sacré où il y a de l'or et du tabernacle ! Toute mon adolescence tressaille en moi en l'entendant retentir... Mais s'il contient des promesses d'extases et de transfiguration, je fus le seul des trois enfants Surin que visita en ces vieux murs la lumière de l'Esprit-Saint.

J'imagine avec peine et non sans accablement l'ennui des années de collège d'un hétérosexuel. Plongé corps et âme dans un milieu humain sexuellement sans saveur, sans couleur et sans odeur pour lui, quelle ne doit pas être la grisaille de ses jours et de ses nuits ! Mais en somme n'est-ce pas le juste apprentissage de ce que la vie lui prépare ?

Tandis que moi, grands dieux ! Le Thabor a été la fournaise de désir et d'assouvissement de mon enfance et de mon adolescence. J'ardais de tous les feux de l'enfer dans une promiscuité qui ne se relâchait pas une seconde à travers les douze avatars dont notre emploi du temps l'habillait : dortoir, chapelle, étude, réfectoire, cour, urinoir, salle de gymnastique, terrain de sports, salle d'armes, escaliers, préaux, lavabos. Chacun de ces lieux était un haut lieu en son genre, et un terrain de chasse et de prise selon douze méthodes différentes. Dès le premier jour, j'avais été saisi par une ébriété amoureuse en m'enfonçant dans l'atmosphère saturée de virilités naissantes du collège. Que ne donnerais-je pas aujourd'hui, rejeté dans les ténèbres hétérosexuelles, pour retrouver quelque chose de cet embrasement !

Je fus initié par surprise, en devenant la proie consentante et heureuse de ce que les « Fleurets » appelaient « la pêche à la coquille ». L'étude du soir venait de s'achever et nous sortions en rangs pour nous rendre au réfectoire par le préau. J'étais l'un des derniers à sortir, mais non le dernier, et je me trouvais à quelques mètres encore de la porte de la classe quand l'élève préposé à ce soin éteignit les lampes. Je poursuivis lentement dans une pénombre déchirée par les lampadaires du préau. J'avais les mains unies derrière le dos, les paumes ouvertes à hauteur de fesses. J'eus le sentiment vague qu'une légère bousculade se produisait derrière moi, et je sentis un relief s'enfoncer dans mes mains avec une insistance qui ne pouvait être le fait du hasard. Poussé en avant et bientôt arrêté par les élèves qui me précédaient, je dus bien admettre que j'étais en train de serrer à deux mains le sexe bandé sous la mince étoffe de son pantalon de l'élève qui me suivait. En dénouant mes mains, en les soustrayant à cette offrande, j'aurais d'un geste imperceptible repoussé l'avance qui m'était faite. Je répondis au contraire en reculant, en ouvrant toutes grandes mes mains, comme des coquilles, comme des corbeilles pour recueillir les premiers fruits de l'amour furtif.

C'était ma première rencontre avec le désir, vécu non plus solitairement et comme un honteux secret, mais dans la complicité, j'allais dire — mais ce serait bientôt vrai — dans la communauté. J'avais onze ans. J'en ai quarante-cinq, et je ne suis pas encore revenu de l'émerveillement dans lequel j'avançais comme environné d'une gloire invisible sous le préau humide et noir du collège. Pas encore revenu... Comme j'aime cette expression juste et touchante qui suggère un pays inconnu, une forêt mystérieuse au charme si puissant que le voyageur qui s'y est aventuré *n'en revient jamais*. Saisi d'émerveillement, cet émerveillement ne le lâche plus et lui interdit de revenir vers la terre grise et ingrate où il est né.

J'étais si profondément bouleversé par cette découverte que j'aurais été bien incapable de dire lequel des camarades qui me suivaient avait mis dans mes mains les clés d'un royaume dont je n'ai pas fini à l'heure où j'écris d'explorer les richesses. Je ne le sus jamais à vrai dire, car je compris plus tard que cette manœuvre avait été le résultat d'une petite conjuration de trois complices — voisins de table au fond de la classe — membres de la société secrète des « Fleurets » qui mettait méthodiquement à l'épreuve les nouveaux venus. Je ne parlerai ici que de deux Fleurets parce que leur personnalité brille d'un éclat incomparable dans mon souvenir.

Thomas Koussek devait son pseudo-patronyme à une invention étonnante qui l'avait rendu célèbre au Thabor et sur laquelle je reviendrai. Chaque élève avait transformé l'envers du couvercle de son pupitre en une petite exposition iconographique qui résumait ses rêves, ses souvenirs, ses héros et ses mythes. On voyait ainsi voisiner des photos de famille avec des pages découpées dans des illustrés sportifs, des têtes de chanteuses de music-hall avec des fragments de bandes dessinées. L'imagerie de Thomas était exclusivement religieuse et tout entière consacrée au personnage de Jésus. Mais il ne s'agissait pas du Christ enfant, ni de celui émacié et souffrant de la croix. C'était le Christ Roi, l'athlète de Dieu, débordant de force et de sève, « jeune ensemble qu'éternel » dont la figuration se reproduisait en pyramide sur l'étroit rectangle de bois. Cette iconographie triomphale était en quelque sorte signée par une petite image repoussée dans le coin gauche qui pouvait passer inaperçue aux yeux d'un profane. Elle figurait en traits naïfs Thomas mettant deux doigts de sa main dans le flanc blessé de Jésus ressuscité. Je n'y ai d'abord vu que l'allusion au prénom de Thomas. Ce n'était qu'un petit début. Sa signification intégrale ne me fut donnée que plus tard.

Le petit groupe des « Fleurets » se réunissait deux fois par semaine à la salle d'armes de la ville pour des leçons d'escrime qui lui fournissaient à la fois une façade avouable et un dérivatif superbement symbolique. Le maître des lieux nous considérait d'un œil variable, sévère et infaillible quand il s'agissait de juger une feinte basse ou un arrêt en ligne haute, mais totalement aveugle aux empoignades d'un genre particulier qui nous mêlaient au vestiaire ou sous la douche. Nous étions convaincus que cet ancien officier de cavalerie célibataire et bâti tout en nerfs et en tendons sous un poil grisonnant était virtuellement des nôtres, mais il ne laissa jamais rien percer de ce que couvraient son masque de treillis et son plastron d'escrime. L'un de nous ayant laissé entendre un jour qu'il avait joui de ses faveurs se heurta à une incrédulité si méprisante qu'il n'insista pas, et il conserva de cette fausse manœuvre une tache qui ne s'effaça jamais complètement à nos yeux. Il y avait ainsi chez les Fleurets des fautes à ne pas commettre. Aucun code explicite ne les énumérait, mais nous savions par un infaillible instinct les reconnaître, et nous les sanctionnions avec une rigueur inflexible.

Parce que j'étais le plus jeune et le dernier venu, on m'appelait Fleurette, un surnom que j'acceptais de bon gré, même de la part des autres élèves qui le répétaient sans comprendre. On m'avait d'abord jugé peu « comestible » en raison de ma maigreur, mais Raphaël — qui faisait autorité en matière érotique — m'avait réhabilité en louangeant mon sexe que j'avais à l'époque relativement long et dodu, dont la douceur soyeuse — disait-il — contrastait avec la sécheresse de mes cuisses et l'aridité de mon ventre tendu comme une toile entre les saillies osseuses de mes hanches. « Une grappe de muscat juteux accroché dans un échalas calciné », affirmait-il, avec un lyrisme qui me flattait et me faisait rire. A ces charmes discrets s'ajoutait, il est vrai, une aptitude à sucer fort et bien, qui tenait au goût que j'ai toujours eu pour la liqueur séminale.

Ce goût, Thomas en était possédé plus qu'aucun de nous, mais il le satisfaisait rarement à notre manière directe et par un brutal tête-à-queue. Au vrai il ne faisait rien comme les autres, introduisant partout une dimension, une hauteur qui étaient de nature religieuse. Le sacré était le milieu naturel où il vivait, respirait, qu'il transportait partout avec lui. Je citerai en exemple la sorte d'extase où il tombait chaque matin au dortoir alors que nous nous affairions autour de nos lits avant de descendre à la chapelle. Le règlement nous imposait de secouer nos draps avant de refaire nos lits. Ce simple geste accompli simultanément par quarante garçons pulvérisait les croûtes formées sur les draps par le sperme séché, et saturait l'air d'une poussière séminale. Cet aérosol printanier emplissait nos yeux, nos narines, nos poumons, nous faisait féconder les uns les autres, comme par une brise pollinique. La masse des pensionnaires ne percevait même pas cette subtile insémination. Elle ne donnait aux Fleurets qu'une gaieté légère, priapéenne qui prolongeait l'érection matutinale des adolescents. Thomas en était profondément bouleversé. C'est que dans son incapacité à distinguer le profane et le sacré, il vivait intensément l'identité étymologique de ces deux mots : l'esprit, le vent.

Cette extase printanière, aérienne et solaire, c'était la face lumineuse de la vie spirituelle de Thomas. Mais ses yeux brûlants, toujours profondément cernés, son visage macéré, sa silhouette frêle et fuyante disaient assez à ceux qui voulaient bien entendre qu'il se battait aussi avec une moitié d'ombre dont il était rarement le vainqueur. Cette passion de ténèbres, j'en fus le témoin une seule fois, mais dans des circonstances inoubliables. C'était un soir d'hiver. J'avais demandé la permission de me rendre à la chapelle où j'avais oublié un livre dans mon casier. J'allais repartir au galop, impressionné par la profondeur de la voûte chichement éclairée et par l'écho formidable qu'elle me renvoyait de mes moindres bruits. J'entendis alors un sanglot qui paraissait sortir de terre. Or c'était bien sous la terre que quelqu'un pleurait, car les sanglots montaient d'une étroite ouverture située derrière le chœur et qui conduisait par un escalier contourné dans la crypte de la chapelle. J'étais plus mort que vif, et d'autant plus terrorisé que — je le savais pertinemment — rien ne pourrait m'empêcher de descendre voir ce qui se passait dans le souterrain.

J'y fus donc. La crypte — pour autant que j'en pouvais juger à la lueur sanglante et palpitante d'une seule veilleuse — était un capharnaüm de pupitres, chaises, candélabres, prie-Dieu, lutrins et autres bannières, tout un bric-à-brac de piété, le débarras du bon Dieu entassé dans une odeur de salpêtre et d'encens refroidi. Mais il y avait aussi posé sur les dalles le christ grandeur nature qui se dressait habituellement dans le jardin du Thabor, mais dont la croix vermoulue était en voie de remplacement. C'était un athlète superbe, moulé au mieux de sa forme dans une substance lisse et savonneuse, épanoui et des plus accueillants avec ses bras largement écarquillés, ses pectoraux ouverts, son abdomen creusé mais puissamment dessiné, ses jambes nouées en torsade musculeuse. Il gisait là, déshabillé de sa croix, mais non moins crucifié, car je distinguai bientôt Thomas couché sous lui, reproduisant son attitude, gémissant à demi écrasé par le poids de la statue.

Je m'enfouis épouvanté par cette scène qui rapprochait si fortement l'accouplement amoureux et le crucifiement, comme si la chasteté traditionnelle du Christ n'avait été qu'une longue et secrète préparation à ses épousailles avec la croix, comme si l'homme qui fait l'amour se trouvait d'une certaine façon cloué à son amante. Je connaissais en tout cas le noir secret de Thomas, son amour physique, charnel, sensuel pour Jésus, et je ne doutai pas que cette sombre passion eût quelque rapport — mais lequel au juste ? — avec ce fameux *coup sec* dont il était l'inventeur et qui lui avait valu un extraordinaire prestige parmi les Fleurets.

Le coup sec consistait — comme son nom le dit assez — en un orgasme mené à bonne fin sans aucun écoulement de sperme. Il faut pour cela opérer — ou faire opérer par le partenaire — une assez forte pression du doigt sur le point accessible le plus reculé du canal spermatique, soit pratiquement au bord antérieur de l'anus. La sensation est plus brutale, plus surprenante et s'enrichit d'une note d'âpreté et d'angoisse — délice des uns, abomination (en grande part superstitieuse) des autres. La fatigue nerveuse est plus grande, mais, la réserve de sperme restant intacte, la répétition est plus facile et plus émouvante. A vrai dire le coup sec est toujours resté pour moi une curiosité intéressante, mais sans grande portée pratique. Cet orgasme sans éjaculation s'enferme dans une sorte de circuit fermé qui me paraît impliquer le refus d'autrui. On dirait que l'homme du coup sec après un premier élan vers le partenaire s'avise soudain qu'il ne représente ni l'âme-sœur, ni surtout le corps-frère, et, pris de remords, brise le contact pour revenir sur lui-même, comme la mer déçue par la digue ravale sa vague en ressac. C'est la réaction d'un être ayant profondément opté pour la cellule fermée, pour la réclusion gémellaire. Je suis trop loin — faut-il ajouter : hélas ? — du couple absolu, j'aime trop les autres, en un mot je suis trop instinctivement chasseur pour m'enfermer ainsi en moi-même.

Cette piété farouche et ces troublantes découvertes auréolaient Thomas d'un sombre prestige. Les pères eux-mêmes se seraient bien passés de cet élève trop doué, mais, après tout, il leur faisait honneur, et il faut convenir que ses extravagances qui seraient retombées sur elles-mêmes dans un établissement laïc trouvaient dans un collège religieux un climat favorable à leur épanouissement. Koussek avait détourné de leur sens la plupart des prières et des cérémonies dont nous étions abreuvés — mais avaient-elles bien un sens en elles-mêmes, n'attendaient-elles pas, libres et disponibles, la douce violence d'un être de génie pour les plier à son système ? Je n'en citerai pour exemple que les Psaumes 109 et 113 que nous chantions chaque dimanche à vêpres, et qui semblaient avoir été écrits pour lui, pour nous. Thomas nous écrasait de sa revendication orgueilleuse quand nous soutenions de la voix son énigmatique et fière affirmation :

Dixit dominus domino meo
Sede a dextris meis

Le Seigneur a dit à mon Seigneur
Assieds-toi à ma droite
Jusqu'à ce que j'aie contraint tes ennemis
A te servir de marchepied,

et nous l'imaginions la tête posée sur la poitrine de Jésus, foulant du pied un grouillement d'élèves et de pères humiliés. Mais nous prenions pleinement à notre compte les accusations méprisantes que le Psaume 113 porte contre les hétérosexuels :

Pedes habent, et non ambulabunt
Oculos habent, et non videbunt
Manus habent, et non palpabunt
Nares habent, et non odorabunt !

Ils ont des pieds, et ils ne marchent pas
Ils ont des yeux, et ils ne voient pas
Ils ont des mains, et ils ne palpent pas
Ils ont des narines, et ils ne sentent rien !

Nous autres, marcheurs, voyeurs, palpeurs et flaireurs, nous clamions cet insolent réquisitoire en caressant des yeux les dos et les croupes des camarades placés devant nous, tous ces jeunes veaux élevés pour des usages domestiques et donc paralysés, aveugles, insensibles et sans odorat.

Raphaël Ganeça était il est vrai assez étranger aux raffinements mystiques de Thomas Koussek. A l'iconographie christique et traditionnelle, il préférait l'imagerie orientale, opulente et bariolée. Il devait son surnom à l'idole hindoue dont la figure haute en couleur couvrait toute la surface du couvercle de son pupitre, celle de Ganeça, la divinité à tête d'éléphant, aux quatre bras et à l'œil langoureux et fardé, fils de Çiva et de Parvati, toujours accompagné du même animal totem, le rat. Les enluminures naïves, le texte sanscrit, les bijoux énormes qui surchargeaient l'idole n'étaient là que pour entourer, louanger et mettre en valeur sa trompe souple et parfumée qui se balançait avec des grâces lascives. C'est du moins ce que prétendait Raphaël qui voyait en Ganeça la déification de l'organe sexuel adulé. Chaque garçon, selon lui, ne se justifiait quc comme temple d'un seul dieu, caché dans un sanctuaire de vêtements, auquel il brûlait de rendre hommage. Quant au rat-totem, sa signification demeurait énigmatique aux yeux des orientalistes les plus sagaces, et Raphaël était loin de se douter qu'il appartiendrait au petit Alexandre Surin, dit Fleurette, d'en découvrir le secret. Cette idolâtrie de style oriental, naïf et fruste faisait de Raphaël l'antithèse du subtil et mystique Thomas. Mais j'ai toujours pensé que les

Fleurets s'étaient bien trouvés d'avoir ainsi deux têtes aussi diamétralement opposées dans leur inspiration et leurs pratiques.

*

De la société cruelle et voluptueuse des Fleurets et de nos assauts en salle d'armes, j'ai gardé le goût des lames. Mais comme l'usage ne permet plus de sortir l'épée au côté, je me suis constitué une panoplie d'épées secrètes, une collection de cannes-épées. J'en ai quatre-vingt-dix-sept à ce jour et j'entends bien ne pas m'en tenir là. Leur préciosité se mesure à la finesse du fourreau et au perfectionnement du verrouillage. Les lames les plus grossières habitent un fourreau énorme — un vrai gourdin de gendarme en civil — où elles ne sont bloquées qu'en force. Mais les meilleures cannes sont souples comme des joncs. Absolument rien ne peut faire soupçonner qu'elles cachent une lame triangulaire, légère comme une plume. Elles se déverrouillent soit par une pression du pouce sur un poussoir, soit par un demi-tour imprimé à la poignée. La poignée peut être en ébène sculpté, en argent ciselé, en bois de cerf, en ivoire, ou figurer en bronze une femme nue ou une tête d'oiseau, de chien ou de cheval. Les plus perfectionnées libèrent, quand on dégaine, deux petites tiges d'acier qui se dressent perpendiculairement à la lame, formant ainsi une garde rudimentaire.

Mes cannes-épées sont mes filles, ma légion personnelle et virginale — car aucune n'a tué encore, du moins à mon service. Je ne les conserverais pas auprès de moi si je n'avais pas la conviction que l'occasion se présentera, que l'obligation s'imposera d'accomplir cet acte d'amour et de mort qui mêle une épée et deux hommes. Aussi je ne manque jamais au rituel qui consiste à choisir longuement une compagne avant de partir en chasse nocturne. Ma favorite s'appelle Fleurette — comme moi-même au temps du Thabor — et sa lame en acier bleui de Tolède, creusée d'une triple gorge, est fine comme un dard. Je ne l'emmène à mon bras, telle une fiancée, que les soirs qu'assombrit quelque pressentiment. Lorsque la nuit de l'épreuve sera venue, elle sera ma seule alliée, ma seule amie, et je ne succomberai pas sans qu'elle ait jonché le pavé du corps de mes assassins.

CHAPITRE III

LA COLLINE DES INNOCENTS

Depuis vingt ans qu'elle avait la responsabilité de Sainte-Brigitte, sœur Béatrice ne distinguait plus sa vocation religieuse de son appartenance aux innocents. Elle était toujours secrètement étonnée — scandalisée même — qu'on pût approcher les enfants autrement que dans un esprit évangélique. Comment les respecterait-on et les aimerait-on comme il faut, si on ignore que Dieu a révélé aux simples d'esprit des vérités qu'il a cachées aux habiles et même aux sages ? D'ailleurs comparées à l'esprit de Dieu, quelle différence notable y a-t-il entre notre pauvre intelligence et la conscience d'un mongolien ? Elle pensait aussi que tout progrès des débiles mentaux passait nécessairement par une acquisition d'ordre directement ou indirectement religieux. Leur grande infirmité, c'était leur solitude, leur incapacité à nouer avec autrui — fût-il infirme comme eux — des relations entraînant un enrichissement réciproque. Elle avait imaginé des jeux, des rondes, des petites comédies qui obligeaient chaque enfant à s'insérer dans un groupe, à modeler son comportement sur celui de ses voisins — entreprise laborieuse, exigeant des anges que les autres humains — à commencer par elle-même — non seulement parce qu'ils ignoraient la duplicité et les fausses valeurs de la vie sociale, mais aussi parce que le péché n'avait pour ainsi dire aucune prise sur leur âme. Elle subissait une manière de fascination devant ces êtres auxquels avait été donnée — en même temps qu'une très cruelle malédiction leur était infligée — une sainteté en quelque sorte originelle, d'emblée plus haute et plus pure que la vertu à laquelle des années de prière et d'abnégation avaient pu la faire accéder. Sa foi était confortée par le rayonnement de leur présence et n'aurait pu sans dangereuse retombée se passer de leur intercession. Elle était donc prisonnière des enfants elle aussi, mais plus irrémédiablement que ses compagnes, parce qu'ils étaient devenus le fondement et la source vive de son univers spirituel.

L'établissement de Sainte-Brigitte qui rassemblait une soixantaine d'enfants et un personnel d'une vingtaine de membres se divisait théoriquement en quatre sections de plus en plus restreintes semblables à quatre cercles concentriques. Les trois premières correspondaient grossièrement aux catégories classiques : débiles légers, débiles moyens, débiles profonds, définies par la mesure du quotient intellectuel Binet-Simon. Mais sœur Béatrice avait assez l'expérience des enfants arriérés pour n'accorder qu'une valeur relative à ces étalonnages scientifiques. Les tests ne mesurent qu'une forme stéréotypée d'intelligence, à l'exclusion de toute autre manifestation d'esprit, et ils font abstraction de l'affectivité et de la disponibilité du sujet, présupposant un enfant impassible et d'une bonne volonté sans restriction. C'est pourquoi les groupes de Sainte-Brigitte répondaient davantage à des distinctions empiriques assez flottantes dont le critère était la bonne entente des enfants entre eux.

Le premier groupe rassemblait des enfants apparemment normaux — lorsque ne se manifestait pas la faille caractérielle ou la faiblesse congénitale — éducables, demandant seulement une surveillance particulière. On voyait faire bon ménage des épileptiques, des sourds-muets, des impulsifs, des psychotiques. Le deuxième cercle en revanche n'avait déjà plus d'ouverture sur le dehors. Ceux-là parlaient à la rigueur, mais ils ne liraient, ni n'écriraient jamais. Il y a peu d'années encore, ils auraient trouvé leur place dans une communauté rurale où le « bêtion » était un personnage traditionnel, accepté, voire respecté, rendant des petits services aux champs ou dans les jardins. L'élévation du niveau de vie économique et culturelle faisait d'eux désormais des rebuts, immédiatement détectés par la scolarité généralisée, aussitôt rejetés de la communauté, enfoncés dans leur misère par le vide créé autour d'eux. Il ne leur restait qu'à opposer leurs grognements, trépignements, dandinements, ricanements, regards torves et incontinences de salive, d'urine ou de matières fécales à une société administrée, rationalisée, motorisée et agressive qu'ils niaient autant qu'elle les rebutait. L'animatrice principale de ce groupe était une jeune élève du Conservatoire venue à Sainte-Brigitte pour documenter une thèse sur la valeur thérapeutique de la musique chez les arriérés. Elle avait formé une chorale, puis un orchestre, enfin à force de patience et de temps, elle avait scindé son groupe en un orchestre et un corps de ballet. Spectacle étrange, grotesque, déchirant que celui de ces petits artistes ayant chacun quelque chose d'irrémédiablement brisé, mais qui s'exprimaient et s'exhibaient malgré leur défectuosité physique et mentale. Il y avait à première vue de la cruauté, et même de l'indécence, dans ces manifestations risibles et hagardes, mais les enfants s'en trouvaient mieux, beaucoup mieux, et finalement cela seul comptait. Antoinette Dupérioux se trouva prise au piège de sa propre réussite. Comment renoncer à cette œuvre et tuer dans l'œuf de si belles promesses ? Elle retarda son départ des mois, puis elle n'en parla plus, sans cependant rien décider de définitif.

Ceux-là du moins accédaient au langage. Les débiles profonds — ceux du troisième cercle — n'émettaient que des sons inarticulés dont le sens se ramenait à deux pôles : j'aime -je n'aime pas, je veux -je ne veux pas, je suis heureux -je suis malheureux. On s'efforçait d'élever leur niveau mental par des exercices faisant appel aux sens pratique et artistique, mais sans faire intervenir la fonction abstraite et symbolique du langage. Ils étaient occupés à dessiner, à modeler la pâte, à créer des damiers en glissant des rubans de papier dans les fentes parallèles d'un rectangle d'une autre couleur, ou bien ils collaient sur du carton des figures, des fleurs, des animaux qu'ils avaient découpés à l'aide de ciseaux aux bouts arrondis. Pour corriger leur gaucherie, le manque de coordination de leurs mouvements, le perpétuel déséquilibre qui les déjetait à chaque pas vers la droite ou vers la gauche, on les faisait évoluer sur des petites bicyclettes qui étaient l'objet à la fois de leur terreur et de leur passion. On écartait de ces jeux les nerveux, les psychotiques et les épileptiques, mais les mongoliens y excellaient, et singulièrement la robuste Bertha et ses sept compagnes de dortoir.

Le bon sens aurait voulu, semblait-il, qu'on exclût tout ce qui relevait du symbolisme et de l'expression verbale de l'environnement de ces enfants. Ce n'était pas l'avis du docteur Larouet, jeune interne de psychopédiatrie, dont le terrain de prédilection était la linguistique et la phonologie. Dès qu'il eut obtenu qu'on lui confiât le troisième cercle, il tenta des expériences visant à y faire entrer le signe symbolique. Il y parvint avec un relatif succès en s'attaquant au domaine le plus passionné de l'environnement des débiles profonds, la bicyclette. Un jour les enfants eurent la surprise de voir la cour cimentée qui leur servait habituellement de vélodrome marquée de pistes à la peinture blanche et balisée par une quantité de panneaux imités de la signalisation routière — sens interdit, priorité à droite, balise de stationnement, défense de tourner à gauche, etc. Il fallut des mois pour que le nombre des erreurs — assez sévèrement sanctionnées par le retrait provisoire de la bicyclette — commençât à diminuer. Mais alors il s'effondra avec un ensemble spectaculaire, comme si les enfants eussent tous compris et assimilé en même temps les quelque douze panneaux qu'on leur proposait.

Larouet fit grand cas de cette simultanéité qui lui parut d'autant plus remarquable que l'hétérogénéité du groupe des enfants choisi ne laissait pas de place à l'hypothèse d'une maturation parallèle, mais sans interaction. Il fallait que se fussent produits des échanges, un réseau d'échanges entre les enfants.

Il entreprit alors d'analyser à l'aide d'un appareil d'enregistrement les cris et les sons plus ou moins inarticulés émis par chacun des enfants. Il fit un pas décisif en avant le jour où il pensa avoir établi que chacun disposait du même nombre de phonèmes fondamentaux, et que ce même arsenal phonétique comprenait non seulement le matériel sonore de base du français, mais celui de bien d'autres langues — le th anglais, la rota espagnole, le r guttural arabe, le ch allemand, etc. Que chaque enfant possédât les mêmes phonèmes ne pouvait s'expliquer par le mimétisme. Une hypothèse bien plus extraordinaire, ouvrant des horizons nouveaux sur l'esprit humain, se dégageait peu à peu des recherches de Larouet. C'était que tout être humain possède à l'origine tous les matériaux sonores de toutes les langues — et non seulement de toutes les langues existantes ou ayant existé, mais de toutes les langues *possibles* — mais qu'en assimilant sa langue maternelle, il perd à tout jamais la disposition des phonèmes inutilisés — phonèmes dont il aura éventuellement besoin plus tard s'il vient à apprendre telle ou telle langue étrangère, mais alors il ne les retrouvera jamais sous la forme originale qu'il détenait, il sera obligé de les reconstituer artificiellement et imparfaitement à l'aide des éléments inadéquats que sa langue maternelle met à sa disposition. Ainsi s'expliqueraient les accents étrangers.

Que les débiles profonds eussent conservé intact leur capital phonétique, cela n'avait rien de surprenant en somme puisqu'ils n'avaient jamais appris la langue maternelle qui définit la part inutilisée de ce capital et déclenche sa liquidation. Mais quelle nature et quelle fonction attribuer à ces racines linguistiques dont la sauvegarde constituait une monstruosité de plus ? Il s'agissait non d'une langue, pensait Larouet, mais de la matrice de toutes les langues, d'un fonds linguistique universel et archaïque, d'une langue fossile demeurée vivante par une anomalie analogue à celle qui a conservé vivants le cœlacanthe malgache et l'ornithorynque tasmanien.

Sœur Béatrice, qui avait suivi avec vigilance les recherches de Larouet, en avait conçu une interprétation qu'elle se gardait d'exprimer, sachant qu'on n'y verrait qu'une rêverie mystique de plus. Bien plus encore que d'une langue, il s'agissait peut-être, pensait-elle, de *la langue originelle*, celle que parlaient entre eux au Paradis terrestre Adam, Eve, le Serpent et Jéhovah. C'est qu'elle se refusait à admettre que l'idiotie de ses enfants fût absolue. Elle voulait n'y voir que l'ahurissement d'êtres faits pour un autre monde — pour les limbes peut-être, lieux d'innocence — et déracinés, exilés, jetés sur une terre sans grâce ni pitié. Adam et Eve chassés du Paradis avaient dû faire figure jusqu'à leur mort d'hurluberlus, aux yeux froids et réalistes de leurs enfants, parfaitement adaptés eux à ce monde où ils étaient nés et où on enfante dans la douleur avant de mourir à la tâche. Qui sait même si la langue paradisiaque que leurs parents continuaient de parler entre eux ne résonnait pas comme un bruissement confus à leurs oreilles terriennes, comme ces émigrés qui n'ont jamais pu bien assimiler la langue de leur patrie d'adoption et qui font honte à leurs enfants par leur accent et leurs fautes de syntaxe ? De même si nous ne comprenons pas les échanges des débiles profonds, c'est que nos oreilles se sont fermées à cet idiome sacré en vertu d'une dégénérescence commencée par la perte du Paradis, couronnée par la grande confusion de la tour de Babel. Cette condition babélienne, c'était la condition actuelle de l'humanité divisée par des milliers de langues qu'aucun homme ne peut prétendre maîtriser dans leur totalité. Sœur Béatrice en revenait ainsi à cette Pentecôte qui constituait pour elle le miracle par excellence, la bénédiction suprême qu'annonçait la Bonne Nouvelle incarnée par le Christ.

Mais si sœur Béatrice trouvait en elle-même suffisamment de ressources pour magnifier ses débiles profonds, elle était obligée de s'avouer dans le secret de son cœur qu'elle avait senti plus d'une fois l'effleurer la tentation du désespoir lorsqu'elle montait voir ceux du quatrième cercle, les derniers, les innommés, les pires difformités humaines engendrées par une nature en délire. Comme ils ne sortaient jamais et ne se manifestaient par aucun bruit, on leur avait installé dans les combles du bâtiment principal une véritable unité d'habitation avec cuisine, sanitaire, salle de repos pour les infirmières et un très vaste dortoir de vingt-cinq lits dont heureusement plus de la moitié étaient en général inoccupés.

Les grands débiles, incapables de marcher et même de se tenir debout, ressemblaient, prostrés sur des chaises percées, les genoux en boules osseuses relevés au menton, à des momies squelettiques dont la tête pendue au bout du cou comme un fruit mûr se relevait en pivotant faiblement et lançait au nouveau venu un surprenant regard pétillant de haine et de stupidité. Puis le torse reprenait son balancement un instant interrompu, accompagné parfois d'une vague et rauque mélopée.

Le dévouement qu'exigeaient ces épaves était d'autant plus éprouvant qu'il n'y avait pas la moindre manifestation de sympathie, ni même de sensibilité à attendre d'elles. C'était du moins ce qu'affirmaient les éducatrices qui se succédaient par roulement dans cette atmosphère comateuse où flottait une odeur surette et enfantine de pipi et de lait caillé. Pourtant ce n'était pas la conviction de sœur Gotama, une infirmière d'origine népalaise, échouée dans ce quatrième cercle depuis des temps immémoriaux et qui à l'opposé de ses collègues ne le quittait pas davantage que les infirmes eux-mêmes. Elle possédait une faculté de silence plus qu'humaine, mais lorsque des visiteurs s'exprimaient en termes définitifs sur les infirmes, ses grands yeux sombres qui dévoraient son visage émacié brûlaient de protestation passionnée. Pourtant elle ne partageait pas le don de vision volontiers exalté de sœur Béatrice qui éprouvait toujours en sa présence un sentiment mêlé d'admiration et de malaise. Certes la vie totalement recluse de sœur Gotama nourrissant, lavant et berçant sans dégoût ni lassitude des monstres repoussants, était d'une incomparable sainteté. Mais sœur Béatrice était rebutée par l'absence de dépassement, d'au-delà, de transcendance qu'elle devinait dans cette vie. Elle avait dit un jour à la Népalaise :

— Bien sûr, ces infirmes ne sont pas des brutes purement organiques. S'il en était ainsi pourquoi ne les supprimerait-on pas ? Non, chacun possède avec la flamme de la vie une lueur de conscience. Et s'il plaisait à Dieu de dissiper la colonne de ténèbres qu'il a édifiée autour d'eux, ils proféreraient aussitôt des vérités tellement inouïes que la tête nous en tournerait.

Ce qu'entendant, sœur Gotama avait eu un pâle sourire d'indulgence et sa tête avait esquissé un faible mouvement de dénégation qui n'avait pas échappé à sœur Béatrice. « C'est peut-être l'Orient, avait-elle pensé avec un peu de honte. L'Orient, oui, l'immanentisme de l'Orient. Tout est donné, tout est là, on ne décolle pas. Jamais on ne s'élève. »

Sœur Gotama n'avait alors la responsabilité que d'une dizaine de pensionnaires, et il ne s'agissait pour la plupart que de microcéphales et d'idiots atypiques. Le seul sujet remarquable était un enfant de quatre ans hydrocéphale dont le corps atrophié paraissait le simple appendice d'une tête énorme, triangulaire, et dont le front gigantesque surplombait un visage minuscule. Couché sur le dos dans une position parfaitement horizontale, l'enfant bougeait à peine et surveillait son entourage de ce regard rasant « en coucher de soleil » selon l'expression des spécialistes, dont l'intensité et la gravité faisaient mal.

Mais les dossiers qui emplissaient la grande armoire à classeurs du service attestaient de quelles difformités vaguement humaines sœur Gotama avait eu la charge au cours des années passées. Elle avait élevé un cœlosomien — dont les viscères étaient à nu —, deux exencéphaliens — dont le cerveau se développait hors de la boîte crânienne —, un otocéphalien — dont les deux oreilles réunies en une seule se rejoignaient sous le menton. Mais les monstres les plus impressionnants étaient ceux qui paraissaient échappés de la mythologie à laquelle ils apportaient une illustration d'un effrayant réalisme, tel un cyclope — pourvu d'un œil unique au-dessus du nez —, ou cet enfant-sirène dont les jambes étaient fondues en un seul membre massif, terminé par un éventail de douze orteils.

Sœur Béatrice n'avait eu de cesse qu'elle n'eût tiré de la secrète Gotama quelque lumière — aussi timide soit-elle — touchant la vocation qui la retenait au chevet de ses monstres, et aussi l'enseignement qu'elle avait pu tirer d'une si longue et étrange fréquentation. Les deux femmes arpentèrent soirée après soirée les jardins des Pierres Sonnantes en de patients tête-à-tête. C'était principalement sœur Béatrice qui parlait, et la Népalaise lui répondait par un sourire où il y avait de la défense, la contrariété d'être retenue loin de ses protégés, la douce patience qu'elle opposait toujours aux atteintes venues du dehors. Sœur Béatrice, qui imaginait le panthéon indien sous la forme d'une ménagerie d'idoles à trompe ou à tête d'hippopotame, avait craint de trouver quelque trace de ces aberrations païennes dans le cœur de sa subordonnée. Ce qu'elle retira de ces entretiens la surprit par sa nouveauté, sa profondeur et son affinité avec les conclusions du docteur Larouet.

Gotama lui avait d'abord rappelé les hésitations de Jéhovah au moment de la Création. Faisant l'homme à son image, c'est-à-dire mâle et femelle à la fois, hermaphrodite, puis le voyant disgracié dans sa solitude, n'avait-il pas fait défiler tous les animaux devant lui pour lui trouver une compagne ? Etrange démarche, à peine concevable et qui nous fait mesurer l'immense liberté de cette aube de toutes les choses ! Ce n'est qu'après l'échec de cette vaste revue de l'animalité tout entière, qu'Il décide de tirer d'Adam lui-même la compagne qui lui manque. Il enlève donc toute la partie féminine de l'Hermaphrodite, et l'érige en être autonome. Ainsi naît Eve.

Seule avec ses monstres, Gotama ne perdait jamais de vue ces tâtonnements de la Création. Son cyclope, son hydrocéphale, son otocéphalien n'auraient-ils pas eu leur place dans un univers autrement conçu ? D'une façon générale, elle en arrivait à concevoir les organes et les membres du corps humain comme des parties offrant de multiples possibilités de combinaisons — encore qu'une seule formule l'emporte dans l'immense majorité des cas à l'exclusion de toutes les autres.

Cette idée des parties du corps considérées comme une sorte d'*alphabet anatomique* pouvant s'assembler diversement — comme le montre la variété infinie des animaux — avait un rapport évident avec l'hypothèse du docteur Larouet faisant des divers grognements des débiles profonds les atomes sonores de toutes les langues possibles.

Sœur Béatrice avait peu de goût pour la spéculation. Elle s'arrêta au seuil de cette convergence de deux méditations qui tendaient à faire de son établissement le conservatoire des racines humaines. Pour elle tout se résolvait en un élan de charité qui traversait sans défaillance une nuit d'insondables mystères.

*

Encore une fois, les Pierres Sonnantes formaient un tout bizarre, apparemment hétéroclite, mais fondu en un véritable organisme par sa vitalité. Le cœur de cet organisme, c'était la fabrique de tissage dont la vibration mécanique et la rumeur humaine avec les allées et venues des ouvrières, le démarrage matinal, l'interruption de midi et l'arrêt du soir assuraient à l'ensemble un rythme laborieux, sérieux, adulte, alors que la Cassine et Sainte-Brigitte qui flanquaient les ateliers vivaient dans l'atmosphère vague, irrégulièrement animée et bruyante de deux communautés enfantines. Au demeurant un certain lâché mêlait le petit peuple des Pierres Sonnantes, et certains pensionnaires de Sainte-Brigitte étaient des familiers de la fabrique et de la tribu Surin.

Tel était le cas de Franz, un garçon de l'âge des jumeaux qui eut son heure de célébrité dans la presse de l'époque sous le sobriquet de l'enfant-calendrier.

Franz frappait au premier abord par ses yeux exorbités, brillants, largement ouverts, au regard fixe, hagard et furieux. Brûlé par une sorte de feu intérieur, il était d'une maigreur squelettique, et, en posant la main sur son épaule, on percevait un tremblement léger et rapide qui le parcourait sans cesse. Mais ce qui attirait, déroutait, irritait chez lui, c'était le mélange de génie et de débilité mentale dont il donnait l'exemple. En effet, en même temps qu'un niveau mental proche de l'idiotie — mais il était difficile d'apprécier la part de la mauvaise volonté dans les résultats désastreux des tests auxquels on le soumettait — il faisait preuve d'une stupéfiante virtuosité pour jongler avec les dates, les jours et les mois du calendrier, depuis mille ans avant Jésus-Christ jusqu'à quarante mille ans de notre ère, c'est-à-dire bien au-delà du temps que couvrent tous les calendriers connus. On voyait régulièrement débarquer des professeurs ou des journalistes de toutes nationalités, et Franz se prêtait avec complaisance à des interrogatoires qui avaient cessé de susciter quelque intérêt dans la petite société des Pierres Sonnantes.

— Quel jour sera le 15 février 2002 ?

— Un vendredi.

— Quel jour était le 28 août 1591 ?

— Un mercredi.

— Quelle sera la date du quatrième lundi de février 1993 ?

— Le 22.

— Et celle du troisième lundi de mai 1936 ?

— Le 18.

— Quel jour de la semaine tombait le 11 novembre 1918 ?

— Un lundi.

— Sais-tu ce qui s'est passé ce jour-là ?

— Non.

— Veux-tu le savoir ?

— Non.

— Et quel sera le jour du 4 juillet 42930 ?

— Un lundi.

— Quelles sont les dates auxquelles le 21 avril tombe un dimanche ?

— 1946, 1957, 1963, 1968...

Les réponses étaient immédiates, instantanées, et il était évident qu'elles ne résultaient d'aucun calcul mental, d'aucun effort même de mémoire. L'interrogateur perdu dans les notes qu'il avait préparées pour vérifier les réponses de Franz avait beau s'aventurer dans d'austères fantaisies :

— George Washington étant né le 22 février 1732, quel âge aurait-il en 2020 ?

La réponse — 288 ans — donnée sans hésitation demeurait énigmatique, puisque Franz se révélait incapable d'effectuer la soustraction la plus élémentaire.

Son premier jouet — à l'âge de six ans —, un calendrier à feuilles mobiles — avait, semblait-il, fixé son destin. Tous les observateurs de passage notaient cette particularité qui leur paraissait suffisamment révélatrice. D'autres moins hâtifs observaient que la prison intellectuelle dans laquelle Franz s'était enfermé et qui ne laissait apparemment rien passer du monde extérieur — il rejetait avec le même dédain toute matière scolaire ou toute information qu'on cherchait à lui faire assimiler — était cependant battue en brèche par l'extrême sensibilité qu'il manifestait aux phénomènes météorologiques. Si l'intelligence de Franz était prisonnière du temps du calendrier, son affectivité était l'esclave du temps du baromètre. Les périodes de haute pression — audessus de 770 millimètres — le faisaient vivre dans une hilarité hagarde et fiévreuse qui effrayait les nouveaux venus et fatiguait les familiers. En revanche les chutes de pression le plongeaient dans un abattement lugubre qui s'exhalait au-dessous de 740 millimètres par des hurlements de loup malade.

Les jumeaux paraissaient avoir vaincu sa sauvagerie naturelle, et on les voyait parfois réunis tous les trois dans de mystérieux conciliabules. Franz avait-il grâce à ses facultés monstrueuses percé le secret de la langue du vent, cet éolien que parlaient les jumeaux entre eux ? Certains membres du personnel de Sainte-Brigitte qui avaient prêté l'oreille à l'incompréhensible mais très doux phrasé qu'ils échangeaient n'hésitaient pas à l'affirmer. Plus tard l'enquête qui fut menée sur sa fugue et sa disparition en mer n'apporta pas davantage de lumière sur son cas qui fut définitivement classé. Seul Jean-Paul détenait la clé du labyrinthe Franz.

*

Paul

Certes ce labyrinthe était fermé par plusieurs verrous chiffrés et superposés, mais il me semble qu'avec un peu plus de patience et de compréhension on aurait pu éviter les contresens simplistes par lesquels on s'en interdit à jamais l'accès. On aurait pu par exemple tirer profit d'une expérience dangereuse mais révélatrice. Il était clair que Franz était lié par toutes ses fibres au milieu des Pierres Sonnantes où il grandissait depuis plusieurs années. Mais précisément ne s'agissait-il pas — se demandait-on — d'un phénomène de suradaptation, et ne convenait-il pas de le transplanter pour l'obliger à rompre ses blocages et à retrouver la souplesse d'accommodation de la vie ? C'est ce qui fut tenté lorsqu'on l'envoya dans un centre d'apprentissage spécialisé à Matignon. La dégradation foudroyante de sa personnalité, consécutive à ce déracinement, imposa un retour précipité aux Pierres Sonnantes où les choses reprirent leur cours normal. Les médecins et les éducateurs auraient beaucoup appris si cette tentative malheureuse les avait amenés à explorer la nature des liens vitaux qui attachaient Franz aux Pierres Sonnantes. Les rouages de cette âme étaient pourtant assez simples. Il est vrai que je dispose pour les démonter — outre du souvenir de notre intimité — d'un instrument d'appréhension et de compréhension unique en son genre, cette *intuition gémellaire* dont les sans-pareil sont privés. Garde-toi d'une injuste rigueur à leur sujet !

Suradaptation aux Pierres Sonnantes, impossibilité de s'acclimater ailleurs, fixité, immobilité... Oui, ce que Franz haïssait plus que tout au monde, c'était le changement, la nécessité pour lui de s'adapter à une situation, à des personnes nouvelles. Il avait très vite compris que les hommes et les femmes sont d'incorrigibles agités, toujours remuant, bouleversant, courant, exigeant à tout moment des réponses nouvelles les uns des autres. Alors il s'était rétracté. Il avait fui la société de ses semblables à l'intérieur de lui-même, barricadé dans une forteresse de mutisme et de refus, tremblant et ramassé au plus profond de son trou, comme un lièvre au gîte.

Mais il y avait le temps. Les hommes n'étaient pas les seuls fauteurs de trouble de l'univers. Le temps était son cauchemar, le temps au double sens du mot : l'écoulement inexorable des minutes, des heures, des jours, des ans, mais aussi les alternances de pluie et de beau temps. Le soir, Franz était souvent tenaillé par une sourde angoisse, et il fixait obstinément les yeux au sol en sentant la lumière baisser autour de lui, terrifié à l'avance par ce qu'il verrait s'il levait le regard vers le ciel, ces édifices de nuages crémeux et bourgeonnants qui s'avançaient à des hauteurs vertigineuses en croulant lentement les uns sur les autres, comme des montagnes minées, soulevées par un tremblement de terre.

Contre cette irruption du changement et de l'imprévisible dans son île déserte, il avait édifié des défenses. La première, la plus enfantine, il l'avait trouvée auprès de la vieille Méline dont il avait été l'inséparable compagnon — et comme le petit-fils adoptif — les premiers temps de son arrivée. Comme tous les paysans de jadis, Méline suivait la ronde des saisons et les rythmes météorologiques avec une extrême attention en s'aidant d'almanachs, de calendriers et de tout un trésor de proverbes et de dictons. Franz, qui avait toujours opposé un front de bélier à tous les efforts des éducateurs pour lui apprendre ne fût-ce qu'à lire et à écrire, avait assimilé avec une stupéfiante facilité le contenu de tout ce qui lui était tombé sous la main et qui était propre à emprisonner le temps qui passe dans un tableau mécanique où l'avenir et le hasard paraissent eux-mêmes fixés à jamais. Il s'était mis à parler, et on l'entendait parfois réciter les jours de tel ou tel mois passé ou futur — avec ses saints et ses fêtes, agrémentés d'adages ayant toujours trait aux couleurs du ciel, et les assujettissant à quelque retour ou règle de fréquence. « A la Sainte-Luce les jours croissent d'un saut de puce. » « Avril pluvieux et mai venteux font l'an fertile et plantureux. » « Ciel rouge au soir, blanc au matin, c'est la journée du pèlerin. » « Février, le plus court des mois, est de tous le pire à la fois. » « Noël au balcon, Pâques aux tisons. » « Petite pluie abat grand vent. » « Pluie d'avril, rosée de mai. » « Temps pommelé et femme fardée ne sont pas de longue durée »... C'était une litanie dont Méline l'avait bercé et qui calmait ses angoisses. Mais il restait la victime des extrêmes météorologiques, et lorsqu'un orage menaçait, on savait à Sainte-Brigitte qu'il fallait le surveiller plus étroitement parce qu'il devenait capable de tous les coups de folie.

Ce fut Méline elle-même qui détruisit d'un mot banal, prononcé machinalement, l'édifice chronologique et proverbial dans lequel son enfant adoptif abritait sa démence. Un jour de janvier que chauffait un beau soleil, étonnamment haut dans le ciel bleu, elle prononça cette phrase à coup sûr inventée par une femme et répétée depuis par toutes les femmes, sous toutes les latitudes : « Il n'y a plus de saison. » La remarque est banale. Parce que les variations saisonnières servent de cadre à notre mémoire, notre passé nous paraît plus fortement teinté que le présent par les couleurs conventionnelles des mois de l'année, et cela d'autant plus qu'il est plus lointain. Le système de Franz devait être déjà éprouvé par des infidélités indéniables. La petite phrase de Méline frappa l'enfant comme la foudre. Il se jeta sur le sol en proie à des convulsions. Il fallut l'emporter, lui faire une piqûre calmante.

Dès lors s'accomplit en lui un changement qu'on pouvait interpréter comme sa puberté, une puberté accordée à sa nature torturée et excentrique. Il se détacha de Méline au point de paraître l'éviter. Abandonnant les dictons, proverbes et adages météorologiques, il parut renoncer à vouloir domestiquer le ciel, dont il subit les caprices avec une redoutable violence. On aurait dit qu'une cassure s'était produite pour lui dans cette équivoque notion de *temps,* qui couvre des choses aussi apparemment éloignées que le système des jours, des heures et des années, et ces alternances capricieuses de nuages et de ciel bleu, la chronologie et la météorologie, c'est-à-dire ce qu'il y a de plus prévisible et ce qui demeure irrémédiablement imprévu. Cette équivoque peut avoir son charme, car elle charge de vie concrète et jaillissante le cadre temporel vide et abstrait où nous sommes enfermés. Pour Franz, c'était l'enfer. Dès que Méline eut prononcé la formule magique qui levait la mainmise du calendrier sur les troubles de l'atmosphère, son angoisse lancinante le jeta dans l'élaboration de son calendrier géant où les jours et les nuits des millénaires étaient figés à tout jamais, comme les cellules d'une ruche. Mais à travers le réseau de son calendrier, la météorologie l'éclaboussait de pluie et de soleil, introduisant dans ses tables immuables, l'irrationnel, l'imprévu. Son génie chronologique qui avait proliféré aux dépens de toutes ses autres facultés le laissait nu et sans défense devant les désordres de l'atmosphère. Or ce grand nerveux, d'une effrayante fragilité, avait besoin pour survivre de remplir son espace temporel d'une structure régulière ne laissant aucun creux, c'est-à-dire aucun temps mort, aucun temps fou. Le temps vide était un abîme où il basculait avec horreur. Les intempéries perturbaient la succession circulaire du calendrier en y introduisant une série sans raison, une histoire de fou.

(Personne n'a mieux connu que moi cette peur des

soubresauts chaotiques dont la vie quotidienne est faite, et ce recours à un équilibre sidéral, stérile et pur. Noué à mon frère-pareil en posture ovoïde, la tête serrée entre ses cuisses, comme un oiseau cache sa tête sous son aile pour dormir, environné d'une odeur et d'une chaleur qui étaient miennes, je pouvais être sourd et aveugle aux chassés-croisés imprévisibles qui tournoyaient autour de nous.

Et puis il y a eu l'arrachement, le coup de hache qui nous a séparés, l'horrible amputation dont j'ai cherché la guérison de par le monde, enfin cette autre blessure m'arrachant une seconde fois à moi-même et me clouant sur cette chaise longue, face à la baie de l'Arguenon dont je vois les eaux refluer en nappes miroitantes. J'ai survécu à cette destruction de la paix gémellaire ; Franz a succombé aux assauts lancés par les vents et les nuées à sa forteresse chronologique. Mais personne n'est mieux placé que moi pour le comprendre.)

Je le comprends et je crois avoir percé le secret de son calendrier millénaire comme de sa fugue mortelle. L'esprit de Franz était bien le désert que révélaient tous les tests d'intelligence auxquels on le soumit. Mais parce que ce vide lui était affectivement insupportable, il avait réussi à trouver deux *cerveaux mécaniques* extérieurs — l'un nocturne, l'autre diurne — pour le combler. Le jour, il vivait branché en quelque sorte sur le vieux métier Jacquard de la fabrique. La nuit, il se faisait bercer par les feux de la baie de l'Arguenon...

Je comprends d'autant mieux la fascination exercée sur Franz par le grand jacquard que j'y ai été moi-même toujours sensible. L'antique et grandiose machine occupait le centre du chœur de l'ancienne nef et se trouvait ainsi couronnée par une sorte de coupole. Cet emplacement pouvait se justifier par sa hauteur exceptionnelle. Alors que les métiers actuels sont bâtis autant que possible horizontalement comme leurs ancêtres, l'ancien jacquard est surmonté d'une vaste superstructure qui forme baldaquin ou clocher et qui comprend le prisme cubique sur lequel basculent les cartons perforés, les aiguilles verticales commandant chacune l'une des arcades à laquelle sont attachées toutes les lices dont les fils ont la même fonction, les aiguilles horizontales en contact avec les cartons, et bien entendu les axes et les roues de transmission actionnant l'ensemble. Pourtant cette hauteur particulière à l'ancien jacquard n'est pas telle qu'il n'aurait pu trouver place n'importe où dans l'ancienne nef. Non, cette place privilégiée, sous la coupole du chœur, répondait précisément au sentiment de respect et d'admiration que chacun aux Pierres Sonnantes éprouvait pour l'objet savant et vénérable, symbolisant toute la noblesse artisanale du tissage.

Mais c'était pour sa musique que Franz hantait des journées entières les abords du jacquard. Le chant du jacquard était bien différent du ronflement métallique et confus des métiers modernes. L'abondance des pièces de bois, la lenteur relative de son mouvement, les articulations complexes mais somme toute peu nombreuses et à tout le moins dénombrables pour une oreille exercée, tout contribuait à conférer au bruit du vieux métier une distinction qui l'apparentait à un langage. Oui, le jacquard *parlait,* et Franz comprenait sa langue. L'ensemble des cartons s'enroulant en chaîne sans fin autour du prisme et commandant par leurs perforations le ballet des lices et le dessin du tissu dictait à la machine l'équivalent d'un discours. Or voici l'essentiel : ce discours, quelle que soit sa longueur ou sa complexité, se répétait indéfiniment lui-même puisque les cartons attachés bout à bout étaient en nombre fini. Franz avait trouvé dans le chant du grand jacquard ce dont il avait un besoin urgent, impérieux, vital, une progression assujettie à une raison et formant par conséquent un circuit fermé. Dans ce tic-tac nombreux mais rigoureusement concerté, son cerveau malade était conforté et entraîné, comme un soldat au sein d'un bataillon parfaitement discipliné. Je me suis même formulé une hypothèse dont je n'ai pas la preuve, mais qui me paraît extrêmement probable. Je pense que le discours du jacquard fut en quelque sorte le modèle sur lequel Franz construisit son calendrier géant. Les 7 jours de la semaine, les 28, 29, 30 et 31 jours des mois, les 12 mois de l'année, les 100 années du siècle, ce système est apparemment sans rapport avec la formule du *croisé* — sergé à 4 ou 6 fils —, du *gros de Tours* — qui s'obtient en augmentant d'un « pris » dans le sens de la chaîne le pointé de l'armure unie — ou du *gros de Naples* — cette augmentation d'un « pris » se faisant alors dans le sens de la trame — etc., du moins présente-t-il une complexité du même ordre et des retours réguliers de périodes comparables. La pensée chaotique de Franz que disloquaient les intempéries avait fait du grand jacquard un auxiliaire et comme un prolongement d'elle-même, d'une bienfaisante régularité. Le jacquard tenait lieu à Franz d'organisation cérébrale. Il pensait par lui et pour lui, une pensée évidemment monstrueuse par sa monotonie et sa complexité, et dont le seul produit était le calendrier millénaire.

Cette hypothèse trouve une confirmation dans l'état de prostration où sombrait Franz chaque fois que le bourdonnement des ateliers se taisait. Privé de son cerveau mécanique, soumis par l'arrêt des ateliers à une sorte de lobotomie, l'enfant n'était plus qu'un petit animal traqué qui guettait avec terreur le souffle du vent ou le crépitement de la pluie.

Restaient les nuits.

*

Depuis deux heures déjà la barre de lumière verte que le soleil couchant posait sur la mer s'est engloutie avec lui. Les fenêtres de Sainte-Brigitte s'éteignent les unes après les autres. Privé depuis deux heures du chant du grand jacquard, Franz sombre dans une solitude pleine de cauchemars. Cette minuscule chambrette contiguë au dortoir des mongoliennes est le coin le plus calme qu'on ait pu trouver dans l'établissement pour le repos de l'enfant toujours menacé de crises nerveuses. Le rectangle phosphorescent de la fenêtre peut bien s'ouvrir sur un horizon marin admirable, il n'est encore d'aucune ressource pour lui. Il faut attendre, attendre dans l'angoisse et la déréliction le secours qui va venir quand la nuit miséricordieuse sera enfin tombée.

Franz est figé dans son lit de fer, les yeux fixés sur le plafond laqué blanc de sa cellule. Le phénomène salvateur qu'il guette s'annonce par d'infimes lueurs. C'est d'abord une palpitation assez confuse, mais dont la structure complexe se laisse deviner de minute en minute. Il y a des reflets rouges, des éclats blancs, une plage verte. Puis plus rien. Peu à peu le spectacle s'ordonne, et Franz sent se desserrer l'étau d'angoisse qui l'étreint depuis la fin du jour.

C'est maintenant par les éclats blancs que commence la série. Trois fulminations en salve, puis un laps d'obscurité, puis une longue traînée verte qui semble ne mourir qu'à regret. Une nouvelle salve blanche. Enfin un liséré rouge qui mord cette fois sur le dernier éclat blanc...

Les yeux exorbités qui ne cillent jamais, qui jamais ne se départent de leur expression de fureur hagarde, sont braqués sur l'écran palpitant où défilent des spectres de couleurs. Parfois une main osseuse et tremblante sort du drap et relève d'un geste gauche la perruque de clown ébouriffée qui croule sur son front.

La ronde des spectres s'est nouée selon une formule nouvelle. Les éclats blancs se superposent à la plage verte qu'ils brisent par trois fois avant de la laisser s'étaler paisiblement. Puis le liséré rouge prend possession du plafond qu'il transverbère de bout en bout. Franz sent refluer en lui le calme bonheur qui l'enveloppait. C'est que les trois phares de la baie tournant à des vitesses différentes vont superposer pour un temps leurs faisceaux, et la chambre ne sortira plus de l'obscurité que pour devenir un bref instant le théâtre d'une mêlée confuse. Pour Franz, l'apparition de ce *temps mort* grandissant, c'est le malheur. Le bonheur c'est — ce serait — l'étalement égal d'un jeu complexe de reflets se succédant sans noir, selon une formule immuable. On se rapproche de cet idéal sans jamais l'atteindre, car les trois révolutions laissent toujours subsister un vide obscur plus ou moins béant.

Tout le mal vient de la pointe de Saint-Cast qui sépare la baie de l'Arguenon de la baie de la Frênaye, et qui masque le grand phare de l'Etendrée. Franz a grandi à La Latte, à l'ombre du fort des Goyon-Matignon dont les gardiens étaient des amis. Le soir, l'enfant se glissait dans la forteresse, et s'acagnardait dans un poste de veilleur d'où l'on dominait un fabuleux panorama. A droite on apercevait l'archipel des Hébihens, les plages de Lancieux, Saint-Briac et Saint-Lunaire, la pointe du Décollé, Saint-Malo, Paramé et Rothéneuf, l'île de Cézembre et la pointe du Meinga. Mais c'était à l'est que se situait l'essentiel, du côté de l'anse des Sévignés et du cap Fréhel sur lequel se dresse justement la tour blanche à sommet noir du phare de l'Etendrée. C'est un feu à secteurs et à deux éclats. Sa période est de 9 secondes comprenant une lumière de 1,5 seconde, une éclipse de 1,5 seconde, une lumière de 1,5 seconde et une éclipse de 4,5 secondes. Ses secteurs se répartissent selon la formule suivante :

— Secteur rouge de 72°à 105° (33°), portée 8 miles.
— Secteur blanc de 105° à 180° (75°), de 193° à 237° (44°), de 282° à 301° (19°) et de 330° à 72° (102°), portée 11 miles.
— Secteur vert de 180° à 193° (13°), de 237° à 282° (45°) et de 301° à 330° (29°), portée 7 miles.

Dans la symphonie lumineuse des feux de mer visibles du fort de La Latte, la tour de l'Etendrée, haute de 84 mètres, c'était le grand orgue avec ses registres, ses claviers et ses basses. Or cette pièce royale, offusquée par la pointe de Saint-Cast, est absente du concert lumineux qu'on voit de Sainte-Brigitte. Franz ne cesse d'y penser. De la tour en ruine de l'île des Hébihens qu'il peut apercevoir de sa fenêtres, il retrouverait au grand complet les phares visibles du fort de La Latte auxquels viendrait s'ajouter la bouée à éclats rouges et le feu blanc fixe qui balisent l'entrée du port du Guildo, auxiliaires modestes, mais non négligeables.

La barque de pêche du père Kergrist est tirée sur le sec, mais la mer monte, et dans une heure elle ne sera plus qu'à quelques mètres du flot étale.

Franz se lève et met ses pieds dans ses vieilles espadrilles crevées. Il est enfermé, comme chaque nuit, mais la clé reste dans la serrure, et la porte laisse filtrer sur le plancher un jour d'un bon centimètre. Franz glisse sous la porte une feuille de buvard. Puis, à l'aide d'une allumette, il repousse la clé hors de son trou et la fait tomber à l'extérieur. La feuille de buvard est là pour la recevoir. Franz la tire vers lui et s'empare de la clé.

Il s'arrête, vaincu par l'excitation. Un tremblement convulsif l'agite, et il refoule de toutes ses forces un miaulement qui fuse de son gosier. Il est assis sur son lit, le visage enfoui dans ses mains, il ne pleure pas, il ne rit pas, il laisse passer un orage nerveux provoqué par l'imminence de l'aventure inouïe qui se prépare... Il bascule en avant, la tête dans ses mains, appuyée sur ses genoux. Il dort. Une heure. Deux heures. Il s'éveille. Que fait cette clé sur son lit ? Il lève la tête. Le ballet polychrome déploie ses figures sur le plafond. Le liséré rouge traverse comme une flèche la grande cible verte. Au moment même où il disparaît et alors que le champ vert s'efface à son tour, les trois éclats blancs se succèdent à un rythme précipité, dirait-on. Puis, c'est l'obscurité. Etendrée ! Etendrée ! C'est sur cette plage de noirceur vierge que tu devrais inscrire ton poème diapré !

La porte est ouverte. Franz glisse comme une ombre le long de la baie vitrée du dortoir des mongoliennes, elles aussi enfermées à clé. La surveillante occupe une chambrette à l'autre bout du couloir. Elle n'est plus jeune et elle a l'oreille dure. C'est pourquoi on lui a confié cet étage d'enfants faciles.

Dehors, le ciel scintille, mais à l'ouest un amoncellement sombre déferle lentement. La mer est haute, et on distingue nettement la frange phosphorescente des vagues qui éclatent en chuintant. Les trois phares épellent inlassablement leur message : le feu scintillant blanc de la pointe de la Garde, le phare tournant vert de la pointe du Chevet, et, très loin, le petit feu rouge à éclats signalant les récifs de la Hache. C'est dans cette direction qu'il faudrait naviguer pour rencontrer l'île des Hébihens, la plus importante de tout l'archipel.

Franz arc-boute sa maigreur d'insecte contre le flanc de la petite chaloupe de Kergrist. Il parvient sans doute à l'ébranler, mais il comprend qu'il n'aura jamais la force de la mettre à flot. Il s'acharne sans le moindre espoir, poussant, tirant, entreprenant follement de creuser le sable sous l'avant de la barque. Dans une heure, ce sera trop tard. Déjà le jusant amorce son mouvement de retrait. Franz se laisse aller sur le sol dur et glacé, et une nouvelle décharge nerveuse le secoue. Il claque des dents, un bouquet d'écume se forme à la commissure de ses lèvres dont s'échappe un sanglot guttural. Il reste immobile un long moment, observant de ses gros yeux saillants la comptine amicale que les feux égrènent du fond de la nuit. Il peut retourner dans sa chambre. La danse des spectres doit se poursuivre sur son plafond blanc. Il a hâte de s'enfermer à nouveau dans cette cellule close où le monde extérieur se réduit à ces signaux gracieux qui s'enchaînent selon une formule subtile.

Quand il repasse devant la cage vitrée du dortoir des filles, une face hilare et lunaire le guette et le salue par une mimique véhémente. C'est Bertha, l'aînée des mongoliennes. Elle a pour Franz un attachement passionné, animal qui s'exprime à toute occasion par des démonstrations sans retenue. Franz s'est arrêté, saisi d'inquiétude. Il sait d'expérience que Bertha n'en restera pas à cette première et discrète manifestation. Déjà les petits bras tors s'agitent, les yeux bridés supplient et larmoient, la bouche triangulaire qu'obstrue complètement une langue charnue laisse filer des coulées de salive. Elle va réveiller les autres et faire un sabbat si Franz ne la calme pas. Il tourne la clé dans la serrure, et déjà Bertha sautille autour de lui dans sa grossière chemise de bourgeron. Elle tente de l'embrasser, le bouscule avec une force redoutable et manque de le jeter par terre.

La chaloupe du père Kergrist... Qui sait si Bertha ne parviendrait pas à la mettre à flot ? Franz la prend par la main et l'entraîne. Elle jappe de bonheur et déboule derrière lui comme un gros chien. Mais parvenus au pied de l'escalier qui mène à la plage, ils entendent des petits pas et des grognements derrière

CHAPITRE IV

LA PROIE DE LA PROIE

Alexandre

Je sentais le moment venu de me refaire une solitude. La solitude est chose fragile qui vieillit vite. D'abord pure et dure comme diamant, elle subit atteinte sur atteinte. Légères, le sourire du garçon de café qui vous reconnaît, les trois mots de commentaire sur le temps qu'il fait de la marchande de fruits, puis plus appuyées quand telle ou telle de vos habitudes a été repérée — « le steak à point, comme vous aimez » — « votre journal n'est pas encore là, la livraison est en retard aujourd'hui » — enfin, c'est l'irréparable outrage lorsque votre nom ayant été décelé, des commerçants zélés vous l'assènent à tout propos « Monsieur Surin par-ci, monsieur Surin par-là. »

Mais comme briseur de solitude, rien ne vaut le sexe. Moi, sans sexe, je ne vois vraiment pas de qui j'aurais pu avoir besoin. Un anachorète dans le désert, un stylite debout jour et nuit sur sa colonne. Le sexe, c'est la force centrifuge qui vous chasse dehors. Hors d'ici ! Va baiser dehors ! C'est le sens de la prohibition de l'inceste. Pas de ça ici ! Monopole de papa ! Et si on sort, ce n'est évidemment pas pour des promenades solitaires. Le sexe ne vous expulse de chez vous que pour vous jeter dans les bras du premier venu.

Me refaire une solitude. Cela consiste à me laisser tomber dans une sous-préfecture un peu grise, comme Roanne, par exemple — vierge, absolument vierge, pas un souvenir, pas une trace de moi — à prendre une chambre dans l'hôtel Terminus, et là à attendre. Attendre qui, quoi ? D'abord le bonheur. La porte refermée derrière la bonne qui m'a accompagné, ma petite valise posée sur les sangles de l'X, je me laisse aller sur le dessus-de-lit en crochet blanc.

J'entends la lointaine rumeur de la ville, le ferraillement et le timbre d'un tramway, le flot des voitures qui s'écoule, des appels, des rires, un aboiement, tout cela fondu dans une rumeur familière. Ils sont nombreux, ils sont tous là, je les entends, je sens leur présence, mais eux ne savent pas que j'existe. Présence à sens unique, absence unilatérale. Le bonheur luit dans ma poitrine comme la flamme d'une lanterne sourde. Divine toute-puissance ! N'est-ce pas le privilège de Dieu de connaître tous les êtres sans se dévoiler lui-même ? Il y a certes les croyants, les mystiques, ces indiscrets qui prétendent remonter le courant et jeter un œil dans le divin secret. Pas de risque dans mon cas. Tout le monde m'ignore qui suis à l'affût. La chasse est ouverte.

PORTRAIT D'UN CHASSEUR

Des pieds à la tête, c'est la sécheresse qui domine. Du nerf et de l'os, des tendons et des articulations. Des muscles décharnés, câbles et filins plutôt que masses travailleuses. Le profil aquilin, tout en crâne et en mâchoires, l'air carnivore, mais plus prédateur que digestif. Digéré-je ? Je ne m'en aperçois guère. Au reste, je me demande où passe la nourriture que j'absorbe en quantité pourtant notable. Car je suis de surcroît un peu porté sur la constipation. En tout cas l'euphorie défécatoire n'est pas mon fait. J'écris cela avec une ombre de regret. J'aime jeter, rebuter, détruire, nettoyer par le vide. Je pense notamment que la plupart des maisons souffrent d'un système d'évacuation insuffisant. Si j'avais une grande demeure, je veillerais à ce que chaque mois une quantité notable de meubles, tapis, tableaux, vaisselle, lingerie, etc. fût livrée aux éboueurs. Faute de cette purge régulière, notre milieu domestique s'engorge, s'encrasse, et il faut attendre un déménagement pour que soit enfin accompli le grand massacre devenu à la longue indispensable.

Cette sécheresse qui résiste à un régime alimentaire généreux, je vois bien ce qui l'entretient. C'est une sorte de feu intérieur, de forge intime, une passion nerveuse, une tension trémulante de mes muscles et de mon attention qui brûlent sans cesse en moi, ne m'accordant la nuit qu'un sommeil léger et épisodique. Mes muscles et mon attention. Bien malin qui fixerait la part de ma carcasse et celle de mon cerveau dans cette fermentation qui est toute ma vie. Certes le sexe s'y taille la part du lion, mais le sexe, c'est tout l'homme, et je crois que chez moi il est de nature grandement cérébrale.

Le sexe, la main, le cerveau. Trio magique. Entre le sexe et le cerveau, les mains, organes mixtes, intermédiaires, petites servantes de l'un et de l'autre, caressent pour le compte du sexe, écrivent sous la dictée du cerveau.

DE LA MASTURBATION

Le cerveau fournit au sexe un objet imaginaire. Cet objet, il incombe à la main de l'incarner. La main est comédienne, joue à être ceci, puis cela. Elle devient à volonté pince, marteau, visière, sifflet, peigne, machine à calculer pour les primitifs, alphabet pour les sourds-muets, etc. Mais son chef-d'œuvre est la masturbation. Là, elle se fait à volonté pénis ou vagin. Au demeurant rien n'est plus naturel que la rencontre de la main et du sexe. La main abandonnée à elle-même, balancée au hasard à bout de bras, tôt ou tard — en fait presque aussitôt — rencontre le sexe. Se toucher le genou, les reins, l'oreille demande un effort de contorsion particulier. Pour le sexe point. Il n'est que de laisser aller. En outre le sexe par sa dimension et sa configuration se prête admirablement à la manipulation. Qu'on songe à quel point une tête, un pied, et même une autre main offrent moins de prises ou des prises moins satisfaisantes à la main ! De toutes les parties du corps, le sexe est à coup sûr la plus maniable, la plus manipulable.

Pour en finir avec ce sujet. L'objet sexuel fourni par le cerveau et incarné par la main peut entrer en concurrence avec ce même objet — réel cette fois — et le surclasser. L'homme en état de masturbation rêvant d'un partenaire sera gêné par la survenue intempestive de ce partenaire, et préférera retourner à ses rêves, le trompant en quelque sorte avec sa propre image.

Voilà qui fait justice de l'idée entretenue par la plupart des hétérosexuels qui se figurent les relations homosexuelles comme une double et réciproque masturbation. Il ne s'agit pas de cela. La vraie masturbation est solitaire, et son emblème est le serpent qui se mord la queue. Toute relation sexuelle — homo-comme hétéro— implique une offrande à un partenaire, une dédicace de l'orgasme à une certaine personne. Il est vrai que cette personne peut se trouver éloignée, la dédicace se faire à distance, et alors la vraie masturbation reprend ses droits, si ce n'est qu'alors la prestation de l'imagination est personnalisée.

C'est ce que m'exprimait si gentiment un petit copain qui m'envoya un jour une carte postale avec ces simples mots : « Salut l'ami ! Je viens de vider une burette à ta santé ! »

*

Roanne rejette par jour en moyenne 30 773 kilos d'ordures ménagères. J'en conclus que cette ville doit avoir exactement 38 467 habitants. Cinq camions à benne basculante, accomplissant chacun deux tournées par jour transportent ces matières dans une décharge située à deux kilomètres sur la route de Digoin en bordure de la Loire. Ces bennes ne comportant pas de système compresseur, j'en conclus qu'il s'agit d'une population d'un niveau économique modeste. Mes observations m'ont montré en effet que si le poids des ordures ménagères augmente médiocrement avec l'élévation du niveau de vie, en revanche leur volume a vite fait de doubler ou de tripler pour peu que la richesse moyenne s'accroisse. C'est ainsi que le mètre cube d'oms ([1]) de Deauville ne pèse que 120 kilos alors qu'il atteint 400 et même 500 kilos à Casablanca. C'est pourquoi mes petits bicots pourront longtemps encore se contenter de la benne basculante à couvercle pouvant contenir entre 12 et 14 mètres cubes de matières.

Après Casablanca, Roanne est la plus pauvre de mes six villes. C'est ainsi. Les pauvres ont l'ordure dense. Ils rejettent des épluchures de légumes, des boîtes de conserve, des objets d'usage achetés bon marché et aussitôt inutilisables, et surtout l'inévitable seau de mâchefer et de cendres de charbon qui grève lourdement les gadoues. Deauville, la plus huppée de mes villes, a exigé la première l'intervention des bennes-presseuses pour évacuer ses emballages sophistiqués, ses bouchons de bouteilles de champagne, ses mégots de cigarettes à bout doré, ses carcasses de langoustes vides, ses bouquets d'asparagus, ses chaussons de danseuse, ses lanternes véni-

1. *Oms :* ordures ménagères.

tiennes à demi brûlées. Rebut bouffant, volubile, brillant, léger et volumineux que des machines coûteuses doivent broyer, écraser, comprimer pour les transporter, parce que l'espace qu'encombrent ces futilités n'est plus de mise désormais. Mortes, il faut qu'elles se limitent à la place des gadoues pauvres.

Tout opposé est le portrait ordurier de Roanne. Deux membres du conseil municipal sont venus me chercher ce matin au Terminus, et m'ont conduit en voiture à la décharge sauvage pratiquée jusqu'à présent et que la municipalité veut désaffecter — en raison d'une cité-jardin qui va s'édifier à proximité — et remplacer par un dépôt contrôlé. On compte sur ma compétence pour mener à bien l'opération.

Je me garde d'exprimer mon sentiment en présence de ces braves gens dont les idées sur la beauté, la création, la profondeur et la liberté doivent relever de la plus pure confection, voire du plus absolu néant. Mais conduit jusqu'au bord du *Trou du Diable* — comme on l'appelle ici — où Roanne exprime par le truchement de cinq camions ce qu'il y a en elle de plus intime et de plus révélateur, c'est-à-dire en somme son essence même, je suis saisi d'une émotion et d'une curiosité intenses. Je m'aventure seul dans le « trou ». J'enfonce dans une épaisseur blanchâtre que je reconnais en habitué et qui est à base de papier mâché et de cendres, mais présentant ici une densité inaccoutumée. A certains endroits, la matière devient fibreuse, filandreuse, feutrée, et l'un de mes guides m'explique — de loin — que deux usines de textile rejettent des ballots de bourre de laine qui ne s'incorporent que lentement à la gadoue.

— Il devrait bien exister une méthode de récupération pour toute cette bourre, remarque-t-il avec une nuance de blâme pour ce qu'il considère sans doute comme un gaspillage.

Cloporte petit-bourgeois ! Toujours cette peur de jeter, ce regret avare en face du rebut. Une obsession, un idéal : une société qui ne rejetterait *rien*, dont les objets dureraient éternellement, et dont les deux grandes fonctions — production-consommation — s'accompliraient sans déchets ! C'est le rêve de la constipation urbaine intégrale. Au lieu que moi, je rêve d'une déjection totale, universelle qui précipiterait toute une ville au rebut. Mais n'est-ce pas justement ce que nous promet la prochaine guerre avec les bombardements aériens qu'on nous annonce ? N'insistons pas. Il reste que j'apprécie la bourre roannaise qui donne des airs de tweed à sa gadoue et qui m'oblige à réviser mon jugement sur le standing de cette ville. Gadoue grise et sans éclat, mais de bonne qualité sans aucun doute...

Un peu plus loin l'indignation de mes conseillers municipaux devient tout à fait vertueuse devant un monceau de livres, toute une bibliothèque jetée là, pêle-mêle. Chacun de nous est bientôt plongé dans la lecture de l'un de ces pauvres bouquins souillés et déchirés. Pour peu de temps toutefois, car il s'agit d'ouvrages de chimie en latin, selon quels détours venus terminer leur docte carrière en ces lieux ? Le livre, très recherché par les chiffonniers, n'est pas courant dans les gadoues, et je dois dire que c'est ma première trouvaille de ce genre. Or voici ce qu'il y a de remarquable : mes compagnons s'indignent de la grossièreté d'une population qui n'hésite pas à jeter des livres, objets nobles par excellence. Moi, au contraire, je m'émerveille de la richesse et de la sagesse d'une décharge où l'on trouve même des livres. Voilà bien le malentendu qui nous sépare. Pour mes conseillers municipaux enracinés tout d'une pièce dans le corps social la décharge est un enfer équivalant au néant, et rien n'est assez abject pour y être précipité. Pour moi, c'est un monde parallèle à l'autre, un miroir reflétant ce qui fait l'essence même de la société, et une valeur variable, mais tout à fait positive, s'attache à chaque gadoue.

Je note une autre particularité. Il va de soi que pas plus à Roanne que dans une autre ville, il n'est habituel qu'on jette des livres aux ordures. Pourtant la présence de ces livres m'a paru intéressante, révélatrice, instructive, et je les ai aussitôt inscrits dans les armoiries ordurières de Roanne. Je me souviens maintenant qu'il en fut déjà de la sorte pour plus d'une ville. Quand j'ai mis le pied pour la première fois à Miramas dans la grandiose décharge de Marseille — la plus vaste de France — j'ai été frappé par la présence d'un camion entier de rascasses avariées qu'une nuée de goélands se disputaient à grands cris, et depuis, les poissons crus de Méditerranée sont inséparables des collines lunaires de Miramas. C'est que le hasard et l'accident n'existent pas en ces matières, tout y est essentiel, les objets les plus hétéroclites ont ici un rendez-vous fatal décidé au moment de leur fabrication. Ce qu'il y a d'admirable dans les gadoues, c'est cette promotion généralisée qui fait de chaque débris l'emblème possible de la cité qui l'a enfanté.

Roanne — ville grise et de bon aloi de par sa bourre de laine et ses livres anciens — attendait donc d'Alexandre Surin, roi et dandy des gadoues, que le *Trou du Diable* fût comblé selon la méthode du dépôt contrôlé et devînt stade, pépinière ou jardin public. Ce sera chose faite, Messieurs les Conseillers, mais il faudra me concéder la régie intéressée de la collecte, du transport et du traitement de vos résidus avec le monopole de toutes les récupérations possibles.

PORTRAIT D'UN CHASSEUR (suite)

Prenons un certain recul. Je m'imagine au milieu des conseillers municipaux roannais, sautant les tas d'ordures, en m'aidant par-ci par-là de ma fidèle Fleurette. Il y a du mousquetaire dans mon personnage. C'est dire que j'oscille entre deux extrêmes. Au mieux le condottiere, au pire la chèvre. J'aime le mouvement. Le mouvement gratuit — horreur du travail physique — et de surcroît ascendant. Une brève expérience dans les Alpes m'a convaincu que, sans le sexe, je ne trouverais d'émotions brûlantes et substantielles que dans l'alpinisme. Quand je parlais de chèvre à mon propos, je péchais par excès de haine-propre. C'est de chamois que j'aurais dû parler. L'escrime et l'alpinisme. Deux modes d'exaltations musculaires. L'un vise à la maîtrise d'un adversaire, l'autre à la conquête d'un paysage. Mais le paysage montagnard se défend avec des armes qui ne sont pas mouchetées et menace à tout moment de vous briser les os. La synthèse des deux est réalisée dans le plus sublime des exercices : la chasse, car alors l'adversaire-proie se cache dans le paysage, en est inséparable, au point que l'amour du paysage le dispute dans le cœur du chasseur à la convoitise de la proie.

J'ai un indiscutable coup de fourchette, mais sélectif, exclusif. Je n'ai jamais compris le peu d'attention qu'accordent les psychologues, psychiatres, psychanalystes et autres Diafoirus de l'âme, aux dégoûts alimentaires des uns et des autres. Quel champ d'observation pourtant, et quelles trouvailles y sont à faire ! Comment expliquer par exemple que depuis ma plus tendre enfance j'aie en exécration le lait et tous ses dérivés, crèmes, beurres, fromages, etc. ? A deux ans, si on me faisait avaler une boule de pain à l'intérieur de laquelle on avait dissimulé une infime parcelle de fromage, j'étais pris aussitôt de vomissements incoercibles. Voilà un trait qui ne touche pas que le bout des lèvres, mais qui plonge au contraire au tréfonds des viscères !

J'aime les nourritures apprêtées, sophistiquées, méconnaissables. Je ne veux pas d'un plat qui s'avoue tout crûment tripailles, langue de bœuf ou tête de veau. Je déteste les nourritures cyniques qui semblent n'avoir fait qu'un bond de la nature brute dans votre assiette, et prétendent vous sauter de là en pleine figure. Les crudités, coquillages, fruits frais et autres naturalia, très peu pour moi. Qu'on me parle de cuisine orientale ! J'ai un faible pour le travesti alimentaire, les champignons, ce végétal déguisé en viande, la cervelle de mouton, cette viande déguisée en pulpe de fruit, l'avocat à la chair grasse comme beurre, et plus que tout j'affectionne le poisson, cette fausse chair qui n'est rien, comme on dit, sans la sauce.

Mon grand nez fouineur et aquilin n'est pas que l'ornement principal de mon visage et l'expression de mon esprit, de mon courage et de ma générosité. En vérité l'odorat tient une place éminente dans ma vie — ce qui n'est pas surprenant si l'on songe à ma vocation cynégétique — et j'écrirais volontiers un traité des odeurs, si j'en avais le temps et le talent. Ce qui m'intéresse le plus, c'est évidemment ma position particulière dans une société où la plupart des gens *n'ont pas d'odorat.* L'homme, c'est bien connu, appartient — avec l'oiseau et le singe — à ces espèces animales dont le nez est d'autant plus atrophié que l'acuité visuelle est chez elles plus exaltée. Apparemment, il faut choisir : ou l'on voit, ou l'on sent. L'homme ayant opté pour l'œil n'a pas de nez.

A ces généralités, je pourrais apporter toutes sortes de restrictions. A commencer par celle-ci : moi qui suis doué d'une acuité visuelle remarquable, j'ai également un nez exceptionnel. Est-ce à dire que je sois un surhomme ? Certes oui, d'un certain point de vue, j'en conviens ! Mais justement pas sous cet angle de la sensibilité. Car mon acuité visuelle, c'est plutôt chez moi affaire de *coup d'œil* que de vision panoramique large et contemplative. Mettez un chat dans un jardin. Croyez-vous qu'il appréciera le tracé des allées, la perspective des frondaisons, l'équilibre des pelouses et des bassins ? Il n'en aura cure, il ne verra rien de tout cela. Ce qu'il verra d'un coup d'œil infaillible, c'est la vibration insolite d'un brin d'herbe qui trahit le passage d'un mulot.

Je suis ce chat. Ma vision n'est que la petite

servante de mon désir. *Ancilla Libidinis.* Tout est flou autour de moi hormis l'objet de mon désir qui brille d'un éclat surhumain. Le reste ? Bof ! Dans un musée, je bâille, sauf si la nature morte, la corbeille de fruits, est embrassée par les bras nus et pulpeux de l'adolescent caravagien dont la tête joufflue, crépue et pâle s'incline au-dessus des grappes et des poires. Les femmes notamment existent si peu pour moi que je parviens difficilement à les distinguer les unes des autres, comme les nègres, comme les moutons d'un troupeau. Cette petite infirmité m'a joué d'ailleurs plus d'un tour. Mais qu'un jeune homme surgisse derrière moi, je me retourne, aussitôt averti par un secret instinct, et le balayant d'un regard apparemment distrait, dans l'instant, je le flaire, je le déshabille, je le reconnais centimètre par centimètre, je le pèse, le soupèse et le baise. Si c'est un veau, il ne s'aperçoit de rien, et cette innocence met le comble à ma jubilation. Si c'est un fleuret, il sent passer dans ses nerfs comme une secousse électrique. Il a vu comme un coup de flash dirigé sur lui, il est alerté, et dans le même temps, il répond par une onde — positive ou négative.

Cette acuité de mon coup d'œil s'accommode donc d'une myopie assez générale, et mon univers personnel est semblable à un paysage noyé dans un crépuscule obscur où seuls de rares objets, de rares personnages seraient doués d'une intense phosphorescence.

Il en va tout autrement de mon flair. J'ai le nez *intelligent.* Aucun autre mot ne qualifie mieux le pouvoir séparateur, la capacité d'interprétation, la sagacité de lecture de mon organe olfactif. Les autres ne doivent à leur nez que des impressions vagues, un total grossier des odeurs ambiantes dont seul se dégage finalement un signe plus ou un signe moins. Ça sent bon, ça sent mauvais, ça ne sent rien. C'est tout ce que leur misérable odorat leur apprend. Or tel est le paradoxe : plus on a de nez, moins on est sensible aux bonnes et aux mauvaises odeurs. La parfumerie ne doit d'exister qu'à une clientèle sans odorat. Car l'odorat dissipe d'autant plus la qualité bonne ou mauvaise qu'il renseigne plus finement sur la composition du milieu olfactif où il baigne. Plus distinctement il informe, moins il flatte, moins il révolte, moins il émeut. C'est une règle générale qui vaut pour tous les sens. Les myopes qui baignent dans des luminosités vagues, sans contours précis, sans linéaments solides offrant un appui consistant à l'intelligence, ne peuvent les juger que comme agréables ou désagréables. Alors que le clairvoyant oublie la tonalité affective de ce qu'il détaille et mesure.

La gadoue n'est pas — comme on croit — une puanteur massive, indifférenciée et globalement pénible. C'est un grimoire infiniment complexe que ma narine n'en finit pas de déchiffrer. Elle m'énumère le caoutchouc brûlé du vieux pneu, les remugles fuligineux d'une caque de harengs, les lourdes émanations d'une brassée de lilas fanés, la fadeur sucrée du rat crevé et le fifre acidulé de son urine, l'odeur de vieux cellier normand d'une camionnée de pommes suries, l'exhalaison grasse d'une peau de vache que des bataillons d'asticots soulèvent en vagues péristaltiques, et tout cela brassé par le vent, traversé de stridences ammoniaquées et de bouffées de musc oriental. Comment s'ennuyer dans un pareil étalage de richesses, comment être assez grossier pour les repousser en bloc parce que malodorantes ?

*

La matière grise. L'expression est tombée tout naturellement de ma plume pour évoquer les ordures roannaises, et je m'enchante du rapprochement qu'elle suggère. Car cette gadoue gris-rose, dense et riche, feutrée en épaisseur par la bourre de laine dont une pastille comprimée va garnir le médaillon aux armes de Roanne (un croissant de lune surmonté de la médaille de guerre) du cinquième gousset de mon gilet brodé, cette substance fibreuse et aux reflets nacrés a une affinité certaine avec la matière cousue de synapses du cerveau humain. Roanne, la ville aux gadoues cérébrales ! Il ne manquait que cela à ma collection, et après Rennes, Saint-Escobille, Deauville, Miramas et Casablanca, Roanne vient compléter comme il convient mon sextuor. Il n'est pas jusqu'aux vieux livres — venus ici non certes par quelque bizarrerie coupable, mais en vertu d'un processus logique — qui ne soient à leur juste place. Ils sont la flore obligée de ce fumier intelligent, ces grimoires, ils ont poussé sur lui comme des champignons, ils en sont l'émanation sublimée.

J'ai demandé dix hommes à l'Office de placement. Il s'en présente trente. A la fin de la semaine, ils ne seront sans doute plus que six ou sept. C'est la lie habituelle des trimards, arabes, piémontais, catalans, français que les gendarmes viendront peut-être réclamer tout à l'heure. Comme s'il fallait ces rebuts de l'humanité pour triturer les déchets de la société ! Je les engage en bloc. Je suis leur frère — malgré mes beaux vêtements et mon odeur de lavande — comme eux délinquant, asocial, ennemi de l'ordre au plus profond de ma chair.

Un sondage du Trou du Diable révèle une épaisseur de 6 à 7 mètres de gadoue, et une température de 80°. C'est plus qu'une fièvre cérébrale, c'est une perpétuelle menace d'incendie. Pour stopper la fermentation, il n'est que de couper l'arrivée d'air, et pour cela constituer entre chaque couche de gadoue de 2,50 mètres d'épaisseur au maximum un lit de sable de 50 centimètres au moins. Je fais poser un platelage en madriers jusqu'au bord du trou pour éviter l'enfoncement des roues des camions de sable beaucoup plus lourds que les bennes collecteuses. Les hommes étalent le sable qui croule à leurs pieds. Contraste de cette matière pure et dorée avec le sol pourri et les hommes noirs qui s'agitent dans le trou. Je mesure notre abaissement à l'admiration presque douloureuse que suscite en moi ce simple sable, parce qu'il est différent des immondices où nous vivons. Sable, plage, île déserte, vagues cristallines qui déferlent en murmurant... Assez rêver ! La semaine prochaine mon camion à trommel sera en place, et à travers son gros crible cylindrique les gadoues filtrées de Roanne arroseront les bords du trou où elles seront récupérées pour faire de l'engrais, cependant que les éléments les plus grossiers basculeront au fond du cratère.

ESTHÉTIQUE DU DANDY DES GADOUES

L'idée est plus que la chose, et l'idée de l'idée plus que l'idée. En vertu de quoi l'imitation est plus que la chose imitée, car elle est cette chose plus l'effort d'imitation, lequel contient en lui-même la possibilité de se reproduire, et donc d'ajouter la quantité à la qualité.

C'est pourquoi en fait de meubles et d'objets d'art, je préfère toujours les imitations aux originaux, l'imitation étant l'original cerné, possédé, intégré, éventuellement multiplié, bref pensé, spiritualisé. Que l'imitation n'intéresse pas la tourbe des amateurs et des collectionneurs, qu'en outre elle soit d'une valeur commerciale très inférieure à celle de l'original, voilà qui est à mes yeux un mérite supplémentaire. Elle est par là même irrécupérable par la société, vouée au rebut et donc destinée à tomber entre mes mains.

Parce qu'il ne contient pas un seul objet authentique — sauf peut-être ma collection de cannes-épées — mon intérieur parisien est entièrement du second degré. J'ai toujours rêvé de l'élever de là au troisième degré, mais s'il existe des exemples d'imitations d'imitation, la chose est si rare, elle est vouée par le mépris-au-carré de la foule stupide à une disparition si rapide que je ne pourrais en garnir entièrement ma demeure qu'au prix d'immenses efforts. J'ai cependant trouvé rue de Turenne au magasin de meubles neufs *Le Bois Joli* une chaise longue en osier copiée sur un modèle antillais, lui-même visiblement inspiré par le canapé Empire du type Récamier. J'ai aussi sur ma table un bouddha en verre dont j'ai vu le frère jumeau en cristal ancien chez un antiquaire lequel m'a assuré qu'il s'agissait de la maquette de la statue grandeur nature du boudda de Sholapur. Mais ce sont là des exceptions. Pour les multiplier et me donner un décor d'une puissance encore plus élevée — car rien n'empêche de passer de la troisième puissance à la quatrième, à la cinquième, etc. — il faudrait une patience et un temps dont je ne dispose que pour un autre objet. En vérité je n'ai le goût ni des objets, ni de la décoration, ni des collections, toutes choses trop stables, contemplatives, désintéressées pour mon humeur inquiète et avide.

Au demeurant, qu'est-ce que la gadoue, sinon le grand conservatoire des objets portés par la production de série à une puissance infinie ? Le goût des collections d'objets originaux est absolument réactionnaire, intempestif. Il s'oppose au mouvement de production-consommation qui s'accélère de plus en plus dans nos sociétés — et qui débouche dans la gadoue.

Autrefois chaque objet était façonné par l'artisan comme un original pour durer en droit éternellement. Sa destruction n'était que le fait d'un accident. Usé une première fois, il devenait objet d'occasion (c'était vrai même pour les vêtements revendus par les fripiers). Il faisait partie des héritages et avait droit à des réparations indéfinies.

Aujourd'hui l'objet est déclaré de plus en plus vite usagé, inutilisable, et jeté au rebut. C'est dans ce rebut que le collectionneur vient souvent le chercher. Il le sauve, il le recueille, il le restaure, enfin il lui donne chez lui une place d'honneur où ses qualités s'épanouissent. Et l'objet sauvé, réhabilité, magnifié rend ses bienfaits au centuple à son bienfaiteur. Il fait régner dans la maison une atmosphère de paix raffinée, de luxe intelligent, de calme sagesse.

Je comprends assez cette démarche et ses charmes, mais j'en prends le contre-pied. Bien loin de vouloir bloquer le processus production-consommation-rejet, j'attends tout de lui puisqu'il débouche à mes pieds. La gadoue n'est pas le néant où s'engloutit l'objet, mais le conservatoire où il trouve place ayant traversé avec succès mille épreuves. La consommation est un processus sélectif destiné à isoler la part indestructible et véritablement nouvelle de la production. Le liquide de la bouteille, la pâte du tube dentifrice, la pulpe d'orange, la chair du poulet sont éliminés par le filtre de la consommation. Restent la bouteille vide, le tube aplati, l'écorce de l'orange, les os du poulet, parties dures et durables de la production, éléments de l'héritage que notre civilisation léguera aux archéologues futurs. Ces éléments, il m'appartient par la méthode de la décharge contrôlée de leur assurer une conservation indéfinie dans un milieu sec et stérile. Non sans m'être exalté avant leur inhumation devant la puissance infinie de ces objets produits en masse — et donc copies de copies de copies de copies de copies de copies, etc.

*

Il s'appelle Eustache. Eustache Lafille. Lorsqu'il m'a donné cette précision à l'Office de placement, je n'en croyais pas mes oreilles. On lui pardonnera son nom par égard pour cet admirable et si rare prénom qui fait de lui mon proche parent, Eustache et Surin signifiant mêmement en langue verte le couteau méchant.

J'avais repéré quelque chose de fort et de juvénile dans la silhouette lointaine de « l'éventreur » qui s'activait au fond du trou. Au pied de la pente, armé d'un marteau et d'une sorte de machette, l'éventreur guette les objets volumineux dégorgés par le trommel et rebondissant vers lui. Il s'agit d'abord de les éviter comme des bêtes qui chargent, puis de les attaquer pour les détruire. Les paquets contenant papiers et chiffons doivent être éventrés, les tapis qui arrivent roulés, soigneusement étalés sur le sol, les caisses défoncées, les bouteilles brisées. Le but est d'éviter la formation de vides pouvant constituer des poches d'air en profondeur. Eustache s'acquittait de sa fonction d'éventreur avec une sorte d'entrain sportif qui m'a touché au cœur et même au-dessous du cœur. Je devinais son corps puissant et souple dans chacun de ses mouvements, et ce qui me choquait délicieusement, c'était quand il avait accroché une proie en se penchant en avant, le coup de rein qui le rejetait en arrière, l'ouvrait, le ployait, comme un bel arc inversé.

Je l'ai convoqué en fin de journée dans la roulotte qui me sert de bureau et de lieu de repos provisoire. Il ne s'est pas présenté, et le lendemain matin, il avait disparu. Voilà bien ma punition pour avoir employé les méthodes de la société normale et cœrcitive qu'il doit avoir en exécration. Je ne commettrai pas l'erreur supplémentaire d'interroger ses compagnons de travail. Ma seule chance, c'est de parcourir tous les hôtels borgnes et tous les bougnats (vins-liqueurs-bois-charbon) de Roanne pour essayer de le retrouver. Dans une ville plus grande, je n'aurais aucun espoir. Ici peut-être, peut-être...

...

Eustache ! Eustache ! Non, ce n'est pas possible qu'avec un nom aussi sublime tu m'échappes encore longtemps ! J'ai dû néanmoins trouver un autre éventreur pour le Trou du Diable, mais il faut vraiment que je me fasse violence pour prêter encore une ombre d'intérêt à cette entreprise. Pourtant elle est saine, vigoureuse, de nature à me satisfaire, et la « substance grise » roannaise tient ses promesses à mesure que mon matériel de criblage arrive à pied d'œuvre. Nous avons déjà terminé deux couches de détritus dans le fond du Trou, séparées par une couche de sable, et nous savons où nous allons.

Mais je n'aurai la paix de l'esprit, du cœur et du sexe — *noûs, thumos, epithumetikon,* comme disait notre professeur de grec — que lorsque j'aurai retrouvé Eustache. Il m'arrive même de frôler la détresse. Un Alexandre en détresse parce qu'il lui manque un Eustache ! Si ce cri retentissait, qui s'en soucierait ? Et pourtant ma détresse en vaut bien une autre, peut-être ?

Je me figure volontiers que chaque homme est une certaine formule — unique — essayée par la nature, comme on prend un billet de loterie. Le numéro étant composé, elle lâche l'individu ainsi défini dans un certain milieu. Que va-t-il en sortir ? Dans l'immense majorité des cas, il n'en sort rien de notable. Mais parfois c'est le gros lot, et ça s'appelle J.-S. Bach, Michel-Ange ou Einstein. Le numéro ayant épuisé ses possibilités, on l'efface pour donner ses chances à une autre formule, car la place est limitée.

Ainsi viendra — bientôt j'espère — le moment où Dame Nature décidera « L'expérience Alexandre Surin a assez duré. Il n'y a plus rien à en attendre. Qu'il disparaisse ! » Et aussitôt je mourrai. Et ce sera très bien ainsi. Car le verdict de mort tombera au moment où mes instants cesseront d'être autant d'attributs nouveaux venant enrichir ma substance pour n'être plus que les points successifs d'une translation sans altération.

...

Je l'ai ! Le beau poisson noir aux blancs bras nage encore, mais dans le seul espace que lui laisse ma nasse. Merci, Seigneur, dieu des chasseurs, providence des pêcheurs !

J'étais à la dernière extrémité. Ou du moins, je croyais y être. La vie est faite de dernières extrémités. Mais vrai, ce soir-là, je n'en menais pas large. La détresse. Une boule dans la gorge. L'impression de marcher depuis des années dans un désert aride. La morne hétérosexualité étalant partout sa quincaillerie. Un monde inhospitalier, inhabitable. C'est que je suis tout d'une pièce moi, un homme entier ! Amour = sexe + cœur. Les autres — la plupart des autres — lorsqu'ils partent à la chasse, ils laissent leur cœur à la maison. Dans le tablier de bobonne ou celui de maman. C'est plus prudent. L'amour malade ou vieux se décompose en ses deux éléments. Parfois — c'est le sort commun des hétérosexuels — le désir s'éteint. Il ne reste que la tendresse. Une tendresse fondée sur l'habitude et la connaissance de l'autre. Parfois c'est l'inverse : la faculté de tendresse s'atrophie. Il ne reste que le désir, d'autant plus brûlant et impérieux qu'il est plus sec. C'est le sort habituel des homosexuels.

Je ne suis pas menacé par ces deux sortes de dégénérescence. Désir physique et besoin de tendresse sont fondus en moi dans un même lingot. C'est la définition même de la force, de la santé. Eros athlète. Oui, mais force redoutable, santé dangereuse, énergie sujette à explosions et retours de flamme. Car l'absence de proie qui ne signifie chez d'autres que désir inassouvi provoque chez moi désespoir, et la présence de la proie qui n'apporte aux autres que l'assouvissement du désir suscite dans mon cas le déploiement des pompes de la passion. Avec moi, tout devient toujours pathétique.

Ayant achevé la tournée des tavernes, brasseries, bars, bistrots, cafés, estaminets, assommoirs et autres débits de tord-boyaux, l'estomac décapé par les petits blancs secs qu'il avait bien fallu absorber pour mener mon enquête, je me suis retrouvé vers onze heures à proximité de la Place des Prom-Populle où une fête foraine déployait ses fastes naïfs et ses girandoles multicolores.

J'ai toujours aimé l'atmosphère clinquante et le robuste artifice des fêtes foraines. Tout ce qui est faux m'attire et j'ai pour le strass les yeux du Grand Mogol pour le Koh-i-Noor. Et puis, bien sûr ces lieux sont propices à la chasse. Cela seul est capable de me faire sortir de chez moi, je l'ai déjà dit. Les baraques et les manèges attirent une foule d'adolescents, souvent en bandes — alors difficilement prenables — mais parfois aussi isolés, intimidés, désargentés, et cependant éblouis, transportés exceptionnellement par cette atmosphère au-dessus d'eux-mêmes, à un niveau esthétique et aventureux où tout est plus facile que lorsqu'ils sont enfoncés dans leur routine quotidienne. Les frustes ne rêvent pas par eux-mêmes. Il leur faut la violence d'un spectacle ou d'une fête. Ils sont plus disposés alors à s'ouvrir au miracle Surin.

J'en avais repéré un déjà, et son air frileux, souffreteux, la blancheur de sa face maigre barrée par une lourde mèche noire m'avaient touché de pitié, sentiment nouveau pour moi et dont je me demande s'il n'est pas la forme la plus sophistiquée et la plus secrètement virulente du désir. Je l'avais vu et j'avais vu qu'il m'avait vu le voir, délicieux et vertigineux miroitement qui fait du chasseur une proie et du gibier un prédateur.

C'est alors qu'a eu lieu le coup de théâtre qui m'a coupé le souffle, que je ne peux évoquer sans tressaillir encore de surprise et de joie — et je doute que la vivacité de cette impression s'amortisse jamais, tant elle est jaillissante. Surgissant de je ne sais où, un autre garçon plus âgé et plus fort s'approcha du petit blême, lui donna une tape sur l'épaule et le serra d'un bras sous son aisselle dans une brève et puissante étreinte qui le fit trébucher. J'avais aussitôt reconnu Eustache, et son image me frappa doublement parce qu'elle était exaltée par la gloire de lampions et de pétards qui l'environnait, et par la présence du petit blême qui la douait d'une épaisseur inattendue. J'ai dit le goût que j'avais en matière d'ameublement et de décoration non seulement pour les copies, mais pour les copies de copies etc. Je n'imaginais pas que mes terrains de chasse dans leur sublime et surprenante abondance me livreraient l'équivalent érotique de l'idée de l'idée, de la copie de la copie : la proie de la proie. Et j'y trouvais un subtil rapport avec le portrait ordurier de Roanne, cette substance grise si riche d'abstractions que les livres y poussent comme champignons.

La proie de la proie... Voilà qui change singulièrement les règles de mon habituelle cynégétique. Tout devient plus complexe, plus subtil, plus difficile. Tout fut d'abord, reconnaissons-le, plus facile. L'abordage en effet se fit en douceur grâce au petit blême. Seul, Eustache se fût méfié, dérobé sans doute devant cet inconnu qui lui voulait quoi au juste ? Mais parce qu'il était flanqué du petit, il s'est senti plus assuré, plus fort — allez donc savoir pourquoi ! C'est la psychologie, ça ! Et d'ailleurs le petit s'est montré intéressé, curieux de l'étranger que j'étais. Il y avait d'ailleurs de quoi les épater. Car évidemment Eustache n'avait aucun souvenir de moi, alors que je savais son nom, son prénom, et qu'il avait travaillé quelques jours comme « éventreur » dans le Trou du Diable. J'ai continué à en apprendre sur eux en les invitant sous une tonnelle à manger des frites avec un poulet rôti à la broche. Le petit blême s'appelle Daniel et il a dix-huit ans, tout en en paraissant quatorze. Il est le fils de la tenancière du garni où Eustache habite provisoirement. Provisoirement, comme tout ce qu'il fait, tout ce qu'il est. Tout est provisoire pour lui — et depuis toujours — en fonction d'un avenir vague, mal défini où les choses étant à leur place et lui à la sienne, tout deviendrait enfin définitif. Je n'ai pas eu la cruauté de lui demander si ce définitif ne revêtirait pas finalement les espèces d'un rectangle de terre dans un cimetière, mais je l'ai pensé — et, dois-je le préciser, avec un élan de sympathie. J'ai fini par lui dire que je travaillais au chantier de la nouvelle décharge municipale, et que c'était là que je l'avais aperçu. Aussitôt il s'est répandu en imprécations contre ce trou de malheur, ce boulot pourri, et il a juré qu'on n'était pas près de l'y revoir. Puis donc qu'il y avait peu de chances qu'il revînt à moi, c'était donc à moi d'aller à lui, ce que j'ai commencé à faire en m'enquérant auprès de Daniel du nom et de l'adresse de son garni, et de l'éventualité d'une chambre libre pour moi. Voilà qui promet des expériences assez juteuses.

Nous nous sommes quittés fort bons amis avant la minuit, mais j'ai éprouvé comme un pincement au cœur de m'en aller seul en les laissant ensemble, la proie et la proie de la proie.

*

J'ai un ténia. Ce n'est pas la première fois, ce ne sera pas la dernière. Le ver solitaire est la maladie des éboueurs. S'agit-il bien d'ailleurs d'une maladie ? Je n'en souffre pas, je suis seulement encore plus maigre et je mange d'un appétit encore plus vif qu'à l'accoutumée. Autrement dit mon hôte me pousse dans le sens même de ma nature. On ne saurait être plus prévenant. Aussi je ne me presse pas de prendre l'extrait éthéré de fougère mâle grâce auquel je m'en débarrasse sans difficulté. En vérité, je m'accommoderais de cet élevage intime, si seigneur ténia n'avait parfois la fantaisie de laisser fuir un morceau de ruban fort long qui s'extériorise sans crier gare. Ces fugues incontrôlées sont souverainement gênantes en société, même dans notre corporation.

*

Tout en conservant ma chambre à l'hôtel Terminus, j'en ai retenu une autre au Rendez-vous des Grutiers sur le bord du canal. Ma fenêtre donne sur la voie d'eau et surtout sur les abattoirs qui dressent leur masse de briques rouges à quelques mètres de l'autre rive. Paysage morne et brutal, mais qui s'accorde assez à l'entreprise de double séduction qui m'amène ici. Je ris de pitié en songeant aux exploits domestiques des Don Juan bravant le père noble ou le mari cornard. Toute l'hétérosexualité est dans ce genre d'imposture qui tient de ces contrefaçons de corridas où des vachettes remplacent le taureau. Moi, Monsieur, j'affronte des taureaux, des vrais, avec l'âpre et joyeuse certitude que j'y laisserai un jour ma peau !

C'est Daniel qui m'a montré ma chambre. La chambre numéro 11. Eustache, m'a-t-il précisé sans que je le lui demande, est au 22 à l'étage supérieur. Et toi, petit Daniel ? Il a eu un sourire pâle en repoussant de la main la mèche sombre qui lui barre le visage. Il couche au rez-de-chaussée, près de la chambre de sa mère. Me voilà donc pris en sandwich entre la proie et la proie de la proie, et c'est très bien ainsi.

Cet hôtel est du même âge et de même style que l'autre, le Terminus. La différence la plus notable est dans les dimensions. Tout est ici plus petit que dans un hôtel de catégorie supérieure, les chambres évidemment, mais aussi les escaliers, les w.-c., les cuvettes, les fenêtres elles-mêmes, de telle sorte que vues du dehors les personnes qui s'y montrent les remplissent entièrement et paraissent monstrueusement grandes. Les pauvres ont droit à moins d'espace que les riches. Ils n'ont qu'à se serrer, les pauvres. Mais il n'y a pas que cela, la vérité bizarre est à première vue peu croyable, c'est que *les pauvres sont effectivement plus petits que les riches*. Des statistiques comparées établies lors des conseils de révision le prouvent. Il n'est d'ailleurs pour s'en convaincre qu'à regarder la foule du métro parisien dans les stations huppées et dans les stations populacières. Le voyageur moyen de Champs-Elysées-Clemenceau mesure dix centimètres de plus que celui de Ménilmontant. Que si l'on grimpe les échelons sociaux d'une génération à l'autre, aussitôt les enfants dominent les parents de la tête et des épaules. En revanche le fils qui reprend le métier de son père en reste également à sa stature. C'est ridicule, c'est même un peu honteux, mais c'est la vérité.

Me voilà donc logé à double enseigne, Terminus et Grutiers. Au Terminus, je suis Monsieur Surin. Aux Grutiers, Monsieur Alexandre. Nuance. La politesse des pauvres — aussi sourcilleuse que celle des riches — s'accommode de leur prédilection pour les prénoms, voire pour les diminutifs, car je sais bien que dans peu de temps je vais devenir Monsieur Alex. Cette prédilection va souvent jusqu'à une curieuse inversion qui fait du nom un prénom et du prénom le patronyme. C'est ainsi d'ailleurs que la mère de Daniel m'a inscrit sur le grand registre noir : Monsieur Surin Alexandre.

J'ai interrogé Daniel sur l'origine de l'enseigne de l'hôtel. C'est qu'il y avait jadis des entrepôts de charbon sur les quais et une vraie futaie de grues à bennes pour charger et décharger les péniches. Mais lui n'a pas connu les grutiers. Quand il est né, Roanne avait déjà cessé d'être le port charbonnier du canal latéral de la Loire. C'est dommage. Cela aurait ajouté une assez belle note à l'ensemble. Et puis le mot même de charbonnier résonne chaudement à mon oreille. Quand j'étais enfant, l'une de mes émotions inavouables m'était donnée par les bras et les épaules des livreurs de charbon dont la blancheur prenait un éclat, une *pâte* extraordinaires grâce à la poussière d'anthracite qui les fardait. Il ne reste de cette époque que des sinistres hangars fuligineux et déserts qui font suite aux bâtiments des abattoirs.

*

Ma fréquentation du milieu « grutier » continue à m'apporter toutes sortes de précisions sur cette faune particulière que je continuerai — faute d'un terme meilleur — à appeler *les pauvres*. En changeant d'hôtel, j'ai déjà noté la diminution de l'échelle générale du décor domestique qui fait du pauvre une sorte de miniature du riche. Depuis j'ai relevé des traits qui pourraient fournir l'ébauche d'une

PSYCHOSOCIOLOGIE DU PAUVRE

1. Le pauvre mange deux à trois fois plus que le riche. J'ai d'abord cru qu'il s'agissait de compenser

une dépense énergétique plus grande dans les métiers manuels et les travaux de force. Il n'en est rien pourtant, car ce régime se traduit par une obésité généralisée, et je vis ici entouré de femmes bouffies et d'hommes pansus et mafflus. La vérité, c'est que le pauvre, — alors même qu'il ne souffre d'aucune restriction — ne s'est pas libéré de la peur viscérale de manquer que des siècles de famine ont inculquée à l'humanité. Conjointement il est demeuré fidèle à une esthétique de la pénurie qui fait paraître belles et désirables les grosses femmes, virils et majestueux les hommes ventrus.

2. Le pauvre s'habille plus et plus chaudement que le riche. Le froid est après la faim le fléau le plus redouté des hommes. Le pauvre reste soumis à la peur atavique du froid et voit en lui l'origine de nombre de maladies (prendre froid — tomber malade). Manger peu et se mettre nu sont des privilèges de riches.

3. Le pauvre est un sédentaire-né. Ses origines paysannes lui font voir le voyage sous l'aspect d'un déracinement, d'une errance, d'un exil. Il ne sait pas voyager à la légère. Il faut qu'il s'entoure de préparatifs et de précautions, s'encombre de bagages inutiles. Avec lui le moindre déplacement prend des airs de déménagement.

4. Le pauvre est sans cesse pendu à la sonnette du médecin. Troisième terreur non maîtrisée chez lui : la maladie. Les médecins des quartiers populaires sont sans cesse harcelés pour des rhumes ou des indigestions. Le pauvre se demande parfois comment fait le riche pour n'être jamais malade. La réponse est simple : c'est qu'il n'y pense pas.

5. Parce que son travail l'exténue et le dégoûte, le pauvre caresse deux rêves qui n'en sont qu'un : les vacances et la retraite. Il faut appartenir à la caste des seigneurs pour ignorer ces deux mirages.

6. Le pauvre a soif d'honorabilité. Il n'est pas absolument sûr d'appartenir à la société humaine. Et s'il n'était qu'une bête ? De là son besoin de s'endimancher, d'avoir un chapeau, de tenir sa place — aussi modeste soit-elle — dans le corps social. De là aussi sa pudibonderie. La définition de l'honorabilité est facile : c'est la dégénérescence du code de l'honneur qui tenait lieu de morale à l'aristocratie. Le tiers état succédant à la noblesse en 1789 à la tête de la nation, l'honneur a cédé la place à l'honorabilité et à ses deux piliers, la pudibonderie et le culte de la propriété, choses que l'aristocratie ignorait assez superbement.

7. Le pauvre acceptant le corps social tel quel, et entendant s'y faire une place grandissante, est politiquement un invétéré conservateur. Il ne voit pas plus loin que la petite bourgeoisie à laquelle il espère bien accéder au plus tôt. Il en résulte qu'aucune révolution n'a jamais été faite par le peuple. Les seuls ferments révolutionnaires d'une société se trouvent dans la jeunesse estudiantine, c'est-à-dire parmi les enfants de l'aristocratie et de la grande bourgeoisie. L'histoire offre régulièrement l'exemple de secousses sociales brutales provoquées par la jeunesse de la classe la plus favorisée. Mais la révolution ainsi amorcée est récupérée par les masses populaires qui en profitent pour obtenir des améliorations de salaire, une diminution du temps de travail, une retraite plus précoce, c'est-à-dire pour faire un pas de

plus en direction de la petite bourgeoisie. Elles renforcent et aggravent ainsi le système social et économique un moment ébranlé, et lui apportent leur soutien en s'y incorporant plus intimement. Grâce à elles, les gouvernements révolutionnaires cèdent la place à des gardiens tyranniques de l'ordre établi. Bonaparte succède à Mirabeau, Staline à Lénine.

*

Si j'étais resté à l'hôtel Terminus, ma solitude se serait gardée plus longtemps. En m'installant chez les grutiers, j'ai plongé sur la trace d'Eustache et de Daniel dans la canaille qui est ma véritable famille. Je m'avise que l'exercice de mon épouvantable métier ne m'avait jusqu'à présent encanaillé qu'à moitié. C'est que ma vie privée — et singulièrement sexuelle — était demeurée à l'écart des gadoues. Je retirais mes cuissardes d'égoutier, et je redevenais le très fréquentable Monsieur Surin, rejeton d'une famille honorablement connue à Rennes. Bien malin qui aurait deviné que la recherche et l'éclat de ma mise, le choix de mes attributs obligés — mes six médaillons, Fleurette — provenaient — non de mœurs, comme on dit, équivoques — mais d'une surcompensation motivée par l'abjection de mon labeur quotidien.

A Roanne, tout a changé. J'ai découvert Eustache sur mon chantier, et les grutiers ont achevé de me compromettre. Voilà donc ma vie totalement investie par la gadoue. Cela devait arriver sans nul doute, et je sais gré au destin de m'offrir du même coup des compensations non négligeables. Cela a commencé par la substance grise roannaise et par les livres qui y fleurissaient. Quelque chose d'essentiel en moi — mon goût de l'idée de l'idée, de la copie de la copie — venait de trouver un écho dans la matière calomniée où je m'active. Eustache et Daniel — ces fleurs de gadoue — devaient ensuite me faire accéder à un amour ricochant vers l'abstraction par cet étrange objet, la proie de la proie. Au demeurant, ce n'est pas un hasard si Eustache a échoué dans ce médiocre garni, voisin du port charbonnier et des abattoirs. Le Rendez-vous des Grutiers est en vérité celui de tous les irréguliers de la ville, nomades, ou semi-tels, tâcherons, saisonniers, trimardeurs, et singulièrement pour tout ce qui touche aux domaines de la répurgation et de la récupération. Mon domaine, en somme, malgré que j'en aie.

J'ai une certaine expérience de ces lieux maudits. J'y ai souvent rencontré une faune humaine drolatique et bancale, mais il s'agissait d'individus isolés, à la rigueur de couples. Pour la première fois, je me trouve en face d'une petite société, complexe parce que ses membres tout en ayant des relations étroites entre eux sont individualisés, différenciés avec une force qui va jusqu'à la caricature. Ce phénomène d'agglutination tient sans doute à l'existence d'un centre d'attraction qui paraît être Haon-le-Châtel, et plus précisément une assez mystérieuse Fabienne de Ribeauvillé, propriétaire du « châtel » en question. Tout cela devra être éclairci. Ce qui me frappe, c'est que toute la racaille qui évolue autour du Rendez-vous des Grutiers et de ses aires m'a adopté spontanément malgré tout ce qui pouvait m'en séparer — mais n'est-ce pas illusion prétentieuse de ma part de me croire toujours foncièrement différent de tout le monde ? La vérité, c'est que ma délinquance charnelle — qui ne m'empêche nullement de faire figure dans les milieux huppés — me donne accès et m'assure une place parmi les marginaux. L'homosexuel n'est déplacé nulle part, tel est son privilège.

(On est délinquant par l'esprit, par la chair ou par le milieu. Les délinquants par l'esprit, ce sont les hérétiques, les opposants politiques, les écrivains, lesquels dérangent l'ordre établi dans l'exacte mesure où ils sont créateurs. Les délinquants par la chair sont opprimés ou massacrés pour des « raisons » biologiques : noirs, juifs, homosexuels, fous, etc. Enfin la majorité des prisonniers de droit commun ont été menés là par les agressions subies durant leur enfance ou leur jeunesse dans le milieu où le sort les a fait naître.)

*

Je m'engageais dans l'escalier de l'hôtel hier soir, quand j'ai été soudain pris à partie par un personnage hirsute — tout en cheveux et en barbe, avec là-dedans un nez rouge et fleuri — qui s'empara de mon revers et me souffla au visage une haleine avinée, charriant un flot de paroles véhémentes. — Incinérer ! Incinérer ! répétait-il. Mais c'est bon pour les macchabées, ça ! Moi, j'ai toujours été pour l'incinération des macchabées, moi ! Un macchabée, y a rien à en tirer. Alors, hop ! Au feu ! C'est propre, c'est radical. et puis le mec, ça lui donne un avant-goût de l'enfer qui l'attend ! Pas vrai, Philomène ? éclata-t-il en se tournant vers la mère de Daniel. Puis soudain redevenu sérieux, furieux, il reprit possession de moi. Mais brûler des gadoues ! C'est un crime, ça ! Qu'est-ce que t'en penses, toi l'aristo ? Tu crois qu'on va les brûler, nos gadoues ? Puis soudain méfiant. Mais c'est peut-être bien pour ça que t'es ici, toi ?

Je lui ai juré mes grands dieux que j'étais là au contraire pour trouver une solution différente au traitement des ordures ménagères, que la méthode du dépôt contrôlé évitait justement l'installation d'une usine d'incinération. Il est parti en grommelant.

Tel est en effet le grand sujet qui agite furieusement les grutiers. Au cours d'une récente réunion du Conseil municipal, le problème du traitement des oms ayant été soulevé, la solution du feu a été envisagée parmi d'autres. Le journal local s'étant fait l'écho de cette délibération, le petit monde de la récupération est entré en effervescence. L'incinération en effet, c'est la fin de cent petits métiers touchant de près ou de loin la récupération. Mais quand on est de la corporation, on comprend que c'est bien pire encore. C'est une agression brutale, mortelle contre la substance même de la biffe, agression non seulement matérielle, mais morale, car le feu des usines d'incinération a de l'affinité avec le feu de l'Inquisition. Nul doute, à nos yeux, c'est notre corps et notre âme d'irréguliers que l'on complote de jeter à la flamme. Mais bien sûr, il faut voir. A Issy-les-Moulineaux au bord de la Seine fonctionne une usine d'incinération moderne. Il faut

que j'y aille. A vrai dire, ce ne sont pas les occasions qui m'ont manqué. Le courage plutôt. J'y subodore une vapeur de soufre qui me fait cabrer. Voilà certes de quoi réfuter les imputations de mon frère Gustave (Gustave-le-bien-pensant) qui croyait voir le diable quand je me présentais. L'enfer n'est pas le lieu dont rêvent les chenapans, mais celui où les gens-de-bien rêvent de les jeter. Nuance ! Qu'importe. Dante sur le point de suivre Virgile dans l'au-delà a dû connaître des regimbements assez semblables aux miens. Mais j'irai, j'irai puisqu'il le faut !
P.S. Etrange et fatidique correspondance ! Au moment même où l'on parle de brûler les oms, des bruits sinistres parviennent d'Allemagne qu'Adolf Hitler est en train d'aménager à son idée. Les homosexuels sont arrêtés en masse, et — en dehors de toute action judiciaire — enfermés dans des camps de concentration où on les fait mourir à force de mauvais traitements. Bien entendu la racaille hétérosexuelle ne pipe mot sur ce crime collectif. Stupides salauds ! Comment pouvez-vous ignorer que ce premier pas franchi, le tyran s'attaquera à une autre élite minoritaire, et enverra à l'équarissage les prêtres, les universitaires, les écrivains, les juifs, les chefs syndicalistes, que sais-je ? Mais alors votre silence d'aujourd'hui étouffera vos clameurs. Le souvenir de votre silence d'aujourd'hui dénoncera la gesticulation hypocrite de votre indignation.

ont le chagrin aigu, moi je l'ai chronique. La mort de maman ressemble à une plaie ulcéreuse, limitée, dont on finit par s'accommoder jour et nuit, mais qui suppure indéfiniment et sans espoir de cicatrisation ? Pourtant il y a des mouvements et des chocs qu'il vaut mieux éviter, et je n'allais pas inutilement regarder ses fenêtres de la rue des Barres.

Partant de la gare de Lyon, j'ai flâné, Fleurette au poing, dans l'autre main un léger baise-en-ville ; l'humeur musarde, je me suis un peu perdu, j'ai descendu l'avenue Daumesnil jusqu'à la place Félix-Eboué, et je suis tombé sur une petite rue dont le nom m'a fait tressaillir de plaisir : rue de la Brèche-au-Loup. Nul doute, j'étais arrivé. J'y ai d'ailleurs déniché un petit hôtel du même nom. J'y ai pris une chambrette, conduit par le patron auquel j'ai trouvé incontinent un air lupin. Je suis ressorti aussitôt en laissant ma petite valise sur le couvre-lit en signe d'appropriation. Mon humeur chasseresse me poussait vers le bois de Vincennes en raison de ses ressources cynégétiques bien connues. Mais un destin moins frivole veillait sur moi, et je n'ai fait que quelques pas, bientôt happé par l'entrée d'une église assez imposante et toute neuve. J'ai à l'égard de la religion catholique des sentiments nuancés. Je ne peux certes oublier que les ardeurs adorables de mon adolescence ont baigné dans l'atmosphère d'un collège religieux et qu'elles sont inséparables des rites et des prières auxquels elles communiquaient leur chaleur et leur couleur. Mais depuis, j'ai été plus d'une fois indigné par l'infamie de certains prêtres qui apportent leur caution à l'idée d'un Dieu hétérosexuel poursuivant de ses foudres ceux qui ne baisent pas comme Lui. Moi je suis comme les Africains qui veulent une Sainte Vierge négresse, ou les Tibétains qui exigent un Petit Jésus aux yeux bridés, et je n'imagine pas Dieu autrement qu'un pénis dressé haut et dur sur la base de ses deux testicules, monument érigé à la virilité, principe de création, sainte trinité, idole à trompe accrochée au centre exact du corps humain, à mi-chemin de la tête et des pieds, comme le Saint des Saints du temple est placé à mi-chemin du transept et de l'abside, étrange union de douceur soyeuse et de rigueur musculeuse, de force aveugle, végétative, onirique et de volonté chasseresse lucide et calculatrice, fontaine paradoxale qui dégorge alternativement l'urine ammoniaquée, quintessence de toutes les impuretés du corps, et la liqueur séminale, machine de guerre, onagre, catapulte, mais aussi fleur trilobée, emblème de vie ardente... Je n'en finirai jamais de te célébrer !

L'imposante église du Saint-Esprit qui mêle curieusement le modernisme et le byzantinisme m'a intrigué et séduit de prime abord. Le fantastique glacé des fresques de Maurice Denis, le violent et émouvant Chemin de Croix signé Desvallières, et surtout ces mosaïques, cette immense coupole — faite, semble-t-il, pour favoriser et couronner le vol du Saint-Esprit — cette atmosphère un peu exotique, riante, vivante, si inhabituelle dans les églises d'Occident toujours vouées davantage au culte de la mort qu'à la louange de la vie — tout cela m'avait réjoui, allégé, mis dans des dispositions qui approchaient peut-être l'état de grâce.

J'allais ressortir quand je me suis trouvé face à un prêtre dont le visage macéré et les yeux brûlants m'ont frappé d'autant plus qu'il paraissait lui-même cloué sur place par ma présence.

— Thomas !

— Alexandre !

Ses mains légères et blanches comme des colombes se sont posées sur mes épaules.

— Elles n'ont pas été trop méchantes avec toi, me dit-il, en m'envisageant avec tant de force que je me sentais comme aspiré par son regard.

— Qui elles ?

— Les années.

— Elles ont été bonnes avec toi.

— Oh, moi !

Sa main s'envola vers la coupole dorée.

— Je ne suis plus celui que tu as connu au Thabor. Ni même celui que j'étais il y a seulement cinq ans. J'ai suivi une longue route, Alexandre, j'ai subi une lente et profonde métamorphose. Et toi ?

Moi aussi j'avais marché, marché — qu'avais-je donc fait d'autre depuis le Thabor ? Et mes jambes maigres et infatigables de vieux cerf n'étaient-elles pas le plus notable de mes organes ? *Homo ambulator.* Mais avais-je marché vers la lumière ?

— Il faut que nous parlions, conclut-il. Es-tu libre demain soir ? Viens dîner ici au presbytère. Je serai seul. Rendez-vous à la sacristie.

Il me sourit en rejetant la tête en arrière, puis faisant subitement demi-tour, il s'enfuit légèrement et disparut comme une ombre.

Je suis sorti pensif, replongé d'un coup dans les années de mon adolescence, dans ce vin fort qui m'avait enivré dès mon entrée au Thabor et qui me revenait en effluves mélancoliques, mais toujours grisants. Ces retrouvailles avec Koussek et la promesse de le revoir demain, de découvrir les plaines et les sommets qu'avait suivis le cheminement de ce frère génial et fou élargissaient ma vision, creusaient des perspectives, exaltaient une force toujours présente en moi, mais latente et comme assoupie.

Etranges inversions ! Les grutiers en m'enfonçant dans les oms m'ont fait ricocher vers l'abstrait (la proie de la proie). Thomas en me dévoilant un instant la voie ascendante qu'il a choisie a préludé à l'aventure la plus folle et la plus noire que j'ai connue...

*

Mes jambes maigres et infatigables de vieux cerf allant bon train, je me suis retrouvé à l'orée du bois de Vincennes après avoir traversé la place de la Porte-Dorée. Le stade Léo-Lagrange était encore animé malgré le jour déclinant. De frais et musculeux jeunes gens se livraient à un rite curieux dont le sens évidemment nuptial ne m'a pas échappé. Ils se rassemblaient en grappe, et aussitôt chacun enfonçait sa tête entre les fesses de celui qui le précédait, et cela de toutes ses forces, agrippé des deux bras à ses voisins, tellement que ce nid de mâles ondulait et chancelait sous la poussée d'une cohue de cuisses arcboutées. Finalement un gros œuf pondu au cœur du nid roula entre les jambes des mâles qui se dispersèrent pour se le disputer.

Ce bois de Vincennes se présentait ainsi d'emblée comme un hallier d'amour. J'ai toujours aimé l'équivoque du mot *folie* qui désigne à la fois un rendez-vous galant caché sous des feuillages, et la perte du sens commun. Le spectacle troublant que venaient de m'offrir les hommes aux cuisses nues accomplissant leur rite nuptial augurait bien de la soirée. Le jour tombait. Je me suis engagé dans les allées. J'ai marché sous des tunnels de frondaisons. Assis sur un banc vert, j'ai écouté la rumeur paisible de la grande ville. Une cité moderne n'est pas si éloignée qu'on le pense des taillis et des futaies de jadis. Outre que Paris a ses bûcherons, et que souvent rue des Barres j'ai entendu la nuit le cri de la chouette, rien ne ressemble pour un chasseur de mon espèce comme cet amas de maisons et d'immeubles innervé de rues et de ruelles à une jungle épaisse, grouillante de proies et de prédateurs. L'état *policé* est une imposture, car l'ordre que protège la police est dicté par le groupe dominant caractérisé par l'argent et l'hétérosexualité. Il s'agit donc d'une violence imposée par les plus forts à tous les autres, lesquels n'ont d'autre ressource que la clandestinité. Dans la jungle « policée », les flics ne sont qu'une espèce de prédateurs parmi d'autres.

J'en étais là de mes rêveries quand une silhouette est venue se poser sur le banc à côté de moi. Deux hommes se rencontrent dans un café, un salon, une exposition, etc. Leurs points d'attaque et de contact sont en nombre virtuellement infini. Mais si la rencontre a lieu la nuit dans une forêt, ces points se réduisent à deux, le sexe et l'argent, l'un n'excluant pas l'autre. Tous mes sens augmentés de toute mon expérience sont mobilisés, tendus vers l'être noir et inconnu dont je peux entendre la respiration. Appeler. Etre appelé. Tout un art. Juger vite — et le plus souvent dans l'ombre — de la réalité de l'appel et de sa qualité. Ne pas se tromper. Les erreurs coûtent cher. Il en va d'une soirée, mais parfois aussi de la liberté, de la vie.

Mon voisin se lève, fait quatre pas en avant. S'arrête. Je le vois de dos. Il écarquille les pieds. Je l'entends pisser. C'est l'appel. Basse, très basse qualité ! Un silence. Il se retourne et me fait face. La lumière me permet tout juste encore de voir que sa braguette largement déboutonnée découvre son sexe. D'ailleurs l'exhibition découle si logiquement de la situation que les yeux fermés, dans la nuit noire, je l'aurais devinée, je l'aurais *vue*. Intense nudité de l'idole à trompe exposée comme une monstrance dans son reposoir de vêtements. En elle se concentre toute la nudité du monde. Le désir dont elle rayonne est pur, absolument pur, sans mélange de beauté, de tendresse, de grâce ou d'admiration. C'est une force brute, sauvage, innocente. Je suis debout. Mes jambes m'ont mis debout, et j'avance, comme tiré par un fil, vers le phallophore. Impossible de résister à cette traction dont le point d'ancrage se situe au cœur de mes viscères. Je vais m'agenouiller. Adorer. Prier. Communier. Boire le lait de cette racine.

— Doucement !

La voix est vulgaire, grasseyante, mais juvénile et éclaircie d'une note rigolarde. En attendant, l'idole à trompe a disparu, avalée par la braguette. Evidemment, c'était trop simple. Je n'ai pas droit au sexe brut. Avec moi tout doit toujours se charger de significations, de promesses, de menaces, s'entourer d'échos et de prémonitions. Mais au-dessus de mon désir, une curiosité intellectuelle s'allume. Quelle forme va prendre cette fois-ci l'efflorescence imaginaire dont il va se couronner ?

— Pas ici, viens !

Toujours prisonnier du charme, je marche derrière lui, comme un automate, si ce n'est que Fleurette se balance toujours fidèlement à mon coude gauche.

— Mon nom, c'est Bernard. Mon boulot, c'est par ici. Et toi ?

Et moi ? Quel est mon nom au fait ? A propos, quelle est ma profession ? Le désir m'a simplifié, gratté jusqu'à l'os, réduit à une épure. Comment accrocher à ce tropisme élémentaire les pendeloques d'un état civil ? Dans ces moments forcenés, je comprends la peur que le sexe inspire à la société. Il nie et bafoue tout ce qui fait sa substance. Alors, elle lui met une muselière — l'hétérosexualité — et elle l'enferme dans une cage — le mariage. Mais parfois le fauve sort de sa cage, et même il lui arrive d'arracher sa muselière. Aussitôt tout le monde reflue en hurlant, et appelle la police.

— Surin. Eboueur.

Une fois de plus, mon nom crapuleux et mon sordide métier me sont venus en aide. J'ignore quel « Boulot » Bernard fait « par ici », mais je serais surpris qu'il surpassât le mien en brutalité. Nous approchons d'une clairière que baigne une lueur diffuse. Ce n'est pas une clairière, c'est un lac, et la lumière provient tout autant de sa surface métallique que du ciel phosphorescent. Un pavillon de planches, un débarcadère, une flottille de petites barques enchaînées les unes aux autres et qui échangent un murmure clapotant. Allons-nous baiser dans une nacelle, bercés par le flot tiède, sous le regard attendri des étoiles ? Non, ce n'est pas encore ce soir que j'aurai droit aux harmonies lamartiniennes. La promenade continue sur la berge du lac que nous contournons. Je vois mieux maintenant mon compagnon. Il est chaussé de fines savates de cycliste qui lui donnent cette démarche rapide et souple. Mais ai-je la berlue ou est-il en uniforme bleu marine ? Je n'ai jamais goûté au flic, gibier épineux, mais dont certains sont friands. En revanche, j'ai fait plus d'une fois mes délices de jeunes troufions, et l'uniforme de gros drap n'y était pas pour rien. Bernard n'a pas de képi et sa tignasse blonde et rebelle est pour l'heure le panache d'or auquel je me rallie. Il prétend travailler ici. Gardien du bois de Vincennes, peut-être ?

Nous rentrons sous les arbres et nous empruntons un étroit sentier. Irremplaçable saveur de la surprise, du danger, de la peur ! Nous butons sur un haut mur neuf et noir, une limite infranchissable. Non ! Il y a une petite porte, et Bernard en possède la clé. La porte s'ouvre. Mon guide s'efface. De la paille, de la paille, et encore de la paille. Nous sommes à l'intérieur d'une meule de paille. Une ampoule protégée par une cage d'acier diffuse une maigre lumière que nous partageons avec des compartiments voisins dont nous sépare une demi-cloison de ciment. Plus encore que ces bottes odorantes ou les fourches accrochées au mur, l'atmosphère campagnarde et stabulaire nous arrive du voisinage obscur où l'on devine des souffles, des remuements, de sourds meuglements. Mon compagnon avait disparu derrière un entassement de boquins. Il reparaît soudain. Il est entièrement nu, mais son chef s'adorne d'une casquette plate qui porte en écusson ces six lettres MUSEUM. Il se met devant moi au garde-à-vous.

— Bernard Lemail, gardien au Parc zoologique de Vincennes. Présentez armes !

Et en effet, je vois son pénis qui se dresse lentement. Foutre ! La performance n'est pas mince, et comme pour la saluer un choc formidable ébranle le bâtiment, et un cri terrifiant, un barrissement répercuté par les murs me fait sursauter.

— C'est Adèle. Une éléphante. En chaleur. Elle en a encore pour trois semaines, commente Bernard.

Un éléphant, l'idole à trompe de Raphaël dans son énormité littérale ! Voilà donc la gigantesque plaisanterie que me réservait le destin ! Mais ce premier cri, ce n'était rien encore, car il ne pouvait rester sans écho. Le concert qu'il déchaîne est insoutenable. Mille diables frappent les murs à coups de béliers, secouent des tonnes de ferraille, trépignent le sol, poussent une clameur d'enfer. Bernard demeure imperturbable. Il se laisse aller en arrière sur des bottes disposées en ottomane, la casquette basculée sur les yeux, ses cuisses blondes largement écartées.

— Mais des éléphants, tu en as combien ici ?

— Onze en comptant les petits, mais ce sont les plus bruyants.

Le vacarme a cessé d'un seul coup. Encore deux ou trois glapissements. Puis des bruits humides, des claques molles, une avalanche limoneuse qui nous arrive en même temps qu'une vapeur mielleuse nous emplit les narines.

— Et maintenant, ils chient. Tous ensemble, comme un seul homme, explique Bernard. C'est tout l'effet que leur font les cris d'amour d'Adèle. Mais faut être honnête. Le fumier d'herbivore, c'est supportable. Moi, j'ai à nourrir les éléphants, les hippopotames, les girafes, les bisons et les chameaux. Pas à me plaindre. Les copains qui doivent se faire les lions, les tigres et les panthères, c'est moins rigolo. D'abord les charognes des équarisseurs, ensuite une merde asphyxiante. Alors moi, j'en ai tiré la conclusion qui s'imposait : je suis devenu végétarien. Comme mes pensionnaires. Alors tu vas voir, j'ai le foutre qui sent le jasmin.

Le jasmin, je n'en suis pas convaincu. Mais quelles belles heures j'ai passées dans l'ottomane de paille avec mon gentil cornac, sous la garde de onze idoles à trompe, grandeur nature !

Animal triste post coïtum. Formule hétérosexuelle par excellence. Moi, *post coïtum,* j'ai des ailes, je suis environné de musique céleste. Au cœur de la nuit, dans la solitude du bois de Vincennes, j'étais porté en triomphe par Ganeça, l'idole éléphantine, ayant toujours à ses pieds un rat, symbole des oms, — et elle barrissait furieusement pour célébrer ma gloire.

Cet équipage royal avait sans doute de quoi alerter la maréchaussée. J'allais d'un pas si vif dans les allées ténébreuses que je ne vis pas une ombre immobile qui se dressait sur ma route. Il en jaillit au dernier moment un faisceau lumineux qui me frappa en pleine figure et m'arrêta net.

— Qu'est-ce que tu fais là ?

J'ai horreur qu'on me tutoie. Cette lumière étroite qui me vrillait les yeux me rendit furieux. Fleurette siffla dans l'air. Il y eut un léger choc, un gros juron, et la lampe de poche alla atterrir dans le muguet, tandis que la bienfaisante obscurité se restaurait autour de moi. Pas pour longtemps, hélas, car presque aussitôt je vis danser des flammèches devant mes yeux et je sentis mes genoux se dérober sous moi.

— La salope ! Il m'a fait mal !

Je compris que j'avais dû perdre connaissance un instant en me retrouvant le nez dans l'herbe, tandis qu'une poigne de brute me tordait le bras dans le dos.

— Tâche de retrouver d'abord ta loupiote, ensuite l'instrument avec quoi il t'a frappé. C'est une pièce à conviction ! Et toi, l'oiseau de nuit, dresse-toi un peu sur tes pattes de derrière !

La torsion se relâcha. Je me mis à genoux, puis debout, éveillant une violente douleur dans ma nuque.

— Je l'ai, patron ! C'est une canne. Une simple canne. Si c'est pas malheureux !

Brave Fleurette dont l'aspect faussement inoffensif humilie ce sale flic ! Car il s'agit de deux flics en civil, il n'y a pas de doute là-dessus, et d'ailleurs les voici qui m'entraînent sans douceur vers un panier à salade qui était invisible dans la nuit, mais dont les phares flamboient soudain.

Chères ténèbres, douces amies, complices de mes chasses amoureuses, ventre tiède, plein de promesses mystérieuses, dispensateur de protection et de secret, chaque fois que des méchants m'attaquent, ils commencent par vous violer, vous lacérer avec leur lampes et leurs phares... Nous émergeons de la nuit boulevard de Picpus. Beauté poignante de ces quartiers populeux à ces heures nocturnes. L'obscurité efface la crasse, la laideur, le pullulement des choses médiocres. Les rares lueurs brèves et limitées arrachent à la nuit un pan de mur, un arbre, une silhouette, un visage, mais tout cela simplifié à l'extrême, stylisé, quintessencié, la maison ramenée à une épure architecturale, l'arbre à une ébauche fantomale, le visage à un profil perdu. Et tout cela fragile, éphémère, voué à l'effacement, au néant, pathétique.

Je m'avise que, dans ces circonstances assez particulières, j'observe toutes choses avec le détachement de l'esthète. Car en somme, on m'a arrêté — « interpellé » comme dit le jargon hypocrite de l'administration — et l'on me conduit en prison dans un panier à salade. C'est la première fois que se produit ce genre d'incident que j'ai frôlé en cent circonstances. En dépit de tous les désagréments de la situation — ces mufles qui m'accompagnent, cette tache d'humidité terreuse sur mon genou gauche, et surtout la douleur sourde de ma nuque — je suis habité par une immense curiosité. Et cette curiosité ne concerne pas seulement l'expérience policière et carcérale où je me suis embarqué, elle illumine et transfigure tout l'environnement, comme cette place de village banale et familière que j'ai vue une nuit parcourue de reflets diaboliques, méconnaissable, devenue l'antichambre de l'enfer, simplement parce que l'épicerie flambait à grandes flammes.

Nous arrivons au commissariat du Bel-Air, rue du même nom. Salle lugubre, sentant le mégot froid. On me fait vider mes poches. Je m'assure que Fleurette accompagne bien mes petits effets personnels. Il ne manquerait plus que ces voyous me la subtilisassent ! On me laisse ma cravate et mes lacets. Déception : on ne me fait pas déculotter et incliner en avant pour faire bâiller le trou de mon cul à la face du garde-chiourme. Je me promettais une certaine satisfaction de cette petite scène que je croyais immanquable. Je tenais même en réserve depuis plus d'une demi-heure un pet assez joliment faisandé que j'ai dû abandonner ensuite en pure perte dans le violon. Car j'ai aussitôt reconnu cette antichambre de la prison où m'attendaient, effondrée sur la banquette fixée aux trois côtés du mur la silhouette tassée de deux individus sans formes ni couleurs, mais non sans odeurs. Comme tout est bien conforme cependant à ce que j'attendais ! Les honnêtes gens ont-ils une idée aussi exacte et précise de la détention, ou est-ce parce qu'avant toute expérience, je suis du bois dont on fait les prisonniers ? Je choisis un coin de banquette aussi éloigné que possible de mes deux compagnons, et je commence une attente à demi léthargique, semée de plages de lucidité vives et brèves. Par deux fois les grilles s'ouvrent et on pousse une épave humaine qui va s'écrouler, l'une à ma droite, l'autre à ma gauche. Je sais aussi qu'en prison la promiscuité est pire que la solitude. Finalement, le temps passe assez vite.

Dès sept heures, un agent en uniforme déverrouille la grille et me fait signe de sortir. Pourquoi moi ? Sans doute parce que je suis mieux mis que mes quatre compagnons. Servilité face aux bourgeois, brutalité envers les gens simples, c'est ainsi que s'exprime la philosophie sociale des gardiens de l'ordre.

Le commissaire est un petit homme chauve et chétif, et son aspect médiocre — malgré un faciès d'hétérosexuel invétéré — déconcerte quelque peu mon humeur combative. J'attaque néanmoins, bille en tête.

— Cette nuit, j'ai été agressé sans aucune raison apparente par deux de vos sbires. Ensuite je passe une nuit infecte dans vos locaux. Explication ?

Il me regarde d'un air morne, et sans un mot appuie sur un bouton. Sonnerie lointaine. Attente. La porte s'ouvre devant l'un de mes flics du bois de Vincennes. Il porte Fleurette à la main gauche. Je constate avec satisfaction que sa main droite disparaît sous un gros pansement.

— En fait d'agression, c'est vous qui avez blessé l'un de mes hommes. Je vais vous faire inculper pour coups et blessures à agent de la force publique.

— Il m'aveuglait avec sa lampe de poche.

— Que faisiez-vous la nuit dans le bois ?

— Je suis entomologiste. Je collectionne les papillons.

— La chasse aux papillons à une heure du matin ?

— Précisément. Je suis le plus grand spécialiste du monde des papillons de nuit.

— Vous vous foutez de moi, constate-t-il avec ennui.

Puis il cueille Fleurette des mains de son subordonné, l'agite dans l'air comme pour en éprouver la légèreté, la souplesse, presse du pouce le verrou et dégaine.

— Une canne-épée. Arme prohibée. Deuxième inculpation possible, commente-t-il d'un air accablé.

Je suis légèrement décontenancé. Je m'apprêtais à affronter un taureau furieux. Cet animal anémique refuse de répondre à mes citations. Pour me donner une contenance, je sors d'un de mes goussets un médaillon, l'entrouvre et le porte à ma narine. Le commissaire m'observe d'un œil désabusé.

— Qu'est-ce que c'est ? demande-t-il enfin. De la drogue ?

Je m'approche.

— Un échantillon comprimé des ordures ménagères de Roanne. Je suis le roi des gadoues.

Aucune curiosité dans son regard. Une consternation sans borne.

— Ça vous fait quel effet de sentir ça ?

— Cette odeur me rend à moi-même et m'aide à supporter telle ou telle atmosphère irrespirable dont je puis être momentanément prisonnier.

— Celle d'un commissariat de police, par exemple ?

— Par exemple, oui.

Accablé, il regarde ses mains croisées sur son buvard. Va-t-il fondre en larmes ?

— Vous connaissez quelqu'un à Paris ?

J'avais prévu cette question et médité une réponse. Finalement, j'étais décidé à faire intervenir Koussek au besoin. Il ne me déplaisait pas de compromettre quelque peu mon ancien Fleuret et de faire rejaillir un peu de gadoue sur son plumage de colombe immaculée.

— L'abbé Thomas, le vicaire de l'église du Saint-Esprit, rue de la Brèche-au-Loup. Je dois dîner au presbytère ce soir.

Le commissaire fait un signe à l'inspecteur en civil qui me conduit dans une pièce contiguë. Attente. J'imagine qu'il est en train de téléphoner à Thomas. Celui-là, il n'aura pas eu à attendre pour me voir — ou me revoir ? — sous le jour qui me convient !

La porte s'entrebâille et le visage atterré du commissaire apparaît.

— Vous pouvez partir, me dit-il.

D'un bond je suis dehors. C'est le petit matin. Le long des trottoirs fraîchement balayés, les caniveaux sont des ruisseaux limpides et chantants. La rue appartient aux bennes Sita et aux éboueurs qui les servent et les nourrissent d'offrandes multicolores. Je pense à Ganeça, à Adèle, l'éléphante en chaleur de Bernard. Analogie des bennes collecteuses et des éléphants. Il faudrait créer une benne à trompe. Elle s'en servirait pour cueillir les poubelles et les vider dans son arrière-train. Mais il faudrait aussi que cette trompe affecte la forme d'un pénis. Alors plus besoin de poubelles. Le pénis s'enfoncerait dans l'arrière-train pour son propre compte. Autosodomisation. Cela me ramène au coup sec, à l'*ejaculatio mystica* de Thomas. Tout se tient, tout conspire, tout est système. Mais j'ai beau m'enchanter de la rondeur de mon univers, je ressens un pincement au cœur en pensant que Fleurette est restée en otage chez les flics. Je me jure de ne pas retourner à Roanne sans elle.

Loup regagnant la Brèche-au-Loup, j'allonge le pas pour arriver à mon hôtel avant le lever du soleil. Ainsi la nuit aura été ce qu'elle aura été. Elle ne mordra pas sur ma journée. Tout à l'heure j'ai rendez-vous à l'usine d'incinération d'Issy-les-Moulineaux. Je vais voir pour la première fois cette cité infernale qui inspire tant d'horreur à ma corporation.

*

Le commissariat de police, c'était le purgatoire. Je reviens de l'enfer. Brisé, désespéré, le poil roussi, l'œil habité de visions d'horreur, à jamais blessé par ce que j'ai vécu.

L'usine se signale à grande distance par ses hautes cheminées dont les exhalaisons évoquent tout naturellement le travail, la production, le labeur fécond. Qui soupçonnerait qu'il s'agit en fait de tout l'inverse, et que c'est une œuvre de destruction diabolique qui s'accomplit derrière cette façade traditionnelle ?

On devine dès l'abord la noirceur et le mystère de ce qui se passe dans ces murs en découvrant une procession de bennes Sita débordantes d'oms, serpentant le long d'une rampe de ciment. Les pachydermes gonflés d'ordures, progressent au pas, le nez paisiblement collé à la croupe du précédent, depuis les quais de la Seine jusqu'à une plate-forme de pesée où ils font une brève halte avant d'accéder à une sorte de vaste esplanade. Les voitures s'y engagent et se livrent toutes à une sorte de ballet — en avant, en arrière, en avant, en arrière — qui les amène treize par treize le cul tourné vers une fosse de stockage où l'on pourrait faire basculer des maisons entières. Les bennes se soulèvent, les oms s'écroulent dans le vide, les bennes retombent, et les treize voitures se reforment en procession pour laisser la place aux suivantes.

Cette fosse de stockage, c'est l'antichambre de l'enfer. Incessamment on voit s'y précipiter à une vitesse vertigineuse des pieuvres d'acier gigantesques qui tombent du ciel, leurs huit tentacules crochus largement ouverts. Elles disparaissent dans la masse molle et blanche des oms. Puis les câbles se raidissent, on devine que le monstre referme sa mâchoire, et la pieuvre refait surface, lentement cette fois, tenant embrassée dans ses tentacules une masse informe dont retombent dans le vide des sommiers, des cuisinières, des pneus de camion, des arbres déracinés. Commandées par un pont roulant, les bennes-polypes glissent vers les trémies qui alimentent les fours d'incinération. Les tentacules se desserrent, et les réprouvés sombrent sur une pente raide, ils sont précipités, enchevêtrés, cul par-dessus tête, en cataracte, vers des fournaises mugissantes. Ils glissent dans les flammes avec leur personnalité, leurs souvenirs, leurs paroles, leurs teintes et demi-teintes, leurs goûts et leurs dégoûts. C'est un anéantissement rageur et indistinct de toutes les finesses, de toutes les nuances, de tout ce qu'il y a d'inimitable et d'irremplaçable dans l'être.

Cette chute de tout l'humain dans ce flamboiement furieux doit répondre en moi à une terreur atavique, à un pressentiment immémorial pour que son spectacle m'ait infligé une atteinte aussi profonde. Et pour en achever l'horreur, les serviteurs de ces lieux funèbres sont tous vêtus d'une combinaison verte et coiffés d'une cagoule percée d'une fenêtre de plexiglas.

Les explications hurlées par mon guide au milieu des grincements, des chocs, des rugissements se sont inscrites dans ma mémoire passive et indifférente. Que le pouvoir de combustion des oms augmente d'année en année — avec la richesse de la population — et rende inutile l'adjonction de charbon ou de fuel-oil. Que l'incinération annuelle de 740 000 tonnes de gadoues permette une vente d'énergie de 850 000 tonnes-vapeur après prélèvement des besoins de l'usine. Que l'incinération laisse des tonnes de mâchefer récupérées et permette l'hiver le chauffage de tous les quartiers avoisinants. Ces merveilles — et bien d'autres — ne faisaient qu'aggraver mon accablement parce que toutes, elles étaient marquées du signe de la mort. La vérité, c'est que cet enfer matérialise la victoire complète et définitive — jusqu'à la cendre, jusqu'au néant — des gens-de-bien sur les marginaux. Avec la destruction des oms par le feu, la société hétérosexuelle fait un grand pas en avant vers l'uniformisation, le nivellement, l'élimination de tout ce qui est différent, inattendu, créateur.

*

Je suis revenu une fois de plus saignant, blessé, tuméfié dans ma brèche-au-loup. Je me suis déshabillé, acte fondamental, rejet de mes oripeaux sociaux, libération de mon corps et de mon sexe. Les retrouvailles avec mon corps sont toujours un événement heureux, réconfortant, qui me redonne l'appétit de vivre pour toute la journée. Grand animal familier et chaud, fidèle, incorruptible, docile, qui n'a jamais failli, jamais trahi, instrument à chasser et à jouir, complice de toutes mes aventures, toujours au premier rang pour prendre les risques et recevoir les coups, aussi longtemps que j'évolue entre mon lit et ma baignoire, nu comme Adam, il me semble qu'il m'accompagne comme un bon chien, et ce n'est jamais sans regret que je l'enferme le matin dans sa prison de vêtements pour affronter le désert hétérosexuel. Je ne fais rien pour lui, sinon m'interdire ces deux poisons majeurs, le tabac et l'alcool, vice médiocre, consolation dérisoire des attelés au lourd tombereau de la propagation de l'espèce. La santé n'est pas seulement pour moi la condition première de mes quêtes et de mes jeux. Dans la mesure — très grande — où j'ai foi en moi-même, je suis assuré d'échapper à l'indignité d'une mort par maladie ou vieillesse. Non, chère carcasse, maigre et nerveuse, infatigable sur la trace du gibier, tu ne connaîtras pas le boursouflement de l'obésité hétérosexuelle, ni celui de l'œdème ou de la tumeur. Tu mourras sèche et battante dans une lutte inégale où t'aura jetée l'amour, et c'est à l'arme blanche que tu seras servie...

*

Moi qui suis sujet à constipation, je serais guéri si je disposais chaque matin de la face d'un hétérosexuel pour la couvrir de ma bouse. Conchier un hétérosexuel. Mais n'est-ce pas lui faire encore trop d'honneur ? Ma bouse n'est-elle pas de l'or pur au regard de son abjection ?

*

La perte de Fleurette, la frustration infligée à mon agressivité par ce commissaire en flanelle, et, pour m'achever, l'enfer d'Issy ouvert sous mes pas — ces trois moments, à l'origine fortuits peut-être, mais organisés par mon esprit selon une redoutable logique (moi désarmé, le commissaire rompant, puis s'effaçant devant les portes béantes de l'enfer), m'avaient donné une humeur d'encre, et les quelques heures de sommeil que j'ai pu m'accorder dans l'après-midi m'ont chargé d'énergies nouvelles. C'est dire que je crachais des flammes en me rendant au pas de chasseur au dîner de l'abbé Koussek. J'étais même si excité que les quelques mètres qui séparent l'hôtel de l'église m'ont paru trop courts, et j'ai fait le tour du pâté de maisons pour me donner un peu d'air.

J'ai toujours admiré le pouvoir que possèdent les gens de religion de créer autour d'eux une atmosphère qui leur est propre, et qui peut se trouver en totale opposition avec le milieu où ils se trouvent. Il m'est arrivé ainsi de m'égarer en plein centre de Paris dans un couvent de religieuses. Je croyais rêver. Le cloître, le jardin, le potager, les statues de saints polychromes, les cloches rythmant les moments de la journée, tout contribuait à restituer et entretenir à quelques mètres du métro un morceau de campagne intemporelle et pieuse. Le presbytère de l'église du Saint-Esprit constitue une enclave tout aussi originale avenue Daumesnil, mais l'air qu'on y respire dès l'entrée est plus subtil, et il ne faudra pas moins de deux heures d'entretien avec Thomas pour expliciter le délicat équilibre de spiritualité, de byzantinisme et d'érotisme qui le définit. Certes cet intérieur donnant au rez-de-chaussée sur une rue parisienne assez populaire formait une enclave silencieuse, dévote et méditative, mais il y avait dans ces murs blancs où les icônes et les veilleuses faisaient des taches dorées et tremblantes plus que dans un simple presbytère de village.

C'est Thomas qui vint m'ouvrir, et si mon équipée nocturne et l'appel téléphonique du commissaire de police m'avaient donné la moindre inquiétude touchant ses dispositions à mon égard, j'aurais été aussitôt rassuré par son affabilité et la douce et tendre gaieté dont il m'entoura.

— Il faut tout de suite que je te rassure, me dit-il d'emblée. Elle est là. Elle t'attend. Un gardien de la paix est venu la rapporter ce matin.

Et il me tendit Fleurette dont la retrouvaille, je l'avoue, a failli me tirer une larme.

— Ma canne-épée ! Sais-tu comment je l'appelle ? Fleurette ! En souvenir de la société secrète du Thabor.

— Et en souvenir de l'enfant que tu étais et qu'on avait surnommé Fleurette !

— Oui, Thomas Koussek !

Nous nous sommes pris par les épaules, et nous avons ri silencieusement, mais profondément, chaleureusement, en nous regardant au visage, et chacun voyait en l'autre, au fond d'un long tunnel gris, le vert paradis des amours enfantines. Comme c'était bon après la traversée d'un désert hétérosexuel plein de puanteurs et de hargnes de retrouver notre fraternelle et immémoriale complicité !

Le dîner, servi par une vieille bonne apparemment sourde et muette, fut long et recherché, composé de mets tels que je les aime, créations pures et indéchiffrables au premier degré, qui sont aux plats ordinaires ce que la peinture abstraite est à la peinture figurative. La bonne déposait les plats devant Thomas puis disparaissait. Il s'affairait alors, et il y avait dans ses gestes à la fois tant de netteté et d'obéissance évidente à des prescriptions secrètes qu'on songeait forcément à ceux d'un sacrificateur, mais un sacrificateur qui au lieu d'égorger des bœufs ou de saigner des moutons aurait écorché des entités, disséqué des essences. Il s'aperçut de la curiosité avec laquelle je l'observais, et s'interrompit un instant pour me dire en souriant ces mots qui le dépeignent tout entier :

— Que veux-tu, c'est ainsi : je n'ai jamais eu le sens du profane !

Nous avons évoqué le Thabor et notre petit groupe.

— Je n'ai gardé de contact avec aucun des Fleurets, m'assura-t-il, et pourtant j'ai un souvenir extraordinairement précis de chacun d'eux. Je nous revois tous à cet âge essentiel où, sortant des limbes de l'enfance, nous ouvrions des yeux neufs sur le monde. J'ai pour nous une immense tendresse rétrospective. N'ayant pas d'enfant, je les considère comme mes enfants, ces petits dont je fais partie paradoxalement, et entre lesquels je trouve sans erreur possible un air de parenté.

— Nous venions de découvrir simultanément qui nous étions et que nous n'avions rien à attendre de la société hétérosexuelle, dis-je. Les Pères du collège étaient eux-mêmes soumis sans réserve à cette société dont les séparait pourtant leur célibat. J'admire cette promptitude avec laquelle nous avons formé une caste murée de secret et hérissée de mépris. Ce secret et ce mépris, j'y suis toujours fidèle, et je leur dois d'être ce que je suis et même d'avoir atteint une certaine forme de bonheur.

— Cette caste dont tu parles, je l'ai retrouvée aussi, mais d'une tout autre manière, par l'expérience monastique. Sans doute avais-je trop vite oublié la leçon des Fleurets. Au Grand Séminaire, j'ai traversé une crise grave dont plusieurs années dans un couvent m'ont guéri. Nous en reparlerons. En revanche, j'ai appris à ne pas mépriser la masse hétérosexuelle. Ne crois pas que j'aie abdiqué aucun privilège. Nous sommes les seigneurs de la vie. Si l'on classait tous les hommes existants selon leur génie inventif, on obtiendrait une vaste pyramide ayant à sa base la foule copieuse et stérile, et à son sommet les grands créateurs. Or je dis qu'à la base la proportion d'homosexuels serait voisine de O %, mais qu'au sommet cette proportion avoisinerait les 100 %. Il faut pourtant résister à la tentation de l'orgueil. Notre supériorité sur la masse hétérosexuelle n'est pas très méritoire. Le fardeau de la procréation écrase totalement des femmes, à moitié les hommes hétérosexuels. Légers et gais, comme des voyageurs sans bagages, nous sommes aux hétérosexuels ce qu'ils sont eux-mêmes aux femmes. Sais-tu ce que veut dire le mot *prolétaire ?* Son étymologie est la même que celle du mot *prolifique.* Ainsi le prolétaire ne se caractérise pas par sa profession, comme on le croit habituellement, mais par sa sexualité. Le prolétaire, c'est le prolifique, attelé au lourd chariot de la perpétuation de l'espèce. Nous sommes le sel de la terre. Mais lui est la terre. Nous ne pouvons nous passer de lui, ne fût-ce que pour l'amour. Car l'amour avec un hétérosexuel possède une saveur incomparable, tu le sais. Les hétérosexuels sont nos femmes.

Je lui ai répondu que l'homosexuel songerait moins sans doute à accabler de dédain le père de famille au sexe et au travail *domestiqués* à des fins sociales si celui-ci ne nourrissait pas une haine envieuse à son égard. L'esclave secoue ses chaînes à grand bruit et revendique les méthodes contraceptives, le droit à l'avortement, le divorce par simple consentement qui lui apporteraient, croit-il, l'amour ludique, gratuit et léger de l'éternel printemps homosexuel. Le père de famille exige absurdement des femmes qu'elles s'imposent les pires violences pour être minces et stériles comme les garçons, alors que leur indéracinable vocation maternelle les veut grasses et fécondes. Et tout en courant après un modèle homosexuel, il nourrit à l'égard des homosexuels la haine du chien enchaîné à l'égard du loup libre et solitaire.

— Ce sont des jacqueries, dit Thomas. Les culsterreux hétérosexuels se soulèvent contre les seigneurs, incendient les châteaux, se livrent à des massacres comme les hitlériens aujourd'hui. Mais ces désordres ne changent rien à l'essentiel qui est tatoué dans la chair des uns comme des autres. On est « né » ou n'est pas « né ». La fable du Bourgeois Gentilhomme s'applique parfaitement à notre cas. Comme le roturier M. Jourdain, l'hétérosexuel veut mener la vie libre et désintéressée des nobles homosexuels. Mais sa condition prolétarienne se rappelle à lui d'autant plus lourdement que ses écarts sont plus nombreux. Certains pataugent dans le sang, l'ordure et les drogues anticonceptionnelles. D'autres rampent sous le poids des femmes et des enfants dont ils ont vainement tenté de se délester pendant toute une vie de désordres, mais qui ne les lâchent pas et qui vivent de leur substance. Et tiens, le petit commissaire auquel tu as eu affaire ce matin ! Je peux bien te dévoiler ses confidences, il ne me les a pas faites sous le sceau du secret de la confession. Il a provoqué la mort d'une jeune fille en tentant de la débarrasser d'un avorton de son cru, et, ayant divorcé trois fois, il vit seul en partageant son maigre traitement avec toute une tribu — qui le hait de surcroît, car elle le tient pour responsable de la misère où elle se débat. Il accusait la sexualité d'avoir saccagé sa vie et semé le malheur autour de lui. Je lui ai appris à préciser que ce qui avait fait ces ravages, c'était l'hétérosexualité vécue comme homosexualité. Bref je lui ai montré la source de ses fautes dans une sorte d'imposture.

Il s'interrompit pour faire du café à l'aide d'une petite panoplie d'alchimiste que la gouvernante lui avait apportée sur un plateau.

— L'animosité de malheureux comme celui-là contre les privilégiés bénis des dieux que nous sommes n'est que trop compréhensible, reprit-il. Elle peut d'ailleurs nous être salutaire en nous imposant le secret, l'obscurité, une tenue irréprochable en public. Nous ne devons jamais trahir notre vocation de chasseurs solitaires et nocturnes.

J'ai objecté que si cette contrainte matérielle et tout extérieure pouvait en effet être tournée à profit, la pression morale constante de la société hétérosexuelle pouvait avoir hélas sur l'homosexuel un effet corrupteur et dissolvant redoutable. Il en va de même de toutes les minorités opprimées et haïes pa la majorité. La majorité fabrique une image caricaturale de l'homme minoritaire et l'oblige de force à incarner cette image. Et la violence est d'autant plus irrésistible que cette caricature n'est pas totalement arbitraire. Elle est faite de quelques traits véritables, mais démesurément grossis et retenus à l'exclusion de tous les autres. C'est ainsi que cette même pression oblige le Juif à devenir un *youpin* — petit, crochu, âpre au gain —, le Noir américain un *negro* — paresseux, ignare et drogué —, le Nord-Africain un *bougnoule* — menteur, voleur et violeur —, cette même pression pousse de vive force l'homosexuel dans la peau d'une tante. Qu'est-ce qu'une tante ? C'est un homosexuel docile à l'injonction des prolétaires.

— Et lorsque cette docilité est à son comble, ajouta-t-il, elle aboutit au travesti. Le travesti, c'est le triomphe absolu de l'hétérosexuel sur l'homosexuel nié et ravalé totalement dans l'autre sexe. C'est le Christ Roi couronné d'épines, un roseau à la main, une tunique rouge sur les épaules, souffleté par les soudards. Mais as-tu mesuré l'ampleur de sa revanche ? Car si l'homosexuel laissé à lui-même est d'un degré plus viril que l'hétérosexuel — qui est sa femme —, ravalé, bafoué, travesti, son génie créateur l'emporte au-delà de son modèle dérisoire, et il bat la femme sur son propre terrain. Mettant toute sa force virile au service des espèces féminines, il devient une femme si brillante, élégante, fine et racée — une superfemme — qu'il éclipse sans peine les femmes — les vraies — qui commettent l'imprudence de l'approcher.

« L'homosexualité est une fonction exigeante. Elle

attend de l'élu qu'il ait la force de supporter un destin d'exception. Et on assiste souvent au drame classique de l'élu trop faible, de l'homme médiocre promu malgré lui au premier rang. Prince héritier incapable de régner, dont les épaules étroites ploient sous la masse pourpre du manteau royal, dont la tête s'incline sous le poids doré du diadème. Celui-là succombera à la haine atmosphérique des hétérosexuels. Bafoué, piétiné, il ne lui restera qu'à boire jusqu'à la lie le calice de fiel qu'on lui tend. Et aucun de nous ne peut affirmer qu'il soit assez fort pour rejeter totalement le poison que les prolétaires mêlent à tout ce qu'il boit, à tout ce qu'il mange, à l'air qu'il respire. Mais il y parviendra d'autant mieux qu'il gardera le secret.

— La contre-épreuve de cette intoxication existe, dis-je à mon tour. Dans les pays où l'homosexualité est de règle et parfaitement admise — la Grèce antique, les pays musulmans aujourd'hui —, le phénomène de la « tante » et du travesti ne se produit pas. De même si les Juifs parvenaient un jour à se rassembler en une nation, ils perdraient aussitôt tous les caractères « youpins » que les majorités antisémites les obligent à assumer. On verrait alors des Juifs paysans ou artisans, des Juifs athlétiques, militaires, des Juifs blonds, généreux, des Juifs homosexuels, qui sait ?

— Je serais surpris qu'ils aillent jusque-là, objecta-t-il. C'est que, vois-tu, nous touchons ici au domaine religieux. Pour autant que les Juifs demeurent fidèles à l'Ancien Testament, ils sont plus proches de la troisième étape de l'évolution spirituelle à laquelle je suis parvenu que de la seconde —

par laquelle j'ai commencé et qui seule donne toutes ses chances à l'homosexualité.

Je lui ai demandé de s'expliquer plus clairement, car il me semblait qu'il venait de ramasser tout un système théologique en quelques mots. Le dîner était terminé. Nous avons quitté la salle pour nous tourner vers le fond de la pièce où brûlait un grand feu dans une cheminée en pierre de cathédrale. Je n'ai pas pu retenir une grimace.

— Encore du feu ! Sais-tu que j'ai accompli cet après-midi une vraie descente aux enfers ? J'ai visité l'usine d'incinération des déchets urbains d'Issy-les-Moulineaux. C'était Dante et Piranèse en même temps !

Il m'a fait observer pendant que nous nous installions, les pieds aux chenets, que le feu avait de multiples avatars dont l'enfer était sans doute le moins convaincant.

— Le feu n'a été associé à l'enfer que par analogie avec le supplice du bûcher infligé par l'Inquisition aux hérétiques et aux sorciers. Auparavant, le feu, étant source de lumière et de chaleur, était symbole divin, présence sensible de Dieu, manifestation de l'Esprit-Saint.

Après avoir prononcé ces derniers mots, il s'est recueilli, les yeux fixés sur l'architecture incandescente qui semblait vivre dans l'âtre. Enfin il dit que si le Christ est le corps de l'Eglise, l'Esprit-Saint est son âme.

— Le Christ est le corps de l'Eglise, mais l'Esprit-Saint est son âme. Pendant toute mon enfance et une partie de ma jeunesse, j'ai commis la faute la plus répandue en Occident : j'en suis resté au corps.

J'étais fasciné par le Christ, par le corps nu et torturé du Crucifié. Je rêvais jour et nuit de la joie ineffable qui m'illuminerait si je me couchais, nu moi-même, sur ce corps et m'abouchais avec lui comme Elisée avec le jeune garçon de la Sunamite. Oui, j'ai aimé Jésus comme un amant. Je cherchais dans deux domaines parallèles — mon propre corps et l'enseignement christologique — quelle sorte d'accouplement je pourrais réaliser avec lui. Mon nom même m'a dispensé un temps une lumière dont je me demande aujourd'hui si elle ne m'a pas plus ébloui qu'éclairé. Saint Thomas, tu le sais, exigea pour croire à la résurrection de Jésus de pouvoir mettre ses doigts dans les plaies du corps sacré. Il va sans dire qu'il faut voir dans ce geste tout autre chose que le plat positivisme de l'homme entiché de preuves matérielles et tangibles. En vérité, c'est exactement l'inverse que signifie cet épisode. Thomas ne se contente pas de la perception superficielle du Christ. Il ne croit pas ses yeux. Il ne croit pas davantage ses mains quand elles touchent la joue ou se posent sur l'épaule du ressuscité. Il lui faut l'expérience mystique d'une communion charnelle, d'une pénétration de son corps dans le corps du Bien-Aimé. Ce flanc ouvert dont la blessure n'a pas versé que du sang, mais aussi un liquide incolore qu'on a appelé de l'eau, Thomas exige que ses doigts — à la suite de la lance du soldat romain — en connaissent l'intimité.

« Hanté par le mystère de mon saint patron, j'ai longtemps achoppé à une énigme qu'aucun exégète n'a encore éclaircie. Dans l'Evangile selon saint Jean, Thomas est appelé *Didyme.* Didyme, du grec *didumos,* jumeau. Or tandis que les textes sacrés ne manquent jamais d'indiquer les liens de fraternité qui unissent tel et tel personnage, il n'est nulle part question du frère jumeau de Thomas. J'ai vainement cherché l'*alter ego* de ce jumeau déparié qui devait être là, me semblait-il, tout près, parfaitement semblable et pourtant méconnaissable. Peu à peu, une idée audacieuse, folle, mais irrécusable s'est imposée à mon esprit : ce frère jumeau de Thomas, il n'en était jamais fait mention parce que c'était Jésus lui-même. Thomas n'était donc pas un frère jumeau déparié, mais le Jumeau Absolu, celui dont le pareil ne doit être cherché nulle part ailleurs qu'en Dieu.

« A mesure que cette conviction m'envahissait, mon aspect subissait une métamorphose dont seul mon entourage s'apercevait. Quelqu'un en moi ne voulait plus n'être que Thomas. Il fallait que je devinsse de surcroît le Didyme. Bientôt mon personnage a fait scandale. Mes cheveux longs, ma barbe blonde, mais plus encore ma façon de parler, de marcher, et surtout un air de douceur transparente malgré la maigreur anguleuse de mon visage — tout trahissait un mimétisme blasphématoire qui n'était pourtant rien moins que délibéré. Je subis des remontrances. On me croyait fou d'orgueil, et mes maîtres comme mes condisciples du Grand Séminaire s'acharnaient sur moi pour me ramener à l'humilité. Les choses achevèrent de se gâter quand je présentai les premières traces des saints stigmates. Je sombrai alors dans une nuit obscure.

« Mes maîtres me traitèrent mieux qu'avec bonté. Ils firent preuve à mon égard d'une clairvoyance qui ne saurait s'expliquer tout entière par des causes naturelles. Ils m'ordonnèrent de me retirer le temps qu'il faudrait dans le monastère du Paraclet près de Nogent-sur-Seine, celui-là même que fonda Abélard, et où il fut enterré en 1142. C'est un vaste ensemble de bâtiments romans construits sur le modèle de l'abbaye de Cluny, au bord d'une rivière au nom chantant, l'Ardusson. Le prieur, le Père Théodore, était un vieillard fragile comme du verre, blanc comme l'hermine et d'une pureté diaphane. Il m'accueillit comme un fils. J'appris qu'il existait au sein de l'Eglise catholique une tendance orientale — assez proche de la théologie orthodoxe — et que le Paraclet en était l'un des centres de rayonnement. Rome tient évidemment en lisière ce courant qui doit rester dans les limites de la catholicité, mais elle le ménage, car elle reconnaît la valeur d'une aile byzantine, propre à faciliter un jour un rapprochement avec nos frères orthodoxes. Les années que j'ai passées au Paraclet ont fait de moi le disciple inconditionnel des hommes qui prêchent par la parole, l'écrit et l'exemple, une certaine orientation — qui n'est autre que la Vérité.

« Quand je suis arrivé au Paraclet, j'étais malade du Christ. Or ce que le Père Théodore m'a premièrement appris, c'est justement qu'il s'agissait d'un certain type de maladie dont on trouve des exemples dans des domaines profanes. La psychiatrie et la psychanalyse décrivent certaines névroses comme une fixation plus ou moins définitive du sujet à un stade d'évolution qui est normal et même indispensable, mais qui doit être dépassé vers un autre état plus proche de la maturité. Je vais te parler brutalement parce que tu es mon frère fleuret, et aussi parce que tu demeures étranger à ces questions théologiques.

Je ne dirais pas ces choses aussi crûment en chaire ou dans des milieux ecclésiastiques. *Le Christ doit être dépassé.* La grande erreur de l'Occident chrétien consiste en un attachement trop exclusif à la personne, à l'enseignement, voire même au corps du Christ. Nous nous rendons coupables de christocentrisme, et même de christomonisme. Personne n'était mieux disposé que moi à entendre ce jugement, parce que personne ne s'était autant que moi enfoncé dans cette erreur. J'avais fait de moi le Didyme, le Jumeau Absolu qui ne trouvait sa propre image — apaisante et glorifiante à la fois — que dans la personne du Christ. Mais le Christ est mort sur la croix, mutilé et désespéré, et le christocentrisme est fatalement une religion de la souffrance, de l'agonie et de la mort. L'emblème partout dressé du Christ cloué sur la croix est une vision d'horreur que nous ne supportons que grâce à l'anesthésie ou la distraction créées par l'habitude. Mais il n'est que d'imaginer un Christ se balançant à un gibet ou la tête prise dans la lunette d'une guillotine pour prendre conscience tout à coup de la laideur morbide du crucifix. Ce qu'il faut accepter, c'est que le Christ est mort parce que sa mission était terminée, et cette mission consistait à préparer la descente du Saint-Esprit parmi les hommes. Certes il y a la résurrection. Mais pour bien peu de temps. Et alors les paroles de Jésus sont formelles : “ Il vous est avantageux que je m'en aille, dit-il aux apôtres attristés, car si je ne m'en vais pas, le Paraclet ne viendra pas vers vous. ” Cette parole, on dirait que la plupart des catholiques se refusent à l'entendre. Et il est vrai qu'elle est lourde de sens, trop lourde peut-être. Elle signifie que Jésus est un second saint Jean-Baptiste. Comme le Baptiste n'était que le précurseur de Jésus, Jésus n'était lui-même que le précurseur de l'Esprit-Saint. Le Christ et l'Esprit-Saint sont les deux mains du Père, a dit un docteur oriental. Mais ces deux mains interviennent successivement, et la seconde ne peut commencer à agir avant que la première ait achevé sa tâche. Car il fallait d'abord que le Verbe assumât la Chair pour qu'ensuite nous puissions recevoir l'Esprit-Saint, ou, comme l'a dit saint Athanase, Dieu s'est fait sarcophore pour que l'homme puisse devenir pneumatophore.

« Ainsi la grande fête chrétienne, celle dont l'éclat et le retentissement doivent éclipser toutes les autres, ce n'est ni Noël ni Pâques, et moins encore le Vendredi saint, c'est la Pentecôte. Le jour de la Pentecôte, l'Esprit-Saint a pris parmi les hommes la place que Jésus avait préparée et que son ascension venait de laisser libre. La Pentecôte commence l'histoire de l'Eglise, inaugure la Parousie et anticipe le Royaume. Le bouleversement est considérable, mais trop d'hommes — et parmi les croyants les plus fervents — se refusent à l'admettre et continuent à adorer Jésus. Ce refus de la primauté de l'Esprit par l'Eglise romaine est à l'origine du schisme d'Orient. La querelle du *filioque* n'est pas une affaire de mot. Le symbole officiel de la foi affirmait que l'Esprit procédait du Père — et ce dogme fondamental cimentait l'unité du monde chrétien. En lui ajoutant le mot *filioque* (et du Fils) au VIIIe siècle, Rome plaçait le Saint-Esprit sous la dépendance du Fils, et inscrivait le christocentrisme au cœur de la foi. L'Eglise d'Orient fidèle à la révolution pentecôtiste ne pouvait accepter ce coup de force qui tendait à faire du Christ le *géniteur* de l'Esprit alors qu'il n'en était que le *précurseur.* Certes pendant la mission terrestre du Christ la relation des hommes à l'Esprit-Saint ne s'opérait que par et en Christ. Mais la Pentecôte a inversé cette relation: C'est désormais la relation au Christ qui ne s'opère que par et en l'Esprit-Saint.

« La venue de l'Esprit-Saint inaugure une nouvelle ère historique, et à cette ère correspond un troisième Testament, les Actes des Apôtres, où c'est lui seul qui mène le jeu. L'Ancien Testament était celui du Père. En lui retentit la voix solitaire du Père. Mais si grande est la créativité du Père qu'à travers sa voix on entend mille virtualités murmurer, et certaines avec tant d'insistance qu'on ne peut douter que l'avenir leur appartienne. Chacun des prophètes préfigure Jésus, et c'est à Bethléem que naquit David. Mais ce sont surtout les murmures de l'Esprit qui se font entendre dans la Bible, et le théologien David Lys en a compté trois cent quatre-vingt-neuf citations.

« *Ruah* est le mot hébreu qu'on traduit traditionnellement par vent, souffle, vide, esprit. Dans l'ancien Sud sémitique, la *ruah* désigne quelque chose de vaste, d'ample, d'ouvert, mais c'est aussi l'odeur, le parfum. C'est parfois encore un contact léger, une caresse douce, un air de bien-être où l'on baigne. L'une des premières *ruah* de la Bible est la brise du soir dans laquelle Yahweh se promène au Paradis quand Adam et Eve qui ont péché se dissimulent à sa vue. Les Israélites captifs et opprimés sont dits " courts de ruah ". Anne, futur mère de Samuel, aigrie par sa stérilité, est " dure de ruah ". Qohelet enseigne qu'il vaut mieux être " long de ruah " (patient) que " haut de ruah " (orgueilleux). Mourir, c'est perdre la ruah. Ce mot désigne enfin, selon Ezéchiel, les quatre points cardinaux, et selon Qohelet les circuits indéfinis du vent. C'est ainsi que météorologie et ruah sont étroitement liées. Il y a une mauvaise ruah qui souffle de l'est, dessèche les plantes et apporte les sauterelles — et une bonne ruah venant de l'ouest marin et charriant des cailles vers les Israélites au désert. David devenu roi est visité par la bonne ruah, tandis que la mauvaise enténèbre l'âme de Saül déchu. Selon Osée, Dieu envoie sur les hommes la ruah d'est, vent de prostitution, ambiance méphitique des cultes orgiastiques. Qui sème la ruah d'est récolte la tempête. Pour Isaïe, elle agite les arbres, balaie la paille des montagnes, et c'est par une ruah brûlante comme la justice que seront purifiées les filles de Jérusalem.

« A mesure qu'on avance dans les textes sacrés, on voit la ruah s'adoucir, se spiritualiser, sans jamais pour autant se désincarner et dégénérer en concept abstrait. Même à son plus haut niveau métaphysique — le miracle de la Pentecôte — l'Esprit se manifeste par un orage sec, et sauvegarde sa nature météorologique. Ainsi Elie sur le mont Horeb, attendant dans une caverne le passage de Yahweh : *Et il y eut un vent fort et violent qui déchirait la montagne et brisait les rochers. Yahweh n'était pas dans ce vent. Après le vent, il y eut un tremblement de terre. Yahweh n'était pas dans ce tremblement. Et après le tremblement de terre, un feu. Yahweh n'était pas dans ce feu. Et après le feu un murmure doux et léger. Quand Elie entendit ce murmure, il s'enveloppa le visage dans son manteau, et, étant sorti, il se tint à l'entrée de la caverne, et voici qu'une voix se fit entendre à lui...* (I Rois, XIX, 11-13).

« L'Esprit-Saint est vent, tempête, souffle, il a un corps météorologique. Les météores sont sacrés. La science qui prétend en épuiser l'analyse et les enfermer dans des lois n'est que blasphème et dérision. " Le vent souffle où il veut et tu entends sa voix, mais tu ne sais ni d'où il vient, ni où il va ", a dit Jésus à Nicodème. C'est pourquoi la météorologie est vouée à l'échec. Ses prévisions sont constamment ridiculisées par les faits, parce qu'elles constituent une atteinte au libre arbitre de l'Esprit. Et il ne faut pas s'étonner de cette sanctification des météores que je revendique. En vérité tout est sacré. Vouloir distinguer parmi les choses un domaine profane et matériel au-dessus duquel planerait le monde sacré, c'est simplement avouer une certaine cécité et en cerner les limites. Le ciel mathématique des astronomes est sacré parce que c'est le lieu du Père. La terre des hommes est sacrée, parce que c'est le lieu du Fils. Entre les deux, le ciel brouillé et imprévisible de la météorologie est le lieu de l'Esprit et fait lien entre le ciel paternel et la terre filiale. C'est une sphère vivante et bruissante qui enveloppe la terre comme un manchon plein d'humeurs et de tourbillons, et ce manchon est esprit, semence et parole.

« Il est semence, car sans lui rien ne pousserait sur la terre. La Pentecôte juive célébrée cinquante jours après Pâques était d'ailleurs à l'origine la fête de la moisson et l'offrande de la première gerbe. Les femmes elles-mêmes ont besoin de son humidité pour enfanter, et l'archange Gabriel annonçant à Marie la naissance de Jésus lui dit : *L'Esprit-Saint viendra sur vous, et la vertu du Très-Haut vous couvrira de son ombre.*

« Il est parole, et la troposphère orageuse dont il enveloppe la terre est en vérité une logosphère. *Tout à coup, il vint du ciel un bruit comme celui d'un violent coup de vent qui emplit toute la maison où ils étaient assis. Et ils virent apparaître des langues séparées, comme de feu, et il s'en posa une sur chacun d'eux. Et ils furent emplis d'Esprit-Saint, et ils se mirent à parler en d'autres langues, selon que l'Esprit leur ordonnait de proférer... La foule s'assembla et fut bouleversée parce que chacun les entendait parler en sa propre langue.* Lorsque le Christ prêchait, le retentissement de sa parole était limité dans l'espace, et seules les foules parlant l'araméen l'entendaient. Désormais les apôtres dispersés jusqu'aux confins de la terre deviennent nomades, et leur langue est intelligible à tous. Car la langue qu'ils parlent est une langue profonde, une langue lourde, c'est le logos divin dont les mots sont les semences des choses. Ces mots sont les choses en soi, les choses elles-mêmes, et non leur reflet plus ou moins partiel et menteur, comme le sont les mots du langage humain. Et parce que ce logos exprime le fonds commun de l'être et de l'humanité, les hommes de tous les pays le comprennent immédiatement si bien que, trompés par l'habitude et l'inattention, ils croient entendre leur propre langue. Or les apôtres ne parlent pas toutes les langues du monde, mais une seule langue que personne d'autre ne parle, bien que tout le monde la comprenne. Ainsi s'adressent-ils en chaque barbare à ce qu'il y a de divin en lui. Et c'est également cette langue que parlait l'archange de l'Annonciation, et dont les mots suffirent à engrosser Marie.

« Je mentirais en prétendant posséder cette langue. La postérité pentecôtiste est un douloureux mystère. Pour tout logos paraclétique, le Saint-Père lui-même ne dispose que d'un latin de sacristie, suprême dérision ! Du moins m'a-t-on appris au Paraclet à donner un sens plus large et plus profond à la passion qui me consumait. Cette gémellité dépariée dont je souffrais comme d'une amputation, je l'avais reportée sur Jésus — et c'était raison, c'était la voie la plus sage que je pouvais choisir en dépit de son apparente folie. Jésus est toujours la réponse apparemment la plus folle — en vérité la plus sage — à toutes les questions que nous nous posons. Mais il ne fallait pas demeurer prisonnier du corps du Crucifié. Il appartenait au Père Théodore de m'ouvrir à la tempête de l'Esprit. Le vent enflammé du Paraclet a dévasté et illuminé mon cœur. Ce qui demeurait prisonnier du corps du Christ a éclaté et s'est répandu jusqu'aux confins de la terre. Le fonds commun que je ne trouvais qu'en Jésus, s'est découvert à moi en chaque homme vivant. Ma didymie est devenue universelle. Le jumeau déparié est mort, et un frère des hommes est né à sa place. Mais le passage par la fraternité du Christ a lesté mon cœur d'une fidélité et mon regard d'une compréhension dont ils seraient, je crois, dépourvus sans cette épreuve. Je t'ai dit que les Juifs pourraient sans doute passer directement de la *ruah* de l'Ancien Testament au souffle lumineux de l'Esprit pentecôtiste. Il est possible que certains rabbins miraculeux, dont le rayonnement déborde indiscutablement les limites d'Israël pour atteindre à une portée universelle, aient accompli cette ultime conversion. Mais pour n'être pas passés par l'ère du Fils, il leur manquera toujours un certain poids de couleur, de chaleur et de douleur. Il est remarquable, par exemple, que l'Esprit décourage la figuration peinte, dessinée ou sculptée. Cette absence de visage du souffle spirituel s'accorde bien avec la malédiction que la loi mosaïque fait peser sur la représentation des êtres par l'image. Mais comment ne pas voir l'immense enrichissement que constituent pour la foi les icônes, les vitraux, les statues, les cathédrales elles-mêmes fourmillant d'œuvres d'art ? Or cette floraison géniale, maudite par le Premier Testament et stérilisée par le Troisième Testament — celui de l'Esprit-Saint, les Actes des Apôtres —, c'est dans le Testament du Fils qu'elle trouve toutes ses semences, et surtout le climat dont elle a besoin.

« Je reste chrétien, bien que converti sans réserve à l'Esprit, afin que le souffle sacré ne balaie pas les horizons lointains sans s'être auparavant chargé de semences et d'humeurs en traversant le corps du Bien-Aimé. L'Esprit avant de devenir lumière doit se faire chaleur. Alors il atteint son plus haut degré de rayonnement et de pénétration. »

CHAPITRE VI

LES FRÈRES-PAREILS

Paul

La barque de Kergrist fut repérée dès le lendemain aux premières lueurs du jour, fracassée sur les brisants. Les corps de trois mongoliennes et celui de Franz furent retrouvés sur les plages des îles dans le courant de la semaine. Les cinq autres filles disparurent sans trace. L'affaire souleva une émotion profonde aux Pierres Sonnantes, mais la presse la mentionna à peine, et une enquête hâtive aboutit à un rapide classement. S'il s'était agi d'enfants normaux, quels cris n'auraient pas retenti dans toute la France ! Mais pour des débiles mentaux, pour ces déchets humains qu'on maintenait en vie à grands frais par un scrupule maniaque ? Ce genre d'accident n'était-il pas au fond le bienvenu ? A l'époque, le contraste entre l'ampleur du drame que nous avons vécu heure par heure, et l'indifférence dans laquelle il tomba à l'extérieur de notre petite communauté ne m'apparut évidemment pas. Mais j'en ai pris conscience plus tard, rétrospectivement, et j'en ai été fortifié dans l'idée que nous formions — les jumeaux, comme les innocents, comme par extension tous les habitants des Pierres Sonnantes — une tribu à part, obéissant à d'autres lois que les autres hommes, et par suite redoutés, méprisés et détestés par eux. L'avenir n'a pas contribué à dissiper cette impression.

Au demeurant la complicité profonde et silencieuse qui unissait Jean-Paul à Franz — et à travers lui aux soixante innocents de Sainte-Brigitte — ne s'expliquait entièrement ni par l'âge, ni par la proximité géographique. Que nous fussions des monstres, mon frère-pareil et moi, c'est une vérité que j'ai pu me dissimuler longtemps, mais dont j'avais secrètement conscience dès mon plus jeune âge. Après des années d'expérience et la lecture de recherches et d'études sur le sujet, elle flamboie sur ma vie avec un éclat qui aurait été ma honte il y a vingt ans, ma fierté il y a dix ans, et que j'envisage froidement aujourd'hui.

Non, l'homme n'est pas fait pour la gémellité. Et comme toujours en pareil cas — je veux dire lorsqu'on sort des rails de la médiocrité (c'était aussi la constatation de l'oncle Alexandre touchant son homosexualité) — une force supérieure peut vous élever à un niveau surhumain, mais des facultés ordinaires vous laisseront tomber dans les bas-fonds. La mortalité infantile est plus forte pour les faux jumeaux que pour les enfants singuliers, et plus forte pour les vrais jumeaux que pour les faux. La taille, le poids, la longévité et même les chances de réussite dans la vie sont plus élevés chez les singuliers que chez les gémellaires.

Mais peut-on toujours, à coup sûr, distinguer les

vrais et les faux jumeaux ? Les traités sont formels : il n'y a jamais de preuve absolue de gémellité vraie. Tout au plus peut-on se fonder sur l'*absence apparente* de différence mettant en cause la gémellité. Mais jamais une preuve négative n'a rien prouvé avec certitude. Selon moi, la gémellité vraie est affaire de conviction, une conviction qui a la force de modeler deux destins, et quand je regarde mon passé, je ne puis douter de la présence invisible, mais toute-puissante de ce principe, au point que je me demande si — à l'exception des couples mythologiques comme Castor et Pollux, Remus et Romulus, etc., — Jean et moi nous ne sommes pas les seuls vrais jumeaux ayant jamais existé.

Que Jean-Paul fût un monstre, c'est ce qu'illustrait secondairement ce que par-devers nous nous appelions « le cirque », ce triste manège qui se répétait avec chaque visiteur, commençait par des exclamations de surprise provoquées par notre ressemblance et se prolongeait par le jeu des comparaisons, des substitutions, des confusions. En vérité Maria-Barbara était la seule personne au monde qui sût nous distinguer — sauf quand nous dormions, nous a-t-elle avoué, car alors le sommeil effaçait toute différence entre nous, comme la marée montante efface les traces laissées par les enfants le soir sur le sable. Pour Edouard, nous avions droit à une petite comédie — c'est du moins ainsi que j'interprète aujourd'hui son comportement, car à l'époque il nous blessait, il nous faisait souffrir, et c'est d'un mot plus sévère — mensonge, imposture — que nous aurions usé si nous avions eu le cœur d'en parler. Edouard n'a jamais été capable de nous distinguer, et il n'a jamais voulu en convenir. Il avait décidé un jour, mi-sérieusement, mi-plaisamment « Chacun son jumeau. Vous Maria-Barbara, prenez Jean puisque c'est votre préféré. Moi je choisis Paul. » Or le préféré de Maria-Barbara, c'était moi, ma mère me tenait justement dans ses bras à ce moment-là, et ce fut Jean, éberlué, à demi fâché tout de même, qu'Edouard souleva de terre et fit mine d'emporter avec lui. Dès lors le rite fut établi, et chaque fois que l'un de nous passait à sa portée, Edouard s'en emparait indistinctement, l'appelait « son » jumeau, son préféré, lui faisait faire des pirouettes, un tour sur ses épaules, ou luttait avec lui. Les choses pouvaient paraître satisfaisantes, puisque nous étions ainsi chacun à tour de rôle son « préféré », mais bien qu'il eût prudemment renoncé à nous désigner par nos prénoms — il disait Jean-Paul comme tout le monde — il y avait une tromperie dans son manège qui nous heurtait au plus vif. C'était bien entendu en présence d'un visiteur que la supercherie devenait particulièrement déplaisante. Car alors il étalait son faux savoir avec une assurance péremptoire, accablait le témoin étranger, complètement perdu, d'affirmations qui étaient fausses une fois sur deux. Ni Maria-Barbara, ni Jean-Paul n'auraient osé alors le démasquer, mais notre malaise devait être visible.

Monstre vient du latin *monstrare*. Un monstre est un être que l'on montre, que l'on exhibe au cirque, dans les foires, etc., et nous ne devions pas échapper à cette fatalité. On nous épargna la foire et le cirque, mais non pas le cinéma, et sous sa forme la plus triviale, le film publicitaire. Nous pouvions avoir huit ans lorsqu'un estivant, un Parisien, nous remarqua, jouant sur la petite plage des Quatre Vaux qui est en fait l'embouchure du ruisseau Quinteux. Il nous aborda, nous fit babiller, nous questionna sur nos âges, nos noms, notre adresse et se dirigea aussitôt vers la Cassine dont on apercevait le toit au bord de la falaise, en empruntant le petit escalier aux quatre-vingt-cinq marches. Fût-il arrivé par la route, il eût eu affaire à Méline dont l'hostilité l'eût à coup sûr rebuté. En émergeant immédiatement au bout du jardin, il tomba sur Maria-Barbara entourée de son « campement », chaise longue, boîte à ouvrage, livres, corbeille de fruits, lunettes, châle, plaids, etc. Comme toujours lorsqu'elle était gênée ou importunée, maman s'absorba dans son travail, n'accordant à l'intrus qu'une attention marginale et des réponses évasives. Chère Maria-Barbara ! C'était sa façon de dire non, laissez-moi tranquille, allez-vous-en ! Je ne l'ai jamais vue aller plus loin dans le renvoi, le rejet, que cette soudaine absorption dans une occupation quelconque, voire dans la simple contemplation d'une fleur ou d'un nuage. Le refus n'était pas son fort.

Edouard qui avait compris de loin à l'attitude de Maria-Barbara qu'elle était aux prises avec un importun s'approcha à grands pas pour intervenir. Ce que lui dit l'inconnu l'étonna d'abord au point de le réduire un moment au silence. Il s'appelait Ned Steward et travaillait pour une agence de publicité cinématographique, la Kinotop, dont le plus clair de l'activité consistait dans le tournage de ces petites bandes publicitaires que l'on projetait dans les salles de cinéma pendant l'entracte. Il avait remarqué Jean-Paul sur la plage et il demandait l'autorisation de l'utiliser pour un de ses films. Edouard fut immédiatement indigné et le laissa voir sur son visage où se lisaient toujours comme sur un écran tous les mouvements de son cœur. Steward aggrava la situation en faisant allusion au cachet important que cette « prestation » — Edouard devait ensuite s'emparer de cette expression et nous la servir à tout propos en marquant de la voix les guillemets, comme s'il nous la présentait au bout d'une pincette — ne manquerait pas de nous valoir. Mais il était tenace, adroit, et sans doute avait-il une certaine expérience de ce genre de négociation. Il rattrapa la situation qui semblait désespérée en deux coups de barre. Il offrit d'abord de doubler la somme promise et de la mettre à la disposition de Sainte-Brigitte. Puis il précisa le thème publicitaire qu'il voulait nous faire illustrer. Il ne s'agissait certes pas de quelque produit vulgaire comme le cirage, l'huile de salade ou les pneus increvables. Non, s'il avait pensé à nous, c'était pour un objet noble auquel de surcroît nous paraissions prédestinés. A la veille des vacances, il avait été chargé d'une campagne publicitaire en faveur d'une marque de jumelles de marine, les jumelles JUMO. Et c'était pourquoi il se promenait sur les rivages des Côtes-du-Nord à la recherche d'une idée. Or l'idée, il venait de la trouver. Pourquoi ne pas confier la défense de la marque JUMO à des frères jumeaux ?

Edouard était facilement désarmé par un certain mélange de bêtise, d'humour et d'inconscience que je connais bien pour y être moi-même assez sensible. Il vit dans cette affaire la matière de l'histoire piquante qu'il raconterait à ses amis parisiens entre la poire et le fromage. Plus d'une fois d'ailleurs en lisant dans son journal des nouvelles de la famille canadienne Dionne et des cinq jumelles qui paraissaient d'un assez juteux rapport, il avait plaisamment demandé à Jean-Paul s'il se déciderait bientôt à enrichir la famille. Il s'enferma donc avec Steward et discuta pied à pied les conditions d'un contrat aux termes duquel nous devions tourner trois petits films de deux minutes chacun pour les jumelles JUMO.

Les prises de vue durèrent plus de quinze jours — la totalité de nos vacances de Pâques — et nous laissèrent une horreur définitive de ce genre de « prestation ». Je crois me souvenir que nous avons surtout souffert d'une certaine absurdité à laquelle nous étions extrêmement sensibles sans pouvoir l'exprimer. On nous faisait répéter jusqu'à la nausée les mêmes gestes, les mêmes mots, les mêmes petites scènes en nous suppliant à chaque fois d'être plus *naturels* qu'au cours de la prise précédente. Or il nous semblait que *naturels* nous le serions de moins en moins étant de prise en prise plus fatigués, plus énervés, plus prisonniers d'une mécanique dépourvue de sens. Nous étions excusables à huit ans de ne pas savoir que le naturel — surtout dans l'ordre artistique, et nous étions en l'occurrence des acteurs, des comédiens — s'acquiert, se conquiert, n'est en somme que le comble de l'artifice.

Le premier film nous montrait séparément, braquant chacun une longue-vue sur l'horizon. Puis côte à côte, regardant avec la même jumelle, l'un dans l'élément droit, l'autre dans l'élément gauche. Enfin nous étions à un mètre l'un de l'autre, ayant chacun cette fois une jumelle. Le texte était à la mesure de ces péripéties. Il fallait dire : « Avec un œil... on voit moins bien qu'avec les deux yeux... avec deux jumelles JUMO... on voit encore mieux qu'avec une seule. » Suivait une image en gros plan de l'instrument, cependant que notre voix en énumérait les caractéristiques : « Les lentilles — 2 CF — et les prismes, faits en Angleterre, ont été traités " couleur " et " anti-reflets " par le fluorure de magnésium à 100 %. Grossissement dix fois. Diamètre de l'objectif 50 millimètres. 10 × 50 : retenez bien ces chiffres et comparez ! Les oculaires sont enveloppants : question de confort. Quant au corps, il est à la fois très léger et très solide : c'est de l'aluminium. Et comme il est gainé façon cuir grenu, vos jumelles sont en plus un objet de luxe. »

Ce texte était enregistré hors image, mais toute la difficulté tenait au respect d'un chronométrage minutieux exigé par la synchronisation avec l'image.

Le deuxième film insistait davantage sur la largeur du champ de vision. On nous voyait fouillant l'horizon avec des petites lorgnettes de théâtre. Texte : « C'est grand la mer ! Pour trouver ce que vous cherchez, il faut voir large. Rien de plus agaçant que de fouiller l'horizon sans arriver à accrocher le détail intéressant. Pourquoi ? Parce que les jumelles ordinaires ont un champ de vision trop étroit. Même si elles sont puissantes, elles ne vous montrent qu'un petit secteur à la fois. Avec des JUMO pas de risques ! Elles voient large ! A un kilomètre de distance, elles embrassent un champ de vision de 91 mètres. Comme les marins dont la vie en dépend, voyez plus large avec les jumelles panoramiques JUMO ! » Suivaient les vues en gros plan de l'instrument et le texte de commentaire commun aux trois films.

Le dernier film célébrait la luminosité des JUMO. Deux enfants singuliers de notre âge — on avait fait venir de Paris à cette seule fin deux petits comédiens, un garçon et une fille — se promenaient dans la campagne. Le paysage qu'on nous montrait autour d'eux était celui qu'ils voyaient, le champ en somme dont ils étaient le contrechamp. Et ce paysage était plat, de cette douceur irréelle que donne l'équivalence des plans étagés sur l'écran. « Nous vivons dans une image neutre, sans relief, à deux dimensions seulement, déplorait le commentaire. Mais les choses ne sont pas aussi fades. Elles ont des plaies et des bosses, elles forment des saillies et des creux, elles sont aiguisées, pointues, profondes, savoureuses, agressives, vivantes en un mot. » Cependant le paysage changeait. La mise au point se concentrait sur une fleur, puis sur les restes d'un repas champêtre, enfin sur le visage rieur d'une jeune paysanne. Et cette fleur, ces nourritures, ce visage rayonnaient d'une vie intense, brûlante, crevaient l'écran par leur présence et leur prégnance. C'était surtout grâce au traitement différencié des plans simultanés que cette transfiguration était obtenue. Alors que la vision des enfants singuliers noyait toutes choses dans une distinction moyenne, également répartie, les premiers plans comme les lointains étaient cette fois carrément sacrifiés, plongés dans un flou indistinct sur lequel l'objet élu par la mise au point éclatait dans ses moindres détails avec une brutale évidence. Aussitôt après, le contrechamp apparaissait : Jean-Paul avait pris la place des enfants singuliers et braquait une double jumelle sur les spectateurs du film. « Avec les jumelles JUMO, triomphait le commentaire, la troisième dimension vous est rendue. Avec les jumelles JUMO la beauté et la jeunesse des choses, des paysages et des femmes deviennent visibles. Vous voyez le monde dans sa splendeur, et sa splendeur vous réchauffe le cœur. »

Suivait le commentaire technique habituel.

J'en ai longtemps voulu à Edouard — et singulièrement pendant mes années d'adolescence — de nous avoir fait subir l'humiliation des séances de tournage qui consacraient en quelque sorte notre « monstruosité ». Mais avec le temps — et surtout à la faveur de la lente et longue rumination de tout mon passé à laquelle m'invite mon infirmité — je vois tout l'enseignement qu'il y avait à tirer de la « prestation », tellement que j'en arrive à croire qu'en nous l'imposant Edouard dans sa légèreté, son inconscience, son égoïsme obéissait à notre destin.

C'est d'abord dans l'alternance continuelle du champ et du contrechamp — qui paraît être la loi, le rythme même du spectacle cinématographique — que je trouve ample matière à réflexion. Le champ, c'était un paysage plus large, une vision plus profonde, un fruit, un arbre, un visage d'une coruscance incomparable, surréelle. Le contrechamp, c'était les frères-pareils, et les jumelles n'étaient que leur attribut, leur emblème, leur équivalent instrumental.

Qu'est-ce à dire, sinon que nous étions les détenteurs d'un pouvoir visionnaire supérieur, la clé d'un monde mieux vu, plus profondément fouillé, mieux connu, possédé, percé ? En vérité toute cette momerie avait valeur prémonitoire. C'était l'illustration avant la lettre de cette *intuition gémellaire* qui fut longtemps notre force et notre fierté, que j'ai perdue en perdant mon frère-pareil, et que je suis en train de recouvrer lentement et solitairement après l'avoir vainement cherchée à travers le monde.

M. Ned Steward nous laissa en prime une jumelle JUMO. Une seule. Cela allait directement contre la règle sacro-sainte qui voulait qu'on nous offrît toujours tout en deux exemplaires malgré notre gémellité. Mais Ned Steward était un profane, pis que cela un butor, car cette règle, il aurait pu la deviner, l'inventer pour son compte rien qu'en nous observant. L'impair fut au demeurant sans conséquence, moi seul m'intéressant — mais alors avec passion — à l'instrument d'optique. J'en reparlerai. D'autant plus que Méline qui l'avait mise à l'abri de la débâcle vient de me la retrouver. Me voici donc comme il y a vingt ans fouillant tantôt le fond de l'horizon, tantôt les profondeurs de l'herbe avec une jumelle JUMO. J'y trouve encore de grandes jouissances, plus encore bien sûr en raison de mon immobilité obligée.

J'ai mentionné que Jean ne manifesta aucun intérêt pour cet instrument que j'aimais tant. C'est peut-être le moment de relever les menues divergences qu'il manifesta par rapport à mes goûts et mes options dès notre enfance. Nombre de jeux et de jouets qui trouvaient d'emblée le chemin de mon cœur étaient rebutés par lui à mon grand dépit. Certes nous coïncidions la plupart du temps dans une harmonie identitaire heureuse. Mais il lui arrivait — et cela de plus en plus souvent à mesure que nous approchions de l'adolescence — de se cabrer et de dire non à ce qui pourtant était dans le droit fil de la gémellité. C'est ainsi qu'il refusa obstinément d'utiliser un petit téléphone à piles qui nous aurait permis de communiquer d'une pièce à l'autre de la maison. Privé d'interlocuteur, je ne savais que faire de ce jouet qui m'enchantait et dont je m'étais promis merveille. Mais c'est avec une véritable colère qu'il rejeta l'un de ces vélos-tandem sur lesquels on voyait le dimanche pédaler de concert Monsieur et Madame affublés du même pantalon golf, du même pull à col roulé, de la même casquette canaille. En vérité il laissait entrer dans notre cellule des choses présentant certes de subtiles affinités avec notre condition, mais il ne supportait pas les allusions par trop grossières à notre gémellité.

Il appréciait les objets dont la duplication heurtait visiblement la fonction, mais qu'on nous offrait en deux exemplaires contre toute apparence de bon sens, conformément à nos exigences. Telles par exemple ces deux pendulettes murales imitées des coucous suisses et qui saluaient les heures et les demi-heures par la sortie précipitée et gloussante d'un petit oiseau de bois. Les profanes ne manquaient pas de s'étonner de ces deux pendules identiques accrochées au même mur à quelques centimètres l'une de l'autre. « Affaire de jumeaux ! » avait dit un jour Edouard à l'un d'eux. Affaire de jumeaux, c'est-à-dire mystère de la gémellité. Or ce dont personne ne s'était avisé — en dehors de Jean-Paul — c'est que la pendule de Jean sonnait obstinément quelques secondes *avant* la mienne, quand même les aiguilles de l'une et de l'autre se trouvaient exactement dans la même position — des secondes suffisamment nombreuses pour que jamais — même à midi, même à minuit — les deux sonneries ne vinssent à se chevaucher. D'un point de vue *singulier* — c'est-à-dire trivial — ce léger décalage s'expliquait assez par une différence de construction. Pour Jean, il en allait de tout autre chose, ce qu'il appelait le « je-ne-sais-quoi » en se refusant à toute explication de sa pensée.

Mais aux pendules il préférait encore — comme allant plus loin dans le sens gémellaire — le baromètre qui nous fut également offert en deux exemplaires. C'était un mignon chalet à deux portes, de chacune desquelles pouvait sortir une figurine : un petit bonhomme à parapluie d'un côté, une petite bonne femme à ombrelle de l'autre, l'un annonçant la pluie, l'autre le beau temps. Or là aussi intervenait un certain décalage, de telle sorte que les personnages de Jean précédaient toujours les miens, de vingt-quatre heures parfois, tellement qu'il leur arrivait de se rencontrer, je veux dire que l'homme de Jean sortait alors que ma petite dame en faisait précisément autant.

Nous avions à tout le moins une passion commune, celle des objets qui nous mettaient directement en rapport avec une réalité cosmique — horloge, baromètre — mais on aurait dit que ces objets ne commençaient à intéresser Jean qu'à partir du moment où ils laissaient place à une faille, une défectuosité par où son fameux « je-ne-sais-quoi » pouvait s'infiltrer. C'est sans doute pourquoi les jumelles — instrument de vision lointaine, astronomique, mais d'une fidélité irréprochable — ne lui inspiraient qu'indifférence.

*

Le phénomène des marées — d'une amplitude énorme dans nos régions — était bien fait pour nous séparer. Théoriquement il devrait revêtir une régularité et une simplicité mathématiques puisqu'il a pour origine la position respective de la Lune et du Soleil par rapport à la Terre : les grandes marées correspondent à une position de la Lune et du Soleil telle que leurs attractions respectives s'additionnent. Au contraire lorsque la marée solaire et la marée lunaire se contrarient le flot ne connaît que des mouvements de faible amplitude. Rien ne m'aurait autant exalté que de vivre pleinement — par la nage, la pêche, la marche sur la grève — cette respiration immense de la mer, si du moins elle avait répondu exactement au schéma rationnel que je viens d'esquisser. Tant s'en faut ! La marée est une horloge prise de folie, victime de cent influences parasitaires — rotation de la Terre, présence des continents immergés, reliefs sous-marins, viscosité de l'eau, etc. — qui défient et bouleversent la raison. Ce qui est vrai une année ne l'est plus l'année suivante, ce qui vaut pour Paimpol ne vaut plus pour Saint-Cast ou le Mont-Saint-Michel. C'est l'exemple type du système astronomique, d'une régularité mathématique, intelligible jusqu'à l'os, et soudain tordu, disloqué, fracassé, et continuant à tourner certes, mais en atmosphère turbulente, en eau trouble, avec des sautes, des distorsions, des altérations. Je suis persuadé que c'était cette irrationalité — avec l'apparence de vie, de liberté, de personnalité qu'elle donne — qui séduisait Jean…

Mais il y avait autre chose que je m'explique toujours mal et qui me fait soupçonner qu'un aspect du problème m'échappe encore : c'était la marée basse — et elle seule — qui l'attirait. En été parfois, les nuits de syzygie, je le sentais trembler dans mes bras. Nous n'avions pas besoin de parler, j'éprouvais — comme par *induction* — l'attraction qu'exerçait sur lui la grande plaine humide et salée que le jusant venait de découvrir. Nous nous levions alors, et je m'efforçais de suivre sa mince silhouette courant sur le sable glacé, puis sur la vase élastique et tiède, fraîchement abandonnée par le flot. Lorsque nous rentrions à l'aube, le sable, le sel et la vase séchaient sur nos jambes nues en molletières, en cuissardes que nos mouvements craquelaient et détachaient par plaques.

Jean

Sur ce point au moins, Paul n'est jamais allé au fond des choses. La part d'imprévisible fantaisie des marées — malgré leurs ressorts célestes — ne fait pas tout leur charme, loin de là. Il y a autre chose, non sans rapport avec ce coup de force des éléments. Ce qui m'attirait si puissamment sur la grève mouillée les nuits de grande laisse, c'était comme un *cri* silencieux d'abandon et de frustration qui montait des sols marins découverts.

Ce que jusant dénude pleure le flot. La masse glauque et puissante en fuyant vers l'horizon a laissé exposée cette chair vive, complexe et fragile qui craint les agressions, les profanations, les raclements, les affouillements, ce corps de batracien à la peau pustuleuse, glanduleuse, verruqueuse, hérissée de papilles, de ventouses, de tentacules, révulsée par cette horreur sans nom : l'absence du milieu salin, le vide, le vent. La grève assoiffée, mise à nu par la baisse, pleure la mer disparue de tous ses ruissellements, de toutes ses lagunes suintantes, de tous ses varechs gorgés de saumure, de toutes ses mucosités couronnées d'écume. C'est une vaste déploration, un larmoiement de cette terre souffrante qui agonise sous la lumière directe du soleil avec sa terrible menace d'assèchement, ne supportant que les rayons brisés, amortis, irisés par l'épaisseur du prisme liquide.

Et moi, mobilisé par l'appel silencieux de ces mille et mille bouches assoiffées, j'accours, et mes pieds nus reconnaissent les herbiers, les bancs de galets, les mouilles à couteaux, les flaques de ciel nocturne parcourues de frissons inquiets, les sables incrustés de coquillages concassés, les vasières qui font jaillir des tortillons de limon entre mes orteils. Le but de ma course est simple, mais lointain, tellement que le pauvre Paul qui s'essouffle à me suivre en est épouvanté. C'est ce mince liséré phosphorescent qu'allume là-bas, à une heure de marche au moins, le maigre déferlement de la basse mer. C'est là qu'il faut aller pour retrouver l'eau vive qui promet en murmurant l'infini. Je cours dans ces vaguelettes plus fraîches que les flaques d'eau morte que nous avons traversées, ailé de jaillissements qui retombent en pluie d'orage autour de moi. Je suis le précurseur, l'annonciateur de la bonne, de la merveilleuse nouvelle. Elle se propage d'abord dans les profondeurs des sables qu'une poussée aqueuse imprègne sourdement. Puis ce sont les vagues qui allongent sur la grève des pseudopodes de plus en plus envahissants. Des ruisselets murmurants cernent de toutes parts les vasards, contournent des échines de sable blond, se rejoignent, se fondent, se renforcent, gagnent de proche en proche avec des clapotis confidentiels, unissent les flaques en bras tumultueux. Et la perruque de goémons tout à coup reprend vie et secoue sa crinière noire et verte dans le ressac d'une vague plus avancée encore que les autres.

C'est la reverdie. Où nous marchions tout à l'heure, très loin, là-bas, autour de l'île des Hébihens, la mer s'étale avec assurance. Nous sommes assis sur le sable blanc de la plage, l'un et l'autre mouchetés de vase et salés comme des harengs. Paul est rassuré par le déferlement familier des vagues qui poussent leur langue écumeuse jusqu'à nos pieds. Paul est l'homme de la pleine mer. Paul est l'homme de toutes les plénitudes, de toutes les fidélités. Il m'a suivi avec répugnance jusqu'au fond de l'horizon où m'appelait le jusant. Puis nous sommes revenus traînant sur nos talons — comme le joueur de flûte de Hamelin son troupeau de rats — les mille et mille vaguelettes de la marée montante. Nous sommes l'un et l'autre momentanément calmés, comblés. D'ailleurs la fatigue pèse lourdement sur nos épaules. Chacun de nous a la connaissance entière de ce que ressent son frère-pareil. Pendant ces heures de marche sur la grève. les choses nous tiraient dans des directions différentes, opposées presque. Alors nous parlions. Oh certes pas la langue ordinaire de deux sans-pareil dialoguant ! Nous n'échangions pas des informations sur les hippocampes ou les oursins. Chacun exprimait simplement le sens de son arrachement au fonds commun. Mes cris, mes grognements, mes mots sans suite ne faisaient qu'illustrer l'attraction toute-puissante qu'exerçait sur moi le grand vide plaintif de la grève désertée par le flot. Paul au contraire renaudait, mouftait, exhalait son ennui, son angoisse. Maintenant, c'est fini. Les frères-pareils sont retombés chacun dans son moule — qui est son frère-pareil. Mais cette plage n'est pas le lieu des amours ovales. Nous nous levons d'un seul mouvement. Nous sentons sous nos pieds des touffes piquantes de varech desséché, et lorsque nous trébuchons sur l'un de ces paillassons nous découvrons sa face humide d'où sautillent des puces de mer. La passerelle. Le sentier. La Cassine. Tout dort encore, si ce n'est que l'un des dortoirs de Sainte-Brigitte est faiblement allumé. La cambuse. Nos vêtements tombent de nous. L'œuf. Nous nous enlaçons tête-bêche, riant de nous trouver aussi salés. La communion séminale sera-t-elle consommée ou le sommeil aura-t-il raison de notre rituel ?

P.-S. — Riant de nous trouver aussi salés... De ces dernières lignes, seuls ces quelques mots seront je pense tout à fait intelligibles au lecteur sans-pareil. C'est que deux sans-pareil qui rient ensemble approchent — mais dans ce cas seulement — le mystère de la cryptophasie. Alors sur un fonds commun — à partir d'un nœud d'implications dont ils partagent le secret — ils profèrent un pseudo-langage, le rire, en lui-même inintelligible dont la fonction est de réduire la divergence de leur situation respective qui les éloigne de ce fonds.

*

Paul

L'un des plus beaux fleurons de notre « monstruosité », c'était à coup sûr cette cryptophasie, l'éolien, ce jargon impénétrable, qui nous permettait de nous entretenir des heures sans que les témoins pussent percer le sens de nos paroles. La cryptophasie que créent entre eux la plupart des vrais jumeaux constitue certes une force et un motif de fierté pour eux vis-à-vis des sans-pareil. Mais cet avantage se paie lourdement dans la majorité des cas puisqu'il apparaît clairement que ce jargon gémellaire se développe aux dépens du langage normal et donc de l'intelligence sociale. Les statistiques établissent qu'à une cryptophasie riche, abondante, complexe, correspond un langage normal pauvre, rare et rudimentaire. Déséquilibre d'autant plus grave qu'il existe un rapport constant entre la sociabilité et l'intelligence d'une part, et le niveau de développement du langage d'autre part. On touche du doigt ici la fatalité des cas exceptionnels, anomalies et formes tératologiques qui éblouissent souvent par quelque don surhumain, mais cette supériorité a été achetée par une défaillance grave au niveau le plus banal et le plus fondamental. Je me suis longtemps considéré comme un surhomme. Je crois encore à une vocation hors du commun. Mais je ne me cache plus — et comment le pourrais-je après ma double amputation ? — le prix terrible dont j'ai dû la payer.

L'erreur de tous les psychologues qui se sont penchés sur l'énigme de la cryptophasie, c'est de l'avoir considérée comme une langue ordinaire. Ils l'ont traitée comme ils auraient fait un idiome africain ou un dialecte slave, tâchant d'enregistrer un vocabulaire et de relever une syntaxe. Contresens fondamental qui consiste à traduire un phénomène gémellaire en termes singuliers. La langue gémellaire — tout entière commandée et structurée par la gémellité — ne peut être assimilée à une langue singulière. Ce faisant, on néglige l'essentiel pour ne retenir que l'accident. Or dans l'éolien, *l'accident c'est le mot, l'essentiel, c'est le silence.* Voilà ce qui fait d'une langue gémellaire un phénomène absolument incomparable à toute autre formation linguistique.

Certes nous avions un certain vocabulaire. Les mots que nous inventions étaient d'un type original. A la fois plus particuliers et plus généraux que les mots ordinaires. Par exemple le mot *bachon.* Nous entendions par là tout ce qui flotte (bateau, bâton, bouchon, bois, écume, etc.), mais non pas le terme générique d'objet flottant, car l'extension du mot était bloquée et ne concernait que des objets connus de nous et en nombre limité. En somme nous faisions l'économie et d'un terme abstrait et de tous les concepts faisant partie de sa compréhension. Nous ignorions le concept général de *fruit.* Mais nous avions un mot — *paiseilles* — pour désigner pomme, raisin, groseille et poire. Un animal marin *in abstracto* n'avait pas place dans notre dictionnaire. Nous disions *cravouette* pour poisson, crevette, mouette, huître et on saisira mieux encore peut-être le procédé quand j'aurai ajouté qu'un seul et même prénom — Peter — désignait soit tel ou tel de nos frères et sœurs, soit l'ensemble qu'ils formaient vis-à-vis de nous.

Point n'est besoin d'être philologue pour comprendre que l'éolien, ignorant à la fois la généralité du concept abstrait et la richesse des termes concrets, n'était qu'un embryon de langue, une langue telle qu'en parlent peut-être des hommes très primitifs, d'un psychisme sommaire.

Mais encore une fois, là n'était pas l'essentiel de l'éolien, et les observateurs qui s'en tenaient à ce pauvre jargon, non seulement ne pouvaient entrer dans le secret de nos échanges, mais laissaient échapper le principe même du phénomène cryptophasique.

Tout dialogue comporte une part d'explicite — les mots et phrases échangés, compréhensibles à tous — et une part d'implicite propre aux seuls interlocuteurs, voire au groupe restreint auquel ils appartiennent. Les conditions de temps et de lieu communes aux interlocuteurs suffisent d'ailleurs à définir un certain implicite particulièrement superficiel et facile à partager. Si je dis par exemple en regardant le ciel « Le temps va changer », je suppose connue la période de beau temps antérieure dont j'annonce ainsi la fin. Pour un voyageur arrivant d'un autre ciel, ma phrase perd la plus grande partie de son sens — mais non tout son sens, car le changement annoncé affecte non seulement le temps antérieur, mais le temps qu'il fait présentement.

Le dialogue partagé sans cesse entre implicite et explicite — mais en proportions variables — est semblable à un iceberg flottant dont la ligne de flottaison varierait d'un couple d'interlocuteurs à l'autre, et au cours du même dialogue. Dans le cas d'interlocuteurs *singuliers,* la partie immergée du dialogue est relativement faible, sa partie émergée est assez importante pour constituer un ensemble cohérent et complet, intelligible à des tierces oreilles. L'éolien au contraire se caractérise par une part d'implicite anormalement importante, tellement que l'explicite reste toujours *au-dessous* du minimum indispensable à un déchiffrement par des témoins extérieurs. Là aussi la ligne de flottaison de l'iceberg ne cesse de monter et de descendre selon que les jumeaux se rapprochent de leur fonds commun ou s'en éloignent attirés par l'environnement, la part explicite de l'éolien compensant l'éloignement du fonds commun et lui étant proportionnelle. Mais ces fluctuations restent toujours en deçà du degré d'explication du dialogue *singulier.* L'éolien part du silence de la communion viscérale, et s'élève jusqu'aux confins de la parole sociale sans jamais les atteindre. C'est un dialogue absolu, parce que impossible à faire partager à un tiers, dialogue de silences, non de paroles. Dialogue absolu, formé de paroles *lourdes,* ne s'adressant qu'à un seul interlocuteur, frère-pareil de celui qui parle. La parole est d'autant plus légère, primesautière, abstraite, gratuite, dépourvue d'obligations comme de sanctions qu'elle est comprise de plus d'individus ou d'individus plus différents. Ce que les *singuliers* appelaient notre « éolien » — par antiphrase sans doute — était en vérité un langage de plomb parce que chacun de ses mots et de ses silences s'enracinait dans la masse viscérale commune où nous nous confondions. Langage sans diffusion, sans rayonnement, concentré de ce qu'il y avait en nous de plus personnel et de plus secret, proféré toujours à bout portant et doué d'une force de pénétration effrayante, je ne doute pas que ce soit pour échapper à sa pesanteur écrasante que Jean ait fui. A ce bombardement infaillible qui l'atteignait jusqu'à la moelle des os, il a préféré le menuet, le madrigal, le doux marivaudage des sociétés sans-pareil. Comment le lui reprocherais-je ?

P.-S. — La parole humaine se situe à mi-chemin du mutisme des bêtes et du silence des dieux. Mais entre ce mutisme et ce silence, il existe peut-être une affinité, voire une promesse d'évolution que l'irruption de la parole oblitère à tout jamais. Le mutisme bestial du petit enfant s'épanouirait peut-être en silence divin si son apprentissage du tumulte social ne l'embarquait pas irrémédiablement dans une autre voie. Parce que nous étions deux à le partager, ce mutisme originel possédait des chances d'épanouissement exceptionnelles, fabuleuses, divines. Nous l'avons laissé mûrir entre nous, il a grandi avec nous. Qu'en serait-il advenu sans la trahison de Jean, sans la double amputation ? Nul ne le saura jamais. Mais rivé sur cette chaise longue, c'est ce silence foisonnant de significations que je cherche à retrouver, mieux, à porter à une perfection plus grande que celle déjà éblouissante qu'il avait atteinte le jour maudit. Que je sois seul dans cette entreprise, c'est le paradoxe un peu fou de mon aventure. Mais suis-je vraiment seul ?

*

Paul

Bep, tu joues ? Je prononce à voix basse cette injonction puérile, cette formule incantatoire, cette fausse interrogation qui était en fait rappel à l'ordre, mise en demeure d'avoir à réintégrer notre ordre gémellaire, à jouer le grand jeu gémellaire, à accomplir ses rites, à respecter son cérémonial. Mais ces trois mots ont perdu leur magie. Je suis notre histoire heure par heure, et je cherche, cherche, et je dresse l'inventaire de tout ce qui t'est advenu, mon frère-pareil, et qui était de nature à troubler le jeu de Bep, tout ce qui a déposé en toi les germes de discorde, destinés plus tard, des années plus tard, à faire éclater la cellule gémellaire.

Je retrouve ainsi le souvenir du *baptême forain,* de cette rencontre que j'aurais oubliée depuis longtemps si elle n'avait terriblement compté pour toi. Mon refus net, définitif, jailli du fond du cœur, aurait été sans trace ni lendemain si de ton côté tu n'avais dit oui, d'une certaine façon, oh certes pas un oui formel, explicite, mais ce qui n'est pas moins grave une acceptation de ton être profond, la manifestation d'une pente fatale qui t'est propre.

C'était quelques années avant la guerre. Nous pouvions donc avoir huit ans. Nous avions passé quelques jours à Paris seuls avec Edouard, et le moment venu de regagner la Bretagne la voiture familiale avait donné des signes d'épuisement à la sortie ouest de Paris, exactement à Neuilly. Edouard s'était adressé au premier garage venu. J'ai oublié le nom du patron — et sans doute ne l'ai-je même pas entendu — mais au demeurant aucun détail de cette soirée et de cette nuit mémorables ne m'échappe. Il s'agissait du Garage du Ballon ainsi nommé à cause du grotesque monument de bronze commémorant place de la Porte des Ternes le rôle des aéronautes lors du siège de Paris en 1871. Je n'ai jamais rien vu de plus hideux que le patron de ce garage[1]. Il était gigantesque. Une chevelure noire et plate écrasait son front bas. Son visage bistre était barré par une paire de lunettes aux verres épais comme des presse-papiers. Mais c'était surtout ses mains qui impressionnaient. Des mains de plâtrier, d'étrangleur — à cela près qu'elles n'étaient ni blanches ni rouges, mais noires de cambouis. Nous l'observions ausculter le moteur de notre vieille Renault, donner des ordres brefs à une espèce d'Arabe. J'étais saisi de dégoût, d'une peur vague aussi, car il paraissait doué d'une force colossale, et pas seulement physique ni surtout morale — oh non ! — une force qui habitait en lui, dont il paraissait le dépositaire et le serviteur, mais qui ne lui appartenait pas en propre. C'est je pense ce qu'on appelle le destin. Oui, il y avait une pesanteur fatidique dans cet homme.

On aurait dit qu'il t'amusait. Avec une légèreté qui me consternait, tu paraissais prêt à rire de tout ce qu'il pouvait y avoir d'anormal dans son comportement. Cela n'a pas tardé d'ailleurs. Comme une petite Simca mal rangée gênait ses déplacements, il l'a brusquement empoignée par l'arrière, soulevée et placée contre le mur. Tu m'as regardé comme pour t'assurer d'une complicité que je t'ai refusée, et tu as commencé à pouffer. Mais ton rire a franchement fusé l'instant d'après quand il a ouvert toutes grandes

1. Cf. le roman *Le Roi des Aulnes.*

ses mains, a considéré un moment ses énormes battoirs maculés de graisse, et d'un geste ignoble les a portés à son visage pour les renifler. C'est alors surtout que cette idée de fatalité s'est imposée à moi, car il paraissait bien que son terrible destin, c'était dans ses mains que ce géant le lisait, comme une chiromancienne, si ce n'est qu'il n'y était pas écrit en fines nervures, mais sculpté en boue grasse, en lignes de forces noires, brutales et irrésistibles.

Lorsque nous sommes sortis tous trois du garage, j'espérais bien en avoir fini avec cette figure de cauchemar, bien qu'il ait été convenu que nous ne reprendrions possession de la voiture que le lendemain à midi. Nous nous sommes rendus à la poste pour envoyer un télégramme à Maria-Barbara. Quand nous nous sommes retrouvés sur le trottoir, Edouard était métamorphosé. La joie de l'inattendu, cette soirée qui s'offrait, notre disponibilité le faisaient pétiller comme une coupe de champagne. Gentil et naïf Edouard ! Ayant accompli son devoir de bon mari en adressant ce télégramme aux Pierres Sonnantes, il se sentait tout à coup en vacances, en humeur de partie fine. Il humait l'air en lissant du doigt sa moustachette avec un sourire subtil et rusé.

— Mes chéris, dit-il, le seul problème qui nous reste à résoudre est de trouver un restaurant digne de nous !

Il le trouva vite, bien sûr, ce spécialiste des bonnes tables, habitué à démêler d'un coup d'œil les vérités et les mensonges des menus exposés à la porte des marchands de soupe. Le dîner fut un peu long à vrai dire — et aussi un peu trop copieux — mais le plaisir d'Edouard était si communicatif que nous ne songions pas à nous ennuyer, et nous lui avons même pardonné sur-le-champ de nous avoir fait faire pour le compte du maître d'hôtel notre numéro exécré des jumeaux indiscernables.

Il faisait nuit quand nous sommes sortis. Edouard à nouveau prit le vent avec un air gourmand. Il dut y percevoir quelques flonflons, car il nous dit en levant l'index :

— La fête foraine ! La fête à Neuneu ! On y va ?

Et déjà il nous entraînait jubilant. Décidément il jouait de bonheur ce jour-là !

J'ai toujours détesté les fêtes foraines. Elles représentent avec un paroxysme de violence, la séparation, l'exil qui sont tout le problème de ma vie. D'un côté la foule anonyme, perdue dans une obscurité glapissante, où chacun se sent d'autant plus invulnérable qu'il est plus conforme à l'ordinaire. De l'autre, hissés sur des podiums, arrosés de lumières crues, ceux que l'on montre, les monstres, figés dans leur solitude et leur tristesse, qu'il s'agisse de la petite danseuse aux cuisses marbrées de froid sous son tutu fané, ou du nègre boxeur aux bras et au mufle de gorille. Et pourquoi pas nous, les jumeaux indiscernables, sujets d'étonnement, de curiosité et d'amusement pour tous les sans-pareil ?

La réponse à cette question nous fut administrée cruellement ce soir dans une baraque où Edouard nous entraîna et qui présentait « quelques phénomènes de la nature uniques au monde ». A côté de grossiers truquages — une fillette dont le bas du corps disparaissait dans une gaine écaillée faisait la sirène dans un aquarium —, deux ou trois infirmes vivants — le couple « lilliputien », la femme la plus grosse du monde, l'homme-serpent — paradaient sinistrement. Mais ce qui attira Jean-Paul, comme la flamme le papillon, ce fut exposée dans une armoire vitrée, une hideuse collection de cadavres momifiés (ou prétendus tels, car je soupçonne aujourd'hui qu'il s'agissait de mannequins de cire et de cuir) des plus fantastiques frères siamois de l'histoire tératologique. On pouvait ainsi admirer les xiphopages soudés par le sternum, les pyropages, attachés par les fesses, les meiopages, réunis par le front, les céphalopages collés ensemble par la nuque, et la revue culminait avec les célèbres Tocci, dérodymes italiens ayant sur un tronc unique deux têtes, deux jambes et quatre bras.

Se peut-il qu'Edouard n'ait pas compris ce que cette exhibition pouvait avoir d'odieux pour nous ? Nous demeurions collés aux vitrines comme des mouches, et je veux croire que s'il nous bouscula quelque peu pour nous en arracher, ce fut autant par honte que par simple impatience. Mais je reste convaincu que c'est cette rencontre avec les frères siamois qui te suggéra pour la première fois, mon frère-pareil, que la gémellité n'était peut-être qu'une infirmité, une difformité. La grande épreuve t'attendait à quelques mètres de là.

Ce fut toi qui le reconnus le premier.

— Oh, regardez ! Le patron du garage !

Il avait échangé sa salopette maculée contre un pantalon sombre et une grossière chemise bleu marine, de celles qu'on soupçonne toujours de n'être pas lavées parce que la crasse ne s'y voit pas. Mais sa silhouette de portefaix et ses épaisses lunettes lorsqu'il tourna la tête vers nous suffisaient à l'identifier sans erreur possible. Nous reconnut-il de son côté ? Je le crois — d'autant plus que les frères-pareils ne passaient pas inaperçus —, mais il prit le parti de nous ignorer.

Nous étions à proximité d'un de ces jeux de force qui consistent à projeter sur des rails en pente un petit chariot roulant, plus ou moins chargé de poids de fonte. Un navire faisant fonction de cible au sommet des rails bascule si le chariot monte jusqu'à lui et le heurte. Le garagiste écrasa un billet dans la main du préposé et lui fit d'emblée lester au maximum le chariot. Puis sans effort apparent de ses bras gros comme des cuisses, il l'envoya à grand bruit dans le flanc du navire qui explosa et chavira. Ensuite, ayant apparemment épuisé les ressources de cette médiocre attraction, il s'éloigna d'un pas indécis.

Tu avais applaudi à l'exploit du garagiste avec le petit rassemblement de peuple qui entourait les concurrents. Edouard voulait nous mener aux « Montagnes russes ». Il fallut te suivre qui suivais toi-même le garagiste. Nous arrivâmes ainsi aux abords d'un haut manège complètement fermé qui portait en lettres énormes ce nom brutal et mystérieux : ROTOR. Le Rotor comprenait deux entrées, l'une pompeuse et payante ouvrait sur un vaste escalier de planches, l'autre sans apparence, au ras du sol était libre. C'est vers cette seconde entrée, semblable au couloir des bêtes fauves des cirques romains, que se dirigea le garagiste. Il retira ses lunettes, les glissa dans sa poche, puis se courba pour en passer le seuil. Tu lui emboîtas le pas avec quelques adolescents assez louches.

Je levai les yeux avec stupeur vers Edouard.

Allions-nous te suivre dans ce trou ou te laisser t'y aventurer seul ? Edouard sourit et me cligna de l'œil en m'entraînant vers l'escalier de l'entrée officielle. Je fus un instant rassuré. Il connaissait le Rotor et savait que tu ne courais aucun danger. Mais alors pourquoi ne t'avions-nous pas suivi ?

L'essentiel du manège était constitué par un vaste cylindre dressé verticalement. Les spectateurs qui avaient payé dominaient cette manière de chaudron de sorcière et pouvaient voir les autres — ceux de la petite porte — qui étaient rassemblés au fond et qui faisaient les frais du spectacle. C'est ainsi que nous pûmes échanger des signes de connivence avec toi qui faisais assez bonne figure et ne quittais pas d'une semelle le garagiste. Vous étiez une demi-douzaine au fond du trou, principalement des adolescents efflanqués, de telle sorte que vous attiriez l'attention, toi par ta gracilité, le garagiste par sa corpulence. C'est alors que le supplice commença.

Le cylindre se mit à tourner sur lui-même avec une vitesse de plus en plus grande. Très vite il vous fut impossible de résister à la force centrifuge qui vous chassait vers la paroi. Emportés par un tourbillon, vous étiez donc collés comme des mouches contre un mur, écrasés par une masse invisible de plus en plus oppressante. Brusquement le plancher s'est dérobé sous vos pieds et s'est enfoncé d'environ deux mètres. Mais vous n'en aviez nul besoin. Vous étiez suspendus dans le vide avec sur le visage, la poitrine, le ventre, un poids intolérable, mortel qui s'aggravait de seconde en seconde. Pour moi, le spectacle était terrible car je ressentais tes angoisses élevées, comme toujours, à la puissance gémellaire. Tu gisais sur le dos, crucifié, non par les mains et par les pieds seulement, mais par toute la surface et même par tout le volume de ton corps. Pas un atome de ta chair n'échappait à la torture. Ta main gauche était soudée le long de ton corps et se confondait avec lui ; ta main droite, élevée à la hauteur de ton visage, plaquée contre la tôle, la paume à l'extérieur, dans une posture incommode, te faisait souffrir, mais aucun effort de ta part n'aurait pu la faire bouger d'un millimètre. Tu avais la tête tournée à droite, dans la direction du garagiste — et ce n'était sans doute pas par hasard. Tu ne le quittais pas des yeux, et il faut convenir que le spectacle en valait la peine.

Lentement, avec des mouvements dont la gaucherie traduisait l'effort colossal qu'ils coûtaient, il avait plié les genoux, rapprochant ses pieds de ses fesses et commençait, par je ne sais quel miracle de sa volonté, à se placer en posture accroupie. Je vis ses mains ramper vers ses genoux, glisser le long de ses cuisses, se rejoindre et se nouer. Puis tout le corps s'est décollé de la paroi, a basculé en avant comme s'il s'apprêtait à tomber la tête la première. Mais la force centrifuge le retenait. Le corps ramassé se dépliait lentement, et je compris avec une immense stupéfaction qu'il tentait de se dresser, qu'il prétendait se lever, qu'il y parvenait, et que, luttant contre le talon invisible et géant qui vous écrasait tous, arcbouté sur ses jambes, l'échine ployée, mais peu à peu redressée, tel Atlas écrasé par le globe terrestre, mais se relevant lentement et l'arrachant sur ses épaules, il se tenait maintenant debout, droit comme un i, à l'horizontale, les bras collés au corps, les pieds joints, emporté à une vitesse de cauchemar dans ce chaudron infernal. Ce n'était rien encore.

Car à peine avait-il achevé cette manœuvre laborieuse qu'il en commençait une autre. Lentement, il plia les genoux, se pencha, s'accroupit à nouveau, et je le vis avec horreur tendre sa main gauche vers ta main droite et s'en saisir, la décoller de la tôle, t'attirer à lui au risque, me semblait-il, de te briser en morceaux. Il fit tant qu'il parvint à glisser son bras gauche sous tes épaules, puis son bras droit sous tes genoux, et il commença à se relever dans un effort plus intense que la première fois. Ce qu'il y avait de plus effrayant, c'était son visage, horriblement déformé par la force centrifuge. Ses cheveux pendaient autour de sa tête comme plaqués par une douche violente. Ses paupières bleuies, monstrueusement étirées, s'abaissaient jusqu'aux pommettes saillantes de sa face de gitan, et surtout, surtout ses joues déformées et flasques, distendues, formaient le long de sa mâchoire inférieure des sacs de peau qui flottaient sur son cou. Et toi, tu gisais dans ses bras, blême, les yeux fermés, mort, semblait-il, d'une mort qu'expliquait suffisamment l'épreuve triple que tu venais de subir, l'écrasement sur la tôle, l'arrachement à cette glu invisible, et maintenant l'étreinte de ces bras de bête préhistorique sous cette face de gargouille molle.

Je compris que le cylindre perdait de sa vitesse en voyant les autres crucifiés glisser peu à peu vers le sol et s'écrouler les uns après les autres comme des pantins désarticulés, emportés encore par une rotation qui les empêchait de se relever. Cependant le garagiste sautait sur le plancher avec une légèreté surprenante, et, le corps penché en avant pour combattre l'effet encore sensible de la force centrifuge, il ne quittait pas des yeux le corps sans vie ni couleur de mon frère-pareil dans le berceau de ses bras. Lorsque le cylindre fut complètement arrêté, il te déposa à terre avec une douceur où il y avait de la tendresse et du regret.

Il dut sortir parmi les premiers, car nous ne l'avons pas revu lorsque nous sommes allés t'attendre à la porte basse. Tu paraissais d'ailleurs guilleret, au fond assez fier de ton aventure. Edouard, qui avait dû avoir des inquiétudes, manifestait son soulagement par des plaisanteries et des exclamations. C'est alors que je vis tout basculer autour de moi. Un vertige, une nausée m'envahirent. Je m'écroulai évanoui aux pieds d'Edouard. Pauvre Edouard ! Il n'en revenait pas !

— Ça alors, pestait-il, avec ces deux-là ! C'est Jean qui... et maintenant voilà que c'est Paul qui... Allez donc y comprendre quelque chose !

Je crois y avoir compris quelque chose, moi, mais il m'a fallu des années et mille épreuves pour arriver à cette faible lumière. Je me suis assez bien défendu du préjugé qui consistait à imputer ta défection à tes amours ordurières avec Denise Malacanthe. Je savais bien que c'était voir trop court, trop près surtout, que la trahison remontait plus haut, à un âge plus innocent car tout se joue dans les limbes de l'enfance, et les plus lourdes fautes se commettent toujours en toute innocence. Mes réflexions m'inclinent désormais à attacher une importante décisive à cette fête foraine, à cette rencontre avec ce hideux géant, à ce port, à cet emport qu'il te fit subir après t'avoir arraché à l'invisible enlisement centrifuge.

Chacun des mots de ces dernières lignes vaudrait d'être pesé, analysé. La fête *foraine* par exemple qui signifie proprement la fête *extérieure*, la fête du dehors, autrement dit la tapageuse séduction de ce qui se passe hors de la cellule gémellaire et qui possède ce goût d'ailleurs, ce-je-ne-sais-quoi, cette merveilleuse âpreté des choses lointaines dont tu m'as assez rebattu les oreilles.

Mais c'est surtout dans le personnage du garagiste, sa stature, son mystérieux comportement que je lis désormais à livre ouvert. Cet homme, petit frère, a porté à son comble la solitude, la singularité, la sujétion totale et sans merci à un destin, bref tout ce qui nous est contraire, tout ce qui contredit l'essence de la gémellité. Son geste, sa geste ne sont que trop faciles à interpréter. Il t'a arraché comme on tire un crabe de son trou, comme on extirpe un enfant du ventre de sa mère en travail, pour t'enlever dans ses bras, t'assumer, te faire participer à cette posture monstrueuse — *debout à l'horizontale* — écrasé par une force colossale qui annule la pesanteur. Cet homme est un esclave, et non seulement un esclave, mais un assassin, et je n'en veux pour preuve que sa taille de géant.

Voici venu le moment solennel de te faire partager un secret tout neuf, merveilleux, gai de surcroît, qui vient de m'être révélé et qui nous concerne tous deux, et nous seulement, et qui nous magnifie. On nous a toujours jugés petits, toi et moi. Bébés, on disait de nous : ils sont menus, mais très vifs. Et cette prétendue petitesse ne s'est jamais corrigée. Pendant toutes nos études, nous avons été les premiers de la classe pour les notes, les derniers pour la taille, et devenus adultes, nos cent soixante-cinq centimètres nous ont classés dans la catégorie jockey. Eh bien c'est faux ! Nous ne sommes pas petits, nous sommes comme il faut, nous sommes normaux, parce que *nous sommes* innocents. Ce sont les autres, les sans-pareil qui sont anormalement grands, car cette taille est leur malédiction, la tare physique répondant à leur culpabilité.

Ecoute cette merveille, et mesure ses immenses implications : tout homme a primitivement un frère jumeau. Toute femme enceinte porte *deux* enfants dans son sein. Mais le plus fort ne tolère pas la présence d'un frère avec lequel il faut tout partager. Il l'étrangle dans le ventre de sa mère, et l'ayant étranglé, il le mange, puis il vient seul au monde, souillé par ce crime originel, condamné à la solitude et trahi par le stigmate de sa taille monstrueuse. L'humanité est composée d'ogres, des hommes forts, oui, avec des mains d'étrangleurs et des dents de cannibale. Et ces ogres ayant par leur fratricide originel déclenché la cascade de violences et de crimes qui s'appelle l'Histoire, errent de par le monde, éperdus de solitude et de remords. Nous seuls, tu m'entends, nous sommes innocents. Nous seuls nous sommes venus au monde la main dans la main, et le sourire fraternel aux lèvres.

Malheureusement le monde des Ogres dans lequel nous sommes tombés nous a aussitôt investis de toutes parts. Te souviens-tu de cette ancre de goélette à demi enlisée que seules les grandes marées d'équinoxe découvraient au-delà des Hébihens ?

Chaque fois nous la trouvions plus corrodée, plus rongée, plus surchargée d'algues et de petits coquillages, et nous nous demandions combien d'années s'écouleraient encore avant que l'eau et le sel eussent raison de ce grand être d'acier, forgé pour défier le temps. Les jumeaux tombés du ciel sont semblables à cette ancre. Leur vocation est une éternelle jeunesse, un éternel amour. Mais l'atmosphère corrosive des sans-pareil condamnés par leur solitude à des amours dialectiques, cette atmosphère s'attaque au pur métal gémellaire. Nous ne devions pas vieillir, le savais-tu ? Le vieillissement est le sort mérité des sans-pareil, tenus de laisser la place un jour à leurs enfants. Couple stérile et éternel, uni dans une étreinte amoureuse perpétuelle, les jumeaux — s'ils restaient purs — seraient inaltérables comme une constellation.

J'étais préposé à la garde de la cellule gémellaire. J'ai failli à ma vocation. Tu as fui une symbiose qui n'était pas amour, mais oppression. Les sans-pareil te faisaient des signes pour te séduire. Le plus fort d'entre eux t'a soulevé dans ses bras du fond d'un chaudron de sorcière qui était une gigantesque centrifugeuse. Il t'a tenu sur des fonts baptismaux grotesques et redoutables. Tu as reçu le baptême forain. Dès lors tu étais voué à la désertion. Denise Malacanthe et ensuite Sophie n'ont fait qu'encourager ta fuite.

...

Tu aimeras ton prochain comme toi-même. Je me demande ce que les sans-pareil peuvent entendre à ce commandement primordial de la morale chrétienne. Car il n'est déchiffrable que dans ses trois derniers mots. Comme soi-même ? Est-ce à dire que chacun doit s'aimer d'amour véritable, de charité généreuse, noble, désintéressée ? Inintelligible paradoxe pour le sans-pareil qui ne peut concevoir d'amour-de-soi que dans une restriction à l'épanchement vers les autres, dans un mouvement de retrait, d'avare retenue, d'égoïste revendication de son intérêt personnel. Cet amour-propre, les sans-pareil ne le connaissent que trop, et ils l'expriment dans des formules roublardes où éclate sa laideur caricaturale « Charité bien ordonnée commence par soi-même ». « On n'est jamais si bien servi que par soi-même. » « Aide-toi et le ciel t'aidera. » Cette caricature, ils la retrouvent de gré ou de force chaque fois qu'ils se placent devant leur miroir. Combien sont-ils qui peuvent éprouver un mouvement de joie le matin au réveil en envisageant dans leur glace cette face tuméfiée et salie par plusieurs heures vouées à la solitude absolue de leur sommeil ? Tous les gestes de la toilette, le peigne, le rasoir, le savon, l'eau sont autant d'efforts dérisoires pour s'arracher à l'abîme d'isolement où la nuit les a plongés et faire une rentrée honorable dans la société.

Tandis que nous... Le mouvement qui nous emporte hors de nous, l'essor de notre jeunesse, le don de nos forces vives à notre entourage, cette fontaine généreuse et belle c'est d'abord et principalement — et exclusivement — au frère-pareil qu'elle va. Rien n'est retenu, tout est donné, et pourtant rien n'est perdu, tout est gardé, dans un admirable équilibre entre l'autre et le même. Aimer son prochain comme soi-même ? Cette impossible gageure exprime le fond de notre cœur et la loi de ses battements.

CHAPITRE VII

LES PERLES PHILIPPINES

Alexandre

La Brèche-au-Loup et Adèle, l'éléphante en chaleur de Bernard, le gentil cornac, le commissaire honteux et l'enfer brûlant d'Issy-les-Moulineaux, Thomas Koussek et la ruah courant à travers les trois Testaments — vrai, je n'ai pas perdu mon temps pendant ces quarante-huit heures parisiennes ! Et pourtant cette bousculade de rencontres et de révélations est recouverte dans ma mémoire par une plainte enfantine et monotone, si profonde qu'elle ravale tout le reste au rang d'anecdotes futiles. Je ne suis pas allé dans le quartier de l'église Saint-Gervais, je n'ai pas levé les yeux vers la fenêtre de la rue des Barres dont l'obscurité me permettait de croire que la pauvre chérie dormait pendant que je courais le gueux. Mais ce retour à Paris n'en a pas moins irrité mon petit chagrin, et il me submerge de souvenirs tendres et déchirants.

L'un de ces souvenirs est sans doute l'un des plus anciens qui me restent, car il remonte à une époque où je pouvais avoir deux ou trois ans. La femme encore jeune qui a un petit garçon de cet âge-là vit avec lui dans une intimité plus secrète et plus exquise que celle qu'elle peut connaître avec une sœur ou avec un mari. Ce n'est plus tout à fait un bébé. Il ne fait plus sous lui. Il trotte comme un lapin. Toute la gamme des sentiments humains se reflète sur sa frimousse, depuis la fierté jusqu'à la jalousie. Mais il est encore si petit ! Ce n'est pas encore un homme, pas même un garçon. Il ne parle pas encore, il ne se souviendra de rien.

Moi, je me souviens. Mon père et mes frères partis au bureau ou à l'école, nous restions seuls, maman et moi. Elle se recouchait, et moi j'escaladais en criant de joie le grand lit conjugal. Je me ruais sur elle, je poussais ma tête entre ses seins, je trépignais furieusement de mes jambes pataudes son doux ventre de mère. Elle riait suffoquée de saisissement, me serrait contre elle pour arrêter mes mouvements désordonnés. C'était une lutte affectueuse où je finissais par succomber. Car tant de molle tiédeur avait raison de mon impétuosité. Instinctivement je reprenais à la même place la posture fœtale qui me demeurait familière — et je m'endormais.

Plus tard elle faisait couler son bain, et après avoir fermé les robinets elle m'asseyait dans l'eau qui me montait jusqu'au menton. Je restais immobile et bien droit, sachant d'expérience que je boirais la tasse si mes fesses venaient à déraper sur le fond de la baignoire. Bientôt d'ailleurs maman venait s'y asseoir à son tour. Ce n'était pas une petite affaire, car alors l'eau montait de quelques centimètres, et il fallait que maman me soulevât et me posât dans son giron avant que je fusse submergé. C'est principalement la frayeur que m'inspirait la montée de l'eau vers mon nez qui donne toute sa vivacité à ce souvenir et lui a permis de franchir tant d'années. Ce sont des choses qu'on n'invente pas. Car vingt ans plus tard, j'ai évoqué cette scène en famille, et j'ai eu la surprise de voir maman soudain rouge de confusion nier éperdument qu'elle eût jamais eu lieu. J'ai compris trop tard que ce souvenir faisait partie d'un fonds secret que je partageais avec elle, et que je venais de commettre une faute impardonnable en le trahissant. Je n'aurais jamais dû y faire allusion, même en tête à tête avec elle. Tous les couples ont entre eux cette sorte de réserve tacite et sacrée. Si l'un des deux brise le silence, il rompt quelque chose, irrémédiablement.

Un autre souvenir, moins ancien, est aussi plus proche de moi par sa relation avec mon petit chagrin. Je devais avoir une dizaine d'années. Maman me surprit un soir en larmes, écrasé par un chagrin inhumain, inépuisable. Elle veut me caresser, je la repousse avec violence : « Ah non, pas toi ! Surtout pas toi ! » Elle m'interroge, très inquiète, veut comprendre. Enfin je consens à m'expliquer.

— Je pleure parce qu'un jour tu mourras.

— Mais bien sûr, mon chéri, je mourrai comme tout le monde. Mais pas maintenant, plus tard, dans très longtemps peut-être.

Mes pleurs redoublent... « Certainement, mais plus tard. » De ces deux affirmations, je ne consens à retenir que la première, seule vraie, inébranlable, absolue. L'autre — « pas maintenant, plus tard » — est inacceptable, mensongère, évasive. Il faut toute la frivolité de l'adulte pour parvenir à oublier le

« certainement » et à ne retenir que le « plus tard ». Pour l'enfant qui vit dans l'absolu, le « certainement » est intemporel, immédiat, c'est la seule réalité authentique.

*

J'ai retrouvé mes deux hôtels, le Terminus et les Grutiers, avec la satisfaction d'Ulysse revenu à Ithaque après la Guerre de Troie et l'Odyssée. Ma première nuit a été pour le Terminus, comme il se devait, car j'apprécie qu'un voyage se termine justement dans ces sortes d'hôtels incorporés à la gare et qui marquent la fin d'une errance de façon aussi péremptoire que les heurtoirs contre lesquels est venue buter la locomotive de mon train. Pour un nomade dans mon genre, condamné aux meublés, un hôtel « terminus », cela a quelque chose de rassurant, d'abouti. On a la sédentarité qu'on peut.

Les travaux ont bien médiocrement avancé pendant mon absence — très courte à la vérité, et qui me semble avoir duré en raison des rencontres et événements parisiens qui l'emplissent — et bien entendu un bon tiers des hommes que j'avais embauchés au début se sont évanouis dans la nature. Cela m'a ramené à l'hôtel des Grutiers qui s'est révélé du coup d'une providentielle ressource. J'y ai embauché tout ce que j'ai pu rameuter de trimards — à commencer par Eustache Lafille qui va reprendre sa place d'éventreur au pied du talus — et aussi, pour obéir à je ne sais quel obscur dessein vaguement entrevu, Daniel qui l'aidera de quelque façon que ce soit. Peu importe. L'essentiel est que je les tienne ensemble dans mon trou du Diable, ma proie et la proie de ma proie. Comme ils chantent en moi, ils me sucrent la bouche, ces trois mots qui sont le retriplement du plus beau vocable de la langue française ! L'hôtel est devenu mon domaine, et sa faune drolatique « l'équipe Surin » dont les va-et-vient de la journée tournent chaque soir en meetings ou en veillées d'armes. Le travail étant terminé, j'y assiste de loin, en observateur agréé, avant de regagner le Terminus. Le spectre de l'usine d'incinération continue à inspirer la terreur, et je n'ai pas soufflé mot de ma visite à Issy, parce que mon rapport aurait affolé mes biffins, et aussi parce que cette visite aurait pu jeter la suspicion sur moi (à qui aurais-je fait comprendre le genre de curiosité qui m'a poussé à Issy ?).

L'idée d'une grève fait son chemin dans la dure caboche de ces hommes. Lentement mais sûrement, ils adoptent les uns après les autres le principe d'une action destinée à arracher à la municipalité l'engagement formel de renoncer au projet d'usine d'incinération. Mais bien entendu, il importe de frapper les esprits, et ce n'est pas sur mon chantier que portera l'action — ou plutôt l'inaction — des grévistes. Tous les espoirs reposent sur les éboueurs et le grand déploiement ordurier que la cessation de leur travail provoquera dans toute la ville. Les pourparlers vont bon train avec leurs représentants. Ils butent sur la disparité des objectifs d'une grève englobant l'ensemble de la corporation. L'usine d'incinération n'effraie pas les éboueurs qui y transporteraient leurs chargements comme à tout autre dépôt. En revanche ils demandent des augmentations de salaire, une diminution des heures de travail – actuellement cinquante-six heures par semaine — la distribution gratuite de vêtements de travail — comprenant salopette, bottes en caoutchouc, gants de grosse toile et calot — enfin le remplacement plus rapide des bennes ordinaires par des bennes-presseuses. Les biffins ont bien dû accepter ce cahier de revendications qui risque de dénaturer leur action anti-incinération, mais sans lequel, point d'éboueurs ! La grève aura lieu dans dix jours.

*

Dimanche dernier j'avais été intrigué en approchant des Grutiers par un étrange va-et-vient d'hommes et de femmes en savates et en robe de chambre entre l'hôtel et une bâtisse de briques noircies qui se dresse à quelque cent cinquante mètres dans une ruelle déserte. Il s'agit d'un établissement municipal de bains-douches, et ma foi, il s'en trouve parmi les grutiers qui veulent se laver de temps en temps et qui se rendent en tenue de « petit-lever » à cette soupe populaire des ablutions.

Je désirais en tâter, à la fois pour parfaire mon éducation populacière et dans l'espoir vague d'y rencontrer Eustache et Daniel. J'ai donc dormi dans ma chambre grutière, délaissant pour une fois le Terminus, et ce matin, drapé dans une robe de chambre de soie brodée, chaussé de mocassins de daim vert, j'ai suivi le cortège informe et crasseux qui clopinait vers le lourd bâtiment de briques.

Le rez-de-chaussée est le niveau des bains et l'exclusivité des dames, je me demande en vertu de quelle logique. Nous prenons un ticket — 25 centimes — et nous montons au premier, niveau des hommes et des douches. Une bonne centaine de clients attendent patiemment sur de dures banquettes de bois dans une buée d'étuve. Je distingue néanmoins des groupes qui s'ignorent et dont certains sont étrangers à la société des grutiers. Encore un trait à ajouter au portrait des pauvres : la tendance instinctive à former des groupes en fonction de la race, de l'origine, voire du métier — mais c'est surtout la race, la grande diviseuse — qui ne cessent de s'ignorer que pour se haïr. Mais tout le monde est en pyjama ou en saut-de-lit avec des barbes hirsutes et sur la peau la crasse de sept jours que la vapeur commence à rendre gluante. De Daniel et d'Eustache, point de trace, et je commence à me demander ce que je fais là. Un géant borgne en maillot de corps et pantalon blanc appelle un numéro chaque fois qu'un client quitte une cabine. Puis il tambourine sur les portes qui restent fermées plus de huit minutes, et menace d'expulser tels quels les musards. De certaines cabines montent dans des giclées de vapeur des mélopées geignardes que font taire aussitôt des bordées d'injures fusant des cabines voisines. Ces bruits d'eau, cette vapeur, cette foule loqueteuse et déshabillée, tout cela compose une atmosphère irréelle, et c'est comme dans un rêve que je vois soudain s'ouvrir une porte et sortir Eustache et Daniel roses et humides, se bousculant avec des airs complices. Cette brève apparition me coupe le souffle. On peut donc user d'une cabine avec un compagnon ? Pourquoi non en somme, si cela doit accélérer le débit de la clientèle ? Mais je saigne sous le coup, je souffre d'une jalousie à double tranchant —

conséquence prévisible mais imprévue de la proie-de-la-proie. Je me sens abandonné, rebuté, trahi, car il est bien clair que je n'aurais pas eu ma place dans cette cabine de douche où il s'est passé, Dieu sait quoi ! Je n'ai décidément plus rien à faire ici. Mais comment partir ? Plus de la moitié de ces gens me connaissent, j'ai certainement gagné des points en me montrant parmi eux ; si je m'en allais sans être passé par une cabine, on se poserait des questions, on me taxerait de bizarrerie, tare impardonnable. Car dans ces milieux arriérés et irréguliers, la folie douce, l'excentricité, l'originalité sont condamnées férocement. Une savonnette a glissé sous une porte. La porte s'entrouvre et un bras nu se tend et tâtonne vers la savonnette. Il va l'atteindre, mais un coup de savate facétieux l'éloigne d'un bon mètre. Du coup la porte de la cabine s'ouvre toute grande, un petit homme qui serait nu comme un ver s'il n'était pas velu comme un ours surgit l'invective à la bouche salué par des hurlements de rire qui redoublent quand il montre le trou de son cul en se baissant pour ramasser son savon. Ce petit interlude m'a rendu un brin de bonne humeur — il m'en faut si peu, un trou de balle ! — et je renonce à partir. D'ailleurs cinq minutes plus tard éclate une scène étonnante. Les tickets portent des numéros de six chiffres, mais le borgne n'appelle que les trois derniers qui seuls varient dans la matinée. Or voici qu'à l'annonce du n° 969 deux hommes se lèvent simultanément — un juif et un arabe — et commencent à palabrer en brandissant leur ticket. Le géant les approche de son œil, et hausse les épaules. Mais déjà un troisième et un quatrième client s'approchent en criant qu'ils ont eux aussi le 969. En quelques secondes toute la salle est debout vociférant et gesticulant. Alors on entend un rugissement et tout le monde s'écarte devant un aveugle qui agite sa canne blanche et exige qu'on lui dise immédiatement le numéro de son ticket. On l'entoure : 969 ! crient plusieurs voix. Puis c'est une ruée dans l'escalier pour demander des explications à la caisse. Cris, menaces, injures, piétinements, murmures. Bientôt tout le monde revient dans un calme soudain que soulèvent encore çà et là des houles de colère. L'explication est là, élémentaire, évidente, irréfutable : *tous* les billets de ce matin commencent par les chiffres 696, ces trois premiers chiffres que le borgne n'appelle jamais parce qu'ils sont les mêmes pour tous. Mais lorsque l'on est arrivé au n° 696 969 il a suffi à chacun de retourner son ticket pour qu'il se termine par 969. Ce que la plupart des clients n'ont pas manqué de faire.

*

Depuis trois jours maintenant la grève des éboueurs étale ses fastes dans toutes les rues de Roanne. On se demande pour quelle fête on a dressé devant chaque maison un reposoir multicolore et tourmenté qui s'élève parfois jusqu'aux fenêtres du premier étage, de telle sorte que le piéton circule comme dans une tranchée entre le mur de l'immeuble et une barricade pittoresque. C'est une Fête-Dieu d'un genre nouveau, Fête-Ganeça, l'idole à trompe dont l'animal totem est le rat. Car bien entendu les rats des dépôts, privés de nourriture fraîche, ont envahi la ville, et leurs noirs troupeaux sèment la panique la nuit dans les ruelles. Ils ne sont d'ailleurs pas les seuls représentants de la biffe, et tous mes grutiers, condamnés à l'inaction par la grève, se promènent endimanchés. Nous nous saluons d'un clin d'œil complice, nous faisons des petites stations admiratives devant certains monceaux d'ordures particulièrement réussis, sculptures concrètes, toutes chaleureuses encore en bonodorantes de la vie quotidienne dont elles ont jailli, et qui remplaceraient avantageusement sur les places et dans les squares la triste statuaire officielle. Même les voitures rangées le long des monceaux font grise mine et paraissent bien monotones et indigentes confrontées à cette folie de couleurs et de formes. Je devrais être blasé pourtant et avoir épuisé tous les charmes de la gadoue. Eh bien il m'arrive parfois d'être sincèrement surpris par l'exubérance et l'invention dont les caniveaux sont devenus le théâtre. Je crois comprendre pourquoi. On peut dire tout le bien qu'on voudra des bennes-presseuses dont en vérité on ne saurait plus se passer en raison de la légèreté volubile et volumineuse des ordures riches. Mais justement ! Ces bennes sont des étouffeuses, des éteigneuses, et les matières qu'elles déversent dans les dépôts — pour admirables qu'elles soient encore — sont assommées, humiliées, ravalées au-dessous d'elles-mêmes par ce traitement barbare. Pour la première fois grâce à cette grève, il m'est donné de voir et de louanger les oms dans leur fraîcheur primesautière et naïve, déployant sans contrainte tous leurs falbalas.

Il y a autre chose encore qu'une simple satisfaction esthétique dans la joie ailée qui me porte à travers la ville. C'est un sentiment de conquête, la satisfaction d'une prise de possession. Car le mouvement centrifuge qui chasse vers la périphérie de la ville, vers les terrains vagues et les décharges publiques les déchets urbains, les chiens errants et toute une humanité marginale, ce mouvement a été bloqué par la grève et a amorcé une inversion. Les oms tiennent le haut du pavé. C'est vrai à la lettre. Mais avec elles, les biffins se promènent dans les rues et la nuit les gaspards y font le vide. La petite bourgeoise hétérosexuelle se terre épouvantée. Le conseil municipal siège sans désemparer. Il va capituler. C'est fatal. C'est dommage. Car alors tout va rentrer dans l'ordre exécrable. Les éboueurs seront un peu moins mal traités. Selon un processus dont l'histoire offre plus d'un exemple une amorce de révolution va tourner court par l'embourgeoisement des damnés de la terre.

*

Cette grève mémorable n'a pas fini d'agiter le petit monde de la biffe. Chaque soir la salle commune des Grutiers est le théâtre d'assemblées vociférantes où je vois se dresser les hostilités les plus vives entre corporations rivales. Depuis quelque temps un nommé Alleluia — dans lequel j'ai reconnu le vieil aveugle de l'établissement de bains-douches municipal — y mène grand train. C'est qu'il fut éboueur et fait autorité dans la branche par son expérience, sa grande gueule et aussi son infirmité acquise au champ d'honneur — entendons en recevant à la face le contenu d'une bouteille d'acide broyée par la benne-presseuse. La grève lui a conféré un prestige dont il use sans retenue — à l'encontre notamment des chiffonniers, ennemis naturels des éboueurs.

Hier soir, il a réglé son compte au plus puissant d'entre eux, le père Briffaut, ancien chaudronnier tombé dans la dèche, devenu récupérateur de pièces détachées dans un cimetière d'autos, puis chiffonnier. Briffaut et Alleluia se sont toujours haïs — d'une haine où se mêlent de vieilles histoires et un esprit de secte. Pour moi, j'apprécie en Briffaut le récupérateur tous azimuts qui sait être mécanicien, fripier, brocanteur, papetier, voire antiquaire. Qu'il sache également à l'occasion devenir maître chanteur et assassin, c'est ce que je devais apprendre ce soir-là. Il m'a exposé un jour sa théorie de l'objet perdu, de la chose sans maître qu'il considère comme sa propriété personnelle — de plein droit, par privilège professionnel — avant même de l'avoir trouvée : quiconque la trouve avant lui est coupable de vol. C'est qu'il a des airs de rédempteur, ce vieux filou auquel la nature a eu le caprice d'offrir sur ses vieux jours une beauté patriarcale avec sa barbe de neige et son profil affiné de prophète. Il se croit investi d'une vocation qui l'appelle à sauver l'objet jeté au rebut, à lui restituer sa dignité perdue — que dis-je ! — à lui conférer une dignité supérieure parce que sa récupération s'accompagne d'une promotion au titre d'*antiquité.* Je l'ai vu opérer dans une décharge publique. Je l'ai vu extraire des oms une cafetière de porcelaine ébréchée. Avec quelle lenteur d'officiant il caressait le vieil ustensile, le faisant tourner entre ses mains, passant l'index sur ses plaies, scrutant l'intérieur de sa panse ! L'instant était crucial. Cette cafetière rebutée ne valait plus rien. Il s'agissait par un décret qui ne dépendait que de lui de faire bondir sa valeur très au-dessus de celle d'un objet semblable neuf en la sacrant antiquité. Brusquement le jugement tomba. Ses mains tenaient toujours la cafetière, mais par une nuance imperceptible, elles exprimaient la condamnation — aussi sûrement que le pouce de César pointé vers le sol signifiait la mort du gladiateur. La cafetière tomba et éclata en morceaux sur une pierre. Ce n'était pas un hasard. Briffaut ne supportait pas l'idée qu'un autre biffin pût récupérer ce qu'il avait rejeté. Le jour où je découvris ce trait de sa philosophie, je lui citai le passage de *La Divine Comédie* de Dante où il est dit que ce que Dieu pardonne le moins, c'est la pitié envers ceux qu'il a condamnés. L'œil de Briffaut pétilla, et il me demanda qui était ce Dante. Pris de court, je lui répondis qu'il s'agissait d'un biffin italien qui faisait de la récupération d'âmes dans les cercles de l'enfer. Il hocha la tête avec conviction et m'accorda que les macaronis étaient des as du crochet.

La dispute entre Briffaut et Alleluia avait certes un fond de rivalité professionnelle, mais il y avait en outre un cadavre entre eux — c'est ce que je devais apprendre — celui d'une espèce d'aventurier, disparu un quart de siècle plus tôt. Un fameux bandit ce Bertrand Crochemaure, beau comme Satan, enragé tombeur de femmes, à qui la rumeur publique prêtait, comme il se doit, dix fois plus d'exploits amoureux qu'il n'aurait pu en accomplir dans plusieurs vies. Baugé en solitaire dans une ferme délabrée des environs de Mayeuvre, il avait la spécialité parmi cent autres activités de dresser les chiens d'arrêt. C'est ainsi qu'il était entré en relations avec le château de Saint-Haon, et le bruit fantastique d'une liaison du solitaire avec la comtesse Adrienne de Ribeauvillé s'était aussitôt répandu.

C'était peu avant la guerre de 14. Le château de Saint-Haon connaissait une période de splendeur et fournissait à la biffe les ordures les plus distinguées de tout le canton. C'est qu'on menait grand train chez les Ribeauvillé. Ce n'était que réceptions, fêtes de nuit et bals costumés dont une domesticité nombreuse s'employait à répandre la chronique scandaleuse dans tout le pays. La figure énigmatique et l'élégance provocante de la comtesse Adrienne excitaient les imaginations autour d'elle, et tout le monde parlait de ses écarts sans que personne sût à coup sûr si c'était là médisance ou calomnie. Il est vrai que la psychologie des femmes est un puits sans fond, et que la ferme de Crochemaure était assez isolée pour permettre des allées et venues inaperçues.

Un matin le domaine de Saint-Haon retentit de cris et de pleurs. L'un des plus beaux bijoux de la comtesse, une paire de boucles d'oreilles, avait disparu au cours d'une nuit particulièrement tapageuse. La nature de ces boucles d'oreilles importe essentiellement en cette affaire. Il s'agissait de deux perles *philippines* montées sur clips si habilement qu'elles paraissaient posées nues sur le lobe de l'oreille. On sait que les huîtres dites *philippines* — ainsi nommées parce qu'on les pêche au large des îles Philippines — contiennent deux perles de forme baroque et de taille médiocre, mais emboîtées de telle sorte qu'elles sont semblables comme des sœurs jumelles et de surcroît orientées, la droite pouvant se distinguer de la gauche. Ces perles d'une valeur moyenne lorsqu'elles sont dépariées deviennent inestimables réunies dans un seul bijou ou montées en boucles d'oreilles.

Le château, les communs, les jardins sont passés au peigne fin. On cure l'étang, les viviers et les douves. Les éboueurs sont alertés, on leur promet une récompense de 1 000 francs s'ils retrouvent le bijou perdu. Vainement. Un jour pourtant Briffaut se présente à la grille du parc. Il parlemente avec le portier, avec les domestiques, puis avec Adrienne de Ribeauvillé elle-même qui finit par lui accorder un entretien en tête à tête. On ne saura jamais ce qu'ils se sont dit. Une femme de chambre racontera seulement que lorsqu'il entra dans le boudoir parfumé où la comtesse le précédait vêtue d'un déshabillé vaporeux, on aurait juré que Briffaut avait fait effort pour paraître encore plus sale et plus hirsute qu'à l'accoutumée. Elle ajoutera que l'entretien dura trois quarts d'heure, et qu'Adrienne paraissait avoir pleuré quand Briffaut sortit d'un air triomphant.

Les boucles d'oreilles ne furent pas retrouvées, et la guerre éclatant quelques semaines plus tard contribua à jeter l'oubli sur cette affaire. Le château d'abord réquisitionné et transformé en hôpital militaire fut ensuite fermé jusqu'en 1920, date à laquelle Adrienne étant morte à l'étranger, dans des circonstances obscures qui ressemblaient à son personnage, le comte vint s'y retirer avec sa fille Fabienne, alors âgée d'une dizaine d'années. Bien peu avaient pris garde cependant à une disparition si discrète que personne n'était d'accord sur la date à laquelle elle avait eu lieu : celle de Bertrand Crochemaure. Il lui arrivait assez souvent, il est vrai, de s'évanouir un temps plus ou moins long pour reparaître ensuite subitement. Il fallut que des six chiens qu'il possédait à l'époque quatre fussent aperçus à plusieurs reprises dans les champs et les forêts pour qu'un garde champêtre eût la curiosité d'aller frapper à la porte de sa ferme. N'obtenant pas de réponse, il l'avait forcée. Tout était désert, mais les deux autres chiens étaient morts — enfermés dans un chenil rudimentaire — de faim sans doute. Aussi sauvage qu'il fût, Crochemaure aimait ses bêtes. Il n'aurait pas abandonné ses chiens de propos délibéré.

C'est cette affaire — ce nœud d'affaires obscures — qu'Alleluia évoquait un quart de siècle plus tard dans la salle commune des Grutiers pour confondre son vieil adversaire. Les trimards parcourus de remous bruyants et contradictoires firent aussitôt silence lorsqu'il se leva et dressa son mufle de vieux lion aux yeux morts dans la direction du chiffonnier.

— Tu mens, biffin ! Tu es ici, mais tu n'es pas des nôtres. Tu as toujours filé ton sale coton dans ton coin, et malheur à ceux qui se mettaient en travers ! Tu nages contre le courant qui nous charrie tous. Tu repêches, tu récupères, tu fais, comme tu dis, de la rédemption. Tant pis pour les boueux qui vont pas dans ton sens !

Le mufle se balança à droite et à gauche.

— Ecoutez-moi les autres ! Le père Briffaut, vous croyez le connaître. Vous ne le connaissez pas ! Moi, l'aveugle, je vois un éclair blanc, un petit éclair nacré à son oreille gauche. Qu'est-ce que ça signifie cette perlouze à esgourde sur une tête de biffin ? Ça signifie la mort d'un boueur ! Ecoutez-moi !

Il reprit cette fois dans un silence prodigieux, le masque braqué sur Briffaut.

— En cette fin de matinée de mars 1914, tu fais ton entrée au château. Il a presque fallu que tu enfonces la porte, mais cette fois, ça y est, tu es dans la place ! Elle est blanche la Ribeauvillé, elle est parfumée. Tu es là, tout noir et puant, parce que tu viens de finir ta journée. Tu commences à cinq heures, tu finis à onze heures, c'est recta. Tu jouis de ta saleté, de ta force, de ta grossièreté en face de cette femme crevée de fatigue et de peur. Tu te campes dans sa bonbonnière tout en soie et en duvet. Tu sors ta main crasseuse de ta poche, et au bout de ton doigt, qu'est-ce qu'il y a ? Un éclair nacré, la perlouze à oreille. La Ribeauvillé pousse un cri de joie et s'élance vers son bien. Tu l'arrêtes. « Pas si vite, petite madame ! Si on causait un peu ? » D'abord pas d'illusion. De perles, tu n'en as qu'une. L'autre ? Tu n'en sais rien ! Quant à la récompense, tu n'en as rien à faire. Quoi ? Dix mille francs pour une perle ? Mais avec sa sœur, c'est cinq cent mille francs qu'elles valent ! Tu ne lâcheras pas ta trouvaille à moins de cent mille francs.

« La Ribeauvillé te croit devenu fou. Cet argent, elle ne l'a pas. Elle ne l'aura jamais. Cela, tu t'en doutais. C'était une chance à courir. Sait-on jamais avec les femmes ! Elle dit : « Je vais vous faire arrêter ! » Tu fais non, non, non de l'index, un geste comme ça, un peu gamin, un peu outrageant. « Non, non, non, parce que, petite madame, ce beau bijou, devinez où et quand je l'ai trouvé ? Vous allez dire : ce matin, dans les poubelles du château. Eh bien pas du tout ! C'est avant-hier que je l'ai trouvé, et dans la décharge de Mayeuvre, si vous voyez ce que je veux dire. Ah je ne dis pas qu'il était dans la boîte à ordures de Crochemaure. Non, ce serait vraiment trop beau ! Seulement ce qui est bizarre, tout de même, c'est primo qu'il soit allé tout seul à Mayeuvre, secundo que vous ayez attendu deux jours pour signaler sa disparition. Alors voilà : vous me donnez l'autre boucle d'oreille sans laquelle la mienne ne vaut pas tripette. Sinon, je rapporte ma trouvaille à la gendarmerie en disant d'où elle vient. C'est monsieur le comte qui serait surpris s'il apprenait qu'avant-hier vous avez passé une partie de la nuit chez ce diable de Crochemaure ! »

« Là, Briffaut, t'a joué gros. T'as joué et t'as perdu ! Parce que bien sûr, l'autre boucle, elle pouvait être en la possession de l'Adrienne. Alors, elle te la donnait pour acheter ton silence. C'est là-dessus que tu comptais. Mais une autre supposition qu'elle soit entre les mains de Crochemaure ? Aïe, aïe, aïe ! Parce que Crochemaure, c'est pas une belle dame en pleurs et en déshabillé ! C'est dur, c'est fort, c'est méchant un Crochemaure ! T'as perdu, biffin. Et t'as compris que t'avais perdu quand l'Adrienne, elle t'a demandé vingt-quatre heures de délai. Il fallait bien accepter ! T'as filé ! C'était foutu. Pire que ça : Crochemaure, il allait te rendre une petite visite. Bientôt. Parce que l'Adrienne, elle n'a fait qu'un saut chez lui, et elle lui a chanté toute l'histoire. Sûr que le Croche, il allait pas lui remettre l'autre boucle pour qu'elle t'en fasse cadeau ! D'abord, il a juré ses grands dieux qu'il avait rien trouvé. Et ça, c'était pas vrai Et puis il a ajouté qu'il était bien capable, non seulement de te faire taire, mais de t'arracher la perlouze. Et ça, c'était vrai. Là-dessus, ils ont dû s'envoyer en l'air une fois de plus, l'Adrienne et lui, mais lui, il avait l'esprit ailleurs. Il se demandait comment il allait te faire rendre gorge au plus vite.

« Ce qui s'est passé ensuite, j'en sais trop rien. Vous avez dû vous rencontrer, chacun avec votre perlouze. C'est une sacrée partie qui s'est jouée entre vous deux. Mais ce que je sais, c'est que t'es encore là, vingt-cinq ans plus tard, bon pied, bon œil, alors que Crochemaure, il a disparu sans traces peu après l'affaire des perles. Tu diras bien sûr, les perlouzes, c'est lui qui les avait, alors il a filé pour les croquer tranquille. Pas d'accord, biffin ! Pas d'accord à cause des chiens. Tu vois, t'as fait les choses à moitié. Après Crochemaure, fallait t'occuper des chiens. Va-t'en, Briffaut, tu sens la mort ! »

Briffaut est seul tout à coup face à une foule hostile. Mais ce sont des éboueurs, des minables, il les méprise. Ce qui le rassure, c'est que la porte n'est pas loin, trois enjambées tout au plus, un bond, et il est dehors. Il regarde ces hommes et ces femmes qui grondent entre eux. Pense-t-il aux chiens de Crochemaure ? Il ne se sent pas des leurs. Le Rédempteur, l'homme qui remonte le courant, il ne peut être qu'un envoyé d'en haut, un passant parmi ces enracinés de la gadoue. Il veut parler, mais la foule noire murmure de plus en plus passionnément. Il hausse les épaules. Il amorce sa retraite. Mais il est joueur, et de plus il les méprise tous ces cloportes. Alors il a une inspiration folle et accomplit un geste de défi. Il soulève ses cheveux longs du côté gauche pour découvrir son oreille. Et tout le monde peut voir quelque chose de blanc qui brille d'un éclat nacré dans la crasse et le poil. Il ricane silencieusement tout en reculant vers la porte. C'est un souffle de plus en plus hostile, de plus en plus violent qui le chasse...

*

C'est peut-être la faute de cette cuisinière campagnarde rouillée, crevée, fuligineuse qui se trouvait inexplicablement dans la benne et que j'ai vue basculer vers la pente du *Trou du Diable,* rebondir sur un pneu de camion, s'élancer avec une force terrible en tournoyant comme un taureau ivre vers les deux silhouettes immobiles. Eustache et Daniel se trouvaient exactement sur sa trajectoire — ce qui est normal puisque c'est le rôle d'éventreurs d'accueillir et de neutraliser les paquets volumineux. Mais il s'agit en principe de linge, de tapis, de matelas, de ballots de papiers, de choses molles et inoffensives dont ils reçoivent l'assaut sans méfiance. J'ai voulu les avertir, crier. A ma honte, aucun son n'est sorti de ma gorge. J'ai souvent été exaspéré par les femmes qui trouvent toujours le moyen de piailler bêtement et inutilement dans les situations un peu urgentes. Pour être plus discret, le silence angoissé témoigne d'un manque de maîtrise tout aussi blâmable, j'en conviens. Arrivée à la hauteur des deux garçons, la cuisinière les a masqués à ma vue et la suite m'a échappé. J'ai seulement aperçu Eustache bondir de côté et Daniel rouler dans les détritus. Je suis descendu les rejoindre aussi vite que je l'ai pu. J'ai compris qu'Eustache ayant évité de justesse le bolide avait d'une violente bourrade mis Daniel hors de portée. Le petit se relevait justement en chancelant. Il me tournait le dos. Eustache qui lui parlait me faisait face. Cela aussi a joué un rôle sans doute décisif dans ce qui a suivi. Eustache portait un pantalon noir collant, serré dans des bottes, et un maillot de coton noir également, sans manches ou aux manches extrêmement courtes. Ses mains étaient chaussées d'énormes gants de cuir rembourrés, à l'épreuve de toutes les lames, clous et autres tessons de bouteille qui se dissimulent dans les oms comme les serpents dans la pampa. Ses bras nus étaient toute la chair que cette scène, ce paysage ordurier, ce ciel pâle comportaient. Leur opulence musculeuse, la perfection de leur modelé, leur blancheur farineuse contrastaient violemment avec la misère environnante. Bientôt je ne vis plus qu'eux, j'en avais plein la vue, ils m'éblouissaient et m'inondaient de désir. Eustache s'arrêta de parler à Daniel et me regarda avec un sourire dont le cynisme et la complicité disaient assez qu'il avait compris mon émotion et l'accueillait comme son dû. Daniel me tournait toujours le dos, un dos mince, une veste vide que ses maigres omoplates bosselaient à peine, une échine souffreteuse, attirant le malheur et le subissant dans la douleur et l'humiliation. Le coup de désir que venaient de me donner les bras de boulanger d'Eustache n'était rien en comparaison de la pitié que m'inspira le dos de Daniel. Une pitié impérieuse, violente qui m'arracha des larmes et me ploya vers le sol, un déchirement qui me navra le cœur. Je venais de découvrir une nouvelle passion plus dévorante, plus dangereuse qu'aucune autre : l'amour-pitié. Les bras d'Eustache ne sont pas pour rien dans l'alchimie de ce philtre inédit. Sans eux j'aurais eu probablement une tout autre vision de Daniel, une vision *entière* — comme on dit d'un cheval étalon qu'il est *entier* — où se seraient fondus à égalité le désir et la tendresse pour donner naissance à un bel amour sain et fort. La mécanique subtile et perverse de la proie-de-la-proie ne l'a pas voulu. Les bras d'Eustache ont agi comme une manière de philtre sur mon appréhension du dos de Daniel. Ils ont retenu à leur profit tout ce qu'il y avait en elle de fort et de joyeux, la gourmandise joviale qui entoure et célèbre une belle et robuste chair — et n'ont laissé percer qu'un appel plaintif et bas en direction du dos de Daniel. Par la vertu de la proie-de-la-proie l'amour s'est décomposé, et le désir-tendresse s'est dégradé en cruauté-attendrissement. En même temps que j'éprouvais avec effroi la véhémence dont la pitié est capable, je goûtais toute la virulence de son venin. Non, certes, la pitié n'est pas un sentiment honorable. C'est une redoutable perversion parce que tous les défauts, les faiblesses, les défaillances de l'être aimé la nourrissent et l'exaspèrent au lieu de la décourager. Si la vertu est force et le vice faiblesse, la pitié est la forme vicieuse de l'amour. C'est une passion foncièrement coprophage.

Il y eut un silence que traversa un souffle de vent. Des papiers s'envolèrent, et je songeai, je ne sais trop pourquoi, à la ruah de Thomas Koussek. Peut-être était-il dans l'ordre qu'elle présidât à la définition des sentiments qui m'uniraient désormais aux deux garçons ? Daniel tourna la tête, et je vis avec un élan douloureux, en profil perdu, son front et sa joue blêmes, barrés d'une grosse mèche noire. Il rayonnait du prestige empoisonné du petit crevé. Nous avons regardé tous les trois la cuisinière devenue inoffensive. Le monstre fiché dans l'ordure dressait en l'air ses deux courtes pattes de derrière ridiculement chantournées. Malgré le trou noir du four ouvert dans son flanc et le robinet de cuivre du réservoir d'eau chaude, elle ressemblait à un taureau que sa charge furieuse aurait planté là, enlisé de la tête et de l'encolure dans un sol trop mou.

*

Ce qui fait le charme de ma vie, c'est qu'arrivé à l'âge mûr, je continue à me surprendre moi-même par les décisions ou les options que je prends, et ce d'autant plus qu'il ne s'agit pas de caprices ou de tours de girouette, mais bien au contraire de fruits longuement cultivés dans le secret de mon cœur, un secret si bien gardé que je suis le premier étonné de leur forme, substance et saveur. Il faut bien sûr que les circonstances se prêtent à l'éclosion, mais elles s'y prêtent souvent avec tant d'empressement que le beau et lourd mot de *destin* vient tout naturellement à l'esprit.

Mais chacun a le genre de destin qu'il appelle. A certains je pense le destin fait des signes discrets, subtils, des clins d'œil compris d'eux seuls, des sourires à peine esquissés, un friselis sur un miroir d'eau... Je ne suis pas de ceux-là. J'ai droit à d'énormes farces, des bouffonneries grossières, scatologiques, pornographiques, des grimaces de clowns méchants, comme celles que nous faisions enfants en nous distendant les bords de la bouche avec les petits doigts — langue pendante, bien entendu — tandis que les deux pouces étirent les paupières de côté à la chinoise.

Tout ce préambule pour en arriver à cette nouvelle apparemment anodine : j'ai un chien. Rien pourtant ne me destinait à rejoindre la corporation des pépères à chien-chien dont l'attendrissement bêtifiant devant leur quadrupède m'a toujours exaspéré. Je hais tout type de relation dépourvu d'un minimum de *cynisme*. Le cynisme... A chacun la dose de vérité qu'il supporte, qu'il mérite. Les plus faibles de mes interlocuteurs sont les plus gourmands de fables et de mensonges. Ceux-là, il faut tout leur maquiller pour les aider à vivre. Je ne puis *tout* dire dans les termes les plus crus qu'à un être doué d'une intelligence et d'une générosité infinies, c'est-à-dire à Dieu seul. Avec Dieu, pas de cynisme possible, si le cynisme consiste à servir à un interlocuteur *plus* de vérité qu'il n'en peut supporter ou dans des termes *plus* verts qu'il n'en veut entendre. Or donc il me semble que des relations amicales ne sont supportables que si elles s'accompagnent d'une certaine *surestime* réciproque, tellement que chacun ne cesse de choquer l'autre, l'obligeant par là même à s'élever à un degré d'éminence supérieur. Que si la dose est vraiment trop forte, l'autre, blessé, rompra le contrat — pour toujours parfois.

Peut-on mettre du cynisme dans ses relations avec un chien ? L'idée ne m'en était pas venue. Et pourtant ! J'aurais dû être alerté par l'étymologie du mot *cynisme* qui est justement le grec κυνός, de chien...

J'observais ce matin à proximité de l'hôtel le manège d'une poignée de corniauds autour d'une chienne qui devait être en chaleur. Inutile de dire que cette scène obscènement hétérosexuelle — ces reniflages, menaces, caresses, simulacres d'accouplement ou de combats — excitait tout ensemble ma curiosité et mon dégoût. La petite troupe disparut enfin sur les quais, et je n'y pensai plus. Lorsque deux heures plus tard je sors pour acheter un journal, je les retrouve quelques mètres plus loin. Mais cette fois l'un des chiens est parvenu à ses fins, et il chevauche à grands coups de reins — langue pendante et regard vitreux — la chienne qui répond à chaque boutée par un mouvement de déglutition du bassin. Peu à peu les autres chiens se dispersent, sauf un, une sorte de griffon hirsute et de bonne taille, comme on en voit communément rassembler les troupeaux de moutons et de vaches. Qu'attend-il, celui-là ? Veut-il prendre la suite de son rival plus heureux ? Ce serait à coup sûr le comble de la bassesse, mais bien digne en somme de la racaille hétéro. Je regrette d'être sorti sans canne. J'aurais attendu qu'il fût à son tour rivé à la chienne pour le rosser. Peut-être devine-t-il mes intentions, car il me surveille du coin de l'œil sous ses poils gris qui forment sourcils. Ou bien veut-il s'assurer que je le regarde et que je ne vais rien perdre de ce qu'il prépare ? Car le voilà qui s'approche du couple besogneux. Il paraît s'intéresser surtout à l'anus du mâle, seul accessible, il est vrai. Et il se dresse. Il le chevauche. Je vois distinctement son dard rouge et pointu comme un piment s'insérer sous sa queue. Il le sodomise, ma parole ! Il l'encule ! La gueule d'abruti du mâle en travail manifeste une soudaine inquiétude. Il tourne la tête à demi vers mon bouvier. Mais il est trop occupé par ailleurs pour pouvoir réagir. Il retombe dans sa béatitude à deux temps. Quant au griffon, il s'en donne à cœur joie. Il ouvre la gueule. Il tourne la tête vers moi. Indiscutablement son œil pétille. Il rigole, ce bougre de corniaud ! C'est alors que le mot de cynisme se présente à mon esprit. Car cynisme il y a ! Mais de la bonne espèce, un cynisme qui va dans mon sens, et qui y va plus vite et plus loin que je n'aurais su le faire, de telle sorte que comblé je suis aussi dépassé, un peu bousculé, exalté par conséquent. Parce que, diable, enculer ainsi en pleine rue un hétéro occupé à remplir son devoir conjugal... Pour être franc, je n'aurais même pas osé y penser !

Je suis remonté dans ma chambre euphorisé par ce spectacle revigorant. J'ai lu mon journal. Assez distraitement. C'était clair, j'attendais quelque chose, quelqu'un... Je suis redescendu. Il était là, sur le pas de la porte. Lui aussi m'attendait. Il a levé sa grosse tête hirsute vers moi avec son air rigolard, comme si dorénavant le souvenir de son exploit créait une complicité entre nous. Et c'est vrai qu'il m'a conquis, l'animal ! Mieux que cela, il m'a *édifié,* au double sens du mot, augmentant ma vertu, ma moralité, mais aussi ajoutant comme un étage au château de mes rêves par cet acte d'amour en seconde position qu'il m'a montré, commentaire du problème de la proie-de-la-proie et encouragement à lui donner une solution *cynique.*

J'ai tendu la main vers lui, et il a répondu en envoyant un coup de langue dans sa direction, mais sans la toucher, parce que nous en sommes aux contacts ébauchés, mais pas encore à l'échange accompli. Je suis revenu deux heures plus tard et je l'ai retrouvé toujours assis, comme gardant l'hôtel, ma maison. Cela m'a fait chaud au cœur, pourquoi le nier ? J'ai fait aussitôt demi-tour et je suis allé acheter un kilo de mou de veau chez le boucher le plus proche. Mon intention était de déplier sur le trottoir le journal où cette chair spongieuse et violacée était enveloppée. J'ai eu honte. J'ai pensé aux petites vieilles qui nourrissent ainsi les chats des jardins publics. Le bouvier m'a souri. Je lui ai cligné de l'œil, et tout naturellement il m'a emboîté le pas dans l'escalier. L'avantage de ce garni mal famé, c'est que personne ne songera à s'offusquer de la présence d'un chien dans ma chambre.

J'ai un chien. Il faut lui trouver un nom. Robinson avait appelé son nègre Vendredi, parce que c'était un vendredi qu'il l'avait adopté. Nous sommes aujourd'hui samedi. Mon chien s'appellera Sam. J'appelle *Sam !* et aussitôt il lève vers moi sa tête hirsute où brillent deux yeux marron. J'ai un chien, un ami *cynique* qui me scandalise en allant plus loin que moi dans mon propre sens, qui m'*édifie*...

*

Sous son apparence de banalité, le monde est décidément rempli de merveilles à peine cachées — tout de même que la caverne d'Ali Baba. Passant devant l'étalage d'un bouquiniste, je pique au hasard un livre dans lequel je fais une rapide plongée. C'est un dictionnaire étymologique de la langue française. Ce bref coup d'œil m'apprend ainsi que le mot *fesse* vient du latin *fissum*, la fente. Voilà qui change tout ! Chaque homme n'a qu'une fesse — laquelle divise son postérieur en deux masses charnues. Celles-ci par leur exorbitante positivité ont accaparé indûment le mot *fissum* qui avait le tort de désigner une réalité toute discrète et négative.

*

Sam ne me quitte plus. Philomène, la patronne des Grutiers, le nourrit à la cuisine. Le reste du temps, il est sur mes talons. Il m'arrive de lui signifier d'avoir à me laisser seul. Alors il divague dans la maison où tout le monde lui fait bon accueil. Il n'en va pas de même à l'hôtel Terminus où l'on m'a rappelé sans aménité que les chiens ne sont pas admis. Voilà le prix de l'« honorabilité » ! Parce qu'ils se veulent « comme il faut », ces petites gens qui ont grandi parmi les poules et les cochons se haussent du col avec des airs de pète-sec. Or je suis de jour en jour moins disposé à tolérer exclusives et mauvais traitements envers mon copain à quatre pattes. J'ai été tenté de rendre immédiatement ma chambre du Terminus, mais j'ai sursis à cette décision, d'abord parce que j'ai pour principe de ne jamais rien trancher sous le coup d'une émotion, ensuite parce que je ne me verrais pas sans déplaisir complètement investi par les Grutiers. Il m'est agréable de conserver un lieu d'évasion, un au-delà des Grutiers — et tout simplement, disons-le, une salle de bains… Qu'il en soit donc ainsi. Monsieur Alexandre a non seulement une proie et la proie de cette proie, mais aussi un chien — outre ses pittoresques amis de la biffe et des oms. Monsieur Surin est un solitaire rangé, jouissant de la considération des honnêtes commerçants roannais. Est-il besoin d'ajouter que monsieur Alex — auteur de ces lignes — a furieusement envie d'étrangler monsieur Surin ?

*

Il fallait bien que je la rencontrasse un jour ou l'autre, cette Fabienne de Ribeauvillé qui jouit d'une mystérieuse considération parmi les grutiers, et dont la mère, Adrienne, a eu probablement jadis des douceurs pour le terrible Crochemaure. Qui sait d'ailleurs si cette Fabienne n'est pas la fille du dresseur de chiens ? Mais assez de divagations romanesques !

Les présentations n'ont pas manqué de piquant. C'était non loin du *Trou du Diable,* en un lieu-dit le Cabaret de l'Ane. Il y a là une ruine qui fut jadis un bistrot planté bizarrement en rase campagne. Et à côté, une dépression dont le fond retient huit mois sur douze une mare saumâtre peuplée de joncs. Il y a beau temps que j'aurais entrepris de la combler par des dépôts contrôlés si je n'avais été en quelque sorte devancé — et de plusieurs lustres à ce qu'on dit. Il y a plus de vingt ans, les trois cents hectares alentour que se partageaient une bonne vingtaine de petits exploitants agricoles ont été rachetés et rassemblés par un riche cultivateur. Son premier soin a été de faire arracher les kilomètres de clôtures qui délimitaient les parcelles. Les fils de fer barbelés plus ou moins enroulés aux pieux qui les soutenaient ont été jetés pêle-mêle dans cette dépression. Cette combe, cette mare, ce terrible roncier métallique dévoré et soudé par la rouille, c'est un piège à bestiaux redoutable qui fait chaque année des victimes.

Or donc ce matin on est venu m'avertir sur mon chantier que l'un des chevaux de Saint-Haon s'était rué dans ce guêpier après avoir semé son monde. Pouvais-je venir aider à le sortir de là ? J'y fus, flanqué de mon vieux Sam. Je vis d'assez loin la silhouette d'un cavalier planté au bord de la combe et nous tournant le dos. Nous fûmes bientôt à ses côtés. Le spectacle était terrifiant. Ce qui se débattait dans l'écheveau des barbelés n'avait plus du cheval que la forme. Pour le reste, c'était un écorché, une anatomie de cheval ruisselante de sang qui n'en continuait pas moins à lutter désespérément, absurdement, traînant des paquets de fils à chaque jambe, dressant à demi cabré vers le ciel une tête dont un œil avait été arraché. Un jeune écuyer remontait lentement vers nous avec des gestes d'impuissance. Certes il n'y avait rien à faire, plus rien, sinon abattre cette malheureuse bête d'un coup de fusil. Il nous avait rejoints quand la cravache siffla et lui balafra le visage. Il recula en se protégeant d'un coude, trébucha en arrière, tomba. Le cavalier était déjà sur lui et la cravache s'abattait maintenant avec une régularité mécanique. Le silence absolu dans lequel se déroulait l'agonie du cheval et cette horrible correction nous entourait d'une atmosphère solennelle. J'étais intéressé. Je l'aurais été davantage si j'avais su la vérité : le cavalier était une femme, le petit écuyer en était une autre...

Quand Fabienne de Ribeauvillé se tourna vers moi, son visage curieusement rond, un peu enfantin, était baigné de larmes.

— Pouvez-vous le faire abattre ?

— Un de mes hommes viendra avec une carabine.

— Très vite.

— Le plus tôt possible.

— Quand ?

— Dans un quart d'heure peut-être.

Elle soupira et se tourna vers le roncier où la bête tombée sur le flanc se débattait avec moins de violence. Le petit écuyer s'était relevé, et, sans rancune apparente, ignorant les traits violacés qui lui zébraient la figure, observait avec nous le vaste cratère où proliférait une végétation métallique infernale.

— Quand on pense à la douceur des gadoues ! dit encore Fabienne. Pourquoi faut-il qu'ici ce soit l'enfer ? On dirait que toute la méchanceté du pays s'est amassée dans ce trou.

— Je vais le faire nettoyer, promis-je. Dès la semaine prochaine j'aurai une équipe de plus.

La vivacité de sa réaction me surprit.

— N'en faites rien ! Je m'en charge. Après tout vous n'avez pas de bêtes à protéger.

Puis elle me tourna le dos et s'en alla suivie par l'écuyer balafré vers le chemin de terre où l'attendait une petite voiture décapotable. Le cheval fut abattu l'après-midi d'une balle dans la tête en présence d'un équarrisseur qui enleva aussitôt la charogne.

*

En observant Sam, je découvre l'une des raisons qui expliquent sans doute le culte des animaux dans certaines civilisations. Non que je l'idolâtre, mon corniaud, mais je reconnais qu'il émane de lui quelque chose de reposant, d'apaisant, et c'est tout simplement la contagion de son adaptation au monde extérieur. L'animal nous offre le spectacle fascinant d'une adéquation au milieu immédiate, sans effort, donnée de naissance. L'homme primitif devait admirer et envier la force, la rapidité, l'adresse, l'efficacité des animaux qu'il voyait, alors que lui-même grelottait sous des peaux mal ajustées, chassait avec des armes sans portée ni précision, et n'avait que ses pieds nus pour se déplacer. Tout de même j'observe l'aisance avec laquelle Sam s'est inséré dans ma vie, la philosophie bonhomme, heureuse et sans détours avec laquelle il prend toutes choses, et moi avec, ce qui n'est pas un mince mérite. J'observe, j'apprécie, peu s'en faut que je ne le prenne pour modèle.

A y bien penser, j'ai déjà éprouvé ce sentiment d'admiration un peu envieuse, mais c'était dans des moments de faiblesse et à l'égard des hétérosexuels. Oui, il m'est arrivé d'être ébloui un instant par l'ajustement merveilleux de l'hétérosexuel et de la société où il est né. Il y trouve, comme disposés au pied de son berceau, les livres d'images qui feront son éducation sexuelle et sentimentale, l'adresse du bordel où il se dépucellera, la photo-robot de sa première maîtresse, celle de sa future fiancée avec la description de la cérémonie du mariage, le texte du contrat, celui des chansons de noce, etc. Il n'a qu'à endosser les uns après les autres tous ces vêtements de confection qui lui vont parfaitement, autant parce qu'ils ont été faits pour lui que parce qu'il a été fait pour eux. Au lieu que le jeune homosexuel s'éveille dans un désert hérissé de buissons d'épines...

Eh bien ce rôle d'adapté-miracle, ce n'est plus l'hétérosexuel qui le tient désormais dans ma vie, c'est mon chien, et avec combien plus d'esprit, de générosité !

Sam, mon bon génie, tu es en train de me prouver cette chose inouïe, incroyable, merveilleuse : qu'on peut être heureux avec Alexandre Surin !

*

Le soleil se lève sur les vignobles roannais dont les échalas ressemblent à contre-jour à une armée de noirs squelettes. C'est de là que vient le petit rosé spirituel mais un peu entêtant que l'on boit ici et qui convient bien à la « substance grise » du pays. J'ai laissé ma voiture aux Terres Colombar, grosse ferme trapue et sans ouvertures, et je remonte à pied le cours de l'Oudan. Ce pays assez plaisant que j'habite maintenant depuis plus de six mois m'est devenu familier, et je n'envisage pas sans déplaisir la perspective de devoir le quitter lorsque j'en aurai fini avec le *Trou du Diable.* Mes cinq autres chantiers marchent tout seuls, Dieu merci, mais il n'y a aucune raison pour que je m'éternise ici. A Saint-Escobille — à une cinquantaine de kilomètres au sud de Paris — mes cent hectares de décharges alimentés par un train quotidien de trente-cinq wagons en provenance de Paris auraient sans doute besoin d'une surveillance un peu moins relâchée, et les immenses dépôts de Miramas où Marseille dégorge ses oms attendent également ma visite. En arrivant à Roanne, je me félicitais de planter ma tente en terres vierges et je jouissais d'une solitude restaurée. Roanne était pour moi un champ de neige qu'aucune empreinte ne souillait. Nous sommes bien loin de tout cela, et me voilà entouré d'une foule comme je n'en avais pas connu auparavant. Eustache et Daniel, Sam et maintenant cette Fabienne — tous ont forcé l'entrée de ma vie, et je me demande comment je vais pouvoir tirer ma révérence au pays roannais et secouer la poussière de mes semelles avant de commencer nu et totalement disponible une nouvelle aventure. La glu hétérosexuelle m'aurait-elle recouvert au point que je ne puisse plus voyager sans traîner une suite avec moi ?

Comme pour illustrer mes pensées, deux cavaliers caracolent à ma rencontre. Je reconnais Fabienne et son petit écuyer dont la face tuméfiée aurait de quoi effrayer les chevaux. Elle s'arrête pile devant moi et me fait de sa cravache un signe que l'on peut interpréter à volonté comme une menace ou un salut.

— J'ai envoyé une équipe au Cabaret de l'Ane pour couper les barbelés, me dit-elle. Est-ce que vous en venez ?

Je fais non d'un air renfrogné, car je n'aime pas ses manières de hobereaute. Mais peut-être ne suis-je mortifié que d'être interpellé à pied par un interlocuteur à cheval ? Il y a de cela à coup sûr, mais aussi d'avoir soudain avec une femme des relations d'un genre totalement nouveau, déconcertant pour moi.

Au collège, il nous arrivait de parler des filles entre Fleurets. Nous échangions des informations fantastiques sur leur anatomie. Que leur ventre mutilé par la nature se termine par un simple triangle velu sans sexe apparent, nous le savions certes, et cette navrante disgrâce suffisait à justifier notre indifférence. Les seins dont nos camarades hétéros faisaient si grand cas ne trouvaient pas davantage grâce à nos yeux. Nous admirions trop les muscles pectoraux de l'homme qui forment linteau au-dessus du vide de la cage thoracique et qui sont le moteur, la source dynamique du plus beau geste qui soit — celui d'embrasser, d'étreindre — pour n'être pas consternés par la caricature flasque et briochante qu'en offre la poitrine féminine. Mais notre curiosité s'animait et notre imagination travaillait quand on venait nous dire que ce sexe dont nous déplorions l'indigence était plus compliqué qu'il n'y paraissait, se composant de deux bouches verticales superposées dont les quatre lèvres — deux grandes, deux petites — pouvaient s'entrouvrir comme les pétales d'une fleur. Et puis il y avait une histoire de trompes — de deux trompes — bien propre à intriguer des adorateurs de Ganeça, mais enfouies, cachées, inaccessibles. Qu'importe. Tout cela appartenait pour nous au domaine de l'exotisme, et le peuple féminin nous intriguait sans nous retenir bien longtemps, tout de même que les Bororos du Brésil central ou les Hottentots du Sud-ouest africain.

Or donc en cette plaine roannaise une femme prend la liberté de nouer avec moi un dialogue dont le ton d'insolence familière me pique, mélange d'attrait subi et d'irritation. Ce qui augmente l'irritation, c'est que l'effet produit sur moi est à coup sûr calculé et voulu par elle. Je me sens manipulé.

Voici à ma gauche les bâtiments de la Minardière qui annoncent déjà le pays forézien avec leurs hautes toitures à deux égouts, couvertes de lames de schiste, et leurs cheminées aux souches énormes, flanquées chacune d'une souillarde, comme un petit collé au flanc de sa mère. Sam presse le pas, subitement intéressé par tout ce qu'offrent de vivant, d'odorant les abords d'une ferme. Il manifeste son allégresse en sautillant de la seule patte arrière gauche, petit mouvement qui donne à sa démarche une élégance un peu comique. Pourquoi le nier ? Je suis moi aussi attiré par ces grosses demeures laborieuses et fécondes où hommes et bêtes unis dans la même chaleur produisent ensemble des petits et des céréales. La course des étoiles, la ronde des saisons, l'écoulement des travaux et des jours, les cycles menstruels, les vêlages et les accouchements, les morts et les naissances — ce sont autant de rouages de la même grande horloge dont le tic-tac doit être bien apaisant, bien rassurant le temps d'une vie. Au lieu que moi, labourant des collines d'ordures et jetant ma semence aux garçons, je suis voué aux gestes stériles, à un aujourd'hui sans hier ni lendemain, à un éternel présent désertique et sans saisons...

Sam qui s'était engouffré sous le porche de la basse-cour revient ventre à terre poursuivi par deux ignobles roquets hurlant de haine et de rage. Il se colle à moi, et les roquets s'arrêtent, toujours aboyant, à une distance tout de même respectueuse. Leur instinct les avertit sans doute que Fleurette a des charmes secrets dont une touche même légère au flanc gauche ou entre les deux yeux ne pardonne guère. Viens, mon Sam, vieux copain, apprends donc une bonne fois pour toutes qu'entre ces assis et nous, les debout, il ne peut y avoir que des rapports de force, des équilibres parfois — instables et menacés — mais de paix et moins encore d'amour, jamais !

Je fais un crochet vers le sud, décidant de revenir par le Cabaret de l'Ane où Fabienne et son équipe doivent travailler à nettoyer la combe du roncier de fer qui l'emplit. Rude travail dont je suis curieux, soulagé de n'en être pas responsable. Etrange Fabienne ! Quel est déjà ce mot profond qu'elle a eu à propos des oms ? Ah, oui ! « Quand on pense à la douceur des gadoues ! » a-t-elle soupiré. Diable de bonne femme ! Cette douceur des vastes plaines blanches et mollement vallonnées où les papiers volent et planent et frémissent au moindre souffle comme des oiseaux immatériels, ce sol tendre qui boit vos pas et n'en garde pourtant pas la trace — je croyais que c'était mon secret personnel. Elle a eu des yeux pour voir cela ! A-t-elle compris aussi qu'il s'agissait d'une civilisation pulvérisée, ramenée à ses éléments premiers dont les relations fonctionnelles entre eux et avec les hommes ont été brisées ? Le conservatoire de la vie quotidienne actuelle, composé d'objets inutilisables et par conséquent élevés à une sorte d'absolu ? Un chantier de fouilles archéologiques, mais très particulier, parce qu'il s'agit d'une archéologie du présent, ayant donc un lien de filiation immédiat avec la civilisation d'aujourd'hui ? Une société se définit par ce qu'elle rejette — et qui devient aussitôt un absolu — homosexuels et ordures ménagères notamment. Je revois le petit écuyer que Fabienne cravachait avec une si belle ardeur. Je suis sûr que c'est une fille, mon instinct ne saurait me tromper. Fabienne aurait-elle le sens des oms parce qu'elle est lesbienne ? Il y a apparence. Mais je ne puis vaincre mon immense scepticisme à l'endroit de l'homosexualité féminine. Pour m'exprimer en termes algébriques :

homosexualité masculine :
$1 + 1 = 2$ (amour)
hétérosexualité :
$1 + 0 = 10$ (fécondité)
homosexualité féminine :
$0 + 0 = 0$ (néant)

Intacte, énorme, éternelle, Sodome contemple de haut sa chétive contrefaçon. Je ne crois pas que rien puisse sortir de la conjonction de deux nullités.

Sous mes pas, la petite route goudronnée qui mène à Renaison et à Saint-Haon sonne dur et ferme. Sam qui commence à en avoir plein les pattes ne divague plus sur les talus. Il trottine à mon côté, la tête basse. Mais je le vois qui s'anime peu à peu, car nous approchons du Cabaret de l'Ane où s'affairent une poignée d'hommes, des grutiers sans doute amenés à pied d'œuvre par un vieux camion rangé sur l'accotement. Non seulement leur taille donne l'échelle du monceau des barbelés, mais le travail minutieux auquel chacun se livre armé d'une cisaille coupe-boulon fait mesurer l'ampleur de l'entreprise. Il leur faudra trois semaines au bas mot pour tronçonner et évacuer cette énorme perruque rouillée et griffue. Leur méthode de travail m'intrigue. Au lieu de procéder à une réduction méthodique des fils en commençant par la périphérie, je les vois se tailler chacun un passage individuel, une sorte de tunnel, grâce auquel ils progressent dans l'épaisseur du roncier en direction du centre. On dirait qu'il leur importe moins de débarrasser la combe que de l'explorer en tous sens, et d'y retrouver quelque chose qui y serait caché ou perdu. Je me souviens alors de la vivacité avec laquelle Fabienne a repoussé l'offre que je lui faisais de charger une de mes équipes de ce travail. Il n'en faut pas plus pour éveiller en moi des rêves puérils de trésors cachés, défendus par des obstacles terribles et poétiques. Le roncier se pare tout à coup d'un sombre prestige. Déjà l'agonie cruelle du cheval piégé dans ce réseau de barbelés comme une mouche dans une toile d'araignée, c'était un spectacle. Voici maintenant que des petits hommes aux doigts coupants transforment cette forêt galvanisée en une taupinière, mais une taupinière inversée, non plus obscure, terrestre et douce, mais lumineuse, aérienne et féroce. Je suis des leurs. Je ressens leur angoisse. Je sais qu'ils s'avancent dans ces galeries de fer le cœur et les fesses serrés, le cheveu et le périnée hérissés, en se demandant si cette mâchoire aux mille et mille crocs rouillés ne va pas se refermer sur eux, comme elle a fait il y a peu de jours pour un cheval, comme elle a toujours fait, car à mesure qu'ils s'y enfoncent, ils découvrent des restes déchiquetés de chiens, de chats, de blaireaux — l'un d'eux crie même qu'il vient de découvrir un sanglier à demi souillé dans le fond bourbeux de la combe — la plupart du temps si disloqués et décomposés qu'ils sont devenus méconnaissables, lambeaux de fourrure où pointent quelques ossements.

Fabienne est là, bien sûr, toujours en culotte et en bottes d'équitation, flanquée de son inévitable petit écuyer dont la face tuméfiée et bleuie ressemble à un masque de clown. Elle me salue d'un coup de menton.

— Qu'est-ce que vous cherchez là-dedans ?

Je n'ai pas pu retenir cette question dont je comprends aussitôt qu'elle n'a aucune chance de recevoir une réponse. Fabienne n'a pas sa cravache aujourd'hui. Elle fait jouer au bout de ses doigts une petite cisaille en argent, un vrai bijou pour dames — pour dames d'un genre particulier, cela va sans dire.

— Si vous voulez le savoir, venez ! me dit-elle. Et elle se dirige vers le roncier, s'engage dans une galerie assez profonde pour que l'homme qui la taille ne soit plus visible.

Non, je ne la suivrai pas. Ces lieux m'inspirent plus qu'un malaise, une véritable répulsion. Je prends le chemin des Terres Colombar où m'attend ma vieille Panhard, précédé par Sam qui paraît avoir hâte maintenant de rentrer.

*

Bien entendu il n'est question à l'hôtel que du Cabaret de l'Ane, et j'ai déjà enregistré plus d'une désertion parmi les hommes qui travaillaient au Trou du Diable. A l'occasion, je ferai observer à Fabienne qu'elle débauche mes trimardeurs, mais notre main-d'œuvre habituelle est si normalement instable que je mettrai dans mon propos plus de malice que de sérieux. C'est au demeurant la curiosité et l'espoir de je ne sais quelle trouvaille qui attirent les hommes vers ce chantier particulièrement rebutant. Je serais surpris que cela durât et que le Trou du Diable ne retrouvât pas son monde à bref délai. Je n'ai pas eu à intervenir pour retenir Eustache et Daniel qui sont demeurés bien dociles à leur place d'éventreurs, apparemment sourds au chant de sirène du Cabaret. C'est heureux, car leur désertion m'aurait placé dans une situation cruelle. Non qu'elle me ferait perdre les faveurs d'Eustache, ni la proximité de Daniel — car nous en sommes là, faveur de la proie, proximité de la proie-de-la-proie — mais il me faudrait renoncer à les payer pour leur travail, et je ne peux envisager sans déplaisir ni de les payer pour autre chose, ni de ne plus rien leur donner. Le cas de Daniel est particulièrement délicat. Car à vrai dire ce n'est pas à lui — simple arpète — c'est à sa mère que je verse de l'argent, et s'il est déjà savoureux de payer un garçon, le payer à ses parents est une sensation d'une rare qualité.

Enfin bref, ils ne bougent ni l'un, ni l'autre, et moi je demeure comme par-devant en sandwich entre la proie et la proie-de-la-proie. Parfois je monte au second. La porte de la chambre d'Eustache n'est jamais fermée à clé. Je le trouve couché, nu, mais le drap tiré au ras des tétons. La plupart du temps, je n'en demande pas davantage, car, par un caprice de mon appétence, ce sont ses bras qui continuent à m'exciter. Je n'ai jamais touché une chair plus pleine, plus généreuse, et en même temps plus maîtrisée, plus étroitement assujettie à l'impératif de la force. Pas un gramme de cette farine surabondante qui soit prodigué en vain (au lieu que le corps de la femme, dès qu'il ne s'en tient plus à la maigreur et à l'aridité, se perd dans des turbulences qui tournent vite à la débandade). D'abord sagement posés le long de son corps, ils font deux grosses torsades de chair laiteuse ancrées dans la masse ovale des deltoïdes. Mais bientôt il les relève en arceaux au-dessus de sa tête, et alors quel changement ! C'est comme un rideau qui se lève. Les muscles pectoraux étirés perdent leur arrondi et deviennent des câbles puissamment soudés au thorax sonore et glabre. La face interne des bras encore plus blanche trahit sa fragilité et devient granuleuse aux abords des aisselles dont les toisons légères, vénielles, capiteuses reposent agréablement de la gravité insondable et luxurieuse de la forêt pubienne. En vérité le bras est une petite jambe permise, un peu contournée et osseuse, mais plus parlante et ironique que la jambe, grâce sans doute à la proximité de la tête. Seulement pour qu'il s'exprime intelligiblement, il faut que le reste du corps soit couvert, et c'est ce qui dicte ma conduite avec Eustache. Car si je dénude ce torse, ce ventre, ces flancs, la cartographie à la fois simple et infiniment contrastée du sexe et des hanches, de la racine des cuisses et du périnée qui les sépare — le concert qui s'élève d'un ensemble aussi puissant et aussi nombreux étouffe le duo gracieux, mais un peu grêle en comparaison, des bras aussi durs soient-ils.

Quant à Daniel... Inutile de vouloir me le dissimuler, il m'attendrit. La passion de pitié qu'il m'inspire adoucit, amollit le solitaire endurci, trempé à la flamme du seul désir, flexible, mais inentamable, inoxydable que j'étais, à l'image de ma petite Fleurette. Amour = désir + tendresse, et sa force, sa santé est dans l'intimité de la fusion de ces deux éléments. Mais d'abord Eustache écrème à son profit le plus clair de mon désir. Quant à la tendresse que m'inspire Daniel, elle appartient à une variété particulière, la tendresse-pitié, qui s'allie mal avec le désir, qui est même sans doute tout à fait réfractaire à cette alliance. Me voilà mal parti, ou du moins pour je ne sais quelle destination. La situation a toutefois sa nouveauté pour elle.

*

Daniel. Son entrée officielle dans ma vie s'est faite il y a trois jours. Je venais de régler son mois à sa mère. Il avait été témoin de l'opération et demeurait sous le charme. Il faudra que je le guérisse de cette fascination hébétée qu'exerce l'argent sur lui. En attendant, j'en profite, car nul doute qu'à ses yeux l'argent c'est moi. Il faudra... il faudra... Nous avons un bout de chemin à faire ensemble, un bout de chemin ou une longue route, le destin décidera. Cela suffit pour que je déborde de projets à son endroit. De projets et de joie. J'ai vingt ans et la vie commence ! Mon bel amour tout neuf est une mine d'or que nous allons exploiter ensemble. Pour commencer, je l'ai emmené au Terminus. Je voulais que, seul des grutiers, il découvrît l'autre face de ma vie, celle de M. Surin. Il connaissait bien sûr le Terminus — de l'extérieur, comme l'hôtel le plus cossu de la ville. Il y est entré tout transi de respect. La chambre par la hauteur du plafond et la moquette du plancher a achevé de l'éblouir. Je l'ai approché de la fenêtre qui donne sur la place de la gare. Une enseigne au néon — celle-là même de l'hôtel — jetait sur lui un reflet rouge. J'ai tendu la main vers sa nuque, puis j'ai déboutonné le col de sa chemise. Je tremblais de bonheur, car c'était mon premier geste de possession. La fragilité enfantine de son cou. Il faudra que je le débarrasse de l'inévitable maillot de corps, mais je connais de longue date cet avatar populaire de la ceinture de flanelle paysanne. Mes doigts se prennent dans une chaînette d'or à laquelle est accrochée une médaille de la Sainte Vierge. Lui a visiblement oublié cette relique de sa pieuse petite enfance, tout de même que le jeune chien après s'être furieusement démené pour se débarrasser du collier qu'on vient de lui passer l'oublie en une heure, et jusqu'à la fin de ses jours. Il l'avait oubliée, sa médaille virginale, mais moi, Alexandre Surin, le dandy des gadoues, j'ai pris en plein estomac cette petite chose pure et secrète, et ma passion de pitié a recommencé à me brûler les yeux. J'ai reboutonné le col de chemise et j'ai remis en place sa cravate, un cordon gras et incolore. Il faudra que je lui achète des cravates. Il faudra... il faudra...

*

Le cri a éclaté au centre du roncier, ce mardi 15 juin à 17 h 10 exactement. Ayant récupéré comme prévu presque tous mes déserteurs, je suis donc passé au Cabaret de l'Ane pour voir où en étaient les travaux de déblaiement. Il n'y avait plus qu'une poignée d'hommes qui cisaillaient sans conviction ni méthode, et la taupinière « lumineuse, aérienne et féroce » ne paraissait guère entamée par les travaux effectués à ce jour. J'ai eu encore le temps d'apercevoir le petit écuyer qui tenait deux chevaux par la bride, et j'en ai conclu que Fabienne devait se trouver à proximité.

C'est alors que le cri a retenti, un rugissement de douleur et de colère, une plainte furieuse, véhémente, pleine de menaces meurtrières. Et presque aussitôt on a vu un homme faire irruption de l'un des tunnels taillés dans l'épaisseur du roncier, un homme qui courait, hurlant toujours et tenant sa main appliquée sur sa tempe gauche. Je reconnus Briffaut, et sans doute me reconnut-il aussi, car il se précipita vers moi.

— Mon oreille, mon oreille ! rugissait-il. Elle m'a coupé l'oreille !

Et il tendit vers moi sa main gauche gantée d'hémoglobine. Mais ce n'était pas sa main qui m'impressionna, c'était cette tête nouvelle, déséquilibrée par l'absence d'une oreille, tellement qu'on se demandait dans un malaise si elle se présentait de face ou de profil.

Je ne me suis pas attardé auprès de ce vieux fou à demi essorillé. Je l'ai laissé à ses gémissements, et j'ai couru vers le roncier. Je me suis enfoncé dans la galerie d'où il était sorti. Ma surprise a été de me trouver dans un labyrinthe assez compliqué pour qu'on craignît de s'y perdre. Crainte vaine sans doute, car le roncier n'est pas démesurément vaste, mais l'impression de férocité menaçante qui émane de ces mille et mille épaisseurs de barbelés sous lesquelles on se sent enseveli y est certes pour beaucoup. J'ai marché, tourné, marché, retourné, et je me suis trouvé nez à nez avec Fabienne. Elle ne bougeait pas, ne souriait pas, mais j'ai cru lire une expression de triomphe sur son visage plein et rond. J'ai baissé les yeux vers ses mains. Elles étaient l'une et l'autre éclaboussées de sang. La droite tenait encore la petite cisaille en argent que je lui avais vue lors de notre dernière rencontre. La gauche s'éleva et s'ouvrit vers moi : j'y vis deux boucles d'oreilles, deux perles philippines montés sur clips. Elle s'écarta pour me découvrir le sol. J'ai d'abord eu l'œil tiré par un lambeau de chair rouge et recroquevillée, et j'ai pensé à l'oreille de Briffaut. Mais ce n'était rien encore. En regardant mieux, j'ai distingué une forme humaine à demi ensevelie dans la terre molle. Une tête de mort coiffée d'un lambeau de feutre riait de tout son râtelier au milieu des mottes de terre remuées.

— Je me doutais que Crochemaure devait se trouver là avec l'une des perles, m'expliqua Fabienne. Ma surprise a été de voir arriver l'autre perle à l'oreille de Briffaut. Curieux rendez-vous, n'est-ce pas ?

Elle avait retrouvé ce ton d'ironie mondaine qui grinçait particulièrement en la circonstance.

Je ne souhaitais pas en voir ni en entendre davantage. Sans un mot, j'ai tourné le dos à Fabienne et je suis sorti du labyrinthe. On ne peut faire encore que des conjectures sur ce qui s'est passé ici il y a un quart de siècle, mais les pièces du puzzle s'ajustent assez bien. A l'époque, le Cabaret de l'Ane était florissant et servait de base aux biffins de ces terres maudites. C'est là que Briffaut et Crochemaure se retrouvèrent, ayant chacun sa perle, pour une ultime négociation. On peut supposer qu'à bout d'arguments, ils convinrent de les jouer aux dés ou aux cartes. Le jeu dégénéra en dispute et la dispute en duel au couteau. Il paraît établi qu'à cette date Briffaut soigna une large blessure au ventre, et qu'il demeura plusieurs semaines immobilisé. On peut admettre que Crochemaure quittant, également blessé, le cabaret, se perdit en pleine nuit dans les hautes herbes et mourut dans ce bas-fond marécageux. C'est peu après que des tonnes de barbelés y furent déversées. Lorsque Briffaut remis sur pied vint rôder sur les lieux à la recherche du corps et de la perle, il eut la mauvaise surprise de trouver le roncier de fer posé sur son vieil adversaire, tel un monument funéraire digne de lui. Il attendit une occasion, oublia, et se souvint tout à coup de la perle en voyant les hommes de Fabienne s'y tailler des couloirs. L'affaire des boucles d'oreilles reprenait vie, et Alleluia parut obéir à cette résurgence en portant ses accusations contre lui. Briffaut surveillait passionnément les progrès du déblaiement de la combe. Il importait qu'il arrivât le premier aux restes de Crochemaure. Il ne fut que le second, et y laissa à la fois sa perle et son oreille...

*

Il a cette chaînette d'or et cette médaille de la Sainte Vierge autour du cou. Il a aussi à l'annulaire gauche une grosse bagouse en aluminium figurant une tête de mort. Ce sont ses deux bijoux. Je n'aurai garde d'y toucher. En revanche, il faut que je songe à l'habiller. Ne fût-ce que pour mieux le déshabiller ensuite. Comment ? Problème délicat, excitant, délicieux. La prudence, la paix, la sagesse, ce serait de le gommer, de l'effacer, d'en faire une ombre grise dissimulée derrière moi. J'y répugne. Je répugne à l'affubler de vêtements d'un genre diamétralement opposé au mien. Je veux qu'il me ressemble, jusque dans mon « mauvais genre ». Daniel sera un dandy, comme moi.

Comme moi ? Pourquoi pas *exactement* comme moi ? Ma copie conforme ? Plus je caresse cette idée, plus elle me plaît. Ainsi je heurterai de front la racaille ricanante, je figerai son ricanement dans la stupeur, j'éveillerai dans son cerveau obtus de vagues hypothèses de fraternité, de paternité...

Fraternité, paternité ? Aïe au cœur quel pincement bizarre ! Je viens par inadvertance de heurter la plaie ulcéreuse de mon « petit chagrin ». Et à la lumière fulgurante de cette brève douleur, je me demande si la pitié qui m'incline vers Daniel n'est pas un avatar de mon petit chagrin, en l'espèce la compassion que m'inspire le petit garçon orphelin que maman a laissé derrière elle. Narcisse se penche sur son image et pleure de pitié.

J'ai toujours pensé que chaque homme, chaque femme, le soir venu, éprouvait une grande fatigue d'exister (exister *sistere ex,* être assis dehors), d'être né, et pour se consoler de toutes ces heures de bruit et de courants d'air entreprenait de naître à l'envers, de *dénaître.* Mais comment réintégrer le ventre de maman quitté depuis si longtemps ? En ayant toujours chez soi une fausse maman, une pseudo-maman en forme de lit (analogue à ces poupées de caoutchouc gonflables que les marins baisent en mer pour tromper leur chasteté forcée). Faire le silence et l'obscurité, se glisser dans les draps, adopter tout nu la position recroquevillée dans la chaleur et la moiteur, c'est faire le fœtus. Je dors. Je n'y suis pour personne. Forcément puisque je ne suis pas né ! C'est pourquoi il est logique de dormir dans une chambre close, dans une atmosphère confinée. La fenêtre ouverte, c'est bon pour le jour, pour le matin, pour l'effort musculaire qui exige des échanges énergétiques actifs. La nuit, ces échanges doivent être réduits autant que possible. Puisque le fœtus ne respire pas, le dormeur se doit de respirer le moins possible. Une atmosphère épaisse et maternelle d'étable en hiver est ce qui lui convient le mieux.

Ainsi mon Daniel, nu comme au jour de sa naissance, dénaîtra en se glissant dans mon grand lit. Et là, qu'est-ce qu'il trouvera ? Moi, évidemment, tout aussi nu que lui. Nous nous enlacerons. La racaille hétéro imagine de nécessaires pénétrations, une mécanique orificielle imitée de ses fécondations. Tristes cloportes ! Chez nous, tout est possible, rien n'est nécessaire. A l'opposé de vos amours prisonnières du gaufrier reproductif, les nôtres sont le champ de toutes les innovations, de toutes les inventions, de toutes les trouvailles. Nos pénis bandés et recourbés comme des lames de sabre se croisent, se heurtent, s'aiguisent l'un à l'autre. Est-il nécessaire de préciser que l'escrime que je pratique depuis mon adolescence n'a pas d'autre justification que d'évoquer ce dialogue viril ? C'est l'équivalent de la danse hétérosexuelle. A quinze ans, je suis allé à la salle d'armes comme mes frères s'étaient rendus au même âge au petit bal du samedi soir. A chacun ses accomplissements symboliques. Je n'ai jamais envié leurs plaisirs populaires. Ils n'ont jamais cherché à comprendre le sens de nos assauts fraternels.

Fraternel. Le grand mot est tombé de ma plume. Car si le lit est le ventre maternel, l'homme qui vient, dénaissant, m'y rejoindre ne peut être que mon frère. Frère jumeau, s'entend. Et tel est bien le sens profond de mon amour pour Daniel, épuré par les bras d'Eustache, apitoyé par mon petit chagrin.

De Jacob et d'Esaü, les jumeaux-rivaux, l'Ecriture sainte nous dit qu'ils se battaient déjà dans le sein de leur mère. Elle ajoute qu'Esaü étant venu au monde le premier, son frère le retenait par le talon. Qu'est-ce à dire sinon qu'il voulait l'empêcher de sortir des limbes maternels où ils vivaient enlacés ? Ces mouvements du fœtus double — que j'imagine lents, rêveurs, irrésistibles, à mi-chemin du tractus viscéral et de la poussée végétale — pourquoi les interpréter comme une lutte ? Ne faut-il pas plutôt voir la vie douce et caressante du couple gémellaire ?

Petit Daniel, quand dénaissant tu choiras dans mon sein, quand nous sabrerons ensemble, quand nous nous connaîtrons réciproquement avec la merveilleuse complicité que donne une prescience atavique, immémoriale et comme innée du sexe de l'autre — le contraire de l'enfer hétérosexuel où chacun est *terra incognita* pour l'autre — tu ne seras pas mon amant — mot grotesque qui pue le couple hétéro —, tu ne seras même pas mon jeune frère, tu seras moi-même, et c'est dans l'état d'équilibre aérien du couple identitaire que nous voguerons à bord de notre grand vaisseau maternel, blanc et obscur.

Me voilà bien loin de mes projets vestimentaires. Pas plus loin cependant que la nuit ne l'est du jour. Car si la nuit nous communierons dans le ventre de notre mère, le jour, Daniel portant mon gilet brodé — aux six goussets encore vides comme il convient à un être jeune sans vocation arrêtée — et mon pantalon de nankin, entrera à mon bras au restaurant ou à l'hôtel, étrange sosie, séparé de moi par une génération bien sonnée, fils-jumeau, moi-même trente ans plus tôt, naïf et frais, mal assuré, la garde basse, offert à tous les coups. Mais je serai auprès de lui, tandis qu'il y a trente ans, je n'avais personne, je m'avançais sans guide, sans protecteur dans les champs érotiques semés de pièges et d'embuscades.

*

Je les fais rouler dans le creux de ma main, ces deux belles philippines, à l'orient si lumineux qu'on dirait une tache phosphorescente errant sur leur petite panse irisée. N'était-ce pas normal qu'elles achèvent leur course étrange aux oreilles du dandy des gadoues, ces sœurs jumelles, symbole du couple absolu ? Mais quelles grotesques péripéties pour en arriver là !

Tout a commencé la semaine dernière alors que je surveillais les deux bulldozers qui nivellent la surface de ce qui fut le Trou du Diable. Elle est si belle, cette surface, si unie, si finement tamisée et ferme — un vrai chef-d'œuvre de dépôt contrôlé, mon chef-d'œuvre — que le conseil municipal venu au grand complet inspecter l'achèvement des travaux n'a pu cacher son enthousiasme et a décidé à l'unanimité qu'on ne s'arrêterait pas en si bon chemin, que des crédits seraient votés pour que naisse sur cet emplacement un stade municipal avec des tribunes couvertes et un vestiaire chauffé. Je m'effaçais, prenais des airs modestes devant cette brochette de petits commerçants dont chacun s'attribuait visiblement le merite du futur stade. J'ai jeté un froid polaire sur leur autosatisfaction en suggérant timidement que ce stade, on pourrait peut-être lui donner le nom de Surin, et devant leur mine subitement renfrognée, me souvenant que j'étais surtout pour les grutiers M. Alexandre, j'ai concédé que le prénom d'Alexandre ferait aussi bien l'affaire, évoquant indistinctement le grand conquérant macédonien et une lignée de tsars russes. Je me moquais, bien sûr, car rien ne m'est plus étranger que l'idée de me mettre en vedette dans une société hétéro, encore que le souvenir du stade Léo-Lagrange de Vincennes et d'une certaine grappe de jeunes hommes aux cuisses nues, accomplissant un rite nuptial autour d'un œuf de cuir, me fût assez doux et m'inclinât à la sympathie pour ces lieux de récréation virile.

Tel un coiffeur passant un ultime coup de peigne dans la chevelure qu'il vient de lustrer et d'égaliser, je faisais repasser une fois encore mes bulldozers sur l'arène impeccable du Trou, lorsque je reconnus le petit écuyer de Fabienne qui approchait au grand trot. Elle s'arrêta à trois mètres et avec une rigueur toute militaire, semblable à une estafette apportant un ordre du G.Q.G. à un poste avancé, elle me lança d'une voix claire :

— Mademoiselle Fabienne donne une réception vendredi soir au Château. Vous êtes cordialement invité.

Son cheval impatienté pivota sur lui-même, et elle ajouta cette précision stupéfiante avant de déguerpir ventre à terre :

— C'est en l'honneur de ses fiançailles !

Sacrée Fabienne ! Elle aura encore réussi à me

déconcerter ! Voilà donc où mènent les amours lesbiennes ! N'avais-je pas raison de suspecter a priori cette singerie des amours mâles ? Fiancée ! Je me souvins alors que je ne l'avais pas revue depuis l'affaire de l'oreille coupée, et qu'on faisait allusion chez les grutiers à une maladie un peu mystérieuse qui la retenait au château. J'avais d'abord pensé assez naïvement que ses démêlés avec Briffaut avaient secoué sa sensibilité malgré leur issue victorieuse, et j'inclinais maintenant à croire — tout aussi naïvement — que c'était la perspective de ces fiançailles — consenties sans doute sous la pression d'un besoin financier inéluctable — qui la bouleversait. Je m'accuse aujourd'hui d'avoir jugé témérairement. Je sais bien que j'ai de la femme une vision grossière, froide et désinvolte, mais j'aurais pu songer, par exemple, que si besoin financier il y avait eu, la récupération des perles philippines y aurait remédié. Quant à sa maladie, je devais apprendre ce qu'il en était dans des circonstances à peine croyables, et qu'elle avait plus d'affinités avec ma vocation ordurière qu'avec les romantiques pâmoisons du beau sexe.

L'un de mes principes vestimentaires, c'est d'être toujours tellement soigné en temps ordinaire que je ne peux faire davantage pour une réception. C'est le seul moyen d'éviter l'endimanchement des culs-terreux hétérosexuels. Je n'ai ni habit, ni smoking, laissant ces livrées aux maîtres d'hôtel et aux danseurs mondains, et personne ne songerait à m'en faire grief dans le plus officiel des salons, parce que ce serait exiger de moi une *moindre* distinction. C'est donc avec mon habituel pantalon de nankin, ma veste carmagnole, ma lavallière et surtout mon gilet de soie aux six goussets garnis chacun de leur médaillon ordurier — c'est-à-dire très exactement tel qu'on me voit depuis six mois dans les terrains vagues roannais — que je me suis présenté au château de Saint-Haon, ce vendredi 7 juillet, pour célébrer les fiançailles de Fabienne.

J'avais beau être préparé, son apparition en jeune fille du monde, coiffée de laque, habillée de soie, hautement chaussée, m'a abasourdi, et il m'a fallu plusieurs secondes pour que je retrouve mes moyens. Elle s'en est aperçue, bien entendu, et m'a dit, comme je m'inclinais sur sa main :

— Heureusement que j'ai mis mes boucles d'oreilles, sinon je doute que vous m'eussiez reconnue !

Ce doute, je ne l'ai en tout cas pas encore surmonté s'agissant de la minuscule suivante qu'elle m'a présentée sous son seul prénom.

— Vous connaissez Eva, bien sûr.

Est-ce le petit écuyer ? Probablement. Je n'en suis pas absolument sûr. Il faudrait admettre que son visage s'est réparé à une vitesse miraculeuse, ce qui n'est pas impossible à son âge. Je l'ai à peine vue la semaine dernière quand elle m'a lancé l'invitation de Fabienne du haut de son cheval. Elle me salue les yeux baissés avec un kniks de petite fille. Puis on me lâche dans les salons du château comme un poisson exotique dans un bassin à carpes. Faune de terroir en effet, typiquement locale. A part les serveurs en culottes à la française, gilet rouge et redingote bleue, tout ce beau monde rivalise de grisaille. La discrétion ? Mieux que cela : le nihilisme. Trouver la couleur exacte du brouillard, de la poussière, de la crasse, afin de passer encore plus inaperçu. C'est la règle de fer de l'esthétique des cloportes qui règne ici. L'hétéro se décharge sur les femmes de toute recherche d'élégance, de toute audace vestimentaire, de toute invention dans sa mise. C'est que le sexe étant chez lui entièrement assujetti à des fins utilitaires ne saurait remplir sa fonction essentielle qui est de transfigurer, de magnifier, d'exalter. Je m'avance au milieu des groupes en me rengorgeant. Dommage que j'aie laissé Fleurette au vestiaire. Louis XIV n'avait-il pas une canne lorsqu'il se pavanait parmi les courtisans dans la Galerie des Glaces ? A propos de glace, en voici une justement qui rassemble dans son tain moucheté de taches l'enfilade des salons. Comme je suis beau ! Faisan doré au centre d'un troupeau de pintades couleur de cendre, ne suis-je pas le seul mâle de cette basse-cour ? Dans un enfoncement qui a dû être une alcôve on a logé un podium sur lequel six musiciens accordent leurs instruments. C'est vrai qu'il y a bal ce soir au château. Le bal des fiançailles de mademoiselle Fabienne de Riveauvillé avec... qui au juste ? J'attrape une pintade au hasard et sur un ton confidentiel, je demande où est le fiancé, si on ne peut pas me présenter. La pintade s'affole, s'affaire, se dresse sur la pointe des pieds pour tâcher de dominer la foule. Enfin elle avise le buffet et s'efforce de m'y conduire. Nous voici devant un petit jeune homme gras, poupin et mou comme un panaris. Il est frisé au petit fer, et je jurerais qu'il est fardé. D'emblée, je perçois les radiations négatives d'une vigoureuse antipathie. Présentations. Il s'appelle Alexis de Bastie d'Urfé. Je le situe. Vieille noblesse forézienne. Château historique au bord du Lignon, affluent de la Loire. Mais ma mémoire fait un saut plus vaste, et de rares souvenirs scolaires émergent. Honoré d'Urfé, auteur de *L'Astrée,* premier roman précieux français. Comment s'appelait le berger en dentelles qui se mourait d'amour pour Astrée ? Céladon ! Mais oui ! Et aussitôt je retrouve l'antipathie instinctive que m'inspirait écolier ce foutriquet parfumé, cette tante à femmes — un comble ! — et je m'aperçois qu'elle est la même que l'autre, celle que vient de m'inspirer Alexis de Bastie d'Urfé. Moi qui n'ouvre jamais un livre et qui me soucie de littérature comme d'une guigne, ce carambolage du réel et de l'imaginaire m'étonne et m'amuse. Du bout des lèvres, nous échangeons quelques propos. Je crois devoir le féliciter de ses fiançailles. Fabienne est si belle, si forte ! Il me contredit avec une grimace écœurée. Justement, non, elle ne se porte pas bien depuis quelque temps. Mais enfin, ils doivent se marier le mois prochain, et aussitôt ils partiront pour un voyage de noces prolongé qui sera, il l'espère, réparateur. Fabienne a tout à gagner à s'éloigner d'une région dont ni le climat, ni surtout les gens ne lui conviennent, où elle entretient des fréquentations qui… des fréquentations que… bref déplorables. Voilà, je crois, ce qu'on appelle un affront ! Fleurette, Fleurette où es-tu ? Ce jean-foutre de Céladon, je crois que je vais sortir de mon gousset n° 5 ma pastille d'oms roannaises, et la lui enfoncer dans la gorge ! Et ce voyage de noces, dans quelle direction, minaudé-je ? Venise, précise-t-il. Il ne manquait plus que cela ! Gondoles et mandolines au clair de lune. Fabienne exagère, vraiment. Je tourne le dos à Céladon, et je fends la foule des pintades à sa recherche. Elle est dehors, toute seule sur le perron, où elle accueillait les invités. Mais tout le monde paraît arrivé à cette heure, et la belle fiancée s'attarde inutilement — ou par répugnance pour les pintades, peut-être — dans l'air fraîchissant de la nuit.

En m'entendant approcher, elle se tourne vers moi, et à la lumière crue qui tombe des lampadaires du perron, je remarque en effet que ses joues rondes ont fondu et que ses yeux semblent plus larges, plus profonds. Mais les perles philippines n'embellissent que plus lumineusement ses oreilles. Quelle maladie ses « fréquentations déplorables » ont-elles inoculée à mon essorilleuse de biffin ? Je ne le lui demanderai certes pas, car ce n'est pas le genre de question auquel elle répond. En revanche, ce mariage, cet Alexis...

— On vient de me présenter à votre fiancé, Alexis de Bastie d'Urfé — constaté-je, sur un ton où se mêlent l'interrogation et une ombre de grief.

C'est bien ainsi qu'elle l'entend.

— Alexis est un ami d'enfance, m'explique-t-elle avec une bonne volonté apparente que dément une affectation ironique dans la voix. Nous avons grandi ensemble. Un frère adoptif, en somme. Seulement vous ne risquiez pas de le rencontrer. Il a horreur des chevaux, des dépôts, des trimards. Il ne sort pour ainsi dire jamais. Un homme d'intérieur, voyez-vous.

— Vous formerez avec lui le couple parfait. On ne se demandera pas qui des deux porte la culotte de cheval.

— Croyez-vous que je supporterais un homme aussi viril que...

— Que moi ? Mais lui ? Comment fait-il pour vous supporter ?

Elle me tourne le dos dans un mouvement d'humeur. Fait trois pas vers la porte du salon. S'arrête.

— Monsieur Alexandre Surin !

— Plaît-il ?

— Avez-vous lu *L'Astrée,* d'Honoré d'Urfé ?

— Franchement, non. Je crois d'ailleurs me souvenir que c'est un peu longuet.

— Cinq mille quatre cent quatre-vingt-treize pages grand format exactement. Que voulez-vous, nous autres Foréziens, c'est notre épopée nationale. Ce n'est pas impunément que petite fille je courais jambes nues dans les eaux limpides du Lignon.

— Ainsi vous épousez Alexis parce qu'il est l'incarnation de Céladon ?

— L'incarnation ? Mieux que cela, voyons !

Elle s'est approchée de moi et me souffle comme un secret complexe et important :

— Céladon est une face, Alexis est l'autre face. Céladon se dispute avec sa belle amie Astrée. Elle le chasse. Il part désespéré. Peu après, une ravissante bergère se présente à Astrée. Elle s'appelle Alexis et connaît l'art de plaire aux dames. Bien vite Astrée oublie son chagrin dans les bras de sa nouvelle amie. Or qui est Alexis, en vérité ? Céladon, déguisé en bergère ! Comme quoi il suffit parfois de changer de sexe pour que tout s'arrange !

Là, j'aurais dû exiger des explications, poser des questions précises, démêler cet écheveau. Je ne me croyais pas bégueule. Eh bien, j'ai reculé. J'ai été pris de vertige devant ce tourbillon de jupes et de culottes où une truie ne retrouverait pas ses porcelets. En attendant, le problème d'Alexis reste — si j'ose dire — entier. Cette diablesse de Fabienne serait capable d'épouser une femme ou même un homme qu'elle aurait auparavant affublé d'une robe et d'un voile de mariée. Elle est plus forte que moi. Comme Sam, elle me scandalise et par là m'enrichit. Ses propos sont cyniques et édifiants.

Un grand silence s'est fait soudain dans les salons dont les invités ont dégagé le centre.

— Il faut que j'ouvre le bal, soupire Fabienne. Et Alexis qui danse si mal !

Je lui emboîte le pas comme elle fait son entrée, saluée par des applaudissements discrets. Elle est moulée avec des parties floues dans une robe de tussor rose assez courte qui dégage ses jambes musclées de cavalière. Toilette de jeune fille sportive, de Diane chasseresse qui a accepté certes les fiançailles, mais pour le mariage, rien n'est encore irrévocable. Tandis qu'elle fait face bravement au petit personnage poupin et inconsistant avec lequel elle va devoir danser, je tâche de m'incruster dans l'écume des invités qui font tapisserie. Je bouscule un peu une vieille chouette chapeautée de tulle violet, fort occupée à dégarnir à grands coups de menton en galoche une assiette de petits fours. L'assiette se stabilise après un terrible coup de roulis, mais l'édifice de tulle violet a pris un air penché sans doute définitif. On a dû lui apprendre dès l'enfance qu'il ne fallait jamais insulter la bouche pleine, car elle se contente de me fusiller des yeux en pointant sa galoche dans ma direction.

Fabienne se tient immobile devant Alexis. Deux mètres les séparent. Contraste saisissant entre la fillegarçon, droite et drue, et le garçon-fille tout en bourrelets, tenu par la seule vertu de son complet noir. Le chef d'orchestre lève les bras. Les violonistes penchent leur oreille gauche sur la queue de leur violon.

Cet instant de silence et d'immobilité prend dans ma mémoire des allures d'interminable suspens. C'est qu'en effet, la soirée s'est arrêtée là. L'incident qui a eu lieu alors a mis un point final à la réception où se mêlaient bourgeoisie roannaise et aristocratie forézienne, et a inauguré une fête d'un ordre différent, intime, secrète, dont les deux seuls authentiques participants étaient Fabienne et moi, entourés d'une foule fantomatique.

Il y eut un bruit flasque et mouillé, quelque chose a roulé sur les escarpins de Fabienne et s'est écrasé sur le parquet ciré. C'était à première vue un paquet de spaghettis plats et blanchâtres, mais vivants, animés d'un lent mouvement péristaltique. Je reconnais aussitôt dans cet écheveau de rubans annelés le *taenia solium* des éboueurs. Cette maladie qu'on imputait à mots couverts aux « mauvaises fréquentations » de Fabienne, ce n'était donc qu'un inoffensif ver solitaire ? Les instants qui s'écoulent sont d'une rare densité. Toutes les pintades ont les yeux fixés sur ces cinq à six mètres de cordon gluant qui se tord au ralenti, comme une pieuvre sur le sable. Ma vocation de ramasseur d'ordures ne me laissera pas plus longtemps hors du jeu. Ma voisine qui n'a rien vu continue à mastiquer ses petits gâteaux. Je lui arrache des mains assiette et petite cuiller, je fais deux pas en avant et je m'agenouille aux pieds de Fabienne. A l'aide de la petite cuiller, je rassemble le ténia dans l'assiette, opération délicate, car le bougre glisse comme une poignée d'anguilles. Sensation extraordinaire ! Je m'affaire tout seul au milieu d'une foule de mannequins de cire. Je me relève. Coup d'œil circulaire. Céladon, planté comme une chandelle déliquescente, me regarde d'un air ahuri. Je lui mets assiette et cuiller dans la main. Je jure que je n'ai pas dit « Mange ! » Je ne jure pas que je ne l'aie pas pensé. Voilà qui est fait ! La page est tournée. A nous deux, Fabienne ! Nos mains gauches se nouent. Mon bras droit enveloppe sa taille. Je tourne la tête vers l'orchestre « Musique ! » *Le Beau Danube bleu* nous emporte dans ses flots berceurs. L'amazone des ordures ménagères et le dandy des gadoues, ayant remisé chacun leur sexe au vestiaire, mènent le bal. « Mademoiselle Fabienne, comtesse de Ribeauvillé, quel couple étrange nous formons ! Voulez-vous de moi pour époux ? Et si nous partions ensemble pour Venise ? J'ai ouï dire que chaque matin les péottes des éboueurs-gondoliers vont déverser les oms vénitiennes sur un haut-fond de la Lagune, et qu'en cet endroit une nouvelle île est en train de naître. Nous pourrions y construire un palais ? »

Ainsi vont mes rêves, cependant que nous tournons, tournons, sans voir les salons se vider. Car la foule grise reflue lentement vers les issues. Ce n'est pas une déroute, une panique, c'est une défection secrète, une émanescence qui nous laisse en tête à tête, au corps à corps. *Sang viennois, Baron tzigane, Vie d'artiste, Rose du Sud,* toute la gamme. Bientôt il ne reste plus qu'un violon qui sanglote longuement. Puis le violon disparaît à son tour...

C'était avant-hier. Ce matin, j'ai reçu un billet :

« Je pars, seule, en voyage de noces, pour Venise. J'ai essayé de tout concilier, ceux que j'aime, les autres, les us et coutumes, moi enfin. La pyramide était fragile. Vous avez vu le résultat. Heureusement que vous étiez là. Merci. Fabienne. »

Jointes à la lettre, les perles philippines faisaient paraître l'enveloppe enceinte de deux jumeaux.

*

La guerre menace cette fin d'été. Hitler ayant achevé avec la complicité générale le massacre des homosexuels allemands cherche d'autres victimes. Est-il nécessaire de préciser que la formidable mêlée d'hétérosexuels qui se prépare m'intéresse en spectateur, mais ne me concerne pas ? Si ce n'est peut-être au dernier acte, quand l'Europe, le monde entier sans doute ne seront plus qu'un seul tas de décombres. Alors viendra le temps des déblayeurs, récupérateurs, éboueurs, biffins et autres représentants de la corporation chiffonnière. En attendant, j'observerai la suite des opérations l'œil appointé, à l'abri d'une réforme que me valut à l'âge du régiment une éventration herniaire depuis belle lurette surmontée et oubliée.

Il n'en va pas de même de mon frère Edouard. Il me demande subitement d'aller le voir Celui-là, il tient au corps social par tous ses poils, avec son énorme femme, ses maîtresses, ses innombrables enfants, ses usines de textile, et que sais-je encore ! Tel que je le connais, en cas de guerre, il voudra se battre. C'est à la fois logique et absurde. Absurde dans l'absolu. Logique relativement à sa solidarité avec le système. Pourquoi veut-il me voir ? Peut-être pour s'assurer d'une relève en cas de malheur. Halte-là ! On m'a déjà lesté de l'héritage de mon frère Gustave, ces six villes et leurs oms. J'ai eu le génie de convertir tout cet empire ordurier dans mon sens et à ma plus grande gloire. Pareil exploit ne se renouvelle pas dans une même vie.

Donc je vais faire un saut à Paris pour voir Edouard avant de descendre à Miramas, inspecter la grande décharge de Marseille. J'emmène Sam. Après avoir balancé, je laisse Daniel. Qu'en aurais-je fait, ces deux jours que je vais passer à Paris ? La solitude est chez moi si invétérée que la seule idée de voyager avec un compagnon me déconcerte. Il viendra me rejoindre à Miramas. Pour donner à notre rendez-vous une teinte romanesque — et un mobile un peu sordide aussi — je lui ai laissé une boucle d'oreille. « Ces boucles sont à toi, lui ai-je expliqué. Leur prix est tel lorsqu'elles sont réunies qu'il te dispenserait de travailler jusqu'à la fin de tes jours. Mais séparément, elles ne valent presque rien. Donc en voici une, je garde l'autre. Tu l'auras aussi. Plus tard. Mais il faut d'abord que tu viennes me retrouver à Miramas. Dans une semaine. »

Nous nous sommes quittés. J'aurais dû me méfier, et ne pas le regarder s'éloigner. Ces épaules étroites et un peu voûtées dans sa veste trop grande, cette nuque mince écrasée par une chevelure plate et noire, trop abondante. Et puis j'ai imaginé son cou mince et crasseux, et la chaînette d'or avec la médaille de la Sainte Vierge... Une fois de plus la pitié m'a tordu le cœur. Je me suis fait violence pour ne pas le rappeler. Le reverrai-je jamais ? Peut-on savoir avec cette chienne de vie ?

CHAPITRE VIII

LES FRAISES DES BOIS

Paul

Certes je suis pour beaucoup dans l'échec de son mariage, et je ne songe pas à minimiser ma responsabilité. Encore faut-il se garder d'une interprétation purement *sans-pareil* de ce drame — dont la vraie lecture doit être gémellaire. D'un point de vue *singulier,* les choses sont simples, d'une simplicité qui n'est qu'erreur et vue superficielle. Deux frères s'aimaient d'amour tendre. Survint une femme. L'un des frères voulut l'épouser. L'autre s'y opposa, et par manœuvre félone parvint à chasser l'intruse. Mal lui en prit, car du coup son frère bien-aimé le quitta à tout jamais. Telle est notre histoire réduite aux deux dimensions de la vision sans-pareil. Restaurés dans leur vérité stéréoscopique, ces quelques faits prennent un tout autre sens et s'inscrivent dans un ensemble beaucoup plus signifiant.

Ma conviction, c'est que Jean n'avait aucune vocation pour le mariage. Son union avec Sophie était vouée à un échec certain. Alors pourquoi m'y être opposé ? Pourquoi avoir voulu couper court à un projet de toute façon irréalisable ? Ne valait-il pas mieux laisser faire et attendre avec confiance le naufrage de l'union contre nature et le retour du frère prodigue ? Mais c'est là encore une interprétation sans-pareil de la situation. En vérité, je n'avais ni à couper court, ni à attendre avec confiance. Les événements ont découlé nécessairement, fatalement d'une constellation où les places étaient assignées à l'avance et les rôles à l'avance écrits. Rien chez nous — je veux dire dans le monde gémellaire — ne se passe par décision individuelle, coup de tête et libre arbitre. C'est d'ailleurs ce qu'a compris Sophie. Elle est entrée dans notre jeu tout juste assez pour mesurer la fatalité de sa mécanique, et constater qu'elle n'avait aucune chance d'y trouver sa place.

Au demeurant Jean ne voulait pas vraiment ce mariage. Jean-le-Cardeur est un être de division, de rupture. Il s'est servi de Sophie pour briser ce qu'il y avait pour lui de plus contraignant, de plus étouffant, la cellule gémellaire. Ce projet de mariage n'était qu'une comédie qui n'a abusé — et pour peu de temps — que la seule Sophie. Certes cette comédie aurait duré plus longtemps sans doute si j'avais consenti moi-même à y entrer. Il aurait fallu feindre d'ignorer notre condition gémellaire et traiter Jean en sans-pareil. Je reconnais que je me suis refusé à cette momerie. Elle était vaine. Elle était à l'avance déjouée, découragée, réduite à néant par cette irrécusable évidence : *quand on a connu l'intimité gémellaire, toute autre intimité ne peut être ressentie que comme une dégoûtante promiscuité.*

...

Jean-le-Cardeur. Ce sobriquet qu'il avait mérité

aux Pierres Sonnantes désigne le trait fatal et destructeur de sa personnalité, et comme sa part nocturne. J'ai dit combien avait été dérisoire la prétention décrétée par Edouard de s'attribuer l'un de nous et de laisser l'autre à Maria-Barbara (« Chacun son jumeau »). Or cette distribution, le personnel des Pierres Sonnantes l'avait réalisée sans la chercher, par la simple attraction de ses deux pôles.

L'un de ces pôles, c'était la petite équipe de l'atelier d'ourdissage, ces trois grandes filles, très soignées, un peu sévères qui évoluaient en silence autour des casiers inclinés où étaient disposées les trois cents bobines nourrissant la nappe des fils de chaîne. Ces ourdisseuses étaient dirigées avec une autorité discrète et sans faiblesse par Isabelle Daoudal dont le visage plat aux pommettes saillantes trahissait les origines bigouden. Elle était originaire en effet de Pont-l'Abbé, à l'autre bout de la Bretagne, et n'était venue en cette côte du Nord qu'en raison de sa haute spécialisation professionnelle, et aussi peut-être parce que cette fille superbe ne s'était jamais mariée — inexplicablement, car ce n'était pas le très léger déhanchement de sa démarche — d'ailleurs commun dans l'estuaire de l'Odet et signe de « race » aussi caractéristique que l'œil vairon du bouvier de Savoie — qui l'en avait empêchée.

Plus encore que dans le couloir d'encollage où le grand tambour-sécheur soufflait d'enivrantes odeurs de cire d'abeille et de gomme arabique, c'était dans cette salle d'ourdissage que j'aimais m'attarder des après-midi entiers, et ma prédilection pour la maîtresse des lieux était si évidente qu'on m'appelait parfois dans les ateliers monsieur Isabelle. Bien entendu je ne démêlais pas les charmes qui m'attiraient et me retenaient en cette partie de la fabrique. Certes l'autorité douce et calme d'Isabelle Daoudal devait y être pour beaucoup. Mais la grande fille bigouden n'était pas séparable à mes yeux de la magie de l'ourdissoir qui déployait son chatoiement dans un bruissement studieux. Le cantre — vaste châssis de métal disposé en arc de cercle — masquait en partie la haute fenêtre dont la lumière filtrait à travers les trois cents bobines multicolores qu'il contenait. De chaque bobine partait un fil — trois cents fils, scintillant, vibrant, convergeant vers le peigne qui les réunissait, les rapprochait, les fondait en une nappe soyeuse dont le rayonnement s'enroulait lentement sur un vaste cylindre de bois verni de cinq mètres de périmètre. Cette nappe, c'était la chaîne, la moitié longitudinale et foncière de la toile à travers laquelle les navettes allaient courir, chassées à coups de sabre, pour y insérer la trame. L'ourdissage n'était certes pas la phase la plus complexe, ni la plus subtile du tissage. Au demeurant l'opération était assez rapide pour qu'Isabelle et ses trois compagnes parvinssent avec un seul ourdissoir à alimenter en chaînes les vingt-sept métiers des Pierres Sonnantes, mais c'était la phase la plus fondamentale, la plus simple, la plus lumineuse, et sa valeur symbolique — cette convergence en une seule nappe de plusieurs centaines de fils — réchauffait mon cœur épris de retrouvailles. Le ronflement feutré des dévidoirs, le glissement des fils planant à la rencontre les uns des autres, l'oscillation de la nappe scintillante s'enroulant sur le haut cylindre d'acajou me fournissaient un modèle d'ordre cosmique dont les lentes et hautaines silhouettes des quatre ourdisseuses étaient les gardiennes. Malgré les ventilateurs à palettes placés au-dessus du peigne et destinés à rabattre la poussière vers le sol, une épaisse toison blanche recouvrait les voûtes de la salle, et rien ne contribuait plus à la magie de ces lieux que ces croisées d'ogives, ces arcs, ces cintres, ces arêtes laineuses, cotonneuses, fourrées, comme si nous nous trouvions au sein d'un écheveau géant, dans un manchon duveteux grand comme une église.

Isabelle Daoudal et ses compagnes, c'était l'aristocratie des Pierres Sonnantes. Le petit peuple criard et turbulent des trente cardeuses en était la plèbe. Lorsque Guy Le Plorec avait décidé d'y créer une matelasserie qui aurait l'avantage d'absorber une partie de la toile de coutil fabriquée par les ateliers de tissage, on n'avait pu trouver pour l'abriter que les anciennes écuries, bâtiments de belle dimension, mais fortement délabrés. Les dix premières cardes rangées en batterie contre les murs salpêtreux étaient du type le plus primitif. Les femmes, à califourchon sur une planche découpée en forme de selle, imprimaient de la main gauche un mouvement de balançoire à un plateau suspendu et recourbé dont la face inférieure était garnie de clous crochus qui passaient tous exactement entre les clous semblables dont se hérissait le plateau inférieur fixe. La main droite puisait par poignées la laine ou le crin, et l'enfonçait entre les deux mâchoires cardeuses. Au début, il ne se passait pas de mois sans que par fatigue ou distraction une ouvrière ne laissât happer sa main droite entre les deux plateaux. Il fallait ensuite de longs efforts pour la libérer, affreusement déchiquetée, de l'horrible piège qui la tenait prisonnière. Alors la révolte grondait dans les écuries. On parlait de grève, on menaçait de détruire ces sinistres mécaniques d'un autre temps. Puis les femmes remettaient les touffes de coton qu'elles s'enfonçaient dans les narines pour se protéger de la poussière, et le travail reprenait peu à peu au milieu du tumulte. Car la matelasserie était constamment noyée dans un nuage de poussière noire et âcre qui s'échappait des matelas moisis, crasseux et fourbus dès qu'on y touchait, et plus encore quand on les éventrait d'un coup de hachette. Certes ce n'était pas le duvet blanc, léger et pur de l'atelier d'ourdissage. C'était une suie empestée qui couvrait le sol, les murs et s'incrustait dans le torchis des anciennes écuries. Certaines ouvrières se masquaient le visage pour se protéger de la morsure de cette pulvérulence qu'on voyait danser dans les rayons de soleil, mais Le Plorec était opposé à cette habitude qui augmentait selon lui les risques d'accident. La révolte s'exprimait toujours par la bouche de Denise Malacanthe qui s'imposait en fait comme porte-parole des ouvrières matelassières par sa vigilance, son ascendant sur ses compagnes et la constante agressivité qui paraissait être un trait de son caractère. Elle avait fini par obtenir l'achat d'une grande carde circulaire dont le tambour et les cylindres étaient entraînés par un moteur électrique. La fatigue et les risques d'accident étaient considérablement diminués grâce à cette machine ; en revanche la poussière chassée par la rotation des pièces fusait par toutes ses ouvertures et achevait de rendre l'air des écuries irrespirable.

L'agitation sociale des années trente avait trouvé là

un terrain favorable, et les Pierres Sonnantes avaient connu leur première grève le jour où l'on fêtait l'anniversaire de Maria-Barbara. Le Plorec était venu chercher Edouard pour le supplier de venir parler aux cardeuses qui avaient cessé le travail depuis le matin et qui menaçaient en ce début d'après-midi d'occuper l'atelier de tissage et d'ourdissage dont le ronflement ininterrompu constituait, selon elles, une provocation. Edouard avait trop le sens de ses obligations pour se dérober à une intervention bien qu'elle lui répugnât profondément. Il s'était arraché aux bougies et aux coupes de champagne, et avait gagné seul la fabrique après avoir renvoyé Le Plorec en le priant de ne pas se montrer avant le lendemain. Puis il était allé à l'atelier de tissage. Il avait fait stopper les machines et congédié les ouvrières pour l'après-midi. Ensuite il avait fait son entrée au milieu des cardeuses, souriant, affable et la moustache luisante. Le silence qui l'accueillit était plus étonné qu'hostile. Il le mit à profit.

— Ecoutez bien ! dit-il, le doigt levé. Vous entendez un oiseau qui chante, vous entendez un chien qui aboie. Vous n'entendez plus les métiers. Je les ai fait arrêter. Vos compagnes sont rentrées chez elles pour l'après-midi. Vous allez pouvoir en faire autant. Moi je vais retourner à la Cassine où nous fêtons l'anniversaire de ma femme.

Puis il alla de groupe en groupe, parlant à chacune de sa famille et de ses petits problèmes, promettant des changements, des réformes, des interventions de sa part à tous les niveaux. De le voir en chair et en os, les ouvrières éberluées et intimidées ne doutaient pas qu'il paierait de sa personne, se « mettrait en quatre » pour améliorer leur sort.

— Mais la crise, la crise, mes enfants ! s'exclama-t-il plus d'une fois.

Denise Malacanthe provisoirement battue par cette offensive de paternalisme, comme elle qualifia plus tard l'intervention d'Edouard, se mura dans un silence hostile. Les ateliers fermés pour la journée tournaient à nouveau à plein rendement dès le lendemain matin. Tout le monde félicita Edouard. Lui seul était convaincu que rien n'était résolu, et il garda de cet incident une amertume qui contribua à l'éloigner des Pierres Sonnantes. Le Plorec en devint plus que jamais le maître, et les mouvements sociaux après ce faux départ s'organisèrent en liaison désormais avec la Fédération des travailleurs du textile.

Pour déplorable que fût le goût qui poussait Jean chez les cardeuses, ce n'était rien encore auprès du penchant qui l'attirait dans l'ancienne remise à voitures où l'on entreposait les matelas en attente. Il va de soi que les paysans qui constituaient l'essentiel de notre clientèle ne nous confiaient un matelas qu'à la dernière extrémité. Ainsi l'amoncellement de choses informes et nauséabondes qui montait parfois jusqu'aux lucarnes de la remise s'était immédiatement présenté à mon esprit, lorsque j'avais entendu pour la première fois parler des tours du silence où les Parsis indiens entassent les cadavres de leurs morts pour les offrir à l'avidité des charognards. Les vautours en moins, c'était à ces encensoirs d'enfer que me faisaient penser ces piles de paillasses où avaient dormi des générations d'hommes et de femmes, et qui s'étaient imprégnées de tout le sordide de la vie, sueur, sang, urine et sperme. Les cardeuses paraissaient peu sensibles à ces relents, et selon leur caquetage, c'était au contraire le rêve et la fortune qu'elles poursuivaient dans les entrailles des matelas, car il n'en était pas une qui n'eût une histoire de grimoire mystérieux et magique trouvé dans la bourre de crin ou de laine, quand ce n'était pas un trésor de billets de banque ou de pièces d'or. Mais ce n'était sûrement pas pour y chasser le magot que Jean s'attardait si souvent dans la remise. Il y échouait généralement après avoir traîné dans la carderie, et je crois même qu'il lui arrivait d'escalader les piles des matelas pour faire un somme dans cet antre de pestilence.

Lorsque plus tard, retrouvant notre intimité gémellaire, il se nouait à moi pour la nuit, il me fallait toute ma force de conviction et de conjuration pour dominer et expulser les puanteurs fades qui rôdaient sur son corps. Cette manière d'exorcisme, c'était un rite et une nécessité à la fois, parce qu'après avoir erré séparément le temps d'une journée, il nous fallait pour retrouver notre fonds commun, pour que chacun de nous regagnât ce port d'attache qu'était pour lui son frère-pareil, un effort de purification, de dépouillement de toute trace foraine, de toute acquisition étrangère, et cet effort, si nous l'accomplissions ensemble et simultanément, c'était principalement sur l'autre qu'il portait, chacun purifiant, dépouillant son frère-pareil pour le rendre identique à lui-même. Si bien que travaillant à arracher Jean pour la nuit gémellaire à sa carderie, je suis obligé d'admettre qu'il travaillait lui-même à me détacher de ce qui lui était le plus étranger dans ma vie, l'ourdissage avec ses trois madones irréprochables conduites par la belle Daoudal. Cette opposition des ourdisseuses et des cardeuses, c'était sans doute ce qui contribuait le plus à nous éloigner l'un de l'autre, et ce qu'un long effort d'aplanissement et de réconciliation devait chaque soir effacer pour que nos retrouvailles pussent se célébrer le temps de la nuit. Il n'en reste pas moins que cet effort m'était plus naturel parce qu'il allait dans le sens même de l'ourdissage — qui est composition, accordement, réunion de centaines de fils couchés ensemble sur l'ensouple — alors que le cardage est arrachement, discorde, dislocation brutalement obtenue avec deux tapis contraires et enchevêtrés de clous crochus. La prédilection de Jean pour Denise Malacanthe, la cardeuse, si elle est significative — et comment ne le serait-elle pas ? — trahissait un esprit querelleur, dissolvant, semeur de discorde et de zizanie, et faisait mal augurer de son mariage. Mais je l'ai dit : cet apparent mariage avec Sophie n'était au fond qu'un divorce avec moi.

Jean

Bep, tu joues ?

Non, Bep ne joue pas. Bep ne jouera plus jamais. La cellule gémellaire, l'intimité gémellaire ? La prison, oui, l'esclavage gémellaire ! Paul s'accommode de notre couple, parce que c'est toujours lui qui mène la danse. C'est lui le maître. Plus d'une fois, il a fait mine de distribuer les cartes, équitablement, sans prétendre tout assumer à lui seul. « Je ne suis que le ministre de l'Intérieur. Les Affaires étrangères, c'est ton domaine. Tu représentes le couple vis-à-vis des sans-pareil. Je tiendrai compte de toutes les informations, de toutes les impulsions que tu me transmettras de l'extérieur ! » Du vent ! Que peut donc un ministre des Affaires étrangères sans le reste du gouvernement ? Il tenait compte de ce qu'il voulait bien. Je n'avais qu'à m'incliner devant son horreur pour tout ce qui vient du monde sans-pareil. Il traite toujours de haut tous ceux qui ne sont pas les frères-pareils. Il nous croyait — il nous croit sans doute encore — des êtres à part, ce qui est indiscutable, supérieurs, ce qui n'est rien moins que prouvé. La cryptophasie, l'éolien, la stéréophonie, la stéréoscopie, l'intuition gémellaire, les amours ovales, l'exorcisme préliminaire, la prière tête-bêche, la communion séminale, et bien d'autres inventions qui font le *Jeu de Bep,* je ne renie rien de tout ce qui a fait mon enfance, une enfance admirable, privilégiée, surtout si l'on place en outre à l'horizon ces dieux tutélaires, rayonnant de bonté et de générosité, Edouard et Maria-Barbara.

Mais Paul se trompe, il me fait peur, il m'étouffe quand il prétend perpétuer indéfiniment cette enfance et en faire un absolu, un infini. La cellule gémellaire, c'est le contraire de l'existence, c'est la négation du temps, de l'histoire, des histoires, de toutes les vicissitudes — disputes, fatigues, trahisons, vieillissement — qu'acceptent d'entrée de jeu, et comme le prix de la vie, ceux qui se lancent dans le grand fleuve dont les eaux mêlées roulent vers la mort. Entre l'immobilité inaltérable et l'impureté vivante, je choisis la vie.

Pendant toutes mes premières années, je n'ai pas

mis en doute le paradis gémellaire où j'étais enfermé avec mon frère-pareil. J'ai découvert la face sans-pareil des choses en observant Franz. Le malheureux était déchiré entre la nostalgie d'une certaine paix — celle qui nous était donnée sous la forme gémellaire, celle qu'il avait imitée avec son calendrier millénaire — et la peur des assauts furieux et imprévisibles que lui faisaient subir les intempéries. L'adolescence mettant en moi des ferments de contradiction et de négation, j'ai pris peu à peu le parti des intempéries.

J'y ai été aidé de façon décisive par Denise Malacanthe et les filles de la matelasserie. Mon cœur révolté se plaisait au contact de ce qu'il y avait de plus mal famé aux Pierres Sonnantes. Je mettais du défi, de la provocation dans le goût que j'affichais pour l'atelier le plus sale, le travail le plus grossier, le personnel le plus fruste et le plus indiscipliné de la fabrique. Je souffrais bien sûr chaque soir, lorsque Paul m'imposait un « exorcisme » interminable et laborieux pour me faire revenir de si loin à l'intimité gémellaire. Mais cette souffrance même faisait mûrir en moi la décision secrète d'en finir avec cette enfance « ovale », de déchirer le pacte fraternel et de vivre, enfin, de vivre !

Denise Malacanthe. Une double convention se dressait entre les membres du personnel des Pierres Sonnantes et moi. D'abord parce que j'étais un enfant. Ensuite parce que j'étais le fils du patron. Cette double barrière n'existait pas pour cette fille sauvage. Dès le premier mot, dès le premier regard, j'avais compris que j'étais pour elle un être humain comme les autres, mieux même, que par une sorte d'élection où se satisfaisait son insolence constante, elle m'avait choisi comme complice, comme confident même. Son insolence... J'en ai appris le secret assez tardivement et qu'elle n'exprimait nullement la revendication des privilèges bourgeois par la classe travailleuse, mais très exactement l'inverse. Un mot mystérieux prononcé dans ma famille à propos de Malacanthe m'a longtemps intrigué : *déclassée*. Malacanthe était une déclassée. Etrange maladie honteuse qui faisait d'elle une ouvrière pas comme les autres et dont on supportait davantage parce qu'il n'était pas aisé de la mettre à la porte. Denise était la dernière fille d'un marchand de tissus et de confection de Rennes. Elle avait été élevée chez les sœurs de l'Immaculée Conception, d'abord interne, puis externe — quand les sœurs n'avaient plus voulu de cet élément perturbateur dans leurs dortoirs. Jusqu'au jour où elle s'enfuit à la suite du Roméo d'une troupe de théâtre en tournée. Comme elle n'avait que seize ans, ses parents avaient pu menacer de poursuites judiciaires le séducteur qui s'était hâté de signifier son congé à son encombrante conquête. Ensuite Denise avait été recueillie par un bouilleur d'eau-de-vie qui promenait sa « lambic »de ferme en ferme et qui lui avait communiqué le goût du calvados avant de l'abandonner à Notre-Dame du Guildo. Elle avait trouvé du travail à la fabrique où on l'avait vite identifiée comme la progéniture égarée d'un honorable client rennais. L'insolence de Denise n'était donc pas celle de l'ouvrier revendiquant la dignité supposée du petit bourgeois. C'était celle d'une grande bourgeoise revendiquant la liberté supposée du prolétaire. Insolence descendante et non ascendante.

Dès lors son attitude à mon égard partait d'une communauté d'origine sociale et d'une commune révolte contre la sujétion de nos enfances respectives. Elle avait flairé chez moi un besoin de rupture, et pensait pouvoir m'aider — fût-ce par son seul exemple — à sortir du cercle enchanté, comme elle l'avait fait elle-même. Elle m'y a aidé en effet — et puissamment — mais il ne s'agissait pas du cercle familial auquel elle songeait, il s'agissait d'un lien plus secret et plus fort, le lien gémellaire. Denise Malacanthe avait échappé à sa famille par la vertu d'amours foraines. Par deux fois elle avait lié son sort à des nomades, un comédien ambulant d'abord, un bouilleur d'alcool ensuite. Ce n'était pas un hasard. Elle avait ainsi répondu à l'appel impérieux du principe exogamique qui prohibe l'inceste — les amours dans le cercle — et prescrit d'aller chercher loin, aussi loin que possible le partenaire sexuel. Cet appel, ce principe centrifuge, elle m'y a rendu sensible. Elle m'a aidé à comprendre le sens de l'inquiétude, de l'insatisfaction qui me tourmentaient dans ma cage gémellaire, comme un oiseau migrateur prisonnier dans une volière. Car il faut être juste et reconnaître que Paul n'a pas toujours tort : sous cet angle, oui, les sans-pareil sont les pâles imitateurs des frères-pareils. Ils connaissent bien eux aussi un principe exogamique, une prohibition de l'inceste, mais de quel inceste s'agit-il ? De celui qui accouple un père et sa fille, une mère et son fils, un frère et sa sœur. Cette variété suffirait à trahir la médiocrité de cette sorte d'inceste sans-pareil, et qu'il s'agit en vérité de trois pauvres contrefaçons. Car le véritable inceste, l'union insurpassablement incestueuse, c'est évidemment la nôtre, oui, celle des amours ovales qui nouent le même au même et suscitent par entente cryptophasique une brûlure de volupté qui se multiplie par elle-même au lieu de se juxtaposer pauvrement comme dans les amours sans-pareil — et encore, au mieux de leur réussite !

C'est vrai, je ne peux le nier, la volupté sans-pareil que m'a enseignée Malacanthe sur les matelas de la remise pâlit, jaunit, flétrit en regard de la gémellaire, comme une ampoule électrique quand le soleil se lève. Seulement voilà, il y a quelque chose, un je-ne-sais-quoi dans les amours sans-pareil qui à mon goût de jumeau est d'une saveur rare, incomparable, et que compense cette faiblesse d'intensité. (*Intensité*, tension interne, contenue, énergie renfermée sur elle-même... Il faudrait pour parler des amours cardeuses un mot opposé qui exprimât la tension centrifuge, excentrique, foraine. *L'extensité*, peut-être ?) C'est une saveur de vagabondage, de maraude, de flâne quêteuse, pleine de promesses vagues qui ne sont pas moins excitantes pour être petitement tenues. La volupté massive de l'étreinte gémellaire est au plaisir acidulé de l'accouplement sans-pareil ce que ces gros fruits juteux et sucrés de serre sont aux petites baies âpres et sauvages dans la sécheresse desquelles sont présentes toute la montagne et toute la forêt. Il y a du marbre et de l'éternité dans les amours ovales, quelque chose de monotone et d'immobile qui ressemble à la mort. Au lieu que les amours sans-pareil sont un premier pas dans un dédale pittoresque dont personne ne sait où il mène, ni s'il mène quelque part, mais qui a le charme de l'imprévu, la fraîcheur du printemps, la saveur musquée des fraises des bois. Ici une formule identitaire : A + A = A (Jean + Paul = Jean-Paul). Là une formule dialectique : A + B = C (Edouard + Maria-Barbara = Jean + Paul + ... Peter, etc.).

Ce que Malacanthe m'a appris en me faisant culbuter avec elle sur les marches de la remise, c'est l'amour de la vie, et que la vie n'est pas une grande armoire campagnarde où sont rangées des piles de draps immaculés et repassés, parfumés par un sachet de lavande, mais un amoncellement de paillasses souillées où des hommes et des femmes sont venus au monde, où ils ont forniqué et dormi, où ils ont souffert et sont morts, et que tout est bien ainsi. Elle m'a fait comprendre, sans rien me dire, par sa seule vivante présence qu'exister, c'est se compromettre, avoir une femme qui a ses règles et qui vous trompe, des enfants qui attrapent la coqueluche, des filles qui font des fugues, des garçons qui vous défient, des héritiers qui guettent votre mort. Chaque soir Paul pouvait bien reprendre possession de moi, m'enfermer avec lui comme dans une ampoule scellée, me laver, me désinfecter, m'enduire de notre commune odeur, et finalement échanger avec moi la communion séminale, depuis l'affaire du miroir triple, je ne lui appartenais plus, j'éprouvais le besoin impérieux d'exister.

L'affaire du miroir triple qui a consacré la rupture de l'ampoule gémellaire a marqué en quelque sorte la fin de mon enfance, le début de mon adolescence et l'ouverture de ma vie au monde extérieur. Elle avait été toutefois préparée par deux épisodes mineurs et drolatiques qu'il faut rappeler pour mémoire.

Lorsqu'il avait été question de faire établir nos

premières cartes d'identité personnelles, Edouard avait émis l'idée qu'il était bien inutile de nous faire photographier tous les deux puisque aussi bien les « autorités » auxquelles nous aurions affaire étaient incapables de nous distinguer l'un de l'autre. L'un de nous n'avait qu'à poser pour les deux. Cette proposition avait rencontré l'accord immédiat de Paul. Elle m'avait révolté, et j'avais violemment protesté contre le stratagème. Croyant me satisfaire, Edouard avait aussitôt proposé que je fusse celui qui serait photographié pour les deux, et Paul avait encore acquiescé. Mais je n'étais pas d'accord non plus. Il me semblait en effet qu'en collant la photo d'un seul de nous deux sur les deux cartes, on scellait officiellement — et donc peut-être pour toujours et de façon irrémédiable — une confusion entre nous dont je m'apercevais par la même occasion que je n'en voulais plus. A tour de rôle nous fûmes donc dans la cabine automatique qui fonctionnait depuis peu dans le hall de la gare de Dinan, et nous ressortîmes de là ayant chacun une bande de cartoline encore humide sur laquelle nous grimacions par six fois sous l'éclat du flash. Le soir, Edouard découpa les douze petits portraits, les mêla comme par distraction, puis il les poussa vers moi en me priant d'extraire ceux qui me revenaient. Le rouge me monta aux joues en même temps que me serrait le cœur une angoisse particulière, à nulle autre semblable et dont j'avais fait connaissance récemment pour la première fois : j'étais incapable de distribuer ces photos entre Paul et moi autrement qu'au hasard. Il convient de préciser que j'étais pour la première fois et par surprise confronté à un problème que tout le monde dans notre entourage rencontrait plusieurs fois par jour : distinguer Paul et Jean. Tout le monde, sauf nous précisément. Certes tout n'était pas commun entre nous. Nous avions chacun nos livres, nos jouets et surtout nos vêtements. Mais si nous les distinguions par des signes imperceptibles aux autres — une patine particulière, des traces d'usure, et surtout l'odeur, décisive pour les vêtements — ces critères n'avaient pas cours pour des photos qui témoignaient, elles, d'un point de vue extérieur à notre couple. Je sentis des sanglots me gonfler la gorge, mais je n'avais plus l'âge de fondre en larmes, et je m'efforçai de faire bonne figure. D'autorité j'isolai six photos que j'attirai vers moi, repoussant les autres vers Paul. Personne ne fut dupe de mon assurance, et Edouard sourit en lissant de l'index les extrémités de sa moustachette. Paul observa simplement :

— Nous étions tous les deux en chemisette. La prochaine fois je mettrai un pull, comme ça, plus d'erreur possible.

L'autre épisode eut pour occasion la rentrée d'octobre. Traditionnellement les enfants faisaient par fournées un bref séjour à Paris qui se passait en courses dans les grands magasins pour l'achat du trousseau d'hiver. On achetait en double tout ce qui revenait « aux jumeaux », à la fois par commodité et comme pour respecter une sorte de tradition qui paraissait naturelle. Pour la première fois cette année-là, je m'insurgeai contre cet usage et prétendis acheter des vêtements qui me distingueraient autant que possible de Paul.

— D'ailleurs, ajoutai-je à la stupéfaction générale, nous n'avons pas les mêmes goûts, et je ne vois pas pourquoi on veut toujours m'imposer ceux de Paul.

— C'est bien, décida Edouard. Nous allons donc nous séparer. Tu iras avec ta mère faire tes achats au Bon Marché, moi j'irai avec ton frère aux Galeries Lafayette.

En pareille occurrence, Bep voulait que fût déjouée cette prétention des sans-pareil à nous distinguer et qu'une permutation clandestine fût opérée. Pour Paul, cela allait de soi, et il ne fut pas peu choqué lorsqu'il m'entendit décréter :

— Bep ne joue pas. J'irai au Bon Marché avec Maria !

Je poursuivais ainsi avec acharnement la fracture de la cellule gémellaire. Pourtant je devais ce jour-là encore essuyer un cuisant échec. Je déballai le premier mes emplettes. Paul et Edouard devinrent hilares en me voyant exhiber un complet de tweed tabac, des chemisettes à carreaux, un chandail vert sombre à col en V et un pull noir à col roulé. Je compris et à nouveau je ressentis cette même angoisse qui me saisit chaque fois que la cellule gémellaire se referme sur moi malgré mes efforts pour m'en évader, lorsque je vis sortir des paquets de Paul le même complet de tweed tabac, les mêmes chemisettes à carreaux, le même pull noir à col roulé. Seul le chandail à col en V était d'un vert plus clair que le mien. On rit beaucoup autour de moi, et Edouard plus que les autres, car le « cirque gémellaire » auquel il tenait pour le divertissement de ses amis venait de s'enrichir d'une anecdote amusante. Ce fut lui néanmoins qui tira l'enseignement de cette expérience.

— Vois-tu, petit Jean, me dit-il. tu ne voulais plus être habillé comme Paul. En choisissant les vêtements qui te plaisaient, tu as oublié un petit détail : c'est que Paul et toi, quoi que tu en dises, vous avez les mêmes goûts. La prochaine fois, prends une précaution élémentaire : ne choisis que des choses que tu détestes.

Le propos va loin, hélas, et j'ai plus d'une fois depuis vérifié sa cruelle vérité ! Que de sacrifices n'ai-je pas dû accepter à seule fin de me distinguer de Paul et de ne pas faire comme lui ! Si encore nous avions été d'accord pour nous séparer, nous aurions pu partager les frais de notre indépendance mutuelle. Mais Paul ne s'est jamais soucié — bien au contraire — de se distinguer de moi, de telle sorte que chaque fois que je prenais une initiative ou que j'opérais un choix le premier, j'étais sûr de le voir m'emboîter le pas ou se rallier à ma décision. Il fallait donc que je le laisse constamment me précéder, que je me contente toujours des seconds choix, position doublement défavorable, puisque je m'imposais en même temps des options qui allaient contre mon cœur !

Il m'arrivait de faiblir, et, mettant bas les armes, de me laisser glisser sans plus de retenue qu'au temps de notre innocence enfantine dans les chaudes et familières ténèbres de l'intimité gémellaire. Paul m'y accueillait avec une joie évidemment communicative — tout est communicatif dans la cellule, c'est sa définition même — et m'entourait de la sollicitude jubilante qui revient de droit au frère prodigue retrouvé. Le rituel d'exorcisme était particulièrement long et laborieux, mais la communion séminale n'en était que plus douce. Pourtant ce n'était qu'une trêve. Je m'arrachais encore à mon frère-pareil et je reprenais mon cheminement solitaire. Si j'avais pu avoir des doutes sur la nécessité de mon entreprise avant l'affaire du miroir triple, cette affreuse épreuve aurait achevé de me convaincre qu'il fallait aller jusqu'au bout.

Si j'hésite encore au seuil de ce récit, ce n'est pas seulement parce que le choc fut d'une brutalité affreuse et que la seule évocation de ce souvenir me donne des suées d'angoisse. C'est qu'il s'agit de beaucoup plus que d'un souvenir. La menace reste imminente, la foudre peut fondre sur moi à chaque instant, et je redoute de la défier par des paroles imprudentes.

Je pouvais avoir treize ans. Cela se passait chez un tailleur et marchand de confection de Dinan qui nous « faisait des prix » parce que nous étions son fournisseur. C'était peu après l'affaire des grands magasins, et je continuais à lutter pour que Paul et moi nous ne fussions plus jamais habillés de la même façon. J'étais donc seul dans ce magasin, détail important, car si Paul m'avait accompagné, l'incident ne se serait sans doute pas produit. L'absence de Paul qui était à l'époque une expérience toute nouvelle me plongeait en effet dans un curieux état d'exaltation et de vertige, sentiment assez mêlé quoique plutôt agréable au total, et comparable à celui qui colore certains rêves où nous croyons voler tout nus dans les airs. Il ne me quitte plus d'ailleurs depuis que je me suis séparé de Paul, bien qu'il ait beaucoup évolué en quelques années. Aujourd'hui je le ressens comme une force qui déplacerait mon centre de gravité et m'obligerait à avancer toujours pour tenter de rétablir mon équilibre. C'est en quelque sorte la prise de conscience du nomadisme qui a toujours été mon destin secret.

Mais je n'en étais pas là, ce beau samedi de printemps, lorsque j'essayais une casquette de toile bleu marine chez Conchon-Quinette. Je revois les placards vitrés du magasin, la lourde table sur laquelle s'amoncelaient des coupons d'étoffe et que surmontait un mètre gradué en bois clair supporté par un pied de cuivre. La casquette semblait m'aller, mais je cherchais tant bien que mal à distinguer mon image dans le reflet des vitres des placards. Le patron s'en aperçut et m'invita à entrer dans une cabine d'essayage. Un miroir en triptyque dont les éléments latéraux tournaient sur des gonds permettait de se voir de face et sous ses deux profils. Je m'avançai sans méfiance dans le piège, et aussitôt ses mâchoires miroitantes se refermèrent sur moi et me broyèrent si cruellement que j'en porte les traces à tout jamais. J'eus un bref éblouissement. Quelqu'un était là, reflété par trois fois dans cet espace minuscule. Qui ? La question à peine posée recevait une réponse qui faisait un bruit de tonnerre : *Paul !* Ce jeune garçon un peu pâle, vu de face, de droite et de gauche, figé par cette triple photographie, c'était mon frère-pareil, venu là je ne savais comment, mais indiscutablement présent. Et en même temps, un vide effroyable se creusait en moi, une angoisse de mort me glaçait, car si Paul était présent et vivant dans le triptyque, moi-même, Jean, je n'étais plus nulle part, je n'existais plus.

Le vendeur me trouva évanoui sur la moquette de son salon d'essayage et me traîna vers un canapé avec l'aide du patron. Il va de soi que personne — pas même Paul — ne connut le secret de cet incident qui a pourtant bouleversé ma vie. Paul a-t-il fait la même expérience ? Lui est-il arrivé de me voir à sa place dans le miroir où il se regardait ? J'en doute. Je pense que l'illusion a besoin pour se produire de cette *ivresse d'émancipation* que j'évoquais tout à l'heure, et que Paul ignore bien certainement. Ou alors s'il me voyait un jour surgir en face de lui dans un miroir, il ne serait pas choqué comme je l'ai été, mais charmé au contraire, émerveillé de cette rencontre magique et surgie à point nommé pour calmer le malaise que lui donne mon absence, selon ce qu'il m'a confié. Quant à moi, j'en ai gardé une solide rancune à l'égard de tous les miroirs, et une horreur insurmontable pour les glaces en triptyque dont la présence quelque part m'est signalée par des effluves maléfiques qui suffisent à m'arrêter et à me faire fuir.

Paul

L'homme sans-pareil à la recherche de lui-même ne trouve que des bribes de sa personnalité, des lambeaux de son moi, des fragments informes de cet être énigmatique, centre obscur et impénétrable du monde. Car les miroirs ne lui renvoient qu'une image figée et inversée, les photographies sont plus mensongères encore, les témoignages qu'il entend sont déformés par l'amour, la haine ou l'intérêt.

Tandis que moi, je dispose d'une image vivante et absolument véracé de moi-même, d'une grille de déchiffrement qui élucide toutes mes énigmes, d'une clé qui ouvre sans résistance ma tête, mon cœur et mon sexe. Cette image, cette grille, cette clé, c'est toi, mon frère-pareil.

Jean

Tu es l'autre absolu. Les sans-pareil ne connaissent de leurs voisins, amis, parents que des qualités particulières, des défauts, des travers, des traits personnels, pittoresques ou caricaturaux qui sont autant de différences avec eux. Ils se perdent dans ce détail accidentel et ne voient pas — ou voient mal — l'être humain, la personne qu'il recouvre.

Or c'est justement à la présence de cette personne abstraite que m'a habitué pendant des années — les années de notre enfance et de notre jeunesse — la présence de mon frère-pareil à mes côtés. Car tout ce bric-à-brac pittoresque ou caricatural sur lequel butent et s'hypnotisent les sans-pareil placés en face les uns des autres, n'avait aucun poids, aucune couleur, aucune consistance pour nous, étant le même de part et d'autre. Le manteau bariolé de la personnalité qui arrête le regard sans-pareil est incolore et transparent au regard gémellaire, et lui laisse voir abstraite, nue, déconcertante, vertigineuse, squelettique, effrayante : l'Altérité.

CHAPITRE IX

LE POIL ET LA PLUME

Alexandre

Ma belle solitude — une, vierge et close comme un œuf — que Roanne avait fait voler en éclats de si pittoresque manière, la voici donc miraculeusement restaurée dans ce pays lunaire, blanc, ondulé, les trois cents hectares des gadoues de Miramas. Il est vrai que de ce printemps et de cet été roannais je conserve un chien, Sam, dont j'aurais désormais bien du mal à me passer. Et aussi une boucle d'oreille — que je porte parfois par provocation — qui symbolise toute une petite société en ébullition, Briffaut, Fabienne, les grutiers, le château de Saint-Haon, Alexis et surtout, surtout mon petit Daniel dont elle est le gage et me promet chaque jour, chaque heure la survenue.

Quinze kilomètres avant Salon, la route nationale 113 est traversée par la départementale 5 qui mène au sud vers le village d'Entressen. Le désert de graviers et de galets de la Crau n'est plus interrompu ensuite que par une série de constructions basses, sans fenêtres, toutes semblables et entourées de clôtures de barbelés. C'est la poudrière de Baussenq, établie dans cette région désertique pour des raisons de sécurité. On n'a pas oublié ici la catastrophe de 1917 qui ravagea la campagne à la façon d'un tremblement de terre ou d'un bombardement. L'une des nôtres, occupée sur les gadoues de Marignane, la petite Louise Falque, accourut à bicyclette dès les premières explosions et ne reconnut plus sa campagne familière dans cette terre calcinée aux arbres arrachés et aux maisons rasées. Malgré les incendies et les explosions qui continuaient, elle secourut les hommes horriblement brûlés et mutilés qu'elle put tirer des décombres. On raconte que le général commandant la 15e région lui accorda une citation à l'ordre du jour.

Ces dépôts de munitions marquent en quelque sorte la borne de mon étrange royaume. Ensuite le paysage désertique peut bien étaler à nouveau ses mornes cailloutis, des signes de plus en plus nombreux annoncent la prochaine métamorphose de cette plaine aride et pure en un chaos de pestilence. Il faut avoir l'œil pour repérer de très loin la première feuille de papier souillé tremblant au vent dans les branches d'un maigre platane. Mais cette frondaison du genre ordurier devient particulièrement luxuriante dans ce pays de mistral. A mesure qu'on avance, les arbres — de plus en plus rares, il est vrai — se chargent de frisons, de serpentins, de mousse de verre, de cartons ondulés, de tortillons de paille, de flocons de kapok, de perruques de crin. Ensuite toute végétation disparaît — comme en montagne au-dessus d'une certaine altitude — quand on entre dans le pays des cent collines blanches. Car ici, les gadoues sont blanches, oui, et le comprimé que contient mon médaillon aux armes de Marseille ressemble à un petit bloc de neige. Blanches et étincelantes, singulièrement au soleil couchant, en vertu sans doute des tessons de bouteilles, des carcasses de celluloïd, des éclats de galalithe et des lamelles de verre dont elles sont pailletées. Une odeur profonde et fade flotte dans les vallées, mais on s'y habitue en moins d'une heure au point de ne plus la percevoir.

Les blanches collines seraient coupées du monde si la voie ferrée du P.L.M. ne les traversait. Cela nous vaut matin et soir le passage en tempête de deux trains, clos comme des coffres-forts, entraînés par des locomotives fulminantes et sifflantes. Le caprice des horaires fait que ces trains — en provenance l'un de Paris, l'autre de Marseille — se croisent dans nos parages comme des météores contraires, apportant bruit et violence dans nos limbes pâles et argentés. Je caresse l'espoir qu'un jour ou l'autre l'un de ces météores sera contraint de s'arrêter ici. Les fenêtres s'abaisseraient, des têtes pointeraient, ahuries et effrayées par l'étrange et funèbre campagne. Alors je haranguerais ces tombés d'une autre planète. Le dandy des gadoues leur ferait connaître qu'ils viennent de mourir. Qu'ils sont passés ainsi côté pile du monde, ayant été rayés de sa face. Qu'il est temps pour eux de convertir leurs idées et leurs mœurs à cet envers de la vie auquel ils appartiennent désormais. Ensuite les portières s'ouvriraient, un à un ils sauteraient sur le remblai, et j'encouragerais, je conseillerais leurs premiers pas titubants et timides au milieu des déjections de leur vie passée.

Mais c'est un rêve. Les trains passent, crachant et hurlant comme des dragons, et pas un signe humain ne nous est accordé.

J'habite moi-même un wagon aménagé en roulotte. Impossible de regagner chaque soir un lieu de séjour convenable. Je couche sur un large matelas posé sur une planche qui réunit les banquettes d'un compartiment. J'y ai de l'eau, du feu, de la lumière — assenée crûment avec un sifflement de cobra par une lampe à acétylène. C'est une expérience nouvelle pour moi, et un pas de plus vers mon engloutissement dans les gadoues. Chaque jour les trimards qui arrivent en camion d'Entressen où ils logent dans des baraques de cantonnier m'apportent le nécessaire dont je leur ai confié la liste l'avant-veille. Le premier soir, j'avais mal écouté le conseil qu'on m'avait donné de fermer hermétiquement toutes les ouvertures du wagon. La nuit, Sam épouvanté m'a tiré du sommeil. J'ai d'abord cru qu'il pleuvait en entendant un crépitement menu et pressé tout autour de nous. J'allume : les rats étaient partout. Ils couraient en flots noirs dans le couloir et les compartiments ouverts du wagon. Ils devaient galoper en chassé-croisés sur le toit. Heureusement mon compartiment était fermé. Néanmoins j'ai du lutter pendant vingt minutes avec une grosse femelle que j'ai fini par embrocher au bout de Fleurette. Comment était-elle entrée ? Je ne le saurai jamais. Mais je ne suis pas près d'oublier les cris de ce monstre dont les spasmes ployaient la lame de Fleurette comme un scion de canne à pêche. Ganeça, Ganeça, idole à trompe, je t'ai invoquée cette nuit pour conjurer ton animal totem ! Ensuite je me suis claquemuré dans mon compartiment avec Sam et ma rate crevée dont je redoutais que le ventre ouvert ne répandît tout un grouillis de ratons, cependant que les gaspards nous assiégeaient par un sabbat d'enfer. Comme le chant du coq met fin en un instant à la danse macabre, le grondement des trains du matin leur a donné le signal du départ. En moins de trois minutes, ils avaient tous disparu dans les mille et mille trous qui percent les collines blanches. J'ai compris la raison de cette retraite précipitée après avoir balancé par la fenêtre le cadavre de ma victime. A peine le corps ballonné avait-il rebondi sur un monceau de pommes de terre pourries qu'il était pris à partie par un, puis deux, trois goélands tombés du ciel comme des pierres. Ces grosses mouettes cendrées, lourdes et mal dégrossies comme des corbeaux albinos, s'envoyaient de l'une à l'autre la loque sanguinolente qui ne tarda pas à éclater, répandant alentour entrailles et fœtus. J'ai d'ailleurs pu observer qu'il ne s'agissait pas d'une exception. De loin en loin, les rats attardés étaient poursuivis, cernés, harcelés, puis déchiquetés par des commandos de goélands. C'est que le jour appartient aux oiseaux qui sont seuls maîtres des collines argentées. Le soir, le passage des trains donne le signal d'un renversement de la situation, car la nuit est le royaume des gaspards. Les goélands par milliers prennent leur vol pour aller dormir sur les plages de l'étang de Berre, quand ils ne s'égarent pas en Camargue où ils dévastent les couvées des flamants roses. Malheur aux oiseaux blessés ou affaiblis qui traînent dans les gadoues après le croisement des trains du soir ! Des hordes de rats les entourent, les égorgent, les mettent en charpie. C'est pourquoi en parcourant les collines, on relève à chaque pas des lambeaux de fourrure ou des paquets de duvet. bavures d'un rythme diurne-nocturne qui partage les collines entre le règne de la plume et celui du poil.

Deux fois par an, le petit monde des trimards a la visite des hommes en blanc des *Services d'Hygiène de la ville de Marseille.* Armés de lances à pulvériser et porteurs de pain empoisonné, ils entreprennent une opération de désinfection et de dératisation des collines. On les reçoit assez mal. On rit de leur masque, de leurs gants de caoutchouc, de leurs bottes cuissardes. Voyez-vous ces mijaurées qui craignent la saleté et les germes ! Quant à leur travail, il est à la fois inutile — car l'énormité de la population ratière défie l'entreprise — et néfaste, car ils sèment sur leur passage des charognes de rats et plus encore de goélands. On ne manque pas de faire observer que ces bestioles ne sont en somme que des nettoyeurs et contribuent à assainir à leur façon les décharges. Elles sont au demeurant inoffensives, pour l'homme, m'explique-t-on, à condition qu'il ne saigne pas. Car la vue, l'odeur ou le goût du sang les rendent furieuses de voracité. Mais le vrai, c'est que les trimards se sentent solidaires de cette faune et ressentent l'action des agents marseillais comme une atteinte à leur domaine. Comme les projets d'usine d'incinération à Roanne, les efforts de désinfection des services marseillais prennent l'aspect d'une agression des centraux contre les marginaux.

(Bien intentionnés, les hommes blancs ont déposé dans mon wagon trois seaux de pâte empoisonnée, « à toutes fins utiles », ont-ils précisé. Mais ils m'ont averti que les primes attribuées un temps par la mairie de Marseille aux chasseurs de rats avaient été supprimées depuis qu'un sympathique voyou a eu l'idée d'élever dans un wagon des gaspards qu'il tuait ensuite au gaz d'acétylène et dont il livrait les cadavres par camions entiers aux secrétaires de mairie épouvantés. La composition de la pâte mortifère est inscrite sur les seaux. Il s'agit de graisse de viande épaissie à la farine et assaisonnée à l'acide arsénieux. J'ai eu la curiosité d'abandonner l'un de ces seaux ouvert toute une nuit sous mon wagon. Non seulement les rats qui paraissaient pourtant tout dévorer sans discernement ont laissé la pâte intacte mais ils semblent avoit évité même les abords du récipient. Voilà qui en dit long sur l'efficacité du poison !)

Les travaux que je m'efforce de coordonner ici sont d'une tout autre ampleur que le remplissage contrôlé du *Trou du Diable*. La Petite Crau au nord ayant été fertilisée et transformée en terre à oliviers, vignes et fourrage grâce aux eaux de la Durance amenées par le canal de Craponne, l'ambitieux dessein nourri par Marseille serait de fertiliser à son tour la Grande Crau grâce aux gadoues de Miramas. Ainsi, ce qui est la honte du grand port méditerranéen étalée aux regards des voyageurs du P.L.M. deviendrait un sujet de fierté. J'ai pour ce faire cinq bulldozers et une équipe de vingt hommes, forces dérisoires en regard de la métamorphose à opérer. Il faudrait en effet défoncer la couche d'ordures récente jusqu'à une profondeur de quatre mètres au moins pour mettre au jour le fond ancien transformé en humus fertile par une très longue fermentation. Mais alors l'humidité emmagasinée et conservée à ce niveau se dissipera par un labourage en profondeur, et rien ne remplacera une irrigation indispensable.

J'ai néanmoins entrepris le défoncement d'une colline avec une équipe de deux bulls. Le résultat a été terrifiant. Une nuée de goélands s'est abattue sur la tranchée fraîche et noire ouverte derrière chacun des bulls, et il a fallu aux chauffeurs un singulier sang-froid pour ne pas perdre la tête dans ce tourbillon d'ailes et de becs. Ce n'était rien encore, car mes engins en sont fatalement arrivés à éventrer des galeries habitées par des colonies entières de rats. Aussitôt la bataille a commencé avec les goélands. Certes plusieurs oiseaux ont été égorgés dans la mêlée, parce qu'en combat individuel un gros rat l'emporte sur un goéland. Mais le nombre infini des grands oiseaux a eu raison des gaspards expulsés de leurs trous en pleine lumière. Ce qui est plus grave, c'est l'écœurement et l'angoisse de mes hommes en face de cette tâche sans issue visible, agrémentée par des batailles rangées entre poil et plume. L'un d'eux a proposé d'apporter des fusils de chasse pour faire reculer les oiseaux. Mais un autre a observé que seuls les goélands tenaient les rats en respect et que nous serions dans une position intenable si ces derniers devenaient maîtres du terrain de jour, comme de nuit.

*

J'ai partagé avec Sam un cassoulet en conserve réchauffé sur un petit fourneau à gaz. Dans quelques minutes, le soleil va se coucher, et déjà des nuées d'oiseaux cendrés s'élèvent et dérivent en gémissant vers la mer. Je ferme une à une toutes les issues du wagon malgré la chaleur étouffante de cette fin d'été provençal. J'ai fait garnir d'un fort treillis les fenêtres du compartiment que j'occupe pour pouvoir les tenir ouvertes toute la nuit. En dépit du désir et de la nostalgie qui me taraudent, je suis content que ni Daniel, ni même Eustache ne partagent une solitude aussi farouche. Parce que cette chair est précieuse à mon souvenir, je lui prête une fragilité peu compatible avec ce terrible paysage. Le grondement des trains secoue les collines. Ils se saluent en se croisant avec des cris déchirants. Puis le silence retombe, ainimé progressivement par le galop innombrable des rats qui déferlent. Mon wagon est recouvert par cette marée vivante, du moins offre-t-il un abri aussi sûr qu'une cloche à plongeur. La lumière frisante du couchant fait étinceler un faux troupeau de moutons simulé par des bottes de laine de verre semées sur le versant de la colline voisine. Pourquoi ne pas en convenir ? L'étrangeté et l'horreur de ma situation m'enivrent d'une joie orgueilleuse. N'importe quel hétéro jugerait qu'il faut être un saint ayant vocation au martyre — ou avoir assassiné père et mère — pour endurer de vivre comme je fais. Triste cloporte ! Et la force alors ? Et le sentiment exaltant de ma singularité ? A quelques mètres de ma fenêtre un matelas éventré perdant sa laine par cent déchirures est secoué d'une manière de hoquet chaque fois que l'une d'elles éjacule un rat. Ils sortent généralement par séries de trois ou quatre — et le spectacle est d'un comique croissant, car il est bien clair que toutes ces bestioles ne pouvaient pas se trouver ensemble dans le matelas. Involontairement, on cherche le truc, le tour de passe-passe.

Je suis fait d'un alliage d'acier et d'hélium, absolument inaltérable, incassable, inoxydable. Ou plutôt, hélas, j'étais fait... Car ce petit crevé de Daniel a infecté d'humanité l'ange de lumière. La passion de pitié qu'il m'a inoculée continue à me ronger le cœur. C'était quand je le regardais dormir que je l'aimais le mieux — et cela seul trahit la qualité douteuse de mon sentiment pour lui, car l'amour fort et sain suppose, je crois, la lucidité réciproque et l'échange consenti. Je m'éveillais au cœur de la nuit et j'allais m'asseoir dans le grand fauteuil Voltaire qui était au chevet de son lit. J'écoutais son souffle régulier, ses soupirs, ses remuements, toute cette activité de la petite usine à sommeil qu'il était devenu. Les paroles indistinctes qui s'échappaient parfois de ses lèvres appartenaient, pensais-je, à une langue secrète et universelle à la fois, la langue fossile que parlaient tous les hommes avant la civilisation. Vie mystérieuse du dormeur, proche de la démence, laquelle devient patente dans le somnambulisme. J'allumais une bougie placée en l'attente de mes visites sur la table de nuit. Il connaissait évidemment ce manège nocturne. Le matin, il aurait pu apprendre combien de fois j'étais descendu près de lui en comptant les allumettes brûlées, combien de temps j'étais resté au total en mesurant la diminution de la bougie. Il s'en foutait. Moi, je n'aurais pas toléré d'être ainsi pris en traître. C'est que je sais — mais qu'il ignorait — de quelle ardente vigilance je couvais son sommeil en ces minutes fiévreuses. Incube, mon frère, succube, ma sœur, petits démons lubriques et sournois, comme je vous comprends d'attendre que le sommeil vous livre nus et inconscients les hommes et les femmes que vous convoitez !

...

J'ai dû dormir quelques heures. La lune s'est levée sur mon paysage lunaire. Ces nuages translucides et effilés comme des lames de cristal qui frôlent le bord inférieur du disque laiteux annoncent sans doute le mistral. Il a pour vertu de rendre furieuse ma gentille faune de poil comme de plume, m'ont assuré les trimards. Les collines blanches, pailletées et scintillantes ondulent à perte de vue. Parfois un lambeau de tapis grisâtre aux contours mouvants se détache du flanc de l'une d'elles et glisse dans un vallon, ou au contraire jaillit des profondeurs obscures et se pose sur un sommet : une horde de rats.

Le visage de Daniel. Ses joues creuses et blêmes, sa mèche noire, ses lèvres un peu trop éversées... L'amour parfait — la parfaite fusion du désir physique et de la tendresse — trouve sa pierre de touche, son infaillible symptôme dans ce phénomène assez rare : *le désir physique inspiré par le visage.* Quand un visage se charge à mes yeux de plus d'érotisme que tout le reste du corps... c'est cela l'amour. Je sais maintenant que le visage est en vérité la partie la plus érotique du corps humain. Que les vraies parties sexuelles de l'homme sont sa bouche, son nez, ses yeux surtout. Que l'amour vrai se signale par une montée de sève le long du corps — comme dans un arbre au printemps — qui mêle le foutre à la salive de la bouche, aux larmes des yeux, à la sueur du front. Mais dans le cas de Daniel, l'infecte pitié qu'il m'inspire — malgré lui, malgré moi — introduit sa paille dans ce métal si pur. Coloré par la santé, animé par le bonheur, il faut convenir qu'il perdrait pour moi tout son charme empoisonné.

...

Encore une ou deux heures d'assoupissement. Cette fois, j'ai été réveillé par un choc contre mon wagon. Une poussée soudaine et violente qui a ébranlé la longue carcasse posée sur ses deux boggies sans roues. Coup d'œil par la fenêtre. Les collines sont empanachées par des tourbillons de papiers et d'emballages. Le mistral. Nouvelle ruée invisible contre mon wagon qui gémit avec la voix qu'il avait lorsqu'il s'ébranlait lentement dans une gare. Sam est visiblement inquiet. A-t-il remarqué comme moi les tapis de rats qui roulent maintenant sur les pentes de toutes les collines ? On les croirait possédés par une folie furieuse. Est-ce l'effet des rafales de plus en plus brutales qui secouent notre wagon et font monter haut dans le ciel des trombes d'oms ? Je songe aux dunes de sable lentement déplacées par le vent — et comme grain par grain. Les blanches collines de Miramas sont-elles aussi errantes ? Cela expliquerait la panique des rats dont toutes les galeries seraient alors bouleversées. Par les fenêtres nord du wagon on ne peut plus rien voir parce que des amas d'oms apportés par le vent les obstruent, comme feraient des congères. Une angoisse me prend en songeant que si les collines se promènent, nous pourrions nous trouver recouverts, ensevelis par l'une d'elles. J'ai beau avoir des nerfs et de l'estomac, je commence à trouver ce séjour malsain. Si je m'écoutais, je saisirais le premier prétexte pour aller traîner mes guêtres en des lieux plus hospitaliers. Pas vrai, Sam ?

On ne serait pas mieux ailleurs ? J'attendais des oreilles couchées, un coup de langue en direction de ma figure, une queue battant allegro. Mais non, il lève vers moi un regard éploré et piétine sur place. Ce chien est malade d'angoisse.

Un prétexte pour sortir ? J'ai mieux que cela tout à coup ! Une raison impérieuse, une obligation absolue ! Entre deux rafales d'oms volantes qui me bouchent incessamment la vue en nuages hétéroclites, j'ai aperçu une silhouette, là-bas, très loin, au sommet d'une colline. Un bras se levait comme pour un appel, un appel au secours peut-être. Je mesure l'horreur d'être perdu ainsi dans la lumière livide de l'aube, au milieu des bourrades du mistral, du bombardement des oms, et surtout, surtout des noirs bataillons des gaspards ! Sortir. J'ouvre une porte. Trois rats surpris — comme s'ils espionnaient ce que je fais à l'intérieur — me regardent avec méfiance de leurs petits yeux roses. Je referme brutalement.

D'abord Sam restera ici. Il n'a que faire dehors avec moi. Ensuite il faut que je trouve une protection contre les morsures de rats, bien qu'on affirme qu'ils sont inoffensifs aussi longtemps qu'on ne saigne pas. Mais suis-je bien sûr de ne pas saigner ? En vérité, il me faudrait une armure, surtout pour mes jambes. Faute de quoi, j'enfile une salopette de mécanicien qui traînait dans le wagon. Et j'ai l'idée de m'enduire les chaussures, les jambes et jusqu'aux fesses et au ventre de cette pâte mortifère que les gaspards paraissent avoir en abomination. Cela prend du temps. Je songe aux mémés sur les plages qui se graissent la peau avec des huiles solaires nauséabondes. Moi, c'est pour un bain de lune et d'ordures que je m'administre cette extrême-onction d'un genre nouveau.

D'une voix péremptoire, j'ordonne à Sam de ne pas bouger. Il se couche sans résistance. Je me glisse dehors. Les trois rats de tout à l'heure reculent devant mes pieds menaçants. La pâte mortifère fait merveille. En revanche, un cageot lancé à la vitesse d'un boulet de canon m'atteint en pleine poitrine. S'il m'avait touché à la face, j'allais au tapis pour le compte. Gare au bombardement, et surtout ne pas saigner ! Je regrette les masques et les plastrons d'escrime de la salle d'armes des Fleurets. J'avance lentement, lourdement, en m'appuyant sur un bâton qui me servira éventuellement d'arme. Pas un nuage dans le ciel pâle qui commence à rosir vers le levant. C'est le ciel de Seigneur Mistral, sec, pur, froid comme un miroir de glace sur lequel glissent de terribles bourrasques. Je mets le pied dans un nid de serpents bruns à grosse tête ronde et verdâtre qui se transforme, à y regarder de plus près, en un écheveau de bandages herniaires terminés par leur pelote de crin. Je passe sous un abrupt d'immondices en hâtant le pas instinctivement. Heureuse précaution, car je le vois s'effondrer derrière moi en libérant une fourmilière de gaspards affolés et furieux. Je chemine dans les vallons parce que le vent et les projectiles y sont moins redoutables, seulement les rats ont les mêmes raisons d'en faire autant, et je vois parfois un tapis galopant se diviser devant mes pas pour se refermer ensuite derrière moi. Mais je suis bien obligé d'escalader une colline pour m'orienter. Coup d'œil en arrière. Le wagon disparaît à moitié sous les oms dont il barre la course folle. J'en arrive à me demander s'il ne va pas être enlisé, enseveli, et sa forme oblongue jetée un peu de guingois évoque en effet de loin un grand cercueil dans la neige. Sam. Il faut que je me dépêche et que je le sorte de là. Devant moi la plaine mamelonnée qui s'étend à perte de vue est parcourue par des cavaleries échevelées d'immondices qui chargent toutes vers le sud. Je crois repérer le sommet où j'ai vu s'agiter puis disparaître une silhouette humaine. En avant ! Je dévale. Ma jambe droite s'enfonce dans une crevasse, et me voilà allongé et frétillant dans un lit de boîtes de conserves. Des écorchures, mais pas de sang. Seulement je ne me relève pas assez vite pour n'être pas recouvert par un flot de rats qui galopent en direction opposée. Je ne bouge pas de peur d'en coincer ou d'en blesser un ou deux qui se défendraient à belles dents. Allons, debout, marchons, marchons ! J'escalade la dernière colline semée d'une quantité de petits objets de laine, des vêtements pourris de bébé, toute une layette de mort-né déterré. Je domine enfin une sorte de cratère. L'horreur de ce que je découvre est indicible.

Depuis un mois que je suis ici, j'ai vu beaucoup de rats. Jamais en foule aussi compacte, agités d'une frénésie aussi furieuse. Ils tournoient comme un liquide noir et visqueux au fond et sur les bords de l'entonnoir. Le centre de ce tourbillon, c'est une forme humaine, étendue sur le ventre, les bras en croix. Le crâne est déjà à vif avec cependant des touffes de cheveux sombres à demi arrachées. Ce dos étroit, maigre, cette échine à coups de bâton… je n'ai pas besoin d'en voir davantage pour savoir. Daniel ! Ce qui n'était qu'une hypothèse clandestine devient une certitude torturante. Il est venu vers moi. Il s'est perdu. Comment est-il tombé ? Comme pour me répondre, une bourrasque me fait chanceler au bord du cratère, immédiatement suivie par un furieux assaut de caisses et de paniers vides. Et lui fatalement, il devait saigner, il était condamné à saigner. Descendre dans ce chaudron de sorcière ? Il le faut, il le faudrait ! Peut-être peut-on encore quelque chose pour lui ? Mais vraiment le cœur me manque. J'hésite, mais je rassemble mon courage. Je vais y aller, je vais plonger dans cette horreur. Et puis, c'est la rémission : le double coup de sifflet des deux trains qui se croisent là-bas dans la plaine. Les rats vont refluer. Ils refluent déjà. Les noirs bataillons aux cent mille pattes font retraite. Non, je ne les vois pas fuir, s'éloigner. Ils disparaissent, on ne sait comment. Le liquide visqueux semble bu par l'épaisseur blanche du sol. J'attends en toute bonne conscience maintenant. Patience, petit Daniel, j'arrive, j'arrive ! Encore une minute et les derniers gaspards s'en iront.

Je fais un saut dans le vide et je me reçois sur une pente assez raide. Le terrain se dérobe sous mes pieds. Éboulement, avalanche. C'est ce qui a dû se produire pour Daniel. J'atterris près de lui, les quatre fers en l'air, dans un vaste déballage de pansements sanieux et de fioles vides, les déjections d'un hôpital sans doute. N'y pensons plus. Daniel est là, à mes pieds. Les blessures infligées par les rats sont bien pires que je ne pouvais en juger de loin. On dirait qu'ils se sont attaqués à la nuque avec prédilection. Elle est profondément entaillée, comme par un coup de hache, comme par un coup de scie, une scie à plusieurs millions de minuscules dents déchiqueteuses, si profondément que la tête tient à peine encore au tronc et qu'elle bascule en arrière quand je retourne le corps du bout de ma chaussure. Ils se sont aussi acharnés sur le sexe. La nuque et le sexe. Pourquoi ? Le bas du ventre, seul dénudé, n'est qu'une plaie sanglante. Je m'absorbe dans la contemplation de ce pauvre mannequin désarticulé qui n'a plus d'humain que l'obscénité des cadavres. Ma méditation n'est pas une réflexion subtile et construite, c'est un silence hébété, une immobilité abrutie dans le calme étrange de ce trou. Mon pauvre cerveau assommé n'est capable que d'une seule question, très simple, très concrète : la chaînette d'or, la médaille de la Sainte Vierge ? Où sont-elles ? Là-haut les rafales rabotent les bords du cratère et y font basculer des paquets d'immondices. Ici-bas, on a la paix des profondeurs. La ruah... Le vent chargé d'esprit... Le vent des ailes de la blanche colombe symbole du sexe et de la parole... Pourquoi faut-il que la Vérité ne se présente jamais à moi que sous un déguisement hideux et grotesque ? Qu'y a-t-il donc en moi qui appelle toujours le masque et la grimace ?

Depuis quelques secondes j'observais un gros rat blanc qui s'essouflait à remonter la pente du cratère. Est-ce pour avoir dévoré le sexe de Daniel qu'il était devenu si lourd ? Qui parlait de pure et symbolique colombe ? Un météore de plumes et de griffes vient de fondre sur le gros rat. Courageusement il fait face, couche ses petites oreilles, découvre une rangée de crocs fins comme des aiguilles. Le goéland hérissé, rendu immense par ses ailes déployées, siffle furieusement vers lui, mais demeure à une distance prudente. Je sais d'expérience que le combat tournerait contre les apparences à l'avantage du rat, mais qu'il n'aura pas lieu. Le rat est braqué, immobilisé, tendu vers son adversaire. C'est prévu, attendu. Un autre goéland fond sur lui, le couvre un instant de ses ailes et rebondit vers le ciel. Le rat s'agite sur le sol la nuque tranchée net. La même mort que Daniel. Et le premier oiseau l'achève, le secoue, le lance en l'air comme une chiffe sanglante.

Une clameur lointaine parvient jusqu'à moi. Je lève les yeux vers le ciel rond que découpe le cratère. Une trombe argentée y ondule majestueusement, s'étire, se rassemble au moment où elle va se disjoindre, grossit à une vitesse menaçante. Les goélands, des milliers, des dizaines de milliers de goélands ! Fuir avant que mon corps déchiqueté n'aille rejoindre celui d'un rat. Dani... Je me penche une dernière fois sur ce que fut son visage, sur ses orbites vidées de leurs yeux, sur ses joues dont les déchirures laissent paraître des dents, sur ses oreilles... Un éclat nacré à côté de ce masque d'épouvante. Je me baisse. La boucle d'oreille, la perle philippine dont je possède la sœur jumelle. Petit Daniel l'avait mise pour venir à moi ! Et je me demande même si ce n'est pas cette boucle magique qui l'a tiré vers mon wagon, par l'oreille, comme un écolier indocile. Les goélands pleuvent maintenant de tous côtés. Fuir... fuir...

P.-S. — Tu savais, toi, Dani, que ce visage dur, tendu, aride que je fais aux autres n'est pas mon vrai visage. Il est seulement enténébré par la solitude et l'exil. Ainsi en est-il lorsque mon visage est nu et mon corps habillé. Qui ne m'a jamais vu entièrement nu ne connaît pas mon vrai visage. Car alors la présence chaleureuse de mon corps le rassure, l'adoucit, le restitue à sa bonté naturelle. Je me demande même si le désir n'est pas une certaine folie, la folie particulière provoquée par cet exil, la folie errante d'un visage dépossédé de son corps. C'est parce qu'il est orphelin de mon corps que mon visage cherche avidement, chasse âprement le corps d'un autre. C'est parce qu'il est seul, nu et effrayé au sommet d'un mannequin de vêtements qu'il exige le creux d'une épaule pour son front, le creux d'une aisselle pour son nez, le creux d'un pubis pour sa bouche.

Qui ne m'a pas vu quand je jouis ne connaît pas mon vrai visage. Car alors la cendre qui le couvre rougeoie et brûle, ses yeux de poisson mort s'allument comme des lanternes, sa bouche sans lèvres s'ourle de chair vermeille, tout un cinéma d'images en couleurs défile sur son front…

Ces deux secrets et quelques autres sont morts avec toi, Dani…

*

Ne voyant arriver aucun de mes trimards, j'ai d'abord cru que c'était le mistral qui les avait découragés, hypothèse peu vraisemblable, mais je ne parvenais à imaginer rien d'autre. Je me suis rendu avec Sam à Entressen où nous sommes arrivés avant midi. Ce fut pour apprendre que la mobilisation générale avait été décrétée la veille et que la guerre allait éclater d'une heure à l'autre. Je me suis rendu à la gendarmerie pour faire état de la découverte d'un cadavre dans les collines blanches. Personne n'a voulu m'écouter. Avec une mobilisation sur les bras, on avait d'autres chats à fouetter ! Dans les collines blanches ? C'est un coin où les gendarmes ne s'aventurent pas. Terre de hors-la-loi. Le cadavre, celui d'un biffin ou d'un chineur, d'un boueux ou d'un trimard, sans doute. Règlement de compte entre Arabes, Piémontais ou Corses. J'ai bien compris que nous ne faisions pas partie de la société, et je me suis félicité de n'être pas mobilisable. Qu'ils s'étripent donc entre eux, ces citoyens honorables et hétérosexuels. Nous autres, les marginaux, nous compterons les coups.

J'ai sifflé Sam, et je me suis dirigé vers la gare. Le train pour Lyon. Ensuite Fontainebleau, Saint-Escobille. Je serai là sur mon terrain et en même temps aux portes de Paris. Aux premières loges pour voir venir...

CHAPITRE X

LES CHAUSSONS AMANDINOIS

L'une des principales raisons d'être des guerres est à coup sûr de mettre les hommes en vacances. Le temps du service militaire lui-même a bien du charme dans leur souvenir. Entre la fin des études et le début de la carrière, il constitue une parenthèse de loisirs forcés, consacrés à des tâches totalement nouvelles et inutiles, dominés par des règles de discipline artificielles et saugrenues qui tiennent lieu de morale et de bienséance, mais surtout débarrassés de tout sentiment de responsabilité et de tout souci de prévoyance. Edouard n'avait que des souvenirs heureux de ces grandes vacances qui s'étaient situées pour lui à la fin de l'année 1918 et qu'avait illuminées l'explosion du 11 novembre. Frais émoulu des casernes rennaises, il avait fait sonner sur l'asphalte parisien ses brodequins de vainqueur sans combat et avait joui en bon compagnon et en beau petit gars à l'argent facile de la chaude sympathie des hommes et des femmes.

Mais la guerre faisait mieux que lui rendre une part de cette jeunesse disponible et légère. Elle ne balayait pas seulement les soucis que lui donnaient les Pierres Sonnantes, Florence et Maria-Barbara. Elle l'emplissait d'une exaltation heureuse, d'un enthousiasme un peu ivre, où se mêlaient curieusement le goût de vivre et le pressentiment — presque le vœu — d'une mort prochaine. A l'urgence des devoirs simples que lui dictait son patriotisme s'ajoutait une aspiration au sacrifice qui satisfaisait secrètement son amertume et sa fatigue de vivre. Son âge, sa santé médiocre, ses charges familiales l'auraient dispensé du service armé. Il intrigua par le canal de relations qu'il avait au ministère de la Guerre pour être admis comme volontaire.

Le 15 septembre, il était incorporé à Rennes avec le grade de capitaine dans le 27e régiment d'infanterie qui prenait position dix jours plus tard sur la frontière belge. Là commença pour lui — et pour quelques millions d'autres — la longue attente hivernale de la « drôle de guerre ».

La région était importante en raison de l'éventualité d'une ruée allemande à travers la Belgique, et des effectifs nombreux y stationnaient. Mais ils n'avaient en face d'eux, de l'autre côté de la frontière, que des populations amies, et les troupes étaient réduites à mener la vie d'une garnison paisible et insouciante. Les établissements publics de Saint-Amand, qui avaient fermé après le départ précipité des curistes dès la déclaration de la guerre, rouvrirent leurs portes les uns après les autres devant l'afflux d'une clientèle en uniforme aussi nombreuse et plus disponible encore que la civile.

La tour de l'église transformée en musée campanaire fut en premier rendue au public, des compagnies entières de troufions hilares auxquels les cloches inspiraient d'inusables plaisanteries. Puis ce furent les cinémas, les courts de tennis, la salle de l'harmonie municipale où la clique du régiment jouait des ouvertures de Massenet, Chabrier, Léo Delibes et Charles Lecocq. Les officiers allaient tirer le lièvre sur le plateau de la Pévèle et le sanglier dans la forêt de Raismes.

Edouard avait le sentiment de vivre un bonheur irréel, tant il était léger et libéré des sujétions de la vie triviale. Maria-Barbara, ses enfants, Florence étaient à leur juste place, à l'arrière, en sécurité. Les questions, les doutes, les angoisses qui avaient assombri ses dernières années, cette approche d'un vieillissement qui s'annonçait mal, la guerre les avait suspendus pour longtemps, pour toujours peut-être. Il avait une belle chambre à l'Auberge Bleue, sur le bord de la Scarpe — tellement qu'il aurait pu pêcher la truite de sa fenêtre. A quelques mètres de là, chez un boulanger à l'enseigne du Croissant Doré, il avait remarqué une vendeuse superbe dont il avait entrepris la conquête. Elle s'appelait Angelica — Angi pour les familiers —, elle était très grande, très droite et très blonde, et elle sentait bon la brioche et le *chausson amandinois,* une spécialité-maison réputée. La cour d'Edouard passa d'abord par une phase pâtissière consistant en des achats biquotidiens de chaussons. Mais il fut vite rassasié de cette pâte flamande, lourdement enrichie d'amandes pilées et parfumée à la cannelle, et il se mit à distribuer ses acquisitions à tous les enfants qu'il rencontrait. Sa réputation de bizarrerie commençait à se répandre dans le quartier quand la belle Angelica mit fin au manège en acceptant de l'accompagner au bal qui devait suivre une représentation donnée par le Théâtre aux Armées de *La Surprise de l'amour* de Marivaux. Elle manifesta ensuite un inébranlable bon sens en refusant de prolonger encore cette soirée avec lui : le lendemain, jour des chaussons, son travail commençait à six heures au Croissant Doré. Mais deux jours plus tard, Edouard apprenait les ressources de ce grand corps vigoureux et gauche aux réactions puissantes et prolongées après un allumage il est vrai assez lent.

Situés à trois kilomètres à l'est de la ville, à l'orée de la forêt de Raismes, le casino et l'établissement thermal, après un bref passage à vide, connaissaient une activité de pleine saison. L'inaction faisait des douches, bains et massages une diversion dont profitaient officiers, sous-officiers et hommes de troupe. Edouard qui souffrait de douleurs dans les reins accepta pour la première fois à la faveur de la « drôle de guerre » de se soigner. Après avoir tâté des douches d'eau minérale radio-active qui jaillissait à 26°, il se décida à l'approche des premiers froids à faire l'expérience des bains de boue devant laquelle il avait reculé jusque-là.

Il mettait son hésitation sur le compte d'une répugnance bien naturelle en face de cette plongée dans une matière semi-liquide, limoneuse et chargée de maléfices chimiques. L'expérience lui apprit qu'il s'agissait de tout autre chose, d'une signification et d'une profondeur beaucoup plus inquiétantes. Lorsqu'il se trouva plongé jusqu'au menton dans cette masse chaude, tremblotante, d'un brun veiné de traînées vertes, d'où montaient des effluves sulfureux et ferrugineux, ses regards tombèrent sur les parois et les bords de la baignoire de fonte brute, comme sur le seul recours solide, le rempart, la planche de salut — auxquels d'ailleurs il se cramponnait des deux mains. Or cette fonte était elle-même rongée, tavelée, corrodée par les sulfates, les chlorures et les bicarbonates qu'on y déversait. N'était-ce pas l'image d'un cercueil condamné à tourner en poussière en même temps que le cadavre qu'il contient ? Bien qu'il fût peu enclin à la méditation philosophique, Edouard se sentit tomber pendant les longues minutes solitaires du bain de boue dans une rumination funèbre à laquelle les vapeurs méphitiques prêtaient un tour infernal. Le bonheur aérien dans lequel il flottait depuis son arrivée à Saint-Amand-les-Eaux tenait certes à la rupture des chaînes familiales, sentimentales, professionnelles qui n'avaient cessé de s'alourdir d'année en année et qui finissaient par l'étouffer. Mais cette libération n'était pas sans rapport avec l'état de nudité auquel l'extrême vieillesse, puis l'agonie réduisent un homme avant de le faire glisser dans l'au-delà. Bref, Edouard croyait reconnaître la joie ailée qui nimbe parfois les moribonds lorsque leur corps a renoncé à lutter contre la maladie, cette rémission heureuse qui peut faire croire à un mieux soudain et qui n'est que le parvis de la mort. Un pressentiment qu'il avait éprouvé lors de la déclaration de la guerre lui revint avec une totale clarté : il allait mourir. La guerre lui apporterait cette fin prématurée — à la fois propre, digne de lui, impeccable, sinon héroïque — qui lui épargnerait la déchéance de la vieillesse. Dès lors, les bains de boue devinrent autant d'exercices spirituels, des séances de recueillement et de réflexion, expérience toute nouvelle pour lui, réjouissante et un peu effrayante en même temps.

C'est ainsi qu'une suite d'images et d'idées flottant sur ce qu'il appelait par-devers lui son « bain d'au-delà » le surprit par son tour original et grave. Il se souvint que le limon avait été la matière première dans laquelle l'homme avait été façonné par Dieu, et que par conséquent l'ultime aboutissement de la vie rejoignait ses origines absolues. Que ce point de départ et d'arrivée de la grande aventure vitale fût une chose malpropre et généralement méprisée le remplissait d'étonnement, et il se prenait à songer à son frère Alexandre devenu malgré lui éboueur, brasseur de ce qu'il y a de plus vil et de plus rebutant dans la société, les déchets urbains, les ordures ménagères. Il voyait soudain le dandy des gadoues avec d'autres yeux. Ce jeune frère hostile et secret qui n'émergeait des jupes de sa mère que pour se lancer dans des expéditions malsaines, il avait toujours nourri à son égard un mélange de mépris et de crainte. Devenu père de famille, il avait tenu à l'écart cet oncle scandaleux dont l'exemple — voire les entreprises — était pour ses enfants un danger. Plus tard, la mort de Gustave et le problème de sa succession avaient donné lieu à ce complot familial visant à placer la direction de la S.E.D.O.M.U. sur les épaules de cet oisif débauché. Certes Edouard s'était tenu à distance — autant qu'il était possible — de ces manœuvres et tractations. Mais dans cette réserve quelle était la part de l'égoïsme et celle de la discrétion ? Et finalement n'était-ce pas affreux d'avoir poussé Alexandre vers un métier, vers un milieu, dans ces confins orduriers de la civilisation qui avaient le plus de chance de favoriser ses mauvais penchants ? Edouard, Edouard, qu'as-tu fait de ton petit frère ? Il se promit de tenter quelque chose pour lui si l'occasion s'en présentait, mais se présenterait-elle ? Alexandre, l'homme des rebuts, rebut lui-même, rebut vivant... Edouard, baigné de boue, pensa vaguement à d'autres rebuts vivants qui entouraient ses enfants, ceux-là, les innocents de Sainte-Brigitte.

Etait-ce parce qu'il allait mourir ? Dans les vapeurs sulfureuses de ses bains de boue, des épisodes entiers de son passé lui revenaient avec une vivacité intense.

Novembre 1918. Il avait vingt et un ans. Mobilisé depuis trois mois, il avait eu tout juste le temps de s'habituer à son uniforme de 2e classe quand l'armistice fut signé. Il se trouvait justement à Paris où il était venu embrasser sa mère et son jeune frère avant de subir une formation accélérée à l'arrière du front. La nouvelle éclata comme une bombe, une bombe chargée de confettis, de serpentins et de chocolats. Edouard était si joli dans son uniforme neuf — les mollets saillants dans ses bandes molletières, la taille bien prise par le ceinturon, la moustachette insolente dans son visage frais, aux joues rondes encore enfantines, propre comme s'il sortait d'une boîte — si conforme aux rêves des civils évoquant « nos petits soldats » qu'il fut aussitôt entouré par la foule, fêté, acclamé, porté en triomphe, élu comme mascotte, comme symbole de la victoire, lui qui n'avait jamais entendu un seul coup de fusil. Il accepta de bonne grâce dans la folie générale, but à vingt tables, dansa dans les bals qui s'improvisaient au coin de chaque rue, et s'effondra aux premières lueurs du jour dans un hôtel borgne, entre deux filles. Il resta six mois avec celle de gauche — le temps qu'il attendit sa démobilisation. C'était une petite brune boulotte, manucure de son métier, à la langue bien pendue, qui — ayant appris dès la première heure les maigres états de service d'Edouard — le présenta partout comme « mon troufion qu'a gagné la guerre ». Il se laissait soigner, dorloter — elle lui faisait les mains —, entretenir avec la conscience tranquille du guerrier au repos. Au printemps, il dut rendre son uniforme. La guerre était finie. Les choses ennuyeuses commençaient.

— Au fond, soupirait Edouard en remuant doucement les jambes dans la masse visqueuse qui l'enveloppait, j'aurais dû embrasser la carrière militaire.

Septembre 1920. Son mariage avec Maria-Barbara. L'affluence était grande en l'église de Notre-Dame du Guildo, car on était venu de loin pour voir le nouveau maître des Pierres Sonnantes et pour faire honneur à Maria-Barbara. Elle était veuve et mère, mais ce premier mariage, cette première maternité avaient achevé l'épanouissement qui convenait à son genre de beauté. Quel couple éclatant de santé et de jeunesse ils formaient ! C'était l'union de deux grandes fleurs, de deux divinités, de deux allégories, la Beauté et la Force, ou bien la Sagesse et le Courage. Une évidence avait frappé plus d'un invité : comme ils se ressemblent ! On dirait le frère et la sœur ! Or justement, ils ne se ressemblaient pas, ils n'avaient pas un trait commun, elle très brune avec un front étroit, de grands yeux verts, la bouche petite mais charnue, lui châtain très clair, un ancien enfant blond, le front haut, la bouche sinueuse, et au total un air de jactance naïve, alors que Maria-Barbara donnait une impression de retenue attentive et accueillante. Mais leur fausse ressemblance provenait du bonheur confiant, de la joie silencieuse dont ils rayonnaient également et qui les enveloppaient comme un seul être.

Le frère et la sœur, vraiment ? Le soir dans leur chambre de jeunes mariés ils avaient ri en évoquant cette réflexion saugrenue qu'ils avaient entendue plus d'une fois dans la journée. Depuis six mois qu'ils se connaissaient, ils avaient de bien curieux rapports pour des frère et sœur ! Pourtant, la lumière éteinte, chacun couché sur le dos dans les lits jumeaux, ils s'étaient pris simplement la main, et ils étaient demeurés silencieux, les yeux fixés au plafond, saisis par la gravité et la profondeur de l'écho que cette idée de fraternité éveillait maintenant en eux. Le mariage ne créait-il pas une sorte de parenté entre les époux, et puisqu'il s'agissait de deux êtres appartenant à la même génération, cette parenté n'était-elle pas analogue à celle qui unit un frère et une sœur ? Et si le mariage entre frère et sœur réels est interdit, n'est-ce pas justement parce qu'il est absurde de prétendre créer par institution et sacrement ce qui existe déjà en fait ?

Cette fraternité incorporelle, ils la sentaient planer sur leur union comme un idéal, peser sur elle comme une obligation, et si elle était un gage de fidélité et d'éternelle jeunesse, elle impliquait aussi l'immobilité, l'équilibre parfait, la stérilité. Et c'est ainsi qu'ils avaient passé leur nuit de noces sans bouger, glissant dans le sommeil côte à côte, la main dans la main.

Le lendemain ils partaient en voyage de noces,

pour Venise bien sûr, car telle était la tradition de la famille Surin. Mais ce fut à Vérone, où ils allèrent en excursion, qu'ils devaient retrouver une allusion à cet idéal étrange des amants fraternels. L'orchestre et les chanteurs de la Scala de Milan y donnaient une représentation exceptionnelle de la symphonie dramatique d'Hector Berlioz, *Roméo et Juliette.* Plus encore que Tristan et Iseut, les fiancés de Vérone s'écartent de l'image du couple conjugal réel dont ils constituent pourtant l'un des principaux modèles. Ce sont des enfants — il a quinze ans, elle en a quatorze — et d'ailleurs il est tout à fait inconcevable qu'ils fondent une famille et deviennent papa et maman. Leur amour est absolu, éternel, immuable. Roméo ne peut pas plus se lasser de Juliette que Juliette ne peut tromper Roméo. Mais ils baignent dans un milieu voué à toutes les vicissitudes de la société et de l'histoire. L'absolu est la proie de la corruption, l'éternité de l'altération. Leur mort découle fatalement de cette contradiction.

Or c'était bien l'image d'un jeune frère et de sa petite sœur qu'Edouard avait entrevue superposée à celle de ces impossibles époux. Et il avait découvert — de l'extérieur cette fois — cette ressemblance paradoxale, telle que les gens de Notre-Dame du Guildo l'avaient vue entre Maria-Barbara et lui-même qui se ressemblaient en fait si peu. Roméo et Juliette eux aussi étaient fort dissemblables si l'on voulait bien détailler leur visage et leur silhouette, mais ils se rapprochaient par une affinité profonde, une ressemblance secrète qui imposait le soupçon qu'ils fussent frère et sœur. En somme, un couple lié par une passion absolue, immuable, inaltérable, suspendue dans un éternel présent revêt forcément la forme fraternelle.

Forme fugitive à coup sûr dans son cas, et qui dura l'espace d'un voyage en Italie. Car Maria-Barbara à peine revenue aux Pierres Sonnantes se déclarait enceinte et ne devait plus cesser de l'être pendant les onze années qui suivirent. Il était bien loin, bien oublié, le petit couple stérile et fraternel entrevu dans les arènes de Vérone un soir de septembre 1920 !

Ces grossesses en série devaient s'enchaîner jusqu'en 1931, année de la naissance des jumeaux Jean et Paul. Par un curieux caprice de la nature, Maria-Barbara ne devait plus se trouver enceinte après cette naissance gémellaire, et personne ne put jamais lui enlever tout à fait le soupçon qu'elle avait été stérilisée à la faveur d'une brève anesthésie nécessitée par l'accouchement.

A travers les fumées radioactives de son bain, Edouard se plaisait maintenant à rapprocher le couple des jumeaux et les fiancés de Vérone. Maria-Barbara et lui avaient manqué — par absence flagrante de vocation — l'invitation à l'absolu qui leur avait été faite ce soir-là par la musique de Berlioz. Ne pouvait-on pas imaginer qu'ils avaient réparé leur défaillance en mettant au monde onze ans plus tard ces deux enfants ? Mais alors qu'eux-mêmes étaient demeurés très en deçà de l'idéal de Vérone, les jumeaux allaient très au-delà, fournissant du couple fraternel la version littérale, pure, originale, tellement que c'était maintenant Roméo et Juliette qui faisaient figure en comparaison de compromis et d'à-peu-près.

Sur un point de détail, l'affinité des deux couples s'enrichissait et s'entourait de mystère. Edouard avait été frappé, comme tous ceux qui approchaient Jean et Paul, par l'*éolien,* cette cryptophasie par laquelle ils communiquaient secrètement entre eux au milieu des voix sans secret de leur entourage. Or il se souvenait maintenant que, dans le *Roméo et Juliette* de Berlioz, les circonstances extérieures du drame sont seules exprimées par les chœurs, en paroles humaines, tandis que les sentiments intimes des deux fiancés ne sont évoqués que par la musique instrumentale. Ainsi dans la troisième partie, le tendre dialogue de Roméo et de Juliette est tout entier contenu dans un adagio où alternent les cordes et les bois.

Plus il y songeait, plus la comparaison de l'éolien avec une sorte de musique sans paroles lui paraissait éclairante, musique secrète, accordée au rythme du même courant vital, entendue par le seul frère-pareil, et à laquelle les autres ne comprennent rien, y cherchant vainement un vocabulaire et une syntaxe.

Octobre 1932. Au seuil de cet automne, Edouard fut obligé de prêter attention à quelques troubles de santé qu'il avait traités jusque-là par le mépris. Il avait beaucoup grossi depuis deux ans, et c'était peut-être ce poids superfétatoire qui expliquait ses essoufflements après un effort, ses coups de fatigue soudaine, son manque d'appétit de vivre. Mais il avait aussi à se plaindre de sa vue qui accusait une presbytie galopante, et ses gencives molles et ensanglantées par le brossage reculaient, laissant à nu la base de ses dents.

Après une timide allusion à une éventuelle consultation. Maria-Barbara renonça et n'en parla plus, et ce fut Méline qui d'autorité le traîna chez le médecin de Matignon. Il accepta en riant, pour faire plaisir aux femmes, dit-il, assuré d'avance qu'il se portait comme un charme et que le médecin lui trouverait nonobstant toutes les maladies du pauvre monde.

Il ne lui trouva qu'un diabète sucré, léger certes, mais préoccupant pour un homme de trente-cinq ans. Il ne fallait plus fumer, boire le moins possible d'alcool et s'efforcer de limiter ses repas fins. Edouard triompha : ses prévisions touchant cette inutile consultation étaient entièrement confirmées. Mais il ne se prêterait pas au processus qui par l'intervention d'un médecin, d'un pharmacien, d'une épouse attentive fait d'un homme normal un malade. Il ne changerait rien à sa vie. Certes de légers bobos se signalaient par-ci, par-là. Mais ils faisaient partie du paysage ordinaire de toute vie humaine, et la sagesse, c'était de les y laisser dispersés, indistincts, confondus, troublant certes le tableau dans sa masse, mais ne constituant pas ensemble un foyer morbide où leur virulence serait exaltée par leur combinaison cohérente.

Le rôle du médecin, c'était précisément de glaner le plus de petites défaillances et souffrances hétéroclites possible, de les ériger en symptômes, de les grouper en syndrome, et d'élever ainsi dans la vie d'un homme un monument à la douleur et à la mort, classé, dénommé, étiqueté, organisé. Certes cette activité instauratrice n'était en principe qu'une première phase. Il s'agissait de cerner la maladie, de la dresser comme une cible pour mieux l'abattre. Mais la plupart du temps, cette seconde phase destructrice échouait, et l'homme, élevé à la douteuse dignité de malade, restait seul en face de cette idole noire et verte, sa Maladie, qu'il n'avait plus que la ressource — faute de pouvoir l'abattre — de servir pour tenter de l'apaiser.

Edouard se refusait à ce jeu redoutable. A l'inverse du médecin, il s'efforçait toujours de noyer dans le flot de la vie quotidienne les émergences malsaines, les îlots insalubres qui se formaient dans sa vie par la force des choses. Il avait eu tort de céder aux femmes en faisant un premier pas dans la voie fatale. Il n'irait pas plus loin. Le mot même de *diabète* avait-il seulement effleuré son oreille ? En tout cas, il l'avait aussitôt oublié. Il avait d'un réflexe immédiat éjecté ce noyau d'un abcès de fixation qui se serait nourri des offrandes du corps provisoirement intact sur lequel il aurait fleuri.

Lissant sa moustachette du doigt avec un sourire ironique, il avait envoyé au diable ordonnance et recommandations, et à Maria-Barbara qui s'inquiétait du résultat de la consultation : « Ce n'était rien, comme prévu, avait-il répondu, un peu de fatigue, peut-être. » Et il avait repris le rythme de ses va-et-vient entre Paris et les Pierres Sonnantes.

*

L'hiver très précoce cette année fut coupé par des permissions de Noël si généreusement accordées, que Saint-Amand et sa région se vidèrent de troupes alliées comme sous le coup d'une démobilisation temporaire. Edouard se retrouva avec Maria-Barbara et les enfants autour de l'arbre de Noël auquel la guerre, semblait-il, ajoutait en éclat. Les innocents de Sainte-Brigitte réunis en chorale et en troupe théâtrale chantèrent des cantiques et mimèrent la merveilleuse aventure des Rois Mages venus d'Arabie Heureuse adorer le Messie. Pour la première fois depuis des lustres la neige couvrait la campagne et la côte bretonne d'une couche appréciable. Depuis son arrivée, Edouard voyait sa famille, sa maison, le pays avec une netteté irréelle qui tenait peut-être à une sorte d'immobilité insolite, comme si les êtres et les choses avaient été figés dans un instant, photographiés. Une photographie, oui, tel lui semblait ce monde si familier, une photographie ancienne qui demeure comme seule trace quand le temps a tout détruit. Et au centre la grande Maria-Barbara, toujours sereine dans cette foule d'enfants, les siens et les innocents, mère nourricière et adoptive, protectrice de tous les habitants des Pierres Sonnantes.

Edouard écourta son séjour pour pouvoir consacrer vingt-quatre heures à Florence. Il la retrouva égale à elle-même, ayant toute apparence de ne prendre au sérieux ni cette guerre, ni Edouard-soldat qui l'incarnait à ses yeux. S'accompagnant de sa guitare, elle lui chanta de sa voix grave des refrains de soldat, *La Madelon, Le Clairon, Sambre-et-Meuse,* tout un répertoire naïf et flambard, et elle donnait à ces vieilles marches pleines d'entrain et d'allant tant de douceur mélancolique qu'elles prenaient un charme funèbre, comme s'il ne s'agissait plus que d'un écho recueilli sur les lèvres des soldats mourants.

C'est avec soulagement qu'il réintégra ses quartiers

d'hiver amandinois et retrouva le grand corps blond et dru, fleurant le pain chaud, d'Angelica. Mais ses méditations thermales ayant repris leur fil, il en vint à comparer les trois femmes qui semblaient présider à son destin. Il avait souffert peu avant la guerre de voir diverger sa chair et son cœur, Maria-Barbara conservant toute sa tendresse, tandis que son désir ne s'adressait plus qu'à Florence. Ce divorce de ce qu'il appelait sa faim et sa soif ne ressemblait-il pas à une décomposition de l'amour et ne dégageait-il pas déjà une odeur de mort ? La guerre était venue pour le réconcilier avec lui-même, et lui avait offert cette Angi, ensemble désirable et touchante, excitante et rassurante. Mais ce don lui était tombé d'un ciel qui avait la grandeur triste et légère d'un vaste reposoir enveloppé d'odeurs fanées. Il allait mourir, et Angi était le cadeau d'adieu que lui faisait l'existence.

L'aspect photographique sous lequel lui étaient apparues les Pierres Sonnantes lors de sa permission de Noël et surtout les marches tristes chantées par Florence avaient été la preuve que le ciel solennel et guerrier de Saint-Amand s'étendait désormais sur toute sa vie, puisque ses trois femmes — mais aussi éventuellement ses amis, ses enfants — lui délivraient le même message, chacune à sa manière. Tout naturellement, c'était à Angelica que revenait dans cette pavane funèbre le rôle principal, originel.

Ce fut elle que la mort frappa en premier.

Le printemps 1940 avait éclaté en fanfare fleurie. Les arbres fruitiers et les champs céréaliers promettaient des récoltes superbes, si du moins un coup de gelée ne venait pas compromettre de si belles promesses. Un coup de gelée, ou tout autre coup…

Edouard était ce 10 mai à l'établissement thermal entre les mains d'une masseuse énergique, lorsque des grondements lointains, suivis du passage en tempête de quelques petits avions l'avertirent qu'il se passait quelque chose du côté de la ville.

Rhabillé en hâte il s'y précipita. Les nouvelles étaient graves. La guerre endormie venait de se réveiller, et le monstre tempêtait vers le nord. Exactement, les troupes allemandes fonçaient à travers les Pays-Bas, inaugurant une nouvelle technique de combat qui associait étroitement l'avion et le char. Une nuée de petits avions conçus pour les attaques en piqué, les Stuka, avait fait soudain son apparition dans le ciel de la Belgique et du nord de la France. L'effet visé était plus psychologique que matériel, et la poignée de bombes à laquelle Saint-Amand-les-Eaux avait eu droit n'avait fait que des dégâts légers.

La Belgique étant menacée, et le plan du G.Q.G. français prévoyant dans cette éventualité le passage de la frontière pour marcher au-devant de l'ennemi, tout le secteur était en turbulence. On attendait d'heure en heure un ordre de départ.

Ce ne fut que tard dans l'après-midi qu'Edouard apprit la nouvelle : une petite bombe explosive avait pulvérisé la boulangerie du Croissant Doré tuant le mitron et blessant grièvement Angelica. Les patrons étaient absents par hasard. Il se rendit immédiatement à son chevet, mais la reconnut à peine sous les pansements qui la casquaient. Elle mourut le lendemain matin, alors qu'il faisait route vers Tournai.

La capitulation des Pays-Bas le 15 mai, puis celle de la Belgique le 28, suivant l'occupation d'Arras le 23, de Boulogne le 24 et de Calais le 25 par le Corps

Kleist consacrèrent le morcellement des armées alliées en plusieurs tronçons qu'aucun effort ne put ressouder. Cependant que 340 000 hommes se battaient sur les plages de Dunkerque pour tenter de fuir par mer vers l'Angleterre, le 10e R.I. était encerclé à Lille avec les 4e et 5e corps d'armée.

Au cours de ces journées tragiques, Edouard se trouva étrangement libéré du pressentiment d'une mort imminente qui l'obsédait depuis le début de la guerre. Il mit d'abord ce changement sur le compte de l'urgence de la situation et des actions auxquelles il prit part. L'angoisse de la mort et la peur de mourir sont exclusives l'une de l'autre. La peur chasse l'angoisse comme le vent du nord balaie les nuées orageuses de l'été. La menace immédiate fouette le sang et appelle des réactions sans retard. Il lui fallut d'autres coups, d'autres chagrins pour comprendre qu'en vérité cette menace de mort qui rôdait autour de lui depuis des mois s'était épuisée en fondant sur Angelica, sacrifiée par le sort en ses lieu et place..

Le 18 mai, la prise de Chéreng lui offrit l'occasion de donner le meilleur de lui-même. Rejetées sur Tournai, les troupes françaises avaient franchi la frontière belge à Baisieux pour rejoindre la garnison de Lille. C'est alors que le Commandement fut avisé que des éléments ennemis impossibles à évaluer leur coupaient la voie, une fusillade ayant éclaté aux abords de Chéreng, deux kilomètres plus loin. Il ne fallait pas compter sur une intervention de l'aviation. Des éléments d'artillerie ne pourraient être mis en ligne avant plusieurs heures, alors que chaque minute comptait. Edouard obtint l'autorisation de tenter de forcer le passage à la tête de trois sections qui convergeraient vers le centre du bourg. Les hommes étaient tous bretons, et ce fut en breton qu'il leur expliqua l'action qui allait être tentée, en breton également qu'il les mena à l'assaut des premières maisons transformées en blockhaus par l'ennemi.

— *War raok paotred Breiz ! D'ar chomp evint ! Kroget e barz dalh ta krog !*

Quelle flamme ces cris éveillaient dans les yeux des petits gars de Quimperlé, de Morgat ou de Plouha lorsque leur chef les enlevant d'un geste les mena à l'assaut des lourdes fermes des Flandres qui crachaient le feu par leurs ouvertures minces comme des meutrières ! En moins d'une heure Chéreng était libéré et une cinquantaine d'Allemands faits prisonniers. Le lendemain, Edouard, proposé pour la Croix de guerre, entrait à Lille où les 4e et 5e corps d'armée étaient retranchés. Encerclés, ils devaient résister aux assauts de la Wehrmacht jusqu'à la fin de mai.

Fait prisonnier à Lille le 1er juin, Edouard fut acheminé avec des centaines de milliers de camarades vers les camps d'Aix-la-Chapelle, vastes centres de triage d'où les captifs français, belges, hollandais et anglais étaient distribués dans les Stalags et les Oflags du Reich, jusqu'au fond de la Prusse-Orientale. La belle ardeur que lui avaient insufflée les combats de mai s'était éteinte durant les mornes journées du siège de Lille. Les nouvelles désastreuses, sa capture, les vingt jours d'attente, de marches et de privations qui le menèrent à Aix achevèrent de l'épuiser. Dès la première inspection médicale, son état fut jugé alarmant. Il glissait lentement mais sûrement vers le coma insulinique. Deux mois plus tard, il faisait partie des très rares contingents de prisonniers libérés pour raison d'âge ou de santé.

CHAPITRE XI

LE TRAIN DE SAINT-ESCOBILLE

Alexandre

Paris, pompe aspirante et refoulante. Rien n'illustre mieux cette étrange fonction de la capitale que la vaste plaine à détritus de Saint-Escobille. Paris a fait le vide ici — et cette terre morte, stérilisée désertique, n'est plus animée lors d'un rare coup de vent que par le bond à grands battements d'ailes d'un volatile de papier. Quant au refoulement, il est assuré par une voie ferrée sur laquelle chaque matin arrivent jusqu'au centre du dépôt trente-cinq wagons d'ordures en provenance de la capitale. Miramas, ses collines argentées, ses goélands, ses bataillons de rats, son gros mistral — c'était un pays vivant, fermé sur lui-même, sans lien de dépendance évident avec Marseille. Saint-Escobille n'est en fait que l'ombre blanche de Paris, son image négative, et tandis que le P.L.M. traversait Miramas sans s'arrêter, le chemin de fer joue ici le rôle à la fois de chaîne d'esclavage et de cordon ombilical.

Ombre blanche, image négative, n'est-ce pas de *limbes* qu'il faudrait parler ? Ce mot vague, blême et diaphane qui mêle l'en deçà et l'au-delà de la vie convient assez bien, il me semble, à cette plaine sans visage et sans voix. Suis-je encore vivant ? Ce que j'ai identifié à Miramas comme le corps déchiqueté de Dani, n'était-ce pas en vérité mon propre cadavre rendu méconnaissable par les dents de la lune et les becs du soleil ? Nous sommes d'invétérés égoïstes, et quand nous croyons pleurer sur un autre, c'est sur nous-mêmes que nous nous apitoyons. Après la mort de ma mère, c'est le deuil de son petit garçon Alexandre, devenu orphelin, que j'ai porté, et ce terrible matin mistralé de septembre, mon âme agenouillée a rendu un dernier et déchirant hommage à ma dépouille. Puis elle a gagné ces confins livides de la Grande Ville, et depuis elle attend, visitée chaque matin par un convoi funèbre qui se présente *à reculons.* Car telle est la vocation de ce train reliant Paris à Saint-Escobille qu'il manœuvre à trois kilomètres d'ici — juste avant l'aiguillage qui le dirigera sur moi — et s'engage en marche arrière sur la voie unique des gadoues. C'est donc le feu rouge d'un wagon de queue que je vois apparaître en premier dans le crépuscule du matin, et la locomotive ne se manifeste que par un lointain halètement. Je n'ai jamais vu le chauffeur de ce train-fantôme, et je ne serais pas surpris qu'il eût une tête de mort.

Ceci ne m'empêche pas de faire des incursions à Paris, et il faut convenir que cette période de « drôle de guerre » contribue à frapper aussi d'irréalité la vie apparemment inchangée de la ville. La guerre est déclarée. Les armées sont en présence sur les frontières. Et tout le monde attend. Quoi ? Quel signal ? Quel affreux réveil ? Avec une incroyable légèreté, les Français paraissent prendre leur parti de ce sursis au carnage. Il n'est question que de vins chauds au soldat et de théâtres aux armées. Les permissions de fin d'année ont été si massives qu'elles ont pris l'allure d'une démobilisation. D'ailleurs quelques jours plus tard mon train quotidien débordait d'arbres de Noël enrubannés et de bouteilles de champagne vides. Quand mes trimards faisaient crouler des wagons ces ordures joyeuses, je m'attendais toujours à voir rouler des hommes en smoking et des femmes en grande toilette ivres morts au milieu des guirlandes, des boules de verre et des cheveux d'ange. Ainsi la capitale m'envoie chaque matin ses nouvelles par le train-fantôme, des tonnes de nouvelles qu'il ne tient qu'à moi de déchiffrer une à une pour reconstituer par le menu le détail de la vie de chacun de ses habitants.

Mais mon va-et-vient entre Saint-Escobille et Paris — entre le néant dépeuplé de mes gadoues et le néant peuplé de la grande ville — me confirme chaque fois que ma solitude un moment brisée à Roanne s'est reconstituée autour de moi. Je m'étais intégré là-bas un peu par hasard, un peu par affinité à une étrange société qui me ressemblait, mais dont les chances de survie étaient fragiles. On l'a bien vu. Il ne m'en reste que Sam. Pour combien de temps ? Il me reste aussi le sexe, cet éternel briseur d'isolement, et sans doute est-ce lui qui me dépêche à Paris — puisqu'il me semble que la parenthèse roannaise refermée, c'est ailleurs que sur les territoires orduriers que je vais à nouveau chasser. Car la fin de Daniel m'a signifié que la mystérieuse exogamie qui m'avait toujours assigné des territoires de chasse loin de mes lieux familiers, après une brève interruption, va s'appliquer à nouveau dans toute sa rigueur.

Endogamie, exogamie. On ne méditera jamais assez sur ce double mouvement, ces deux impératifs contradictoires.

Endogamie : reste parmi les tiens, ne déroge pas. Ne te commets pas avec des étrangers. Ne cherche pas le bonheur ailleurs que chez toi. Malheur au jeune homme qui présente à ses parents une fiancée d'une autre religion, d'un milieu social inférieur ou supérieur au sien, d'une autre langue, d'une autre nationalité, voire, comble d'horreur, d'une autre race que la sienne !

Exogamie : va aimer plus loin. Va chercher ta femme ailleurs. Respecte ta mère, ta sœur, ta cousine, les femmes de tes frères, etc. L'espace familial ne tolère qu'une seule sexualité, celle de ton père, et encore, strictement limitée aux besoins de la procréation. Ta femme doit être un sang neuf infusé à la lignée. Sa conquête sera une aventure qui te fera sortir de ton clan et y revenir enrichi, mûri, accompagné d'un membre supplémentaire.

Ces deux commandements contradictoires coexistent dans la société hétérosexuelle et délimitent le territoire de la quête sexuelle à l'intérieur de deux cercles concentriques :

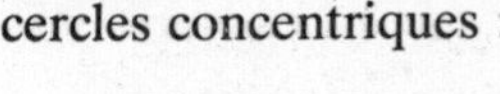

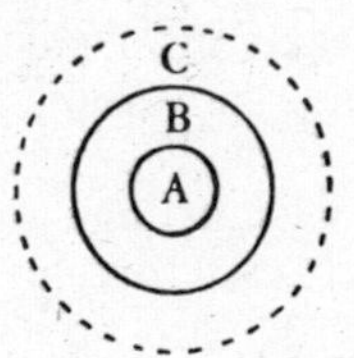

Le petit cercle central représente la famille de l'intéressé et rassemble les individus rendus intouchables par la prohibition de l'inceste. A l'extérieur C du grand cercle, c'est le territoire sauvage, inconnu, où la quête sexuelle est prohibée par le principe d'endogamie. En B — en deçà du grand cercle et au-delà du petit — se trouve la zone privilégiée où le jeune homme est admis à choisir sa compagne. Cette zone peut être évidemment plus ou moins vaste. Elle peut dans certains cas se réduire à l'extrême au point de n'admettre finalement qu'une seule femme possible pour un homme donné. Je crois que ce cas se rencontre dans certaines tribus africaines, mais le problème du mariage des dauphins royaux sous l'Ancien Régime se rapprochait de cette limite.

Ces règles élaborées pour et par l'hétérosexualité ne manquent pas de prendre un sens nouveau et savoureux dans mon cas personnel.

Exogamie. Je reconnais que l'une des pentes les plus néfastes de ma nature me mènerait au repliement sur moi-même, à une solitude aride et épuisée de ne se nourrir que d'elle-même. Mon péché mignon s'appelle *la morgue,* mot admirable parce qu'il désigne à la fois le poison distillé dans une âme par une certaine forme hautaine et méprisante de l'orgueil, et le lieu où l'on expose les cadavres non identifiés.

Or contre la morgue, ma sexualité a été un remède puissant, irrésistible, souverain. Arraché aux jupes de maman, chassé de ma chambre, jeté hors de moi-même par la force centrifuge du sexe, je me suis retrouvé dans les bras, entre les cuisses de... n'importe qui, huissier, garçon boucher, livreur, chauffeur, gymnaste, etc., des jeunes hommes dont les charmes agissaient d'autant plus fortement sur moi qu'ils étaient d'origine et d'étoffes plus grossières, plus éloignés de mes eaux familiales. Et il convient d'ajouter qu'un gibier perd toute saveur pour moi dès que j'ai sujet de suspecter la pureté de son hétérosexualité. La fraternité et même la tendresse — un peu abstraites certes — que j'éprouve pour les homosexuels ne peuvent rien contre cela. Les hétérosexuels sont mes femmes. Je n'en veux point d'autres. Tel est mon impératif exogamique.

Le sexe a toujours été ainsi pour moi une force centrifuge qui me jette vers mon lointain, illuminé par mon propre désir comme un phare dans la nuit. Ma morgue, je l'ai laissée tomber sur les pavés des ruelles les plus mal famées de Rennes, sur les quais luisants de pluie de la Vilaine, dans la rigole crésylée de toutes les vespasiennes de la ville. Il eût été surprenant qu'elle résistât à un pareil traitement. L'homme le plus vil, le plus ravalé de l'échelle sociale était pour moi dès ma plus tendre enfance secrètement environné de prestige, comme objet possible de désir, comme porteur de l'idole à trompe dans son sanctuaire de vêtements.

Endogamie. Pourtant cette extrême exogamie possède une face invisible, secrète et tout opposée. Car cette virilité joyeuse et cabrée, c'est d'abord l'image de la mienne, quand même je l'adore chez mes complices. A la source de l'homosexualité il y a le narcissisme, et si ma main est si experte en l'art de saisir et de flatter le sexe d'autrui, c'est que dès ma plus petite enfance, elle s'est exercée à apprivoiser et à cajoler mon propre sexe.

Situées sur le petit schéma circulaire, mes amours avouent qu'elles réussissent à bafouer doublement les interdits hétérosexuels. Car il est clair que je vais toujours chercher mes proies *trop loin,* en C, dans la zone interdite par l'endogamie. Mais ces proies, j'établis avec elles des relations fraternelles, identitaires, narcissiques — ce qui veut dire que je les ramène en A pour les consommer dans le petit cercle central interdit par l'exogamie. Toute mon originalité, toute ma *délinquance viscérale* tient au fond à mon peu de goût pour la zone moyenne B — de médiocre proximité et de faible éloignement — celle justement où l'hétérosexuel confine sa quête. Elle ne m'intéresse pas. Je la franchis d'un bond, lançant mes lignes au large, ramenant ensuite mes petits poissons sur mes rivages intimes.

*

Juin 1940

Chaque matin, dès que mes trente-cinq wagons sont repartis après avoir fait basculer leur contenu pittoresque au bord de la voie, je fais ma tournée d'inspection. Je vais aux nouvelles. Pas de toute première fraîcheur, évidemment, mes « nouvelles », pas plus fraîches que leur véhicule pourri. Les chrysanthèmes de la Toussaint m'arrivent vers le 8 ou le 10 novembre, selon le temps. Ces jours-là, chacun de mes wagons ressemble à un immense corbillard, à un catafalque débordant de fleurs d'autant plus expressives dans leur déploration qu'elles sont fanées, flétries, abîmées. Le reflux du 1er mai est beaucoup plus rapide, et je n'ai pas à attendre le 3 pour me voir submergé sous les brins de muguet pourris. Qu'importe, je préfère encore cela aux têtes et aux vidures de poissons du Vendredi saint !

Mais les déjections massives et pour ainsi dire rituelles — au total fort peu instructives — sont heureusement l'exception. La règle, c'est un flot apparemment homogène, en réalité finement composé, où se trouve inscrit tout, absolument tout de la vie parisienne, depuis le premier mégot du président de la République jusqu'à la capote anglaise de la dernière passe de Sapho de Montparnasse. Pour l'heure, ce sont les journaux que je pique avec prédilection du bout de Fleurette. Vieux de vingt-quatre heures au moins, maculés, lacérés, ils m'en disent assez pourtant sur la raclée formidable que les Allemands sont en train d'administrer à l'armée française. Cette débâcle a beau être conforme à mes prévisions et conclure une querelle d'hétérosexuels qui ne me concerne pas, je ne peux me défendre d'un serrement de cœur devant ce désastre historique essuyé par mon pays. Et je ne peux m'empêcher de songer à Edouard. Cette grande carcasse est bien capable de se faire démolir pour l'honneur, c'est-à-dire pour rien. Ce qui prouve que je ne suis pas aussi... pur que je le crois... méchant que j'en ai l'air, diront certains.

En attendant, les routes de France sont le théâtre d'un immense exode vers le sud. Les populations fuient cul par-dessus tête les bombardements, les massacres, les famines, les épidémies et autres fléaux totalement imaginaires qui ravagent leurs cervelles de lapins. Je ne vais pas résister longtemps à la tentation de remonter ce flot de fuyards. J'aime trop prendre les choses et les gens à rebrousse-poil pour ne pas tenter de vaincre ce courant, tel un saumon remontant un torrent. Et puis la physionomie de Paris vide et abandonné au seuil de l'apocalypse est une chose qu'on ne verra plus.

*

J'ai perdu Sam. La France peut bien crouler — et elle croule en effet. Mon vieux copain « cynique » dont la présence me dépassait et m'édifiait à la fois a été englouti, digéré par la grande ville déserte. Après la mort de Daniel, voilà donc disparu le dernier survivant de ma petite société roannaise, et mon ancienne solitude restaurée dans toute son orgueilleuse rigueur. Le dandy des gadoues avait cru follement échapper à son destin. Il avait sécrété autour de lui un milieu amical, voire amoureux, à la faveur d'une brève embellie de son ciel. Pauvre niais ! Même un chien, le dernier des corniauds, c'est encore beaucoup trop pour toi ! Mais, Seigneur, un rat ? Si j'apprivoisais un rat — le rat de l'idole à trompe — pour peupler ma solitude, me l'accorderiez-vous ? Non, sans doute ! Comme l'île déserte de Robinson Crusoé était accueillante et grouillante de présences amies en comparaison de mon désert ordurier !

Pourtant la journée avait bien joliment commencé. Pour couvrir à bicyclette les cinquante kilomètres qui séparent Saint-Escobille de la Porte de Châtillon, j'avais pris la route à l'aube de ce samedi 22 juin. Sam trottinait gaiement derrière moi. Dès Dourdan la route a présenté un spectacle étrange et exaltant. Nulle présence humaine. Des villes totalement désertées — volets clos, rideaux de fer tirés, portes barricadées, et un formidable silence : la nuit en plein jour ! En revanche quel déballage dans les fossés et sur les accotements ! Un échantillonnage complet de tous les véhicules existants, automobiles de tous âges et de toutes marques, fiacres, chars à bancs, caravanes, charrettes, motos avec et sans side-car, et même des triporteurs, des voitures d'enfant, tout cela accompagné, chargé, recouvert par un immense désordre de meubles, vaisselle, matelas, outils, denrées alimentaires. Ce chaos qui s'étalait kilomètre sur kilomètre sous un soleil radieux avait un sens évident, éclatant : c'était le triomphe de l'éboueur, le paradis de la récupération, l'apothéose du dandy des gadoues. C'était bien ainsi que je l'entendais, et tout en pédalant allégrement en direction de Paris, j'avais le cœur émerveillé du petit enfant face à la profusion d'un arbre de Noël, une profusion si grande, si débordante qu'elle décourage l'usage, la prise de possession — comme un paysage tout entier de nougat, de confiture, d'angélique et de pistache décourage la gourmandise — et que j'étais bien obligé de laisser sur place toutes ces merveilles offertes.

En passant à Montrouge nous avons avisé pourtant une charcuterie dont la porte enfoncée béait sur des ténèbres prometteuses. Sam et moi, nous aurions bien partagé un jambonneau ou un pâté de lapin après trois heures de route. Nous avons approché, mais nous ne sommes pas entrés bien avant dans l'antre aux effluves enjôleurs. Un terrible molosse écumant de rage jaillit du trou noir et se rua sur nous. Evidemment. Le plus fort chien errant du quartier ayant conquis de haute lutte ce garde-manger, il n'entendait le partager avec personne.

Cet incident aurait dû m'avertir du danger que courait Sam. J'avais remarqué pourtant à mesure que nous progressions le nombre impressionnant de chiens efflanqués qui rasaient les murs des rues vides. J'ai bien rappelé vingt fois Sam, aimanté par le cul de l'un ou l'autre de ces vagabonds et qui faisait mine de me fausser compagnie. La vingt et unième fois — nous arrivions place Saint-Michel — il a disparu sur les quais et je ne l'ai pas revu depuis. Je l'ai cherché toute la journée, hagard, épuisé, devenu aphone à force de l'appeler. Je suis descendu sur les berges de la Seine, j'ai remonté le quai d'Orsay, revenant inlassablement sur mes pas, espérant le retrouver chaque fois que j'apercevais une meute lointaine, cherchant sa pitance comme dans les forêts de la préhistoire. Le soir, je me suis retrouvé place du Trocadéro, je ne sais trop pourquoi. Je mourais de faim, et comme une pâtisserie sans rideau de fer se trouvait là, j'ai fait exploser la vitrine avec un pavé. Les pains étaient durs comme des massues de bois et les gâteaux à la crème sentaient le fromage à pleines narines. Du moins les biscuits étaient-ils intacts et en abondance, et j'ai trouvé également dans une armoire deux bouteilles de sirop d'orgeat. J'ai bâfré sur place jusqu'à l'écœurement. Puis j'ai fait provision de cakes pas trop rassis et d'une bouteille de sirop, et je suis ressorti.

La nuit tombait. Je titubais de fatigue. Le vélo à la main je me suis avancé sur l'esplanade du palais de Chaillot, d'abord entre les deux masses monumentales du théâtre et du musée bordées par une double ligne de gracieuses statues dorées, puis jusqu'au garde-fou qui fait face au Champ-de-Mars. Le pont d'Iéna, la Seine, l'Ecole militaire, la tour Eiffel... Paris était là, vide, irréel, fantastique dans les lueurs du couchant. N'étais-je pas le dernier témoin de l'énorme cité vidée de ses habitants parce que vouée à un anéantissement imminent ? Quel allait être le signal de la destruction générale ? La bulle dorée du dôme des Invalides allait-elle éclater, ou bien serait-ce le formidable pénis Eiffel arc-bouté vers le ciel sur ses quatre courtes cuisses qui soudain débandé s'inclinerait mollement vers la Seine ? Ma fatigue et mon chagrin un moment dominés par ces songes apocalyptiques me retombaient sur les épaules, cependant que l'obscurité phosphorescente de la nuit de juin grandissait. Dormir. Dans un lit. Monter dans le premier immeuble ouvert, enfoncer la porte d'un appartement, m'installer. Tout Paris m'appartenait en somme, pourquoi hésiter ? Avec Sam tout était possible. Nous aurions investi la plus belle demeure de l'avenue Foch, nous nous serions vautrés ensemble sur tous les lits... Mais seul... Tu vieillis, Alexandre, si tu commences à ne plus concevoir de plaisir que partagé !

A cet endroit, la rambarde de la terrasse fait un décrochement. Il y a six marches de marbre, un palier, une porte. Portant mon vélo sur mon épaule, je descends, je pousse la porte qui ne résiste pas. C'est un réduit de jardinage. Il y a des sacs vides, des outils, une prise d'eau pour un gros tuyau de caoutchouc enroulé à un piton. Ce sera assez pour une nuit. C'est tout de même le palais de Chaillot, et derrière ma porte s'étale le plus beau paysage urbain du monde. Je ferme les yeux. Que finisse maintenant ce jour de faux soleil, de lumière noire qui m'a privé de Sam. Dani et Sam, Sam et Dani, je m'endors en me berçant de cette funèbre litanie.

Ce matin, réveil à la hussarde. Bruits de bottes au galop sur l'esplanade, commandements rauques, cliquetis d'armes. Les Allemands ! J'avais fini par les oublier, ceux-là ! Je vais les voir pour la première fois. Avec quels sentiments ? Je m'efforce à l'indifférence, à la neutralité, mais un vieux fonds de chauvinisme se rebiffe en moi. Cette ville morte dont le cadavre somptueux s'étale à mes pieds, je la considère comme mienne. Ces Saxons, ces Souabes, ces Poméraniens viennent troubler notre tête-à-tête.

Silence soudain là-haut. Puis des voix, des pas. Mais des voix civiles, des pas sans bottes. On rit. Je ne comprends qu'un mot : « Photographie. » Si c'était pour jouer les touristes devant la tour Eiffel, pourquoi ce déploiement militaire ? Je vais risquer un œil. Je me glisse dehors, je monte trois marches. Et c'est la rencontre...

Je l'ai immédiatement reconnu avec sa casquette plate à la proue majestueusement relevée, son visage sans relief écrasé encore par la moustache en crotte sous le nez, et surtout ses yeux glauques de poisson crevé, des yeux qui ne voient rien, qui ne me voient pas, c'est certain, et c'est assez heureux pour moi. Je l'ai immédiatement reconnu, l'Hétérosexuel Majeur, le Chancelier du Reich Adolf Hétérosexuel, le diable brun qui a fait périr dans les camps d'horreur tous ceux de mes frères qui sont tombés sous sa griffe. Il fallait que cette rencontre eût lieu, et nulle part ailleurs qu'à l'ombre du pénis Eiffel. Le prince des immondices accouru du fond de son empire ordurier et le vautour de Berchtesgaden descendu de son charnier aérien devaient croiser le regard ce dimanche 23 juin 1940 alors que le soleil du jour le plus long de l'année éclatait en fanfare lumineuse.

*

Depuis huit jours maintenant, debout devant la fenêtre de mon abri de fibrociment, je scrute la grande plaine blanche et immobile de Saint-Escobille. Pourquoi être revenu ici après l'entrevue historique de Chaillot ? Sans doute parce que ma place est au centre de la plus belle gadoue de la région parisienne. C'est un poste d'attente et d'observation privilégié aux confins de la capitale morte, et le premier signe de son retour à la vie m'arrivera par cette voie ferrée dont le heurtoir est à un jet de pierre de ma porte et dont les rails luisants et parallèles se rejoignent à l'horizon. Mais surtout parce que je n'ai pas renoncé à espérer le retour de Sam. Après tout, la distance n'est pas si grande et la route est simple. J'avoue même qu'en revenant ici à vélo la semaine dernière, je rêvais follement que je le retrouverais, qu'il me ferait fête devant notre baraque. En vérité je cherchais à effacer l'absurde et dangereuse décision que j'ai prise en l'emmenant avec moi dans mon expédition parisienne, je faisais « comme si » je ne l'avais pas embarqué dans cette affaire, conduite magique et puérile. Et je ne peux empêcher les deux attentes de se mêler, de se confondre — attente du retour du train matinal parisien, attente du retour de Sam — de telle sorte que j'en arrive contre toute vraisemblance à imaginer Sam revenant à moi juché sur l'un des wagons du train, voire à bord de la locomotive…

*

Je suis éveillé au milieu de la nuit par un bruit de frôlement très doux et par un très léger souffle d'air, comme si un oiseau voletait dans la pièce. J'allume une bougie, et je constate que le petit ventilateur qui agrémentait les heures chaudes de l'été a repris vie et ronronne gaiement. Le courant électrique est donc rétabli, premier signe d'un retour à la vie de la France. Je vais pouvoir m'éclairer à nouveau normalement, et si j'avais une T.S.F. je capterais les nouvelles.

Nonobstant le jour se lève dans un ciel toujours aussi vide et radieux, et en dehors du ronflement soyeux de mon ventilateur, je demeure suspendu dans le néant. Ce ventilateur m'est plus précieux que je ne saurais le dire. Frôlement discret et apaisant des pales que la vitesse fond en un disque tremblant et translucide, souffle printanier, qui rafraîchit les idées, qui donne des idées à l'homme solitaire penché sur son écritoire. C'est un oiseau qui bat des ailes, immobile à quelques centimètres de mon visage. Je pense à la ruah de Thomas Koussek. Le Saint-Esprit sous un avatar électroménager m'envoie à la face un souffle chargé de pensées et de mots. Petite Pentecôte domestique...

*

Rien à signaler sous le soleil. Boustrophédon, boustrophédon... Ce mot exorbitant flotte sur les eaux de ma mémoire, et rien ne pouvant l'immerger à nouveau dans l'oubli, je l'ai repêché et longuement ausculté. C'est un souvenir scolaire, de rhétorique précisément. Boustrophédon. L'aspect joufflu, mafflu et fessu de ce mot n'est pas pour rien dans sa persistance. La chose qu'il désigne est au demeurant sans rapport avec ce physique, mais assez belle et étrange pour mériter qu'on se souvienne d'elle. Il s'agit, je crois, d'un type d'écriture presque archaïque serpentant en une seule ligne sur le parchemin, de gauche à droite puis de droite à gauche. L'étymologie évoque le mouvement patient et continu du bœuf au labour tournant au bout du champ pour tracer son sillon dans le sens inverse du sillon précédent.

*

Ce matin bien avant le jour, j'ai jailli de mes toiles sous le coup de fouet d'un bruit infime, lointain, plus discret d'abord que le vol d'un moustique. Mais mon oreille ne pouvait me trahir : le train ! Ma vieille expérience m'assurait que j'avais dix minutes de répit — mais pas davantage — avant son arrivée et j'en ai profité pour me raser et m'habiller aussi soigneusement que possible en si peu de temps. C'est que le dandy des gadoues se devait de faire impeccable figure pour recevoir le premier message des hommes depuis l'occupation de la France.

L'aube était encore grise quand je suis venu me poster à la droite du butoir, chapeauté de sombre, corseté dans mon gilet brodé, enveloppé dans ma cape, Fleurette à la main. Je pensais bien que ce premier convoi ne serait pas ordinaire, puisqu'il allait me livrer l'essence de Paris vaincu, soumis, veule, ou au contraire raidi dans sa dignité — j'allais bientôt l'apprendre.

Le halètement de la locomotive se précise, se rapproche, mais elle restera invisible cette fois encore. Le point rouge de la lanterne arrière du train clignote dans le lointain, puis prend de l'assurance, grossit. Les freins hurlent. Le chauffeur connaît son métier et sait à quel niveau il doit stopper pour que son dernier wagon ne percute pas le butoir. Je hausse le col pour apercevoir quelque chose du chargement des bennes les plus proches, mais je ne distingue pas l'habituel monceau blanchâtre des oms. Je crois voir des membres ou des bâtons grêles et tourmentés qui dépassent les bords des ridelles — des branches d'arbustes peut-être ou des pattes de bêtes ? Un homme accourt vers moi. Le chauffeur sans doute, et lui que j'imaginais affublé d'une tête de mort, je le découvre hilare et rougeaud.

— T'es tout seul ici ? Ben mon vieux ! Bien du plaisir.

Ce tutoiement m'exaspère. D'un air pincé, je fais « Plaît-il ? » Il n'entend rien.

— T'as vu ce que je t'amène ?

Il soulève le levier de blocage d'un panneau latéral qui se rabat aussitôt. Une avalanche de corps mous et élastiques croule à nos pieds. Des chiens ! Des centaines, des milliers de chiens morts !

— Tu parles d'un cadeau ! Y en a trente-cinq wagons comme ça ! Forcément ! Les Parisiens avant de partir, ils ont lâché leurs chiens dans les rues. Ben tiens ! Quand le bateau coule, les femmes et les enfants d'abord ! Alors y en avait des meutes entières qui couraient partout. Et dangereux avec ça ! Forcément, affamés ! Y aurait des passants qu'auraient été attaqués. Alors les boches, d'accord avec la municipalité, nettoyage anti-chiens ! Au fusil, au pistolet, à la baïonnette, au bâton, au lasso, un vrai massacre ! Forcément !

Et ce disant il remonte à grands pas vers sa locomotive en libérant une meute de cadavres. Je le suis dans un état semi-comateux en répétant après lui « Forcément ! Forcément ! » Du moins ai-je une certitude en voyant s'amonceler ces centaines de chiens crevés : Sam n'est pas parmi eux. Forcément. Mais Sam ne reparaîtra plus. Plus jamais ! Car tous ces cadavres que Forcément déverse à mes pieds sont autant d'avatars de Sam, ils sont l'expression multipliée, dévalorisée de Sam, comme un sac de sous de bronze est l'équivalent et la négation en même temps de la pièce d'or dilapidée.

Forcément est intarissable. Il me promet des hommes, un wagon de chaux vive pour arroser les charognes. Si seulement on n'était pas en plein été ! Si seulement. Je reconnais bien là la manie des petites gens qui veulent toujours donner un coup de pouce au destin. C'est qu'ils l'imaginent à leur ressemblance, dérisoise et ballotté, et ne savent pas de quelle inflexible majesté est son cours.

Le train est reparti, me laissant seul avec un charnier « cynique », courant en levée le long de la voie, un amoncellement de ventres ballonnés, de crocs découverts, de pattes grêles, d'oreilles couchées sur des crânes oblongs, de pelages ras ou laineux de toutes teintes. Tout à l'heure ce sera le soleil et les mouches. Il faudra tenir, tenir, en s'accrochant à cette certitude qu'au milieu de la débâcle générale, du grand désarroi de tout le pays, j'ai le privilège insigne — en vertu de mon métier et de mon sexe également exécrés par la racaille — de demeurer inébranlé à ma place, fidèle à ma fonction d'observateur lucide et de liquidateur de la société.

*

La journée d'hier a été longue, très longue. De l'immense meute morte composant sous le soleil de juillet un effrayant tableau de chasse, montait un aboiement silencieux, plaintif et unanime qui me vrillait le cerveau.

Ce matin point de train, mais survenue d'un bulldozer suivi d'une équipe de six hommes. La benne du bull était chargée de sacs de chaux. Ils se sont mis aussitôt au travail.

En observant le bull creuser une tranchée régulière où les hommes font basculer des grappes de chiens, je songeais que l'un des paradoxes de la gadoue, c'est que prise même à sa plus grande profondeur, elle demeure essentiellement *superficielle*. A trois mètres de fond, comme en surface, on trouve des bouteilles, des tubes, du carton ondulé, des journaux, des coquilles d'huîtres. La gadoue est semblable à l'oignon qui est fait de peaux superposées, et cela jusqu'au cœur. La substance des choses — pulpe des fruits, chair, pâtes, produits d'entretien ou de toilette, etc. — s'est évanouie, consommée, absorbée, dissoute par la cité. La gadoue — cette anti-cité — amoncelle les peaux. La matière ayant fondu, la forme devient elle-même matière. D'où la richesse incomparable de cette pseudo-matière qui n'est qu'un amas de formes. Les pâtes et les liquides ayant disparu, il ne reste qu'une accumulation d'un luxe inépuisable de membranes, pellicules, capsules, boîtes, caques, paniers, outres, sacs, bissacs et havresacs, marmites, dames-jeannes, cages, casiers et cageots, sans parler des guenilles, cadres, toiles, bâches et papiers.

Cet énorme bric-à-brac n'a pas pour seul facteur sa superficialité. Celle-ci est mise au service d'une double fonction. La première s'accomplit dans l'acte de limiter, de délimiter, d'enfermer — assurant ainsi la *possession* de la matière ou de l'objet, et ce comble de la possession, le transport (posséder, c'est emporter). En ce sens la gadoue est un amas de *griffes.* L'autre fonction est de célébration. Car ces griffes sont bavardes, et même prolixes, déclamatoires, exaltantes. Elles proclament les qualités brillantes, les vertus incomparables, les avantages décisifs d'un objet ou d'une matière — pour en détailler ensuite le mode d'emploi. Et comme cet objet, cette matière n'existent plus, cette possesion se referme sur le vide, cette déclamation éclate dans le néant, devenant ainsi absolues et dérisoires.

Amas de griffes et de célébrations, vide, dérision et absolu — je reconnais bien là, dans ces traits de mon milieu naturel, les constantes de mon esprit et de mon cœur.

P.-S. — Mais que disait donc Thomas Koussek de l'Esprit-Saint ? Ne définissait-il pas le Sexe et la Parole comme ses deux attributs ? Et le vent, le souffle comme sa seule matière ?

*

L'objet, la matière sont sans doute normalement absents des gadoues. Il faut croire qu'il peut en être autrement en période d'exception, car ils viennent de faire une entrée triomphale à Saint-Escobille.

Ce matin, comme la semaine dernière, j'ai été alerté par le souffle haletant de la locomotive de Forcément dans le gris de l'aube. Comme la semaine dernière, j'attendais le train debout près du heurtoir, et j'ai vu accourir Forcément plus rouge encore et hilare que la première fois.

— Ben mon vieux ! Ben mon vieux ! Quand tu vas voir ce que je t'apporte !

Ce qu'il m'apporte ! Avec ses airs mystérieux et enthousiastes, il me ferait penser à un père Noël, un père Noël à la hotte gigantesque et infernale, pleine de surprises énormes et funèbres.

— Forcément ! Les gens reviennent. Les boutiquiers aussi. Alors on rouvre les magasins. Alors les magasins d'alimentation qu'étaient bourrés y a un mois, forcément, c'est pourri, pourri, pourri !

Et ce disant, il débloque les panneaux de tel wagon, puis de tel autre, faisant vomir sur le remblai le garde-manger faisandé de Gargantua. Chaque wagon contient le fonds entier d'une boutique. Voulez-vous de la pâtisserie ? Voici des montagnes de meringues à la crème, d'éclairs au chocolat, de saint-honoré. A côté, c'est le rayon charcuterie avec ses enroulements de boudin, ses tripes et ses jambons. Les boucheries sont également là, et les triperies, les épiceries, les fruiteries, mais c'est à coup sûr les crémeries qui répandent la puanteur la plus acidulée, la plus agressive. J'en viens à regretter mes chiens. Avec la grande meute massacrée, l'horreur gardait un certain niveau, et si l'on était choqué, c'était à hauteur de cœur. Cette fois, c'est à l'estomac qu'on est atteint, et cette formidable vomissure, ce dégueulis qui pue jusqu'au ciel est une juste et terrible prophétie de la bassesse où va tomber Paris, la France sous la poigne de l'occupant.

CHAPITRE XII

LES PIERRES FOUDROYÉES

On ne reconstitue pas le néant. Rien de plus difficile que de concevoir l'état d'esprit des Français de 1940, ahuris, désemparés, désespérés, n'ayant pour point d'appui que les derniers vestiges de l'avant-guerre. Il ne fallut pas moins d'une année pour que ce vide — dans lequel tomba l'appel du 18 juin de Charles de Gaulle notamment — devînt le creuset où des concepts nouveaux prirent naissance et forme avant de devenir les cadres d'une mentalité nouvelle : collaboration, gaullisme, Vichy, restrictions, marché noir, juifs, déportation, résistance (on dit d'abord « terrorisme » selon le terme « officiel »), libération, etc. Il devait en être de même de l'organisation matérielle de la vie. Elle demanda au moins un an, de telle sorte que le premier hiver fut plus dur que les autres, et que le froid et la faim s'ajoutèrent au désarroi des esprits.

Pourtant la vie continuait ; elle s'était réfugiée ailleurs. Les distances ayant augmenté avec les difficultés du transport, les régions s'étaient repliées sur elles-mêmes et la campagne se défendait mieux contre la misère que la ville. Les provinces riches connaissaient un regain de vie. En Provence, c'était la famine. Mais la Normandie et la haute Bretagne si elles manquaient de céréales regorgeaient de viande et de beurre. La vie aux Pierres Sonnantes prit une intensité qu'elle n'avait jamais connue. Les restrictions avaient balayé les difficultés économiques de la fabrique. Les ateliers tournaient à plein rendement et fournissaient des articles textiles facilement échangeables à un moment où le troc était de rigueur. Les innocents de Sainte-Brigitte n'étaient pas les derniers à profiter de cette relative prospérité et ils n'avaient jamais été aussi nombreux, les parents étant particulièrement enclins en ces temps difficiles à se décharger de leurs enfants attardés. Maria-Barbara régnait paisiblement sur une maisonnée innombrable où se mêlaient les animaux, les innocents, des visiteurs et ses propres enfants. Jour et nuit un grand feu de bois fruitier flambait dans la vaste cheminée de la salle commune. C'était l'unique feu de la maison — outre bien entendu celui de la vieille cuisinière que Méline ne cessait de malmener à grand bruit. La pièce ressemblait à un bivouac où en permanence on mangeait, on dormait, on travaillait au milieu des jeux et des disputes. A gauche de la cheminée, le dos à une fenêtre, Maria-Barbara, assise dans un fauteuil raide et sobre devant le cadre de sa tapisserie, ayant à portée de la main un panier d'écheveaux de laine multicolores, travaillait à gestes lents et précis, flanquée d'un chien, d'un chat et d'un innocent en extase.

Edouard avait repris son va-et-vient entre Paris et la Bretagne. Le contraste vertigineux qu'il constatait entre la plénitude chaleureuse de sa maison et la misère physique et morale de Paris flattait le provincial qu'il était resté et alimentait les réflexions qu'il semait autour de lui. Le marché noir avait été le premier signe d'une réorganisation de la vie urbaine. Toutes les marchandises ayant d'abord disparu, on les vit reparaître sous le manteau dès le début de l'année 1941 à des prix fantastiques. D'abord indigné par ce trafic, Edouard dut bien faire des concessions en s'apercevant que Florence elle-même — qui se produisait dans des boîtes de Pigalle bourrées d'Allemands et de trafiquants — s'était installée par la force des choses dans un milieu irrégulier dont les lois n'étaient pas celles du commun. Un incident burlesque l'obligea dès le printemps à se compromettre plus gravement. Alexandre — qui continuait de diriger le dépôt de Saint-Escobille — venait d'être arrêté pour escroquerie et infraction aux règlements économiques. Lui aussi vivait visiblement en marge des lois, bien que dans un autre style. Tout l'hiver, il avait fait fonctionner un réseau de vente « libre » de charbon. Jamais l'expression de « marché noir » ne s'était, semble-t-il, mieux appliquée, si ce n'est que la marchandise livrée n'avait des têtes de moineau promises et payées leur poids d'or que l'apparence la plus superficielle. Il s'agissait en fait de graviers de rivière roulés dans du goudron liquide. Le résultat avait assez bonne mine, mais au feu il ne fournissait qu'un peu de fumée âcre. Alexandre avait découvert d'emblée la règle d'or de l'escroquerie : faire de sa victime un complice afin de l'empêcher de porter plainte. C'était la base même du marché noir. C'est sans doute pourquoi le trafic des têtes de moineau dura tout l'hiver. Edouard s'entremit pour faire libérer son frère, moyennant une simple amende administrative. Ce fut pour eux l'occasion de retrouvailles qui ne furent pas cordiales. A mesure que les années passaient, l'écart de leur âge s'estompait. Pourtant quelle différence entre les deux hommes ! En vieillissant certains fruits pourrissent, d'autres se dessèchent. On voyait bien chez Edouard l'amorce d'un blettissement, tandis qu'Alexandre semblait nourrir un feu aride qui ne lui laissait que la peau et les os. Ils s'observèrent avec surprise. Alexandre avait du mal à croire que quelqu'un se fût trouvé au monde pour intervenir en sa faveur. Edouard cherchait dans cet oiseau de proie calciné le tendre petit frère toujours caché dans les jupes de leur mère. Ils hésitèrent un instant à s'embrasser, et s'en tinrent finalement à une poignée de main. Puis ils se quittèrent persuadés qu'ils ne se reverraient pas, car ils pensaient tous deux à la mort, Alexandre, abreuvé de déceptions et de dégoûts, Edouard comme à une fin héroïque.

Peu après cette rencontre, un ami de toujours en qui il avait une entière confiance fit entrer Edouard dans un réseau de résistance qui se constituait en liaison avec Londres. L'organisation était encore improvisée, balbutiante, les Allemands eux-mêmes n'avaient pas eu le temps de réagir. Edouard n'en vivait pas moins déjà dans l'exaltation d'une revanche espérée, d'un risque couru, d'un sacrifice suprême possible. Il se félicitait surtout d'être seul exposé, tandis que Florence devant son public vert-de-gris, Maria-Barbara dans sa lointaine province demeuraient à l'abri. Aussi lorsque Florence ayant manqué un rendez-vous resta introuvable malgré toutes ses recherches, songea-t-il d'abord à une affaire de marché noir analogue à celle qui avait valu quelques jours de prison à son frère. Cette conjecture parut se confirmer lorsque la concierge de Florence finit par lui avouer qu'elle avait vu la jeune femme emmenée par deux hommes en civil au petit matin. Pourtant il ne trouva rien du côté des services français de répression des fraudes qu'il connaissait depuis l'affaire des têtes de moineau. Ce furent ses amis du réseau qui lui apprirent que les rafles des juifs avaient commencé à Paris et que Florence avait dû en être l'une des premières victimes.

Florence juive ! Edouard l'avait toujours su sans doute, mais justement avec le temps, il avait fini par n'y plus penser. Pourtant comment se pardonner de n'avoir pas songé que les Allemands étant friands de ce genre de gibier, la jeune femme courait un réel danger ? Il aurait pu facilement la cacher, l'envoyer en province, en zone libre, en Espagne peut-être, ou tout simplement aux Pierres Sonnantes, îlot de paix imperturbable. Tout aurait été possible s'il avait eu seulement un brin de cervelle. Rentré dans son grand appartement du quai Bourbon, Edouard se regarda dans une glace avec accablement et, pour la première fois, il se détesta. Puis une idée lumineuse, torturante se présenta à son esprit : Angelica déjà, sa petite pâtissière de Saint-Amand... et son grand corps recroquevillé sur une chaise fut secoué de sanglots. Il lutta contre le désespoir en consacrant toutes ses forces à l'activité de son réseau clandestin.

Mais le havre de paix restait la Cassine, blottie dans l'estuaire de l'Arguenon. Il y faisait de trop brefs séjours. Il y serait volontiers resté maintenant que Florence ne l'accueillait plus dans sa caverne rouge, mais la lutte contre l'occupant l'appelait à Paris. Ainsi sa présence parmi les siens donnait-elle un air de fête à la maison. Il y avait toujours foule dans la grande salle quand il racontait Paris. Il était le maître, le père, il avait eu une conduite magnifique dans les combats des Flandres, une activité mystérieuse le retenait à Paris, il parlait, on l'écoutait religieusement, amoureusement.

Paul

Notre enfance fut longue et heureuse, et elle se prolongea jusqu'à la date du 21 mars 1943. Ce jour-là commença notre adolescence…

Ce jour-là, comme à l'accoutumée, Edouard et Maria-Barbara régnaient avec bonheur sur un peuple d'enfants, d'innocents et d'animaux familiers. De perpétuelles allées et venues entre la cuisine, le cellier et le bûcher assuraient le renouvellement des gâteaux, des viandes, du cidre doux et du bois, et faisaient claquer à tout moment les trois portes de la pièce. Maria-Barbara étendue à demi sur une chaise longue de rotin, un plaid à franges jeté sur ses genoux, crochetait un vaste châle de laine mauve sous la surveillance extasiée d'une naine myxœdémateuse dont la petite bouche grande ouverte laissait fuir un filet de salive méditatif. Edouard allait et venait devant l'âtre en palabrant pour son public habituel.

Encouragé par l'atmosphère chaleureuse et son optimisme naturel, il avait enfourché une fois de plus l'un de ses dadas favoris, la comparaison du calme bonheur des Pierres Sonnantes avec la noirceur, la misère et les dangers de la capitale. Nous n'avions que des souvenirs vagues de Paris, mais nous comprenions qu'en l'absence de champs cultivés, de jardins potagers, d'arbres fruitiers et de troupeaux l'immense cité était condamnée à la famine. Quant au marché noir, nous l'imaginions sous la forme d'une foire nocturne, rassemblée dans de vastes caves, tous les marchands ayant la tête couverte d'une cagoule percée de deux trous pour les yeux. Edouard évoquait l'exploitation de la misère, les honteux trafics, les personnages interlopes qu'on côtoyait dans des atmosphères troubles.

— Le degré de déchéance où sont tombés les Parisiens est à ce point qu'on serait soulagé si tout cela était inspiré par le goût des jouissances et la cupidité, ajoutait-il. Parce que voyez-vous, mes enfants, goût des jouissances et cupidité, ce sont encore des façons d'aimer la vie, des réactions basses mais saines. Mais ce n'est pas cela ! Paris est infecté par quelque chose de morbide, la peur, une peur verte, une peur à odeur de charogne. Les gens ont peur. Peur des bombardements, des occupants, des épidémies dont on agite sans cesse la menace. Mais c'est surtout la peur de manquer qui les tenaille. Peur d'avoir faim, froid, de se retrouver sans ressources dans un monde hostile et ravagé par la guerre…

Il marchait en parlant d'un bout de l'âtre à l'autre bout, revenait, repartait, et chaque fois il offrait aux rougeoiements de la flamme tel profil, à nous qui l'écoutions le profil inverse, puis cela changeait, et nous machinalement — parce que ce manège évoquait d'une façon à la fois impérieuse et confuse l'un de nos rites secrets — nous cherchions à rattacher ce qu'il disait au profil qu'il nous montrait à ce moment-là, son profil droit pour célébrer les Pierres Sonnantes, la vie paisible et féconde de la campagne, son profil gauche pour évoquer Paris, ses rues sombres, ses boutiques louches, les personnages inquiétants qui s'y glissaient.

Mais c'était du profil droit qu'il affirmait aussi avec exaltation que Paris n'était pas tout entier dans ce triste tableau, qu'il y avait encore, Dieu merci, des âmes généreuses et des cœurs ardents et que, dans ces mêmes souterrains où grouillait la pègre du marché noir, se rassemblait une armée secrète, sans uniforme, mais rompue à toutes les techniques de la lutte clandestine. La province paisible pouvait préparer les récoltes dont la France aurait besoin à l'heure de la libération. Le Paris de Gavroche préparait son insurrection libératrice.

Ce n'était pas la première fois qu'il évoquait la résistance parisienne en notre présence. C'était un sujet qu'il développait à toute occasion avec une sorte de lyrisme heureux où il puisait visiblement du réconfort mais si nous nous étions demandé quelle était la part de l'imaginaire et celle du réel dans ses récits, nous aurions été en peine de répondre. Il parlait de réseaux secrets, de dépôts d'armes, de liaisons radiophoniques, d'attentats préparés et perpétrés, de plans dressés en vue d'actions concertées en liaison avec Londres, parachutages, bombardements, voire débarquements sur les côtes françaises. Et toute cette action héroïque se tramait dans l'ombre humide où prospérait le marché noir.

Nous l'écoutions sans parvenir à partager son exaltation. La lutte armée aurait peut-être revêtu quelque séduction pour nous si son caractère clandestin ne l'avait pas dépouillée des prestiges que donnent à la guerre les étendards, les armes lourdes — canons, chars d'assaut, avions de chasse et de bombardement. Ces combattants de la nuit, fuyant en rasant les murs, après avoir déposé des explosifs ou poignardé une sentinelle, ne trouvaient pas le chemin de notre cœur.

Mais ce qui nous rebutait le plus dans les histoires d'Edouard, c'était qu'elles se situaient toujours à Paris. Nous nous sentions certes rassurés, mais frustrés en même temps et vaguement honteux lorsqu'il opposait aux miasmes et aux fièvres de Paris la province calme et heureuse — car il va de soi que par « province » nous n'entendions rien d'autre que notre Guildo.

Il était seize heures et dix-sept minutes ce vingt et un mars 1943, le profil gauche d'Edouard nous entretenait de l'odyssée d'un aviateur anglais tombé en parachute sur le toit d'un immeuble, recueilli, soigné et rapatrié en Grande-Bretagne quand Méline fit irruption dans la pièce avec un visage que personne ne lui avait jamais vu. La naine myxœdémateuse fut sans doute la première à l'apercevoir, car cette muette que personne n'avait jamais entendue proférer un son poussa un hurlement bestial qui nous glaça le sang. Le visage de Méline était gris comme la cendre, un gris uni, sans tache, la couleur sans vie d'un masque de cire vierge. Et dans ce masque les yeux flambaient, ils flambaient d'un éclat où il y avait peut-être de l'horreur, peut-être de la joie et qui n'était sans doute que le reflet d'une terrible et imminente catastrophe.

— M'sieur dame ! Les boches ! L'armée ! Toute l'armée boche qui cerne la maison ! Eh là mon Dieu ! Il en sort de partout !

Edouard cessa son va-et-vient, il cessa de nous présenter ses profils, il s'arrêta et nous fit face, soudain grandi et anobli par le malheur qui fondait sur nous, sur lui seul, croyait-il.

— Mes enfants, nous dit-il, voici l'épreuve. Je l'attendais. Je savais que tôt ou tard l'ennemi me ferait payer mes activités clandestines. Je n'imaginais pas, je l'avoue, qu'il viendrait me chercher au Guildo, parmi vous. Ici, aux Pierres Sonnantes, je me croyais imprenable, protégé par le rempart de tous mes enfants, innocenté par la présence de Sainte-Brigitte, rendu invulnérable par le rayonnement de Maria-Barbara. Ils viennent. Ils vont m'arrêter, m'emmener. Quand nous reverrons-nous ? Nul ne le sait. C'est l'heure du sacrifice. J'ai toujours rêvé d'un sacrifice final. N'est-ce pas une grâce suprême de finir en héros, plutôt qu'en malade, en gâteux, en épave humaine ?

Il parla ainsi un temps que je ne puis évaluer, dans un silence menaçant. Même le feu avait cessé de craquer et de fulminer, et il n'y avait plus dans l'âtre que des incandescences immobiles. Parce qu'il croyait sa fin prochaine, Edouard d'habitude si discret, si pudique, nous livrait le fond de son cœur. Nous apprenions que cet homme d'un naturel si heureux, si bien accordé aux choses de la vie, si ouvert à tout ce qu'une existence humaine ordinaire promet d'épreuves et de bénédictions était secrètement tenaillé par la peur de la fin, par la peur de mal finir. Or cette peur avait trouvé son remède grâce à la guerre ; ce remède, c'était l'héroïsme, une fin héroïque, un sacrifice utile et exaltant. Ces hantises suicidaires sont moins rares qu'on ne pense chez des hommes profondément en accord avec la vie, d'autant qu'elles s'accompagnaient chez Edouard d'une très grande et très touchante naïveté.

Il fut interrompu par l'irruption de deux soldats allemands armés de mitraillettes que suivait un officier tout raide de jeunesse et de zèle.

— Je suis bien chez Mme Maria-Barbara Surin ? demanda-t-il avec un regard circulaire.

Edouard s'avança vers lui.

— Je suis Edouard Surin, dit-il. Maria-Barbara est ma femme.

— J'ai un ordre d'arrestation…

Il s'interrompit pour fouiller dans un porte-documents.

— Ne perdons pas de temps en formalités inutiles, je suis à votre disposition, s'impatienta Edouard.

Mais l'officier entendait respecter les formes et ayant enfin trouvé ce qu'il cherchait dans son porte-documents, il récita : « Ordre d'arrestation immédiate de Mme Maria-Barbara Surin, née Marbo, domiciliée à Notre-Dame du Guildo, au lieu-dit les Pierres Sonnantes. Motifs : contacts avec l'ennemi, émissions radiophoniques clandestines à destination de Londres, hébergement d'agents ennemis, ravitaillement de terroristes, dépôts d'armes et de munitions… »

— Ma femme est hors de cause, c'est un absurde malentendu, s'échauffa Edouard. C'est moi, vous entendez, moi seul que vous venez arrêter. D'ailleurs mon activité clandestine à Paris...

— Nous ne sommes pas à Paris, trancha l'officier. Nous sommes au Guildo qui dépend de la Kommandantur de Dinan. Je n'ai aucun ordre vous concernant, monsieur Surin. Nous avons ordre d'arrêter Mme Surin, plus onze ouvrières de vos ateliers et cinq membres du personnel de l'institution de Sainte-Brigitte, compromis comme elle dans des activités contraires aux stipulations de votre armistice. D'ailleurs on est en train de les faire monter dans des camions.

Maria-Barbara avait arrêté son ouvrage par un double nœud de laine, et elle le pliait soigneusement en quatre sur la chaise longue. Puis elle s'approcha d'Edouard.

— Calme-toi, voyons. Tu vois bien que c'est pour moi qu'on vient, lui dit-elle comme si elle parlait à un enfant.

Edouard était abasourdi par ce qu'il voyait et qui ressemblait à une sorte d'entente par-dessus sa tête entre sa femme et l'officier allemand. Car lorsque l'Allemand faisait allusion à un émetteur radio clandestin découvert dans les combles de l'abbatiale, à des hommes amenés par marée haute en sous-marins, débarqués dans l'île des Hébihens et gagnant la côte par marée basse déguisés en ramasseurs de coquillages, à des caisses d'explosifs trouvées dans une grotte de la falaise des Pierres Sonnantes, à un maquis retranché dans la forêt de la Hunaudaie et dont les antennes passaient par Sainte-Brigitte, Maria-Barbara savait visiblement de quoi il s'agissait, et voyant que tout était perdu, elle ne se donnait pas la peine de feindre l'ignorance, alors que lui, Edouard, le fier organisateur des réseaux clandestins parisiens, tombait des nues et se sentait de plus en plus ridicule en continuant d'affirmer que c'était lui, et lui seul, le responsable de tout, et que l'implication de Maria-Barbara dans cette affaire provenait d'un malentendu.

Finalement, on lui refusa la permission d'accompagner Maria-Barbara à Dinan, et il fut seulement convenu que le lendemain Méline se rendrait à la maison d'arrêt avec une valise de vêtements destinés à la prisonnière.

Elle partit sans un mot d'adieu, sans un regard en arrière pour cette maison dont elle était l'âme, pour cette foule d'enfants dont elle était la terre nourricière. Edouard monta s'enfermer dans une chambre du premier. Il ne reparut que tard dans la journée du lendemain. Nous avions quitté la veille un homme dans la force de sa seconde jeunesse, nous vîmes descendre à nous d'un pas mécanique un vieillard au visage ravagé dont l'œil avait la rondeur et la fixité du gâtisme.

*

Si l'arrestation de Maria-Barbara avec seize membres du personnel des ateliers et de l'institution fut pour Edouard le début de la vieillesse, elle marqua pour nous la fin de l'enfance, l'entrée dans l'adolescence.

Né dans le sein de sa mère, porté par le ventre de sa mère, l'enfant monte après sa naissance à la hauteur de ses bras noués en berceau et de sa poitrine qui le nourrit. Vient enfin le jour où il faut partir, rompre avec la terre natale, devenir soi-même amant, mari, père, chef de famille.

Au risque de lasser, je répète que la vision gémellaire des choses — plus riche, plus profonde, plus vraie que le point de vue ordinaire — est une clé qui livre bien des révélations, y compris dans le domaine des sans-pareil.

En vérité, l'enfant ordinaire né sans jumeau, l'enfant singulier, ne se console pas de son isolement. Il est affecté de naissance d'un déséquilibre dont il souffrira toute sa vie, mais qui dès son adolescence va l'orienter vers une solution, le mariage, imparfaite, boiteuse, vouée à tous les naufrages, mais enfin consacrée par la société. En perte d'équilibre congénital, l'adolescent singulier s'appuie sur une compagne aussi labile que lui, et de leurs doubles trébuchements naissent le temps, la famille, l'histoire humaine, la vieillesse...

(Les petites filles jouent avec des poupées, les petits garçons avec des ours en peluche. Il est instructif d'opposer l'interprétation sans-pareil et l'interprétation gémellaire de ces jeux traditionnels. On admet communément que la fillette qui joue à la poupée fait ainsi l'apprentissage de sa future vocation de maman. Et pourtant... Dira-t-on avec autant d'assurance que le garçonnet répète sur son ours en peluche son rôle de futur papa ? On ferait mieux de s'aviser que *les vrais jumeaux de l'un ou l'autre sexe ne jouent jamais ni à la poupée, ni à l'ours en peluche.* Certes cela pourrait s'expliquer par la sexualité proprement gémellaire, cette sexualité ovale qui ne débouche pas sur la procréation. Mais au lieu de s'acharner à interpréter en termes sans-pareil un phénomène gémellaire, il y a toujours tout à gagner à faire l'inverse. En vérité, si je n'ai jamais désiré d'ours en peluche, c'est que j'en avais déjà un, vivant de surcroît, mon frère-pareil. L'ours et la poupée ne sont pas pour l'enfant sans-pareil des anticipations de paternité ou de maternité. L'enfant se soucie comme d'une guigne de devenir un jour papa ou maman. En revanche, il ne se console pas de sa naissance solitaire, et ce qu'il projette dans l'ours ou la poupée, c'est le frère-pareil ou la sœur-pareille qui lui manque.)

L'adolescent singulier brise le cercle familial et cherche la partenaire avec laquelle il tentera de former le couple dont il rêve. La disparition de Maria-Barbara fit passer brutalement Jean-Paul de l'enfance à l'adolescence, mais il s'agissait d'une adolescence gémellaire, laquelle est en grande partie l'inverse de l'adolescence sans-pareil. Car ce partenaire imparfait que l'adolescent singulier cherche en tâtonnant loin de chez lui, à travers le monde, le jumeau le trouve d'emblée en face de lui, dans la personne de son frère-pareil. Pourtant on peut — on doit — parler d'une adolescence gémellaire qui tranche profondément sur l'enfance gémellaire. Car avant la date maudite du 21 mars 1943, Maria-Barbara était notre lien. Le propre de notre enfance, c'était la possibilité de nous distraire l'un de l'autre, de nous oublier des journées entières, étant assurés de pouvoir retrouver à tout moment un commun port d'attache en Maria-Barbara. C'était elle la source vive où chacun de nous pouvait s'abreuver de gémellité sans se soucier de ce que faisait son frère-pareil.

Maria-Barbara disparue, un élan instinctif nous jeta l'un vers l'autre. Le désespoir, la peur, le désarroi face au malheur qui venait de frapper notre univers environnaient notre étreinte baignée de larmes et enténébrée de chagrin. Mais la dévastation des Pierres Sonnantes n'était que l'envers d'une réalité plus profonde : le départ de Maria-Barbara venait de douer d'*immédiateté* notre relation fondamentale. Nous savions que chacun de nous désormais ne devait plus chercher son fonds commun ailleurs qu'en son frère-pareil. La cellule gémellaire roulait maintenant dans l'infini, libérée du socle maternel sur lequel elle avait jusque-là reposé.

En même temps que notre union devenait momentanément plus étroite, nous ne pouvions nous dissimuler qu'elle devenait aussi plus fragile. C'était cela notre adolescence, l'adolescence gémellaire : une fraternité dont nous étions devenus les seuls dépositaires, et qu'il dépendait de nous seuls d'épanouir ou de briser.

Ainsi le ralentissement du travail dans les ateliers, le renvoi dans leur famille d'une partie des innocents de Sainte-Brigitte, le soudain vieillissement d'Edouard et son désintérêt de la vie, toutes ces séquelles de la déportation de Maria-Barbara et de seize familiers des Pierres Sonnantes coïncidèrent avec une merveilleuse plénitude de la cellule gémellaire. J'ai dit que nous n'avions jamais joué avec des poupées ou des ours. A cette époque — et bien que nous fussions grands déjà — un autre objet prit valeur de fétiche à nos yeux, et ce fut Jean qui l'intronisa dans le jeu de Bep. Il s'agissait d'une sphère de celluloïd transparente à demi emplie d'eau.

A la surface du liquide flottaient et s'entrechoquaient deux petits canards cols-verts. Apparemment, ces deux canards étaient identiques, mais nous arrivions à les distinguer par des signes infimes, et nous avions chacun le nôtre. Foudroyées, les Pierres Sonnantes sombraient, la cellule gémellaire avec son canard-Jean et son canard-Paul surnageait et se fermait d'autant plus au monde extérieur que les circonstances devenaient plus menaçantes.

Hélas, Jean-le-Cardeur ne devait pas tarder à fausser le jeu de Bep avant de trahir la solidarité gémellaire...

*

Edouard n'était plus que l'ombre de lui-même. La fabrique tournait au ralenti sous la direction de Le Plorec, et c'était Méline qui régnait sur la Cassine. Nous apprîmes que nos déportés avaient quitté la France. La guerre s'exaspérait. Les villes allemandes étaient labourées par les bombardements. La botte de l'occupant s'appesantissait sur le pays. De nos absents aucune nouvelle, si ce n'est un mot allemand inconnu, le nom imprononçable d'un lieu où ils seraient détenus : *Buchenwald*. A l'occasion d'un voyage à Rennes, Edouard alla voir un ancien professeur d'allemand du lycée du Thabor où il avait fait ses études. « Nous avons cherché ensemble sur une carte de l'Allemagne, très détaillée pourtant, nous n'avons pas trouvé cette ville, nous raconta-t-il au retour. Il paraît que ça veut dire *Forêt des hêtres*. C'est plutôt rassurant, non ? On les fait peut-être travailler comme bûcherons ? Je ne vois pas Maria-Barbara avec une cognée... »

C'est l'année suivante que se situe un épisode que je n'ai jamais pu élucider tout à fait faute de témoignages. Un matin, Edouard nous réunit tous dans la grande salle. Il ne nous fit pas de discours. Le goût lui en avait passé depuis le jour maudit. Mais il nous embrassa avec une émotion évidente, et surtout nous avons remarqué qu'il avait ceint sous son manteau son écharpe tricolore de maire de notre commune. Il allait à Dinan. Le soir il était de retour plus abattu et plus découragé que jamais. Encore une fois je ne peux faire que des conjectures sur le but de ce mystérieux et solennel voyage. Mais je sais avec certitude que deux jours plus tard un groupe de neuf « terroristes » — ainsi appelait-on alors les résistants —, pris les armes à la main, avaient été fusillés à Dinan. Partout furent placardées des affiches portant leur nom, leur photo et le texte du jugement signé par le colonel responsable de la région. Or le plus jeune — qui avait dix-huit ans — était originaire d'un village voisin du nôtre, et il était possible qu'Edouard eût connu sa famille. Malgré sa naïveté, je ne pense pas qu'il allât à Dinan pour implorer la grâce de cet enfant. D'après certains rapports — que confirment les adieux qu'il nous fit ce matin-là — il serait allé demander une autre grâce au colonel de la Kommandantur de Dinan : celle de prendre la place du jeune résistant devant le peloton d'exécution. Bien entendu, on lui rit au nez. Cette mort magnifique qu'il implorait, qui donc en aurait fait les frais, sinon le renom des troupes d'occupation ? Il fut éconduit, et ne parla jamais de cette affaire à âme qui vive. Pauvre Edouard ! Il était condamné à voir tomber autour de lui des être jeunes ou bien-aimés, et à s'acheminer lui-même vers la déchéance de la maladie et une mort grabataire...

La Libération qui survint dans notre région dès juillet 1944 et l'année qui suivit lui réservèrent ses pires épreuves. Des seize déportés des Pierres Sonnantes, dix revinrent les uns après les autres d'hôpitaux ou de centres de regroupement où l'on s'était efforcé de leur refaire une santé. Néanmoins, trois d'entre eux moururent avant l'automne. Mais personne ne put — ou ne voulut peut-être ? — fournir des nouvelles de Maria-Barbara. Edouard s'acharna avec une passion qui le brisa à apprendre quelque chose de son sort. Il avait garni une planchette de deux portraits de Maria-Barbara avec son nom et la date de son arrestation, et il déambula portant ce panneau sinistre pendu autour du cou dans tous les centres de déportés d'Allemagne, de Suisse, de Suède et de France. Ce calvaire qui dura six mois fut totalement vain.

En novembre 1947, il fit encore un voyage à Casablanca pour régler la vente d'une propriété ayant appartenu à Gustave, l'aîné des frères Surin. Nous eûmes le droit de l'accompagner dans ce voyage qui coïncida avec la mort de notre oncle Alexandre, assassiné dans les docks du grand port marocain.

Edouard mourut lui-même, presque aveugle, en mai 1948.

CHAPITRE XIII

LA MORT D'UN CHASSEUR

Alexandre

Casablanca. En Afrique, je respire mieux. Je me redis le proverbe musulman : des femmes pour la famille, des garçons pour le plaisir, des melons pour la joie. L'hétérosexualité n'a pas ici le caractère contraignant et oppressif que son monopole lui donne en pays chrétien. Le musulman sait qu'il y a des femmes et des garçons, et qu'il faut demander à chacun cela seul qu'il a vocation d'offrir. Au lieu que le chrétien, muré dès sa plus petite enfance dans l'hétérosexualité par un dressage forcené, en est réduit à tout demander à la femme, et à la traiter en ersatz de garçon.

Je respire mieux. Est-ce vraiment parce que je suis en pays arabe ? Si je me le dis, c'est peut-être pour me tromper, pour me faire illusion. Pourquoi le nier ? Je suis au bout de mon rouleau. Ces années sordides de trafic et de marché noir venant après la mort de Dani et la perte de Sam m'ont vidé de ma substance. Il a fallu que ma force vitale subisse une chute effrayante pour que j'apprenne à la mesurer.

Je sais maintenant prendre ma température par le goût qui me reste des garçons. Pour moi, aimer la vie, c'est aimer les garçons. Or depuis deux ans, c'est indéniable, je les aime moins. Je n'ai pas besoin d'interroger mes amis ou de me regarder dans une glace pour savoir que la flamme qui me distinguait des hétérosexuels vacille, charbonne, et que je menace d'être bientôt aussi gris, morne, éteint qu'eux.

Et en même temps que des garçons, je me détache des oms. Dans mon enfance, dans ma jeunesse, je flottais, j'errais en exil partout où j'allais. J'étais, comme dit la police, sans feu ni lieu. La succession providentielle de mon frère Gustave m'a donné un royaume, les blanches plaines de Saint-Escobille, les collines argentées de Miramas, la substance grise de Roanne, le tertre noir d'Aïn-Diab et quelques autres territoires, tous en abomination aux gens comme il faut, tous superficiels jusque dans leurs plus intimes profondeurs, composés d'une accumulation de formes enveloppantes, préhensives.

Eh bien, ces lieux privilégiés ne m'attirent plus ! J'irai certes demain — ou après-demain — inspecter Aïn-Diab. Ce sera sans émotion, sans passion.

Pourtant en sentant hier vibrer sous mes pieds la passerelle du vieux *Sirocco* qui m'a amené de Marseille, en voyant sur le môle le grouillement des djellabas, en respirant dans les ruelles de la vieille médina l'odeur traîtresse du kif, j'ai tressailli de joie, et un flot de vie a irrigué ma carcasse. Est-ce le contact chaleureux de cette terre d'amour ? N'est-ce pas plutôt cette fameuse rémission, cette sorte de béatitude qu'apporte avec elle la dernière heure et que l'entourage du moribond confond parfois avec une promesse de guérison, mais lui n'ignore pas qu'elle est la plus inéluctable des condamnations ? Après tout qu'importe ? Peut-être aurai-je le bonheur de mourir en beauté, au mieux de ma forme, monté, tendu, souple et léger, Fleurette au poing ? Je ne demande rien de plus.

*

Hygiène anale des Arabes. Civilisation islamo-anale. Un Arabe qui va chier n'emporte pas une poignée de papiers, mais un peu d'eau dans une vieille boîte de conserve. Il se montre justement choqué par la grossièreté et l'inefficacité des torche-culs occidentaux. Supériorité d'une civilisation *orale* sur une civilisation *écrite*. L'Occidental est tellement entiché de paperasserie qu'il s'en fourre jusque dans le cul.

Se laver l'anus à grande eau après chier. L'une des plus vraies consolations de l'existence. Fleur aux pétales fripés, sensible comme une anémone de mer, le petit organe reconnaissant et euphorique dilate et contracte avec jubilation sous la caresse du flot une corolle muqueuse tapissée d'une fine dentelle de veinules violettes...

Ensuite je marche, ailé de bonheur, sur la plage où mugit le soleil, où rayonne l'océan. Salut, divinités par la rose et le sel ! Ce détachement, cette joie attendrie devant chaque chose, cette amitié douce et mélancolique... ce sont peut-être les grâces dépêchées vers moi par la mort, et qui vont m'entraîner vers elle en dansant. J'ai toujours soupçonné que la naissance étant un choc horrible et brutal, à l'inverse, la mort devait être un très mélodieux et mozartéen embarquement pour Cythère.

*

J'ai croisé tout à l'heure un étrange et troublant cortège. Deux policiers énormes, moustachus et pansus, bardés de ceinturons, de baudriers et de revolvers, ayant au ventre une matraque raide et dure comme un pénis, escortaient une bande de pâles voyous, des adolescents efflanqués d'une sauvage beauté. Or pour les maîtriser les policiers leur avaient passé des menottes. Mais des menottes invisibles, imaginaires, et les garçons croisaient leurs mains fines et sales les uns sur leurs fesses, les autres sur leur sexe. Parmi ces derniers, j'en ai remarqué un plus grand que les autres dont j'ai bien vu que l'œil de loup m'avait repéré à travers la crinière qui croulait sur un visage osseux. D'ailleurs ses mains ont esquissé un geste obscène qui ne pouvait être destiné qu'à moi. Pour l'heure les policiers doivent leur infliger des sévices auxquels leurs menottes imaginaires les empêchent de se soustraire.

*

Son crâne tondu ras paraissait noir, durcissait son visage et donnait à ses yeux une fixité inquiétante. Une chemise d'homme beaucoup trop grande, flottante sur son torse maigre, aux manches roulées, une culotte courte collante descendant bas sur ses genoux ronds le faisaient ressembler au petit mendiant aux raisins de Murillo. Il était d'une saleté homérique, et nombre de trous dévoilaient çà et là une pièce de cuisse, de fesse ou de dos. Sur le boulevard de Paris dont les arcades abritent de luxueux magasins, il glissait entre les passants, comme un animal sauvage au milieu d'un troupeau de moutons.

Il m'a doublé. J'observe sa flâne, sa dégaine, ce chaloupé de tout le corps qui part évidemment de ses pieds nus. Aussitôt m'envahit cette délicieuse ébriété qui s'appelle le désir, et s'ouvre la chasse. Une chasse particulière dont l'objectif simple et paradoxal est la métamorphose du chasseur en chassé — et réciproquement. Il s'arrête devant une vitrine. Je le double. Je m'arrête devant une vitrine. Je le regarde approcher. Il me double, mais il m'a vu. La ligne est lancée entre lui et moi, car il s'arrête à nouveau. Je le double. Je m'arrête à mon tour, le regarde approcher. Vérification de la solidité de la ligne : je le laisse me doubler, je m'attarde. Exquise incertitude qui me fait battre le cœur : il peut poursuivre, disparaître. Ce serait sa façon de refuser le jeu. Non ! Il s'est arrêté. Coup d'œil vers moi. L'ébriété s'alourdit, devient engourdissement, somnolence heureuse qui amollit mes genoux et durcit mon sexe. La métamorphose s'est accomplie. Désormais, c'est moi la proie, une grosse prise qu'il va s'efforcer d'amener doucement dans ses filets. Il avance. S'arrête. S'assure d'un coup d'œil que je suis docilement, mais il ne se laisse plus doubler ; c'est lui maintenant qui mène le train. Il tourne à droite dans une rue secondaire, change de trottoir pour me surveiller plus aisément. Je m'amuse à l'inquiéter en m'arrêtant, en consultant ma montre ostensiblement. Le geste engendre l'idée : faire demi-tour ? Impossible ! La ligne invisible m'entraîne irrésistiblement dans des ruelles de plus en plus sombres, de plus en plus étroites. Avec bonheur je me laisse couler à sa suite dans les profondeurs de la ville arabe. Je comprends que nous nous dirigeons vers les docks du port. La conscience du danger ajoute sa sonnerie grêle au sourd bourdonnement du désir qui gronde dans mes artères.

Tout à coup une petite moto dont le phare crève l'obscurité surgit en pétaradant. Elle est chevauchée par un adolescent famélique qui porte en croupe un très jeune garçon. Elle s'arrête pile devant Murillo. Echange de quelques mots. Demi-tour pétaradant. L'adolescent est maintenant devant moi, et je reconnais le loup maigre de l'autre jour. Sa captivité aura été brève, mais l'une de ses pommettes est tuméfiée.

— Tu le veux ?

Parle-t-il de Murillo ou du petit qu'il porte accroché derrière lui ? Je réponds d'un ton rogue :

— Non, fous-moi la paix !

La moto a rejoint Murillo d'un bond et son phare a une fois encore balayé les façades lépreuses des maisons. Nouveau bref dialogue. Elle s'évanouit dans un hurlement du moteur.

Je ne bouge plus. Va pour le danger, mais le suicide ? J'avise une vague lueur dans une ruelle avoisinante. Une sorte d'épicerie. J'y entre. Pendant qu'on me pèse un kilo de muscat, j'aperçois la tête noire de Murillo à travers la vitre. Je ressors. Pour la première fois, nous sommes *ensemble*. Nos espaces personnels interfèrent. Nous nous frôlons. Le désir tonne dans ma tête comme un bourdon de cathédrale. Je lui tends une grappe de raisin qu'il attrape avec une vivacité de singe. Je le regarde grapiller. Divine magie ! J'ai fait descendre un jeune garçon d'un tableau de la Pinacothèque de Munich, et il est là, chaud et loqueteux à côté de moi. Sans cesser de manger, il me regarde, recule, s'éloigne, et la course vers le port reprend.

Les docks. La masse noire des containers. Les rouleaux de cordage. Les travées obscures entre des piles de caisses où je distingue à peine la clarté de la chemise de Murillo. Dureté, rigueur impitoyable de ce paysage. Comme nous sommes loin de la blanche mollesse des gadoues ! L'idée m'effleure que je suis assez muni d'argent, mais que j'ai laissé Fleurette à l'hôtel. Comme pour concrétiser ma crainte, un homme surgit brusquement devant moi.

— Ce que vous êtes en train de faire est extrêmement dangereux !

Il est petit, très brun, en civil. Que fait-il lui-même à cette heure en ces lieux ? Est-ce un flic en bourgeois ?

— Venez avec moi !

Je raisonne très vite. Premièrement, Murillo a fui et je ne le retrouverai plus après cette alerte. Deuxièmement, je ne sais plus du tout où je suis. Troisièmement, le désir tombant tout à coup, je suis crevé de fatigue. L'inconnu m'entraîne vers un carrefour de travées éclairé par des lampadaires que le vent léger balance doucement. Il y a là une petite voiture dans laquelle nous nous engouffrons.

— Je vous ramène au centre de la ville.

Puis après un long silence et comme nous nous arrêtons place des Nations-Unies :

— N'allez pas la nuit dans les docks. Ou si vous y allez, ayez de l'argent. Pas trop, mais assez. Pas de bijoux voyants, et surtout pas d'arme. Dans une rixe vous n'auriez aucune chance, vous m'entendez, aucune !

*

La pensée de Murillo me poursuit, et je maudis l'intervention de ce curé ou de ce flic, de ce curé-flic en civil qui a cassé ma chasse. La chasse au garçon est le grand jeu qui a donné couleur, chaleur et goût à ma vie. Je pourrais ajouter douleur, car j'en conserve plus d'une cicatrice. J'y ai laissé des plumes et des poils. J'ai même par trois fois frôlé la catastrophe. Pourtant si j'avais au total un regret à formuler, ce serait d'avoir trop souvent péché par excès de prudence, de n'avoir pas saisi avec plus de mordant les proies qui passaient à ma portée. En vieillissant, la plupart des hommes perdent en audace. Ils deviennent pleutres, s'exagèrent les risques à courir, succombent au conformisme. Il me semble qu'en évoluant en sens inverse, je suis davantage dans la logique. En effet, un vieillard entreprenant offre moins de surface aux coups qu'un jeune homme. Sa vie est construite, solide, et en grande partie hors de portée, parce que derrière lui. Si l'on doit être blessé, estropié, emprisonné, tué, n'est-ce pas plus fâcheux à dix-huit ans qu'à soixante ?

*

Ce qui m'arrive est curieux, plus fort que cela

même, fantastique, oui. Ce matin en revenant du dépôt d'Aïn-Diab, je me suis arrêté au phare qui dresse sa tour blanche sur la route de la corniche. Il faisait un temps radieux, j'avais pour la forme inspecté la grande gadoue du tertre noir, et je voulais jouir un instant de la vue magnifique qu'offre cette côte, malheureusement en grande partie dangereuse et inaccessible. Ensuite, j'ai repris ma voiture et je me suis mêlé à la foule bigarrée de la vieille médina. J'avais à peine fait trois pas que j'ai remarqué un jeune garçon qui fouillait dans les ustensiles de cuivre d'une boutique. Il était blond, très fin, d'apparence plutôt chétive, mais vif et déluré. Quel âge peut-il avoir ? A première vue une douzaine d'années. A y regarder mieux, davantage sûrement — quinze ans peut-être, car il paraissait naturellement fluet. Quoi qu'il en soit, ce n'est pas mon gibier. Homosexuel, oui, mais pas pédéraste. Déjà avec Dani, j'ai été cruellement puni, il me semble, pour m'en être pris à un âge beaucoup trop tendre. Je ne lui aurais donc certainement prêté aucune attention, si je n'avais pas eu la certitude absolue que je venais de le quitter quelques minutes plus tôt au phare de la corniche. Or non seulement j'étais venu de la corniche à la médina par la voie la plus directe, mais ce blondin paraissait bien se trouver depuis un moment déjà dans cette boutique, puisqu'il avait mis de côté, alors que j'arrivais, un plateau ciselé et un petit narguilé. Faut-il admettre qu'il a la faculté de voler à travers les airs ?

J'ai eu la curiosité de le guetter. Il a traîné encore une heure dans les souks, puis il a pris un taxi — que j'ai filé tant bien que mal avec ma voiture — et s'est fait déposer à l'hôtel Marhaba, avenue de l'Armée-Royale, un trajet très bref qui lui aurait demandé dix minutes à pied.

*

J'ai aperçu tout à l'heure le loup maigre à motocyclette, accomplissant, boulevard de Paris, un slalom infernal au milieu des voitures. Il emportait en croupe le mangeur de raisins de Murillo. Coup de désir, mais coup sourd, coup amorti. Le cœur n'y est plus. Enfin, il y est moins. Je suis préoccupé par l'enfant ubiquiste.

Une idée en entraînant une autre, j'ai fait un saut à l'hôtel Marhaba qui se trouve à proximité. Je suis entré dans le hall. Au portier qui m'accueillait d'un air interrogateur, j'ai dit la vérité : « Je cherche quelqu'un. » Vérité éternelle, la plus profonde de mes vérités, mon seul ressort depuis que j'existe. Puis j'ai inspecté les salons du rez-de-chaussée. Peu s'en est fallu qu'il m'échappe : il était blotti au fond d'un immense « club » de cuir, ses jambes nues repliées sous lui. Il lisait. Extraordinaire acuité de ses traits, finement tirés et comme sculptés au rasoir. Lire — et peut-être mieux encore, déchiffrer, décrypter — telle paraît être la fonction naturelle de ce visage dont l'expression habituelle est une attention calme, studieuse. N'étaient-ce sa taille et ses vêtements de petit garçon, il m'a paru cette fois beaucoup plus âgé que dans la médina. Seize ans peut-être. Ce garçon qui paraît échapper à l'espace, vit-il également hors du temps ?

*

J'observe un paon et sa paonne (est-ce ainsi que l'on dit ?) qui sont l'ornement du petit jardin intérieur de l'hôtel. Parce qu'il « fait la roue », le paon a une réputation de vanité. C'est doublement faux. Le paon ne fait pas la roue. Il n'est pas vaniteux, il est exhibitionniste. Car en fait de roue, le paon se déculotte et montre son cul. Et afin qu'aucun doute ne subsiste, sa jupe de plumes retroussée, il pivote sur place à petits pas pour que personne n'ignore son cloaque épanoui dans une corolle de duvet mauve. La nature de ce geste est postérieure et non antérieure. Je note une fois de plus l'acharnement du « sens commun » à interpréter les choses à l'envers, en vertu de principes et de vues *a priori*. C'est sans doute mon « bon sens » qui me fait qualifier d'inverti.

*

L'ubiquiste vient encore de manifester son pouvoir, et de la façon la plus spectaculaire. La chaleur et ma passion cynégétique me poussaient du côté de la superbe piscine municipale dont les dimensions et le luxe s'efforcent de faire oublier une plage inaccessible et une mer aux rouleaux meurtriers. A peine étais-je dans l'eau que je l'ai reconnu, se hissant et pivotant pour s'asseoir sur le bord de marbre, d'un seul mouvement souple et léger. C'était la première fois que je le voyais relativement déshabillé Certes il est parfaitement proportionné et étoffé malgré sa petitesse et sa sécheresse, mais il m'a laissé de glace.

C'est sans doute en partie à cause du caleçon de bain. Rien de plus ingrat que cette tenue dont les lignes horizontales coupent par le milieu des lignes verticales du corps, et brisent leur continuité. Le caleçon de bain, ce n'est ni la nudité, ni le langage original et parfois troublant des vêtements. C'est simplement la nudité niée, détruite, étouffée sous un bâillon.

Une heure plus tard en sortant de la piscine, je traverse le boulevard Sidi-Mohammed-Ben-Abd-Allah pour jeter un coup d'œil au très fameux aquarium. Il était là, devant la fosse aux iguanes, habillé de blanc, le cheveu sec. C'est alors que j'ai eu — comme on dit vulgairement — le coup de foudre. Je me suis senti irrésistiblement attiré par ce garçon, mieux : voué à vivre désormais et pour toujours avec lui, faute de quoi le soleil s'éteindrait et la cendre pleuvrait sur ma vie. Il y avait bien longtemps que pareille aventure ne m'était arrivée. Si longtemps même que je n'ai aucun souvenir de rien d'approchant. Le « je cherche quelqu'un » prononcé l'autre jour dans le hall de l'hôtel s'efface désormais devant un « j'ai trouvé quelqu'un ». Bref, je suis amoureux, et pour la première fois. Dieu merci, je sais qu'il est descendu à l'hôtel Marhaba, et donc, j'ai espoir de le retrouver assez facilement. Je caresse même le projet de déménager et de prendre une chambre au même hôtel.

Une circonstance me frappe. J'avais pu le considérer d'un œil froid à la piscine. Pourquoi cette flambée quand je l'ai retrouvé un peu plus tard à l'aquarium ? Une seule réponse possible, mais combien mystérieuse : l'ubiquité. Oui, c'est toujours la *seconde* rencontre qui me frappe et m'enflamme, car elle seule met en évidence le phénomène de l'ubiquité. Je suis amoureux de cette ubiquité !

*

Au restaurant. A la table voisine de la mienne, une famille américaine. Deux garçons — cinq et huit ans sans doute — également athlétiques, blonds bleus et roses. Le plus jeune, vraie petite brute au mufle renfrogné de faune, s'acharne sur son frère qui se laisse faire en riant. Le pince, le tord, l'étrangle, l'ébouriffe, le boxe, le lèche, le mord. Quel jouet merveilleux il possède, un autre lui-même, plus gros, plus fort, et totalement passif, consentant ! Une gifle de la mère interrompt cet affectueux passage à tabac... pour trente secondes.

En observant cette petite scène, je sens se glisser dans mon esprit une idée qui rôde autour de moi depuis trois jours, mais que je repoussais de toutes mes forces : et si mon ubiquiste était deux ? S'il s'agissait de deux frères jumeaux, parfaitement indiscernables, mais assez indépendants pourtant pour choisir des occupations, des promenades différentes ?

Ubiquité, gémellité. Je rapproche, j'entrechoque, je superpose ces deux mots à première vue sans rapport l'un avec l'autre. Pourtant, s'il s'agit de deux frères jumeaux, l'ubiquité a été le masque sous lequel pendant ces quelques jours leur gémellité m'est apparue. L'ubiquité apparente n'était qu'une gémellité cachée, une gémellité provisoirement brisée aussi, car pour qu'il y ait ubiquité apparente, encore fallait-il que les jumeaux se présentassent successivement, séparément. Dès lors je m'expliquerais assez plausiblement l'attrait qu'exerce sur moi le garçon pris en flagrante ubiquité. Car cet apparent ubiquiste est en fait un jumeau *déparié*. C'est dire qu'il existe à côté de lui un vide, un puissant *appel d'être*, la place en creux de son frère absent, par lequel je me sens irrésistiblement aspiré.

Tout cela est fort bien, mais ne s'agit-il pas d'une simple construction de l'esprit ?

*

J'ai payé ma chambre. J'ai bouclé ma valise et placé en évidence un billet demandant qu'elle soit déposée au nom de M. Edouard Surin à l'hôtel Marhaba.

Non seulement les jeux sont faits, mais le numéro est sorti : noir, impair et manque. Comme pour me confirmer que la boucle est bouclée, j'ai trouvé tout à l'heure en rentrant le Murillo en faction devant mon hôtel. Il m'attendait. Il m'attend encore. Plus pour longtemps.

Ce matin le destin m'a conduit sur la route de Fédala, le long d'un rivage de dunes clairsemées d'ajoncs et de genêts, un des rares points de la côte où l'océan soit accessible et assagi. C'est sans doute pourquoi de nombreux jeunes Arabes y jouaient et se baignaient, mais je n'avais pas le cœur à herboriser. Pour la première fois de ma vie, ayant un programme long et détaillé à réaliser, je savais ne plus disposer que d'une quantité d'énergie limitée, et que la flânerie n'était plus de saison. Je me suis étendu sur le sable. On croit communément que le sable constitue une couche molle et douce comme un matelas. Rien de plus dur au contraire, une dureté de ciment. Pour la main distraite et joueuse, le sable est plume, mais au corps grave tout entier couché sur lui, il avoue sa vérité de pierre. Pourtant le corps peut toujours s'y creuser un moule à son image. C'est ce que j'ai fait par petits mouvements rapides. Un sarcophage de sable. Une anecdote que m'a racontée un ancien spahi et qui m'a frappé m'est revenue à l'esprit. Alors qu'il nomadisait avec un peloton monté dans le Tassili des Ajjer, l'un de ses hommes était mort d'une péritonite. D'Alger, prévenu par relais radio des bordjs, était arrivé cet ordre effarant : rapporter le corps afin qu'il soit rendu à sa famille ! Cela représentait des semaines à dos de chameau, puis en camion, entreprise apparemment folle sous ce climat. On voulut toutefois essayer. Le corps fut placé dans une caisse. Celle-ci, clouée, fut chargée sur un chameau. Or voici la merveille : non seulement aucune odeur ne s'échappait des planches, mais la caisse devenait de jour en jour plus légère ! Tellement que les hommes finirent par se demander si le corps était encore là. Pour s'en assurer, ils déclouèrent une planche. Le corps était bien là, mais desséché, momifié, dur et raidi comme un mannequin de cuir. Merveilleux climat si radicalement stérile qu'il épargne la putréfaction aux cadavres ! C'est là-bas, dans le grand Sud, qu'il faudrait aller mourir, au fond d'une niche moulant tous les reliefs de mon corps, comme celle où je repose présentement…

Je ferme les yeux sous l'éclat du ciel. J'entends des voix fraîches, des rires, des claquements de pieds nus. Non, je ne rouvrirai pas les yeux pour voir passer cette troupe sans doute charmante. Je ne rouvrirai pas les yeux, mais je me souviendrai de ce détail de l'éducation des enfants athéniens qu'Aristophane rapporte dans *Les Nuées :* lorsqu'ils avaient terminé leur gymnastique sur la plage, on exigeait d'eux qu'ils effaçassent l'empreinte de leur sexe sur le sable afin que les guerriers qui viendraient faire l'exercice après eux ne fussent pas troublés...

Des pieds nus encore, mais c'est un solitaire, cette fois, un taciturne. J'ouvre un œil. C'est bien celui que j'attends, l'ubiquiste. Il va d'un pas assuré, d'un pas ferme, d'un pas qui est à l'image de son corps mince et parfaitement équilibré, de son visage attentif et affûté, vers un but connu, repéré, impérieux. Et moi, je me lève et je le suis, pressentant que le miracle ubiquitaire va encore une fois se produire, et qu'au côté de ce garçon qui n'est pas mon type — dont la chétivité, la blondeur et je ne sais quoi de lucide et d'interrogatif me rebutent plutôt et me glacent — va s'ouvrir tout à coup une place, une vacance, un manque qui seront un appel tout-puissant lancé vers moi.

Je le suis. Nous contournons les baraques où l'on vend des frites et des sodas. Il se dirige vers les dunes et disparaît dans le taillis de mimosa qui les sépare de la plage. Je le perds. Il y a plusieurs voies possibles. Il faut escalader une dune pour dominer un creux, une vallée de sable et découvrir d'autres dunes. Il ne peut être loin, car il lui faudrait pour cela escalader lui-même une dune, et je le verrais. Je cherche, je cherche. Et je trouve.

Le paria et la pariade. Ils sont là, tous les deux, parfaitement indiscernables, enlacés dans un trou de sable. Je suis debout au bord du trou, comme dans la campagne roannaise, observant la proie et la proie de la proie, comme à Miramas découvrant le corps de Dani sous un essaim de rats. Ils sont recroquevillés dans la posture fœtale, un œuf parfait, où l'on ne voit qu'un écheveau de membres et de toisons. Cette fois le miracle ubiquitaire n'a pas eu lieu. L'ubiquité au contraire, ayant laissé tomber son masque, est devenue gémellité. L'appel d'être qui me justifiait, qui me transverbérait de joie n'a pas retenti. La gémellité au contraire m'a rejeté, parce qu'elle est plénitude, entière suffisance, cellule close sur elle-même. Je suis dehors. Je suis à la porte. Ces enfants n'ont pas besoin de moi. Ils n'ont besoin de personne.

Je suis revenu à Casa. Il me restait à vérifier un soupçon. A l'hôtel Marhaba on m'a confirmé la présence d'un M. Edouard Surin et de ses deux fils, Jean et Paul. Les jumeaux sont mes neveux. Quant à mon frère, je ne souhaite pas le revoir. Qu'aurais-je à lui dire ? Si le destin m'accorde un sursis, nous examinerons à nouveau la question.

J'ai fait ma toilette. Mon gilet brodé est garni de ses cinq médaillons européens et de celui du tertre noir d'Aïn-Diab. Qu'avait recommandé l'inconnu des docks ? Pas de bijoux, pas d'arme, de l'argent liquide ? Je n'emporterai donc pas un sou. Fleurette se balancera à mon bras, et à mes oreilles brilleront les perles philippines.

Me voici, petit Murillo. Je vais t'acheter une grappe de muscat comme l'autre soir, et ensemble nous nous enfoncerons dans la nuit des docks.

*

Paul

Le surlendemain, nous apprenions par la presse qu'on avait découvert dans les entrepôts d'arachides des docks trois cadavres ensanglantés. Deux Arabes tués d'un seul coup d'épée en plein cœur et un Européen frappé de dix-sept coups de couteau dont quatre au moins étaient mortels. L'Européen, dépouillé de tout argent, avait dû faire face à ses agresseurs à l'aide d'une canne-épée qu'on a retrouvée à côté de lui.

Edouard ne nous a d'abord rien dit. Plus tard, nous avons appris qu'il s'agissait de son frère Alexandre, notre oncle scandaleux. Sa présence à Casablanca s'expliquait par la direction qu'il assurait du dépôt d'ordures du tertre noir d'Aïn-Diab. C'était donc le fantôme de l'oncle Gustave qui nous avait réunis à Casablanca.

...

C'est le drame des générations. J'ai assez déploré qu'Edouard étant mon père un fossé de trente ans et plus nous ait irrémédiablement séparés. Ce père médiocre, quel admirable ami n'eût-il pas été ! Un ami un peu dominé certes, guidé par moi vers un destin plus accompli, plus obtenu, plus réussi. J'aurais apporté à sa vie la lucidité et la volonté qui lui ont manqué pour qu'elle comporte cette part de *construit* sans laquelle il n'est pas de bonheur solide. La vie d'Edouard est allée à vau-l'eau malgré la bonté du fonds et l'abondance des dons. Mais de cette richesse gratuite, il n'a pas su être l'architecte. Il a fait confiance jusqu'au bout à la fortune, mais la fortune se lasse des éternels bénéficiaires qui ne savent pas répondre à ses avances.

Edouard m'aurait compris, suivi, obéi. C'est le père-jumeau qu'il m'aurait fallu. Au lieu que Jean…

Ce même écart d'une génération m'a fait également manquer mon rendez-vous avec Alexandre. J'étais trop jeune — trop frais, trop désirable — quand un méchant hasard m'a placé pour la première fois sur son chemin. Sans que ma volonté soit en cause, je l'ai atteint en plein cœur et tué sur le coup.

Et pourtant, j'aurais eu beaucoup à lui dire, beaucoup à apprendre de lui.

La communion gémellaire nous place tête-bêche dans la position ovoïde qui fut celle du fœtus double. Cette position manifeste notre détermination à ne pas nous engager dans la dialectique du temps et de la vie. A l'opposé, les amours sans-pareil — quelle que soit la position adoptée — mettent les partenaires dans l'attitude asymétrique et déséquilibrée du marcheur accomplissant un pas, le premier pas.

A mi-chemin de ces deux pôles, le couple homosexuel s'efforce de former une cellule gémellaire, mais avec des éléments sans-pareil, c'est-à-dire en contrefaçon. Car l'homosexuel est un sans-pareil, il n'y a pas à le nier, et comme tel sa vocation est dialectique. Mais il la refuse. Il rejette la Procréation, le devenir, la fécondité, le temps et leurs vicissitudes. Il cherche en gémissant le frère-pareil avec lequel il s'enfermera dans une étreinte sans fin. Il s'agit d'une usurpation de condition. L'homosexuel, c'est le Bourgeois-Gentilhomme. Destiné au travail utilitaire et à la famille par sa naissance roturière, il revendique follement la vie ludique et désintéressée du gentilhomme.

L'homosexuel est un comédien. C'est un sans-pareil qui a échappé à la voie stéréotypée tracée pour les besoins de la propagation de l'espèce, et qui joue les jumeaux. Il joue et il perd, mais non sans d'heureux coups. Car ayant réussi au moins dans la phase négative de son entreprise — le rejet de la voie utilitaire — il improvise librement — dans la direction du couple gémellaire certes, mais selon des inspirations imprévisibles. L'homosexuel est artiste, inventeur, créateur. En se débattant contre un malheur inéluctable, il produit parfois des chefs-d'œuvre dans tous les domaines. Le couple gémellaire est tout à l'opposé de cette liberté errante et créatrice. Sa destinée est fixée une fois pour toutes dans le sens de l'éternité et de l'immobilité. Couple soudé, il ne saurait bouger, souffrir, ni créer. A moins qu'un coup de hache...

surtout de ce que Peter, à mesure qu'il se mariait, disparaissait sans retour, comme si son conjoint avait chaque fois posé comme condition au mariage une rupture définitive avec la tribu.

Il en allait tout autrement lorsque Sophie se présenta ici. L'usine qui agonisait depuis les arrestations du 21 mars 1943 s'arrêta tout à fait après la mort d'Edouard. Sainte-Brigitte fut transférée, deux ans plus tard, à Vitré dans des locaux « fonctionnels », construits *ad hoc*. Nous restions seuls, Méline et Jean-Paul, et encore Jean faisait la navette sous prétexte d'études de droit entre les Pierres Sonnantes et Paris, comme Edouard jadis. Si elle avait été sotte, Sophie se serait figuré qu'elle trouverait facilement sa place dans cette grande maison vide, habitée par deux frères et une vieille bonne murée dans sa surdité et ses petites manies. Mais je lui fais confiance. Dès le premier moment, elle a senti qu'à nous trois, nous formions une figure d'une redoutable rigidité, et aussi que nos espaces personnels additionnés emplissaient la maison de la cave au grenier. Il existe, je crois, une loi de physique selon laquelle une quantité de gaz aussi faible soit-elle remplit toujours également le ballon dans lequel elle est enfermée. Chaque homme a une capacité plus ou moins grande de dilatation de son espace personnel. Cette capacité est limitée, de telle sorte qu'isolé dans une vaste demeure, il en laisse une partie plus ou moins grande inoccupée, disponible. Je n'affirme rien, mais je ne serais pas surpris si la cellule gémellaire — échappant à cette règle — se révélait, comme les gaz, indéfiniment dilatable. Je crois que si on nous donnait le château de Versailles, nous parviendrions à l'habiter tout entier, des combles aux souterrains. Ainsi la grande Cassine où avait vécu à l'aise une foule d'adultes et d'enfants, nous la remplissions à pleins bords, Jean et moi, avec Méline, notre émanation fidèle.

Pour autant que mes souvenirs ne me trahissent pas, Sophie n'était pas exceptionnellement jolie, mais elle plaisait par un petit air modeste et sérieux qui paraissait traduire une grande bonne volonté de comprendre afin d'agir à bon escient. Nul doute qu'elle avait mesuré le problème gémellaire et qu'elle n'en sous-estimait pas les difficultés. C'est pourquoi d'ailleurs le mariage ne s'est finalement pas réalisé. Il eût fallu une écervelée qui s'y précipitât par impulsion. Toute réflexion devait être fatale au projet.

J'imagine que Jean retarda autant que possible l'instant où Sophie me serait présentée. Il devait redouter ma réaction, connaissant mon hostilité à tout ce qui était de nature à nous séparer. Mais enfin, il fallut bien affronter cette épreuve.

Je n'oublierai jamais cette première rencontre. Toute la journée un grain et ses séquelles avaient rincé et peigné la côte. Le jour baissait lorsqu'on put enfin sortir. L'air mouillé était frais, et le soleil glissant déjà dans l'entrebâillement lumineux ouvert entre l'horizon et le couvercle des nuages, nous baignait d'une lumière faussement chaleureuse. La basse mer ajoutait les déserts miroitants de la grève au ciel dévasté.

Nous marchions à la rencontre l'un de l'autre sur le sentier scabreux qui ourle la falaise, lui montant avec Sophie de l'ouest, moi descendant vers la plage. Nous nous sommes arrêtés sans un mot, mais je reste, des années plus tard, encore saisi et tremblant en évoquant la terrible solennité de cette confrontation. Sophie m'a longuement dévisagé, et moi, j'ai reçu pour la première fois le coup de lance de l'*aliénation,* cette blessure qui n'a pas cessé depuis de se rouvrir, mois après mois, de saigner, encore et encore, récompense et châtiment à la fois de ma quête de mon frère-pareil. Car il n'y avait pas seulement dans son regard l'inoffensive et incrédule stupeur des nouveaux venus s'effarant de notre ressemblance. Sous cet étonnement rabâché, je devinais autre chose, une évidence intolérable que j'appelle par-devers moi la *lueur aliénante,* et dont je n'ai pas encore épuisé la brûlante amertume. Car ayant une connaissance intime de Jean, elle savait aussi tout de moi — qui ne savais rien d'elle. J'étais connu, percé, inventorié — sans cette réciprocité qui instaure l'équilibre et la justice élémentaires des couples. Une femme violée pendant son sommeil, ou à la faveur d'un évanouissement, par un inconnu, éprouverait peut-être, en rencontrant cet homme plus tard, un semblable sentiment de dépossession. Certes la connaissance qu'elle pouvait avoir de Jean-Paul restait de nature sans-pareil. Son caractère strictement utilitaire — son assujettissement à la propagation de l'espèce — limitait sa lumière et sa chaleur. Il est clair que les partenaires sans-pareil n'accèdent qu'à des étreintes boiteuses, à des joies mitigées, et ils ne peuvent se dissimuler que la solitude où ils sont enfermés chacun de son côté est infrangible. C'en était encore trop pour moi. Je lisais dans son regard qu'elle m'avait serré nu dans ses bras, qu'elle savait le goût que j'ai, qu'elle connaissait quelque chose —

et ne fût-ce qu'un simulacre — de nos rites d'approche et de communion. Et moi j'étais devant une inconnue ! Jean a-t-il cru que c'était la jalousie qui me dressait contre Sophie ? J'ai peine à croire qu'il se soit éloigné de l'intimité gémellaire et qu'il ait adopté la vision sans-pareil au point d'ignorer qu'il n'était pas personnellement en cause, qu'à travers lui, c'était Jean-Paul, l'intégrité de la cellule que je défendais !

Un jeune homme présente sa fiancée à son frère. La jeune fille et son futur beau-frère échangent des propos insignifiants, animés en surface par une camaraderie de convention, glacés en profondeur par les interdits que dresse entre eux la parenté artificielle qui va les unir. Jean et Sophie faisaient un effort si convaincu, si communicatif pour maintenir cette fragile construction au-dessus de l'abîme gémellaire que je dus bien me résoudre à entrer dans leur jeu. De nous trois, c'était Jean qui paraissait le moins emprunté, sans doute parce que depuis des années — aidé au début par l'infâme Malacanthe — il s'exerçait à adopter le comportement sans-pareil. Seul avec Sophie, il avait dû assumer ce rôle assez vaillamment. Tout devenait plus difficile en ma présence, mais il se tirait encore apparemment de la situation. Pour Sophie au contraire, ma survenue avait été un choc que n'expliquaient assez ni sa timidité de jeune fille, ni l'étonnement trivial banalement suscité par notre ressemblance. Il y avait autre chose — plus grave, plus blessante — que je devinais parce que gravement blessé moi-même et qui autorisait tous les espoirs.

Sophie

J'ai été lâche. J'ai fui. Je le regretterai peut-être toute ma vie, en me demandant cependant si je n'ai pas reculé à temps au bord d'un abîme. Comment savoir ? J'étais trop jeune aussi. Aujourd'hui, tout serait différent.

Jean m'a paru assez insignifiant les premières fois que je l'ai vu. C'était encore au lendemain de la guerre. On s'efforçait de se persuader qu'on était bel et bien sorti du tunnel, en s'amusant beaucoup. C'était l'époque des « surprises-parties ». Pourquoi surprises ? Rien de moins inattendu au contraire que ces petites soirées qui se passaient à tour de rôle chez chacun des membres de notre bande. Je n'ai guère remarqué au début ce jeune homme blond, plutôt petit, au visage doux, paraissant défier le vieillissement. Tout le monde l'aimait bien parce qu'il paraissait plus attaché qu'aucun autre membre à notre groupe, plus possédé par l'esprit d'équipe. J'aurais dû soupçonner dans ce zèle communautaire, dans cette ardente volonté « d'en être », la peur secrète justement de « n'en être pas ». Jean était à vingt-cinq ans un néophyte de la vie commune. Je crois qu'il l'est resté, n'ayant jamais pu opérer son intégration à un groupe quelconque.

Il n'a commencé à m'intéresser que le jour où j'ai vu se dessiner une personnalité, un destin qui auraient dû au contraire me décourager, puisqu'ils signifiaient : danger, avenir matrimonial nul. L'obstacle que je pressentais m'excita d'abord, parce que je ne le mesurai pas.

C'était chez lui qu'avait lieu ce jour-là notre

« partie ». Je fus dès l'abord impressionnée par ce vaste et sévère appartement, superbement situé dans l'île Saint-Louis. Il y eut d'ailleurs un moment de silence général imposé par ces pièces hautement plafonnées, ces parquets à marqueteries, ces fenêtres étroites laissant deviner un paysage de pierres, de feuillages et d'eaux. Jean s'acharna aussitôt à dissiper cette atmosphère oppressée, et il y parvint en déchaînant de la musique de jazz-hot et en nous mettant au travail pour faire de la place en repoussant les meubles contre les murs. Plus tard il expliqua qu'il s'agissait de la garçonnière où son père venait se distraire de la monotonie de sa vie bretonne. C'était la première allusion à sa famille qu'il faisait en ma présence. Nous avons beaucoup dansé, bu et ri. A une heure tardive, j'ai eu besoin de mon sac qui se trouvait dans la chambre transformée en vestiaire. Fut-ce le hasard qui y attira Jean au même instant ? Il me rejoignit alors que je tentais de remettre de l'ordre dans ma toilette. Comme nous étions un peu ivres, je ne fus pas autrement surprise qu'il me prît dans ses bras et m'embrassât. Il y eut un moment de silence.

— Voilà, dis-je enfin assez niaisement en montrant mon sac que je n'avais pas lâché. J'ai trouvé ce que je venais chercher ici.

— Moi aussi, dit-il en riant, et il m'embrassa de nouveau.

Il y avait sur la cheminée, dans un cadre fait d'une double plaque de verre, une photo qui représentait un homme sympathique mais un peu avantageux avec un enfant qui ne pouvait être que Jean.

— C'est vous avec votre père ? demandai-je.

— C'est mon père, oui, me dit-il. Il est mort encore jeune, il y a des années déjà. Le gosse, non, c'est mon frère Paul. C'était le préféré de papa.

— Comme il vous ressemble !

— Oui, tout le monde s'y trompe, même nous. Nous sommes de vrais jumeaux, vous savez. Quand nous étions tout petits, on nous avait mis au poignet une gourmette avec nos prénoms. Bien entendu nous nous sommes amusés à les échanger. Plusieurs fois. De telle sorte que nous ne savons plus qui est Paul, qui est Jean. Vous-même, vous ne le saurez jamais.

— Qu'est-ce que ça fait ? dis-je assez étourdiment. C'est une pure convention, n'est-ce pas ? Alors convenons à partir de ce soir que vous êtes Jean et que votre frère... Mais où est-il au fait ?

— Il est en Bretagne, dans notre propriété des Pierres Sonnantes. Enfin, il devrait y être. Parce que qu'est-ce qui vous prouve qu'il n'est pas là, devant vous, en train de vous parler ?

— Ah zut ! J'ai trop bu pour m'y retrouver !

— Même à jeun, vous savez, c'est souvent difficile !

Ces derniers propos m'ont en effet alertée, et à travers les vapeurs de la fatigue et de l'alcool, pour la première fois, j'ai soupçonné que je côtoyais un mystère un peu maléfique, qu'il serait prudent de battre en retraite immédiatement, mais ma curiosité et une certaine pente romanesque me poussaient au contraire à m'avancer dans cette forêt de Brocéliande. Pourtant ce n'était encore qu'un pressentiment vague auquel seule la nuit donna quelque consistance.

Jean m'entraîna dans une autre chambre, plus

petite, plus discrète que ce vestiaire improvisé où quelqu'un pouvait survenir à tout moment — et c'est là que je devins sa « maîtresse » — puisque c'est par ce mot suranné et impropre qu'on désigne encore la partenaire sexuelle d'un homme (*Amante* qui serait en principe plus simple et plus précis, est si possible encore plus ridicule).

Il faisait alors de vagues études de droit à Paris, et je n'ai jamais pu obtenir de lui qu'il précisât la façon dont il envisageait son avenir. Ce n'était pas mauvaise volonté de sa part. Il s'agissait plus profondément d'une inaptitude foncière à se concevoir dans un ensemble stable et précis. La liquidation de l'usine paternelle lui avait assuré un petit capital dont il était clair qu'il ne durerait pas. Son insouciance aurait dû me préoccuper, car elle compromettait à l'avance tout projet matrimonial. Elle était au contraire communicative, et nos seuls projets se rapportaient aux voyages que nous ferions ensemble. En vérité le mariage ne paraissait pas revêtir dans son esprit d'autre aspect que celui du voyage de noces, un voyage de noces qui durerait indéfiniment, alors qu'il consacre plutôt une certaine forme de sédentarité, il me semble. Un autre trait de son imagination, c'était de toujours relier voyage et saison, comme si chaque pays correspondait à une période de l'année, chaque ville à certains jours de cette période. Ce sont là certes des lieux communs, et une chanson à succès dont la radio nous assommait alors, *Avril au Portugal*, en était l'illustration. Mais, c'était souvent le cas chez Jean, les banalités les plus usées, les manies les plus routinières de la foule, reprises par lui, semblaient revivifiées et élevées à un niveau de noblesse et d'éclat supérieurs.

Cependant que toute la rue fredonnait *Avril au Portugal,* il avait acquis son premier disque microsillon, *Les Saisons* de Vivaldi et la rengaine populaire paraissait étayée, confirmée, justifiée par le chef-d'œuvre du prêtre roux de Venise, mieux, on pouvait penser qu'elle en découlait, comme sa version triviale.

Il avait établi une sorte de calendrier — son « année concrète », comme il l'appelait — en fonction non des données astronomiques régulières, mais du contenu météorologique capricieux de chaque mois. Par exemple, il repliait l'une sur l'autre les deux moitiés de l'année, rapprochant ainsi les mois opposés et découvrant entre eux des symétries, des affinités : janvier-juillet (plein été-plein hiver), février-août (grand froid-grande chaleur), mars-septembre (fin de l'hiver-fin de l'été), avril-octobre (premiers bourgeons-premières feuilles mortes), mai-novembre (fleurs de vie-fleurs de tombes), juin-décembre (lumière-obscurité). Il faisait observer que ces couples s'opposent par leur contenu, mais aussi par leur dynamisme, et que ces deux facteurs varient en fonction inverse l'un de l'autre. Ainsi septembre-mars et octobre-avril ont des contenus sensiblement comparables (température, état de la végétation) alors que leur dynamisme (vers l'hiver-vers l'été) sont orientés en sens inverse. Tandis que les oppositions janvier-juillet et décembre-juin reposent tout entières sur leurs contenus statiques, le dynamisme de ces mois étant assez faible. Ainsi s'efforçait-il — pour des raisons qui me restent obscures — de rejeter les cadres abstraits du calendrier pour vivre au contact de ce qu'il y a de plus coloré et de plus concret dans les saisons.

— Alors voilà, rêvait-il, nous partons en voyage de noces pour Venise, la ville des quatre saisons. De là, et dûment préparés, nous allons successivement dans les pays où la saison présente est la mieux réalisée. Par exemple, eh bien l'hiver au pôle Nord, non, au Canada. Nous hésiterons entre Québec et Montréal. Nous choisirons la ville la plus froide...

— Alors ce sera Québec, je crois.

— ... La plus enfouie, la plus hivernante.

— Alors ce sera Montréal.

Il évoquait aussi l'Islande, cette grande île volcanique, peuplée de plus de moutons que d'hommes, dont la position excentrique — l'extrême Nord, le bord du cercle polaire, une sorte de Far West vertical — le faisait rêver. Mais c'était surtout la nuit blanche du solstice d'été qui l'attirait, ce soleil de minuit éclairant gaiement des villes assoupies et silencieuses. Ensuite il nous voyait essuyant les ardeurs de ce même soleil, mais devenu fou furieux, à l'extrême Sud, à l'autre bout du Sahara, dans le Hoggar ou mieux dans la chaîne du Tassili, encore plus grandiose, dit-on.

J'admirais sa faculté de fabulation qui s'exprimait dans des monologues infinis, une sorte de ronron verbal assez puéril, très doux, berceur, plaintif, dont j'ai compris par la suite qu'il dérivait — comme sa version amoureuse, prénuptiale — de ce fameux éolien, la langue secrète qu'il parlait avec son frère. Car Jean qui ne connaissait que Paris et les Côtes-du-Nord évoquait tous les pays comme s'il y avait longtemps vécu. Il avait évidemment la tête farcie de rapports de navigateurs et de récits d'exploration, et citait à tout moment Bougainville, Kerguelen, La Pérouse, Cook, Dampier, Darwin, Dumont d'Urville. Mais il avait sa clé personnelle pour entrer dans cette géographie imaginaire, et cette clé, je m'en aperçus bientôt, était de nature météorologique. Il me l'a dit plus d'une fois, ce qui l'intéressait dans les saisons, c'était moins le retour régulier des figures astrales que la frange de nuages, de pluies et d'embellies qui les entoure.

— J'ai de chaque pays une connaissance livresque, expliquait-il. Je n'attends pas de notre voyage de noces qu'il détruise mes préjugés sur l'Italie, l'Angleterre, le Japon. Au contraire. Il ne fera que les confirmer, les enrichir, les approfondir. Mais ce que j'attends de ce voyage, c'est qu'il apporte à mes pays imaginaires la touche concrète inimaginable, le je-ne-sais-quoi qui est comme le cachet inimitable du réel. Et cette touche, ce je-ne-sais-quoi, je le vois d'abord comme une lumière, une couleur de ciel, une atmosphère, des météores.

Il insistait sur le sens propre qu'il convient de restituer au mot *météore* — qui n'est pas comme on le croit communément une pierre tombée du ciel — ce qui s'appelle un météorite — mais tout phénomène ayant lieu dans l'atmosphère, grêle, brouillard, neige, aurore boréale, et dont la météorologie est la science. Le livre de son enfance, le livre de sa vie, c'était *Le Tour du monde en quatre-vingts jours* de Jules Verne où il avait puisé sa philosophie du voyage.

— Phileas Fogg n'a jamais voyagé, m'expliquait-il. C'est le type du sédentaire, casanier et même maniaque. Il a pourtant une connaissance de toute la terre, mais d'un genre particulier : par les annuaires, horaires et almanachs du monde entier qu'il connaît par cœur. Une connaissance *a priori.* Il en a déduit qu'on pouvait boucler le tour du globe en quatre-vingts jours. Phileas Fogg n'est pas un homme, c'est une horloge vivante. Il a la religion de l'exactitude. A l'inverse, son domestique Passepartout est un nomade invétéré qui a fait tous les métiers, y compris celui d'acrobate. Au flegmatisme glacé de Phileas Fogg s'opposent constamment les mimiques et les exclamations de Passepartout. Le pari de Phileas Fogg va se trouver compromis par deux causes de retard : les bévues de Passepartout et les caprices de la pluie et du beau temps. En vérité les deux obstacles n'en font qu'un : Passepartout est l'homme de la météorologie et s'oppose comme tel à son maître qui est l'homme de la chronologie. Cette chronologie exclut aussi bien l'avance que le retard, et le voyage de Phileas Fogg ne doit pas être confondu avec une course autour du monde. C'est ce que montre l'épisode de la veuve hindoue sauvée du bûcher où elle aurait dû partager le sort du corps de son époux. Phileas Fogg se sert d'elle pour résorber une avance intempestive qu'il avait sur son horaire. Il ne s'agit pas de faire le tour du monde en soixante-dix-neuf jours !

« — Sauvez cette femme, monsieur Fogg !... s'écria le brigadier général.

« — J'ai encore douze heures d'avance. Je puis les consacrer à cela.

« — Tiens ! Mais vous êtes un homme de cœur ! dit sir Francis Cromarty.

« — Quelquefois, répondit simplement Phileas Fogg. Quand j'ai le temps.

« En vérité le voyage de Phileas Fogg est une tentative de mainmise de la chronologie sur la météorologie. L'horaire doit être appliqué contre *vents et marées.* Phileas Fogg ne fait son tour du monde que pour s'affirmer comme le maître de Passepartout. »

J'écoutais ses théories avec un amusement mélangé. Je dois dire que même dans mes moments de pire étourderie, je n'ai jamais cessé d'éprouver — très lointainement parfois, j'en conviens — un pressentiment, la conscience vague — inquiétante, mais excitante en même temps — qu'il y avait *autre chose,* une réalité cachée mais fondamentale derrière le Jean que je voyais et que je pouvais croire connaître. Cette façon qu'il avait ainsi à partir d'une donnée apparemment puérile — *Le Tour du monde en quatre-vingts jours* — envisagée avec un sérieux absolu, imperturbable, de développer des idées abstraites, confinant à la métaphysique, m'alertait, et je compris plus tard pourquoi : chez Jean tout découlait d'une réalité très lointaine, remontant à sa petite enfance, à ses relations avec son frère Paul exactement. Dans cette opposition Phileas Fogg-Passepartout, par exemple, je voyais bien que c'était au sympathique et français Passepartout qu'il s'identifiait. Mais cette identification apparemment semblable à celle qu'opèrent la plupart des enfants qui lisent ce roman, prenait chez Jean un sens plus grave, car il était clair qu'il y avait dans sa vie un Phileas Fogg, et il n'était pas difficile de lui donner un prénom. (Je note au passage combien les choses enfantines ont d'affinité avec la pensée abstraite — qu'ont-elles donc de commun ? Le désintéressement, la simplicité de ce qui est fondamental ? Comme si un certain silence d'avant le langage des adultes rejoignait la pensée sereine des sommets.)

Je pourrais donner d'autres exemples de l'affleurement de l'*autre chose* dans le comportement de Jean. Son horreur des miroirs qui n'était pas l'effet de l'antipathie que les hommes croient viril de manifester à l'égard de leur propre physique. Son désir anxieux de s'intégrer à un groupe, « d'en être », qui trahissait la perte d'une appartenance secrètement pleurée. Ces mots étranges, ces tournures de langage, ces formules qui lui échappaient parfois — et toujours dans nos moments de grande intimité — et dont j'ai appris qu'il s'agissait de bribes d'éolien. Et puisque je viens d'évoquer notre intimité, pourquoi ne pas avouer que cet homme de plus de vingt-cinq ans faisait l'amour comme un petit enfant, avec une bonne volonté maladroite et chétive, manquant moins de moyens que de conviction — comme un explorateur qui ferait de son mieux pour s'assimiler les mœurs, usages et cuisine de la peuplade exotique où il a décidé d'opérer son retour à la nature ? Il s'endormait ensuite entre mes bras, mais toujours dans son sommeil des mouvements successifs le faisaient pivoter et nous plaçaient tête-bêche, m'obligeant à imiter sa posture recroquevillée, la tête enfoncée entre mes cuisses, les deux mains plaquées sur mes fesses. Il aurait fallu être bien stupide pour ne pas comprendre qu'il me faisait ainsi prendre la place de quelqu'un d'autre.

Lorsqu'il m'emmena pour la première fois aux Pierres Sonnantes, il m'avait tant et tant parlé de cette maison et de sa famille que j'aurais pu me croire à l'abri de toute surprise. Je savais que je n'y rencontrerais ni sa mère — arrêtée par les Allemands en 1943 et disparue en déportation — ni son père — mort en 1948 — ni Peter, comme il appelait drôlement l'ensemble de ses frères et sœurs, dispersés loin de leur trou natal, mais je les connaissais tous à force de les avoir entendu racontés, et je retrouvai aux Pierres Sonnantes leurs traces, leurs fantômes, comme choses familières appartenant à mon propre passé. J'ai toujours été étonnée de constater combien les souvenirs des autres s'incorporent facilement à notre propre mémoire. Des histoires maintes fois racontées par mon père ou ma mère ne se distinguent plus de mon passé vécu, bien qu'elles remontent à une époque où je n'étais pas née. Dès mon arrivée au Guildo, j'ai tout « reconnu », ces terres, ces rivages, ces maisons que je voyais pour la première fois, et même cet air où se mêlent l'algue, la vase et la prairie, et dont l'odeur est celle de l'enfance des jumeaux. J'ai tout reconnu, parce que j'avais tout prévu, sauf l'essentiel, l'*autre chose* qui m'a frappée comme la foudre en dépit des innombrables signes prémonitoires qu'elle n'avait cessé de me dépêcher depuis ma première rencontre avec Jean.

Il avait plu toute la journée, mais la soirée s'annonçait douce. Nous montions, nous deux Jean, de la plage vers le sommet de la falaise par un sentier escarpé. C'est alors que nous avons vu quelqu'un descendre à notre rencontre. Quelqu'un ? Pourquoi cette indétermination ? J'ai su du premier coup d'œil — alors qu'il ne s'agissait encore que d'une silhouette lointaine — *qui* approchait. J'aurais pu mettre sur le compte de l'abrupt que nous longions et qui se creusait à mesure que nous montions le léger vertige que j'ai aussitôt éprouvé. Peut-être même cette idée m'a-t-elle effleurée. Pas pour longtemps, car il ne me restait plus que quelques secondes pour pouvoir une dernière fois masquer d'une interprétation « sans-pareil » l'*autre chose* que je m'acharnais depuis si longtemps à ne pas voir. J'étais sidérée par l'apparition de cet être effrayant : *un inconnu qui était Jean*. Je buvais des yeux cette présence insolite au rayonnement dévastateur, remettant à plus tard l'évaluation des dégâts qu'elle accumulait en moi, autour de moi — et les précautions à prendre pour tenter de les limiter.

Des phrases de présentation et une conversation à la limite du ridicule jetèrent des passerelles entre nous. Evidemment, c'était Jean qui souffrait le moins de cette malencontre, semblait-il. Il jouait les truchements entre son frère et sa fiancée. Paul nous accompagna jusqu'à la maison où nous trouvâmes la vieille Méline — le seul témoin qui restât de ce passé si proche, de toute cette vie grouillante dont ces murs avaient débordé. Jean m'avait assuré qu'elle était complètement gâteuse, mais ce n'est pas l'impression qu'elle m'a donnée. Certes on comprenait rarement ce qu'elle ne cessait de marmonner droit devant elle, car elle ne s'adressait jamais à quelqu'un de particulier. Mais le peu que j'en ai saisi m'a toujours paru non dénué de sens, au contraire, et j'ai le sentiment que c'était plutôt l'excès de signification, d'implication qui la rendait inintelligible. C'est comme ces grimoires qu'elle griffonnait depuis toujours bien qu'elle fût — à ce que l'on disait — tout à fait illettrée. J'aurais voulu que quelque spécialiste d'archéologie ou de philologie — quelle était au juste la science de Champollion ? — se plongeât dans ces cahiers d'écolier, couverts d'une écriture serrée, totalement illisible pour nous.

— Elle est analphabète, disait Jean, mais elle ne le sait pas. As-tu déjà entendu un bébé babiller dans son berceau ? Il imite à sa façon la parole des adultes qu'il entend autour de lui. Il croit peut-être qu'il parle comme eux. Méline imite l'écriture sans savoir écrire pour autant. Un jour je lui ai arraché l'un de ses cahiers. Je lui ai dit : « Tu écris, Méline ? Mais j'ai beau regarder, je n'y comprends rien. » Elle a haussé les épaules. « Evidemment, a-t-elle répondu. Ce n'est pas à toi que j'écris. » Alors j'ai pensé à l'éolien, faux langage, adressé à un seul et unique interlocuteur.

Il ne faut pas se laisser emporter par le goût du merveilleux, même dans des lieux aussi chargés de maléfices que ces Pierres Sonnantes. Mais enfin, si le mot sorcière a encore un sens, c'est grâce à des créatures de ce genre. Méline illustrait bien le mélange d'intelligence aiguë mais bornée et de malfaisance obscure et vaguement magique que recouvre le mot *malignité.* Elle passait pour sourde, ne répondant pas plus aux questions qu'elle n'obéissait aux ordres. Mais j'ai plus d'une fois constaté qu'elle entendait les bruits les plus légers, et comprenait fort bien ce qui se disait autour d'elle. Toujours vêtue de noir à l'exception d'un béguin gaufré blanc qui emprisonnait sa tête du front au chignon, elle ne portait pas le deuil, elle l'incarnait, ayant avec la mort des relations intimes, anciennes et comme familiales. J'ai cru comprendre que son mari, Justin Méline qui était ouvrier carrier était mort presque en même temps qu'Edouard Surin après avoir eu d'elle onze enfants dont pas un ne survivait. Ces morts enfantines avaient accompagné comme en contrepoint les naissances successives de la famille Surin, tellement qu'on aurait pu croire qu'il fallait qu'un Méline disparût pour qu'un Surin parût. Puis la mort des deux pères acheva de les souder l'un à l'autre comme si Justin Méline n'avait jamais été que l'ombre d'Edouard Surin. Seule Méline semblait indestructible —, sans âge, éternelle, comme la mort elle-même.

Sa familiarité avec les choses mauvaises s'exprimait de bien curieuse manière. Elle avait en effet le don de les amortir, de les domestiquer, de désarmer l'indignation et le dégoût, le désespoir et l'horreur par des termes d'une inquiétante modération. De quelqu'un d'autre, on aurait dit qu'il maniait l'euphémisme avec souveraineté. S'agissant de Méline, si fruste, si mal policée — on frémissait en l'entendant qualifier de « mauvais sujet » un jeune homme dont les journaux rapportaient qu'il avait tué à coups de hache son père et sa mère, ou évoquer les deuils sans nombre qui avaient plu sur elle en disant qu'elle avait eu dans sa vie « bien du déplaisir », ou plus simplement taxer de « sans-gêne » un cambrioleur qui venait de dévaliser une ferme voisine après avoir roué de coups les propriétaires. Bien qu'elle qualifiât la guerre de « contre-temps », je la soupçonne d'y avoir trouvé son compte — ne fût-ce que grâce à la déportation de Maria-Barbara, qui fit d'elle la maîtresse des lieux. Je ne peux nier que je sois prévenue contre cette femme que j'accuse d'être responsable au premier chef de mon départ des Pierres Sonnantes. Craignait-elle de ne plus être la seule femme de la maison, ou plus profondément défendait-elle avec Paul l'intégrité de la cellule gémellaire ? Dès le premier jour, cette vieille Bretonne noire et lunatique m'a fait peur, et j'ai senti qu'elle serait la pire ennemie de mon bonheur avec Jean. La situation était d'autant plus inquiétante que loin de m'ignorer et de me tenir à distance, elle m'attira au contraire dans son orbe — avec l'approbation des jumeaux qui trouvaient naturel que la nouvelle venue fût prise en charge et comme initiée par la vieille ancêtre. Il m'a donc fallu subir le monologue qui coulait de ses lèvres comme une source sulfureuse en l'accompagnant dans ses travaux et ses courses. Je ne crois pas m'être trompée en décelant une aversion mêlée de crainte à son égard chez les gens du pays qu'elle traitait avec une désinvolture autoritaire. Savait-elle même compter ? Apparemment non, mais rien n'est sûr avec cette femme. Toujours est-il qu'elle n'avait qu'une façon de faire des achats. Elle tendait une pièce ou un billet au vendeur en lui disant : « Donne-moi pour ça de beurre, de pain, de chair à saucisse... » Cela obligeait à des calculs. Souvent la somme était trop faible, et la quantité de marchandise devenait insignifiante. Alors le commerçant était châtié par un regard lourd de reproches et des lèvres pincées, comme s'il venait de commettre quelque malversation.

Je n'ai jamais pu interpréter l'hostilité évidente des indigènes à l'égard de Méline que d'une seule façon. Il y a quinze ans encore, l'ancienne abbaye et ses dépendances débordaient et bruissaient de vie. Il y avait les ateliers de tissage et de cardage, l'institut Sainte-Brigitte avec ses innocents, et surtout l'innombrable famille Surin groupée autour de Maria-Barbara. Il y avait aussi cette femme chargée de deuils et dont la puissance s'étendait partout, la Méline. Aujourd'hui tout est désert. L'usine est fermée, l'institution déplacée, la famille Surin décimée par la mort et dispersée. Qui est encore là ? La Méline, plus sombre et grondante que jamais. N'est-elle vraiment pour rien dans ce désastre ? Je pense qu'au Moyen Age on brûlait les sorcières pour moins que cela. Et aujourd'hui, il me semble qu'elle veille jalousement sur ses Pierres Sonnantes devenues muettes, et qu'elle est prête à étouffer les germes d'une vie nouvelle qui viendraient à se poser sur cette terre dévastée. Comme mon amour pour Jean, par exemple.

*

Paul

Ai-je profité de la présence de Sophie et de Jean aux Pierres Sonnantes pour briser leurs fiançailles en séduisant la fiancée ? En un sens oui, mais en un sens trivial, bidimensionnel, sans-pareil. La vérité devient autre pour peu qu'on lui restitue sa troisième dimension. Lors de ma première rencontre avec Sophie, la *lueur aliénante* m'avait ébloui, cloué, frappé de stupeur. Il me fallut une certaine accoutumance, un temps de ressuiement et un retour à la lucidité, à un élan de contre-attaque pour m'apercevoir que j'exerçais une indiscutable fascination sur elle. Ces mots trahiraient en toute autre circonstance une impardonnable fatuité. En vérité, ils sont pénétrés d'humilité, car il est clair que c'était en moi la gémellité et elle seule qui séduisait Sophie. Elle découvrait soudain que mille et mille traits de la personnalité de Jean n'étaient que les reflets brisés et pailletés de ce grand soleil enfoui dont elle partageait désormais le secret éblouissant. Et n'est-ce pas naturel — et même juste, équitable — que ce charme j'en détienne une plus grande part que Jean, moi qui suis depuis toujours le conservateur de la cellule, le garde des sceaux gémellaire alors qu'il ne cesse, lui, de renier ses origines et de prostituer leurs vertus ?

*

Sophie

J'ai d'abord accusé ces rivages glauques, cette mer opaline, ce pays aux transparences maléfiques d'aigues-marines, et aussi cette maison pleine de fantômes jalousement gardés par la vieille Méline, ces ateliers vides, cette abbaye désaffectée où erre le souvenir d'une foule d'innocents et de monstres. Mais si cet environnement a son importance, il n'est que la pulpe autour d'un noyau. Il m'a semblé d'abord que Jean retrempé dans cet ancien milieu se parait d'un éclat plus vif, plus chaud, se gonflait d'une énergie heureuse, d'une jeunesse retrouvée. Quoi de plus naturel ? J'ai évoqué la légende d'Antée qui reprenait force en touchant terre et qu'Hercule ne put étouffer qu'en l'arrachant du sol. Un soir, il m'a prise dans ses bras avec une tendresse, une ardeur, une efficacité — pourquoi reculer devant ce mot un peu cynique ? — auxquelles ne m'avaient pas habituée nos chétives étreintes. Le lendemain, on aurait dit qu'un voile de tristesse était tombé sur lui, un voile gris sous lequel il se tassait frileusement en me jetant des regards traqués. Je ne comprenais plus. J'ai cru comprendre, hélas, en voyant arriver Paul et en les regardant ensemble, et ce fut mon tour de me sentir accablée, affreusement seule et désemparée devant le couple fraternel. Car non seulement je retrouvais chez Paul l'assurance et l'ascendant de mon amant de la veille, mais je voyais Jean se rapprocher de lui, se placer dans le champ de son rayonnement et y retrouver couleur et chaleur. Assurément Paul était bien le maître des Pierres Sonnantes, mais lequel des deux était mon amant, lequel mon fiancé ? Jamais je ne me résoudrais à poser à Jean les questions hideuses qui auraient pu m'éclairer.

Plus hideuses encore celles qu'il aurait fallu lui poser quelques jours plus tard pour m'ôter un doute nouveau. A la grande colère de Méline, nous occupions la chambre centrale qui avait été celle d'Edouard et de Maria-Barbara. Elle était assez curieusement meublée de deux grands lits, ce qui offrait l'agréable alternative de la séparation de corps ou d'une cohabitation dans l'un ou l'autre lit. Nous commencions régulièrement la nuit chacun dans l'un des lits, puis nous nous rendions l'un à l'autre des visites plus ou moins prolongées, chacun ayant toujours la faculté de rompre le corps à corps et de se retirer dans le lit vide pour un sommeil solitaire. Malgré cette liberté, je n'avais pas tardé à m'apercevoir que Jean quittait la chambre presque chaque nuit pour des escapades qui pouvaient se prolonger des heures. Il m'avait expliqué qu'il renouait ainsi avec une habitude d'enfance. L'ensemble des cours et bâtiments formé par la Cassine, l'abbaye et les constructions annexes de la fabrique offrait un champ inépuisable à des divagations nocturnes pour peu qu'on aimât l'ombre et le mystère. J'ai d'abord accepté cette explication parmi toutes les nouveautés et bizarreries de cette étrange maison et de ses étranges habitants. Puis le mystère parut s'éclaircir sur un point au moins, mais c'était d'une lueur sinistre. Après ses noctambulations, Jean avait accoutumé de gagner le lit où je n'étais pas, et nous finissions la nuit solitairement, pour nous rejoindre souvent aux premières clartés de l'aube. Cette nuit-là pourtant par caprice ou par distraction, je le sentis se glisser auprès de moi. C'était une imprudence, car à peine l'avais-je reçu dans mes bras, je fus surprise de ne pas trouver sur lui la fraîcheur saisissante et l'odeur vierge d'un promeneur nocturne. Il était moite au contraire, comme tiré à l'instant du lit et même du sommeil, et il avait sur la peau une odeur qui ne m'était pas inconnue, l'odeur de mon brillant amant de l'autre jour. Il était clair qu'il sortait de la chambre de Paul.

*

Jean

Sophie, tu n'as pas été assez forte, tu as été faible, par trois fois au moins.

Tu as essuyé une première défaite en face de la terrible coalition que formaient contre toi les Pierres Sonnantes, Méline, Paul, et même moi, hélas ! Tu t'es sentie seule, isolée, trahie. Trahie par moi qui aurais dû être ici ton allié inébranlable. Mais comment n'as-tu pas compris qu'une partie de moi-même te restait fidèle, comment n'as-tu pas entendu les appels au secours qu'elle te criait ? Pourquoi ne t'être pas ouverte à moi de tes craintes, de tes soupçons, de ton découragement ? Moi-même je ne pouvais pas te parler — j'ai essayé plus d'une fois en assistant à la déroute — parce que ce sont des choses qui relèvent trop exclusivement pour Jean-Paul des échanges secrets et muets de l'éolien. C'est justement l'un des domaines où j'avais besoin de toi, où il fallait que tu prennes l'initiative courageusement, brutalement même afin de me délier la langue, afin que j'apprenne à parler, avec les mots de tout le monde, du sexe et du cœur.

Ta troisième défaillance, c'est cette fuite soudaine, sans explication, comme si je t'avais si cruellement blessée que je ne méritais plus aucun ménagement. Qu'ai-je fait ? Que t'ai-je fait ? Certes je suis retombé sous la coupe de Paul. Sans doute j'allais certaines nuits reprendre le rituel de notre enfance — exorcisme, posture ovalaire, communion séminale — mais n'était-ce pas à toi justement qu'il incombait de me délivrer ? Tu as interprété ma faiblesse comme une trahison — et tu en as conclu que plus rien ne te retenait désormais auprès de moi.

*

Sophie

Ma décision de partir était prise, mais je ne savais comment l'annoncer à Jean, d'autant plus qu'elle équivalait dans mon esprit à une rupture de nos fiançailles. Pourtant je n'aurais pas eu l'idée de filer à l'anglaise si Méline ne l'avait pas eue pour moi.

Je l'accompagnais à Matignon où elle allait faire des courses. Le voisin lui prêtait sa voiture et son cheval qu'elle menait avec l'énergie d'un homme. Elle traversa la ville et ne s'arrêta que devant la gare.

— Vot' train est dans un quart d'heure !

C'était la première phrase qu'elle prononçait depuis que nous avions quitté la maison. J'étais abasourdie.

— Mon train ?

— Dame ! Vot' train pour Paris !

— Mais... et ma valise ?

Le manche du fouet fit un mouvement vers l'arrière de la voiture.

— Elle est là. Toute garnie. J' vas vous la descendre.

Jamais elle n'avait été aussi loquace — ni aussi serviable. L'idée m'effleura que le coup avait été monté par Paul — qui sait ? — avec l'assentiment de Jean peut-être ? Cette double supposition m'apparut dans la suite totalement invraisemblable, mais elle témoignait de mon désarroi, et elle contribua à me faire capituler. Après tout, puisque je devais partir, pourquoi ne pas en finir tout de suite ? Je suis descendue rejoindre ma valise sur le trottoir. Quand j'ai vu le cheval méchamment fouetté arracher à grand bruit la carriole et s'éloigner au trot, j'ai soupiré de soulagement.

*

Paul

Lorsque Méline m'a annoncé que la demoiselle avait pris le premier train pour Paris, je l'ai soupçonnée d'être pour quelque chose dans ce départ précipité. Mais je savais assez que si je l'interrogeais, elle se murerait dans sa surdité, et puis bast ! Il fallait sans doute en venir là. J'avais certes repris possession de Jean, et Sophie — à demi consentante, à demi abusée — (la mauvaise foi féminine trouve son compte dans ces situations ambiguës) était devenue ma maîtresse. D'un point de vue sans-pareil, c'était le trio classique femme + mari + amant. Le trio Jean-Paul-Sophie recevait de la gémellité une dimension il est vrai supplémentaire. Etait-il viable ? Certes la structure gémellaire est d'une rigidité absolue. Son détail rituel n'offre aucune possibilité de jeu, d'adaptation souple à une situation inédite. On ne saurait ajouter une pièce dialectique au couple identitaire. Il la rejetterait aussitôt. Pourtant le souvenir de Maria-Barbara me suggère que Sophie aurait pu tout de même, peut-être, trouver place entre nous. Dans notre petite enfance, notre mère était le fonds-commun dans lequel s'enracinait notre gémellité. Sophie aurait-elle pu réassumer cette fonction ? Son soudain départ montre qu'elle n'a pas su trouver en elle-même assez de goût de la nouveauté, de plaisir à expérimenter, de ressource inventive pour se prêter de bon cœur à ce genre de jeu. Sans égaler la rigidité gémellaire, les mœurs féminines sont aussi schématiques que la nidification des oiseaux ou l'édification des ruches d'abeilles. Ces deux systèmes inflexibles — le gémellaire et le féminin — n'avaient aucune chance de s'ajuster l'un à l'autre. Si l'on veut des mœurs souples, novatrices, fureteuses, c'est de certains hommes sans pareil qu'il faut les attendre. Notre père Edouard par exemple aurait peut-être été disposé à tenter des expériences — et d'ailleurs qu'est-ce que l'adultère sinon une certaine ouverture ? — dans des limites il est vrai assez timides. Mais je songe surtout à son frère Alexandre, notre oncle scandaleux, dont toute la vie n'a été qu'une quête amoureuse qui s'est achevée superbement dans les docks de Casablanca. Celui-là, je ne me consolerai jamais d'avoir manqué sa rencontre, son amitié — parce que c'était quelqu'un, et puis il se trouvait à la distance idéale des sans-pareil et des jumeaux pour voir et être vu, entendre et être entendu. Son homosexualité — contrefaçon sans-pareil de la gémellité — aurait pu nous apporter des lumières précieuses, une médiation irremplaçable pour percer le mystère aussi bien gémellaire que sans-pareil.

*

Jean

Chacun a joué sa partie dans cette affaire où il n'y a eu que des perdants, et d'autant plus innocemment qu'il demeura fidèle à sa vocation profonde. De telle sorte que Paul, tout autant que Méline, sont irréprochables. D'ailleurs qu'a donc fait Paul ? Il n'a rien fait de plus que la flamme qui par sa seule existence attire et brûle les papillons de la nuit. Sophie et moi, nous nous sommes brûlés à ce rayonnement, nous avons trahi la ligne que nous nous étions tracée. Je pense que Sophie retrouvera vite dans son instinct féminin la voie qui lui convient. Ses angoisses dissipées, ses égratignures cicatrisées, devenue épouse et mère, elle se souviendra de son embardée gémellaire comme d'une folie de jeunesse, dangereuse, incompréhensible et tendre. Ce sera peut-être la seule chose extraordinaire qui lui sera arrivée. Ce souvenir vaut bien quelques bleus, peut-être ? Quant à moi…

Si Paul s'imagine que tout va rentrer dans l'ancien ordre après le départ de Sophie, c'est que son obsession gémellaire a oblitéré certaines cases de son cerveau ! J'avais compté sur Sophie pour le tenir à distance. Sophie disparue, cette distance ne peut plus être créée et entretenue que par le voyage. En d'autres termes, la dialectique *sédentaire* que j'aurais vécue ici en ayant femme et enfants s'étant révélée impraticable, il ne me reste que cette dialectique plus fruste et toute superficielle : le voyage. Ce qui a échoué dans le temps trouvera une version plus facile dans l'espace.

Donc partir. Où ? Nous projetions de nous marier très vite et de faire notre voyage de noces bien sagement à Venise. J'avais fait cette proposition à Sophie dans un esprit de conformisme, de respect des règles communes. Ayant choisi de jouer le jeu le plus banal, j'aurais été à Venise, *comme tout le monde*.

Je m'aperçois maintenant que ce rassurant pavillon couvrait une marchandise qui l'était moins, et qui m'apparaît désormais dans sa provocante nudité. Jadis, le jour de l'Ascension, le doge de Venise s'embarquait seul à bord du Bucentaure et gagnait l'Adriatique au milieu d'un cortège de navires magnifiquement décorés. Arrivé à la passe du Lido, il jetait à la mer un anneau nuptial en prononçant ces paroles : « Mer, nous t'épousons en signe de souveraineté positive et perpétuelle. » Ce voyage de noces solitaire, cet anneau jeté à la mer, ces épousailles avec un élément brut, la mer, toute cette mythologie âpre et somptueuse satisfait en moi un goût de rupture et de solitude, de départ sans destination avouée, consacré pourtant par un rite magnifique, et m'avertit que sous la carte postale à mandolines et à gondoles, Venise est habitée par un esprit dissolvant et vagabond.

Je serais allé à Venise avec Sophie. J'irai à Venise sans elle.

*

Paul

Jean est parti. Trois jours après Sophie. Ma chère « intuition gémellaire » qui me dévoile tant de vérités invisibles aux sans-pareil a parfois de ces défaillances, des trous, des taches d'obscurité qui semblent après coup impardonnables. Pendant que je me félicitais de la liquidation de cet absurde projet de mariage, Jean bouclait sa valise.

J'avais compris qu'il n'avait aucune véritable vocation matrimoniale. Un pas de plus et j'aurais prévu qu'après la rupture de ses fiançailles, il ne lui restait plus qu'à partir. Simplement parce que le même mouvement — centrifuge — qui lui faisait briser la cellule gémellaire grâce au mariage, puis briser la cellule conjugale par un retour à Bep, devait finalement l'éloigner de ce terrain jonché de décombres et l'emporter Dieu sait où ! Pour assurer sa liberté, il s'est servi simultanément de Sophie contre moi et de moi contre Sophie. Maigre compensation ! Je me demande si je n'aurais pas dû pactiser avec Sophie pour fixer ce nomade invétéré. Quelle leçon !

Que faire maintenant ? Ma première idée fut de m'enfermer aux Pierres Sonnantes avec Méline et de laisser le frère renégat aller au diable, et c'est le parti que j'ai pris tout d'abord. Pendant que Méline se barricadait dans sa cuisine pour rédiger l'un de ses interminables grimoires où elle relate — ou croit relater — à l'intention d'un correspondant imaginaire les événements marquants qui se déroulent aux Pierres Sonnantes, j'ai passé de longues heures sur les plages du Guildo. J'ai regardé monter vers moi les grosses marées de syzygie, toujours impressionnantes en cette région. Ce qui me fascinait dans cet équinoxe de printemps, c'était le contraste entre un temps serein et la montée exorbitante des flots qui atteignit vraiment cette année une ampleur exceptionnelle. *Une tempête calme.* Je tourne et retourne dans mon esprit ce paradoxe incroyable dont j'avais dû pourtant au cours des saisons rencontrer déjà quelques exemples, mais auquel curieusement le départ de Jean semble me rendre sensible. Y aurait-il une *vision dépariée* — propre au jumeau solitaire — et qui serait en quelque sorte la *version mutilée* de la vision gémellaire ?

Ce ciel pur et pâle, ce soleil d'avril plus lumineux que chaud, cette brise de sud-ouest tiède et caressante, toute cette nature recueillie et comme méditative après le coup de hache qui a brisé la cellule gémellaire ; et dans ce paysage immobile et silencieux la mer qui soulève son échine verte — une mer tranquille elle-même, lisse comme une joue d'enfant — le gonflement irrésistible du flot recouvrant cette année des chemins, des champs cultivés, sans bruit, sans violence. Un cataclysme paisible.

...

Je n'y tiens plus. Ma situation de jumeau déparié est intenable aux Pierres Sonnantes. Les sans-pareil traduiraient : tout lui rappelle ici le frère disparu et contribue à l'accabler de tristesse. Cette formule banale recouvre une réalité autrement fine et profonde.

Si je dois pour mon malheur faire l'apprentissage de la vie sans-pareil, les Pierres Sonnantes sont le dernier endroit où j'ai une chance de mener à bien cette sinistre entreprise. En vérité, ces lieux sont possédés par une vocation gémellaire immémoriale. Partout, absolument partout — dans notre chambre bien sûr ; mais aussi dans la salle commune de la Cassine, dans les anciens ateliers de tissage, dans chaque cellule de Sainte-Brigitte, au jardin, sur la plage, dans l'île des Hébihens — j'appelle Jean, je lui parle, je suscite l'apparition de son fantôme, et je bascule dans le vide quand je tente de m'appuyer sur lui. Rien de tel que cette soudaine amputation pour saisir la nature de la vision gémellaire, et pour mesurer du même coup l'indigence de la vie sans-pareil.

Chaque homme a besoin de ses semblables pour percevoir le monde extérieur dans sa totalité. Autrui lui donne l'échelle des choses éloignées et l'avertit que chaque objet possède une face qu'il ne peut voir de l'endroit où il se trouve, mais qui existe puisqu'elle apparaît à des témoins éloignés de lui. Il en va jusqu'à l'existence même du monde extérieur qui n'a pour garantie que la confirmation que nos voisins nous en apportent. Ce qui disqualifie les prétentions de mes rêves à se faire passer pour réalités, c'est qu'ils n'ont que moi pour témoin. La vision qu'aurait du monde un solitaire — sa pauvreté, son inconsistance sont proprement inimaginables. Cet homme ne vivrait pas sa vie, il la rêverait, il n'en aurait qu'un rêve impalpable, effiloché, évanescent [1].

Le départ de Jean me réduit à une condition analogue touchant les idées, images, sentiments, émotions, bref ce qu'on est convenu d'appeler le monde « intérieur ». La condition normale des sans-pareil face à leur monde « intérieur » m'apparaît maintenant dans son effrayante misère : un rêve impalpable, effiloché, évanescent, tel est le paysage habituel qu'offre leur âme. Au lieu que l'âme de Jean-Paul !

Bep, tu joues ? La formule magique n'était pas

1 Cf. à ce sujet *Vendredi ou les limbes du Pacifique*, roman

nécessaire pour que mon frère-pareil me renvoie l'écho de mes humeurs et leur confère du même coup épaisseur et substance. Par la seule vertu de notre bipolarité, nous vivions dans un espace tendu entre nous, tissé d'émotions, brodé d'images, chaud et coloré comme un tapis d'Orient. Une *âme déployée,* oui, telle était l'âme de Jean-Paul — et non recroquevillée comme l'âme des sans-pareil.

Bep, tu joues ? La formule impérieuse et rituelle nous plaçait sur le tapis d'Orient, l'un en face de l'autre, identiques et néanmoins distants, différents par la seule place que nous occupions dans l'espace, comme deux acrobates qui se regardent, jambes écartées, qui se recueillent, les yeux dans les yeux, dont les mains se nouent, tandis qu'un roulement de tambour précipité, monotone, rageur annonce que le numéro commence, et les deux corps semblables se conjuguent violemment pour former une à une les cinq figures obligées du grand jeu gémellaire.

Ce jeu n'avait qu'une seule fin : nous arracher à l'attraction de la Terre sans-pareil, nous laver des souillures de l'atmosphère dialectique où nous baignions malgré nous depuis notre chute dans le temps, nous restituer à l'identité éternelle, immobile, inaltérable qui est notre statut originel.

Bep a joué le jeu dialectique. Attaqué par la corrosion du monde sans-pareil, il s'est laissé entraîner dans le courant des générations. Notre jeunesse était en droit éternelle, inaltérable, inoxydable, d'un éclat qui ne craint ni la tache ni l'éraflure. Bep a oublié cette vérité fondamentale au point de se vouloir époux, père, grand-père…

Mais il a manqué sa métamorphose. Engagé dans

le processus dialectique, il n'en a vécu que la première phase, les fiançailles et le voyage de noces, la phase nomade, errante, celle qui répond à l'impératif exogamique. Mais si ce voyage est un vol nuptial, la femelle une fois fécondée se pose... Ayant perdu sa fiancée, Jean ne connaîtra jamais le bonheur sédentaire du foyer, les joies monotones de la fidélité, les plaisirs bruyants de la paternité. Ce fiancé sans fiancée est condamné à un voyage de noces perpétuel. Petit Jean je sais où tu es ! Si je voulais te retrouver, ce ne serait pas dans les jupes de Sophie que j'irais te chercher. Vous aviez décidé bien sagement, Sophie et toi, de vous conformer à la tradition du voyage de noces à Venise. C'était ton idée, et Sophie n'avait pas protesté contre sa banalité, parce qu'elle avait compris le sens du docile conformisme dont elle partait. A l'heure où j'écris ces lignes, tu descends de ton train à la Stazione Santa Lucia. En vrai vagabond que tu es, tu ne portes pas de bagage. Aussi es-tu le premier à poser le pied sur le fond mouvant du motoscafo qui va te mener à l'autre bout du Grand Canal. Tu regardes défiler les façades théâtrales des palais ayant chacun leur ponton privé et les poteaux peints de spirales multicolores où sont amarrées les gondoles, comme des chevaux incertains, mais tes yeux se baissent sans cesse vers les flots lourds et perturbés, barattés par les rames et les hélices, comme un lait noir.

CHAPITRE XV

LES MIROIRS VÉNITIENS

Paul

Lorsque j'ai atterri ce matin à l'aéroport Marco Polo, il pleuvait à verse. J'ai refusé de me mettre à l'abri dans la cabine du vaporetto où se pressait une foule cosmopolite. Je suis resté sur le pont, et pendant les quarante-cinq minutes du trajet, j'ai regardé passer les pieux casqués chacun d'une mouette renfrognée, qui jalonnent le chenal. Point n'est besoin d'être allé à Venise pour connaître cette ville, tant elle fait partie du paysage imaginaire de chaque Européen. Tout au plus y va-t-on pour la *reconnaître.* Ce chemin de pieux fichés dans la vase de la Lagune, c'est la piste de cailloux blancs semés par le Petit Poucet pour retrouver la maison de ses parents. Pour un Occidental de culture moyenne, il n'est sans doute pas de ville plus préjugée, pressentie que Venise.

A mesure que nous approchions, chacun de nous prenait pied dans son propre rêve, et saluait avec une émotion joyeuse les détails familiers qui annonçaient l'approche de la ville natale. Ce fut d'abord un vol compact de pigeons qui décrivit une volte autour de la cheminée du bateau et s'enfuit à tire-d'aile comme la colombe de l'Arche de Noé. Puis une gondole creva le rideau de la pluie — notre première gondole — onze mètres de long, un mètre cinquante de large, bois noir verni, petit bouquet de fleurs artificielles piqué sur le pont avant, comme une banderille sur le garrot de la bête, avec en proue le *ferro* d'acier dont les six dents représentent les six quartiers de Venise. Enfin la pluie cessa. Un rayon de soleil trancha comme d'un coup d'épée la brume mouillée dans laquelle nous avancions et se posa sur la blanche coupole entourée d'une ronde de statues de l'église Santa Maria della Salute. Le bateau stoppa, et c'est alors seulement en me retournant que je « reconnus » le campanile de la place Saint-Marc, les deux colonnes de la Piazzetta, les arcades du Palais ducal...

J'ai laissé la foule s'écouler sur le quai. Une angoisse me retenait, car je pressentais ce qui allait se produire. J'avais « reconnu » Venise. Ce n'était que le premier temps du rythme sur lequel j'allais vivre désormais. Dans le second, j'allais être « reconnu » par Venise.

Je fis quelques pas hésitants sur la passerelle. Ce ne fut pas long. Un chasseur au gilet rouge s'avança vers moi et s'empara en souriant de ma valise.

— Je savais bien, signor Surin, que vous reviendriez. On revient toujours à Venise !

Je sentis un pincement au cœur : sa figure était illuminée par la *lueur aliénante* qui m'avait fait souffrir pour la première fois sur le visage de Sophie. Il connaissait Jean. Il me prenait pour mon frère.

Que je le veuille ou non, il incarnait mon identité avec Jean.

A l'hôtel Bonvecchiati, on m'a accueilli comme l'enfant prodigue, et on m'a promis que je retrouverais ma chambre — calme et lumineuse.

— Elle vous attendait fidèlement, signor Surin, plaisanta le concierge.

Elle était claire en effet la chambre 47 dont la fenêtre domine des toitures par-dessus la Calle Goldoni, étroite comme une crevasse de montagne, mais n'est-ce pas encore la lueur aliénante qui l'illumine ? J'ai regardé ce grand lit — un peu étroit cependant pour être vraiment conjugal, tout juste de la largeur gémellaire — ce lustre de verre filé, blanc et rose comme une pièce montée de pâtisserie, cette petite salle de bains, ce secrétaire fragile, mais ce qui a retenu mon regard, ce fut au mur un plan de Venise. Je venais de reconnaître deux mains emboîtées — la droite au-dessus de la gauche — séparées par le serpent bleu du Grand Canal. La gare se trouvait à la base de l'index droit, la Salute au bout du pouce gauche, la place Saint-Marc à l'amorce du poignet droit... Si j'avais eu le moindre doute sur la mission que j'étais venu accomplir à Venise, j'aurais dû me rendre à l'évidence : la clé gémellaire de cette ville m'était apportée dès mon arrivée, comme sur un coussin de velours.

*

Que faire à Venise, sinon visiter Venise ? Interprétée en termes sans-pareil ma mission de « reconnaissance » se dégrade en séjour touristique. Soyons donc touriste parmi les touristes. Assis à la terrasse d'une osteria, j'observe, en lapant lentement un capucino, les troupeaux de visiteurs agglomérés aux trousses d'un guide qui brandit en signe de ralliement un fanion, un parapluie ouvert, une énorme fleur artificielle ou un plumeau à poussière. Cette foule a son originalité. Elle ne ressemble pas à celle qui serpente l'été dans les ruelles du Mont-Saint-Michel — seul point de comparaison dont je dispose — ni, j'imagine, à celle des pyramides de Gizeh, des chutes du Niagara ou du temple d'Angkor. Trouver la caractéristique du touriste vénitien. Premier point : Venise n'est pas profanée par cette foule. C'est que les points chauds du tourisme sont hélas souvent des lieux voués originellement à la solitude, à la méditation ou à la prière ; ils sont placés à l'intersection d'un paysage grandiose ou désertique et d'une ligne spirituelle verticale. Dès lors, la foule cosmopolite et frivole réduit à néant cela même qui l'a attirée. Rien de semblable ici. Venise répond à son génie éternel en accueillant le flot joyeux, bariolé — riche de surcroît ! — des étrangers en vacances. Cette marée touristique fonctionne sur un rythme de douze heures, trop rapide au gré des hôteliers et des restaurateurs qui se lamentent de voir les visiteurs arrivés le matin repartir le soir, sans aucun profit pour la limonade, car ils trouvent moyen d'apporter leur casse-croûte. Mais cette foule ne dépare pas une cité vouée de tout temps aux carnavals, aux voyages et aux échanges. Elle est partie intégrante d'un spectacle immémorial, comme en témoignent les deux petits lions de marbre rouge de la Basilique à l'échine profondément usée par cinquante générations d'enfants accourus des quatre coins du monde pour les chevaucher. C'est en somme la version puérile et facétieuse des pieds de saint Pierre usés par les baisers de mille ans de pèlerins.

Lorsque les touristes en ont assez de parcourir les ruelles, les églises et les musées, ils s'assoient à une terrasse de café et regardent... les touristes. L'une des occupations principales du touriste à Venise, c'est de se regarder lui-même sous mille avatars internationaux, le jeu consistant à deviner la nationalité des passants. Cela prouve que Venise n'est pas seulement une ville spectaculaire, mais *spéculaire.* Spéculaire — du latin *speculum,* miroir —, Venise l'est à plus d'un titre. Elle l'est parce qu'elle se reflète dans ses eaux et que ses maisons n'ont que leur propre reflet pour fondation. Elle l'est aussi par sa nature foncièrement *théâtrale* en vertu de laquelle Venise et l'image de Venise sont toujours données simultanément, inséparablement. En vérité, il y a là de quoi décourager les peintres. Comment peindre Venise qui est déjà une peinture ? Et certes, il y a eu Canaletto, mais il n'occupe pas la première place parmi les peintres italiens, tant s'en faut ! En revanche il ne doit pas y avoir de lieu au monde où l'on fait une pareille consommation de pellicule photographique. C'est que le touriste n'est pas créateur, c'est un consommateur-né. Les images lui étant données ici à chaque pas, il fait des copies à tour de bras. Au demeurant, c'est toujours lui-même qu'il photographie, devant le pont des Soupirs, sur les marches de San Stefano, au fond d'une gondole. Les « souvenirs » du touriste vénitien sont autant d'autoportraits.

On enfile la calle Larga San Marco qui vient buter sur le rio di Palazzo qu'enjambe en aval le pont des Soupirs. Le pont qui s'offre mène directement dans l'atelier du Vieux Murano. C'est le royaume du verre. Au rez-de-chaussée devant des fours incandescents, les artisans verriers tournent au bout de leur longue canne la masse pâteuse, laiteuse, une énorme goutte irisée qui s'étire vers le sol dès que la rotation s'arrête. La canne est creuse. C'est une sorte de pipe, et l'ouvrier en soufflant dans cette pipe gonfle la goutte, la transforme en ampoule, en bulle, en ballon. Ce spectacle déconcerte l'imagination, parce qu'il va à l'encontre de sa logique matérielle. Ces fours, cette pâte, cette cuisson, ce modelage, oui, c'est à une boulangerie que l'on pense tout d'abord. Mais en même temps on *sait* que cette pâte est du verre — et d'ailleurs les vapeurs qu'elle dégage et sa consistance même ont quelque chose de louche, d'incomestible à coup sûr. D'ailleurs, on assiste d'étape en étape à la naissance d'un flacon, d'une bouteille, d'une coupe, par des opérations aussi paradoxales que le refoulement du fond par un pontil, le modelage du goulot à la pince, le renforcement des bords par un bourrelet, l'adjonction d'un mince boudin qui devient entrelacs, torsade, tresse ou anse.

Torturé et humilié au rez-de-chaussée par le feu, les cannes et les pinces, le verre ne retrouve son essence et sa souveraineté qu'au premier étage. Car le verre est froid, dur, cassant, brillant. Tels sont ses attributs fondamentaux. Pour le rendre souple, gras et fumant, il faut le soumettre à d'épouvantables sévices. Dans ces salons d'exposition, il s'épanouit dans toute sa morgue glacée et maniérée.

C'est d'abord le plafond entièrement habité par une profonde efflorescence de lustres, lanternes et luminaires. Il y en a de toutes les couleurs — marbrés, jaspés, filigranés, vert angélique, bleu saphir, rose saumon —, mais tous ces tons également sucrés, acidulés, sculptés dans le même caramel dur et translucide. C'est une immense floraison de méduses cristallines dardant sur nos têtes des aiguillons confits, des organes vitreux, laissant flotter autour d'elles des faisceaux de tentacules vernissés, des falbalas vitrifiés, toute une dentelle givrée.

Mais ces vastes pièces doivent plus encore leur prestige et leur mystère à la profusion des miroirs qui les démultiplient, brisent et recomposent toutes leurs lignes, sèment la folie dans leurs proportions, défoncent les plans et les creusent de perspectives infinies. La plupart sont teintés — glauques, bleutés ou aurés — et évoquent d'autant plus fortement la surface gelée d'un liquide. L'un d'eux surtout me retient, moins par lui-même que par son cadre. Car ce cadre composé de petits miroirs orientés dans des plans différents est d'une largeur disproportionnée et fait paraître médiocre le miroir ovale qu'il cerne. Je m'attarde devant cette petite image de moi-même perdue au fond de ce miroitement, accablée par cette imagerie turbulente qui l'obsède.

— Je vois, monsieur Surin, que vous n'êtes pas encore parti et que vous apprivoisez ces miroirs que vous détestiez si fort.

C'est un petit homme souriant, chauve et moustachu. Son fort accent italien fait ressortir l'admirable facilité avec laquelle il parle le français.

— J'ai retardé mon départ à cause du temps, en effet. Il n'est pas fameux ici. Qu'est-ce que ça doit être ailleurs ! lui dis-je prudemment.

— Je peux vous renseigner sur ce point pour n'importe quel pays, monsieur Surin. A Londres, il fait brouillard, il pleut sur Berlin, il bruine sur Paris, il neige sur Moscou, la nuit tombe sur Reykjavik. Alors vous faites bien de vous attarder à Venise. Mais si vous voulez rester, ne regardez pas trop ce miroir, je vous le conseille.

— Pourquoi ? C'est un miroir magique ?

— C'est peut-être le plus vénitien de tous les miroirs de ce salon, monsieur Surin. Et je pense que c'est pour cela qu'il ne vous inspire pas l'horreur que vous éprouvez en présence de ce genre d'objet, à ce que vous m'avez dit.

— Et qu'a-t-il de plus vénitien que les autres ?

— Son cadre, monsieur Surin. Ce cadre énorme, disproportionné, qui fait presque oublier le miroir lui-même perdu en son centre. Et le fait est que ce cadre est composé d'une quantité de petits miroirs inclinés dans tous les sens. De telle sorte que toute complaisance vous est interdite. A peine votre regard s'est-il posé au centre, sur l'image de votre visage, qu'il est sollicité à droite, à gauche, en haut, en bas par les miroirs secondaires qui reflètent chacun un spectacle différent. C'est un miroir *dérapant,* distrayant, un miroir centrifuge qui chasse vers sa périphérie tout ce qui approche son foyer. Certes ce miroir-là est particulièrement révélateur. Mais tous les miroirs vénitiens participent de cette nature centrifuge, même les plus simples, même les plus francs. Les miroirs de Venise ne sont jamais droits, ils ne renvoient jamais son image à qui les regarde. Ce sont des miroirs inclinés qui obligent à regarder ailleurs. Certes il y a de la sournoiserie, de l'espionnage en eux, mais ils vous sauvent des dangers d'une contemplation morose et stérile de soi-même. Avec un miroir vénitien, Narcisse était sauvé. Au lieu de rester englué à son propre reflet, il se serait levé, aurait serré sa ceinture, et il serait parti à travers le monde. On changeait de mythe : Narcisse devenait Ulysse, le Juif errant, Marco Polo, Phileas Fogg...

— On passait de la vie sédentaire au nomadisme.

— Au nomadisme ! C'est cela même, monsieur Surin. Et cette métamorphose, c'est toute la magie de Venise. Venise attire, mais aussitôt repousse. Tout le monde vient à Venise, personne n'y reste. A moins qu'on n'y vienne pour mourir. Venise est un très bon endroit pour mourir. L'air de Venise absorbe, je dirais presque *avec gourmandise,* les derniers soupirs qu'on veut bien y pousser. Cimarosa, Wagner, Diaghilev ont répondu à cet étrange appel. Un poète français a bien dit, n'est-ce pas, que partir, c'est mourir un peu. Il faudrait ajouter que mourir, c'est partir beaucoup. On sait cela à Venise...

Nous étions ressortis, et mon compagnon paraissait savoir quel était mon hôtel, car il nous menait dans sa direction, pour autant que j'en pouvais juger à travers les ruelles que nous enfilions. Il marchait en poursuivant son discours volubile sur la nature profonde de Venise.

— Notre ville n'a pas d'équilibre stable, monsieur

Surin. Ou plus exactement, elle a possédé, puis perdu cet équilibre. On ne comprend rien à Venise si on ignore la cité jumelle qui l'équilibrait à l'autre bout du bassin méditerranéen. Car Venise n'était à l'origine que la tête de pont de Constantinople, à laquelle elle devait l'essentiel de sa vie spirituelle et matérielle. Vis-à-vis du reste de l'Italie, contre Sienne, contre Gênes, contre Rome surtout, elle s'affirmait byzantine, elle revendiquait son affinité avec l'empire d'Orient, et les visiteurs occidentaux qui débarquaient sur le quai des Esclavons, et qui découvraient cette foule en vêtements flottants et brodés, coiffée de toques et de bonnets, cette architecture octogonale avec ses coupoles, ses grilles ouvragées, ses mosaïques, ces visiteurs pouvaient se croire transportés en Orient. Et puis Constantinople a disparu, engloutie sous la ruée des barbares turcs, et voyez-vous, monsieur Surin, ce qu'il y a de plus atroce dans cette tragédie historique, c'est l'attitude de Venise. Aussi incroyable que cela puisse paraître, les Vénitiens n'ont pas accueilli la nouvelle du désastre de 1453 avec une consternation bien convaincante. On dirait qu'ils ont éprouvé une secrète satisfaction dans la mort de la sœur jumelle — certes plus riche, plus vénérable, plus religieuse — mais sans laquelle ils n'auraient pas existé. Dès lors, le sort de Venise était scellé, car privée du contrepoids byzantin, elle a donné libre cours à ses penchants aventureux, vagabonds, mercantiles, et — quelles qu'aient pu être sa prospérité, sa richesse et sa puissance florissantes — ce corps sans âme était voué à une dégénérescence inéluctable. Lorsque votre petit Corse haineux a donné le coup de grâce à

passer, mais qui toutes le souillent et le damnent. Et quand il les quitte, c'est avec des ricanements haineux, tandis que son valet ajoute un nom sur le grand livre où il tient à jour le tableau de chasse de son maître.

Au lieu que Casanova... Il adore les femmes, sincèrement, profondément, toutes les femmes, et il n'est lui-même satisfait que s'il est parvenu à combler de plaisir sa partenaire du moment. Certes il ne faut pas trop lui demander. Pour la fidélité, pour le mariage, pour la famille, il ne vaut rien. Il est attiré, aspiré vers un être charmant (pourquoi le traiter de séducteur alors que c'est lui le premier séduit ?), il accourt, l'entoure de toutes les douceurs propres à le désarmer, à réduire ses défenses, à le réduire à sa merci, le paie de son passager esclavage d'une heure éblouissante, et fuit aussitôt à tire-d'aile, pour toujours, mais en souriant, en lui envoyant des baisers, de plus en plus lointains, de plus en plus mélancoliques. Et plus tard, il n'évoquera son souvenir qu'avec émotion, respect, tendresse...

Mais le Vénitien n'échappe pas plus que le Sévillan à la solitude, à la prison même. C'est que la société sans-pareil à laquelle il appartient de toute sa chair malgré son incurable légèreté tolère mal tant de liberté. Le 26 juillet 1755, au point du jour, Messer Grande, chef des sbires, vient arrêter Casanova à son domicile, comme « perturbateur du repos public ». Remis aux archers des « Plombs », il est jeté dans un cachot sans lumière. C'est l'épreuve de l'isolement absolu à laquelle les prisonniers novices sont d'abord traditionnellement soumis. Casanova n'a avec le monde extérieur qu'un seul contact : la sonnerie d'un clocher qui égrène les heures. Il s'endort… « La cloche de minuit m'a éveillé. Affreux réveil lorsqu'il fait regretter le rien ou les illusions du sommeil. Je ne pouvais pas croire d'avoir passé trois heures sans avoir senti aucun mal. Sans bouger, couché comme j'étais sur mon mouchoir, que la réminiscence me rendait sûr d'avoir placé là… En allant à tâtons avec ma main, Dieu ! quelle surprise lorsque j'en trouve une autre, froide comme glace ! L'effroi m'a électrisé depuis la tête aux pieds et tous mes cheveux se hérissèrent. Jamais je n'ai eu de toute ma vie l'âme saisie d'une telle frayeur et je ne m'en suis jamais cru susceptible. J'ai certainement passé trois ou quatre minutes non seulement immobile, mais incapable de penser. Rendu peu à peu à moi-même, je me suis fait la grâce de croire que la main que j'avais cru toucher n'était qu'un objet de l'imagination ; dans cette ferme supposition j'allonge de nouveau le bras au même endroit, et je trouve la même main que transi d'horreur et jetant un cri perçant je serre et je relâche en retirant mon bras. Je frémis, mais devenu maître de mon raisonnement, je décide que pendant que je dormais on avait mis près de moi un cadavre, car j'étais sûr que, lorsque je me suis couché sur le plancher, il n'y avait rien. Je me figure d'abord le corps de quelque innocent, et d'abord mon ami qu'on avait étranglé et qu'on avait ainsi placé près de moi pour que je trouvasse à mon réveil devant moi l'exemple du sort auquel je devais m'attendre. Cette pensée me rend féroce ; je porte pour la troisième fois mon bras à la main, je m'en saisis, et je veux dans le même moment me lever pour tirer à moi le cadavre, et me rendre certain de toute l'atrocité de ce fait ; mais voulant m'appuyer sur mon coude gauche, la même main froide que je tenais serrée devient vive, se retire, et je me sens dans l'instant avec ma grande surprise convaincu que je ne tenais dans ma main droite autre main que ma main gauche, qui, percluse et engourdie, avait perdu mouvement, sentiment et chaleur, effet du lit tendre, flexible et douillet sur lequel mon pauvre individu reposait.

« Cette aventure, quoique comique, ne m'a pas égayé. Elle m'a au contraire donné sujet aux réflexions les plus noires. Je me suis aperçu que j'étais dans un endroit où, si le faux paraissait vrai, les réalités devaient paraître des songes, où l'entendement devait perdre la moitié de ses privilèges. »

Ainsi le libertin, l'ennemi des maris et des pères, le briseur de la dialectique familiale, le « perturbateur du repos public » est soumis à l'épreuve de la solitude. Alors que se passe-t-il ? Sous l'empire de l'obscurité et de l'engourdissement, sa main droite croit reconnaître dans sa main gauche celle de son meilleur ami... mort. Il y a là une allusion balbutiante à la gémellité, et singulièrement à la gémellité dépariée. Comme si ce sans-pareil invétéré — ce mondain, cet intrigant, ce fêtard —, sous le coup de la nuit carcérale, faisait un phantasme gémellaire et allait de sa propre main à un ami mort, alors qu'un frère jumeau se trouverait normalement à mi-chemin de l'une et de l'autre.

Ce trait vient ajouter au mystère de Venise, et je me demande s'il contribue à l'éclairer ou à l'épaissir. Comment ne pas rapprocher l'hallucination manuelle de Casanova de l'image des deux mains emboîtées, mais séparées par le Grand Canal, que nous offre le plan de la ville ? D'autres thèmes viennent se superposer à ces deux-là. La ville jumelle perdue, cette Byzance qui succomba en 1453, laissant Venise dépariée, mutilée, mais ivre de liberté. Ces miroirs obliques sur lesquels le regard ricoche et atteint quelqu'un d'autre indirectement et comme par la bande. La force centrifuge de cette cité de marins et de marchands... On rencontre sans cesse ici le rêve d'une gémellité brisée, image floue, fuyante, aussi insistante qu'insaisissable.

Venise se présente constamment comme une ville chiffrée. Elle nous promet toujours une réponse imminente au prix d'un peu de sagacité, mais elle ne tient jamais cette promesse.

*

Levé ce matin avant le jour, je m'attarde sur la place Saint-Marc constellée de vastes flaques d'eau formant sur le dallage des isthmes, des presqu'îles et des îles sur lesquelles se pressent les pigeons au plumage bouffant de sommeil. Les chaises et les tables pliées des trois cafés de la place — le Florian à droite, le Quadri et le Lavena à gauche — se serrent en formations compactes et disciplinées, attendant le soleil et les clients qu'il amène toujours avec lui. Etrange et hybride décor qui s'apparente à la campagne par son silence et l'absence de toute circulation automobile, et à la ville par son décor exclusivement monumental, sans un arbre, un brin d'herbe, une source d'eau vive.

J'ai contourné le campanile, traversé la Piazzetta, et je me suis approché des marches de porphyre du quai Saint-Marc, six marches habillées d'algues vertes et chevelues qui s'enfoncent dans l'eau inquiète. Le flux et le jusant en couvrent et découvrent trois — soit au total une différence de niveau de soixante-dix centimètres — dans leur amplitude moyenne, mais en cette saison, on peut craindre de très vastes écarts.

J'ai longtemps marché le long du quai des Esclavons, franchissant les petits ponts à escaliers qui enjambent l'embouchure des rii. A mesure qu'on s'éloigne du centre, les bateaux amarrés aux bittes augmentent de volume et de rusticité. Aux frêles gondoles succèdent les motoscafos, les vaporettos, puis on voit des yachts, des petits paquebots et finalement des cargos qui surplombent les quais de leurs flancs abrupts et rouillés. Je trouve enfin un café ouvert et je m'installe à la terrasse, face à un débarcadère. Le temps est très doux, mais d'autant plus menaçant. Le soleil levant incendie de lourds nuages échevelés avant de propager son rougeoiement sur tout le quai et dans l'axe du Grand Canal. Ce môle désert, luisant de pluie, encombré de pontons, de poteaux, de cordages, de bittes, de passerelles, ces embarcations vides dont les flancs retentissent sous le tapotement des vaguelettes — malgré l'absence de vent, la drisse d'un yacht, prise de frénésie soudaine, se met à vibrer furieusement contre le mât —, ces traînées de lumière rouge qui se perdent au loin dans le désordre brumeux des dômes, des tours et des façades seigneuriales... Où suis-je ? L'une de ces barques, venue de la terre des hommes, ne vient-elle pas de me déposer dans la ville des morts où toutes les horloges sont arrêtées ? Que disait donc Colombo ? Il disait que Venise n'est pas une ville où l'on s'attarde, si ce n'est pour mourrir et que l'air y absorbe avec gourmandise les derniers soupirs. Mais suis-je bien vivant ? Que sait-on au juste d'un jumeau déparié, surtout quand le sort du frère perdu reste un mystère ? Je suis un sédentaire absolu. L'équilibre immobile est l'état naturel de la cellule gémellaire. C'est le départ de Jean qui m'a jeté sur les routes. Il faut que je le retrouve. Pour lui apprendre la découverte merveilleuse que j'ai faite depuis son départ — faut-il dire *grâce* à son départ ? —. pour arrêter le mouvement démentiel qui par la faute de Sophie le condamne à une perpétuelle errance. Pour reprendre avec lui le fil circulaire de notre jeunesse éternelle un instant brisé, mais renoué, et même enrichi par cette rupture. Grâce à la lueur aliénante, j'ai la preuve indiscutable qu'il a été ici. Tout ce que j'entends me laisse penser qu'il est parti. D'abord parce que ceux qui l'ont connu me croient *revenu*, à moins que j'aie renoncé à partir. Mais surtout parce que Venise — cette ville qui est son portrait même — n'a pu que le chasser, relancer son élan, aussi durement que le mur de pierre renvoie la balle qui le heurte.

Mais moi ? Quelle est ma place ici ? Si Jean obéit à sa pente en parcourant le monde — et en commençant par Venise —, que suis-je venu faire dans cette galère ? (Merveilleuse galère à dire vrai, surchargée de velours et d'ors, en forme de Bucentaure !)

Un gros homme vient de se poser lourdement à ma gauche. Il déploie sur le guéridon de faux marbre toute une panoplie de touriste-écriveur, cartes postales, enveloppes, jeu de crayons, et surtout un épais cahier fatigué qui doit être un recueil d'adresses. Il grogne et souffle en noircissant ses cartes avec ardeur. Il peste parce que le garçon ne vient pas, parce qu'une mouche se pose avec insistance sur son nez, parce qu'un pigeon lui fait des avances quémandeuses. Tellement que je me persuade qu'il n'écrit à sa famille, à ses amis que des *cartes postales d'injures* qu'il expédiera tout à l'heure avec des ricanements vengeurs. Je peux bien ricaner, moi aussi, il n'en reste pas moins que, de Venise ou d'ailleurs, je n'enverrai jamais une carte postale à qui que ce soit. Méline ? Je la vois d'ici flairant avec méfiance et dégoût ce rectangle de carton, couvert de signes indéchiffrables, dont les bariolures évoquent un pays inimaginable. Méline n'a que mépris et horreur pour ce qu'elle ne connaît pas. Or je n'ai personne d'autre ! Je n'ai que Jean — que justement je viens de perdre. C'est même l'une des épines de la *lueur aliénante,* ce refus que j'oppose instinctivement à tout accueil, à toute avance d'un singulier. Je vois bien que Jean partout où il passe se prodigue, se jette au cou de n'importe qui, à seule fin d'échapper à la cellule gémellaire, Sophie ayant failli à sa mission émancipatrice. Et je recueille malgré moi cette amitié — cette amabilité — dont il ne cesse de semer les germes à pleines poignées, et qu'il faut bien tuer dans l'œuf parce que ma mission est tout l'opposé de sa folie.

La solitude. Certains célibataires, apparemment condamnés à l'isolement, ont le don de créer partout où ils vont des petites sociétés mouvantes, versatiles, mais vivantes, et constamment alimentées et rafraîchies par de nouvelles recrues — à moins qu'ils ne s'incorporent sans effort à des groupes pré-existants.

Au lieu que les hommes voués au couple et qui sont apparemment cuirassés contre toute menace de solitude, si leur partenaire vient à leur manquer, ils tombent dans une déréliction sans remède. Il est clair que Jean s'efforce de passer de cette catégorie à la première, mais moi, il est tout à fait exclu que j'accomplisse cette métamorphose où je ne peux voir qu'une déchéance.

Le quai s'anime de minute en minute. Des vaporettos se succèdent le long du débarcadère, et une foule de petites gens s'en échappe en trottinant. Ce sont des habitants des quartiers populaires de Mestre, et ils viennent travailler pour la journée à Venise. Petites gens, gens petits. Il est vrai que leur taille me paraît au-dessous de la moyenne. N'est-ce qu'une illusion due à leur condition évidemment modeste ? J'en doute. Je suis tout disposé à admettre que la richesse, la puissance, la surface sociale se traduisent chez un homme par une stature, un poids, une carrure hors du commun. Et aussitôt je pense à moi-même, à mes cent soixante centimètres, à mes cinquante-cinq kilos, et je conviens que, même parmi ces gens, j'appartiens à la catégorie des mistenflûtes. Voilà une réflexion qui ne me serait pas venue il y a seulement deux mois, avant la trahison de Jean. Car s'il est vrai que Jean comme moi-même nous sommes plutôt gringalets, cela n'apparaît qu'à la faveur de notre séparation. Bien sûr nous sommes chacun faible et malingre, mais réunis — conformément à notre vocation — nous sommes un colosse redoutable. Et c'est ce colosse que je recherche et que je pleure. Mais à quoi bon revenir inlassablement sur ce sujet ?

La terre ferme envoie à Venise ces cargaisons de petites gens. La mer nous enveloppe de souffles tièdes et humides. C'est la « bora », le vent grec, venue du nord-est. Venise est tout entière ville litigieuse que la terre et la mer ne cessent de se disputer. L'eau qui court dans les rii et dont le niveau varie constamment est une saumure dont le degré de salinité augmente et diminue plusieurs fois par jour. Je m'avise que les phénomènes météorologiques retiennent de plus en plus mon attention. A vrai dire, nous avons toujours vécu aux Pierres Sonnantes en étroite communion avec les vents, les nuages, les pluies. Et aussi bien entendu avec les marées qui obéissent imperturbablement à un rythme particulier indépendant de la succession du jour et de la nuit, comme des caprices des intempéries. Mais cette indépendance des marées ne m'est apparue clairement qu'il y a trois mois, peu après le départ de Jean, et j'ai noté que la découverte de la « tempête calme » paraissait le fruit d'une vision gémellaire dépariée. La rencontre ici avec Giuseppe Colombo est arrivée à point nommé. (N'est-ce pas au demeurant Jean qui me l'envoie, ou plutôt qui m'envoie à lui en m'attirant à Venise ? Cette question va assez loin. J'en viens à me demander si en suivant l'itinéraire du frère déserteur — en obéissant à sa fuite et au détail de sa fuite, aux rencontres notamment qui la jalonnent — je n'accomplis pas mon destin particulier de jumeau déparié, destin tout contraire mais complémentaire du sien ? Quel destin ? Seule la suite de mon voyage, sa suite et sa fin répondront à cette question.) Car j'ai obéi hier à sa suggestion. Après un coup de téléphone pour m'annoncer, je me suis fait conduire en motoscafo à un îlot de la Lagune, l'isolotto Bartolomeo, où se dresse une seule maisonnette, l'une des Stazione Meteorologica de Venise.

Un sentiment qui est né à la vue de la station et que la visite a confirmé : nous sommes dans un lieu *universel.* Rien ici ne rappelle Venise, la Lagune, ni même l'Italie, l'Europe, etc. Cette maisonnette, ces mâts, ces pylônes haubanés, ces appareils, ce décor à la fois scientifique et lyrique — ce petit monde modeste, naïf, bricoleur, en prise directe sur le ciel et les météores — se retrouvera identique à lui-même en Californie, au Cap, dans le détroit de Behring. C'est du moins ce que dit chaque chose ici, car il va de soi que je n'ai aucune expérience en ce domaine.

Colombo, disert et empressé, m'a fait faire le tour du propriétaire.

La station est constamment en activité grâce à la succession de trois équipes de deux hommes qui se relaient de huit heures en huit heures, à 8 h, 16 h et 24 h. L'essentiel du travail consiste à établir et à diffuser en morse — soit manuel, soit télétypé sur ruban — un bulletin d'information portant sur la vitesse et l'orientation du vent, la température, la pression atmosphérique, la hauteur et la nature des nuages, l'amplitude de la marée. Le jour, la hauteur du plafond nuageux se mesure par l'envoi d'un petit ballon rouge gonflé à l'hélium — et Colombo me fait une démonstration. Sa vitesse ascensionnelle étant connue, on chronomètre le temps qu'il lui faut pour disparaître dans les nuages. La nuit, la mesure se fait par l'émission d'un pinceau lumineux qui, se reflétant sur la surface des nuages, revient sur une échelle située à une cinquantaine de mètres du projecteur.

L'angle de réflexion est mesuré automatiquement. Mais c'est l'anémomètre qui m'a donné les satisfactions les plus vives. A l'extérieur, un petit moulin à vent composé de quatre coupelles rouges tournoie avec une allégresse communicative, puérile et infatigable. Il est mystérieusement relié à un tableau lumineux qui donne la direction et la vitesse du vent. La rose à huit branches (N., S., E., O., N.-E., S.-E., S.-O., N.-O.) y figure sous la forme de huit voyants lumineux dont l'un est toujours allumé. Au centre du tableau, un clignotant rouge rythme la vitesse du vent, tandis qu'au-dessous un autre clignotant — vert celui-là et à rythme constant et beaucoup plus lent — sert d'étalon de mesure. Colombo m'explique que pour obtenir la vitesse du vent en milles-seconde on compte le nombre des clignotements rouges se produisant entre deux clignotements verts, et on multiplie par deux. Puis il devient poète en me désignant les sept points de l'horizon d'où proviennent les principaux vents de la région, la sizza, lo scirocco, il libeccio, il maestrale, la bora, il grecale et il ponensino.

Dehors, c'est moins l'armoire contenant thermomètres, hygromètre et pluviomètre qui m'attire qu'une sorte de grand râteau aux dents dressées vers le ciel et dont le manche peut pivoter en entraînant une aiguille sur un disque reproduisant les points cardinaux. C'est la *herse néphoscopique* qui permet de définir la direction du mouvement des nuages et leur vitesse angulaire. C'est un véritable râteau à nuages. Il racle le ciel et gratte le ventre des monstres gris et doux qui y paissent.

De cette maisonnette de poupée bourrée d'instruments fragiles et saugrenus, posée en équilibre sur un îlot hérissé d'un attirail enfantin — ces ballons rouges, ces hélices, ces entonnoirs tournants, ces manches à air, et pour finir ce grand râteau fiché sur une rondelle de bois —, il émane un étrange bonheur dont je cherche le secret. Il y a là une indiscutable drôlerie qui tient pour une part aux démentis constants que les faits infligent aux prévisions météorologiques — sujet d'inépuisables plaisanteries — mais qui va beaucoup plus loin aussi. Cette panoplie puérile déployée sur une île grande comme la main, c'est donc tout ce que le génie humain peut opposer aux formidables mouvements atmosphériques dont dépendent largement pourtant la vie et la survie des hommes ? C'est tout, et c'est peut-être encore trop, si l'on considère l'impuissance absolue de l'homme face aux météores. La terrible force des machines, le pouvoir créateur et destructeur de la chimie, l'audace inouïe de la chirurgie, bref, l'enfer industriel et scientifique peut bien bouleverser la surface de la terre et enténébrer le cœur des hommes, il se détourne des eaux et des feux du ciel et les laisse à une poignée d'hurluberlus et à leurs ustensiles de deux sous. C'est ce contraste qui suscite sans doute un sentiment de surprise heureuse. Que la pluie, les vents et le soleil soient le domaine de ces pauvres en esprit et en matériel, dispersés dans le monde entier, mais frères en leur simplicité et dialoguant jour et nuit par la voie des ondes — voilà un paradoxe rafraîchissant et gai.

Mais en me reconduisant jusqu'au môle d'embarquement où m'attendait mon canot automobile, Colombo a attiré mon attention sur un pieu, un simple pieu fiché dans le fond vaseux et protégé des vagues et des remous par un demi-cylindre de ciment ouvert de notre côté. Gradué en mètres et en décimètres, il permet de mesurer l'amplitude des marées. Colombo m'a expliqué que l'existence même de Venise était suspendue à une discordance presque constamment observée entre les mouvements de haute marée et les déchaînements périodiques des vents. En somme, entre la « tempête calme » et la tempête météorologique. S'il y avait un jour coïncidence entre ces deux variantes, Venise — dont la place Saint-Marc n'est qu'à soixante-dix centimètres au-dessus du niveau moyen de la mer — serait engloutie comme la ville d'Ys.

Grâce à cette visite, j'ai fait un pas de plus dans un domaine vierge, encore innommé, et qui paraît le champ privilégié de l'intuition gémellaire dépariée.

Une tempête calme. Ces deux mots, dont le rapprochement m'avait abasourdi il y a quelques semaines aux Pierres Sonnantes, traduisent parfaitement la présence de deux ciels, de deux niveaux célestes superposés et antithétiques. Colombo m'a rappelé que la terre est enveloppée par trois couches sphériques comme par trois manchons concentriques. La *troposphère* — ou sphère des troubles — s'élève jusqu'à 12 000 mètres. Toutes les perturbations météorologiques que nous subissons se situent dans les 4 000 premiers mètres de cette sphère. C'est le grand cirque où caracolent les vents, où éclatent les cyclones, où défilent pesamment des troupeaux d'éléphants vaporeux, où se nouent et se dénouent les filets aériens, où s'ourdissent les vastes et subtiles combinaisons d'où sortent la bourrasque et l'embellie.

Au-dessus — entre 4 000 et 12 000 mètres — s'étend la piste immense et radieuse réservée aux alizés et contre-alizés exclusivement.

Plus haut encore — au-dessus de 12 000 mètres —, c'est le vide absolu, le grand calme stratosphérique.

Enfin, au-delà des 140 000 mètres, on pénètre dans l'irréalité de l'ionosphère, composée d'hélium, d'hydrogène et d'ozone, qu'on appelle aussi *logosphère* parce que c'est la voûte invisible et impalpable où se répercutent en un formidable et très doux pépiement les mille et mille voix et musiques des émetteurs radiophoniques du monde entier.

La couche troposphérique, champ des perturbations, chaos humide et venteux, cohue imprévisible d'interactions et d'intempéries, est dominée par un olympe serein dont les révolutions sont réglées comme un cadran solaire, sphère astrale éternelle, monde sidéral inaltérable. Or de cet olympe partent des ordres péremptoires, parfaitement prévus, déduits, construits, qui traversent comme des flèches d'acier la couche troposphérique et s'imposent à la terre et aux mers. Les marées sont les effets les plus visibles de cette *autorité astrale,* puisqu'elles dépendent des astres majeurs, de la présence additionnée ou contrariée de la Lune et du Soleil. La « tempête calme » manifeste le pouvoir souverain des grands luminaires sur le petit peuple tumultueux et effervescent des flots. A l'opposé des injonctions troposphériques — contradictoires, brouillonnes, imprévisibles —, les astres imposent à la mer océane des oscillations régulières comme celles d'un balancier d'horloge.

Je ne pense pas céder à mon obsession permanente en remarquant l'analogie de cette opposition des deux sphères, et celle de la foule sans-pareil, tumultueuse, emportée par des amours fécondes et échevelées, brassant la boue et le sang avec la semence — et du couple gémellaire pur et stérile. L'analogie s'impose, oui. Et elle va dans mon sens. Car si les astres soumettent à leur ordre serein et mathématique — la « tempête calme » — les terres et les eaux, n'est-ce pas que la cellule gémellaire doit en toute justice plier ses membres — sinon le reste de l'humanité — à son ordre intime ?

Retrouver Jean. Le faire revenir à Bep. Mais en formulant ce dessein, j'en vois un autre, incomparablement plus vaste et plus ambitieux, se profiler derrière lui : assurer ma mainmise sur la troposphère elle-même, dominer la météorologie, devenir le maître de la pluie et du beau temps. Rien de moins ! Jean a fui, emporté par les courants atmosphériques. Je peux certes le ramener à la maison. Mais mon effort dépassant cet objectif somme toute modeste, je pourrais aussi, dans son droit fil, devenir moi-même le berger des nuages et des vents.

*

Les trois orchestres jouaient-ils au début à l'unisson ? Je n'en suis pas très sûr. C'est déjà un miracle que le Florian, le Quadri et le Lavena jouent en même temps du Vivaldi, et précisément *Les Saisons*. Il ne faut pas leur demander en outre de s'accorder entre eux au point de ne plus former qu'un seul ensemble disloqué en trois tronçons sur la place Saint-Marc. Actuellement, le Quadri joue la fin de l'Hiver — que j'entends principalement puisque c'est à la terrasse de ce café-là que je suis assis. Mais en prêtant l'oreille à travers les pianissimos ou les points d'orgue de cette musique noir et or, je peux deviner que le Lavena attaque l'Automne. Quant au Florian, situé de l'autre côté de la place, il faut pour l'entendre que mon orchestre fasse silence, mais selon mes approximations, il doit se trouver en plein Eté. Le répertoire quotidien de ces petits orchestres n'allant jamais au-delà de quatre à cinq morceaux, je ne suis pas surpris d'entendre le Florian, ayant terminé l'Hiver, reprendre le Printemps après une pause très brève. D'ailleurs, n'est-ce pas ainsi dans la réalité ? La ronde des saisons jamais ne s'interrompt, ni ne s'achève.

Je trouve remarquable que l'œuvre la plus célèbre du compositeur vénitien le plus célèbre illustre les quatre saisons. Car il y a sans doute peu d'endroits au monde où les saisons soient moins marquées qu'à Venise. Le climat n'est jamais ici ni torride, ni glacé, mais surtout l'absence de végétation et d'animaux nous prive de tout point de repère naturel. Il n'est point ici de primevères, de coucous, de blés mûrs, ni de feuilles mortes. Mais n'est-ce pas justement pour compenser l'absence de saisons réelles en sa ville que Vivaldi lui a donné des saisons musicales, comme on dispose des fleurs artificielles dans un vase, comme on simule une noble et profonde allée d'arbres en perspective sur la toile de fond d'un décor de théâtre ?

— Je suis contente de te retrouver à Venise, mais j'ai de bien tristes nouvelles.

Après un coup d'œil *aliénant* — le choc me surprend de moins en moins, mais je ne saurais dire que je m'habitue — une jeune femme (est-elle vraiment jeune ? A vrai dire, elle n'a pas d'âge) s'est assise d'autorité à ma table. Malgré son absence évidente de coquetterie, elle est assez belle, et peut-être ce mépris affiché de toute recherche n'est-il qu'une apparence, le comble de la recherche, car je n'imagine pas un style plus seyant à ce visage net, d'une nudité presque provocante, composé de méplats peu nombreux et formant ensemble des angles réguliers et équilibrés. Les yeux veloutés et la bouche épaisse corrigent la sévérité de ce visage trop régulier et de cette coiffure noire et tirée.

— Deborah est mourante, et je ne suis même pas sûre qu'elle soit encore en vie. Quant à Ralph, il est en train de découvrir que sa femme l'a porté à bout de bras pendant les cinquante ans de leur vie commune.

Elle a parlé vite, avec une sorte de véhémence, en sortant un paquet de cigarettes et un briquet de son sac. Elle allume une cigarette, fume en silence, tandis qu'à travers les trilles printaniers du Florian, j'entends les grondements hivernaux du Lavena.

— Je te croyais là-bas avec eux. Tu aurais dû y aller. Tu devrais les rejoindre. Tu ne serais pas de trop, j'ai peur.

Je hoche la tête de quelqu'un qui réfléchit et mûrit une décision imminente. Ce qui me frappe le plus, c'est qu'elle m'ait tutoyé. J'en suis stupéfié, abasourdi. Evidemment, cela devait bien arriver un jour ou l'autre, puisque Jean n'est plus à mon côté. Mais tout de même, le choc est rude. *Parce que c'est la première fois qu'on me tutoie.* Pendant toute son enfance Jean-Paul n'a entendu que le *vous,* car la fusion des jumeaux n'allait tout de même pas assez loin pour qu'on nous considérât comme un seul individu. Non, c'était plutôt l'inverse qui se produisait — je veux dire que même séparés l'un de l'autre, chacun s'entendait appeler *vous,* puisque ce qu'on lui disait concernait tout autant que lui son frère momentanément absent. J'en suis venu tout naturellement à considérer le *tu* comme une tournure grossière, d'une familiarité triviale, méprisante, réservée en tout cas aux enfants sans-pareil, alors que nous, les jumeaux, nous avions droit, même séparément, à un vouvoiement de politesse (j'allais écrire : de majesté !). J'ai beau me dire que cette interprétation est illusoire, puérile, ce *tu* me blesse, parce que — trivial ou non — il m'enfonce dans ma nouvelle condition de sans-pareil, et je me rebiffe de toutes mes forces. Et puis aussi pourquoi laisser s'installer le malentendu ? Cette femme, je n'ai aucune raison de l'abuser, et elle m'aidera peut-être mieux en connaissance de cause. Le Printemps du Florian s'achève en bouquets fleuris, l'Hiver du Lavena continue à mugir, le Quadri met de la colophane sur ses archets, et moi je dis : « Vous faites erreur. Je ne suis pas Jean Surin, je suis Paul, son frère jumeau. »

Elle me regarde avec stupeur, une stupeur incrédule où plane une ombre d'hostilité. C'est la première fois depuis le départ de Jean que je dissipe le malentendu. Je devine ses pensées. D'abord elle ne me croit pas. Mais alors comment juger un homme qui tente tout à coup de s'effacer, de disparaître en se faisant passer pour un frère-pareil? La ruse est inadmissible, grossière, impardonnable. Or c'est l'hypothèse qui va s'imposer à elle si Jean ne lui a jamais parlé de moi, et surtout s'il a un quelconque intérêt à disparaître.

Son visage est d'une dureté de pierre. Elle va rouvrir son sac et entreprendre de se remaquiller, les yeux rivés sur le miroir du poudrier. C'est du moins ce que ferait toute autre femme en pareille occurrence pour justifier ce visage mort et se donner du temps. Elle, non. Elle a décidé d'étaler ses cartes.

— Jean ne m'avait jamais parlé d'un frère jumeau, dit-elle. Il est vrai qu'il m'a laissé tout ignorer de son passé, de sa famille. Non par goût du secret sans doute, mais parce que cela n'entrait pas — provisoirement au moins — dans nos relations. Ce que vous me dites est tout de même fort !

Elle me scrute. Inutile, jolie madame ! Si vous trouviez la moindre différence entre ce Paul que vous avez en face de vous et le Jean que vous connaissez, elle serait le seul fruit de votre imagination. Nous sommes pareils, inexorablement pareils !

— Enfin, soit ! Admettons cette supposition : vous n'êtes pas Jean, vous êtes son frère jumeau.

Elle tire pensivement une bouffée de sa cigarette. Le Florian s'avance à petits pas sous les lourdes frondaisons de l'Eté. Le Lavena amorce le Printemps que le Quadri achève. Les saisons... Je pense tout à coup qu'en elles se recouvrent les deux ciels, le ciel mathématique des astres et l'autre, le ciel brouillé des météores. Car les saisons sont bien entendu les giboulées du printemps, la canicule de l'été, les violons de l'automne, les neiges hivernales. Tout cela dans une suite d'approximations et d'à-peu-près qui font dire aux femmes qu'il n'y a plus de saisons. C'est que le ciel météorologique est par nature capricieux et indocile. Il obéit mal à l'autre ciel, le ciel sidéral, régulier comme une grande horloge. Pour ce ciel-là, les saisons correspondent à la position de la Terre par rapport au Soleil. Le solstice de juin donne le signal de l'été. L'équinoxe de septembre marque sa fin. Le solstice de décembre clôt l'automne, l'équinoxe de mars est aussi le premier jour du printemps. Et ces dates sont définies à la seconde près, et on peut les prévoir plusieurs siècles à l'avance. Or ce n'est pas assez dire que les météores n'obéissent que d'assez loin à ces quatre volets. Non contents de bouleverser le calendrier par leurs sautes et leurs infidélités, ils s'autorisent un écart régulier, constant, un décalage presque prévisible par rapport aux dates astronomiques, entre quinze jours et trois semaines dans la plupart des cas. Or voici le comble : cet écart n'est pas un retard, ce n'est pas avec nonchalance, à regret, comme un enfant indocile traîne les pieds, que le ciel brouillé des météores obéit aux injonctions du ciel mathématique. Non, *c'est une avance !* Il faut admettre ce scandaleux paradoxe : le ciel brouillé des météores se permet une avance moyenne de vingt jours sur le ciel mathématique. L'hiver et ses frimas n'attendent pas le 21 décembre pour se déclarer. Ils sont là dès le 1er décembre. Pourtant cette date du 21 décembre n'est pas arbitraire, elle est dictée par des calculs astronomiques simples et sans défaillance possible. Les solstices sont définis par la distance maximum entre la Terre et le Soleil, et par le plus grand écart entre la durée du jour et celle de la nuit. Les équinoxes correspondent inversement à la plus courte distance possible entre la Terre et le Soleil, et à l'égalité de durée du jour et de la nuit. Ce sont des vérités astronomiques coulées dans le bronze. On admettrait que la pluie et le beau temps se donnent des délais pour s'y plier, en vertu d'une certaine viscosité. Ils les devancent !

— Savez-vous pourquoi je vais supposer vrai provisoirement que vous n'êtes pas Jean ? Parce que nous sommes à Venise. Oui, il y a quelque chose dans cette ville qui encourage à accepter des contes gémellaires — qui suggère la gémellité. Je serais bien empêchée de dire quoi !

Ces remarques allaient trop dans le sens de mes réflexions sur Venise pour que je les laisse passer.

— Vous avez raison. Venise s'exprime à travers des coutumes, des récits et des attributs qui ont un rapport avec la gémellité brisée. Les jumeaux qu'on rencontre à Venise sont toujours dépariés. Ainsi les miroirs...

— Ne parlons pas de Venise, voulez-vous ? Si vous n'êtes pas Jean, apprenez donc que je m'appelle Hamida et que je suis d'El-Kantara, en Tunisie, dans l'île de Djerba. Les amis m'appellent Hami.

— Hami, où est Jean ?

Elle sourit pour la première fois. D'ailleurs le Lavena achève son Printemps sur une révérence d'une grâce exquise.

— Où est Jean ? Vous oubliez que je n'ai pas tout à fait écarté l'hypothèse selon laquelle *vous êtes Jean.* Alors derrière votre question, j'entends comme un écho lointain : où suis-je ?

Elle rit.

— Voyez-vous, Hami, Jean et moi, depuis notre enfance nous jouons de notre gémellité. C'est comme un thème musical dont nos corps seraient les instruments, et ce thème est en vérité inépuisable. Nous l'appelons entre nous le jeu de Bep. Or depuis que Jean m'a quitté, le jeu de Bep ne s'est pas interrompu, si ce n'est que je le joue seul — avec l'aide de cette ville, il est vrai, et ce n'est pas mince. Et vous surgissez tout à coup, et vous entrez dans le jeu. Et vous le compliquez prodigieusement, car vous tombez sous la loi à laquelle l'humanité tout entière est soumise — l'humanité tout entière, sauf Jean-Paul — et qui impose l'impossibilité de distinguer Jean de Paul. Aussi lorsque je vous dis : où est Jean ? cela peut en effet signifier : où suis-je ? En d'autres termes tous mes problèmes — le lieu où se cache Jean par exemple — sont pour vous doublés, voire portés au carré. Jean vous a-t-il dit qu'il a été fiancé, et qu'il se trouvait à Venise en voyage de noces ?

— Il me l'a dit, oui.

— Vous a-t-il dit pourquoi Sophie a rompu ?

— Non.

— Sophie a rencontré, comme vous, le jeu de Bep. Et elle a fui, car elle a compris qu'elle était en train de se perdre dans un palais de miroirs. Alors soyez raisonnable : suivez le guide. Et répondez-moi : où est Jean ?

— Franchement, je ne sais pas.

Le ciel mathématique a toujours trois semaines de retard sur le ciel des météores. Cela signifie-t-il que Jean, ayant pris le parti de la pluie et du beau temps, aura toujours sur moi une avance irréductible ? Cela signifie-t-il qu'à moins de prendre à mon tour le parti des météores, je ne retrouverai jamais mon frère ? La conclusion est déduite par une voie bizarre, mais non moins contraignante, et je reconnais en elle la figure de l'intuition dépariée.

— Je ne sais pas, mais au fond, c'est la faute à Bep ! Avant de vous trouver ici, je croyais Jean à El-Kantara. Vous prenant pour lui, j'en ai immédiatement conclu qu'il n'était pas parti. Si vous n'êtes pas Jean, eh bien, El-Kantara retrouve toutes ses chances !

— Bien, va pour El-Kantara. Alors continuez. Racontez-moi El-Kantara. Vous avez aussi prononcé un nom, Deborah.

— Jean était ici il y a encore trois semaines. Il a fait la connaissance d'un couple, lui Ralph, américain, elle Deborah, anglaise. Ils habitent El-Kantara. Ils faisaient une croisière sur leur voilier en Adriatique. Ils ne sont plus jeunes. Lui dans les soixante-dix. Elle un peu plus. Deborah étant soudain tombée malade, Ralph l'a débarquée dans le port le plus proche. C'était Venise. Deborah a été admise à l'ospedale San Stefano. C'est alors que Ralph a fait la connaissance de Jean. Tout le temps que Ralph ne passait pas auprès de Deborah, il traînait de bar en bar, accroché au bras de Jean. Il l'appelait son bâton de vieillesse. Quand il rencontrait quelqu'un de connaissance, il s'arrêtait, montrait votre frère de sa main libre et disait : « C'est Jean. Je l'aime. » Et il repartait. Lorsque Deborah a exigé son retour à Djerba, Jean s'est embarqué avec eux. C'est du moins ce que je croyais avant de vous rencontrer — et ce que je recommence à croire. Ralph a toujours eu la manie des mascottes. En cette saison impossible, la traversée a été miraculeusement bonne. C'est tout ce que je sais par un câble de Djerba. Deborah est-elle encore en vie ? Jean est-il avec eux ? Je n'en sais rien.

— Le mieux est d'aller voir.

— Allez-y. Mais je serais étonnée que vous retrouviez votre frère. Quelque chose me dit que Jean-Paul est mort, définitivement mort.

— Vous ne savez rien. Vous n'y connaissez rien. L'atmosphère de cette ville est funèbre, et vous fait dire n'importe quoi pourvu que cela sente la mort !

— La mort est sur cette ville. Comment ne sentez-vous pas la menace terrible qui pèse sur elle ?

Je la sentais. Je le lui dis. La pluie persistant, on sent grandir dans cette ville couchée à fleur d'eau la hantise grandissante de l'inondation. Cette fameuse et redoutable coïncidence entre la tempête calme, commandée par le ciel astronomique, et la tempête météorologique n'est-elle pas en train de se produire ? J'imagine le pieu de Colombo s'enfonçant d'heure en heure dans l'eau noire, le niveau montant au-delà de la ligne rouge de la cote d'alerte. Venise submergée par la marée de l'Adriatique enflée par le sirocco.

— J'ai vécu ici la grande inondation de l'an 1959, dit Hamida. Cette nuit-là, éveillée en sursaut, j'ai vu avec une indicible horreur une langue noire et grasse glisser sous ma porte et gagnant centimètre par centimètre, poussant des pointes, des presqu'îles, des tentacules dans tous les sens, recouvrir lentement la totalité du plancher de ma chambre. Je me suis habillée en toute hâte en pataugeant dans cette boue liquide, et j'ai été brusquement interrompue par l'extinction de la lumière électrique. Je me suis acharnée à quitter cette pièce, comme si je risquais d'y mourir engloutie. Dehors je n'ai trouvé qu'un abîme de ténèbres clapotantes dont la profondeur n'était trahie que par des fanaux et des torches tremblant sur des barques lointaines. Des appels, des sanglots, des sirènes de pompiers traversaient le silence sans entamer son épaisseur. Il fallut attendre le soir du lendemain pour que l'eau reflue de la lagune vers la mer par les trois passes — les bocche di porto, celle du Lido, de la Malamocco et de Chioggia. Alors sous un crépuscule aggravé par un couvercle de nuages plombés, on a vu toutes les ruelles, les places, tous les rez-de-chaussée des maisons uniformément recouverts d'une épaisse couche de mazout, d'algues putréfiées et de charognes en décomposition.

Elle se tut, les yeux fixés sur le mouvement étincelant d'un yoyo lumineux qu'un marchand ambulant faisait monter et descendre au bout de son doigt.

— Jean à El-Kantara, auprès de Deborah mourante, vous ici dans une Venise qui tremble de périr noyée, reprit-elle. Il y a quelque chose de maléfique dans ces deux jumeaux séparés qui se courent après ! On dirait que votre double trajectoire doit être fatalement jalonnée de deuils et de catastrophes. Pourquoi ?

— Non, vraiment, je ne le sais pas. Mais peut-être le saurai-je un jour, car je pressens des choses encore vagues qui peuvent se préciser. D'abord, n'est-ce pas, nous avons formé, Jean et moi, une cellule autonome, et certes cette cellule était plongée dans le monde que nous appelons « sans-pareil » parce qu'il est peuplé d'individus nés solitaires. Mais cette cellule gémellaire était close, comme une ampoule scellée, et toutes les émissions, émanations, éjaculations de chacun étaient reçues et absorbées sans bavures par l'autre. Le monde sans-pareil était protégé de nous, comme nous l'étions de lui. Seulement l'atmosphère singulière a eu une influence dissolvante sur la cellule. Un jour, elle a eu raison de son étanchéité. L'ampoule scellée s'est brisée. Dès lors, les jumeaux séparés ont agi, non plus l'un sur l'autre, mais sur les choses et les êtres. Cette action est-elle néfaste ? La présence de l'un de nous en des points où se produisent des accidents désastreux ne prouve pas forcément notre responsabilité. Peut-être le mot *affinité* suffit-il. Il se pourrait que les jumeaux dépariés lancés dans le monde, dans les villes, parmi les hommes sans-pareil ne provoquent sans doute pas des ruptures, des disjonctions, des explosions, mais aient simplement avec ces phénomènes des... relations d'attraction.

— Oui, mais qui sait si cette attraction n'est pas réciproque ? Les jumeaux, attirés en un certain point parce qu'une catastrophe *peut* s'y produire, hâteraient sa réalisation par leur seule présence...

— Les jumeaux ? Des deux, j'étais le conservateur, le mainteneur. Jean au contraire a obéi à un parti pris de séparation, de rupture. Mon père dirigeait une usine où l'on tissait et cardait. Jean ne se plaisait qu'avec les cardeuses, moi je trouvais mon bonheur auprès des ourdisseuses. Dès lors, je suis tenté d'admettre que Jean-le-Cardeur sème la discorde et la ruine partout où il passe en vertu de sa seule vocation. C'est une raison de plus pour que je m'efforce de le retrouver et de le ramener à Bep.

— S'il me restait un doute sur votre identité, vous me l'auriez enlevé. Vous accusez votre frère. Vous faites de lui un oiseau de mauvais augure. Moi je n'ai trouvé en lui qu'un garçon ouvert, sympathique et attachant qui souffrait de sa solitude.

— Pour échapper à Bep, Jean se jette au cou de tous les passants. Je ne suis pas surpris qu'il se soit fait adopter par Ralph et Deborah. Enfants, la gémellité nous laissait assez peu disponibles aux sentiments filiaux. Jean ayant rompu avec elle se cherche un père. Mais je le connais mieux qu'il ne se connaît lui-même. Cela ne peut pas bien tourner. D'ailleurs ne m'avez-vous pas dit vous-même que les nouvelles sont mauvaises ?

La boucle était bouclée. Par quel miracle la synchronisation des trois orchestres s'est-elle réalisée à cet instant précis ? Ils jouent de concert tout à coup, et c'est l'Eté, le bel et fécond été baroque, débordant et riant comme une corne d'abondance triomphalement portée par un cortège d'angelots et de silènes. De concert vraiment ? Pas absolument peut-être, car alors je n'entendrais que le plus proche, le Florian, or je perçois aussi, c'est indéniable, le Lavena et le Quadri, et donc il doit y avoir entre eux un infime décalage, juste ce qu'il faut pour produire un très discret effet d'écho qui donne de l'épaisseur, de la profondeur à la musique. Grâce à cette stéréophonie d'un genre particulier, c'est de toute la place Saint-Marc elle-même, des dalles, des arcades, des hautes fenêtres, de la tour de l'Horloge, du campanile

CHAPITRE XVI

L'ÎLE DES LOTOPHAGES

Jean

La première fois que j'ai rencontré Ralph, c'était au Harry's Bar. J'ai vu d'abord sa force, sa majesté, son ivresse, sa solitude. J'ai compris que je me trouvais en présence d'un dieu Silène, tombé de l'Olympe, abandonné par ses compagnons de ripaille, voué à d'infâmes promiscuités. Il venait de rendre visite à sa femme, clouée à l'hôpital avec quelque chose de très mauvais qui doit être un cancer des poumons à ce que j'ai cru comprendre. Il reprenait des forces avant de rejoindre le bord de son voilier amarré dans l'un des canaux de la Giudecca, et pestait contre le matelot qui l'accompagnait et s'était évanoui dans la ville.

Nous sommes partis au bras l'un de l'autre. Nous nous étions immédiatement et réciproquement adoptés, et je ne saurais dire ce qui s'est passé dans son esprit et dans son cœur. Mais j'ai découvert en moi ce que je n'avais jamais été auparavant, un fils. Ralph guérit soudain une vieille frustration de paternité. Edouard ? Je l'aimais tendrement, et je n'ai pas fini de pleurer sa mort lamentable. Mais en toute vérité, il n'était pas trop doué pour le rôle paternel. Ami, amant, frère à la rigueur — encore qu'il ait bien peu fait, que je sache, pour se rapprocher de l'oncle Alexandre — mais père... A moins que ce soit moi qui n'aie pas su être fils, en raison même de ma gémellité qui dénaturait tout. Peut-être Paul, par son autorité, son ascendant sur moi, cette fonction de gardien de la cellule qu'il croyait devoir assumer a-t-il usurpé ce rôle paternel dont Edouard se trouvait du même coup dépossédé. J'ai assez joué le jeu de Bep pour le savoir : la cellule gémellaire se veut intemporelle, et donc incréée tout autant qu'éternelle, et elle récuse de toutes ses forces les prétentions géniteuses qui peuvent s'élever à son endroit. Il n'y a pour elle de paternité que putative. Le fait est qu'à peine délivré du voisinage obsédant de Paul, j'ai trouvé un père.

Il s'appelle Ralph. Il est natif des Natchez dans le Mississippi. En 1917 il débarquait à Paris sous l'uniforme de la U.S. Navy. La guerre terminée, il tombait sous le charme des « années folles ». Il ne devait plus jamais retourner aux U.S.A.

Paris, Montparnasse, Dada, le surréalisme, Picasso... Man Ray stupéfié par la beauté presque anormale, inhumaine, scandaleuse du jeune Américain le prend pour modèle. Puis l'Italie, Venise, Naples, Capri, Anacapri. Pour Ralph l'île de Tibère est le lieu de trois rencontres décisives qui vont changer sa vie.

C'est d'abord celle du Dr Axel Munthe dont la raison d'être s'incarne, se pétrifie dans une maison, une villa suspendue au milieu des fleurs, au-dessus du golfe de Naples. S'identifier à une demeure, mettre toute sa vie dans une maison conçue *ex nihilo,* puis bâtie pierre par pierre, enrichie chaque jour, personnalisée à outrance, tout de même que la coquille que l'escargot sécrète autour de son corps mou et nu, mais une coquille qui serait sécrétée, compliquée, perfectionnée, jusqu'au dernier souffle, parce que demeurant chose vivante et mouvante, en étroite symbiose avec le corps qui l'habite.

L'autre rencontre est celle de Deborah, une petite Anglaise divorcée, un peu plus âgée que lui, fine comme l'ambre, nerveuse, dévorée par une intelligence fiévreuse, le ferment d'inquiétude et d'activité qui manquait à l'homme des Natchez.

Enfin la bouche de l'oracle devait s'exprimer par celle d'un Anglais de quatre-vingt-onze ans, retiré à Capri, et qui ayant vu Ralph et Deborah, leur fit connaître qu'ils n'étaient pas encore à leur place, qu'il fallait repartir, descendre plus loin vers le sud, vers l'orient, sur les rivages africains, et dresser leur tente dans l'île de Djerba.

Ils obéirent. C'était en 1920. A El-Kantara ils trouvèrent une casbah fortifiée, battue par les flots, un vaste hôtel délabré construit dans le style sous-préfecture Napoléon III, et pour le reste une immensité de sable doré, coupée de palmeraies et d'oliveraies que protègent des levées de terre hérissées de cactus. Ralph et Deborah étaient les premiers. Adam et Eve en somme. Mais le Paradis restait à créer.

Pour une poignée de dollars, ils achetèrent un arpent de désert au bord de la mer. Ensuite ils creuserent pour atteindre l'eau. Depuis, une éolienne met au-dessus des frondaisons l'animation insolite de son tournoiement de jouet d'enfant géant, et une eau claire, d'abord collectée dans une citerne, se distribue dans les jardins par un réseau de rus qu'ouvrent et ferment des petites vannes. Puis ils plantèrent et bâtirent.

La création avait commencé. Elle n'a plus cessé depuis, car cette maison, ce jardin à l'opposé du désert immobile et éternel qui les cerne — tiennent registre du temps, à leur manière, gardant trace de tout ce qui arrive et part, des croissances, résorptions, mues, déclins et reverdies qu'ils traversent.

L'homme — opaque et subtil — s'il construit sa maison, se trouve par elle éclairci, expliqué, déployé dans l'espace et la lumière. Sa maison est son élucidation, et aussi son affirmation, car en même temps que transparence et structure, elle est mainmise sur un morceau de terre — creusé par la cave et les fondations — et sur un volume d'espace défendu par les murs et le toit. De l'exemple d'Axel Munthe, on dirait que Ralph ne s'est inspiré que pour en prendre le contre-pied. Au belvédère de San Michele dominant orgueilleusement l'horizon, il a préféré la demeure basse, toute en rez-de-chaussée — en rez-de-jardin devrait-on dire — enfouie dans la verdure. Axel Munthe voulait voir, et tout autant être vu. Ralph ne se souciait d'aucun spectacle extérieur et cherchait le secret. La maison de San Michele est celle d'un solitaire, d'un aventurier, d'un conquérant, le nid d'aigle d'un nomade entre deux raids. La maison de Ralph et de Deborah est une souille d'amoureux. Amoureux l'un de l'autre, mais aussi du pays, de la terre avec laquelle ils voulaient garder le contact. Des fenêtres, on ne voit rien, et la clarté qu'elles diffusent est tamisée par plusieurs rideaux de feuillages. C'est une maison terrestre, tellurique, pourvue des prolongements végétaux qu'elle exige, produite par une lente et viscérale croissance.

L'aggravation de l'état de Deborah s'étant manifestée par une soudaine et trompeuse rémission, la malade avait imposé le départ immédiat pour le Sud tunisien. Il avait paru aller de soi que je les accompagnerais, d'autant plus que l'un des deux matelots ayant loué ses services au Danieli était décidé à rester à Venise. Combien de jours dura la traversée ? Dix, vingt ? Sans les très brèves escales que nous fîmes à Ancône, Bari, Syracuse, Sousse et Sfax, elle se serait située tout entière hors du temps. Ce n'était qu'en touchant terre que nous retrouvions le calendrier, l'ennui, le vieillissement. Je n'hésite pas à l'avouer : tout ce qui en moi — malgré moi — partage l'obsession d'immobilité, d'éternité, d'incorruptibilité de Paul est sorti alors de sa longue torpeur et a connu un bref épanouissement. Le ciel serein et ensoleillé, animé par une légère brise du nord-ouest nous enveloppait d'un néant heureux. La chaise longue de Deborah avait pu être installée sur le pont arrière, à l'abri d'un panneau de sparterie. Ce grand voilier gracieusement incliné sur les flots de lapis-lazuli, cette ombre de femme — émaciée — toute en front et en yeux — enveloppée dans des tweeds en poil de chameau — le froissement de l'eau sur les flancs de la coque et les tourbillons qui marquaient son passage derrière la poupe, où étions-nous ? Dans quelle marine un peu naïve, idéalisée, chromo ? Ralph devenu capitaine, responsable et maître du navire et des vies qu'il transportait, était transformé.

S'il continuait à boire, il n'était jamais ivre. Nous obéissions sans retard à tous ses ordres — précis et rares. Chaque journée s'étalait si vide, si semblable à la précédente qu'il nous semblait sans cesse revivre la même. Nous avancions certes, mais notre mouvement n'était-il pas semblable à celui, stylisé, suspendu pour l'éternité, du discobole fixé par la statuaire ? Aussi bien, si mon bonheur était complet, l'état de Deborah restait-il stationnaire. Je vivais le voyage absolu, élevé à un état de perfection insurpassable. C'était là sans doute ma vocation, car je n'ai pas le souvenir d'avoir jamais atteint une pareille plénitude. Pourquoi a-t-il fallu que nous arrivions ? A peine étions-nous en vue d'Houmt-Souk, le ciel se chargeait de nuages. Deborah était saisie par une crise de suffocation effrayante. Lorsque nous l'avons débarquée à El-Kantara dans une tempête de sable, elle agonisait. En même temps, elle sortait de son mutisme.

Pour fiévreux et obsessionnels qu'ils fussent, ses propos demeuraient organisés, cohérents, réalistes presque. *Elle ne parlait que de son jardin.* Elle tremblait parce qu'il ne pouvait se passer de sa présence. C'était plus que son œuvre, son enfant, c'était un prolongement d'elle-même. J'ai bien mesuré le miracle que constituait cette exubérance botanique en plein désert, sur une terre aride, vouée à l'alfa, à l'agave, et à l'aloès. Miracle d'acharnement poursuivi quarante années, durant lesquelles on avait vu arriver jour après jour au port d'Houmt-Souk des sachets de graines, des bottes d'oignons, des arbustes emprisonnés dans des paillons, et surtout des sacs d'engrais chimiques et d'humus végétal. Mais aussi miracle de sympathie, prodige d'une femme dont les « mains vertes » paraissaient avoir le don de faire pousser n'importe quoi n'importe où. Il était clair quand on voyait Deborah et son jardin qu'il s'agissait d'une création *continuée,* je veux dire renouvelée chaque jour, chaque heure, tout de même que Dieu ayant créé le monde ne s'en est pas retiré mais continue à le maintenir à l'être par son souffle créateur, faute de quoi dans la seconde même toutes choses retourneraient au néant.

C'en était bien fini du soleil radieux qui avait triomphalement accompagné notre traversée. D'heure en heure une muraille de nuages plombés s'édifiait sur l'horizon. Cependant Deborah gémissait, se tordait les mains, s'accusait comme d'un crime d'avoir si longtemps abandonné son jardin. Elle tremblait pour ses lauriers-roses dont la prochaine floraison serait compromise si l'on négligeait d'arracher les fleurs fanées. Elle s'inquiétait de savoir si les azalées avaient été taillées, si l'on avait déterré et dédoublé les oignons des lis et des amaryllis, si les bassins avaient été débarrassés des lentilles d'eau et des œufs de grenouille qui y pullulent. Ces bassins étaient l'objet de toute sa sollicitude parce que c'était sur leurs eaux que flottaient les nymphéas céruléens, les nénuphars du Nil, les jacinthes azurées, que se dressaient les longues tiges terminées en fragiles ombelles des papyrus, et surtout les grosses fleurs blanches des lotus qui ne fleurissent qu'un jour et qui laissent une curieuse capsule percée de trous comme une salière où crépitent des graines provoquant l'amnésie. Il est admis au demeurant que Djerba est cette île des *Lotophages* où les compagnons d'Ulysse oublièrent leur patrie, mais il faut croire alors que Deborah seule a reconstitué l'ancienne végétation de cette terre, car on n'y trouve de lotus nulle part ailleurs que dans son jardin.

Une nuit, la tempête creva enfin à grands fracas sur nos têtes. Cependant que des éclairs nous révélaient une fraction de seconde à quels sévices le jardin était soumis, l'agitation de Deborah devenait angoissante. Sourde à nos supplications, elle voulait sortir à tout prix pour protéger ses créatures, et deux hommes devaient se relayer à son chevet malgré son extrême faiblesse pour la retenir. Le jour se leva sur un spectacle de ruine. Le vent était tombé, mais une pluie dense et régulière crépitait sur les feuilles qui jonchaient le sol. C'est alors que Ralph émergeant de son ivresse décida d'accéder au désir de Deborah et nous ordonna de l'aider à la transporter dehors. Nous étions quatre pour porter la civière qui aurait dû ainsi nous paraître bien légère, mais nous étions accablés par l'agonie de Deborah à laquelle semblait répondre la désolation du jardin massacré. Nous avions craint le choc que serait pour elle la vue de son œuvre anéantie. Or tandis que nous enfoncions dans la terre détrempée en tâchant d'éviter les arbres abattus, elle souriait en pleine hallucination. Elle se croyait dans son jardin tel qu'il avait été au plus beau de son épanouissement, et son visage ruisselant de pluie où se collaient des mèches de cheveux rayonnait d'un soleil invisible. Il fallut aller jusqu'aux bords sablonneux de la plage à l'endroit où elle voyait dans son délire un massif d'acanthes du Portugal dressant leurs hampes fleuries à plus de deux mètres de haut. Elle voulait que nous admirions au passage les imaginaires fruits roses des asclépias qui ressemblent à des perruches, et de chimériques mirabilis jalapa du Pérou appelées aussi belles-de-nuit parce qu'elles ne s'ouvrent qu'au crépuscule. Elle tendait les bras pour saisir les fleurs pendantes, tubuleuses, blanches et rouges des daturas, et les panicules bleues des jacarandas. Il fallut s'arrêter sous une gloriette de bambous saccagée par le vent, parce que la dolisque d'Egypte y avait en son temps entrelacé ses tiges volubiles à fleurs violettes. Notre divagation sous cette averse tropicale n'aurait été que lamentable, si Ralph en ajoutant son ivresse au délire de Deborah n'en avait fait une équipée hagarde. Je pense qu'il ne cherchait qu'à ne pas contrarier la mourante, mais il entrait dans son jeu avec une outrance effrayante. Il glissait dans la boue, trébuchait dans les branches abattues, s'éclopait dans les rus d'irrigation, et plus d'une fois peu s'en est fallu que la civière ne versât. On fit halte interminablement dans un petit bois fruitier haché par la tempête où il prétendit à l'aide d'un couffin ramassé dans une flaque simuler une cueillette de citrons, d'oranges, de mandarines et de kumquats qu'il déposa ensuite entre les mains de Deborah. Puis comme elle s'était inquiétée des dommages causés aux plantes aquatiques par les tortues d'eau qui infestaient les bassins, Ralph entreprit en fouillant à pleins bras la vase de capturer l'une de ces bestioles. Il la montra agitée d'un mouvement sec et frénétique de jouet mécanique à Deborah, et l'ayant posée sur une pierre, il s'acharna à la faire éclater à coups de pied En vain. La carapace résistait. Il fallut trouver une autre pierre, la jeter à hauteurs de l'Olympe, nous nageons sous le plafond nuageux qui se soulage sur nous de ses flatulences et de ses précipitations.

Rien de plus sordidement triste que ces pays de soleil quand l'azur et l'or du beau temps leur sont refusés. La maigre piste de l'aérodrome est balayée par des rafales mouillées, et on voit au loin des palmiers rudoyés, bousculés, ridiculisés qui serrent le cœur.

Quand je demande à un chauffeur de taxi s'il peut me conduire à El-Kantara, il s'enquiert de laquelle des deux El-Kantara je parle. Je m'en veux de ma précipitation, car un simple coup d'œil sur la carte m'aurait appris en effet qu'il y a deux villages de ce nom, l'un sur l'île de Djerba, l'autre sur le continent, de part et d'autre de la passe du golfe de Bou Grara. Ils sont d'ailleurs reliés par une chaussée romaine de six kilomètres. Je lui parle alors de Ralph et de Deborah, de leur jardin — merveilleux aux dires de Hami — de la mort de Deborah survenue quelques jours auparavant. Il se souvient d'avoir entendu parler d'un enterrement solennel célébré récemment en pleine tempête au cimetière d'El-Kantara-continent, et il décide de m'y conduire.

Hami a toujours manifesté une étrange répugnance à me parler de Ralph, Deborah, leur vie, leur jardin, leur maison. Issue d'une famille de petits artisans d'Aghir, elle a vite profité du contact des touristes de toutes nationalités — mais principalement allemands et américains — qui ont commencé à envahir la petite île après la guerre. Les sociologues analyseront l'étonnant bouleversement apporté dans les populations des pays pauvres mais ensoleillés par l'afflux des visiteurs venus du nord. Si certains indigènes s'enferment dans leur timidité ou leur mépris, la majorité cherche à profiter au mieux de cette « clientèle » cousue d'or en lui louant son soleil, sa mer, son travail ou son corps. Hami fit partie de ceux qui assimilèrent au plus vite la langue et les manières des nouveaux venus dans le but de s'intégrer à leur société. Je crois qu'elle organisa la vente sur place, puis l'exportation des produits de l'artisanat local. Elle devint ensuite décoratrice à Naples, Rome, enfin Venise où je l'ai rencontrée. Les palais de la cité d'Othello se prêtaient à une décoration intérieure d'inspiration mauresque, et Hami avait eu l'intelligence de ne jamais oublier ses origines djerbiennes. Depuis quelques années, elle profite des efforts accomplis pour la restauration des belles demeures vénitiennes.

Les six kilomètres de la voie romaine reliant les villages jumeaux n'étaient pas sans péril, car outre les rafales qui secouaient la voiture, les vagues avaient couvert la chaussée de coquillages, de galets et surtout de plaques de sable et de vase.

Le djebbana d'El-Kantara est un cimetière marin à sa façon, car la pente sur laquelle sont fichées les simples pierres des tombes arabes — une pierre pour un homme, deux pour une femme — est orientée vers la mer, mais il s'agit du golfe et elle tourne ainsi le dos au grand vide méditerranéen. Nous étions donc relativement à l'abri en parcourant les allées dallées en compagnie d'un enfant qui tenait lieu de gardien. Il se souvenait du cortège qui accompagnait le cercueil quinze jours auparavant, mais j'avais beau le fixer, je ne voyais pas trace de lueur aliénante sur son visage. Jean n'avait donc pas assisté à la cérémonie. En revanche l'enfant nous rapporta que le passage de la voie romaine avait été rendu dramatique par la violence de la tempête. Les hommes racontaient qu'ils avaient failli renoncer après que par deux fois des lames sautant la chaussée eurent menacé de les balayer avec le cercueil. Ainsi donc c'était à El-Kantara-île que se trouvait la propriété de Ralph. Nous nous attardâmes peu sur le rectangle de terre fraîchement remué devant lequel l'enfant nous avait conduits, et nous reprîmes la chaussée en sens inverse pour regagner l'île.

A El-Kantara-île, j'ai trouvé sans difficulté la propriété de Ralph dont la masse verte et apparemment impénétrable se voit de très loin, comme une oasis dans le désert. J'ai payé mon taxi et je me suis engagé seul sous les arbres. Ce qui avait été sans doute peu de temps auparavant un vaste et somptueux parc exotique n'était plus qu'un enchevêtrement de troncs abattus, de palmes brisées, de feuilles entassées, sur lequel des lianes couraient, se croisaient, se nouaient pour se balancer finalement dans le vide. J'ai progressé à grand-peine en direction du centre du massif où devait se trouver logiquement la maison. La première trace d'établissement humain que j'ai rencontrée, c'est une éolienne renversée, aux pales et au gouvernail de bois fendus, éclatés et dont les pieds de fer se dressaient en l'air. Point n'est besoin d'être diplômé de l'école d'horticulture pour comprendre que sous ce climat désertique, c'était le cœur de la vie végétale du jardin qui gisait à mes pieds. Je m'absorbais dans l'examen de la mécanique assez simple de ce grand joujou cassé quand je fus surpris par un bruit étrange qui paraissait tomber du ciel. C'était un frôlement rapide et doux accompagné par un grincement irrégulier. On imaginait en fermant les yeux un moulin — un petit moulin à vent — léger et allègre et une chaîne — une chaîne de transmission peut-être. On imaginait... une éolienne tournant gaiement dans l'air vif, et aussi le travail à demi souterrain de la pompe faisant monter l'eau. C'était la première fois que j'éprouvais en ce domaine d'El-Kantara l'impression d'être prisonnier d'un espace magique, saturé d'hallucinations et de présences invisibles. J'entendais vivre et accomplir sa mission de vie l'éolienne qui était là, brisée, morte, immobilisée à jamais. Brusquement le petit bruit caressant et industrieux fut interrompu par un rire strident, insultant, hystérique. Il y eut des battements d'ailes bruyants dans un petit amandier tout proche, et je distinguai un gros ara rouge, bleu, jaune et vert qui s'ébrouait facétieusement. Certes j'avais l'explication rationnelle, positive de ce que j'avais pris pour une hallucination. Mais cette explication était en elle-même trop étrange — avec je ne sais quoi de méchant, de maléfique — pour qu'elle parvînt à me rassurer, et c'est le cœur serré d'inquiétude que j'ai repris ma marche à travers le parc dévasté.

La maison est cachée dans un fouillis d'hibiscus, de lauriers et de palma-christi au point que je ne l'ai découverte que le nez sur le mur. J'en ai fait le tour pour trouver l'entrée, un perron de cinq marches basses, abrité par un péristyle sur lequel une grosse bougainvillée tord le lacis de ses ramifications. Les portes de cèdre sont grandes ouvertes, et je n'hésite pas à entrer comme porté par un sentiment d'étrange familiarité. Ce n'est pas exactement que je crois reconnaître ce patio agrémenté en son centre d'un bassin où sanglote un jet d'eau. C'est autre chose. On dirait que ce sont ces lieux qui me reconnaissent, qui m'accueillent comme un habitué, abusés évidemment par ma ressemblance avec Jean. En somme la *lueur aliénante* dont je guette le reflet sur chaque visage depuis deux mois avec une curiosité peureuse, pour la première fois, c'est sur les choses mêmes — dans l'air obscur et frais de ce patio qu'elle se manifeste. Nul doute que Jean a eu le temps de devenir le familier de cette maison, d'y faire son trou comme un habitant de toujours, comme un fils. Mais moi, je marche dans une ivresse angoissante, assez semblable à ces éclairs de paramnésie qu'on ressent parfois et qui nous donnent un instant la certitude absolue d'avoir vécu déjà dans ses moindres détails le bref épisode présent de notre vie. O Jean, mon frère-pareil, quand cesseras-tu de glisser sous mes pas des sables mouvants, de dresser des mirages devant mes yeux ? J'ai distingué un couloir sur la gauche, et plus loin un vaste salon voûté avec une cheminée surmontée d'une grande baie, et une table basse faite d'un plateau de marbre posé sur un chapiteau de colonne décapitée. Mais les proportions de la pièce et la richesse de sa décoration rendaient plus tragique son délabrement, la baie vitrée défoncée, ayant vomi sur les meubles et les tapis des éclats de verre longs comme des poignards et un monceau de débris végétaux pourrissants. Je n'ai pas voulu en voir davantage. Je suis ressorti et j'ai contourné la maison. Passé un petit bois de paulownias et de figuiers de Barbarie, on découvre une statue mutilée de

Kouros habillée d'aristoloches. Elle se dresse au centre d'une demi-roue inscrite dans le sol par une bordure de pierre et comportant six sections, limitant six variétés de rosiers. C'est là que j'ai vu Ralph pour la première fois. Il coupait les rares fleurs que la tempête avait oubliées. Il dut me voir, car il marmonna une explication.

— C'est pour la tombe de Deborah. La plus belle tombe de toute la terre...

Puis il me tourna le dos et se dirigea pesamment vers un petit tumulus rectangulaire de terre fraîchement remuée. Avais-je bien compris ? Mais si Deborah était enterrée ici même que signifiait la tombe du djebbana d'El-Kantara-continent ? Ralph avait jeté sa brassée de roses parmi des campanules blanches, des bractées mauves, des grappes orangées de némésias d'Afrique qui, mêlées à des hampes d'asparagus, formaient sur la tombe une frêle et tremblante jonchée.

— Ici, il y aura une dalle dressée, en forme de demi-disque. C'est un cadran solaire que j'ai rapporté de Carthage. On est en train de me le graver à Houmt-Souk. Seulement le prénom : Deborah. Et deux dates : l'année de sa mort ici, oui. Mais pas sa date de naissance, non. L'année de notre arrivée à El-Kantara : 1920.

Il dressa vers moi son regard bleu à la fois figé et voilé par la sénilité et l'alcoolisme. Avec ses cheveux blancs coupés ras, son encolure de taureau, son teint de cuivre et ce masque lourd et régulier, il ressemblait à un vieil empereur romain déchu, exilé, désespéré, mais d'une noblesse si invétérée qu'auqu'en entrant dans la maison nous fîmes refluer avec épouvante des poules, des pintades, des paons. Il y avait eu une basse-cour quelque part. Elle était endommagée et les volatiles envahissaient tout. Or Ralph ne paraissait pas voir les oiseaux voler lourdement parmi les bibelots et conchier les tapis : ils ne faisaient pas partie de son ordre imaginaire. Je compris du même coup que je n'avais aucune chance de dissiper le malentendu qui me concernait. Par acquit de conscience, mais sans aucun doute sur le résultat, je prononçai : « Je ne suis pas Jean. Je suis son frère jumeau. Paul. » Ralph ne broncha pas. Il n'avait pas entendu. Son attention s'était résolument détournée de ces mots qui apportaient un nouvel et incompréhensible bouleversement dans sa vie. Il avait bien assez à faire — et pour longtemps encore — avec la métamorphose de Deborah en jardin. Qu'avais-je à l'importuner ? Je revoyais la mine incrédule et soudain hostile de Hamida, l'effort que lui avait coûté l'assimilation de cet énorme paradoxe : ce Jean qui n'était pas Jean. Il ne pouvait être question de l'imposer maintenant à ce vieillard muré dans son système. Je mesurais seulement la portée, la gravité du vertige qui m'avait saisi en entrant tout à l'heure dans cette maison, et que j'avais interprété comme une simple variété — atmosphérique en somme — de la lueur aliénante. Aussi longtemps que je serais dans l'île des Lotophages, je demeurerais prisonnier de ce jardin, de cette maison, de cet homme qui m'interdiraient absolument d'être moi-même. Le malentendu avait ici force de loi. Il n'était pas en mon pouvoir de l'attaquer. Qui sait si à la longue je ne me laisserai pas convaincre que je suis Jean ?

Il se laissa tomber sur un canapé en faisant fuir à grand fracas une poule faisane. Un vieux Chinois — ou Vietnamien — vêtu d'un costume blanc crasseux apporta un plateau avec deux grands verres fumants habités par un rinceau de feuilles de menthe. Ralph arrosa le sien de bourbon. Il boit silencieusement, les yeux fixés sur une tache dessinée sur le mur par le ruissellement de la pluie. Il ne la voit pas, il est aveugle aux fenêtres crevées, aux plafonds décollés, à la moisissure envahissante, à l'invasion des animaux, à l'évidente perdition de cette maison et de l'oasis de luxe qui l'entoure. Deborah disparue, maison et oasis s'effacent de la surface de l'île à une vitesse prodigieuse, effrayante, magique. Dans très peu de temps, les visiteurs foulant ce sol redevenu sable immaculé se demanderont où était la maison de Ralph et si elle a jamais existé.

On dirait qu'il a deviné quelque chose de mes pensées, car il prononce : « Nous avions le yacht pour les vacances. Mais même ici, Deborah et moi, nous vivions comme sur un bateau. Parce que le désert qui nous entoure, c'est comme la mer. Un bateau que nous avons construit ensemble pendant quarante années. Tu vois, ici, c'est à la fois le Paradis terrestre et l'Arche de Noé.

Et il tend la main vers un faisan doré qui l'esquive d'un coup d'aile.

*

Prisonnier de mon imposture, je me suis trouvé

placé hier soir en face d'un problème inattendu : quelle était la chambre de Jean, *ma* chambre ? Je ne pouvais poser la question ni à Ralph, ni à Tanizaki, ni à Farid, ni au petit Ali qui va chercher chaque jour les provisions au marché du village avec sa bicyclette à remorque. J'ai cru avoir trouvé une ruse après le dîner, et j'ai demandé à Farid d'ajouter une couverture à mon lit en invoquant un rafraîchissement de la température. Mais l'animal a échappé à ma vigilance et m'a fait la surprise de m'annoncer un quart d'heure plus tard que c'était chose faite. J'en ai donc été réduit à inspecter les chambres les unes après les autres pour tenter de découvrir le lit auquel Farid avait ajouté une couverture, et cela armé d'une lampe à pétrole, car le courant électrique est coupé depuis la tempête. En fait mon choix a été simplifié par l'état de saleté et de délabrement où j'ai trouvé toutes les pièces. Les chats et les oiseaux bivouaquent fraternellement sur les tapis et sur les lits imbibés d'eau de pluie, et entendent bien ne pas se laisser déloger. J'ai fini par trouver refuge dans la bibliothèque, une petite pièce octogonale, coiffée d'une coupole et dont les murs sont couverts de rayonnages. J'ai glané dans trois lits de quoi me faire une couche sur un canapé assez confortable. Le matin, j'ai été réveillé par une lueur glauque et tremblante filtrant à travers deux petites fenêtres masquées de feuillages. Plus tard un pâle rayon de soleil est venu mourir sur un dallage de marbre noir et blanc, figurant une étoile à huit branches, au centre de laquelle est posé un fragment de statue mutilée, la tête coupée aux yeux crevés de Neptune. J'ai fait le tour des rayonnages. Tout le monde est là.

Livres anciens et classiques — Homère, Platon, Shakespeare — grands auteurs contemporains — Kipling, Shaw, Stein, Spengler, Keyserling —, mais la production française d'après-guerre — Camus, Sartre, Ionesco — témoigne que Deborah du fond de son désert n'ignorait rien, lisait tout, comprenait tout.

Bien que cette pièce soit sans doute la moins dégradée par le naufrage qui engloutit cette maison, c'est elle qui baigne dans la mélancolie la plus pesante. Les vieilles reliures et les feuillets jaunis exhalent une odeur de moisissure raffinée et d'esprit défunt. C'est la nécropole de l'intelligence et du génie, les cendres de deux mille ans de pensée, de poésie et de théâtre après une apocalypse atomique.

Toute cette désolation a un sens bien sûr. C'est qu'un couple sans-pareil, voué à la dialectique, ne peut sans imposture s'enfermer dans une cellule et défier le temps et la société. Comme Alexandre, notre oncle scandaleux — bien que selon des voies radicalement différentes — Ralph et Deborah ont usurpé une condition qui est le privilège de frères-pareils.

*

Comme beaucoup de vieillards relativement jeunes mais diminués par l'alcool, Ralph a des moments de parfaite clairvoyance suivis de terribles passages à vide. Mais que sa pensée soit lucide ou enténébrée, c'est toujours autour de Deborah qu'elle tourne.

Ce matin en plein égarement, il avait oublié sa mort, et il la cherchait et l'appelait dans tout le jardin avec une insistance hagarde. Nous l'avons fait rentrer à force de promesses. Il a bien voulu prendre un calmant et s'étendre. Deux heures plus tard, il s'éveillait frais comme l'œil et m'entreprenait sur la Bible.

— Si tu avais lu la Bible, tu aurais remarqué quelque chose. Dieu, il a d'abord créé Adam. Puis il a créé le Paradis. Puis il a mis Adam dans le Paradis. Alors Adam, il était surpris d'être dans le Paradis. Ce ne lui était pas naturel, non ? Tandis qu'Eve, c'était autre chose. Elle a été créée plus tard qu'Adam. Elle a été créée *dans* le Paradis. C'est une indigène du Paradis. Alors quand ils ont été chassés tous les deux du Paradis, ce n'était pas la même chose pour Adam et pour Eve. Adam, il revenait à son point de départ. Il rentrait chez lui. Eve au contraire, elle était exilée de sa terre natale. Si on oublie cela, on ne comprend rien aux femmes. Les femmes sont des exilées du Paradis. Toutes. C'est pourquoi Deborah a fait ce jardin. Elle créait son Paradis. Merveilleusement. Moi, je regardais. Emerveillé.

Il se tait. Il pleure. Puis il se reprend, se secoue.

— C'est dégoûtant. Je suis gâteux. Je suis un gâteux dégoûtant.

— Si vous étiez vraiment gâteux, vous ne diriez pas cela.

Il examine l'objection avec intérêt. Puis il trouve la réplique.

— Mais c'est que je ne le dis pas toujours !

Il se verse une rasade de bourbon. Mais au moment où il approche le verre de ses lèvres, il est interrompu par une voix féminine, sifflante, méchante.

— *Ralph you are a soak !*

Il se tourne péniblement vers la crédence d'où l'interpellation est tombée. On voit en haut du meuble tantôt la queue verte, tantôt le bec noir de l'ara qui virevolte.

— C'est vrai, concède Ralph. Elle disait souvent cela.

— *Ralph you are a soak !*

Alors résigné, il repose son verre sans y boire.

*

Je reste assez proche de Jean pour comprendre qu'après s'être accroché à ce couple, il se soit enfui — et cela non pas à cause de son naufrage, mais malgré son naufrage. Jean a eu d'abord la vision de Ralph et de Deborah non pas tels qu'ils étaient quand il les a connus à Venise — Ralph imbibé d'alcool, Deborah mortellement malade — mais tels qu'ils avaient vécu l'essentiel de leur vie, suprêmement intelligents et d'une indépendance sauvage, sans attaches, sans enfants, disponibles. C'est du moins ainsi qu'il les imaginait, et il a pleuré amèrement cette vie magnifique qu'il n'avait pu partager parce que arrivé trop tard, né trop tard sans doute.

Or l'image qu'il se faisait de ce couple n'était que partiellement vraie. C'était celle de leurs vacances en mer, de leurs voyages, lorsqu'ils quittaient El-Kantara et se trouvaient en quelque sorte hors d'eux-mêmes. Jean a dû connaître un certain bonheur avec eux sur leur yacht. Mais quelle chape de plomb n'est pas tombée sur ses épaules lorsqu'il est entré dans ce jardin, dans cette maison ! Car la qualité et la force du charme de ces lieux sont mesurables sous une forme quasiment arithmétique. En effet cet îlot a enregistré jour par jour, heure par heure les quarante ans qu'il a mis à se faire. Ces quinze mille jours, ces trois cent soixante mille heures sont là, visibles comme les cercles concentriques qui disent l'âge d'un tronc d'arbre abattu. Jean s'est perdu sous ce toit au milieu d'une fabuleuse collection de pierres, sculptures, dessins, coquillages, plumes, gemmes, bois, ivoires, estampes, fleurs, oiseaux, grimoires — et chacune de ces choses lui disait qu'elle avait eu son jour, son heure, qu'elle avait été alors introduite, admise, glorieusement incorporée à l'îlot Ralph-Deborah. Il s'est senti aspiré par l'épaisseur formidable de cette durée, vertigineuse comme la profondeur bleutée d'un glacier.

Il a fui, car il n'a pas manqué de reconnaître l'affinité de cette création d'El-Kantara avec la cellule gémellaire. Différents par le sexe, l'âge et la nationalité, Ralph et Deborah n'ont pas voulu de l'union normale, temporelle, dialectique qui se serait épanouie et épuisée dans une famille, des enfants, des petits-enfants. Le fantôme gémellaire qui hante plus ou moins tous les couples sans-pareil a poussé celui-là à des extrémités assez rares. Il l'a stérilisé et expédié dans le désert. Là, à la place assignée, il lui a fait construire un domaine artificiel et fermé, à l'image du Paradis terrestre, mais un paradis que l'homme et la femme auraient sécrété ensemble, à leur image, comme la coquille de leur double organisme. C'est une cellule matérialisée, géographiquement située, qui *est* sa propre et longue histoire parce que chacun de ses reliefs, de ses creux et de ses sillons est la création d'un événement passé, et qui pèse incomparablement plus lourd que le réseau invisible et rituel que les frères-pareils tissent entre eux.

Je suis depuis très peu de temps ici. J'aime profondément les lieux clos, abrités, fortement focalisés. Eh bien, est-ce parce qu'on me force à être Jean, j'étouffe, je souffre dans cette coquille produite en quarante années par un organisme qui n'est pas le mien. Je ne comprends que trop que Jean ait pris le large à bref délai.

...

En explorant paresseusement la maison, j'ai remarqué sur un meuble, serrée entre deux rectangles de verre une petite photo d'amateur qui doit remonter à une trentaine d'années. Je reconnais facilement Ralph et Deborah. Lui, beau comme un dieu grec, calme et puissant, fixe l'objectif avec un sourire tranquille et assuré où il y aurait de la fatuité s'il n'était largement *approvisionné* — j'en parle intentionnellement comme d'un chèque — par la force évidente, majestueuse du personnage. Comme les années sont méchantes avec les êtres privilégiés ! Deborah ressemble à la « garçonne » des années 25 avec ses cheveux courts qui se plaquent sur ses joues, son nez retroussé et son long fume-cigarette. (C'est le tabac qui l'a tuée, m'a-t-on expliqué ici.) Elle n'est pas particulièrement jolie, mais quelle volonté et quelle intelligence dans son regard ! Ce regard, elle l'abaisse avec un air attentif et protecteur sur une petite fille, une vraie moricaude efflanquée dont le visage mince disparaît sous la masse des cheveux frisés drus. Ce qu'elle regarde, la petite fille, c'est Ralph. Elle lève sur lui des yeux passionnés, brûlants, avec une expression concentrée et douloureuse. Tout un petit drame dans ces trois regards, celui du mâle divin préoccupé de sa seule gloire, celui de chacune de ces deux femmes, l'une assurée de sa position, de son épanouissement — mais pour combien de temps encore ? — l'autre à qui appartient l'avenir ; sa victoire sur sa rivale est possible, mais elle ne le sait pas clairement, elle est tout entière dans la frustration du présent. Il me vient un soupçon qui se change peu à peu en certitude. Cette petite fille, c'est Hamida qui devait avoir alors une douzaine d'années et qui était — comme il est fréquent ici — aussi précoce par le cœur que chétive par le corps, condition idéale pour le malheur.

*

Hamida

Il y avait le flot discontinu et bariolé des touristes étrangers qui déferlait dans notre vie arabe fermée, farouche, fiévreuse. Ils apportaient l'argent, l'oisiveté et l'impudeur dans nos médinas respectueuses d'une tradition millénaire. Quel choc ! Quelle blessure ! Le coup de bistouri du chirurgien qui fait pénétrer l'air et la lumière dans l'intimité la plus secrète d'un organisme ! Choc doublement violent pour une fille. J'entendis un jour ce bout de dialogue entre deux Européens dans une ruelle d'Houmt-Souk transformée en terrain de jeu par une nuée de gamins :

— Que d'enfants, que d'enfants dans ces bourgs arabes !

— Oui, et encore ! Vous n'en voyez que la moitié. La plus petite moitié même !

— Comment cela, la moitié ?

— Eh bien regardez ! Il n'y a que les garçons dans les rues. Les fillettes restent enfermées dans les maisons.

Eh oui, enfermées, et à l'époque nous ne pouvions sortir que voilées. Mon adolescence, ce fut la lutte acharnée pour le droit au visage découvert, pour le droit à l'air et à la lumière. Nos adversaires les plus acariâtres, les gardiennes de la tradition, c'était les *adjouza,* les vieilles, celles qui ne sortaient qu'enveloppées de leur mousseline qu'elles retenaient entre leurs dents. Certains soirs, les grenouilles du bassin de Ralph émettent un coassement sec comme un claquement de langue. Je n'ai jamais pu l'entendre sans tressaillir, parce qu'il reproduit exactement le signal familier et insultant dont les adolescents poursuivaient dans les rues les jeunes filles dévoilées.

Je pouvais avoir sept ans quand je franchis pour la première fois le seuil de la maison de Ralph et de Deborah. J'ai été immédiatement subjuguée par ce couple qui incarnait ce que l'Occident avait de plus intelligent, de plus libre et de plus heureux à m'offrir en exemple, et qui était aux touristes habituels ce que la pièce d'or est au tas de menue monnaie de cuivre équivalent. Ils m'ont adoptée. Avec eux j'ai appris à m'habiller — mais aussi à me déshabiller — à manger du porc, à fumer, à boire de l'alcool et à parler anglais. Et j'ai lu tous les livres de la bibliothèque.

Mais les années devaient fatalement changer l'équilibre du trio que nous formions. Deborah était un peu plus âgée que Ralph. La différence longtemps imperceptible s'accentua brusquement aux alentours de la cinquantaine. Ralph resplendissait encore de force épanouie quand Deborah — amaigrie, desséchée — franchit le cap fatal après lequel dans les rapports physiques la tendresse — voire la charité — prend chez l'homme la relève du désir. Elle était assez lucide et courageuse pour en tirer sagement les conséquences. J'avais alors dix-huit ans. Ralph lui dit-il que j'étais devenue sa maîtresse ? Probablement. Il était hors de question de la tromper longtemps, et d'ailleurs cela ne changea rien à mes relations avec elle. Ralph est du type monogame. Il n'y aura jamais d'autre femme dans sa vie que Deborah. Nous le savions tous les trois, et cela préservait notre trio de toute tempête. Mais ce calme était pour moi l'autre nom du désespoir. En vérité ce couple qui paraissait m'avoir adoptée s'était enfermé dans un œuf de marbre. J'aurais pu me casser les ongles à sa surface. Je n'essayai pas.

Si profonde était leur solidarité que la déchéance de Ralph suivit de peu le vieillissement de Deborah, bien qu'elle fût d'une autre nature, et même en un sens tout opposée. Ralph avait toujours bu, mais *at home* et sans bassesse. Un jour qu'il était parti consulter son homme d'affaires à Houmt-Souk, il ne rentra pas. Deborah connaissait assez les maigres ressources de l'île, elle avait suffisamment d'amis, de relations et de serviteurs pour suivre de bouge en bouge et de bar en bar la bordée de Ralph. Trois jours plus tard, des gamins le ramenèrent effondré sur le dos d'une mule. Ils l'avaient ramassé endormi dans un fossé. Nous l'avons soigné ensemble. C'est à cette occasion qu'elle me donna un ordre qui me combla comme une pluie de roses, de roses aux épines venimeuses.

— Tâche d'être plus souvent gentille avec lui, me dit-elle.

Dès lors ce fut pour moi l'enfer. Chaque fois que Ralph tirait une bordée, je sentais s'accumuler sur ma tête les reproches que méritait ma défaillance de maîtresse-infirmière. Deborah ne disait pas un mot, mais mon indignité m'accablait.

Seuls les voyages qu'ils faisaient sur le yacht me donnaient un répit. Je profitai de l'un d'eux pour aller m'installer en Italie.

*

Paul

Où est Jean ? Et surtout comment a-t-il pu partir aussi brusquement ? Quelle que soit la force de la logique gémellaire, j'ai du mal à admettre qu'il se soit enfui avant l'enterrement de Deborah en abandonnant ce vieil homme désespéré qui le traitait en fils adoptif. Il doit y avoir une autre explication à son comportement. Quelle explication ?

Des fantômes d'idées macabres et maléfiques me hantent et m'enténèbrent l'esprit. En vérité l'absence prolongée de mon frère — endurée aussi longtemps pour la première fois — pèse lourdement sur mon équilibre. Je me sens parfois vaciller au bord de l'hallucination, et de l'hallucination à la folie, quelle est la distance ? Je me suis souvent posé la question : pourquoi courir après ton frère, pourquoi t'acharner à le retrouver et à le ramener au bercail ? Aux réponses que j'ai pu donner à ces questions, faudra-t-il ajouter celle-ci : pour ne pas devenir fou ?

La première de ces hallucinations m'est suggérée par Ralph lui-même : Jean n'a pas disparu, *car je suis Jean.* Et cela bien sûr sans cesser d'être Paul. En somme deux jumeaux en un seul homme, *Janus Bifrons.* Jean m'a raconté qu'ayant eu un jour la certitude que c'était moi qu'il voyait dans le miroir devant lequel il se trouvait, il avait été frappé d'horreur par cette substitution. Je reconnais bien là, hélas, son hostilité à la gémellité. Moi au contraire, ces trois mots *Je suis Jean* me calment, me rassurent, m'engageraient presque à tout planter là et à rentrer chez moi. Encore faudrait-il pour que réussisse l'opération de duplication-récupération que Jean ne soit pas actuellement en train de semer la panique en Herzégovine ou au Béloutchistan, conformément à sa vocation de cardeur. Bref il faut oser l'écrire noir sur blanc : dès l'instant que je sens naître en moi la possibilité d'assumer en totalité la personnalité de Jean-Paul, la mort de Jean devient une éventualité acceptable, presque une solution.

Jean serait-il mort ? Là une autre idée me hante, à peine une idée, une image un peu floue plutôt. Je vois la voiture transportant le cercueil de Deborah sur la voie romaine, en pleine tempête. Des lames balaient la chaussée, des embruns s'abattent sur le pare-brise, des bavures de vase et des bancs de sable rendent la progression de la voiture périlleuse. Jean ne faisait pas partie des convoyeurs du cercueil. Jean était là pourtant, *dans le cercueil.* Car j'ai eu une explication par Farid de cette double tombe, de cette double inhumation, l'une à El-Kantara-île, l'autre à

El-Kantara-continent. Ralph ayant demandé au maire du village l'autorisation d'enterrer Deborah dans son jardin, cette autorisation lui fut refusée. Il décida de passer outre, mais en se donnant au moins l'apparence de l'obéissance. Deborah aurait donc été enterrée dans son jardin, cependant qu'un autre cercueil, vide celui-là, était inhumé pour la frime dans le djebbana d'El-Kantara-continent. Vide vraiment ? On dut bien mettre quelque chose dedans pour faire le poids. Quelque chose ou quelqu'un ?

*

J'ai fait plus ample connaissance avec Tanizaki, le serviteur jaune de Ralph — qui pourrait bien être le personnage clé de mon étape à Djerba. Car s'il n'a pas répondu directement à la question que je me posais l'autre jour, ses propos s'y rapportent assez évidemment.

Tanizaki n'est ni chinois, ni vietnamien, comme je l'imaginais, il est japonais. Sa ville d'origine est Nara, au sud de Kyoto, et je n'en sais qu'une chose, qu'il m'a dite : Nara est peuplée de daims sacrés. Chaque voyageur est accueilli sur le quai de la gare par un daim qui ne le quitte plus pendant toute la durée de sa visite. Il est vrai que la ville n'est qu'un vaste jardin savamment dessiné et sanctifié par de nombreux temples. Etant entré ici dans le jardin de Deborah, je m'aperçois que je n'en sortirai que pour m'avancer dans un autre jardin, dans d'autres jardins. Cela doit avoir un sens. L'avenir dira lequel. Car si Tanizaki s'occupe ici de tout un peu *sauf de jardinage,* ce n'est pas faute de goût ou de compétence, au contraire. Il ne m'a pas caché, en des phrases il est vrai feutrées et allusives, qu'il jugeait sévèrement l'œuvre de Deborah. Œuvre brutale et barbare dont la débâcle à laquelle nous assistons était inscrite dans les origines mêmes. Il n'a pas voulu m'en dire plus malgré mes questions. Dans son entêtement à parler en demi-teintes et à ne jamais répondre directement aux questions, cet Asiate me rappelle parfois Méline. Je lui ai dit : « Deborah s'est acharnée à faire pousser un jardin féerique en plein désert. C'était évidemment faire violence au pays. D'ailleurs le pays se venge avec une hâte stupéfiante, maintenant que la femme aux mains vertes n'est plus là pour défendre son œuvre. Est-ce cette violence que vous réprouvez ? » Il a souri d'un air supérieur comme s'il désespérait de me faire entendre une vérité bien trop subtile pour moi. Il commençait à m'irriter et devait le sentir, car il a consenti tout de même à me dire quelque chose : « La réponse est à Nara », a-t-il formulé. Prétend-il me faire faire le tour du monde à seule fin de comprendre pourquoi le jardin de Deborah est condamné ? J'ai beau me rebiffer, j'ai bien peur de ne pouvoir éviter Nara. Car je me suis avisé qu'au milieu des gens et des choses d'ici qui reflètent identiquement la lueur aliénante, le visage de Tanizaki contrastait par sa matité, sa froideur. Or ce que j'avais pu prendre au début pour la fameuse impassibilité orientale, c'était plus profondément l'absence de lueur aliénante. Seul ici Tanizaki ne m'a pas « reconnu », car seul il sait que je ne suis pas Jean.

J'étais assis hier sous la véranda quand il a déposé près de moi un haut verre tout embué de fraîcheur.

« Du citron pressé pour Monsieur Paul », a-t-il murmuré comme un secret à mon oreille. Et cela venait si naturellement que je n'ai pas immédiatement réagi. Pour Monsieur Paul ? J'ai bondi et je l'ai saisi par les revers de sa veste blanche de barman.

— Tani, où est mon frère Jean ?

Il a souri avec douceur.

— Qui est enterré au djebbana d'El-Kantara-continent ?

— Mais Madame Deborah, a-t-il prononcé enfin comme la chose la plus évidente du monde.

— Et ici ? Qui est enterré ici ?

— Mais, Madame Deborah, a-t-il répété.

Et il a ajouté comme une explication élémentaire :

— Madame Deborah est partout.

Va pour l'ubiquité de Madame Deborah ! Après tout que m'importe ? Je ne suis pas ici pour enquêter sur la mort de Deborah.

— Tani, dis-moi maintenant où est mon frère.

— Monsieur Jean a compris qu'il devait aller à Nara.

Je n'avais pas besoin d'en savoir plus.

CHAPITRE XVII

LA PENTECÔTE ISLANDAISE

Paul

Nous avons décollé à 14 h 30 de Fiumicino sous un ciel uniformément gris. L'avion a mis le cap au nord, amorçant une trajectoire qui par Paris, Londres et Reykjavik va monter jusqu'aux confins du pôle pour redescendre ensuite vers Anchorage et Tokyo. Il y a là un mode de compter, de penser, de vivre même, que ce voyage a certainement pour fonction de m'enseigner. Je savais par exemple qu'au niveau de l'équateur la durée du jour et de la nuit est égale en toute saison, mais que l'écart saisonnier s'accroît à mesure qu'on s'éloigne de l'équateur vers l'un des pôles. Je le savais... Le savais-je vraiment ? Peut-être une cellule de mon cerveau tenait-elle en réserve cette information depuis qu'un quelconque cours de géographie ou d'astronomie l'y avait mise. Le voyage me la fait vivre avec une intense évidence. Car à peine avons-nous crevé le plafond gris, à peine le soleil soudain restauré dans les fastes de sa monarchie de droit divin sur un peuple de nuées échevelées, je note sa hauteur au-dessus de l'horizon, et je sais, et je vérifie de minute en minute qu'il ne bougera plus de ce point aussi longtemps que durera notre vol vers le nord. Le voyage qui se présente de prime abord comme un déplacement dans l'espace est plus profondément une affaire de temps. Temps de l'horloge et temps des météores. Les intempéries qui font cortège au voyage — qui peuvent en infléchir ou en arrêter le cours — ne sont que les falbalas gracieux ou l'opéra dramatique d'une machinerie secrète et sans défaillance. Ma main gauche est posée au bord du hublot ovale qui me découvre l'horizon occidental où justement le soleil demeure en suspens. Ma montre-bracelet, la blanche cavalerie des nuages, le soleil immobile... Tout est réuni en ce tableau aussi naïf en son genre que ces illustrations des géographies élémentaires où l'on voit rivaliser dans le même paysage voiture, train, bateau et aéroplane. Mais les quatre symboles du voyage-espace se sont mués ici en trois symboles du voyage-temps. Nous allons atterrir à Reykjavik à minuit. Je sais que le soleil n'aura pas bougé. Qu'en sera-t-il alors des nuages ? Et ma montre ? Ne conviendrait-il pas qu'elle s'arrêtât, elle aussi ? Mais comment le pourrait-elle ? Du type « automatic », elle se remonte elle-même pourvu que je la porte à mon poignet, et cela jour et nuit. (Il faut bien entendu que j'aie le sommeil relativement agité, et au début je m'amusais à faire croire aux naïfs que je prenais chaque soir un café à cette seule fin. Puis je me suis lassé de cette fable.) Un mécanisme assez simple dans son principe lui permet de prélever et d'emmagasiner une petite partie de l'énergie que je gaspille en remuant à tout moment mon bras gauche. Que deviendrait cette énergie si ma montre ne la pompait pas à son profit ? Correspond-elle à un surcroît infinitésimal de fatigue pour moi ? J'imagine qu'au bout d'un certain temps ma montre a fait son plein. Dès lors la secouette ne lui est plus d'aucun profit, comme la vasque pleine dont les bords laissent tomber exactement autant d'eau que le canon en dégorge en son centre. L'énergie accumulée lui permet de fonctionner une bonne douzaine d'heures — entre 15 et 18 — mais elle s'arrête ensuite et aucun branle ne peut la ranimer. Il faut alors user du remontoir, comme pour une montre ordinaire. Il n'importe. A ce perfectionnement je préférerais celui qui accorderait automatiquement la montre à l'heure locale. Il va falloir que je la torture sans cesse pour qu'elle accomplisse sa fonction naturelle : dire l'heure qu'il est — et cela non à l'endroit où j'étais, c'est-à-dire n'importe où — mais à l'endroit où je suis.

...

J'ai un peu dormi après l'escale d'Orly qui nous a valu un certain mouvement de voyageurs, les uns descendant à Orly, d'autres embarquant pour la suite de notre trajectoire. J'ai maintenant à ma droite une minuscule blonde au visage fin, régulier et translucide. Elle s'est excusée de s'asseoir à côté de moi, et nous avons échangé un bref regard. La « lueur » éclairait-elle le sien ? Je n'en suis pas sûr. Et même je puis affirmer le contraire. Pourtant il y avait *quelque chose de ce genre* dans ses yeux, mais quoi exactement, je ne saurais le dire.

Nouvelle escale à Londres, cette fois. Nouveau mouvement de départ et d'arrivée. On se croirait dans la patache qui faisait jadis Plancoët-Matignon en s'arrêtant dans chaque bourg — à cela près que le soleil n'en suspendait pas son cours pour autant, ce qui est tout de même une notable différence ! Ma voisine n'a pas bougé. Ira-t-elle avec moi jusqu'à Tokyo ou va-t-elle me quitter à Reykjavik ? Je la regretterais, car cette présence fraîche et légère me faisait du bien. Je tâche de loucher sur l'étiquette du sac de voyage qu'elle a posé à nos pieds, et comme j'ai tout mon temps, je finis par déchiffrer : *Selma Gunnarsdottir Akureyri IS.* C'est clair. Je vais la perdre à la prochaine. Comme si elle devinait le cours de mes pensées, elle me sourit tout à coup — en faisant flamber la « fausse lueur » — et me dit tout à trac avec un accent d'ondine :

— C'est drôle, vous ressemblez à quelqu'un que je ne connais pas !

La phrase est bizarre, contradictoire, mais elle répond si bien à la fausse lueur qu'elle ne me surprend pas. Elle rit de l'absurdité de la situation, mais visiblement moins qu'elle ne l'escomptait, car mon étonnement est modéré, poli, avenant, mais sans plus. Savez-vous, petite Selma, que Bep ne joue pas avec ces choses ? Pour se donner une contenance, elle tend le cou vers le hublot dont je la sépare. Des déchirures dans le tapis blanc de la couche nuageuse révèlent un archipel rocheux crevé de volcans.

— Les îles Féroé, commente-t-elle. (Puis elle ajoute, comme pour excuser ce renseignement spontané :) C'est que je suis guide de métier, savez-vous ?

Elle rit et regagne d'un coup tous les points perdus par ces confidences intempestives en ajoutant :

— Vous avez manœuvré un quart d'heure avant l'escale de Londres pour lire mon nom et ma ville sur l'étiquette de mon sac. Moi, je sais que vous vous appelez Surin.

Décidément, non. Je n'entrerai pas dans ce marivaudage d'un genre particulier. J'appuie sur le bouton de débloquage de mon dossier, et je me laisse aller en arrière, le regard fixé au plafond, comme si je m'apprêtais à dormir. Elle m'imite et fait silence, et nous ressemblons soudain à un couple de gisants parallèles. Il est 22 h 30 à ma montre, et le soleil est toujours immobile, suspendu sur une mer qui scintille comme une plaque de cuivre finement martelée. Les nuages ont fui. Nous pénétrons dans la zone hyperboréenne dont la dignité intemporelle s'exprime autant par la disparition des intempéries que par l'arrêt du soleil.

— Je sais que vous vous appelez Surin, parce que mon fiancé m'a écrit à votre sujet. Il m'a même envoyé une photo où vous êtes avec lui. Je croyais que vous étiez toujours en Islande.

Décidément le silence n'est pas son fort, mais je lui sais gré de m'avoir dévoilé le secret de la « fausse lueur ». Pour me parler, elle a redressé le dossier de son fauteuil, et comme je reste étendu, elle penche sur moi son visage fin et volontaire.

— Mon fiancé est français. Nous nous sommes connus à Arles où il est né. J'apprenais votre langue à l'université de Montpellier. Je l'ai ramené en Islande. Les jeunes filles de chez nous doivent présenter leur futur mari à leurs parents. Il y a aussi une tradition du voyage de fiançailles, un peu comme votre voyage de noces, mais avant, n'est-ce pas, une sorte d'essai. C'est quelquefois très utile. Seulement l'Islande est un pays magique, vous savez. Olivier n'est pas retourné en France. Cela va faire onze ans.

Depuis quelques minutes l'avion a amorcé son atterrissage. Des langues de terres noires et déchiquetées lacèrent le champ bleu de mon hublot. Déception. L'Islande n'est pas cette île de glace immaculée, fleurie de neiges éternelles, dont je rêvais. Cela ressemble plutôt à un tas de mâchefer, une série de vallées étroites, creusées dans un terril charbonneux. Nous nous rapprochons. Des taches vives éclatent sur le sol fuligineux, les maisons. Leurs toits sont verts, rouges, saumon, bleus, orange, indigo. Leurs toits et leurs murs, mais toits et murs toujours de couleurs différentes et heurtées.

Lorsque nous roulons sur l'aérodrome de Reykjavik, ma décision est prise. Je coupe mon voyage vers Tokyo d'une étape islandaise.

*

Les chambres de l'hôtel Gardur sont toutes semblables : un lit étroit et sans tendresse, une table dont la seule raison d'être paraît une bible — en islandais — posée en son centre, deux chaises, et surtout une vaste fenêtre qui ne comporte ni volets ni rideaux. Il convient de mentionner enfin un radiateur qui entretient une chaleur de four dans la pièce. J'ai interrogé la femme de ménage. Elle m'a répondu par une mimique d'impuissance : impossible de modérer, encore moins d'arrêter cette ardeur. Les radiateurs sont branchés directement sur des sources thermales qui se moquent des heures et des saisons. La chaleur volcanique, il faut s'en accommoder, comme de la lumière perpétuelle. D'ailleurs il est évident qu'on ne vient pas en Islande au mois de juin pour dormir. C'est ce que m'apprennent ce ciel bleu pâle où brille un soleil plus lumineux que chaud, cette fenêtre impitoyable, ce lit inhospitalier, la rumeur paisible d'une vie lente et rurale, mais ininterrompue... et ma montre qui annonce 1 heure du matin. Au demeurant je n'ai pas sommeil. Donc sortir...

Des hommes déroulent en silence des tapis de gazon sur la terre noire des jardins. J'imagine qu'on les enroule et les range soigneusement en septembre pour neuf mois d'hiver. Faut-il préciser qu'il s'agit d'un vrai gazon, vivant et frais ? D'autres repeignent leur maison. Toits et murs de tôle ondulée, maisons blindées en quelque sorte, mais blindées à la légère, à la joyeuse, car on affectionne évidemment les couleurs les plus détonnantes, et on entretient leur éclat. La vie est là, partout présente, hommes, femmes, enfants, chiens, chats, oiseaux, mais silencieuse, tacite, comme si cette nuit lumineuse créait, en même temps qu'un devoir de silence, une telle connivence que la parole, l'appel, le bruit sont mis hors jeu. D'ailleurs les hommes ont la blondeur, les femmes la transparence, les enfants la légèreté des Hyperboréens qui ont appris à lire dans les contes d'Andersen. Pourtant je suis salué à chaque carrefour par le cri du même oiseau, un grelot argentin, plaintif et gai à la fois, si régulier qu'on dirait qu'il me suit, voletant de toit en toit pour que je ne cesse de l'entendre. Mais c'est en vain que je cherche à l'apercevoir. Je me demande même si par quelque magie je ne suis pas le seul à l'entendre car chaque fois que j'interroge quelqu'un au moment même où la plainte argentine vient de s'élever : « Vous avez entendu ? Cet oiseau, qu'est-ce que c'est ? », la personne interrogée tend l'oreille, lève des sourcils étonnés : « Un oiseau ? Quel oiseau ? Non, je n'ai pas remarqué. »

...

Olivier est un grand échalas maigre et triste, aggravé par des cheveux longs et une moustache tombante. On pense à un Don Quichotte jeune, ou à un d'Artagnan vieilli au contraire et désabusé. Il est venu me voir le lendemain de mon arrivée et m'a parlé d'emblée comme à Jean. Je n'ai pas eu la force de le détromper — pas plus que je ne l'avais pu avec Ralph. L'un des drames de la gémellité dépariée, c'est qu'elle est ignorée, et même niée comme telle par les sans-pareil qui la côtoient. Ils assimilent tout naturellement le déparié à l'un des leurs, portant à son débit sa petite taille, son application en tout, ses médiocres performances, et voient d'un mauvais œil, entendent de mauvais gré — comme un coup de force intempestif — sa revendication gémellaire.

Olivier ne paraît en outre nullement soucieux d'éclaircir les circonstances de mon arrivée ici et du départ de Jean — si du moins Jean a poursuivi son voyage pour Tokyo. Tout cela dépasse largement le faible degré d'attention qu'il veut bien accorder aux affaires des autres.

Que fais-je moi-même au fond de cet autocar, à côté d'un Olivier avachi et maugréant, séparé de notre guide Selma par une fournée de touristes anglais ? *Je fais ce qu'a fait Jean.* Car telle est la loi non écrite de mon voyage que je ne puis sauter une étape — fût-ce pour le rattraper plus sûrement — que je suis tenu de marcher du même pas que lui puisque mes pieds doivent se poser dans la trace des siens. Car mon voyage n'est pas semblable à la trajectoire d'une pierre lancée par la fronde et caressée par l'air qu'elle traverse, mais plutôt à la dévalée d'une boule de neige qui s'enrichit à chaque tour, emportant avec elle en quelque sorte son propre itinéraire. Il faut que je trouve en Islande ce que Jean est venu y chercher, ce qu'il a dû y trouver en effet s'il est vrai qu'il a repris son vol pour Tokyo, car il ne serait pas reparti les mains vides.

Le car chemine à travers une vallée dont les flancs herbus et les plaques de neige ne font pas oublier la terre uniformément noire de cette île basaltique. Un pays noir, blanc et vert. Nous roulons des heures sans apercevoir la moindre trace d'établissement humain, et tout à coup surgit un bâtiment de ferme flanqué d'une petite église — l'un et l'autre préfabriqués, visiblement livrés en même temps par la même firme. Il faut croire qu'à certaines heures le fermier se transforme en pasteur et sa famille en ouailles. Quelques poneys paissent dans un corral, mais le véhicule obligé est la Land-Rover surmontée de la longue et souple antenne d'un petit émetteur radio. Chacun de ces détails — et bien d'autres encore, comme ces hangars immenses où l'on doit pouvoir emmagasiner des provisions pour une année — parle de l'inimaginable solitude des gens qui vivent sur cette terre, l'hiver notamment quand la nuit définitive tombe sur eux. Je serais curieux de connaître le taux des suicides en Islande. Peut-être est-il notablement inférieur à celui des pays méditerranéens ? L'homme est un si curieux animal !

A propos d'animal, c'est surtout la plume qui paraît dominer ici. On voit certes sur des prairies graveleuses des petits groupes de moutons — souvent réduits à une brebis et deux agneaux — qui fuient en traînant derrière eux des longs lambeaux de laine sale dont des paquets restent accrochés aux rochers et aux buissons. Ces bêtes paraissent tellement ensauvagées qu'il faut sans doute les abattre à la carabine si l'on veut manger du gigot. Mais à part les poneys, aucun autre mammifère. Même les chiens semblent absents de ces grosses fermes. En revanche, la gent ailée est reine ici. Je viens de voir une scène superbe : un grand cygne noir chassait de ses ailes ouvertes, de son bec menaçant, un petit groupe de moutons qui avaient sans doute, en s'abreuvant au bord d'un petit lac, serré d'un peu trop près son nid. Les moutons détalaient en désordre poursuivis par l'oiseau qui courait dressé sur ses palmes en déployant ses ailes comme une grande cape noire.

Je fais part de ce spectacle à Olivier qui soulève une paupière lourde et plissée comme une capote de diligence sur un regard dépourvu de tout intérêt. Cependant la minuscule Selma, accroupie près du chauffeur, débite consciencieusement dans son micro la partie de son exposé en accord avec le film qui se déroule dehors. « Autrefois l'agriculture constituait l'occupation principale des Islandais, mais elle a perdu de son importance depuis le développement de la pêche et de l'industrie du poisson. Toutefois l'agriculture reste au deuxième rang pour l'utilisation de la main-d'œuvre. L'élevage du mouton en est l'élément principal. Il y a environ 800 000 moutons en Islande, soit 4 bêtes par habitant. L'été ils se déplacent librement dans les prairies et les montagnes. En septembre, on les rassemble dans les fermes, et cela donne lieu à toutes sortes de manifestations populaires... »

Olivier glisse un regard morne vers moi.

— C'est comme les hommes. Le jour on travaille dans tout le pays. La nuit, on dort et on fait la fête. Notez que je dis le jour, la nuit. D'autres disent l'été, l'hiver. Cela revient au même pour nous, mais nous ne parlons d'été et d'hiver que pour être compris des étrangers. Six mois de lumière, six mois d'obscurité. Croyez-moi, c'est long !

Il laisse passer un ange, comme pour mesurer cette longue journée, cette longue nuit. Cependant Selma poursuit consciencieusement :

— « La langue islandaise parlée aujourd'hui est restée très proche de la langue originelle apportée par les Vikings aux IXᵉ et Xᵉ siècles. Parce que notre île est demeurée à l'abri des influences extérieures, la langue est plus pure que dans les pays voisins. C'est un peu une langue fossile dont le danois, le suédois, le norvégien et même l'anglais sont sortis. Imaginez qu'il y ait en Méditerranée une île à l'abri des visiteurs depuis 2000 ans, et où l'on parlerait encore le latin classique. L'Islande, c'est un peu cela pour les pays scandinaves. »

— J'étais venu ici pour un mois. Un mois, trente jours, trente et un à la rigueur, poursuit Olivier. Evidemment, je n'avais pas prévu que le jour durait six mois et la nuit six autres mois. A peine j'avais mis le pied sur cette île, j'ai vu mes trente jours commencer à se transformer en trente ans. Oh la métamorphose ne s'est pas faite comme ça ! Sans Selma, je pense même qu'elle n'aurait pas eu lieu. Parce que vous, par exemple, et tous ces braves Anglais, vous ne vous apercevrez de presque rien. Sauf que vous ne dormez plus, et vous n'avez pas sommeil. C'est déjà extraordinaire et ça vous donne une petite idée de ce qui m'est arrivé. La vérité, c'est que Selma m'a *islandisé,* si vous voyez ce que je veux dire. C'est du pur matriarcat, vous comprenez ? Elle est venue me chercher à Arles où je ne demandais rien à personne, et elle m'a ramené chez elle. Et là, elle m'a islandisé. Ça veut dire par exemple que je vis l'été français maintenant comme le jour islandais, l'hiver français comme la nuit islandaise. D'après le calendrier français, je serais ici depuis onze ans. Eh bien, je n'y crois pas ! Ces onze années, je ne les retrouve pas dans ma mémoire. Je me figure que si je revenais, mettons demain, à Arles, les copains me diraient : « Tiens, Olivier ! Tu étais parti pour un mois et tu reviens après onze jours ? Tu t'es pas plu en Islande ? »

NAMASKARD

Paysage beige, livide, verdâtre, coulées de morve, de pus chaud, de sanie glauque, vapeurs toxiques, bourbiers qui bouillonnent comme des marmites de sorcière. On y voit mijoter le soufre, le salpêtre, le basalte en fusion. Angoisse en présence de cette chose innommable et totalement contre nature : la pierre liquéfiée... Solfatares où fusent des jets de vapeur empoisonnée, où rêvent des fumerolles annelées. Bleu intense, irréel, du fond du geyser. Le petit lac se vide sous l'effet d'une déglutition, d'une puissante succion interne, puis le liquide reflue d'un coup, bondit vers le ciel, se disperse en gerbe, retombe en crépitant sur les rochers. Contraste entre ce paysage totalement minéral, et l'activité vivante, viscérale qui s'y manifeste. Cette pierre crache, souffle, rote, fume, pète et chie pour finir une diarrhée incandescente. C'est la colère de l'enfer souterrain contre la surface, contre le ciel. Le monde souterrain exhale sa haine en vomissant à la face du ciel ses injures les plus basses, les plus scatologiques.

Je songe à Djerba où le ciel incandescent ravageait le terre — et c'étaient les nappes d'eau souterraines, tétées par les éoliennes, qui, en affleurant, en faisant monter vers la terre calcinée la bénédiction de leur lait, permettaient aux oasis de s'épanouir…

— Et ce n'est pas tout, reprend Olivier. Ce circuit que je parcours une fois par semaine l'été depuis onze ans, eh bien, ce n'est pas un vrai circuit ! Je ne sais pas, mais il me semble que si nous pouvions tourner autour de l'île avec l'autocar dans le sens des aiguilles d'une montre, tout serait différent. Seulement voilà ! La route qui fait le tour de l'île vient buter au sud-est sur le grand glacier de Vatnajökull. A Fagurhölsmyri un avion nous apporte de Reykjavik une fournée de touristes, et emporte ceux que nous venons de débarquer au pied du glacier. Et on repart pour le même itinéraire à l'envers ! Eh bien voyez-vous, ce mouvement d'avant en arrière a quelque chose de déprimant. Il me semble toujours défaire ce qui venait d'être fait. C'est devenu une obsession pour moi : boucler la boucle. Refermer cet anneau brisé par le glacier géant. Alors le charme serait rompu. Selma et moi, nous pourrions enfin nous marier et revenir à Arles.

Et, il ajoute avec une nuance de confusion :

— Je dois vous paraître un peu fou, peut-être ?

Pauvre Olivier ! Fiancé à l'anneau brisé, éternel soupirant qui vient buter chaque semaine sur les moraines du formidable Vatnajökull, et qui retourne sur ses pas dans la lumière perpétuelle de l'été islandais, pour revenir encore sept jours plus tard, et repartir, et revenir... personne n'a autant que moi vocation pour comprendre ton destin où les météores, les éléments et ton cœur et ta chair se mêlent si inextricablement !

— L'hiver, c'est autre chose. Les touristes qui affluent par milliers en été ne connaissent pas l'Islande. L'Islande, ce n'est pas le soleil de minuit, c'est la lune de midi. En janvier, nous voyons vers 13 heures le ciel pâlir très faiblement. Ce n'est qu'un mauvais moment à passer. Bientôt la nuit bienfaisante retombe sur notre sommeil. Car nous hivernons comme des loirs, comme des marmottes, comme des ours bruns. C'est assez délicieux. On mange à peine, on ne se déplace plus du tout, si ce n'est juste ce qu'il faut pour se réunir dans des salles basses pour d'énormes beuveries suivies de coucheries tout azimut. La première fois, on croit qu'on va souffrir d'angoisse, appeler la lumière, le soleil, comme un enfant apeuré. C'est le contraire qui est vrai : on envisage le retour de l'été comme un cauchemar, comme une agression, comme une blessure. Un pays magique, l'Islande, croyez-moi ! Etes-vous bien sûr d'y échapper ?

...

Je suis bien sûr d'y échapper, car j'ai trouvé ce que je venais y chercher. C'est à Hveragerdhi que se trouve le plus grand ensemble de jardins en serres d'Islande. La température de ces vastes verrières, débordantes de fleurs et de feuillages, est maintenue constamment à 30° par des eaux volcaniques. Toute la campagne alentour fume comme une buanderie, mais ce sont des vapeurs d'eau bien sages et sans malice. Nous sommes loin des brutales et toxiques éructations de Namaskard. J'ai eu comme un éblouissement en m'enfonçant dans cette moiteur pleine d'odeurs — salué dès l'entrée par le hurlement graveleux d'un cacatoès — car à quelque 5 000 kilomètres de distance, je me suis retrouvé dans le jardin de Deborah. Les amaryllis et les daturas, les mirabilis et les asclépias, les massifs d'acanthes et de jacarandas, les arbustes portant citrons et mandarines, et même des bananiers et des dattiers, toute cette flore exotique était là, comme à El-Kantara, mais à quelques milles du cercle polaire, et cela naturellement, par la seule vertu du feu de la terre. Il n'y manquait même pas dans les bacs d'eau tiède les nymphéas, les jacinthes et les lotus, la fleur dont la graine donne l'oubli.

Je n'ai pas fini de faire mon miel du rapprochement de ces deux jardins, l'oasis d'El-Kantara et les serres de Hveragerdhi, et je pressens que le Japon va m'apporter d'autres lumières encore sur ce sujet. Qu'y a-t-il de commun entre eux ? C'est que dans l'un et l'autre cas, le terrain est absolument impropre à l'épanouissement d'une végétation grasse et fragile, à Djerba à cause de la sécheresse, en Islande à cause du froid. Or ce que le terrain refuse, c'est le souterrain qui le donne — de l'eau puisée dans les nappes phréatiques par les éoliennes à Djerba, de la chaleur exhalée par les sources thermales en Islande. Ces deux jardins manifestent la victoire précaire et fleurie des profondeurs sur la face de la terre. Et il est bien remarquable que cet enfer de haine et de colère que j'ai vu déchaîné à Namaskard, assagi, laborieux s'astreigne ici à faire des fleurs, comme si le Diable en personne, soudain coiffé d'un chapeau de paille et armé d'un arrosoir s'était converti au jardinage.

...

Est-ce encore un signe ? Hier soir je me suis aventuré sur les rives du lac de Myvatn — lisse et figé comme une plaque de mercure après l'arrêt de la drague qui en extrait le jour de la vase à diatomées. J'avais remarqué de gros oiseaux bruns au ventre beige, posés sur le sol de place en place et rendus presque invisibles par leur immobilité. Ce sont, m'avait-on dit, des labbes — ou stercoraires — qui ont la particularité de ne pêcher ni chasser par eux-mêmes, préférant arracher leur proie aux autres oiseaux. On m'avait mis en garde contre leur agressivité si j'approchais de leur nid. Ce n'est pas un labbe qui m'a pris à partie, mais une petite mouette à queue fourchue — une sterne exactement — vive et affûtée comme une hirondelle. Je l'ai vue décrire au-dessus de moi des cercles de plus en plus étroits, puis exécuter des piqués sur ma tête. Enfin elle s'est immobilisée à quelques centimètres de mes cheveux, et, battant des ailes sur place, la queue ramenée en avant, elle m'a tenu un discours prolixe et véhément. N'avait-elle vraiment rien d'autre à me dire que *va-t'en, va-t'en, va-t'en !* l'hirondelle blanche du lac de

Myvatn en cette nuit ensoleillée de juin ? Je me suis avisé un peu plus tard que nous étions à la veille du dimanche de la Pentecôte, et j'ai songé à l'oiseau du Saint-Esprit, descendant sur la tête des apôtres pour leur délier la langue avant de les envoyer prêcher aux quatre coins du monde…

P.S. Que la gémellité dépariée entraîne cette fausse ubiquité qu'est le voyage autour du monde, je ne le sais que trop — et je ne saurais dire où ni quand s'arrêtera mon voyage.

Mais quid de la *cryptophasie dépariée ?* Parce qu'il a perdu son frère-pareil, le cryptophone sera-t-il réduit à l'alternative du silence absolu ou du langage défectueux des sans-pareil ? En vérité je suis soutenu par un espoir invérifiable, mais je m'effondrerais s'il venait à être déçu. Cet espoir, c'est que la fausse ubiquité à laquelle me condamne la fuite de Jean aboutira — si mon frère-pareil demeure définitivement introuvable — à quelque chose d'inouï, d'inconcevable, mais qu'il faudrait appeller une *ubiquité vraie.* De même cette cryptophasie rendue vaine par la perte de mon unique interlocuteur débouchera peut-être sur un langage universel, analogue à celui dont la Pentecôte dota les apôtres.

CHAPITRE XVIII

LES JARDINS JAPONAIS

Paul

On franchit le cercle polaire, et le soleil qui se balançait comme un luminaire suspendu à un fil dans le ciel islandais reprend son immobilité.

Les terres polaires — Groenland, quatre fois la France, puis Alaska, trois fois la France — ont tout ce qu'il faut pour faire un vrai pays : plaines, plateaux, fleuves, falaises, lacs, mers... A certains moments, on croit survoler le bassin de la Seine, à d'autres la pointe du Raz ou les croupes pelées du Puy de Dôme. Mais tout cela est pur, inhabité, inhabitable, gelé, sculpté dans la glace. Pays mis au frais en attendant que soit venu pour lui le temps de vivre, de servir à la vie. Pays en réserve, conservé dans la glace à l'intention d'une humanité future. Quand l'homme nouveau sera né, on retirera la housse de neige qui recouvre cette terre et on la lui offrira toute neuve, vierge, préservée pour lui depuis le début des âges...

ANCHORAGE

Escale d'une heure dont le soleil profite pour glisser d'un degré vers l'horizon. L'appareil transvase ses voyageurs à l'aide d'une manche-soufflet dans une halle de verre. Nous ne saurons pas le goût de l'air d'Anchorage. Je pense aux serres de Hveragerdhi. Mais ici la serre n'abrite que des êtres humains. Il est certain que le saut reste à faire — du végétal à l'homme, mais pas de façon aussi grossière, aussi sommaire.

Encore huit heures de vol, et c'est le Japon qui s'annonce par la silhouette énorme et délicate du mont Fuji revêtu de son camail d'hermine. Alors seulement le soleil a le droit de s'aller coucher.

Shonïn

Pourquoi sculpter avec un marteau, un ciseau ou une scie ? Pourquoi faire souffrir la pierre et mettre son âme au désespoir ? L'artiste est un contemplateur. L'artiste sculpte avec son regard...

Au XVIe siècle de votre calendrier, le général Hideyoshi visitant un jour un vassal qui habitait à mille kilomètres vers le nord remarqua dans son jardin une pierre admirable. Elle s'appelait Fujito. Il l'accepta en don de son vassal. Par égard pour son âme, il l'enveloppa dans une somptueuse pièce de soie. Puis elle fut chargée dans un chariot magnifiquement décoré, tiré par douze bœufs blancs, et pendant tout le voyage qui dura cent jours un orchestre de musiciens la berça de mélodies très douces pour calmer sa peine, les pierres étant d'un naturel sédentaire. Hideyoshi installa Fujito dans le parc de son château de Nijô, puis dans sa demeure de Jurakudaï. Elle est aujourd'hui la pierre principale — *ô ishi* — du Sambô-in où on peut la voir.

Le sculpteur-poète n'est pas un casseur de cailloux. C'est un ramasseur de cailloux. Les plages des 1 042 îles nippones et les flancs de nos 783 224 montagnes sont jonchés d'une infinité de fragments rocheux et de galets. La beauté est là, certes, mais tout aussi enfouie et cachée que celle de la statue que votre sculpteur tire à coups de marteau du bloc de marbre. Pour créer cette beauté, il n'est que de savoir regarder. Tu verras dans les jardins du xe siècle des pierres choisies à l'époque par des ramasseurs de génie. Ces pierres sont d'un style incomparable, inimitable. Certes les plages et les montagnes nippones n'ont pas changé depuis neuf siècles. Les mêmes fragments rocheux, les mêmes galets y sont épars. Mais l'instrument du ramassage est à jamais perdu : l'œil du ramasseur. Plus jamais on ne trouvera des pierres comme celles-là. Et il en va de même de chaque jardin inspiré. Les pierres qui le peuplent sont l'œuvre d'un œil qui laissant les preuves de son génie en a emporté à jamais le secret.

Paul

Une inquiétude qui me taraudait depuis qu'il était question pour moi de Japon s'est heureusement dissipée dès mes premiers pas dans la grande halle de l'aérogare de Tokyo. Je craignais que mon œil d'Occidental, obnubilé par les traits communs de la race jaune, ne confondît tous les Japonais en une masse grouillante et indifférenciée. Cette infirmité que manifeste plus d'un voyageur occidental — « tous les nègres se ressemblent » — aurait eu pour moi une portée redoutable. Je craignais à dire vrai de me trouver plongé dans une société présentant le phénomène inouï, déconcertant d'une *gémellité généralisée.* Quelle pire dérision peut-on imaginer pour un jumeau déparié, cherchant en gémissant son frère-pareil de par le monde, de se trouver noyé tout à coup — seul singulier — dans une foule innombrable de frères jumeaux indiscernables ! Le destin n'aurait pu me réserver de plus méchante farce.

Eh bien, il n'en est rien ! Les caractéristiques individuelles des Japonais ne sont nullement oblitérées par les caractères raciaux. Il n'y en a pas deux ici que je pourrais confondre. D'ailleurs physiquement, ils me plaisent. J'aime ces corps souples et musclés, ces démarches félines — l'avantage que donnent une taille ramassée et des jambes courtes pour l'équilibre et la détente est évident — ces yeux si parfaitement dessinés qu'ils paraissent toujours maquillés, ces cheveux d'une qualité et d'une quantité incomparables, casques durs, noirs et lustrés, ces enfants sculptés puissamment en pleine chair glabre et dorée. Les vieillards et les enfants d'ailleurs plus marqués racialement sont presque toujours plus beaux que les adultes banalisés par l'occidentalisation. Mais ces caractères généraux ne m'empêchent pas de distinguer sans erreur possible *tous* les individus que je rencontre. Non, si ce pays a quelque chose à m'apprendre, ce ne sera pas dans la grossière mascarade de tout un peuple gémellaire. Parlons plutôt des jardins, des pierres, du sable et des fleurs.

Shonïn

Le jardin, la maison et l'homme sont un organisme vivant qu'il ne faut pas démembrer. L'homme doit être là. Les plantes ne s'épanouissent bien que sous son regard aimant. Si pour une raison quelconque, l'homme quitte sa demeure, le jardin dépérit, la maison tombe en ruine.

Le jardin et la maison doivent se mêler intimement l'un à l'autre. Les jardins occidentaux ignorent cette loi. La maison occidentale est fichée comme une borne au milieu d'un jardin qu'elle ignore et qu'elle contrarie. Or l'ignorance mutuelle engendre l'hostilité et la haine. La maison du sage investit le jardin par une suite de bâtiments légers, montés sur des piliers de bois eux-mêmes posés sur des pierres plates. Des panneaux coulissants, tantôt opaques, tantôt translucides, y dessinent un espace mouvant qui rend inutiles les portes et les fenêtres. Le jardin et la maison baignent dans la même lumière. Dans la maison japonaise traditionnelle, il ne saurait y avoir des courants d'air, il n'y a que du vent. La maison par un réseau de passerelles et de galeries paraît se diluer dans le jardin. En vérité on ne sait lequel des deux envahit et absorbe l'autre. C'est plus qu'un mariage heureux, c'est le même être.

Les pierres ne doivent jamais être simplement posées sur le sol. Il faut qu'elles soient toujours quelque peu enfouies. Car la pierre possède une tête, une queue, un dos, et son ventre a besoin de la chaude obscurité de la terre. La pierre n'est ni morte, ni muette. Elle entend le choc des vagues, le clapotis du lac, le grondement du torrent, et elle se plaint si elle est malheureuse, d'une plainte qui déchire le cœur du poète.

Il y a deux sortes de pierres : les pierres debout et les pierres couchées. C'est une grave aberration de coucher une pierre debout. C'en est une autre — moins grave cependant — de dresser une pierre couchée. La pierre dressée la plus haute ne doit jamais dépasser la hauteur du plancher de la maison. Une pierre dressée sous une cascade, faisant éclater sur sa tête en mille rejaillissements le bras limpide et dur de la chute, figure une carpe, poisson millénaire. La pierre dressée capte les *kami* et filtre les mauvais esprits. Les pierres couchées transmettent les énergies selon leur axe horizontal, en direction de leur tête. C'est pourquoi cet axe ne doit pas être dirigé sur la maison. D'une façon générale, la maison est orientée de telle sorte que ses axes ne coïncident pas avec les axes des pierres. La géométrie rigoureuse de la maison contraste avec les lignes courbes et biaises du jardin destinées à neutraliser les esprits issus des pierres. Le monde occidental a copié le désaxement systématique du jardin japonais sans connaître sa raison d'être. Néanmoins sous l'avancée du toit, une rigole remplie de galets recueille les eaux de pluie. Gris et mats au soleil, ces galets deviennent noirs et brillants sous la pluie.

Les pierres d'un jardin se classent selon trois degrés d'éminence : les pierres principales, les pierres additionnelles et la pierre *Oku.* Les pierres additionnelles font cortège à la pierre principale. Elles se placent en ligne derrière la pierre couchée, elles se groupent en socle au pied de la pierre dressée, elles se pressent en console sous la pierre penchée. La pierre *Oku* n'est pas évidente. Touche finale, intime, secrète qui fait vibrer toute la composition, elle peut remplir sa mission en demeurant inaperçue, comme l'âme du violon.

Paul

Jeté à la rue à la pointe du jour par le caprice d'un sommeil qui n'a pas encore surmonté le décalage horaire, j'observe la ville à son éveil. Parfaite courtoisie des passants qui ne paraissent pas remarquer cet Occidental pourtant insolite, seul dans les rues à cette heure matinale. Devant chaque restaurant dans un seau de métal brûlent en fagotin les baguettes avec lesquelles mangèrent les clients de la veille. C'est ainsi que se fait la vaisselle. Je songe à l'oncle Alexandre en voyant passer les camions collecteurs des ordures ménagères. Tout l'aurait enchanté dans l'accoutrement des éboueurs, leurs larges culottes bouffantes prises dans d'extraordinaires bottillons caoutchoutés, noirs et souples qui leur montent au genou et qui possèdent un pouce pour le gros orteil — des moufles pour les pieds en somme —, les épais gants blancs, le rectangle de mousseline retenu sur le nez et la bouche par des élastiques accrochés aux oreilles. On croit avoir affaire à une espèce d'homme particulière vouée par certains détails anatomiques — les pieds noirs et fendus par exemple — aux travaux grossiers de la cité. Tout aussi grossiers les seuls oiseaux qui me paraissent hanter cette ville et qui sont des corbeaux. Est-ce une illusion de mon oreille ? Il me semble que le cri du corbeau japonais est singulièrement plus simple que celui de son congénère occidental. J'ai beau tendre l'oreille, je n'entends que *Ah! Ah! Ah!* lancé comme un rire jovial, mais sur un ton de constatation morose. Je donnerais cher pour être bercé une fois encore — une seule fois — par le grelot plaintif et argentin du mystérieux oiseau de la nuit islandaise que j'étais apparemment seul à entendre. Certains toits sont surmontés de mâts couronnés d'un moulin doré, et auxquels flottent des grosses carpes d'étoffes multicolores dont la bouche bée est formée d'un petit cerceau d'osier. C'est qu'on a célébré le 5 mai la fête des jeunes garçons, et chaque carpe correspond un enfant mâle de la maisonnée. Encore un trait qui aurait enchanté mon oncle scandaleux... Rien de plus gai que ces énormes rosaces de papier gaufré que je vois portées en cortège. Hélas, grossier contresens de barbare : il s'agit d'un convoi funèbre, et ces rosaces sont l'équivalent de nos couronnes mortuaires. Les daims sacrés de Nara sont fidèles au rendez-vous, mais j'avoue qu'ils me déçoivent, pis que cela, ils me dégoûtent un peu. Leur familiarité, leur embonpoint, leurs mines quémandeuses les apparentent à certains gros moines patelins et pique-assiette dont ils ont de surcroît la robe brune et beige. Les chiens et les chats ont davantage de tenue. Non, de ces gracieux animaux j'attends de la fierté, de la timidité, de la maigreur et le respect des distances. Finalement l'image traditionnelle d'un paradis terrestre où toutes les bêtes cohabitent paisiblement entre elles et avec les humains dans une promiscuité niaise et idyllique a quelque chose de flasque et de rebutant, sans doute parce que tout à fait contre nature.

Shonïn

Les pierres figurent certains animaux inspirés qui ont en commun avec elles une longévité surhumaine. Ce sont le phénix, l'éléphant, le crapaud, le cerf que chevauche un enfant. Tel rocher est une tête de dragon serrant dans sa gueule une perle ; deux petits arbustes lui tiennent lieu de cornes. Mais les animaux-rochers fondamentaux du jardin japonais sont la grue et la tortue. Souvent la tortue est représentée avec une longue queue faite d'algues accumulées à l'extrémité de sa carapace à la manière de la barbe d'un sage. La grue est l'oiseau transcendant qui parle avec les génies solaires. La tortue et la grue symbolisent le corps et l'esprit, le *Yin* et le *Yang*.
Ces deux principes divisent également le jardin et doivent s'équilibrer. Pour l'hôte de la résidence qui a les yeux tournés vers le sud et qui regarde la cascade située sur l'autre rive de l'étang, le côté ouest de la cascade est à sa droite. Dans la résidence *Ghinden,* c'est le côté des femmes, de la douairière, la zone privée, domestique, impure, la terre, domaine consacré à l'automne, aux récoltes, à la nourriture, à l'ombre, bref au Yin. La moitié est se trouve à gauche. C'est le domaine du prince, des hommes, des

cérémonies, des réceptions, la zone publique, liée au soleil, au printemps, aux arts martiaux, bref au Yang.

Il y a deux sortes de cascades. Les cascades bondissantes et les cascades rampantes. L'une et l'autre doivent provenir d'un lieu sombre, caché. L'eau doit paraître sourdre des pierres comme une source. Au XVIe siècle les spécialistes qui édifièrent l'une des cascades du Sambô-in à Kyoto travaillèrent plus de vingt ans à la mettre au point. Mais elle est considérée aujourd'hui comme une parfaite réussite en particulier pour son incomparable musique. Les mauvais esprits ayant une trajectoire rectiligne du nord-est au sud-ouest, l'eau courante doit respecter cette orientation, car il lui incombe de prendre en charge les mauvais esprits et d'aider à leur évacuation après avoir contourné la résidence.

Paul

Ce matin à 4 h 25, légère secousse sismique. Quelques minutes plus tard, violent orage et chute de grêle. Quel rapport y a-t-il entre les deux phénomènes ? Aucun sans doute. Mais on n'empêche pas l'esprit, effarouché par ces manifestations hostiles qui le dépassent, de les rendre encore plus redoutables en les rapprochant. Nous sommes ici au pays des typhons et des tremblements de terre. Peut-il y avoir un lien de cause à effet entre ces deux catastrophes ? Oui, me répond mon maître Shonïn. Car le typhon se ramène à la promenade d'une très petite zone d'intense dépression qui, au lieu d'être comblée par l'atmosphère engendre sous l'influence de la rotation de la terre un tourbillon de vent sur sa périphérie. Or si l'on admet que certains sols soumis à une pression tellurique faible sont maintenus en équilibre par le poids de l'atmosphère, on conçoit qu'une baisse soudaine et profonde de ce poids atmosphérique sur une surface réduite provoque une rupture d'équilibre et déclenche le séisme.

Typhons, tremblements de terre... Je ne peux m'empêcher de voir un rapport entre ces convulsions du ciel et de la terre et l'art des jardins qui marie précisément ces deux milieux selon des formules subtiles et méticuleuses. Ne dirait-on pas que les sages et les poètes s'étant détournés des grands éléments pour se consacrer à d'infimes parcelles de l'espace, le ciel et la terre, laissés à vau-l'eau, poursuivent les formidables jeux sauvages auxquels ils se livraient du temps que l'homme n'avait pas encore paru ou du moins n'avait pas encore commencé son histoire ? On pourrait même voir dans ces cataclysmes la colère et le chagrin d'enfants monstrueux, irrités de l'indifférence des hommes qui leur tournent le dos, penchés sur leurs minuscules constructions.

Shonïn m'a répondu qu'il y avait une part de vérité dans mes vues, au demeurant par trop affectives. L'art des jardins se situant à la charnière du ciel et de la terre dépasse en effet le simple souci d'instaurer un parfait équilibre entre l'espace humain et l'espace cosmique. L'Occident n'ignore d'ailleurs pas tout à fait cette fonction de l'art humain puisque, grâce au paratonnerre, la maison offre ses bons offices pour négocier le transit sans violence du feu du ciel vers le centre de la terre. Mais l'ambition du paysagiste japonais est plus haute, son savoir plus sagace, partant les risques encourus plus graves. Déjà Djerba et Hveragerdhi m'avaient donné l'exemple de créations audacieuses, paradoxales, constamment menacées d'anéantissement — et je peux affirmer qu'à l'heure où j'écris ces lignes le désert a d'ores et déjà refermé ses dunes sur le jardin féerique de Deborah. L'équilibre instauré par les Japonais entre l'espace humain et l'espace cosmique, ces jardins situés à leur point de contact, constituent une entreprise plus savante, mieux maîtrisée dont les échecs sont plus rares — théoriquement même ils sont impossibles — mais lorsque cet impossible a lieu, le ciel et la terre semblent pris de folie furieuse.

Au demeurant cet équilibre — qui a nom sérénité quand il a figure humaine — me paraît être la valeur fondamentale de la religion et de la philosophie orientales. Il est bien remarquable que cette notion de sérénité ait si peu de place dans le monde chrétien. La geste de Jésus est pleine de cris, de pleurs et de rebondissements. Les religions qui en découlent s'enveloppent d'une atmosphère dramatique dans laquelle la sérénité fait figure de tiédeur, d'indifférence, quand ce n'est pas de stupidité. L'échec et le discrédit du quiétisme de Mme Guyon au XVIIe siècle illustrent bien le mépris où l'Occident tient les valeurs qui ne relèvent pas de l'action, de l'énergie, de la tension pathétique.

Je me faisais ces réflexions en visitant le bouddha géant de Kamakura. Quelle différence avec le crucifix des chrétiens ! Cette figure de bronze de quatorze mètres, dressée en plein air au centre d'un parc admirable, rayonne de douceur, de force tutélaire et de lucide intelligence. Le buste se penche légèrement en avant dans une attitude d'accueil attentif et bienveillant. Les oreilles immenses, aux lobes rituellement distendus, ont tout entendu, tout compris, tout retenu. Mais les lourdes paupières s'abaissent sur un regard qui se refuse à juger, à foudroyer. La robe largement échancrée découvre une poitrine grasse et douce où les deux sexes semblent se fondre. Les mains posées dans le giron sont aussi inactives, inutiles que les jambes nouées en socle dans la posture du lotus. Les enfants jouent en riant à l'ombre du Fondateur. Des familles entières se font photographier devant lui. Qui songerait à se faire photographier au pied du Christ en croix ?

Shonïn

Les jardins dont il a été question jusqu'ici étaient des jardins de thé faits pour la promenade amicale, la discussion spirituelle, la cour d'amour.

Il est d'autres jardins où le pied ne se pose pas, où l'œil est seul admis à se promener, où seules les idées se rencontrent et s'étreignent. Ce sont les austères jardins Zen, dont la vocation est d'être regardés d'un point fixe déterminé, la galerie de la résidence généralement.

Un jardin Zen se lit comme un poème dont seuls quelques hémistiches seraient écrits, et dont il incomberait à la sagacité du lecteur de remplir les blancs. L'auteur d'un jardin Zen sait que la fonction du poète n'est pas de ressentir l'inspiration pour son propre compte, mais de la susciter dans l'âme du lecteur. C'est pourquoi la contradiction semble parfois s'épanouir sans retenue chez ses admirateurs. Le samouraï loue son ardente et brutale simplicité. Le philosophe son exquise subtilité. L'amoureux trahi l'enivrante consolation qu'il dispense. Mais le plus éclatant paradoxe du jardin Zen réside dans l'opposition du sec et de l'humide. Rien de plus sec apparemment que cette nappe de sable blanc où sont disposés un, deux ou trois rochers. Or rien n'est plus humide en vérité. Car les ondulations savantes imprimées dans le sable par le râteau en acier à quinze dents du moine ne sont autres que les vagues, vaguelettes et rides de la mer infinie. Car les pierres qui jalonnent l'allée resserrée conduisant au jardin n'évoquent pas le lit raboteux d'un torrent asséché, mais au contraire les tourbillons tumultueux de l'eau. Il n'est pas jusqu'au talus incrusté de dalles qui ne soit en vérité une cascade sèche, pétrifiée, immobilisée dans l'instant. Le lac sablonneux, le torrent minéral, la cascade sèche, un maigre arbuste taillé, deux rochers qui soulèvent leur échine tourmentée, ces données parcimonieuses, distribuées selon une formule savamment calculée ne sont qu'un canevas sur lequel le contemplateur brodera son paysage personnel afin de lui donner du style, ne sont qu'un moule où il coulera son humeur du moment afin de la rendre sereine. Dans son apparent dénuement, le jardin Zen contient en puissance toutes les saisons de l'année, tous les paysages du monde, toutes les nuances de l'âme.

Le jardin Zen, tantôt s'ouvre sur un paysage naturel, tantôt se ferme sur lui-même entre des murs ou des panneaux, parfois enfin une fenêtre découpée dans ces murs ou ces panneaux permet une rare échappée sur un coin de nature soigneusement choisi. On ne saurait calculer trop précisément les échanges entre le jardin Zen et l'environnement naturel. La solution classique consiste en un mur bas, couleur de terre, chapeauté de tuiles, dressé à l'opposé de la galerie de contemplation qui délimite le jardin sans l'enfermer et permet à l'œil d'errer parmi les frondaisons de la forêt, mais non de se perdre dans les accidents du sol brut.

De même qu'un acteur de Kabuki joue le rôle d'une femme plus intensément qu'une actrice, de même les éléments imaginaires d'un jardin font naître un *fuzeï* d'une essence plus subtile que ne feraient des éléments réels.

Paul

Je sortais du temple de Sanjusangendo où je m'étais mêlé sous la grande galerie aux mille statues grandeur nature de la déesse miséricordieuse Kannon. Ce bataillon de déesses identiques avec leurs douze bras dont la couronne reproduit à hauteur du buste l'auréole solaire qui s'épanouit derrière la tête, cette foule de bois doré, cette litanie mille fois réitérée, cette répétition vertigineuse... oui, j'ai retrouvé là — mais là seulement — la crainte d'une gémellité multipliée à l'infini que j'avais eue en débarquant au Japon. Cependant mon maître Shonïn a bien vite détrompé mon illusion : ces idoles ne sont identiques que pour le regard grossier du profane occidental qui ne sait qu'additionner et comparer des attributs accidentels. En vérité ces statues sont parfaitement discernables les unes des autres, ne fût-ce que par la place qu'elles occupent dans l'espace et qui est propre à chacune. Car telle est l'erreur fondamentale de la pensée occidentale : l'espace conçu comme un milieu homogène, sans relation intime avec l'essence des choses, où l'on peut impunément par conséquent les déplacer, les disposer, les permuter. Peut-être la terrible *efficacité* de l'Occident découle-t-elle de ce refus de l'espace comme organisation complexe et vivante, mais c'est aussi la source de tous ses malheurs. L'idée qu'on peut faire et mettre n'importe quoi n'importe où, parti pris redoutable, origine de notre pouvoir et de notre malédiction...

Cette rencontre avec les mille statues jumelles de Sanjusangendo était bien faite pour en préparer une autre qui me touchait de beaucoup plus près. En sortant du temple, j'ai quelque peu flâné dans la zone piétonnière qui l'entoure avec ses marchands de beignets, ses coiffeurs, ses bains et ses fripiers. Jusqu'à ce que je tombe fasciné, cloué de stupéfaction, sur une toile exposée au milieu d'un bric-à-brac de meubles et de bibelots : cette toile, c'était dans un style tout occidental avec cependant une touche japonaise assez superficielle un *portrait parfaitement ressemblant de Jean.*

A Venise, à Djerba, en Islande, je l'ai dit, j'avais relevé la trace de mon frère-pareil sous une forme exclusivement gémellaire par l'apparition plus ou moins vive, plus ou moins pure de cette *lueur d'aliénation* qui me blesse et qui me rassure à la fois. Or déjà le phénomène ne s'était pas produit — bien que toutes ses conditions fussent réunies — à Djerba avec le seul Tanizaki. Et depuis que je suis au Japon, pas une fois je n'ai vu flamber cette lueur que je cherche fébrilement malgré la brûlure qu'elle m'inflige. Je sais maintenant que le Japon — que les Japonais — sont absolument réfractaires au phénomène, et je commence grâce aux mille déesses de Sanjusangendo à comprendre pourquoi.

Je suis entré chez l'antiquaire. La jeune fille en kimono, les cheveux rassemblés en chignon traditionnel, vers laquelle je me suis dirigé n'a pas bougé à mon approche, et j'ai vu surgir d'une tenture un petit homme en blouse de soie noire qui s'est incliné plusieurs fois vers moi. Ma ressemblance avec le portrait exposé était si évidente que j'attendais une réaction de surprise, d'amusement, bref quelque chose qui aurait correspondu à la « lueur » et plus lointainement à ce que nous appelions Jean et moi le « cirque ». Rien d'approchant, même quand j'ai conduit le petit marchand devant le portrait pour lui demander des renseignements sur son auteur. Il a arboré un sourire énigmatique, a levé au plafond ses petites mains osseuses, secoué la tête d'un air d'impuissance navrée. Bref il ne savait rien sur cet artiste dont la signature se limitait à deux initiales U.K. Je n'ai pu à la fin me retenir de lui poser la question qui me brûlait les lèvres.

— Vous ne trouvez pas que la personne représentée sur ce tableau me ressemble ?

Il a paru surpris, intrigué, amusé. Il m'a dévisagé, puis il a regardé le portrait, et moi encore, et le portrait. En face de la ressemblance criante des deux visages — le peint et le mien — ce manège avait quelque chose de dément. Puis devenu tout à coup sérieux. il a secoué la tête.

— Non vraiment, je ne vois pas. Oh bien sûr, une vague apparence... mais n'est-ce pas, tous les Occidentaux se ressemblent !

C'était exaspérant. Je suis ressorti en hâte. Une halle de Pachinko violemment éclairée par des rampes de néon et bruissante de sonneries et d'une grêle métallique m'a happé au passage. J'ai dissipé en un temps record la poignée de jetons que j'avais achetée en entrant. N'est-ce pas d'ailleurs le désir — non pas de jouir d'un moment agréable — mais de se débarrasser au plus vite d'une sinistre corvée qui accroche tous ces jeunes gens crispés et fiévreux à leur machine vitrée où tourne un disque multicolore et où circulent des billes d'acier ? A nouveau la rue. Que faire ? Rentrer à l'hôtel ? Mais le bazar d'antiquités m'attirait irrésistiblement. J'y suis retourné. Le portrait n'était plus à l'étalage. Décidément j'ai encore beaucoup à apprendre pour vivre calme et serein dans cet étrange pays ! J'allais m'éloigner quand j'ai remarqué une jeune fille vêtue d'un imperméable gris qui paraissait m'attendre. Il m'a fallu un temps pour reconnaître la Japonaise en costume traditionnel que j'avais aperçue tout à l'heure au fond du magasin. Elle s'est approchée de moi, et m'a dit en baissant les yeux :

— Il faut que je vous parle, marchons ensemble, voulez-vous ?

Son nom est Kumiko Sakamoto. Elle a été l'amie d'un peintre allemand qui s'appelle Urs Kraus. Il y a un mois, mon frère vivait avec eux dans le capharnaüm du père de Kumiko.

Shonïn

A Lo-Yang, un ramasseur de cailloux possédait une pierre k'ouaï, posée dans un bassin d'eau pure sur du sable blanc, longue de trois pieds et haute de sept pouces. Habituellement les pierres ne manifestent leur vie profonde qu'avec discrétion et pour le seul regard du sage. Mais celle-ci était habitée par tant d'esprit qu'il fusait malgré elle par tous ses pores. Elle en était criblée, ravinée, creusée, trouée, elle exhibait des vallées, des gorges, des gouffres, des pics, des défilés. Elle guettait et enregistrait par mille oreilles, clignait et pleurait par mille yeux, riait et bramait par mille bouches. Ce qui devait arriver arriva. Une graine de pin attirée par une si accueillante nature est venue s'y poser. Elle s'est posée sur la pierre k'ouaï, et aussitôt elle s'y est glissée. Comme une taupe dans sa galerie, comme un embryon dans la matrice, comme le sperme dans le vagin. Et elle a germé, la pigne. Et le germe dont la force est colossale parce que toute la force de l'arbre y est concentrée a fendu la pierre. Et par la fente s'est échappé en se contorsionnant un jeune pin, souple, courbe et retors comme un dragon dansant. La pierre et le pin appartiennent à la même essence qui est éternité, la pierre indestructible et le pin toujours vert. La pierre entoure et serre le pin, comme une mère son enfant. Depuis, il y a un perpétuel échange entre eux. Le pin vigoureux brise et délite la pierre pour s'en nourrir. Mais celles de ses racines qui ont trois mille ans se transforment en roche et se fondent dans la pierre natale.

Paul

Kumiko a connu Urs à Munich. Il était dessinateur industriel, et il traçait en coupe, en plan ou en élévation des épures de bielles, d'engrenages et d'hélices sur des feuilles de papier millimétré ; elle était secrétaire dans un bureau d'import-export. Le jour s'entend. Car la nuit il faisait des portraits, des nus et des natures mortes, et elle s'adonnait à la philosophie du Zen. Lorsqu'elle revint chez son père à Nara, il l'accompagna.

J'ai vu une vingtaine des tableaux qu'il peignit pendant les deux années de son séjour au Japon. Ils reflètent la lente et laborieuse pénétration de la leçon orientale dans le double univers du dessinateur industriel et du peintre du dimanche. L'Orient dont la présence se manifeste d'abord sous des formes folkloriques — voire touristiques — envahit peu à peu cet art naïf et méticuleux et perd tous ses caractères pittoresques pour n'être plus qu'une vision particulièrement pénétrante des êtres et des choses.

L'un de ses tableaux représente — dans le style précis et criard de l'hyper-réalisme — un chantier où s'affairent des petits hommes en cottes bleues et casques jaunes. Des bétonnières braquent vers le ciel la gueule ronde de leur marmite tournante, des faisceaux de tubulures courent vers des citernes d'argent, des torchères agitent leur langue de flamme, on voit à l'horizon se profiler des grues, des derricks, des hauts fourneaux. Or quel est le produit de cette activité industrielle fébrile ? C'est tout simplement le Fuji Yama. Un ingénieur tient à la main un plan où le célèbre volcan est figuré en entier avec sa collerette de neige. Des manœuvres transportent des plaques qui sont visiblement des pièces de la construction en cours dont la silhouette inachevée se devine derrière des échafaudages.

Une autre toile correspond au pôle inverse de ce mariage entre la tradition et l'ère industrielle. Nous sommes dans une vaste cité moderne hérissée d'immeubles en gratte-ciel, ceinturés d'aérotrains et cernés d'autoroutes. Il n'y manque même pas dans le ciel des vols d'hélicoptères et de petits avions. Mais elle est curieusement peuplée d'une foule qui paraît échappée aux estampes d'Hokusaï. On y voit des vieillards au crâne en pain de sucre et à la barbe longue, mince et sinueuse comme un serpent, des bébés à couettes qui se bousculent en dressant leur derrière nu, un attelage de bœufs que mène un singe, un tigre couché sur le toit d'un camion, un bonze tenant une pêche qu'un enfant essaie de lui ravir.

Cet amalgame pur et simple du vieux Japon et du jeune Occident s'approfondit dans une série de petits paysages qui sont autant d'énigmes poétiques et excitantes. Ces collines, ces bois, ces rivages étant dépourvus de toute construction ou présence humaine, rien en principe ne permet de les situer au Japon plutôt que dans la Souabe, le Sussex ou le Limousin, ni l'essence des arbres, ni la forme des accidents de terrain, ni la teinte ou le mouvement des eaux. Et pourtant on ne peut douter une seconde au premier coup d'œil qu'il s'agisse du Japon. Pourquoi ? En vertu de quel critère ? Impossible de le dire, et cependant la certitude est là, immédiate, inébranlable, injustifiable : c'est le Japon.

— Urs avait fait beaucoup de progrès quand il a achevé cette série, a commenté Kumiko.

Certes ! Il était parvenu à saisir dans chaque chose une essence, un chiffre, sa relation directe au cosmos, plus simple et plus profonde que tous les attributs, couleurs, qualités et autres accessoires qui découlent de cette relation et sur lesquels nous nous réglons habituellement. Dans ces toiles, le paysage japonais, ce n'étaient plus les cerisiers en fleur, le mont Fuji, la pagode ou le petit pont arqué. Au-delà de ces symboles transposables, transportables, imitables, c'était, devenue sensible, patente, mais catégorique, inexplicable, la formule cosmique du Japon résultant d'un nombre vertigineux, mais non pas infini, de coordonnées. Dans chaque tableau, on percevait confusément la présence occulte de cette formule. Elle émouvait sans éclairer. Elle débordait de promesses dont aucune n'était vraiment tenue. Un mot se présente sous ma plume : l'esprit des lieux. Mais l'image qu'il évoque n'est-elle pas celle d'un peu de soleil filtrant à travers beaucoup de brume ?

C'était dans les portraits que cette pénétration en quelque sorte métaphysique faisait surtout merveille. Portraits d'enfants, de vieillards, de jeunes femmes, mais surtout portraits de Kumiko. S'agissant de la jeune fille, c'était certes le visage frais de vingt ans que je reconnaissais sur ces toiles. Mais à y regarder mieux, il baignait dans une lumière intemporelle, sans âge, éternelle peut-être, mais vivante pourtant. Oui, ce visage de vingt ans n'avait pas d'âge, ou plutôt il les avait tous, et on y lisait l'inépuisable indulgence de la grand-mère qui dans sa longue vie a tout vu, tout subi et tout pardonné, comme l'épanouissement ravi du petit enfant qui s'éveille au monde, ou la lucidité tranchante de l'adolescent dont les dents ont poussé. Comment Urs Kraus pouvait-il réunir des expressions aussi contradictoires, sinon en allant cueillir l'élan vital à sa source même, au point où toutes les implications sont encore réunies à l'état virtuel — et c'est au spectateur qu'il incombe de développer telle ou telle âme ayant affinité avec la sienne.

Shonïn

Les gens du marché de Hamamatsu s'aperçurent un matin que Fei Tchang-fang, leur prévôt, celui qui surveille le marché de la plate-forme d'un mirador n'était pas à son poste habituel. On ne le revit jamais, et personne ne sut ce qui était advenu de lui. Ils ne prirent garde qu'au bout de huit jours à une autre disparition, celle d'un marchand de simples, un vieillard venu d'ailleurs qui siégeait immobile sous les calebasses de toutes dimensions pendues au plafond de son échoppe. Car il faut que tu saches que la calebasse est notre corne d'abondance, et comme, de surcroît, les médicaments sont conservés soit dans des petites calebasses, soit dans des fioles en forme de calebasse, elle est l'emblème de la guérison. Il aurait fallu beaucoup de sagacité pour rapprocher ces deux disparitions et percer leur secret. Or voici ce qui s'était passé.

Du haut de son mirador Fei Tchang-fang avait vu le marchand de simples, le soir, après la fermeture du marché, devenir soudain petit, petit, minuscule, et entrer dans la plus petite de ses calebasses. Il s'en étonna, et, allant le trouver dès le lendemain, il lui offrit de la viande et du vin en faisant le triple salut. Puis sachant l'inutilité de toute ruse, il lui avoua qu'il avait surpris l'étrange métamorphose qui lui permettait chaque soir de disparaître dans sa plus petite calebasse.

— Tu as bien fait de venir ce soir, lui dit le vieillard. Car demain, je ne serai plus là. Je suis un génie. Ayant commis une faute aux yeux de mes pairs, ils m'ont condamné à me mettre le jour, le temps d'une saison, dans la condition d'un marchand de simples. La nuit, j'ai droit à un repos un peu plus digne de ma nature. Or ce jour est le dernier de mon exil. Veux-tu venir avec moi ?

Fei Tchang-fang accepta. Aussitôt, le génie lui ayant touché l'épaule, il se sentit devenir de la taille d'un moucheron en même temps que son compagnon. Après quoi ils entrèrent dans la calebasse.

A l'intérieur s'épanouissait un jardin de jade. Des grues d'argent s'ébattaient dans un étang de lapislazuli entouré d'arbres de corail. Au ciel une perle figurait la lune, un diamant le soleil, une poussière d'or les étoiles. Le ventre du jardin était une grotte de nacre. De son plafond pendaient des stalactites laiteuses d'où suintait un liquide quintessencié. Le génie invita Fei Tchang-fang à sucer les tétons de la grotte, car, lui dit-il, tu n'es qu'un tout petit enfant en regard de l'antiquité du jardin, et ce lait te donnera une longue vie.

Mais l'enseignement le plus précieux qu'il lui donna tient dans ce précepte : *La possession du monde commence par la concentration du sujet et finit par celle de l'objet.*

C'est pourquoi le jardin Zen mène logiquement au jardin-miniature.

Paul

Urs a laissé ici onze portraits de Jean. Le père de Kumiko, effrayé par ma visite et mes airs d'inquisiteur, avait dissimulé derrière un paravent cette collection si révélatrice. Kumiko les a disposés en demi-cercle autour de moi dans le magasin. Je commence à comprendre ce qui s'est passé. J'ai demandé à Kumiko : « Où est Urs ? » Elle m'a répondu avec le petit rire étouffé dont les Japonais excusent une allusion à un sujet intime et douloureux.

— Urs ? Parti !

— Parti ? Avec Jean ?

— Après Jean.

— Où ?

Elle a eu un geste évasif.

— Là-bas. A l'ouest. En Amérique peut-être. En Allemagne.

Urs est d'origine berlinoise bien qu'il l'ait rencontrée à Munich. J'ai pensé trouver un indice dans un tableau qui par son langage cru et naïf semble appartenir à la première manière japonaise de Kraus. C'est une étendue d'eau sillonnée dans tous les sens par divers navires. A droite et à gauche sur chacune des rives, deux enfants se tiennent face à face, jambes écartées. Leur visage est masqué par une jumelle qu'ils braquent l'un sur l'autre. J'ai tressailli à cause de l'épisode de notre enfance où nous faisions de la publicité filmée pour une marque de jumelles.

— Kumiko, qui sont ces enfants ?

Geste d'impuissance.

— Mais l'eau, c'est l'océan Pacifique, ajouta-t-elle. Alors la rive de gauche avec les installations portuaires, c'est sans doute Yokohama, et la rive droite avec les arbres sur la plage, Vancouver.

— Vancouver ou San Francisco ?

— Vancouver à cause du parc Stanley. C'est célèbre. Les grands érables s'avancent jusqu'au bord de l'eau. Pour les Japonais, Vancouver, c'est la porte de l'Occident.

C'est vrai. Tandis que les courants migratoires de toute l'humanité ont été jadis orientés d'est en ouest — dans le sens du mouvement du soleil — les Japonais ont depuis vingt-cinq ans inversé leur migration. Renonçant à leurs incursions en direction de la Corée, de la Chine et de la Russie, ils se sont tournés vers le Pacifique et le Nouveau Monde, d'abord en conquérants armés, puis en commerçants. Voilà qui convenait à mon cardeur de frère ! Jean à Vancouver ? Pourquoi pas ? Cette ville célèbre que personne ne connaît lui ressemblerait assez ! Mais pourquoi Urs Kraus est-il parti dans son sillage ?

Je fouille ces onze portraits qui doivent répondre à ces questions. Rarement l'élan initial qui est la source même de chaque être a été aussi crûment mis à nu. Et à mesure que grâce à eux j'apprends le chiffre de mon frère — en le connaissant de mieux en mieux à travers ces onze étapes — je m'y reconnais moi-même de moins en moins. Je rejoins peu à peu le point de vue japonais réfractaire à la lueur aliénante, et qui prétend ne pas voir de ressemblance entre ces portraits et moi-même. Si tel devait être l'aspect actuel de Jean, il faudrait admettre qu'en très peu de temps son instabilité maladive, sa brûlante passion d'horizons nouveaux ont profondément altéré son visage. Dans ce masque, je ne vois qu'une fièvre de vagabondage qui tourne à la panique dès qu'un séjour quelconque menace de se prolonger. C'est une étrave usée par le sillage, une figure de proue creusée par les embruns, un profil de perpétuel migrant affûté par les souffles aériens. Il y a là de la flèche et du lévrier, et le seul reflet d'une rage de départs, d'une fringale de vitesse, d'une folie de fuite vers des ailleurs indéterminés. Du vent, du vent et encore du vent, c'est tout ce qui reste dans ce front, ces yeux, cette bouche. Ce n'est plus un visage, c'est une rose des vents. Se peut-il que le départ de Sophie et ce long voyage aient simplifié mon frère à ce point ? On dirait qu'il est en train de se désagréger pour se dissiper totalement à la fin, comme ces météorites qui fondent dans une gerbe de flamme au contact de l'atmosphère et disparaissent avant de toucher terre. Ce destin de mon frère-pareil s'éclaire par l'enrichissement continuel dont je me sens bénéficier au contraire d'étape en étape. Notre poursuite prend un sens d'une logique effrayante : je m'engraisse de sa substance perdue, je m'incorpore mon frère fuyard...

Shonïn

Après la conversation et la contemplation, la communion. Les jardins miniatures correspondent à un troisième stade de l'intériorisation de la terre. Alors que la maison occidentale est dans le jardin, et le jardin Zen dans la maison, le jardin miniature tient dans la main du maître de maison.

Il ne suffit pas que l'arbre soit petit, il faut encore qu'il ait l'air vétuste. On choisira donc les graines les plus rabougries des plants les plus chétifs. On coupera les racines principales, on fera végéter les plants dans un vase étroit contenant peu de terre. Puis on tordra progressivement la tige et les branches jusqu'à les nouer. On procédera à une taille fréquente des branches, à des pincements, des torsions, des recépages. Les branches courbées à l'aide de fils et de poids prendront un contour sinueux. On pratiquera des trous dans le tronc et on y introduira du croton, ce qui aura pour effet de le rendre souple, flexible, propre à toutes les distorsions. Pour imposer aux branches des lignes brisées, on incisera l'écorce et on y instillera une goutte de *jus d'or*. (On coupe un tube de bambou de façon à conserver deux nœuds, et on le laisse séjourner une année dans une fosse d'aisance. Le liquide qu'il contient alors est du jus d'or.)

Les sinuosités des arbres nains payées de tant de souffrances sont synonymes de grand âge. Ainsi le taoïste se livre à une pénible gymnastique de ses membres à seule fin d'allonger le parcours du souffle vital dans son corps et de gagner en longévité. Les torsions des arbres nains évoquent autant de figures chorégraphiques. Le taoïste se renverse en arrière de façon que — le dos creux — il regarde le ciel. Les danseurs, les sorciers, les nains et les magiciens sont reconnaissables à des déformations ou difformités qui leur font voir le ciel. La grue en étirant son cou, la tortue en allongeant le sien affinent leur souffle, augmentent son parcours et gagnent en longévité. C'est pour cette raison — et aucune autre — que le bâton noueux du vieillard est signe de grand âge.

Les arbres nains peuvent être cyprès, catalpa, genévrier, châtaignier, pêcher, prunier, saule, ficus, banian, pin... Sur une tombe, on plante un saule ou un peuplier pour un paysan, un acacia pour un lettré, un cyprès pour un seigneur féodal, un pin pour un Fils du Ciel. La tombe est une maison, une montagne, une île, tout l'univers.

Le jardin nain, plus il est petit, plus vaste est la partie du monde qu'il embrasse. Ainsi par exemple le personnage de porcelaine, l'animal de céramique, le pagodon de terre cuite qui peuplent le jardin miniature, plus ils sont petits, plus grand est leur pouvoir magique de métamorphoser les cailloux et les creux qui les entourent en montagnes rocheuses, pics vertigineux, lacs et précipices. Ainsi le lettré dans sa modeste demeure, le poète devant son écritoire, l'ermite dans sa caverne disposent à volonté de tout l'univers. Il n'est que de se concentrer autant qu'il le faut pour disparaître dans le jardin miniature, comme le génie-apothicaire dans sa calebasse. De surcroît en rapetissant le paysage, on accède à une puissance magique croissante. Le mal en est écarté et la jeunesse éternelle se respire dans ses frondaisons naines. C'est pourquoi il y a tout lieu de croire que les sages les plus éminents possèdent des jardins si petits que personne ne peut les soupçonner. Si petits qu'ils tiennent sur un ongle, si petits qu'on peut les enfermer dans un médaillon. Parfois le sage sort un médaillon de son gousset. Il en soulève le couvercle. Un infime jardin apparaît où des banians et des baobabs entourent des lacs immenses réunis par des ponts arqués. Et le sage devenu soudain gros comme un grain de pavot se promène avec ravissement dans cet espace vaste comme le ciel et la terre.

(Certains jardins sont posés sur des bassins et figurent une île. Celle-ci consiste souvent en une roche poreuse — ou en un madrépore — dans laquelle plongent les racines chevelues de l'arbre nain, réalisant la fusion la plus intime de l'eau, de la pierre et de la plante.

(Parce que le Japon se compose de 1042 îles, le jardin en bassin est le plus japonais de tous les jardins miniatures.)

CHAPITRE XIX

LE PHOQUE DE VANCOUVER

Paul

Je regarde diminuer et fondre dans le bleu profond du Pacifique cette poignée d'îles et d'îlots déchiquetés qui s'appelle Japon. Le vol 012 de la Japan Air Lines relie Tokyo à Vancouver en 10 h 35, les lundi, mercredi et vendredi. Le décalage horaire est de 6 h 20.

Le vide et le plein. Morigénée par Shonïn, mon âme oscille entre ces deux pôles. Le Japonais est obsédé par la peur de l'étouffement. Trop d'hommes, trop d'objets, trop de signes, pas assez d'espace. Le Japonais est d'abord un homme encombré. (On a beaucoup cité les « pousseurs » du métro, chargés de faire entrer de vive force dans les wagons les voyageurs qui sans eux obstrueraient la fermeture des portes. Si leur fonction s'arrêtait là, elle irait dans le sens de l'étouffement et serait infernale. Mais ces « pousseurs » sont aussi des « arracheurs ». Car lorsqu'un train s'arrête, les portes peuvent bien s'ouvrir. Les voyageurs agglutinés en masse compacte sont incapables de se dégager par eux-mêmes.

Il faut l'intervention énergique des préposés pour les arracher à la pâte humaine et leur rendre une certaine fluidité.)

Pour remédier à cette angoisse, il n'y a que le jardin, et il est certain que le jardin japonais est le seul endroit du Japon où l'on puisse vivre et s'épanouir. Mais ce n'est vrai au premier degré que du jardin de thé. Avec le jardin Zen, un vide abstrait est creusé où la pensée se déploie, aidée de rares jalons. Quant au jardin miniature, il introduit l'infini cosmique dans la maison.

Pendant ces heures de vol au-dessus du Pacifique, une image n'a cessé de me hanter. Celle d'une pièce *vide* dont la surface a été calculée pour être recouverte exactement par un nombre entier de tatamis — lesquels mesurent obligatoirement 90 × 180 cm, ce qu'il faut à un Japonais pour se coucher. Et la blondeur sourde de ce tapis — entretenu et renouvelé — dispense plus de lumière que le plafond de bois sombre. Les cloisons translucides, légères et frémissantes ne peuvent être — comme une peau vivante — qu'entièrement nues. Pas une image, pas un bibelot, un seul meuble : un guéridon de bois laqué rouge sur lequel est posé le jardin miniature. Tout est prêt pour que le sage accroupi sur sa natte se livre à des débauches invisibles de volonté de puissance.

Pourtant l'impression qui domine mon séjour au Japon est lourde de malaise et diffuse un enseignement énigmatique. C'est le souvenir des tortures variées et subtiles qui sont infligées aux arbres pour les miniaturiser et les réduire de force à l'échelle des jardins en bassin.

Blanc. Celle-ci est à base de pâtisserie et d'ice-cream. Celle de l'Eskimo sent le poisson et la viande fumée.

*

Un saumon remontant à vigoureux coups de reins les cours d'un torrent, sautant les barrages, franchissant les chutes... Telle est l'image que je me fais de moi en débarquant à Vancouver. Car je n'ai jamais éprouvé aussi clairement le sentiment de prendre un pays à rebrousse-poil. Vancouver est le terminus naturel d'une longue migration est-ouest qui, partie de l'Europe, a traversé l'océan Atlantique et le continent nord-américain. Ce n'est pas une ville d'initiation, c'est une ville d'aboutissement. Paris, Londres, New York sont des villes d'initiation. Le nouveau venu y reçoit une sorte de baptême, on le prépare à une ville nouvelle, pleine de découvertes surprenantes. Tel peut être le cas de Vancouver pour les Japonais qui y prennent pied en pays occidental. Ce point de vue m'est absolument étranger. Le soleil dans sa course d'est en ouest a entraîné les aventuriers barbus, venus de Pologne, d'Angleterre et de France, toujours plus loin, à travers le Québec, l'Ontario, le Manitoba, le Saskatchewan, l'Alberta et la Colombie britannique. Parvenus sur cette plage aux eaux mortes qu'ombragent des pins et des érables la longue marche vers l'ouest est terminée. Il ne leur reste qu'à s'asseoir pour admirer le coucher du soleil. Car la mer de Vancouver est fermée. Nulle invitation à l'embarquement, au voyage marin, à la découverte du Pacifique sur ces rivages. L'horizon est bouché par l'île de Vancouver qui joue les

Le phoque de Vancouver

*

VANCOUVER

Première vue de la banlieue de Vancouver pa l'étroite fenêtre du car monstrueux, blindé, un vra char d'assaut qui nous amène de l'aéroport. Une vill plus colorée, plus vivante, plus hétéroclite que Tokyo. Des films érotiques, des bars louches, des silhouettes furtives, des débris boueux sur les trottoirs, cette écume des hommes et des choses qui fait aux yeux de certains le charme principal des voyages. Et pour qu'on n'oublie pas la proximité de la mer, çà et là une mouette, immobile sur un poteau, une borne, un toit.

Le jaune uniforme du Japon se diversifie ici en au moins quatre variétés qui demandent sans doute une certaine pratique pour être distinguées du premier coup d'œil. La plus nombreuse est constituée par les habitants de la ville chinoise, mais ils s'aventurent peu hors de leurs quartiers. Il y a aussi les Japonais — généralement en transit, et c'est par je ne sais quo d'étranger et de provisoire qu'ils se repèrent. Le Indiens se reconnaissent à leur sécheresse, des jeune momies qui flottent dans des vêtements trop gran et dont les petits yeux vifs et noirs luisent sous large rebord du chapeau. Mais les plus facileme reconnaissables sont les Eskimos dont le crâ allongé, le cheveu dru et planté bas sur le front surtout les joues larges et épaisses sont caractéri ques. Dans ce pays où l'obésité est répandue graisse de l'Eskimo ne ressemble pas à celle butoirs. Aucun souffle vivifiant venu du large ne gonflera leur poitrine et leurs voiles. On ne va pas plus loin. Mais moi, j'arrive…

*

— C'est une ville pour moi ! soupire Urs Kraus en s'arrêtant pour contempler le ciel.

Il a plu toute la nuit, puis dès le petit jour le rideau des nuages noirs a commencé à se déchirer. Il s'effiloche maintenant et forme des masses échevelées entre lesquelles s'ouvrent des brèches bleues où le soleil explose. Les grands arbres mouillés du Stanley Park s'ébrouent dans le vent, comme des chiens après le bain, et leur odeur forestière et déjà automnale heurte les remugles de vase et de varech qui montent de la grève. Je n'ai rencontré nulle part ailleurs cet étrange mariage de la mer et de la forêt.

— Regardez un peu, dit-il avec un geste large. Il faut être fou pour quitter cela. Pourtant, je vais partir ! Je pars toujours !

En longeant la plage encombrée de vieilles souches polies comme des galets, nous sommes arrêtés par un petit groupe de promeneurs qui braquent des lorgnettes et des téléobjectifs vers le large. A deux cents mètres environ, sur un rocher, un phoque nous regarde.

— Voilà ! s'exclama Kraus. Ce phoque, c'est tout à fait moi. Il est fasciné par Vancouver. La marée haute d'hier l'a déposé sur ce rocher. Et depuis, il regarde de tous ses petits yeux bridés cette ville fraîche et morte à la fois, cette foule interlope et distante, ce bout du monde qui est un terminus pour les Occidentaux et un tremplin pour les Orientaux… Un phoque à Vancouver, c'est paraît-il assez rare. Ce matin, sa photo est à la une de tous les journaux de la région. Il faudra bien qu'il s'en aille, n'est-ce pas ? Mais notez que la mer est basse actuellement. Son rocher est largement découvert. Il pourrait se laisser tomber dans l'eau. Il ne pourrait plus remonter dessus. Alors il attend la marée haute. Quand les vagues affleurent et lui caressent le ventre, il fait un tour de pêche pour se nourrir. Puis il reprend son poste d'observation avant que le niveau ait baissé. Cela peut durer longtemps. Pas toujours. Il s'arrachera. Disparaîtra. Moi aussi.

Nous avons repris notre marche entre le bois et la mer. Le ciel n'est qu'une lumineuse dévastation, forteresses de vapeur croulantes, chevauchées furieuses d'escadrons neigeux. Sur ce fond dramatique des familles s'installent pour pique-niquer, des voitures d'enfants oscillent haut perchées sur leurs roues, des bicyclettes passent en ombres chinoises.

— Avez-vous remarqué l'inépuisable variété des bicyclettes canadiennes ? Les guidons, les selles, les roues, les cadres, chaque pièce fait l'objet de variations infinies. Voilà qui enchante le dessinateur industriel que je suis resté au fond. Une bicyclette canadienne s'achète « à la carte ». Vous allez chez le marchand et vous composez vous-même votre machine en choisissant ses organes dans un magasin d'une merveilleuse fantaisie. Je me suis toujours intéressé à la bicyclette, parce qu'aucune mécanique n'est plus étroitement adaptée à l'anatomie et à l'énergétique du corps humain. La bicyclette réalise le mariage idéal de l'homme et de la machine.

Malheureusement en Europe — et singulièrement en France — le sport cycliste a stéréotypé le vélo et tué toute créativité dans ce domaine pourtant privilégié.

Nous nous asseyons à l'abri d'un tronçon d'arbre gros comme une maison. S'agit-il d'un morceau de séquoia, d'araucaria, de baobab ? Il doit être là depuis longtemps, car il est profondément enfoncé dans le sable, et des crevasses énormes le labourent. Urs revient à son thème favori.

— Ma vie a changé le jour où j'ai compris que la situation d'un être ou d'un objet dans l'espace n'était pas indifférente, mais mettait au contraire en cause sa nature même. Bref, qu'*il n'y a pas de translation sans altération.* C'est la négation de la géométrie, de la physique, de la mécanique qui toutes supposent comme condition première un espace vide et indifférencié où tous les mouvements, déplacements et permutations sont possibles sans changement substantiel pour les mobiles qui y évoluent. Vous avez eu cette révélation, m'avez-vous dit, au milieu des mille statues d'or de Sanjusangendo. Et aussitôt après, vous avez découvert par hasard l'un des portraits que j'ai faits de votre frère, et bon gré, mal gré, vous avez fini par admettre que ce portrait ne vous ressemblait pas en dépit de sa rigoureuse fidélité. Vous vous êtes expliqué ce paradoxe en décidant que ce portrait exprimait essentiellement l'être profond de Jean-le-Cardeur, voué à une perpétuelle rupture. Ce n'était pas mal. Une explication plus simple, et donc plus élégante, aurait consisté à admettre qu'il intégrait à votre frère l'infinie complexité de la place qu'il occupait dans l'espace. Car cette place, vous l'admettrez, est rigoureusement personnelle : quelle que soit la ressemblance de deux jumeaux, ils se distinguent par leur position dans l'espace — à moins de se superposer l'un à l'autre exactement. Et depuis que Jean vous a quitté pour fuir à travers le monde, une dissemblance foncière aggravée de kilomètre en kilomètre risquerait de faire de vous des étrangers si vous ne vous imposiez pas, non seulement de faire le même voyage que lui, mais de mettre très exactement vos pieds dans ses traces. C'est bien cela, n'est-ce pas ? Si vous pousuivez Jean, c'est bien pour le retrouver, mais dans un sens plus subtil et plus exigeant que celui qu'on prête habituellement à ce mot. Car vous ne seriez nullement satisfait si l'on vous donnait l'assurance qu'ayant bouclé le tour du monde, Jean reviendra à vous. Parce que, revenant à vous après un vaste voyage que vous n'auriez pas fait vous-même, non seulement vous ne seriez pas sûr de le « retrouver », mais vous savez que vous l'auriez à tout jamais perdu. Toutes les acquisitions, toutes les expériences de son voyage, il vous importe de les faire vous-même après lui. C'est bien cela, n'est-ce pas ?

Je mets un doigt sur mes lèvres et, levant la main, je montre en silence une fissure du tronc qui nous surplombe. Urs regarde, retire ses lunettes et les remet sur son nez après les avoir essuyées. Il y a de quoi en effet ne pas croire ses yeux ! Quelqu'un est là ! Un homme, un jeune homme dort sur nos têtes. Son corps lové s'incruste dans une longue dépression du tronc, presque invisible à force d'être enveloppé par sa couche de bois, à force d'être intégré au corps ligneux, bercé par la grosse souche maternelle.

Dans certains vieux contes allemands, commente

Urs à mi-voix, il y a de ces créatures sylvestres dont les cheveux sont ramures et les doigts de pied racines. C'est une variété de la Belle au bois dormant, le Beau au bois dormant. Voilà bien Vancouver !

*

Je l'ai retrouvé sans grande difficulté dans cette ville qui n'est pas démesurément grande, et dont chaque quartier possède une spécialité bien définie. Je savais par Kumiko qu'il avait emporté quelques toiles dans l'espoir de les vendre en route pour subsister. J'ai fait le tour des rares galeries du quartier de Gastown qui pouvaient s'intéresser à sa production. Dans le fond de la troisième, j'ai immédiatement reconnu l'une de ses toiles à sa manière plate — sans relief ni profondeur — et à ses couleurs crues et sans nuances qui rappellent le style des bandes dessinées. Il avait laissé l'adresse d'un modeste hôtel Robsonstrasse. Je m'y suis rendu aussitôt.

Urs Kraus est un doux géant de poil roux, de chair laiteuse qui paraît par sa taille même condamné à jouer les cibles, les proies, les ours domestiqués, habitués dès l'enfance à porter un anneau dans le nez. Quel couple étrange ne devait-il pas former avec la minuscule Kumiko ! Il n'empêche, ses toiles sont d'un peintre, d'un vrai, et c'est sans doute à elle qu'il le doit. Mais ce peintre ne ressemble à aucun de ceux que j'ai connus, ne fût-ce que par cette particularité : c'est un peintre qui parle. Urs se raconte passionnément, indéfiniment ; cela doit répondre chez lui à un besoin d'autoconstruction, d'autodéfense qui se prolonge par des dons polyglottes assez remarquables, car cet Allemand parle couramment l'anglais, avait fait, selon Kumiko, des débuts brillants en japonais, et ne s'entretient avec moi qu'en français.

— Je suis un peintre *compromis,* m'explique-t-il, fondamentalement compromis. C'est toute ma force et toute ma faiblesse. Je vous ai dit comment tout a commencé. Quand j'étais dessinateur industriel, l'espace était pour moi une donnée purement négative. C'était la *distance,* c'est-à-dire la façon qu'avaient les choses de *n'être pas* en contact les unes avec les autres. Sur ce vide, les axes des coordonnées jetaient des passerelles filiformes.

« Tout a changé avec le Zen. L'espace est devenu une substance pleine, épaisse, riche de qualités et d'attributs. Et les choses des îlots découpés dans cette substance, faits *de* cette substance, mobiles certes mais à condition que toutes les relations de leur substance avec la substance extérieure accompagnent et enregistrent le mouvement. Supposez que vous parveniez à isoler un litre d'eau de mer, et que ce litre vous le déplaciez de Vancouver à Yokohama sans le sortir de l'océan, sans l'entourer d'une enveloppe, sinon intégralement perméable. C'est l'image de la chose qui bouge ou de l'homme qui voyage.

« Seulement voilà : moi qui fais passer cela dans ma peinture, je suis moi-même fait de cette substance, et mon enveloppe est, elle aussi, perméable à cent pour cent. C'est pourquoi chacune de mes toiles me compromet sans la moindre réserve. Alors, quand j'ai commencé à peindre sous l'influence de Kumiko, il a bien fallu que j'apprenne le japonais, que j'aille au Japon, que je me fixe à Nara. Et je coulais dans le sédentarisme nippon le plus inébranlable, quand ce diable de Jean est tombé du ciel avec la rose des vents qui lui tient lieu de tête, comme vous l'avez bien dit. Il m'a extirpé. Il a ébranlé tout mon édifice, il m'a soudain fait déraper vers l'est.

— Urs, vos théories me passionnent, mais, dites-moi, où est Jean ? »

Il a un geste vague vers l'horizon.

— Nous sommes arrivés ici ensemble. Et aussitôt, nous n'avons pas été d'accord. Jean a flairé le vent. Il a échafaudé ce qu'il appelait « le mode d'emploi du Canada ». Ce mode d'emploi consistait, si j'ai bien compris, à *marcher*. Oui, à marcher ! Vers l'est, si vous voyez ce que je veux dire. Bref, à parcourir de bout en bout le continent américain. Moi, j'avais eu tout de suite le coup de foudre pour Vancouver, cette ville où des journées entières de pluie préparent les couchers de soleil les plus sublimes. Impossible de peindre ici ! L'ivresse de l'impuissance ! La toile reste vierge pendant qu'on s'en met plein la vue ! C'était une drogue dont je voulais épuiser les pouvoirs avant de continuer. Nous nous sommes séparés. Il est parti en direction des montagnes Rocheuses, sans un sou, en hippie, décidé à ne s'arrêter ni au pied des glaciers, ni dans l'immense Prairie, ni même au bord de l'Atlantique. Oh, nous nous reverrons ! Nous avons rendez-vous le 13 août, chez moi, à Berlin. Et tel que je le connais il y sera, mais je me demande ce qu'il inventera pour semer le désordre sur les rives de la Sprée ! Walter Ulbricht et Willy Brandt n'ont qu'à bien se tenir !

— Nous n'en sommes pas là. Que faire ? Vous

savez que, si Jean est parti à pied, je ne peux prendre moi-même l'avion pour Montréal. Il faut que je marche dans ses pas.

— Alors marchez ! Il n'y a guère que 5 000 kilomètres de Vancouver à Montréal.

— Vous vous moquez de moi.

— Solution moyenne : le train ! Il part tous les jours de Vancouver et serpente comme un gros dragon rouge un peu paresseux à travers les Rocky Mountains et les lacs du Centre et de l'Est. Il s'arrête partout. Peut-être Jean, ayant usé ses souliers, montera-t-il ici ou là dans votre wagon. Moi je reste. Encore un peu de Vancouver, par pitié, messieurs les Jumeaux ! Si le cœur vous en dit, rendez-vous le 13 août, 28, Bernauerstrasse à Berlin. Ma vieille maman nous hébergera tous les trois...

*

Ainsi le grand voyage va reprendre. Du moins n'aurai-je plus comme en quittant Tokyo vers l'est le sentiment angoissant de tourner le dos à la France. Désormais, chaque pas me rapproche des Pierres Sonnantes. Je caresse cette pensée réconfortante en flânant seul sur les quais du Coal Harbour qu'une violente averse vient de vernisser. Le Royal Vancouver Yacht Club auquel succède le Burrard Yacht Club — à peine moins huppé — sont une brillante vitrine de plaisanciers pimpants, ruisselants de lumières, aux formes et aux accastillages les plus variés. Mais à mesure qu'on approche des docks, l'éclairage devient plus chiche et les navires plus prosaïques, et c'est dans une pénombre sinistre qu'on voit finalement surgir la silhouette noire et tourmentée de vieux chalutiers qui achèvent de pourrir là après leur dernière pêche. Rien de plus désolé que ces ponts gluants, encombrés de cordages brisés, d'échelles invalides et de barres tordues, ces tôles rouillées, ces treuils bloqués, ces chaînes tronçonnées. Ce sont autant de coupe-gorge flottants surmontés chacun par une salle de torture en plein vent. On s'étonne de ne pas y voir des corps contorsionnés par la souffrance, disloqués, démembrés que quelques oiseaux noirs et blancs — mi-corbeaux, mi-goélands — semblent attendre. Et ceci n'est pas pure imagination, car l'horreur de ces bateaux rappelle le sort lamentable des hommes, des pêcheurs qui y ont passé leur vie.

Je me réfugie dans un bar à matelots, et je bois une grande tasse de café en regardant la pluie tomber à nouveau, de ce café du Nouveau Monde abondant, léger, parfumé, désaltérant, sans rapport avec l'infect bitume sirupeux, visqueux et gras qu'on vous distille au compte-gouttes en France et en Italie, et qui vous empoisse la bouche pour la journée. Demain à pareille heure, je serai dans le gros et paresseux dragon rouge dont m'a parlé Kraus.

Comme chaque veille de départ, l'angoisse étreint l'invétéré sédentaire que je suis, et je cherche à quel saint me vouer. Finalement, c'est le personnage de Phileas Fogg dont j'implore la protection. Hé oui, dans mes angoisses de voyageur, ce n'est pas vers saint Christophe, patron des errants et des migrants, que je me tourne, mais vers le riche Anglais de Jules Verne, rompu à toutes les malignités du sort, armé d'une patience et d'un courage exemplaires pour

CHAPITRE XX

LES ARPENTEURS DE LA PRAIRIE

Paul

Mardi 18 h 15. Me voilà donc dans ce fameux *Canadian Pacific Railway,* le grand dragon rouge au cri hululant, casqué de coupoles de plexiglas, qui serpente d'un océan à l'autre à travers les montagnes Rocheuses et la grande Prairie. L'évocation de Phileas Fogg n'était pas vaine. Dans mon minuscule *single* où l'on ne peut plus guère remuer quand on a rabattu la couchette, je retrouve le luxe vieillot de l'Orient-Express de nos grands-mères où se marient la peluche, l'acajou et le cristal. Acagnardé dans cette coquille capitonnée, je sens toutes mes angoisses s'évanouir et je jubile d'une joie enfantine en supputant que je suis là-dedans pour plus de trois jours et trois nuits, puisque nous n'arriverons à Montréal que vendredi à 20 h 05. Le programme tient en trois chiffres : 69 stations réparties sur 4766 kilomètres parcourus en 74 h 35. Nous partons à 18 h 30.

Mardi 19 h 02. Borne 2862,6 COQUITLAM. Deux constatations : 1. Trop de cahots pour pouvoir écrire en marche. Il faudra se contenter des stations. 2. Les milles sont portés sur des bornes, mais à partir de Montréal. Nous sommes partis de la borne 2879,7 et nous remontons vers le 0. Cela n'est pas pour me déplaire : ce voyage est bien un *retour.*

Mardi 19 h 40. Borne 2838 MISSION CITY. Déjà c'est la forêt, la vraie forêt nordique, c'est-à-dire non pas la futaie régulière et clairsemée de Stanley Park dont chaque arbre est à lui seul un monument, mais l'inextricable taillis de petits arbres enchevêtrés, vrai paradis du gibier de tout poil et de toute plume. Conclusion : la belle forêt est l'œuvre de la main de l'homme.

Mardi 20 h 30. Borne 2809,6 AGASSIZ. La porte à glissière de mon compartiment s'est brusquement ouverte et un steward noir a déposé d'autorité un plateau-repas sur ma tablette. Un coup d'œil me confirme que le wagon-restaurant ne fonctionne pas. C'est donc la réclusion totale jusqu'à demain matin au moins. Je m'en accommoderai dans ma minuscule cellule dont la principale cloison est une vitre transparente qui laisse entrer la sapinière drue, dense et noire à travers laquelle fusent parfois mystérieusement les rayons du couchant.

Mardi 22 h 15. Borne 2750,7 NORTH BEND. Arrêt prolongé. Appels et courses sur le quai. Je crois comprendre qu'il s'agit de la dernière station notable avant la grande traversée de la nuit. J'ai le temps de me poser la vieille question qui surgit fatalement en voyage dans le cœur du sédentaire que je suis : pourquoi ne pas m'arrêter ici ? Des hommes, des femmes, des enfants considèrent ces lieux fugitifs comme leur pays. Ils y sont nés. Certains n'imaginent sans doute aucune autre terre au-delà de l'horizon. Alors pourquoi pas moi ? De quel droit suis-je ici et vais-je repartir en ignorant tout de North Bend, de ses rues, de ses maisons, de ses habitants ? N'y a-t-il pas dans mon passage nocturne pire que du mépris, une négation de l'existence de ce pays, une condamnation au néant prononcée implicitement à l'encontre de North Bend ? Cette question douloureuse se pose souvent en moi lorsque je traverse en tempête un village, une campagne, une ville, et que je vois le temps d'un éclair des jeunes gens qui rient sur une place, un vieil homme conduisant ses chevaux à l'abreuvoir, une femme suspendant son linge sur une corde tandis qu'un petit enfant s'accroche à ses jambes. La vie est là, simple et paisible, et moi je la bafoue, je la gifle de ma stupide vitesse...

Mais cette fois encore, je vais passer outre, le train rouge fonce vers la montagne nocturne en hululant, et le quai glisse et emporte deux jeunes filles qui se parlaient gravement, et je ne saurai jamais rien d'elles, et rien non plus de North Bend...

Mercredi 0 h 42. Borne 2676,5 ASHCROFF. La chaleur est étouffante, et je repose nu sur ma couchette. Comme elle est placée directement contre la fenêtre — les pieds vers l'avant — je vois, je devine, je sens glisser contre mes jambes, contre mon flanc, contre ma joue un grand pays endormi, profond et silencieux avec ses silhouettes noires, ses échappées de clartés lunaires, ses signaux rouges, verts, orange, le grillage d'un taillis révélé par les phares d'une auto, le tonnerre d'un pont métallique dont les poutrelles en X hachent violemment le champ de la fenêtre, et soudain un moment d'obscurité totale, insondable, abyssale, la nuit absolue.

Mercredi 2 h 05. Borne 2629,2 KAMLOOPS. J'ai froid maintenant malgré les couvertures que j'entasse sur mon corps. Le jour, le jumeau déparié peut à la rigueur faire bonne figure. Mais la nuit... mais à 2 h du matin... Mon frère-pareil, pourquoi n'es-tu pas là ? Après les cruels éclairs de la gare, l'obscurité miséricordieuse recouvre mes yeux qui baignent dans leurs larmes comme deux poissons blessés au fond d'une mare saumâtre.

Mercredi 5 h 55. Borne 2500 REVELSTOCKE. J'ai dû laisser passer deux ou trois stations dans un demi-sommeil. J'étais trop fatigué et trop triste pour écrire. Ma fenêtre est entièrement couverte de gelée blanche.

Mercredi 9 h 05. Borne 2410,2 GOLDEN. Nom mérité ! Nous serpentons, avec des pointes de 80 à l'heure, dans des gorges escarpées où bouillonne un torrent vert et sur les pentes desquelles s'étagent des forêts de mélèzes. Le ciel est bleu, la neige est blanche, le train est rouge. Nous sommes prisonniers d'une photo en technicolor du *National Geographic Magazine.*

Mercredi 10 h 30. Borne 2375,2 FIELD. Cependant que les Rocky Mountains déploient sur nos têtes leurs décors grandiloquents, on ripaille avec entrain sous les coupoles de plexiglas des wagons. Le service étant débordé, on se sert soi-même aux cuisines, et on s'engage avec son plateau dans le petit escalier qui mène au spectacle. Je m'avise de la place qu'occupe la nourriture au Canada — plus grande à coup sûr que dans aucun autre pays que je connaisse. Déjà la présence exorbitante des publicités alimentaires sur les écrans de la télévision aurait pu me frapper à Vancouver. Le Canadien est d'abord un homme qui mange, et d'ailleurs l'obésité est son péché mignon, même et surtout chez les enfants.

Mercredi 12 h 35. Borne 2 355,2 LAKE LOUISE. C'est fini. Le décor grandiose a été démonté en attendant le prochain train. Il est remplacé par une campagne qui doit ses vallonnements aux contreforts des Rocky. Mais tout annonce la plaine. Sur le toit de bardeaux noir d'une villa deux pigeons blancs se donnent des baisers. Juste à côté, sur le toit de tôle rouge d'une autre villa deux merles bleus se donnent des coups de bec.

Mercredi 13 h 20. Borne 2 320, BANFF. Nous suivons le cours de la Bow qui traverse Calgary, capitale de l'Alberta. Comme chassés par le vent du train, des chevaux fuient d'un galop incliné et unanime.

Mercredi 16 h 10. Borne 2 238,6 CALGARY. Un arrêt de 35 minutes permet de faire une rapide promenade dans cet ancien poste de la Police montée devenu une cité de 180 000 habitants. Un vent brûlant, chargé de poussière, souffle dans les rues numérotées et disposées en damiers. Le centre de ce désert de béton est marqué par le building de 36 étages de l'hôtel International qui domine le paysage plat comme la main.

On a prétendu que le gratte-ciel se justifiait par le manque d'espace des cités américaines, comme dans l'île de Manhattan. C'est le type même de l'explication primaire, utilitaire qui passe à côté de l'essentiel. C'est le contraire qu'il faut dire : le gratte-ciel est la réaction normale à l'excès d'espace, à l'angoisse des grands espaces ouverts de tous côtés, comme des abîmes horizontaux. La tour domine et maîtrise la plaine qui la cerne. Elle est un appel aux hommes dispersés, un centre de ralliement. Elle est centrifuge pour celui qui l'habite, centripète pour celui qui la voit de loin.

Mercredi 19 h 10. Borne 2062,8 MEDICINE HAT. La ripaille bat son plein à nouveau dans tout le train. Ce ne sont que ice-creams en cathédrale et sandwichs géants, hot-dogs et assiettées de goulasch dans tous les wagons. Et en accompagnement nous traversons les immenses étendues céréalières que sillonnent en se dandinant des machines agricoles grosses comme des diplodocus et dont les horizons ne sont barrés que par la silhouette des silos de béton. C'est le grenier à blé du monde entier, la corne d'abondance d'où ruissellent les céréales vers l'Amérique latine, la Chine, l'U.R.S.S., les Indes, l'Afrique, toute l'humanité affamée.

Mercredi 20 h 30. Borne 1950,3 GULL LAKE. Sur les paquets de sucre en poudre, les armes des provinces canadiennes, Newfoundland, Ontario, British Colombia, etc., et cette devise : *Explore a part of Canada and you'll discover a part of yourself.* Certes il s'agit d'inciter les Canadiens à sortir de leur province natale et à découvrir leur propre pays dans un esprit d'unité nationale, ce à quoi ils sont, paraît-il, fort peu enclins. Mais quelle n'est pas la signification de cette formule pour moi ! Cette part de moi-même, dans quelle province du Canada la trouverai-je ?

Mercredi 22 h 12. Borne 1915,4 SWIFT CURRENT. A

nouveau la nuit. Est-ce parce que j'ai eu ma part de ripaille cet après-midi ? J'ai refusé le plateau-repas du serveur noir qui en paraissait tout déconfit. Dans la nuit revenue, la fenêtre n'est plus le théâtre d'ombres et de grimaces d'hier soir. La plaine en fait un écran vide et gris, une plage de silence où il ne se passe rien, si ce n'est parfois une autoroute sur laquelle des processions de voitures poussent chacune devant elle un petit tapis de lumière.

Jeudi 0 h 28. Borne 1805 MOOSE JAW. L'angoisse me tient éveillé. Je me résous à prendre un somnifère. Aujourd'hui un médicament, demain l'alcool, puis le tabac, puis les stupéfiants, pour finir par le suicide, peut-être ? Toutes les tares des sans-pareil malades de leur terrible solitude, qui suis-je donc pour prétendre désormais y échapper ?

Qui suis-je ? Une seule question, la seule qui comptera pour moi le jour où j'aurai renoncé à retrouver Jean : *quelle différence fondamentale existe-t-il entre un jumeau déparié et un quelconque sans-pareil ?* Ou en d'autres termes : la disparition de Jean devant être considérée comme acquise et définitive, comment vivre encore ma gémellité ? Comment assumer de façon active et vivante mon héritage gémellaire ?

Ici, le fantôme d'Alexandre hante mon esprit avec insistance. Car l'oncle scandaleux, une fois de plus, apparaît comme l'intermédiaire idéal entre les jumeaux et les sans-pareil. Quelle différence fondamentale y a-t-il entre Paul traversant la Prairie dans son train rouge et le dandy des gadoues installé dans le wagon immobile des collines blanches de Miramas ? Jumeaux dépariés l'un et l'autre, Alexandre est affecté d'un dépariage *de naissance congénital,* moi d'un dépariage *acquis.* Alexandre n'a jamais connu le contact gémellaire. Il n'a pas appris en grandissant dans la gémellité. Il est semblable à ces petits chats tôt séparés de leur mère et qui ne sauront jamais se lécher, à ces petits rats trop tôt séparés de leur mère et qui, devenus adultes, mis en présence d'une femelle, s'affairent autour d'elle, pris de panique, ignorant absolument par quel bout la prendre. Jeté sur la terre, seul et souffrant, Alexandre a marché toute sa vie vers l'inconnu, vers la nuit noire, à la recherche d'un paradis gémellaire qu'il ne pouvait situer nulle part, n'ayant rien derrière lui qui lui donne un viatique, un élan, une direction, le pressentiment du but à atteindre. Au lieu que moi, tout imprégné encore de gémellité heureuse, je trouve dans mon enfance mieux que la promesse solennelle : la préformation de l'aboutissement auquel je suis appelé.

Jeudi 8 h 15. Borne 1461,5 PORTAGE LA PRAIRIE. Sous l'influence du somnifère, j'ai dormi comme une masse, le vrai sommeil de brute des sans-pareil, je veux dire un rejet de toute relation, une rupture de contact absolue, la revendication morose d'une solitude allant jusqu'à l'anéantissement — au lieu que le sommeil gémellaire reste dialogue, silencieux, mais d'autant plus intime qu'il se poursuit dans la chaleur matricielle.

Il faut avoir le courage de le reconnaître : depuis le départ de Jean, ma déchéance progresse inexorablement. Est-elle accélérée ou retardée par le voyage ? L'un et l'autre à la fois, peut-être. Accélérée parce que le voyage — tel une bouffée d'oxygène jetée sur une combustion — accélère tout, la croissance comme la maladie, et que les expériences et les rencontres que je fais chaque jour me précipitent en avant. Mais où en serais-je aujourd'hui si j'étais resté aux Pierres Sonnantes dans l'attente passive et rongeante d'un improbable retour de Jean, en tête à tête avec la seule Méline ? Ici au moins, je cherche, je cherche, j'agis, je m'agite...

Jeudi 9 h 20. Borne 1405,9 WINNIPEG. Une demi-heure d'arrêt. J'aurais le temps de faire un tour en ville, mais l'expérience de Calgary m'a dégoûté de sortir de mon trou à roulettes. *Winnipeg. Capitale du Manitoba et grand marché du blé canadien,* nous dit le guide. *270000 habitants. Située sur l'emplacement du fort construit en 1738 par La Vérendrye au confluent de la rivière Rouge et de l'Assiniboine.* Soit. Nous en resterons là. Aller à Winnipeg et demeurer bouclé dans son compartiment pour lire la page du guide bleu consacrée à Winnipeg...

Jeudi 10 h 43. Borne 1352,3 WHITEMOUTH. Je n'ai plus ni bras ni jambes... Au moment où le train allait s'arrêter, j'ai vu passer dans ma fenêtre des têtes de voyageurs, et parmi elles, j'ai reconnu Jean... Toute erreur est exclue. L'identification des sans-pareil qui se fonde sur des approximations, des à-peu-près, peut avoir des défaillances, jouer alors qu'il n'y a pas lieu ou au contraire rester aveugle devant l'ami le plus cher, le parent le plus proche. Les frères-pareils se reconnaissent immédiatement et avec un instinct infaillible, parce que chacun touche du doigt — pour ainsi dire — l'essence même de l'autre. C'est même cela qui m'inquiète. Car si j'ai reconnu Jean dans l'instant et avec certitude, s'il m'a lui-même aperçu, il n'aura pas eu plus de doute que moi, et alors n'aura-t-il pas fui ?

Il était coiffé d'un bonnet de grosse laine rouge et habillé de velours brun, plutôt comme un coureur de bois que comme l'un de ces hippies, jeunes bourgeois intellectuels en rupture de bonne famille, que m'avait annoncé Urs Kraus. D'ailleurs l'expression fuyarde des portraits de Tokyo n'oblitérait plus notre fonds commun, tant s'en faut ; c'était bien mon frère-pareil que je venais de retrouver le temps d'un éclair sur le quai de Whitemouth.

Jeudi 12 h 15. Borne 1 280,2 KENORA. Je crois que si je le pouvais, je m'enfermerais à clé dans mon compartiment. J'ai peur. Le contrôleur en surgissant tout à l'heure à grand bruit m'a fait défaillir de saisissement. Peur de quoi ? De la survenue de Jean ! Suis-je devenu fou ? Si Jean étant monté à Whitemouth faisait irruption dans mon compartiment, ce n'est pas moi qu'il faudrait taxer de folie. Monsieur mon frère, n'intervertissons pas les rôles, s'il vous plaît, c'est moi qui suis à votre recherche, non l'inverse !

Les frères intervertis... Avons-nous assez joué ce jeu quand nous étions enfants ! C'était tout l'essentiel de Bep. En m'arrachant aux Pierres Sonnantes, en parcourant ce monde dans le sillage de Jean, n'ai-je pas fait les sacrifices qu'il fallait pour que nous nous métamorphosions l'un en l'autre ?

Jeudi 19 h 30. Borne 986,8 THUNDER BAY. J'ai pris sur moi de fouiller tout le train wagon par wagon, compartiment par compartiment. Compte tenu des arrêts à Dryden et Ignace qui m'ont obligé à descendre sur le quai pour surveiller les voyageurs qui quittaient le train, je peux dire que j'y ai passé l'après-midi. Expédition instructive et savoureuse. La durée et la monotonie de cette traversée d'un continent font de ce train une manière de roulotte à cellules multiples et sans contacts les unes avec les autres. Il y a des cellules maternelles où des petits hamacs se balancent d'un filet à l'autre au milieu des couches qui sèchent sur des fils. Des cellules musicales avec banjos, bois, cuivres, batteries et même pianos. Des cellules ethniques réunissant des familles mexicaines, des igloos eskimo, des tribus d'Afrique, un ghetto juif. Des cellules-cuisines où l'on fricasse et fricote sur des réchauds, les menus servis sous les coupoles étant jugés sans doute insuffisants. Des cellules religieuses, érotiques, studieuses, alcooliques, psychédéliques, professionnelles...

C'est parmi ces dernières que j'ai approché ce que je cherchais, sans rien trouver toutefois de décisif. Ils étaient trois, trois hommes assez jeunes, vêtus à la rustique — campeurs et sportifs à la fois — ayant la barbe des vagabonds et les lunettes des étudiants. Le matériel qui s'entassait autour d'eux m'a renseigné sur leur profession : chaînes à segments articulés, jalons, mires, équerres prismatiques, cordeaux, pantomètres, etc. J'avais affaire à une équipe d'arpenteurs et *tous avaient le même bonnet de grosse laine rouge.* J'ai pensé au plastron orange luminescent des ouvriers travaillant sur les autoroutes, et je crois que ce bonnet leur sert de signal et de repère quand ils font des mesures. Jean n'était pas parmi eux. Je les ai observés sans qu'ils me remarquent, ce qui n'était pas difficile, car ils menaient un train d'enfer, buvant et riant à grand bruit.

Voilà. J'ai regagné mon trou solitaire avec la conscience nouvelle de la société bigarrée que nous formions dans ce train. Mais ce que je retiens surtout de mon exploration, c'est l'isolement des groupes, leur exclusion réciproque, et combien les compartiments du train répondent à un compartimentage de la société. Quant à Jean, je commence à me demander si je n'ai pas pris pour lui l'un des trois arpenteurs.

Jeudi 21 h 10. Borne 917,2 NIPIGON. C'est la dernière station avant la nuit, celle où descendent les voyageurs qui entendent dormir sur la terre ferme. En me penchant par la fenêtre, j'ai aperçu les arpenteurs qui se passaient leur matériel par la portière et qui le rangeaient sur le quai. Au moment où le train s'ébranlait, le steward noir est passé dans le couloir. Il a eu un large sourire où j'ai vu briller pour la première fois depuis des semaines la lueur aliénante, et il m'a dit : « Monsieur ne va pas avec ses amis arpenteurs ? » Je me suis précipité à la fenêtre. Au milieu de la foule qui se pressait vers la sortie, j'ai aperçu de dos les bonnets rouges. J'ai eu le temps de les compter : *ils étaient quatre.*

Vendredi 1 h 55. Borne 735,6 WHITE RIVER. C'est l'heure qui ne pardonne pas. Le cachet que j'ai pris pour dormir n'a plus d'effet, si ce n'est qu'il me laisse l'esprit et le cœur dévastés, au bord du sommeil, comme un naufragé rejeté à demi mort sur le sable mouillé. De toutes les solitudes que j'apprends depuis le départ de Jean, celle du milieu de la nuit est la plus amère. Si Jean est vraiment descendu à Nipigon avec les arpenteurs, chaque tour de roue m'éloigne de lui. J'ai envie de sauter du train. Est-ce pour le rejoindre, est-ce pour me tuer ?

Vendredi 10 h 15. Borne 435,3 SUDBURY. Trois quarts d'heure d'arrêt. Vaste mouvement de foule. Nombre de cellules déménagent avec armes et bagages. C'est qu'un embranchement du Canadian Pacific Railway descend vers le sud en direction de Toronto et des U.S.A. Nous poursuivons vers Ottawa et Montréal.

Il y aura bientôt 24 heures, Jean montait dans ce train, Jean venait me rejoindre dans ce train, et moi, je l'ai laissé partir...

Vendredi 14 h 47. Borne 239 CHALK RIVER. Jean l'Arpenteur... Tu voyages, mon frère-pareil, en n'obéissant qu'à la circonstance et à ton humeur vagabonde. Et moi, je cours derrière toi, mon bloc-notes à la main, et j'interprète ton itinéraire, je fais la théorie de ton tour du monde, je calcule l'équation de ta trajectoire. Kraus m'a fourni de précieux points de départ avec sa conversion grâce au Japon à « l'espace riche ». Le Canada doit lui aussi pouvoir se lire en termes d'espace.

Vendredi 17 h 40. Borne 109 OTTAWA. Je suis dans ce train depuis plus de soixante-dix heures. Sentiment confus et contradictoire. Je n'en puis plus. J'étouffe d'impatience et d'ennui entre ces cloisons si rapprochées et dont je connais les moindres détails jusqu'à la nausée. Et en même temps, j'ai peur d'arriver. La sortie, le choc de l'inconnu m'apparaissent comme des perspectives effrayantes. Un prisonnier qui voit approcher la fin de sa réclusion doit éprouver cette double angoisse.

Vendredi 18 h 41. Borne 57,5 VANKLEEK HILL.

Depuis Ottawa, nous roulons sur la rive droite de la rivière des Outaouais. Abondance remarquable de superstructures électriques. Immenses pylônes, surchargés de câbles, mâts gigantesques haubanés et illuminés, portiques, transformateurs, disjoncteurs... Cette forêt métallique et aérienne remplace l'autre et annonce sans doute la grande cité. Nous serons à 20 h 05 exactement à Montréal.

*

MONTREAL

C'est bien l'image du Canada, telle que je la vois prendre forme peu à peu depuis Vancouver. Car le vide de la Prairie n'est pas absent de ces larges rues, de ces groupes de buildings de verre fumé, de ce fleuve trop puissant, de ces parkings, de ces magasins, de ces restaurants. Simplement il a pris une autre forme, il s'est urbanisé. La chaleur humaine, le contact animal, le sentiment d'une certaine promiscuité avec des gens divers, avec des races multiples sont totalement absents de cette énorme cité. Pourtant la vie est là, vibrante, éclatante, éblouissante. Montréal ou la ville électrique.

J'en ai eu la révélation à peine le garçon de l'hôtel avait renfermé sur moi la porte de ma chambre. Par une grande baie vitrée, je ne voyais que les mille fenêtres d'un gratte-ciel au sommet invisible. Des bureaux, des bureaux, des bureaux. Et tous déserts à cette heure, et tous éclairés a giorno, et l'on distingue en chacun la même table métallique, le même fauteuil pivotant, et à côté pour la secrétaire la machine à écrire sous un capuchon jaune, et derrière, l'armoire de fer remplie de dossiers.

...

Quelques heures de sommeil agité. Tout mon corps habitué aux mouvements du train est déconcerté par l'immobilité de ce lit. Les bureaux ne sont plus déserts. Des petites bonnes femmes en blouse grise, coiffées de bonnets blancs balaient, essuient, vident les corbeilles à papier.

...

Ce n'est pas sans profit que j'ai assimilé la leçon japonaise avant de traverser le Canada. En vérité ces deux pays s'éclairent l'un l'autre, et j'applique utilement la grille japonaise à la tablature canadienne.

Comme le Japonais, le Canadien est en proie à un problème d'espace. Mais tandis que l'un souffre à l'étroit dans le morcellement d'un archipel trop petit, l'autre titube de vertige au milieu de ses plaines immenses. Plus d'un trait découle de cette opposition qui fait du Canada un anti-Japon. Le Japonais ne craint ni le vent, ni le froid. Dans sa maison de papier, tout à fait impropre au chauffage, le vent entre et sort comme chez lui. Tout au contraire rappelle ici, même en été, que les hivers sont redoutés. Les toits des maisons dépourvus de chéneaux parce que la glace et la neige les arracheraient en s'écroulant. Les magasins, garages et galeries marchandes souterrains qui suggèrent que les citadins mènent huit mois par an une vie de taupe, passant de leur maison à leur voiture, aux lieux d'achats et de travail sans mettre le nez dehors. Les vestibules-vestiaires à quadruples portes qui forment à l'entrée des maisons un sas où l'on s'habille longuement avant de sortir, où l'on se déshabille patiemment avant d'entrer. Et il n'est pas jusqu'à la boulimie généralisée qui fait bâfrer le Canadien à toute heure du jour ou de la nuit, et qui n'est qu'un réflexe de défense contre les immensités environnantes où hurle un vent glacé.

Contre l'angoisse obsidionale, le Japonais a inventé le jardin, le jardin miniature, et aussi l'*ikebana* ou art de l'arrangement floral. Ce sont des manières d'ouvrir dans l'espace surchargé des vides habités par des constructions légères, spirituelles et désintéressées.

Contre l'abîme horizontal, le Canadien a inventé le Canadian Pacific Railway. Que faire en effet, sinon tenter *d'innerver* cette terre immense, de la couvrir d'un réseau nerveux aux mailles d'abord très lâches, mais de plus en plus étroites, de plus en plus serrées ?

C'est pourquoi la réaction de Jean à ce pays est parfaitement compréhensible, logique, rationnelle. Il a répondu à l'espace canadien à la canadienne. En faisant ce qu'il pouvait pour *couvrir* cette terre. Couvrir, mot admirable dans son ambiguïté qui signifie parcourir (à pied), protéger (d'un manteau), combler (de prévenances), défendre (avec des troupes), munir d'un toit, cacher, déguiser, excuser, justifier, compenser, féconder, etc. Jean-le-Cardeur est devenu ici Jean-l'Arpenteur. Arpenter, c'est *habiller intelligemment* une terre à l'aide de la chaîne, du jalon, de la fiche plombée, du graphomètre. Par l'arpentage, une terre cesse proprement d'être *immense,* c'est-à-dire sans mesure. Elle est mesurée et donc assimilée par l'intelligence malgré ses courbes, ses dénivellations, ses zones impénétrables —

taillis et marécages — et prête à l'abornement et à l'enregistrement cadastral.

Et *arpenter,* cela signifie aussi parcourir à grands pas.

...

Aux petites femmes grises a succédé dans les bureaux une autre variété humaine. Cette variété connaît les deux sexes. Les hommes sont en bras de chemise, les femmes en chemisier, chemises et chemisiers d'une blancheur immaculée. La journée de travail a commencé. On plaisante, on sourit, on bavarde. J'assiste aux mêmes scènes répétées dans les mille petits alvéoles superposés et juxtaposés comme ceux d'un nid d'abeilles. On songe à ces ruches d'observation entomologique dont une paroi a été remplacée par une vitre. Mais mon poste d'observation privilégié a ses limites : je n'entends rien.

...

Qu'est-ce qu'un être vivant ? Un petit bloc d'hérédité déambulant à travers un certain milieu. Et rien de plus : tout ce qui dans un être vivant ne relève pas de l'hérédité provient du milieu. Et réciproquement. A ces deux éléments s'en ajoute néanmoins chez les jumeaux vrais un troisième — le frère-pareil — qui est à la fois hérédité et milieu, avec quelque chose en plus.

Car la gémellité enfonce un coin de milieu au cœur d'une hérédité homogène, et cela n'est pas seulement mutilation, mais aussi engouffrement d'air, de lumière et de bruit dans l'intimité d'un être. Des jumeaux vrais ne sont qu'un seul être dont la monstruosité est d'occuper deux places différentes dans l'espace. Mais l'espace qui les sépare est d'une nature particulière. Il est si riche et si vivant que celui où errent les sans-pareil est en comparaison un désert aride. Cet espace intergémellaire — l'âme déployée — est capable de toutes les extensions. Il peut se réduire à presque rien quand les frères-pareils dorment enlacés en posture ovale. Mais si l'un d'eux s'enfuit au loin, il se distend et s'affine — sans jamais se déchirer — à des dimensions qui peuvent envelopper la terre et le ciel. Alors la grille de déchiffrement gémellaire couvre le monde entier, et ses villes, ses forêts, ses mers, ses montagnes reçoivent un sens nouveau.

Reste une ultime question qui ne cesse de me tarauder depuis le départ de Jean : quid de l'âme déployée si l'un des jumeaux disparaît à tout jamais ?

En vérité toute notre histoire n'aura été qu'une longue et aventureuse méditation sur la notion d'*espace*.

...

Promenade dans la ville. Le grand jour convient mal à la ville électrique.

Certes les bureaux, les vitrines, les magasins restent allumés, mais les enseignes, les panneaux tournants, la magie blafarde des rampes au néon sont écrasés par le soleil. Comme ces rapaces nocturnes qui attendent le crépuscule pour déployer leurs ailes blanches, la ville électrique souffre en silence la tyrannie du soleil, et patiente en rêvant de la nuit prochaine.

Est-ce une illusion ? En touchant le mur d'un immeuble, j'ai ressenti comme un picotement dans mes doigts. Se peut-il que cette ville soit saturée de courant électrique au point qu'il suinte des maisons, comme l'humidité ou le salpêtre dans d'autres lieux ? Je revois les forêts de pylônes chargés de câbles et de caténaires — comme des arbres de Noël stylisés couverts de guirlandes — plantés aux bords de la rivière des Outaouais et du fleuve Saint-Laurent. Et surtout je me souviens qu'à quelques kilomètres d'ici, les chutes du Niagara alimentent dans un grondement de tonnerre le plus grand ensemble hydro-électrique du continent américain avec une puissance installée de 2 190 000 kilowatts.

Voilà bien une innervation à la taille de ce pays démesuré ! Ce que les arpenteurs entreprennent patiemment avec leur panoplie enfantine — et surtout par leur « marche à grands pas » — les chutes du Niagara prolongées par des milliards de milliards de fils indéfiniment divisés et ramifiés le réalisent dans l'instant et avec une force souveraine.

Le corps et l'esprit. La formidable masse d'eau s'écroulant avec une clameur de fin du monde dans une gorge de quarante-sept mètres de fond, l'érosion intense des roches sous-jacentes qui se mesure à un recul progressif du front des chutes vers l'amont, le nuage d'eau pulvérisée qui monte jusqu'au ciel et éteint l'ardeur du soleil, tout cela est matière, pesanteur brute, présence corporelle. Mais de ce corps convulsé et hurlant se dégage une sorte d'esprit, ces 2 190 000 kilowatts, cette fabuleuse énergie invisible, silencieuse, ailée qui se répand dans tout le pays à la vitesse de la lumière et qui s'épanouit en feux d'artifice dans la ville électrique dont chaque pierre fulmine au moindre contact tant elle déborde de ce courant prodigué.

Les lourds souliers ferrés de l'arpenteur soulèvent

la poussière blanche de la grand-route, s'enfoncent dans la terre noire, fraîchement labourée, de la Prairie. Il s'arrête, plante ses jalons, cligne dans sa mire, s'agenouille pour tirer sur la poignée de sa chaîne articulée, et fait signe à son compagnon en bonnet rouge qui à cinquante mètres de là, tenant l'autre bout de la chaîne, met lui aussi un genou à terre. Mais quand il se relève, il aperçoit dans le ciel l'armature délicate et gigantesque des pylônes, immenses candélabres d'acier qui tiennent du bout de leurs isolateurs annelés de porcelaine blanche des faisceaux de câbles à haute tension jalonnés de boules rouges. Ils sont enchaînés eux aussi et ils arpentent à pas de géant la grande Prairie canadienne, franchissant les lacs, enjambant les forêts, bondissant de combe en combe, sautant de colline en colline pour disparaître minuscules dans l'infini de l'horizon. L'arpenteur, qui a toujours rêvé de se coucher sur cette terre, de couvrir ce pays en allongeant indéfiniment ses bras et ses jambes afin de lui offrir l'innervation de son propre corps, se sent un lien d'amitié avec les grands lustres porte-câbles qui fuient grêles et démesurés dans le vent, la neige et la nuit.

CHAPITRE XXI

LES EMMURÉS DE BERLIN

— Peut-être un jour vous présenterai-je mon ami Heinz. C'est un grand invalide de guerre. En Ukraine, il a posé le pied sur une mine personnelle. L'explosion lui a arraché toute la moitié gauche, jambe, flanc, bras et une partie de la figure. Son profil droit est admirable de santé, de régularité, d'un lustré rose et dodu qui a quelque chose de surhumain, tellement qu'on dirait que toute la force et la vitalité de son côté gauche ont reflué à droite. Mais du côté gauche, ce n'est qu'une immense plaie, horriblement déchiquetée.

Vous autres Français, vous ne voyez que le profil sain de l'Allemagne, et il vous en impose avec son expansion miraculeuse, sa monnaie lourde comme de l'or massif, sa balance commerciale déséquilibrée par un perpétuel excès de bénéfices, ses travailleurs mieux payés, plus disciplinés, plus productifs que ceux des autres pays d'Europe.

Mais il y a l'autre profil. La frontière Oder-Neisse qui ampute le territoire national de la moitié de la Prusse occidentale et de toute la Prusse orientale, l'Allemagne de l'Est grise et haineuse, Berlin, cette pseudo-capitale qui suppure au centre de l'Europe comme une pustule inguérissable. La prospérité de l'Allemagne, c'est la parabole du cul-de-jatte aux gros bras.

— Soit, mais le côté gauche ? Si vous le voyez si mal en point, si vous le voyez si mal, n'est-ce pas que vous le regardez à l'envers ? L'Allemagne de l'Est n'est peut-être pas faite pour être vue de l'ouest. Savez-vous la figure qu'elle fait à la Pologne, à la Tchécoslovaquie, à l'U.R.S.S. ?

— Peu m'importe. Je vois la figure qu'elle fait aux Allemands de l'Est. Depuis la naissance de l'Allemagne de l'Est en 1949, 2 900 000 de ses habitants — dont 23 000 membres des forces armées — sont passés à l'Ouest. Et le mouvement va en s'accélérant : 30 444 en juillet, 1 322 le 1er août, 1 100 le 3, 1 283 le 5, 1 741 le 8, 1 926 le 9, 1 709 le 10, 1 532 le 11, 2 400 le 12... Et il n'y a pas que la quantité qui doit être envisagée. Ces réfugiés sont en majorité jeunes, à l'âge le plus productif pour une nation. L'Allemagne de l'Est se vide de sa substance.

— Un Allemand — fût-il de l'Ouest — devrait redouter cette évolution. Un quart du territoire de l'ancien Reich allemand a été annexé par l'U.R.S.S. et la Pologne. Un autre quart — l'Allemagne de l'Est — est en train de perdre sa population allemande. Où mène cette migration ? Vers un désert où les pays de l'Est seront forcément tentés d'envoyer des colons, tandis que 70 millions d'Allemands s'écraseront sur le mince territoire de la République Fédérale. L'Allemagne de l'Ouest n'a rien à gagner à avoir pour voisine une Allemagne de l'Est exsangue, au bord de l'effondrement par suite d'une hémorragie de ses forces vitales. Elle devrait souhaiter au contraire une sœur prospère et dépourvue de complexes à son égard avec laquelle tous les dialogues et tous les rapprochements sont possibles.

— Il ne tient qu'aux dirigeants de l'Allemagne de l'Est de faire de leur pays un paradis de liberté et de bien-être où les Allemands de l'Ouest eux-mêmes rêvent d'aller vivre...

*

Dimanche 13 août 1961. Peu après minuit, des unités de la « police populaire » (Volkspolizei) et de l' « armée nationale populaire » (Nationale Volksarmee) roulent en colonnes vers la limite des secteurs orientaux et occidentaux de Berlin, et la barrent à l'aide de rouleaux de barbelés et de chevaux de frise. Les rares passants qui à cette heure nocturne se rendaient d'une partie de Berlin vers l'autre sont refoulés. Des tanks et des automitrailleuses prennent position aux principaux points de passage de la circulation intersecteurs, tels que la Porte de Brandebourg, le Potsdamerplatz, la Friedrichstrasse et le Pont de Varsovie. En d'autres points, des pionniers de la Volksarmee arrachent les pavés et défoncent l'asphalte des chaussées pour dresser des barricades. Des postes d'observation et des nids de mitrailleuses sont installés à tous les points dominants. La circulation intersecteurs de la S-Bahn (chemin de fer urbain) et de la U-Bahn (métro) est interrompue.

Dès les premières heures de la matinée, la radio de Berlin-Est donne connaissance d'une décision adoptée par le Conseil des ministres de la R.D.A. du

12 août 1961 après consultation des Etats signataires du Pacte de Varsovie. *Pour mettre un terme à l'activité nocive des forces militaristes et revanchardes de l'Allemagne de l'Ouest et de Berlin-Ouest, est désormais établi aux frontières de la République démocratique allemande — y compris la frontière avec les secteurs occidentaux du Grand Berlin — un contrôle tel qu'il en existe normalement aux frontières de tout Etat souverain. Il y a lieu en effet d'exercer une surveillance et un contrôle efficaces sur les frontières de Berlin-Ouest pour faire obstacle à toute provocation venant de l'extérieur. Ces frontières ne peuvent plus être franchies par les citoyens de la République démocratique allemande que sur autorisation spéciale. Aussi longtemps que Berlin-Ouest ne sera pas transformé en une ville libre démilitarisée et neutre, les citoyens de la capitale de la République démocratique allemande pour être autorisés à franchir la frontière de Berlin-Ouest devront être munis d'un laissez-passer spécial.*

Sur décision du Conseil des ministres de la République démocratique, il n'est plus possible aux citoyens du Berlin démocratique de travailler à Berlin-Ouest. Le Magistrat invite les citoyens du Berlin démocratique qui se rendaient chaque jour à Berlin-Ouest pour leur travail à se présenter soit à leur dernier lieu de travail dans le Berlin démocratique pour y reprendre leur activité, soit au bureau de placement de leur arrondissement qui leur attribuera un nouvel emploi.

Le mur qui coupe Berlin selon l'axe nord-sud a une longueur de 15 km, une épaisseur de 0,50 m à 1 m, une hauteur qui varie de 2 à 4 m et un volume total de 9 500 mètres cubes. Les parpaings de béton dont il est fait sont généralement dissimulés derrière des plaques de ciment ou de matière plastique colorée. 130 km de ronce artificielle le doublent ou le prolongent, garnissant notamment les toits de toutes les maisons frontalières. 65 panneaux de planches masquent la vue partout où les habitants des deux Berlins pouvaient s'apercevoir et échanger des signes. En revanche 189 miradors équipés de projecteurs permettent aux Vopos d'observer la frontière jour et nuit. 185 zones interdites sont parcourues par des bergers allemands attachés à des chaînes qui coulissent sur des câbles tendus horizontalement. Des pièges hérissés de barbelés sont immergés dans l'eau de la Spree et du Canal Teltow partout où leur cours coïncide avec la frontière.

Pourtant un étrange dialogue se poursuit entre les deux Berlins. L'Est a choisi la parole, l'Ouest l'écriture. A l'aide de 43 haut-parleurs la voix socialiste prêche les foules occidentales venues s'agglutiner contre la « frontière moderne ». Elle dit que désormais les incessantes provocations des capitalistes se briseront sur le « rempart de la paix ». Elle dit que grâce au mur, la troisième guerre mondiale que les revanchards nazis voulaient déclencher est étouffée dans l'œuf. Elle dit que les marchands de chair humaine qui attiraient à l'Ouest par des appâts fallacieux les travailleurs de la République démocratique allemande vont devoir cesser leur honteux trafic.

A l'Ouest cependant, au coin de la Potsdamer Strasse et de la Potsdamer Platz un journal lumineux catapulte ses informations d'un portique de poutrelles d'acier. *Die freie Berliner Presse meldet...* On peut aussi sacrifier 1 DM et acheter des journaux imprimés en lettres géantes, lisibles à la jumelle d'une distance de 150 mètres que l'on déploie à bout de bras vers les miradors. Mais le public de l'Est ne se rassemble pas — comme celui de l'Ouest — au pied du mur. Ces messages sont donc destinés principalement aux policiers de l'Est qui garnissent la frontière. La Volkspolizei et la Nationale Volksarmee qui subissent le choc de cette offensive psychologique accusent durement le coup. Des panneaux incitent les Berlinois occidentaux à l'indulgence à leur égard. Ils rappellent que depuis 1949, 23 000 Vopos ont déserté pour passer à l'Ouest. « C'est l'armée la moins sûre qui ait jamais existé. Le nombre des victimes des gardes-frontières serait dix fois plus élevé si l'ordre d'ouvrir le feu immédiatement en cas de tentative de passage illégal était appliqué à la lettre. Ne les insultez pas ! Voyez l'homme derrière l'uniforme. Etablissez le contact par un geste amical. Faites un effort. Votre attitude contribuera davantage à percer le mur que la plus forte charge d'explosifs. »

D'ailleurs ce qu'on appelle d'un côté le « mur de la honte », de l'autre « le rempart de la paix » n'est au début, en bien des secteurs, qu'un rouleau de barbelés au milieu d'une rue. La foule s'amasse de part et d'autre. On échange des signes, des messages, des colis, parfois même des petits enfants. C'est alors que les Vopos ont été soumis à la plus rude épreuve. Les 14 000 gardes-frontières — soit 11 000 hommes des 1re, 2e et 4e brigades de quatre régiments renforcées chacune d'un régiment-école de 1 000 hommes — sont en majorité des jeunes recrues mal préparées à une mission aussi particulière. Les instructions sont pourtant précises, minutieuses. Les gardes doivent prendre leurs huit heures de service par couples, formés selon un choix judicieux obéissant à la loi de la disparité. On apparie ainsi le célibataire avec le père de famille, le Saxon avec le Mecklembourgeois, le bleu avec le vétéran. L'idéal est qu'ils ne se connaissent pas avant de prendre leur service ensemble, et qu'ils ne se retrouvent plus dans la suite. Mais le règlement exige que pendant leurs heures de garde, ils ne s'éloignent jamais à plus de 25 m l'un de l'autre. Si l'un des deux déserte, l'autre a en effet le devoir de l'abattre.

Instructions en cas de violation de la frontière. Quand le fugitif a franchi le premier obstacle — un cheval de frise par exemple — le garde crie « Halte ! Sentinelle ! Haut les mains ! » Si l'interpellé n'obtempère pas, le garde tire un coup de semonce. Si malgré cet avertissement il poursuit sa fuite, le garde fait feu sur lui quel que soit le nombre des obstacles qui lui restent à franchir. Si le fugitif est si près de la frontière qu'un simple avertissement lui donnerait des chances de réussite, le garde doit l'abattre sans plus de délais. S'il se trouve sur les derniers barbelés ou sur le mur, il ne faut pas craindre qu'il tombe sur le territoire de Berlin-Ouest, car un homme touché tombe toujours du côté d'où est parti le coup de feu. Il importe d'éviter de blesser les civils, les policiers ou les soldats alliés à l'Ouest. Les gardes tirent donc soit parallèlement à la frontière, soit de telle sorte que les balles puissent se perdre dans le sol ou le ciel. Si des membres de la Croix-Rouge de Berlin-Ouest entreprennent de couper des barbelés pour aider un fugitif, il faut faire feu, mais non s'il s'agit de soldats alliés.

Une question classique lors de l'instruction des futurs gardes-frontières. « Quelle serait votre réaction si le fugitif était votre propre frère ? » Réponse correcte : « Le déserteur n'est plus un frère, mais un ennemi du peuple, un social-traître qu'il faut neutraliser par tous les moyens. »

*

L'œil exercé du public de la Potsdamer Platz a remarqué un certain flottement dans le comportement de l'un des Vopos en faction Leipzigerstrasse, devant la façade de la Maison des Ministères. On s'arrête pour l'observer. Pourquoi est-il seul ? Pourquoi jette-t-il des coups d'œil à droite et à gauche ? Dans l'ombre de son casque, on devine un visage très jeune où les sentiments se reflètent naïvement. L'atmosphère est tendue, insolite, angoissante. Il va se passer quelque chose, mais cette situation est de plus en plus dangereuse. Soudain un encouragement vient de la foule « Viens ! Allons, viens ! » Le Vopo jette un dernier coup d'œil derrière lui, du côté d'où peut venir la mort. Puis il se décide. Il lâche son fusil, s'élance, franchit un cheval de frise, puis deux, puis escalade une clôture. Des policiers de Berlin-Ouest l'entourent, l'entraînent. On l'interroge. Oui, il est célibataire. Si, il a laissé quelqu'un à l'Est, sa mère. Et aussi un frère aîné. Mais il ne craint pas les représailles contre eux, car le frère est fonctionnaire de la police. Il protégera la mère. Quant à lui, on ne lui fera rien. Tout au plus l'incident ralentira son avancement, et ce sera très bien ainsi. Les policiers ne doivent pas avancer trop vite, surtout à l'Est. Et voilà ! Il y a maintenant un frère d'un côté du mur, un frère de l'autre côté.

Il rit nerveusement. Mais les passants le réclament. Il ressort, tête nue, du poste de police, sourit d'un air grisé. Ce soir ce sera la radio, la télévision. Une coupure profonde vient de se produire dans sa vie. La foule se disperse. Un de plus...

*

Paul est depuis trois jours l'hôte de Frau Sabine Kraus dans l'appartement vieillot qu'elle habite 28 Bernauerstrasse. En arrivant, il a jugé que cette adresse était de bon augure. La Bernauerstrasse sépare les arrondissements de Wedding en secteur français et Mitte en secteur soviétique. Les trottoirs, la chaussée et les immeubles nord appartiennent à Berlin-Ouest. Le 28 appartient à Berlin-Est comme tous les immeubles sud. Mais il suffit de sortir pour se trouver en secteur français. Paul-l'Ourdisseur se satisfait de cette situation mitoyenne.

Mais le matin du dimanche 13 août, l'immeuble retentit de cris, d'appels, de galopades, de bruits de meubles qu'on déplace, de coups de marteau. Paul était à la fenêtre quand la voix dolente de Frau Kraus se fit entendre de sa chambre.

— Mais qu'est-ce qui se passe ? Mais qu'est-ce qui se passe ! Et Urs qui n'est pas là ! Il m'avait pourtant promis !

La rue et le trottoir d'en face — secteur français — étaient encombrés de meubles, de matelas, de ballots, de malles qui formaient des îlots sur lesquels campaient des familles entières.

— Tout le monde déménage, Frau Kraus, expliqua Paul, et je me demande si ça ne va pas être trop tard pour en faire autant !

Frau Kraus en marmotte et robe de chambre est venue le rejoindre et se penche avec lui par la fenêtre.

— Tiens, les Schultheiss, nos voisins du dessous ! Que font-ils avec leurs valises sur le trottoir ? Hallo ! Hallo ! Je leur fais des signes, mais ils ne me voient pas.

— Regardez. Des ouvriers protégés par des Vopos sont en train de condamner les portes des immeubles. Les gens sortent maintenant par les fenêtres des rez-de-chaussée.

Puis il se pencha à mi-corps pour embrasser une plus grande portion de rue.

— Frau Kraus, vous n'irez pas ce matin à la messe de la Versöhnungskirche. On achève de boucher le portail avec des briques.

— Pauvre abbé Seelos ! Que va-t-il devenir sans son église ? C'est mon directeur de conscience, vous savez ?

— Il est encore temps. Les gens continuent à descendre des fenêtres du rez-de-chaussée. Frau Kraus, vous ne voulez pas que nous tentions de passer en secteur français ? Il n'y a que quelques mètres qui nous en séparent.

Mais la vieille dame secoue la tête d'un air hagard en répétant :

— Non, il faut que mon fils nous trouve ici. Mais où peut-il bien être ?

L'après-midi, la police envahit les appartements du rez-de-chaussée, et on commença à en aveugler les fenêtres. Les déménagements reprirent de plus belle par les fenêtres du premier étage.

Paul ne perdait rien des incidents qui se déroulaient sous son balcon. Ce verrouillage de la frontière (Abriegelung), ce déchirement de la substance allemande, ce coup de hache séparant les deux Berlins comme les deux moitiés d'un ver de terre, pourquoi fallait-il qu'il y assistât ? Il se souvenait d'un entretien avec une femme inconnue sur la place Saint-Marc de Venise. « Les jumeaux ne causent peut-être pas les catastrophes, mais alors il faut admettre que l'imminence d'une catastrophe les attire sur les lieux où elle va se produire », avait-elle dit. Ou n'était-ce pas lui qui avait exprimé cette idée ? Qu'importait ? Etre prisonnier dans un appartement avec une vieille dame prussienne lorsqu'on a survolé le Groenland, l'Alaska, le Pacifique, traversé en chemin de fer les montagnes Rocheuses et la grande Prairie, après avoir bu tant d'espace, être réduit à si peu de place, quel pouvait être le sens de ce fantastique retournement ? Sur quel jardin japonais — d'autant plus chargé secrètement d'infinis qu'il est plus douloureusement miniaturisé — cet étrécissement brutal allait-il déboucher ?

Lorsque les maçons de l'Est commencèrent à murer les fenêtres du premier étage des trente-neuf immeubles frontaliers de la Bernauerstrasse, les pompiers de l'Ouest prirent position dans la rue pour aider l'exode qui se poursuivit par les fenêtres des étages supérieurs. L'usage des grandes échelles aurait constitué une violation de frontière et menacé de provoquer des heurts avec les Vopos. Mais rien ne s'opposait à ce qu'ils tendissent des bâches de sauvetages pour recevoir les fugitifs.

Le spectacle de ces hommes et de ces femmes terrorisés, obligés de se jeter dans le vide pour s'être décidés trop tard à changer de secteur, avait quelque chose de tragique et de ridicule à la fois. Une réflexion ne cessait de hanter l'esprit de Paul. « Nous ne sommes pas en guerre. Il n'y a ni tremblement de terre, ni incendie, et pourtant... N'est-ce pas très sinistrement caractéristique de notre temps qu'une crise de nature en somme purement *administrative* aboutisse à de telles scènes ? Ce n'est pas d'un problème de canons et de chars d'assaut qu'il s'agit, mais simplement de passeport, de visa et de coup de tampon. »

Car l'attention de toute la rue fut retenue un bon moment par les tribulations d'une vieille dame qui avait reculé au moment de sauter du deuxième étage dans la bâche. Aucun encouragement n'ayant pu la décider, on avait entrepris de la faire descendre, comme dans les romans d'amour, à l'aide de plusieurs draps noués en corde. Elle se balançait déjà dans le vide, quand les Vopos envahirent son appartement, s'encadrèrent dans la fenêtre et tentèrent de la faire remonter en halant les draps à eux. L'indignation gronda dans la rue, et un policier de l'Ouest dégainant son revolver menaça les Vopos de tirer s'ils ne disparaissaient pas. Ils disparurent après s'être concertés, mais l'un d'eux jeta auparavant une cartouche fumigène dans la bâche des pompiers.

La plus belle trajectoire fut celle d'un enfant de quatre ans lancé du quatrième étage par son père et que les pompiers bloquèrent en douceur dans leur toile. D'autres furent moins heureux. Rolf Urban — né le 6-6-1914 — sautant du premier étage, Olga Segler — née le 31-7-1881 — sautant du deuxième étage, Ida Siekmann — née le 23-8-1902 — sautant du troisième étage, et Bernd Lünser — né le 11-3-1939 — sautant du toit de l'immeuble, manquèrent la bâche des pompiers et se tuèrent.

Ces péripéties burlesques ou tragiques n'entamaient pas la détermination de Sabine Kraus à rester chez elle en attendant le retour de son fils. En revanche elles eurent sur elle un effet de métamorphose qui stupéfia Paul. A mesure que la situation se dégradait, la vieille dame sortait de son abattement et semblait connaître une nouvelle jeunesse, comme si elle profitait de l'électricité dont l'atmosphère se chargeait. La robe de chambre, les pantoufles et la marmotte firent place à un survêtement noir, des chaussures de basket caoutchoutées et un étonnant serre-tête qui lui mangeait le front et disciplinait ses abondants cheveux gris. Silhouette ronde, souple et asexuée, elle évoluait rapidement dans l'appartement en perdition, courait d'une fenêtre à l'autre, confectionnait de surprenants balthazars à l'aide de provisions dont les placards débordaient.

— Ça me rappelle 45, la bataille de Berlin, les tapis de bombes, l'irruption des soldats rouges, les viols en série, répétait-elle rose de plaisir. J'ai quinze ans de moins ! Pourvu que les alliés fassent sauter le mur ! Ce serait à nouveau la guerre !

Elle s'interrompait de pétrir une pâte à tarte, ses doux yeux bleus perdus dans des rêves de tueries.

— Voyez-vous, Paul, je ne suis pas faite pour les

périodes calmes. Urs voulait que j'aille m'installer près de lui à Munich. J'ai toujours refusé. Ici, je flairais une odeur de poudre, avec ces quatre secteurs si merveilleusement absurdes. Berlin est une ville tragique. J'ai besoin de son climat tonique. Je suis une lymphatique. Il me faut des coups de fouet, des coups de fouet, des coups de fouet, répétait-elle rageusement en enfonçant ses doigts dodus dans la pâte.

Puis elle évoquait son enfance, sa prime jeunesse.

— J'étais une grosse fille blonde et douce, nonchalante et paisible. Tout le monde se félicitait de ma bonne nature. En réalité je m'ennuyais. A mourir, à crever ! J'ai vraiment commencé à vivre en 1914. Des courants provenant de Potsdam — la résidence du Kaiser —, de la Wilhelmstrasse — les ministères —, et surtout du front, me faisaient vibrer, me donnaient l'énergie dont j'avais besoin. Plus le visage de mon père s'assombrissait de soucis, plus mon cœur chantait. La guerre menaçait, je redoutais qu'elle n'éclate pas. Elle éclata. Je craignais qu'elle ne dure qu'un déjeuner de soleil, comme je l'entendais prédire autour de moi. Là non plus je n'ai pas été déçue. J'étais amoureuse de Rudolf Kraus. Rudolf Kraus, ce nom ne vous rappelle rien ?

Paul haussa les épaules.

— Ces jeunes ne savent rien ! C'était un des as les plus célèbres de notre Luftwaffe. 19 avions ennemis abattus officiellement, 8 de plus selon toute probabilité.

Puis s'avisant que Paul était français :

— Oh pardon, Herr Surin ! Mais vous savez, il

devait bien y avoir des Anglais, des Belges, des Américains dans le tas !

Et elle pouffait en tenant sa main devant sa bouche d'un air de petite fille prise en faute.

— Nous nous sommes mariés dès la fin de la guerre. Rudi qui était officier de carrière s'est retrouvé sur le pavé. Je n'étais pas inquiète. Un homme si fort, si courageux, si brillant !

Son visage mobile prit un air chagrin.

— Quelle déception ! A peine son bel uniforme d'officier de l'air rangé avec des boules antimites, Rudi est devenu un petit rentier ventru et pantouflard. Plus d'ambition, plus de fierté, plus rien ! Il ne songeait qu'à récriminer à cause de la retraite misérable que lui octroyait la République de Weimar. Ce que la paix peut faire d'un homme !

Paul observait avec une fascination amusée cette charmante grand-mère Tartine au petit nez retroussé, aux yeux rieurs et au profil enfantin qui ne rêvait apparemment que plaies et bosses.

— Et pourtant Berlin était une ville si excitante ! Le théâtre de Max Reinhardt, l'Opéra de Quat'sous, l'expressionnisme. Et ce n'était rien encore, il y avait la politique, le chômage, l'inflation, toutes les suites de la défaite et du départ du Kaiser. Je passais mon temps à secouer Rudi, à essayer de l'arracher à son fauteuil. Je lui disais que sa place était dans la rue, au coude à coude avec ses anciens camarades du front. Finalement je l'ai inscrit moi-même dans les Casques d'Acier où j'avais un frère.

Elle poussa un gros soupir en enfonçant son petit poing dans la miche de pâte dorée.

— Il est mort presque aussitôt. Ecrasé par un

camion dans une échauffourée avec les hommes de Karl Liebknecht.

*

Trois jours plus tard, à quatre heures du matin, les équipes d'aveuglement frappaient à la porte de Frau Kraus. Les alertes de ce genre étaient devenues si habituelles qu'on ne se déshabillait plus pour dormir, et la vieille dame reçut les hommes de l'Est dans sa tenue de choc, survêtement, baskets et serre-tête.

— Nous venons vous garantir des intempéries et des coups de soleil en provenance de l'Ouest, plaisanta le sous-officier qui les commandait.

— Sans fenêtres, cette maison est inhabitable ! s'indigna Frau Kraus.

— Je doute que vous ayez à l'habiter encore longtemps, ironisa le sous-officier [1]. Mais en attendant l'ordre d'évacuation des immeubles frontaliers, vous bénéficierez d'attributions de lampes à pétrole avec le carburant nécessaire.

— Mais le courant électrique ?

— Vous pouvez vérifier. Il est coupé depuis une heure.

Et Paul regarda angoissé le rectangle de ciel des fenêtres diminuer, diminuer, devenir carré de ciel, puis rectangle à nouveau, mais un rectangle couché, pour s'effacer tout à fait, comme le jour diminue et s'efface dans la tête d'un homme qui ferme les yeux.

1. Les immeubles sud de la Bernauerstrasse furent évacués du 24 au 27 septembre 1961, et rasés en octobre 1962.

Alors commença pour eux une vie étrange, comme hors du temps, à la lumière tremblante et glauque de deux lampes à pétrole — une par personne — qu'ils déplaçaient de pièce en pièce. Les rares bruits de la rue morte ne leur parvenaient plus que ouatés à travers l'épaisseur des briques et du mortier qui bouchaient les fenêtres.

Paul parlait peu. Il se laissait souvent enfermer dans l'obscurité de la chambre d'Urs qu'il occupait, ou alors, une lampe à la main, il suivait Frau Kraus dans ses évolutions en écoutant son babil infatigable.

Ainsi donc, après les miroitements de Venise, les feux de Djerba et le soleil perpétuel de l'Islande, il s'enfonçait en plein été pourtant dans une ombre d'autant plus lourde qu'elle était carcérale, organisée par la volonté des hommes. Le vendredi suivant devait lui donner l'occasion d'y descendre de quelques degrés encore.

*

— Mes frères. Il faut une bien grande présomption pour croire unique, exceptionnel, sans exemple le destin qui est le nôtre. Unique, exceptionnel, sans exemple ? Mais qui sommes-nous donc ? Qu'est-ce qui nous distingue si fort de nos semblables, passés et présents, pour nous valoir des épreuves hors du commun ? Non, mes frères, gardons-nous de la satisfaction orgueilleuse et morose qui nous fait murmurer : de si grands malheurs ne pouvaient arriver qu'à moi ! Répétons au contraire avec l'Ecclésiaste qu'il n'y a rien de nouveau sous le soleil et que s'il est une chose dont on dit « Vois, cela ne s'est jamais vu », c'est qu'on ne se souvient pas de ce qui est ancien.

« Certes en nous persuadant que les désastres qui nous touchent ont déjà frappé vingt, cent, mille générations, en admettant que le malheur est toujours dénué d'imagination, notre orgueil en sera mortifié, mais notre cœur sera exalté par le sentiment d'une profonde, immense, chaleureuse solidarité avec nos frères de la nuit des temps.

« Ainsi nous voici réunis ce vendredi soir dans la crypte de notre chère église de la Rédemption. Pourquoi un vendredi ? Sans doute parce que les forces du mal sont plus vigilantes le dimanche, et qu'en nous réunissant ici le jour du Seigneur nous nous exposerions à leur vengeance. Mais ne voyez-vous pas que ce petit nombre que nous sommes, cette communion du vendredi évoquent un autre vendredi, de sang et de deuil — mais qui préparait secrètement la grande fête pascale ? Dans la crypte, ai-je dit. Pourquoi dans la crypte ? Crypte vient d'un mot grec qui veut dire *caché*. Crypte signifie secondairement : cave, souterrain, catacombes. Et voici évoqué le temps des premiers chrétiens qui devaient prier clandestinement, parce que le pouvoir séculier les persécutait par le fer et par le feu.

« Quant à l'événement auquel nous pensons tous, ce coup d'épée qui a tranché tant de liens, séparant le fils de la mère, l'époux de l'épouse et le frère du frère, croyez-vous donc qu'il soit une nouveauté sous le soleil, pour reprendre les paroles de l'Ecclésiaste ? On a vu, on verra encore hélas, un Allemand braquer son fusil et tirer sur un Allemand. Mais le fratricide est de toutes les générations, de tous les siècles. Caïn dit à Abel : “ Allons aux champs. Et comme ils étaient dans les champs, Caïn s’éleva contre Abel, son frère, et le tua. ” Et Yahweh dit à Caïn : “ Où est Abel, ton frère ? ” Il répondit “ Je ne sais pas. Suis-je le gardien de mon frère ? ” Yahweh dit : “ Qu’as-tu fait ? La voix du sang de ton frère crie de la terre jusqu’à moi ! ”

« Et on dirait que ce premier fratricide a servi de modèle dans la légende et dans l’histoire de l’humanité. Des frères jumeaux Jacob et Esaü, l’Ecriture sainte nous dit qu’ils se battaient déjà avant de naître dans le sein de leur mère Rébecca. Et puis il y a eu Remus et Romulus, Amphion et Zêthos, Etéocle et Polynice, tous frères ennemis, tous fratricides... »

Le père Seelos se recueillit un instant, et on ne vit plus dans la pénombre tremblante des veilleuses que la blancheur de ses cheveux inclinés et de ses mains jointes.

— Je pense à notre chère ville martyrisée, reprit-il, et je m’aperçois que ces vieilles histoires, ces légendes que je viens d’évoquer me ramènent à elle, car, voyez-vous, elles ont toutes mystérieusement un point commun. Ce point commun, c’est la ville. Une ville symbolique qui chaque fois paraît exiger le sacrifice fratricide. Ayant tué Abel, Caïn s’enfuit loin de la face de Dieu, et il fonde une ville, la première ville de l’histoire humaine, qu’il appelle du nom de son fils, Henoch. Romulus tue Remus, puis il trace l’enceinte de la future Rome. Amphion écrase son jumeau Zêthos sous des blocs de pierre en bâtissant les murs de Thèbes, et c’est encore sous ces mêmes murs de Thèbes que les jumeaux Etéocle et Polynice s'entr'égorgent. Il faut regarder loin et ne pas se laisser obnubiler par la banalité quotidienne.

« Je vous parle à Berlin-Est. Mais il y a peu de jours, Monseigneur Otto Dibelius, chassé de son diocèse de Berlin-Brandebourg, prêchait à quelques mètres d'ici dans la Gedächtnisskirche située à Berlin-Ouest. Et Monseigneur Dibelius est calviniste, et je suis catholique, mais je doute que nous ayons prononcé des paroles bien différentes. Et les gardes-frontières vont toujours par deux, ils sont allemands et portent le même uniforme, mais si l'un franchit le mur l'autre a le devoir de lui tirer dans le dos.

« Toute cette histoire est obscure et pleine d'échos qui retentissent du fond d'un passé immémorial. C'est pourquoi, mes frères, il faut prier humblement, et sans s'arroger le droit d'interpréter, de juger ni de condamner. Amen. »

*

Paul n'en croyait pas ses yeux. La surprise que lui avait promise Sabine Kraus — et elle l'avait enfermé dans sa chambre le temps de tout préparer — c'était un arbre de Noël. Il brillait de toute sa blancheur givrée, de ses petites bougies, de ses guirlandes dorées, de ses boules de verre soufflé opalines, azurées, carminées.

Elle battit des mains en l'accueillant.

— Oui, Paul, un arbre de Noël ! Je l'ai retrouvé au fond d'une armoire avec un plein carton d'accessoires de décoration. Mais c'est qu'il faut faire feu de tout bois, vous savez ! Notre provision de pétrole touche à sa fin. Alors nous nous éclairons à l'arbre de Noël ! La dernière fois qu'il a servi c'était en... 1955, je crois. Les vrais arbres étaient rares, chers et très laids. J'ai acheté celui-ci qui est en matière plastique avec l'idée qu'il resservirait. J'avais raison vous voyez.

Elle tournait autour de la table, toujours volubile, en disposant des rameaux dorés sur une nappe blanche.

— Je me suis dit : pendant que nous y sommes, fêtons Noël ! Et j'ai ouvert une boîte de foie gras et un pot de pudding. Quelle extraordinaire époque nous vivons ! Cette messe dans la crypte, vendredi soir... Nous étions une poignée. Pendant toute la durée du service, je me demandais qui était Judas, qui ferait le soir même un rapport à la police sur cette messe souterraine. Et maintenant Noël. J'y crois, vous savez ! Je suis convaincue que tout à l'heure quelqu'un va frapper à la porte. Vous irez ouvrir, Paul. Ce sera le Père Noël avec sa hotte de cadeaux.

Paul ne prêtait qu'une attention distraite au bavardage de la vieille dame. Déjà en Islande — et aussi bien pendant toute la durée du vol Rome-Tokyo — il avait surpris l'étrange contamination du temps par l'espace, cette transmutation qui fait d'un déplacement considérable dans l'espace un bouleversement des heures et des saisons. Et voici maintenant que le mur de Berlin portait à son comble cette confusion spatio-temporelle en suscitant à la faveur d'une obscurité perpétuelle un faux Vendredi saint suivi d'un faux Noël. Il voyait bien que cette dislocation de l'année devait avoir pour théâtre des lieux clos, minéraux, des pierres scellées — semblables à quelque creuset réfractaire —, il pressentait qu'il devrait aller plus loin, que la *profondeur* — annoncée par la crypte de l'église de la Rédemption — était une dimension indispensable à l'achèvement de son voyage initiatique.

— Il me semble que quelqu'un vient de frapper à la porte, dit-il à mi-voix.

Frau Kraus suspendit son geste et prêta l'oreille. Un très léger coup se fit à nouveau entendre.

— Que vous disais-je ? Le Père Noël ! Eh bien, Paul, allez ouvrir !

C'était une petite fille dont le capuchon et les bottes de caoutchouc ruisselaient de pluie.

— C'est Anna, la fille de nos voisins, expliqua Frau Kraus. Eh bien Anna ! On dirait qu'il pleut sur Berlin ? Ici nous ne nous apercevons de rien, tu sais.

— Ça n'arrête pas depuis trois jours ! répondit la fillette. Je vous apporte ça.

Elle sortit une lettre de son manteau. Puis elle écarquilla les yeux devant l'arbre de Noël et la table décorée.

— Ici, c'est Noël ? Chez nous en bas, on fête l'anniversaire de Mamie avec trois mois d'avance. On a sorti toutes les provisions.

Puis comme personne ne semblait prêter attention à ses propos, elle ajouta à mi-voix comme pour elle-même :

— Nous aussi, on s'en va. Juste Mamie qui reste.

La lettre adressée à Paul était écrite de la main d'Urs.

Mon cher Paul,

Je suis ici avec Jean. Impossible de vous rejoindre.

tous les murs et le sol est détrempé. Combien sont-ils, rassemblés dans ce dernier cul-de-basse-fosse ? Une dizaine, une vingtaine ? Il est difficile de compter les ombres qui piétinent dans l'obscurité autour d'un trou béant fraîchement ouvert au ras du sol. Les murmures se taisent lorsque l'un des hommes monte sur une chaise pour donner les ultimes consignes. Une lampe de poche braquée sur lui le défigure grotesquement.

— Le boyau dans lequel nous allons passer aboutit en secteur français dans une cave de la Ruppinerstrasse. Il fait environ cinquante mètres.

Il s'arrête ayant perçu comme un soupir de soulagement dans le petit groupe des réfugiés.

— Ne vous réjouissez pas trop vite. Chacun de ces mètres est long, très long. Les pluies incessantes de ces derniers jours ont provoqué un éboulement à quinze mètres de l'arrivée. Nous avons étayé de notre mieux, mais la terre ne tient pas. Enfin... elle tient à peine. Il nous aurait fallu des vérins. Nous nous sommes contentés de crics d'automobiles et de camions. A cet endroit, il faut ramper dans la boue. Ce n'est pas drôle, mais c'est possible, et puis c'est la dernière étape. Nous avons calculé qu'il faut dix minutes pour arriver Ruppinerstrasse. Ne souriez pas. Ce sont dix très longues minutes. Nous partirons au rythme d'une personne tous les quarts d'heure.

Il y a autant de casques que de fugitifs, et sur chacun d'eux est fixée une petite lampe frontale. En outre les passeurs distribuent des lampes de poche de secours à ceux qui n'en ont pas apporté. « L'organisation allemande » pense Paul en souriant. Frau Kraus a-t-elle deviné sa pensée ? Elle le dévisage avec une mine radieuse. Elle est jeune, vibrante, méconnaissable dans sa tenue de championne à l'entraînement. Pauvre Sabine ! Si tout se passe bien, elle risque fort de se retrouver avant trois jours en sécurité à Munich dans le calme déprimant de l'appartement de son fils. Ce boyau fangeux, c'est le dernier cadeau que fait Berlin, sa chère ville tragique, à son âme lymphatique, assoiffée d'émotions planétaires. Aussi bien, elle n'est pas pressée. Elle refuse de partir parmi les premiers, comme son âge l'y autorise.

...

Dix minutes. L'éternité. Cinquante mètres. La traversée d'un désert. Ce boyau est un entonnoir. Les vingt premiers mètres peuvent se franchir debout, si l'on est de petite taille. Ensuite le plafond s'abaisse inexorablement, tandis que le sol devient de plus en plus glissant.

Paul avance avec détermination. Il est l'un des derniers. Frau Kraus l'a précédé. Ainsi pourrait-il éventuellement lui venir en aide... Tout à l'heure la Ruppinerstrasse, le secteur français, et sans doute Urs Kraus avec sa mère. Quant à Jean... Paul croit-il encore qu'il va le retrouver au terme de son grand voyage ? Peut-être, mais il ne l'imagine plus sous les espèces d'un frère de chair et d'os qu'on salue d'une bourrade avec de grands rires. Les retrouvailles sont possibles, mais pas sous cette forme simplette. Sous quelle forme ? Il ne saurait le dire, mais il ne doute pas que chaque étape du voyage — des miroirs vénitiens aux arpenteurs de la Prairie — aura sa contribution dans la formule de la cellule gémellaire restaurée. Insensiblement le sens de sa course autour du monde a changé, il ne peut se le dissimuler. Il s'agissait d'abord d'une simple poursuite, telle que deux sans-pareil auraient pu l'entreprendre, si ce n'est quelques traits typiquement gémellaires, comme la lueur aliénante. Mais il est apparu peu à peu que l'objectif trivial de l'entreprise — rattraper le frère fuyard et le ramener à la maison — n'était qu'un masque de plus en plus desséché, transparent, effrité. Au début l'obligation ressentie par Paul d'avoir à suivre très précisément l'itinéraire emprunté par Jean — en renonçant à l'avantage que certains raccourcis lui auraient assuré — pouvait passer pour une aggravation de la subordination habituelle du poursuivant au poursuivi. En vérité elle amorçait l'autonomie de Paul en montrant qu'il importait plus pour lui de recueillir le bénéfice de chaque étape que de rejoindre Jean par les voies les plus rapides. Ensuite la traversée du continent américain avait été la première occasion d'une divergence des deux trajectoires, et, paradoxalement, dans le train rouge c'était finalement Jean qui était venu rejoindre Paul. Et voici que cette progression de taupe dans le sous-sol berlinois constituait une épreuve originale, solitaire, à laquelle Jean n'était en rien associé. Nul doute que Paul vient de franchir un seuil décisif et va au-devant de métamorphoses radicales. Une vie nouvelle, une vie autre, la mort tout simplement peut-être ?

Il enfonce maintenant dans la boue jusqu'aux chevilles cependant que le boyau l'oblige déjà à marcher courbé en avant. Et l'étranglement s'accuse si vite qu'il faut craindre une dégradation du tunnel sous l'effet des pluies beaucoup plus rapide qu'on ne l'escomptait.

Il trébuche dans des poutres et des crics de voiture à demi enlisés dans le sol. Les écoulements ont donc eu raison de l'étayage de fortune établi par les passeurs, et il faut redouter le pire. Faire demi-tour ? Ce serait peut-être la sagesse, car au point où il est arrivé des éboulements peuvent se produire derrière lui et lui couper la retraite. Il poursuit cependant à quatre pattes maintenant, en luttant pour franchir les barricades de bois et d'acier que forment les étais effondrés. Désormais il ne peut plus reculer, car il progresse en rampant, et il est hors d'état de se retourner. Cinquante mètres, dix minutes... Le passeur n'a pas menti, c'est long, très long. Son casque heurte une poutrelle. Le choc n'a pas été trop rude, mais la lampe frontale est brisée. Paul sort de sa poche la lampe de secours. Après divers essais, il se résout à la serrer entre ses dents.

La mort sans doute. Car voici que le boyau s'achève sur un bouchon de glaise rouge qui s'avance lentement vers lui. Il arrache du sol avec l'énergie du désespoir un cric, une barre, un tronçon de poutrelle. Vite, étayer, empêcher la masse rouge de l'ensevelir. Il s'arc-boute, rassemble un matériel dérisoire et hétéroclite autour de lui, et lorsque la mâchoire molle et ruisselante se referme lentement sur son corps crucifié, il sent ces pièces dures le broyer comme des dents d'acier.

CHAPITRE XXII

L'ÂME DÉPLOYÉE

Paul

Il y a eu la nuit noire. Puis des éclairs de souffrance, des fusées, des grappes, des aigrettes, des bouquets, des soleils de souffrance ont traversé la nuit noire. Ensuite je suis devenu une sorcière et un chaudron.

Le chaudron, c'était mon corps, la sorcière mon âme. Le corps est en ébullition, et l'âme penchée sur les remous fébriles du noir brouet observe passionnément le phénomène. Vient un moment où musiques, visites, lectures deviendraient possibles. L'âme repousse ces inopportunes distractions. Elle a autre chose à faire. Elle ne veut pas être détournée un instant de son théâtre de maladie. La fièvre du corps absorbe l'âme, l'empêche de s'ennuyer, de rêver, de s'évader. Ce sont là fantaisies de convalescent. On dirait que le corps exalté par la fièvre, pénétré par la fièvre comme par une sorte d'esprit, se rapproche de l'âme, elle-même alourdie et comme matérialisée par la souffrance. Et ils s'arrêtent l'un en face de l'autre, fascinés par l'étrange parenté qu'ils se découvrent.

(C'est peut-être une approche de la vie animale. L'animal ne manifeste jamais l'ennui, le besoin de combler des heures vides par quelque activité inventée, le besoin de se distraire, la distraction étant le divorce délibéré de l'âme et du corps. Le propre de l'homme est la séparation de l'âme et du corps — que la maladie atténue.)

...

Cette fois le recul est pris. La sorcière s'est détachée du chaudron et relève la tête. Mais pour un instant seulement, parce que le brouet ardent menace maintenant de la submerger. Il vire au rouge, se dresse à la verticale. C'est la gueule béante, hérissée de crocs d'un requin. Non, je le reconnais, c'est le mur vivant du boyau berlinois en marche contre moi. Panique ! Je m'arc-boute contre la souffrance, cette masse ruisselante et rouge qui s'avance. Tant qu'il me restera assez de ressources pour tenir, je survivrai, mais je sens mes forces qui s'épuisent. Panique ! Je ne suis plus qu'un cri, qu'une douleur...

— *Faites-lui des injections intra-artérielles de 10 cm^3 de novocaïne à 1 %. Mais pas plus de quatre par vingt-quatre heures.*

Qui suis-je ? Où suis-je ? La petit fée Novocaïne en m'arrachant à la douleur m'a dépouillé de toute personnalité, de toute insertion dans l'espace et le temps. Je suis un moi absolu, intemporel et sans situation. *Je suis,* c'est tout. Suis-je mort ? Si l'âme survit au corps, n'est-ce pas sous cette forme simplifiée à l'extrême ? Je pense, je vois, j'entends. Il faudrait dire : il pense, il voit, il entend. Comme on dit il pleut ou il fait soleil.

— *Il n'y aurait pas eu ces barres, ces poutrelles, ces*

crics, il s'en tirait avec un début d'asphyxie. Mais ce matériel de fonte et d'acier, ce métal charrié par l'éboulement... Des couteaux, des ciseaux, des scies ! Et alors ensuite, cette menace de gangrène dans ce bras et cette jambe broyés. L'amputation était inévitable.

De qui parle-t-on ? Certes mon côté droit gît lourd et inerte dans ces draps fades et moites. Mais de ma jambe gauche, de mon bras gauche, je vis, je sens, je m'étends.

Je m'étends. Mon lit n'est qu'un foyer, le centre purement géométrique d'une sphère de sensibilité à volume variable. Je suis dans une bulle — plus ou moins gonflée. Je suis cette bulle. Tantôt sa membrane flasque, dégonflée se colle à mon corps, coïncide avec ma peau, tantôt elle déborde, elle englobe le lit, elle envahit la chambre. C'est alors que l'irruption de quelqu'un dans la pièce est pénible. Hier lorsque Méline est entrée en poussant la table roulante, la bulle emplissait tout l'espace. Méline s'y est enfoncée brutalement avec son engin à roulettes, et moi, j'ai hurlé silencieusement, à moins que ce soit elle qui soit devenue sourde, elle et le médecin et tous les autres, car il y a beau temps que mes paroles et mes cris ne parviennent plus à mon entourage.

...

La souffrance n'est plus cette muraille rouge du boyau berlinois contre laquelle je m'arc-boutais de toutes mes forces. Elle ressemble maintenant à un fauve invisible qui me déchire et que je m'efforce de maîtriser, d'apprivoiser pour le plier à mon service. Mais à tout moment, il regimbe et me mord.

...

Tout à l'heure, je regardais le soleil descendre à l'horizon dans un grand tumulte de nuages pourpres. Cette lumière était-elle trop vive pour mes yeux devenus hypersensibles ? Ou bien ces cavernes incandescentes illustraient-elles trop éloquemment la double brûlure de mes moignons ? Le ciel embrasé est devenu ma plaie. Je regardais fasciné ces vastes écroulements enflammés dont j'étais la conscience torturée. Mon corps souffrant encombrait le ciel, emplissait l'horizon.

Ce sentiment n'était pas aussi illusoire que je ne m'endormisse apaisé dès que le dernier rayon du couchant fut éteint.

...

Il faut échapper à l'alternative souffrance-anesthésie. Il faut congédier la petite fée Novocaïne. Décrisper mes doigts de cette bouée de sauvetage qui me permet de ne pas couler à pic dans la souffrance. Affronter nu et seul, sans le bouclier anesthésique, la ruée de la souffrance. Apprendre à nager dans la souffrance.

Je sais cela depuis peu. Depuis que la souffrance massive et homogène comme la nuit noire se nuance, se différencie. Ce n'est plus le grondement sourd et assourdissant qui assomme. Ce n'est pas encore un langage. C'est une gamme de cris, de stridences, de coups sonores, de susurrements, de cliquetis. Ces mille et mille voix de la souffrance ne doivent plus être étouffées par le bâillon anesthésique. Apprendre à parler.

— *Il ne veut plus de novocaïne ? S'il souffre trop, on peut envisager une intervention chirurgicale, sym-*

pathectomie périartérielle ou artériectomie, myélotomie commissurale, leucotomie préfrontale...

La douleur est un capital qui ne doit pas être dilapidé. C'est la matière brute qu'il faut travailler, élaborer, déployer. Cette douleur, qu'on ne s'avise pas de me l'enlever, car je n'ai plus rien d'autre. Elle me prive de tout, mais je sais que je dois tout retrouver en elle, les pays que je ne parcourrai plus, les hommes et les femmes que je ne rencontrerai plus, les amours qui me sont refusées, tout doit être recréé à partir de ces élancements, torsions, crispations, crampes, ardillonnements, brûlures et martèlements qui habitent mon pauvre corps comme une ménagerie enragée. Il n'y a pas d'autre voie. Mes plaies sont l'étroit théâtre dans les limites duquel il m'incombe de reconstruire l'univers. Mes plaies sont deux jardins japonais, et dans cette terre rouge, tuméfiée, bosselée de croûtes noires, crevée de flaques de pus où l'os coupé émerge comme un rocher, sur ce terrain lépreux, labouré, épluché, il m'appartient de modeler une minuscule réplique du ciel et de la terre... qui me livrera la clé du ciel et de la terre.

...

Cette nuit à trois heures, instant privilégié, béni, surhumain ! Dans un silence cristallin, d'une sérénité divine, j'ai entendu sonner trois heures à l'église du Guildo. Mais aussi à celle de Sainte-Brigitte, de Trégon, de Saint-Jacut, de Créhen et même de Matignon et de Saint-Cast. A dix kilomètres à la ronde, ces trois coups retentissaient selon cent rythmes différents, selon cent timbres différents, et je les entendais, et je les identifiais sans erreur possible. L'espace de quelques secondes, j'ai entrevu l'état d'*hyperconnaissance* auquel pourrait aboutir la terrible et douloureuse métamorphose où je suis engagé.

Ce moment sublime, je l'ai ensuite chèrement payé. Jusqu'au lever du soleil, j'ai haleté sur une croix, la poitrine écrasée par la corde d'un garrot, les mains et les pieds broyés dans des brodequins de buis, le cœur saignant sous des coups de lance répétés.

Mais plus rien ne me fera oublier les cent cloches égrenant dans la nuit limpide ces trois heures matutinales.

— *Dans l'état de ses moignons, les prothèses ne sont pas pour demain. Cependant il faut éviter l'ankylose totale de ses muscles. Il faudrait qu'il remue, qu'il s'assoie, qu'il fasse un peu travailler sa carcasse.*

Travail. Je me souviens, oui. Du bas latin *tripalium,* chevalet formé de trois pieux servant à mater les chevaux rétifs et à accoucher les femmes. Je suis un cheval rétif, écumant et piaffant sous la douleur du *travail.* Je suis une femme en *travail,* hurlante et cabrée. Je suis l'enfant qui vient de naître : le monde pèse sur lui avec le poids d'une grande souffrance, mais il doit assimiler cette souffrance, en devenir l'architecte, le démiurge. De cette masse opaque et oppressante, il faut faire le monde, comme le grand jacquard des Pierres Sonnantes faisait d'un écheveau dur et compact une toile translucide finement composée.

L'organisme qui se laisserait détruire par des agressions extérieures sans réagir, dans une passivité totale, ne souffrirait pas. La douleur exprime la réaction immédiate du corps blessé qui commence déjà à parer, à réparer, à reconstruire ce qui vient d'être détruit — même si cette réaction est souvent vaine et dérisoire.

Ni vaine, ni dérisoire dans mon cas, je le sais.

...

Je cherche un mot pour définir l'état vers lequel j'évolue actuellement, et c'est celui de *porosité* qui se présente à mon esprit.

« C'est la grande mouille », a dit Méline ce matin en entrant dans la chambre. Elle faisait allusion à une pluie dense et tiède qui a crépité toute la nuit sur les feuillages fauves et les fruits blets de l'automne.

Je le savais. Ou du moins, j'aurais pu le savoir en interrogeant mon corps, en regardant le suaire chaud et trempé qui l'enveloppait. Malaise encore, oui, et souffrance. Mais mon cœur se gonfle d'espoir quand je constate que je suis en contact immédiat, en prise directe avec le ciel et les intempéries. J'entrevois la naissance d'un corps barométrique, pluviométrique, anémométrique, hygrométrique. Un corps poreux où la rose des vents viendra respirer. Non plus le déchet organique pourrissant sur un grabat, mais le témoin vivant et nerveux des météores.

Ce n'est encore qu'un espoir, mais une fissure apparaît dans le boyau berlinois par laquelle pénètrent le soleil et la pluie.

...

Voici une chose que je n'oserais confier à personne de peur — non tant de passer pour fou, que m'importe après tout ? — mais de l'entendre bafouée, moquée, traitée de vésanie, alors qu'il s'agit d'un prodige enthousiasmant.

Avant-hier en m'éveillant j'ai senti très distinctement que quelque chose remuait dans mes deux pansements. Un gros insecte dans le pansement de mon bras, une petite souris dans celui de ma jambe. Puis Méline est entrée, la journée s'est écoulée, et j'ai oublié l'insecte et la souris.

Chaque soir quand les soins et les rites du jour fini ont préparé l'appareillage pour la grande traversée de la nuit, je me sens tout à coup replacé dans l'environnement et l'état d'esprit du petit matin, et je retrouve alors des idées, des songes, des sensations issus de la nuit précédente, mais que la journée avait oblitérés. C'est ainsi que l'insecte et la souris se sont rappelés à moi. Au demeurant, cette comparaison avec des petits animaux s'est vite révélée insuffisante, car il m'est apparu bientôt que ce qui s'agitait dans les profondeurs de mes pansements *obéissait aux injonctions de ma volonté.* Tout se passe comme si de mes deux plaies émergeaient parfois ici une minuscule main, là un petit pied, doués de mouvement et de sensibilité. Emergence intermittente suivie de rétractations plus ou moins durables. Je songe aux bernard-l'hermite que nous attrapions dans les rochers de Sainte-Brigitte. De la coquille de mollusque posée sur le sable, on voyait au bout de quelques minutes émerger un faisceau de pattes, pinces et antennes qui se déployait, tâtonnait et prenait possession de l'espace environnant, pour se replier et disparaître instantanément à la moindre alerte. Ainsi de la caverne rouge et tuméfiée de mes moignons sortent de fragiles et timides organes pour des incursions exploratoires qui ne dépassent pas encore les limites de mes pansements.

...

Méline m'a fait une bien étrange surprise ce matin. De quel fond d'armoire a-t-elle extrait cette jumelle, jumelle JUMO que nous avait donnée en prime l'agence pour laquelle Jean et moi nous avions tourné des petits films publicitaires ? Cet épisode de notre enfance était resté présent à ma mémoire, comme si j'avais été averti dès le début qu'il était gros de signification et promis à un avenir mystérieux.

Après avoir appris à tenir la jumelle et à mettre au point de ma seule main droite, j'ai fouillé le lointain, la plage de l'île des Hébihens, les parcs à moules de Saint-Jacut, les rochers de la pointe du Chevet où j'ai suivi d'infimes silhouettes de foéneurs encapuchonnés. Mais j'ai bientôt compris que j'en usais ainsi banalement, et qu'il y avait plus à attendre de la jumelle que de voir à deux kilomètres comme à deux cents mètres.

Ayant suffisamment balayé l'horizon, j'ai abaissé ma vision à mon propre jardin où Méline charriait des feuilles mortes. Elle pouvait être à trente mètres, je la voyais comme à deux. Le changement, le rapprochement était d'une tout autre nature que dans le cas des foéneurs du Chevet. Car ceux-là, qu'ils fussent à deux cents mètres ou à deux kilomètres de moi, ils se situaient dans un au-delà inaccessible, hors de ma sphère, sinon hors de ma vue. Tandis que Méline qui se trouvait d'abord au-delà de ma proximité physique, la jumelle en la rapprochant la faisait pénétrer *dans* ma sphère. Et le paradoxe de la situation, c'était que si elle se trouvait désormais à deux mètres de moi — à portée de voix, presque à portée de main — je demeurais, moi, à trente mètres d'elle. Cette absence de réciprocité se voyait bien à son visage, concentré sur des tâches et des objets sans rapport avec moi, enfermé dans un cercle dont j'étais exclu. Grâce à la jumelle, je posais sur Méline un œil inquisiteur, perçant et hors d'atteinte, l'œil de Dieu en somme, et je faisais pour la première fois l'expérience d'une *lueur aliénante* surmontée, inversée, vengée.

Mais je devais aussitôt dépasser cette médiocre alternative, cette revanche tout humaine, subjective, trempée de sentiment et de ressentiment. Oeil de Dieu, oui, mais il m'a toujours semblé que l'éminence divine n'était vraiment intacte que confrontée à la nature innocente et aux éléments bruts, et qu'elle perdait de sa pureté au contact des hommes. C'est donc finalement au jardin lui-même, et en premier lieu à l'herbe des prairies que j'ai appliqué mon instrument d'hyperconnaissance. Quelle n'a pas été ma surprise en plongeant mon œil divin dans l'épaisseur du fouillis végétal de constater que cette lueur aliénante inversée dont je venais de constater l'effet sur le visage de Méline me donnait des herbes et des fleurs une vision d'une netteté et d'une coruscance incomparables ! Je ne fus pas long à m'apercevoir que la composition de la prairie variait d'un point à un autre, et notamment d'un certain bas-fond un peu humide aux abords sablonneux de la falaise ou d'un tumulus calcaire que nous dévalions à bicyclette aux confins des champs cultivés qui limitent la propriété à l'est. Je me suis fait apporter par Méline le grand herbier aux gravures en couleurs qui a appartenu au père de Maria-Barbara — mon grand-père maternel — et j'ai démêlé avec une joie intense dans la masse confuse du regain frais toutes sortes d'espèces répertoriées, les trèfles blancs et violets, le lotier corniculé, la flouve odorante, la crételle et le pâturin des prés, l'avoine jaunâtre et la pimprenelle sanguisorba, ailleurs l'houlque laineuse, la fétuque, le brome, le fromental, la fléole, le raygrass, le dactyle et le vulpin, plus loin, dans le coin marécageux, les renoncules, les scirpes et les carex. Et chacun de ces êtres végétaux se détachait du fond herbu avec une netteté admirable, dessinant ses tiges, ombelles, cymes, panicules, étamines et bractées avec une finesse et une précision surréelles. Jamais, non jamais le plus attentif des botanistes ayant bras et jambes pour parcourir ses jardins et manipuler ses plantes n'aura à l'œil nu une vision de cette qualité et de cette quantité.

Le travail de création qui s'accomplit dans mes deux plaies trouve sa leçon dans les jardins miniatures japonais. JUMO vient d'élever les prairies de la Cassine de la dignité de jardin de thé — où l'on se promène en devisant — à celle de jardin Zen où seuls des yeux peuvent se poser. Mais à Nara mes yeux de profane ne voyaient dans les jardins Zen qu'une page blanche — cette nappe de sable ratissé, ces deux rochers, cet arbre squelettique, ce n'était évidemment qu'une portée vierge attendant les notes de la mélodie. Après les mutilations rituelles de Berlin, je ne suis plus ce profane, et le vide a fait place à une magnifique surabondance.

J'ai reposé ma jumelle avec une assurance heureuse. Ce jardin de mon enfance, ce théâtre privilégié de nos jeux, jamais plus certes je ne m'y promènerai, mais j'en ai désormais une connaissance plus intime, plus possessive par mon seul regard d'infirme, et je sais qu'elle ne s'arrêtera plus dans sa conquérante progression.

C'est alors que ma main gauche a émergé pour la première fois de mon pansement.

...

La maladie, la souffrance, l'infirmité en réduisant la marge d'autonomie de notre être lui donnent peut-être un accès plus direct à son environnement. La grabataire est cloué au sol, mais n'a-t-il pas du même coup dans ce sol mille et mille racines et terminaisons nerveuses que l'homme sain au pied léger ne soupçonne pas ? L'infirme vit la sédentarité avec une intensité incomparable. Je songe à Urs Kraus et à son « espace riche ». Si riche que l'homme s'y trouvait compromis par une infinité d'implications et ne pouvait plus y creuser le vide nécessaire à sa mobilité. Mon infirmité me métamorphose en arbre. Je possède désormais branches dans le ciel et racines dans la terre.

...

Ce matin, mes jointures craquent douloureusement, mes plaies se contractent, mes muscles sont au bord de la crampe.

C'est que pour la première fois cette année, la campagne s'est éveillée sous une parure de gelée blanche, tandis qu'une bise de nord-est arrachait les feuilles des arbres par brassées. L'automne paraît virer à l'hiver, mais je le sais d'expérience — et tout mon corps électrisé par ce soudain froid sec me le confirme — il ne s'agit que d'une fausse alerte, une fausse sortie de l'automne qui va revenir bientôt et se réinstaller pour un temps.

...

Lorsque Méline est entrée tout à l'heure en poussant devant elle la table roulante, j'ai tressailli de peur et je me suis rejeté en arrière, tellement que je suis encore tout ébranlé du choc. C'est que depuis deux heures, ma jambe gauche — l'amputée, l'invisible — débordant du pansement, du drap, du lit, pendait sur le plancher de la chambre. Je m'amusais bien de ce membre flasque et envahissant, nu et sensible pourtant, que je poussais de plus en plus loin, jusqu'au mur, jusqu'à la porte, et j'étais en train de me demander si je parviendrais à en abaisser la poignée avec mes orteils.

C'est alors que Méline a fait irruption avec son chariot et ses gros souliers, et peu s'en est fallu qu'elle ne m'écrasât la jambe. Il faudra l'habituer à frapper et à ne pas entrer avant que je ne me sois rassemblé.

A noter que tandis que ma jambe envahissait la chambre, mon bras gauche s'était complètement résorbé dans son pansement, et ma main, si elle n'avait pas disparu, n'était plus sous la gaze qu'un bouton de perce-neige. Faut-il admettre un équilibre entre ma jambe et mon bras, tel que l'un ne peut croître sans que l'autre décroisse, ou n'est-ce qu'une situation passagère due à mon manque de « maturité » ?

...

Encore une innovation : je viens d'associer deux sources d'hyperconnaissance. J'avais repéré à la jumelle une colonie de champignons sous un vieux chêne, des lycoperdons, ces vesses-de-loup que nous nous amusions à presser comme des poires pour en faire jaillir un petit nuage de poussière brune. J'observais longuement dans la lumière surréelle de JUMO le pied épais et pelucheux et la tête ronde, laiteuse et couverte de fines pustules du plus gros sujet de la colonie.

C'est alors que j'ai eu la certitude de *toucher* aussi le champignon. Indiscutablement cette surface bombée, tiède et granuleuse, je ne la voyais pas seulement, je la frôlais du bout des doigts, et tout de même l'humus frais et les herbes alourdies de rosée sur lesquels se détachait mon lycoperdon. Ma main gauche était là, elle aussi, spontanément elle s'était avancée au bout d'un bras de dix à onze mètres de long pour se trouver au rendez-vous de mon œil sur le petit champignon blanchâtre.

Mais alors ma jambe gauche escamotée, évanouie, avalée par son moignon ! On dirait que mon corps droit n'a pas encore la force de lancer à la conquête du monde mon corps gauche tout entier, et qu'il essaie, poussant au-dehors tantôt un bras, tantôt une jambe, en attendant mieux.

...

Ce bras et cette jambe qui me manquent, je m'aperçois que dans la nuit noire de ma souffrance je les identifiais confusément à mon frère-pareil disparu. Et il est bien vrai que tout être cher qui nous quitte nous ampute de quelque chose. C'est un morceau de nous-même qui s'en va, que nous portons en terre. La vie peut bien continuer, nous sommes désormais des invalides, plus rien ne sera jamais comme avant.

Mais il y a un mystère et un miracle gémellaires, et

le frère-pareil disparu revit toujours de quelque façon dans le jumeau déparié survivant.

Ce corps gauche qui remue, qui s'agite, qui pousse des prolongements fabuleux dans ma chambre, dans le jardin, bientôt peut-être sur la mer et au ciel, je le reconnais, *c'est Jean,* incorporé désormais à son frère-pareil, Jean-le-Fuyard, Jean-le-Nomade, Jean-le-Voyageur-invétéré.

En vérité dans notre grand voyage, nous avons mimé de façon imparfaite, maladroite, presque risible — et en somme sur le mode sans-pareil — une vérité profonde, le fond même de la gémellité. Nous nous sommes poursuivis, comme le gendarme et le voleur, comme les acteurs d'un film comique, sans comprendre que nous obéissions ainsi de façon caricaturale à l'ultime formule de Bep :

gémellité dépariée = ubiquité.

Ayant perdu mon jumeau, il fallait que je coure de Venise à Djerba, de Djerba à Reykjavik, de là à Nara, à Vancouver, à Montréal. J'aurais pu courir longtemps encore, puisque ma gémellité dépariée me commandait d'être *partout.* Mais ce voyage n'était que la parodie d'une vocation secrète, et il devait me mener sous le mur de Berlin à seule fin que j'y subisse les mutilations rituelles nécessaires à l'accession à une autre ubiquité. Et la disparition inexplicable de Jean n'était que l'autre face de ce sacrifice.

...

Un petit enfant construit le monde en composant entre elles ses sensations visuelles, auditives, tactiles, etc. Un objet est terminé, rejeté dans l'environnement lorsqu'il est devenu le rendez-vous permanent d'une forme, d'une couleur, d'un bruit, d'une saveur..

Je suis engagé dans un processus analogue. La bulle de plus en plus vaste que je gonfle autour de moi, les incursions de plus en plus lointaines de mon corps gauche, les images surréelles que me livre JUMO, ces données se fondent entre elles pour faire de mon lit le centre d'une sphère sensible au diamètre croissant de jour en jour.

...

Le plafond de nuages gris, uniforme, qui s'étendait d'un horizon à l'autre, comme usé par une petite brise de terre, s'amincit, devient un marbre translucide à travers lequel filtre le bleu du ciel. Puis le marbre se fendille, mais de façon régulière, selon des contours rectangulaires, et fait place à un dallage aux interstices de plus en plus larges, de plus en plus lumineux.

Une âme déployée. Tel était bien le privilège des frères-pareils qui tendaient entre eux un ramage d'idées, de sentiments, de sensations, riche comme un tapis d'Orient. A lieu que l'âme du sans-pareil se tasse rabougrie dans un coin obscur, pleine de secrets honteux, comme un mouchoir en boule au fond d'une poche.

Ce déploiement, nous l'avons joué entre nous pendant notre enfance. Puis nous l'avons étiré aux dimensions du monde, mais de façon gauche et ignorante, au cours de notre voyage, le brodant de motifs exotiques, cosmopolites. Cette dimension mondiale, il importe de la garder, mais en lui restituant la régularité et le secret des marelles de notre enfance. De cosmopolite, il faut qu'elle devienne cosmique.

...

Ce matin le ciel était limpide et clair comme un diamant. Pourtant des frôlements de lame de rasoir, des coupures fines et profondes, la douloureuse vibration d'un fil d'épée dans l'épaisseur de ma cuisse annonçaient un changement. En effet le ciel s'est strié de filaments délicats, de griffes à reflets soyeux, de cristaux de glace suspendus comme des lustres à des altitudes prodigieuses. Puis la soie cristalline a épaissi, elle est devenue hermine, angora, mérinos, et mon ventre s'est enfoncé dans cette toison douce et bienveillante. Enfin le corps nuageux est apparu, cortège solennel, massif et arrondi, grandiose et nuptial, — nuptial, oui, car j'ai reconnu deux silhouettes unies, rayonnantes de bonheur et de bonté. Edouard et Maria-Barbara, se tenant par la main, s'avançaient à la rencontre du soleil, et la force bienfaisante de ces divinités était si intense que la terre tout entière souriait sur leur passage. Et tandis que mon corps gauche en fête se mêlait au cortège et se perdait dans le dédale neigeux et lumineux de ces grands êtres, mon corps droit recroquevillé sur sa couche pleurait de nostalgie et de douceur.

Le cortège s'est enfoncé dans la gloire du levant, et, le reste de la journée, on a vu défiler des nuages de traîne variés, tout un menu peuple grégaire et fantasque, suite de formes et de suggestions, d'hypothèses et de rêves sans lendemain.

...

Toute la journée, la douceur de l'été indien a fait chanter les arbres fauves dans le ciel vert, et de rares souffles de vent passaient en emportant une ou deux feuilles rousses. Puis tout s'est tu, et la chaleur a cessé de rayonner du soleil pour sourdre des nuages en ondes électriques. Un chaos plombé surmonté de sommets brillants, de mamelons bourgeonnants et pommelés a commencé à rouler vers moi, du fond de l'horizon, le long de mon pied, de ma cheville et de ma cuisse. D'une dernière brèche ouverte dans la citadelle de nuages tombait une lance de lumière qui s'écrasait sur la mer grise en flaque phosphorescente, chaude, presque brûlante, mais je n'avais garde de me soustraire à cette touche ardente, car je savais qu'elle ne durerait pas et que la nuit allait se refermer sur elle. La brèche lumineuse s'est éteinte en effet, et le chaos a achevé de déferler, m'enveloppant de ses ondes électriques. Le jardin était noyé dans l'obscurité à l'exception d'un massif de gerbes d'or dont les hampes brillaient d'un scintillement inexplicable. JUMO m'a appris qu'il s'agissait d'un essaim de papillons de nuit venus butiner les fleurettes jaunes. Ainsi les papillons de nuit butinent eux aussi et, bien entendu, dans l'obscurité ? Pourquoi non ? Ayant découvert ce petit secret de la nature, j'ai senti sur tout mon bras gauche des frôlements innombrables d'ailes pelucheuses et argentées.

Puis la grande colère de l'orage a grondé dans ma poitrine et mes larmes ont commencé à rouler sur les vitres de la véranda. Mon chagrin qui avait commencé par des grommellements proférés au fond de l'horizon a crevé en clameurs foudroyantes sur toute la baie de l'Arguenon. Ce n'était plus une plaie secrète cachée sous un pansement, suppurant inlassablement. Ma colère embrasait le ciel et y projetait des images accablantes le temps d'un éclair : Maria-Barbara hissée dans le camion vert des Allemands, Alexandre gisant poignardé dans les docks de Casablanca, Edouard errant de camp en hôpital avec, pendues au cou, des photos de notre mère disparue, Jean fuyant devant moi à travers la Prairie, la mâchoire rouge et ruisselante du tunnel berlinois se refermant lentement, tout un réquisitoire passionné contre le destin, contre la vie, contre les choses. Cependant que mon corps droit remuait à peine, tassé au fond du lit, terrorisé, mon corps gauche ébranlait le ciel et la terre comme Samson dans sa fureur les colonnes du temple de Dagon. Puis emporté par sa colère, il s'est répandu au sud, prenant à témoin de son malheur les landes de Corseul et les grands étangs de Jugon et de Beaulieu. Ensuite la pluie est tombée, drue, apaisante, lénifiante, propre à dénouer la crise, à bercer ma tristesse, à peupler de murmures mouillés et de baisers furtifs ma nuit aride et solitaire.

...

En a-t-il toujours été ainsi, ou est-ce l'effet de ma vie nouvelle ? Il y a un accord remarquable entre mon *tempo* humain et le rythme du déroulement météorologique. Alors que la physique, la géologie, l'astronomie nous racontent des histoires qui nous demeurent toutes étrangères, soit par la formidable lenteur de leur évolution, soit par la rapidité vertigineuse de leurs phénomènes, les météores vivent très précisément à notre allure. Ils sont commandés — comme la vie humaine — par la succession du jour et de la nuit, et par la ronde des saisons. Un nuage se forme dans le ciel, comme une image dans mon cerveau, le vent souffle comme je respire, un arc-en-ciel enjambe deux horizons le temps qu'il faut à mon cœur pour se réconcilier avec la vie, l'été s'écoule comme passent les grandes vacances.

Et c'est heureux, car s'il en était autrement, je vois mal comment mon corps droit — que Méline lave et nourrit — pourrait servir de souche — enfouie et souillée, mais indispensable — à mon corps gauche, déployé sur la mer comme une grande aile sensible.

...

La lune dévoile sa face ronde en poussant un cri de chouette. La brise de terre assaille les branches des bouleaux, les entrelace, et fait crépiter une poignée de grosses gouttes sur le sable. La lèvre phosphorescente de la mer s'écrase, se retire, s'ourle à nouveau. Une planète rouge clignote à l'intention de la bouée à éclats — rouges également — qui balise l'entrée du port du Guildo. J'entends l'herbe brouter l'humus pourrissant des bas-fonds, et le trot menu des étoiles parcourant d'est en ouest la voûte céleste.

Tout est signe, dialogue, conciliabule. Le ciel, la terre, la mer se parlent entre eux et poursuivent leur monologue. Je trouve ici la réponse à la question que je me posais la veille de la Pentecôte islandaise. Et cette réponse est d'une grandiose simplicité : comme la gémellité a son langage — la cryptophasie — la gémellité dépariée a le sien. Doué d'ubiquité, le cryptophone déparié entend la voix des choses, comme la voix de ses propres humeurs. Ce qui pour le sans-pareil n'est que rumeur de sang, battement de cœur, râle, flatulence et borborygme devient chant du monde pour le cryptophone déparié. Car la parole gémellaire destinée à un seul, par la force du dépariage s'adresse désormais au sable, au vent et à l'étoile. Ce qu'il y avait de plus intime devient universel. Le chuchotement s'élève à la puissance divine.

...

Misère de la météorologie qui ne connaît la vie du ciel que de l'extérieur et prétend la réduire à des modèles mécaniques. Les démentis constants que les intempéries infligent à ses prévisions n'ébranlent pas son obstination stupide. Je le sais depuis que le ciel est devenu mon cerveau : il contient plus de choses que n'en peut enfermer la tête d'un physicien.

Le ciel est un tout organique possédant sa vie propre, en relation directe avec la terre et les eaux. Ce grand corps développe librement et en vertu d'une logique intérieure ses brouillards, neiges, embellies, givres, canicules et aurores boréales. Il manque au physicien pour le savoir une dimension, celle précisément qui plonge en moi, articulant mon corps gauche déployé sur mon corps droit estropié.

Car je suis désormais un drapeau claquant dans le vent, et si son bord droit est prisonnier du bois de la hampe, son bord gauche est libre et vibre, flotte et frémit de toute son étamine dans la véhémence des météores.

...

Depuis trois jours, l'hiver pur et stérile impose sa lucidité à toutes les choses. Il y a du verre et du métal dans mon corps gauche qui prend appui très loin sur deux édifices anticycloniques situés l'un au nord-est de la France, l'autre au sud-ouest de la Grande-Bretagne. Ces deux forteresses arctiques — glacis d'air stable et froid — subissaient avec constance jusqu'à ce matin les assauts des courants atlantiques qui vont combler une profonde dépression creusée à plus de deux mille kilomètres à l'ouest de l'Irlande.

Mais je sens bien que l'un des deux — le plus exposé, celui de Cornouailles — se laisse gagner par l'air chaud, s'effrite, vacille au bord du gouffre dépressionnaire. Je prévois son effondrement, sa mise à sac par des vents humides et salés. Qu'importe ! Il n'y aura pas de redoux, l'air conservera sa transparence immobile et cristalline, car l'autre forteresse, la flamande, demeure inébranlable, forte d'une surpression de 1 021 milibars. Elle dirige sur moi un vent d'est-nord-est calme et clair, sec et glacé qui balaie et fait briller la mer et la forêt. Pourtant la couche de neige s'amincit dans les champs, et on voit percer les mottes de terre noire des labours. C'est que le soleil est vif et provoque l'évaporation de la neige *sans aucun dégel.* Au-dessus des masses de neige dures et intactes tremble un brouillard transparent et irisé. La neige devient vapeur sans fondre, sans couler, sans mollir.

Cela s'appelle : sublimation.

DU MÊME AUTEUR

Aux Éditions Gallimard

VENDREDI, OU LES LIMBES DU PACIFIQUE (roman). Folio 959.

LE ROI DES AULNES (roman). Folio 656.

LE VENT PARACLET (essai). Folio 1138.

LE COQ DE BRUYÈRE (contes et récits). Folio 1229.

VUES DE DOS. Photographies d'Édouard Boubat.

GASPARD, MELCHIOR & BALTHAZAR (récit). Folio 1415.

GILLES & JEANNE (récit).

LE VAGABOND IMMOBILE. Dessins de Jean-Marc Toubeau.

LA GOUTTE D'OR (roman).

Pour les jeunes :

VENDREDI OU LA VIE SAUVAGE (à partir de 9 ans). Folio Junior 30.

PIERROT OU LES SECRETS DE LA NUIT. Album illustré par Danièle Bour. Enfantimages.

BARBEDOR. Album illustré par Georges Lemoine. Enfantimages.

L'AIRE DU MUGUET (à partir de 13 ans). Folio Junior 240.

QUE MA JOIE DEMEURE. Conte de Noël dessiné par Jean Claverie. Enfantimages.

Aux Éditions Complexes

RÊVES, photos d'Arthur Tress.

Aux Éditions Denoël

MIROIRS, photos d'Édouard Boubat.

Aux Éditions Herscher

MORTS ET RÉSURRECTIONS DE DIETER APPELT.

Le Chêne-Hachette

DES CLEFS ET DES SERRURES. Images et proses.

Au Mercure de France

LE VOL DU VAMPIRE. *Notes de lecture.*

COLLECTION FOLIO

Dernières parutions

1601.	Juan Carlos Onetti	*Le chantier.*
1602.	Louise de Vilmorin	*Les belles amours.*
1603.	Thomas Hardy	*Le maire de Casterbridge.*
1604.	George Sand	*Indiana.*
1605.	François-Olivier Rousseau	*L'enfant d'Edouard.*
1606.	Ueda Akinari	*Contes de pluie et de lune.*
1607.	Philip Roth	*Le sein.*
1608.	Henri Pollès	*Toute guerre se fait la nuit.*
1609.	Joris-Karl Huysmans	*En rade.*
1610.	Jean Anouilh	*Le scénario.*
1611.	Colin Higgins	*Harold et Maude.*
1612.	Jorge Semprun	*La deuxième mort de Ramón Mercader.*
1613.	Jacques Perry	*Vie d'un païen.*
1614.	W. R. Burnett	*Le capitaine Lightfoot.*
1615.	Josef Škvorecký	*L'escadron blindé.*
1616.	Muriel Cerf	*Maria Tiefenthaler.*
1617.	Ivy Compton-Burnett	*Des hommes et des femmes.*
1618.	Chester Himes	*S'il braille, lâche-le...*
1619.	Ivan Tourguéniev	*Premier amour, précédé de Nid de gentilhomme.*
1620.	Philippe Sollers	*Femmes.*
1621.	Colin MacInnes	*Les blancs-becs.*

1622. Réjean Ducharme — *L'hiver de force.*
1623. Paule Constant — *Ouregano.*
1624. Miguel Angel Asturias — *Légendes du Guatemala.*
1625. Françoise Mallet-Joris — *Le clin d'œil de l'ange.*
1626. Prosper Mérimée — *Théâtre de Clara Gazul.*
1627. Jack Thieuloy — *L'Inde des grands chemins.*
1628. Remo Forlani — *Pour l'amour de Finette.*
1629. Patrick Modiano — *Une jeunesse.*
1630. John Updike — *Bech voyage.*
1631. Pierre Gripari — *L'incroyable équipée de Phosphore Noloc et de ses compagnons...*
1632. Mme de Staël — *Corinne ou l'Italie.*
1634. Erskine Caldwell — *Bagarre de juillet.*
1635. Ed McBain — *Les sentinelles.*
1636. Reiser — *Les copines.*
1637. Jacqueline Dana — *Tota Rosa.*
1638. Monique Lange — *Les poissons-chats. Les platanes.*
1639. Leonardo Sciascia — *Les oncles de Sicile.*
1640. Gobineau — *Mademoiselle Irnois, Adélaïde* et autres nouvelles.
1641. Philippe Diolé — *L'okapi.*
1642. Iris Murdoch — *Sous le filet.*
1643. Serge Gainsbourg — *Evguénie Sokolov.*
1644. Paul Scarron — *Le Roman comique.*
1645. Philippe Labro — *Des bateaux dans la nuit.*
1646. Marie-Gisèle Landes-Fuss — *Une baraque rouge et moche comme tout, à Venice, Amérique...*
1647. Charles Dickens — *Temps difficiles.*
1648. Nicolas Bréhal — *Les étangs de Woodfield.*
1649. Mario Vargas Llosa — *La tante Julia et le scribouillard.*
1650. Iris Murdoch — *Les cloches.*
1651. Hérodote — *L'Enquête,* Livres I à IV.
1652. Anne Philipe — *Les résonances de l'amour.*
1653. Boileau-Narcejac — *Les visages de l'ombre.*

1654.	Émile Zola	*La Joie de vivre.*
1655.	Catherine Hermary-Vieille	*La Marquise des Ombres.*
1656.	G. K. Chesterton	*La sagesse du Père Brown.*
1657.	Françoise Sagan	*Avec mon meilleur souvenir.*
1658.	Michel Audiard	*Le petit cheval de retour.*
1659.	Pierre Magnan	*La maison assassinée.*
1660.	Joseph Conrad	*La rescousse.*
1661.	William Faulkner	*Le hameau.*
1662.	Boileau-Narcejac	*Maléfices.*
1663.	Jaroslav Hašek	*Nouvelles aventures du Brave Soldat Chvéïk.*
1664.	Henri Vincenot	*Les voyages du professeur Lorgnon.*
1665.	Yann Queffélec	*Le charme noir.*
1666.	Zoé Oldenbourg	*La Joie-Souffrance,* tome I.
1667.	Zoé Oldenbourg	*La Joie-Souffrance,* tome II.
1668.	Vassilis Vassilikos	*Les photographies.*
1669.	Honoré de Balzac	*Les Employés.*
1670.	J. M. G. Le Clézio	*Désert.*
1671.	Jules Romains	*Lucienne. Le dieu des corps. Quand le navire...*
1672.	Viviane Forrester	*Ainsi des exilés.*
1673.	Claude Mauriac	*Le dîner en ville.*
1674.	Maurice Rheims	*Le Saint Office.*
1675.	Catherine Rihoit	*La Favorite.*
1676.	William Shakespeare	*Roméo et Juliette. Macbeth.*
1677.	Jean Vautrin	*Billy-ze-Kick.*
1678.	Romain Gary	*Le grand vestiaire.*
1679.	Philip Roth	*Quand elle était gentille.*
1680.	Jean Anouilh	*La culotte.*
1681.	J.-K. Huysmans	*Là-Bas.*
1682.	Jean Orieux	*L'aigle de fer.*
1683.	Jean Dutourd	*L'âme sensible.*
1684.	Nathalie Sarraute	*Enfance.*
1685.	Erskine Caldwell	*Un patelin nommé Estherville.*
1686.	Rachid Boudjedra	*L'escargot entêté.*
1687.	John Updike	*Épouse-moi.*

1688.	Molière	*L'École des maris. L'École des femmes. La Critique de l'École des femmes. L'Impromptu de Versailles.*
1689.	Reiser	*Gros dégueulasse.*
1690.	Jack Kerouac	*Les Souterrains.*
1691.	Pierre Mac Orlan	*Chronique des jours désespérés,* suivi de *Les voisins.*
1695.	Anna Seghers	*La septième croix.*
1696.	René Barjavel	*La tempête.*
1697.	Daniel Boulanger	*Table d'hôte.*
1698.	Jocelyne François	*Les Amantes.*
1699.	Marguerite Duras	*Dix heures et demie du soir en été.*
1700.	Claude Roy	*Permis de séjour 1977-1982.*
1701.	James M. Cain	*Au-delà du déshonneur.*
1702.	Milan Kundera	*Risibles amours.*
1703.	Voltaire	*Lettres philosophiques.*
1704.	Pierre Bourgeade	*Les Serpents.*
1705.	Bertrand Poirot-Delpech	*L'été 36.*
1706.	André Stil	*Romansonge.*
1707.	Michel Tournier	*Gilles & Jeanne.*
1708.	Anthony West	*Héritage.*
1709.	Claude Brami	*La danse d'amour du vieux corbeau.*
1710.	Reiser	*Vive les vacances.*
1711.	Guy de Maupassant	*Le Horla.*
1712.	Jacques de Bourbon Busset	*Le Lion bat la campagne.*
1713.	René Depestre	*Alléluia pour une femme-jardin.*
1714.	Henry Miller	*Le cauchemar climatisé.*
1715.	Albert Memmi	*Le Scorpion ou La confession imaginaire.*
1716.	Peter Handke	*La courte lettre pour un long adieu.*
1717.	René Fallet	*Le braconnier de Dieu.*

1718.	Théophile Gautier	*Le Roman de la momie.*
1719.	Henri Vincenot.	*L'œuvre de chair.*
1720.	Michel Déon	*« Je vous écris d'Italie... »*
1721.	Artur London	*L'aveu.*
1722.	Annie Ernaux	*La place.*
1723.	Boileau-Narcejac	*L'ingénieur aimait trop les chiffres.*
1724.	Marcel Aymé	*Les tiroirs de l'inconnu.*
1725.	Hervé Guibert	*Des aveugles.*
1726.	Tom Sharpe	*La route sanglante du jardinier Blott.*
1727.	Charles Baudelaire	*Fusées. Mon cœur mis à nu. La Belgique déshabillée.*
1728.	Driss Chraïbi	*Le passé simple.*
1729.	R. Boleslavski et H. Woodward	*Les lanciers.*
1730.	Pascal Lainé	*Jeanne du bon plaisir.*
1731.	Marilène Clément	*La fleur de lotus.*
1733.	Alfred de Vigny	*Stello. Daphné.*
1734.	Dominique Bona	*Argentina.*
1735.	Jean d'Ormesson	*Dieu, sa vie, son œuvre.*
1736.	Elsa Morante	*Aracœli.*
1738.	William Kuhns	*Le clan.*
1739.	Rétif de la Bretonne	*Les Nuits de Paris ou le Spectateur-nocturne.*

Impression Bussière à Saint-Amand (Cher),
le 28 avril 1986.
Dépôt légal : avril 1986.
1er dépôt légal dans la collection : décembre 1977.
Numéro d'imprimeur : 1260.
ISBN 2-07-036905-6./Imprimé en France.